HEYNE BÜCHER

Fantasy

Herausgegeben von Friedel Wahren

Von **L. E. Modesitt** jr. erscheinen in der Reihe
HEYNE SCIENCE FICTION & FANTASY:

Der Recluce-Zyklus

1. *Magische Insel* · 06/9050
2. *Türme der Dämmerung* · 06/9051
3. *Magische Maschinen* · 06/9052
4. *Krieg der Ordnung* · 06/9053
5. *Kampf dem Chaos* · 06/9054
6. *Sturz der Engel* · 06/9055
7. *Der Chaos-Pakt* · 06/9056
8. *Die Weiße Ordnung* · 06/9057
9. *Die Farben des Chaos* · 06/9097
10. *Der Magier von Fairhaven* · 06/9098
11. *Sturm der Barbaren* · 06/9099 (in Vorb.)
12. *Freiheit für Cyador* · 06/9100 (in Vorb.)
13. *Die Waffenhändler von Hamor* · 06/9101 (in Vorb.)
14. *Der Malachit-Thron* · 06/9102 (in Vorb.)

Weitere Romane in Vorbereitung

L. E. MODESITT JR.

Der Magier von Fairhaven

Zehnter Roman des Recluce-Zyklus

Deutsche Erstausgabe

WILHELM HEYNE VERLAG
MÜNCHEN

HEYNE SCIENCE FICTION & FANTASY
06/9098

Titel der Originalausgabe
COLORS OF CHAOS
2. Teil
Übersetzung aus dem amerikanischen Englisch
von Jürgen Langowski

Das Umschlagbild malte Tibor Szendrei / Agentur Kohlstedt

Umwelthinweis:
Dieses Buch wurde auf chlor- und
säurefreiem Papier gedruckt.

Deutsche Erstausgabe 9/2001
Redaktion: Angela Kuepper

Erstausgabe bei Tom Doherty Associates, Inc., New York
(A Tor Book)

http://www.heyne.de
Printed in Germany 2001
Umschlaggestaltung: Nele Schütz Design, München
Technische Betreuung: M. Spinola
Satz: Schaber Satz- und Datentechnik, Wels
Druck und Bindung: Elsnerdruck, Berlin

ISBN 3-453-17905-6

Inhalt

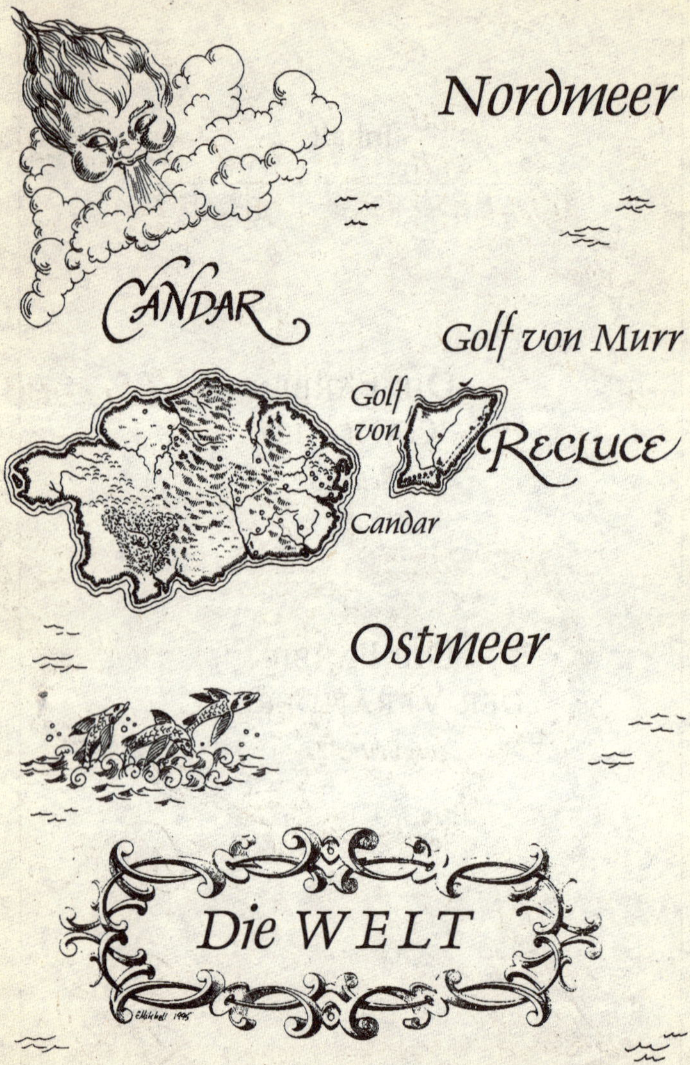
Nordmeer
Candar
Golf von Murr
Golf von
Recluce
Candar
Ostmeer
Die WELT

Golf von Austra
AUSTRA
Brysta
Valmurl
Westmeer
NORDLA
Swartheld
Luba
Cigoerne
AFRIT
Atla
Swarth
MEROWEY
HAMOR

GANDAR
Devalonia
Armat
Rulyarth
Bleyans
Westklippen
Dosai
SUTHYA
Große Steppe
Carpa
West-
hörner
SARRONNYN
Lornth
Mitteltal
Jera
Bornt
Nordfluss
Sarron
Eisen-
holzwald
Jeryna
Rohrn
WEST-
WIND
Berlitos
Biehl
Fenard
JERANS
Dach der Welt
DELAPRA
Südfluss
Clynya
Die
Steinhügel
Sommerhafen
CERLYN
Dellash
(Esalia)
SÜDWIND
Kupfer-
mine
West-
hörner
Südhafen
Steinhügel
Mildr
NACLOS
Der Große Wald
Rybatta
Grasland
Das
Leere
Land
Große Wüste
Diehl
Westmeer

Nordmeer
Kap Devalin
Golf von Murr
Land-
ende
Schwarze
Residenz
Extina
Alberth
Reflin
Lydkler
Alaren
Eisenmine
Maltra
Feyn
Golf
von
Candar
Quend
Kleth
Ost-
hörner
Tyrhaven
SLIGO
Rytel
CERTIS
Lavah
Jellico
MONTGREN
Gr.
Nord-
bucht
Vergren
Passera
Weevett
Fiven
Freistadt
Telluras
Hydolar
FREISTADT
(LYDIAR)
Wandernicht
Clarion
Sigil
Nylan
Südkap
Recluce
Meltosia
OHYDE
KYPHROS
Dasir
Telsen
HYDLEN
Renklaar
Jikaya
Arastia
Asula
Pyrdya
Sunta
FAKLA
Gr. Wüste
Ruzor
Worrak
Ostmeer

Personenverzeichnis

Nall	Cerryls Tante
Syodor	Cerryls Onkel
Dylert	Sägemühlen-Meister, bei dem Cerryl in die Lehre ging
Brental	Dylerts Sohn
Tellis	Schreiber in Fairhaven
Benthann	Tellis' Geliebte
Pattera	Weberin

Magier in Fairhaven

Cerryl	Magier
Sterol	ehemaliger Erzmagier der Gilde in Fairhaven
Kinowin	Obermagier in Fairhaven
Jeslek	Erzmagier der Gilde in Fairhaven
Anya	Jesleks erste Assistentin, Nichte des Kaufmanns Muneat
Broka	Anatomie-Meister in Fairhaven
Derka	Magier
Disarj	Magier
Esaak	Mathematik-Meister in Fairhaven
Eliasar	Waffen-Meister in Fairhaven
Fydel	Magier
Gorsuch	Magier-Berater in Hydolar (Hydlen)
Huroan	Stellvertretender Kommandant der Stadtwache von Fairhaven
Isork	Magier und Kommandant der Stadtwache von Fairhaven
Myral	Meister der Abwasserkanäle
Redark	Magier
Sedelos	Magier-Berater in Lydiar
Shyren	Magier-Berater in Jellico (Certis)
Sverlik	Magier-Berater in Fenard (Gallos), wurde von dem Präfekten Lyam getötet

LEYLADIN	Schwarze Heilerin, Layels Tochter
BEALTUR	Magier-Anwärter
FALTAR	Magier, Cerryls Freund
HERALT	Magier-Anwärter, Cerryls Freund
LYASA	Magierin, Cerryls Freundin

Herrscher

BEROFAR	Fürst von Hydlen
ESTALIN	Fürst von Lydiar
LYAM	Präfekt von Gallos, wurde von Cerryl getötet
SYRMA	Präfekt von Gallos
RYSTRYR	Vicomte von Certis

Kaufleute

LAYEL	Leyladins Vater, Kommissionär und Kaufmann
MUNEAT	reichster Kommissionär in Fairhaven, Anyas Onkel
JIOLT	einer der fünf reichsten Kommissionäre in Fairhaven; sein Sohn Uleas ist mit Anyas Schwester Nerya vermählt
SCERZET	einer der fünf reichsten Kommissionäre in Fairhaven
FELEMSOL	einer der fünf reichsten Kommissionäre in Fairhaven
LOBOLL	wohlhabender Kaufmann in Fairhaven

Die Farben Candars

I

Cerryl stand im Hof vor den Ställen am Ende der Hallen der Magier und betrachtete das Pferd mit dem weißen und roten Zaumzeug. Auf einem Pferderücken hatte er sich noch nie besonders wohl gefühlt. Erst als Magier-Anwärter hatte er überhaupt zu reiten begonnen. Seine letzte diesbezügliche Erfahrung war darauf hinausgelaufen, dass er einen weiten, weiten Weg zu Fuß hatte zurücklegen müssen.

Schließlich stieg er auf und zog sein Pferd neben Fydels Reittier. Er fürchtete sich vor dem langen Ritt, der vor ihnen lag. Wenigstens schien der Wallach fügsamer als das Untier, das er in Hydolar gestohlen hatte.

In der Morgendämmerung wehte ein feuchtkalter Wind von Nordosten, doch die Jacke hielt ihn warm. *Bis jetzt …* Er sah sich um. Ein halbes Dutzend Lanzenreiter wartete bereits am Tor.

Fydel warf einen Blick zu Cerryl, dann zur kleinen Truppe der Lanzenreiter. »Wir sollten jetzt aufbrechen.«

»Wo sind die anderen Lanzenkämpfer?«, fragte Cerryl.

»Die meisten sind in der südlichen Kaserne. Wir treffen sie dort.«

»Fünfzig Züge?«

»Die Hälfte. Die andere Hälfte begleitet den Erzmagier, sobald er es für richtig erachtet.« Fydel trieb sein Pferd an.

Cerryl ruckte an den Zügeln des Wallachs, um zu dem älteren Magier aufzuschließen. Ihm war nicht entgangen, dass die Stimme des Mannes mit dem eckig gestutzten Bart einen bitteren Unterton gehabt hatte. »Nachdem er mit ihnen nach Hydolar geritten ist?«

»Nachdem er mit ihnen nach Hydolar geritten ist und einen weiteren Turm zerstört hat, um seine Macht unter Beweis zu stellen – und um die notwendigen Münzen einzutreiben, mit denen er diesen Feldzug bezahlt. Es ist lange her, dass die Kräfte des Chaos entfesselt wurden.« Fydel zuckte mit den Achseln und lenkte sein Pferd zur Hauptstraße. »Gallos hat diese Macht zu spüren bekommen, als wir das letzte Mal dort waren.« Er schnaubte. »Trotz der Vernichtung von fast zwanzig Zügen Lanzenreitern, die weniger als zwei Jahre zurückliegt, nimmt es sich der Präfekt heraus, sich über unsere Forderungen hinwegzusetzen, sobald er glaubt, er könne es ungestraft tun. Der Vicomte verneigt sich scheinbar höflich und tut dann trotzdem, was er will. Wir haben zweimal die Fürsten von Hydolar entfernt, aber die Händler dort wollen sich unserer Macht immer noch nicht beugen.« Wieder ein Schnauben.

Lassen sich denn alle Herrscher nur von der Überlegung leiten, welche Macht die jeweils stärkere ist? Cerryl fühlte sich so trostlos wie der graue Morgen.

Die Hufe des Wallachs klapperten auf dem weißen Stein der Hauptstraße, die kalt und abweisend im Dämmerlicht vor ihnen lag.

II

Hinter der breiten Steinbrücke, die den Fluss Jellicor überspannte, stiegen weiße und graue Rauchfahnen von den Häusern der Stadt auf. Die Mauern um Jellico lagen weniger als eine halbe Meile nördlich der Brücke. Der graue Himmel und die Wände, die im schwachen Licht wie schmierige Holzkohle wirkten, verliehen der Stadt ein düsteres Aussehen. Die glatten Wälle erhoben sich mehr als vierzig Ellen hoch neben der Zufahrt vor den Stadttoren.

Cerryl betrachtete den Fluss, als er auf seinem großen Wallach über die Brücke ritt. Sogar das Wasser war grau. Am gegenüberliegenden Westufer bogen sie fast einhundert Ellen weit nach Nordosten ab, bis die Straße eine Kurve beschrieb und in westlicher Richtung zu den Granitmauern führte. Die Tore – mit Eisenbändern verstärkte Roteiche – standen offen, aber die gut geölten Scharniere bewiesen, dass sie im Notfall rasch geschlossen werden konnten. Ein halber Zug Bewaffnete, in graues und braunes Leder gekleidet und mit ärmellosen grünen Umhängen versehen, wartete am Tor. Unter ihnen war eine Frau, die so hart wirkte wie die Männer.

Cerryl riss erstaunt die Augen auf, als hinter dem Trupp ein Weißer Wächter auftauchte, die Neuankömmlinge beäugte und sich knapp vor Fydel verneigte, als der ältere Magier das Pferd zügelte. Fydel nickte kurz zurück und Cerryl folgte seinem Beispiel. Er fragte sich, warum er die Weißen Wächter nicht schon bei seiner letzten Reise bemerkt hatte. Oder hatte er sich nicht gut genug umgesehen?

»Die Magier Fydel und Cerryl, die dem Erzmagier Jeslek vorausgereist sind, bis dieser dem Vicomte seine Aufwartung macht«, grollte Fydel.

Der Anführer des Wachtrupps sah zwischen den Magiern und der langen Marschsäule der Lanzenreiter, die beinahe bis zur Brücke reichte, hin und her. »Äh … Ihr seid hochwillkommen, edle Magier. Ihr kennt den Weg zur Kaserne am Palast?«

»Wir waren schon einmal hier«, erwiderte Fydel lächelnd.

Als sie durchs Tor ritten, blickte Cerryl nach oben. Wie bei seinem letzten Besuch beobachteten grün gekleidete Bogenschützen die Besucher von den Wällen aus. Einer sah eilig weg, als Cerryls Blick auf ihn fiel.

Die Häuser und Geschäfte Jellicos waren kleiner und

schlichter, als Cerryl sie in Erinnerung hatte. Kaum drei oder vier Reiter breit war die Straße, beinahe kratzten die Steigbügel an den Wänden der Ziegelbauten. Unter dem grauen Nachmittagshimmel schienen die dreistöckigen Gebäude höher als sie waren und wirkten auf Cerryl beklemmend. Rechts stand ein Wagen vor einem Geschäft und engte die Straße noch weiter ein. Fydel und Cerryl mussten ihn nacheinander passieren. Einige Männer und Frauen standen hinter dem Wagen. Sie starrten auf die weißen Jacken der Magier und die Uniformen der Lanzenreiter.

»… schon wieder diese Weißen.«

»… sollen uns lieber in Ruhe lassen.«

»… Steuern und Zölle … alles, was sie wollen.«

»… still! Wenn sie dich hören, dann könnten sie …«

Cerryl hätte über die Bemerkungen beinahe schallend gelacht, denn es war anzunehmen, dass ein nicht unerheblicher Teil der Steuern, die man hier im Namen der Gilde eintrieb, dem Präfekten und seinem Hofstaat zugute kam. *Es vermuten und es beweisen sind freilich zweierlei Paar Schuh.*

Jellico stank, wenn auch nicht ganz so schlimm wie bei seinem letzten Besuch. Unverkennbar war jedoch der Geruch der offenen Abwasserkanäle rechts neben der Straße, der Gestank von verbranntem Fett, die Beize der Gerber, der Schimmel und dazu ein paar andere Duftnoten, die Cerryl nicht einordnen konnte und über deren Herkunft er lieber nicht weiter nachdachte. Er rutschte unbehaglich im Sattel herum und freute sich, dass die Reiterei endlich ein Ende nehmen würde.

Etwas angenehmer wurden die Gerüche, als die Weiße Streitmacht die Nordseite des Marktes erreichte. Dort roch es nach gebratenem Geflügel, Duftölen und Weihrauch, sodass die weniger appetitlichen Gerüche der Straße in den Hintergrund traten. Es war schon spät, dachte Cerryl. Viele Händler hatten bereits die

Zelte abgebrochen, und die meisten, die noch auf dem Markt waren, packten ihre Säcke und Karren voll.

Auf einem kleinen Hügel im Westen der Stadt standen die weitläufigen Gebäude, die zum Palast des Vicomte gehörten. Dort gab es auch einige Kasernen und Ställe. Alles war umgeben von einer eigenen Granitmauer, deren Steine glatter und feiner poliert waren als die der Stadtmauer.

Fydel nickte den Wächtern zu, die ihnen das niedrige Tor aufhielten, und ignorierte den Trupp Bogenschützen auf dem Wehrgang. Im tunnelähnlichen Durchlass, der ins Innere der Festung führte, klang das Hufgeklapper gespenstisch laut.

Im Hof wartete schon der beleibte Shyren, der offenbar mit dem Spähglas ihr Kommen beobachtet hatte. Im grauen Licht hatte der Abgesandte der Gilde eine krankhaft bleiche Gesichtsfarbe, und das hellblonde Haar, vom Alter schon ein wenig grau, schien völlig weiß.

»Seid gegrüßt, Shyren!«, rief Fydel.

»Seid gegrüßt«, gab der bleiche Magier zurück. »Ich bin froh, dass Ihr es noch vor Einbruch der Dämmerung geschafft habt.«

»Wir auch.« Fydel beugte tief den Kopf, wie um den Nacken zu strecken.

»Ihr und Cerryl sollt im Gästequartier wohnen. Ihr wisst doch, wo es ist?«

Fydel nickte.

Auch Cerryl kannte sich hier aus, doch die Tatsache, dass Shyren seinen Namen wusste, legte die Frage nahe, was man dem Magier sonst noch alles zugetragen hatte – und vor allem, wer aus welchem Grund Bericht erstattet hatte.

»Ich zeige Euch gleich Eure Unterkünfte.« Shyren wandte sich an den Hauptmann der Lanzenkämpfer, als dieser direkt hinter den Magiern sein Pferd zügelte. »Führt Eure Pferde dort durch den Bogengang und dann noch durch den nächsten bis in den hinteren Hof. Dort wird Euch ein Unteroffizier die Quartiere zeigen.«

»Ja, Ser.« Hauptmann Teras hob den Arm. »In Zweierreihen durch den Bogengang. Mir nach!«

Shyren sah zu Fydel hoch. »Wie war die Reise?«

»Nass und kalt.«

»Aber sicher nicht so kalt, wie es jetzt in Spidlar oder in Sligo ist.« Shyren setzte ein schiefes Lächeln auf, das auf Cerryl mindestens so falsch wirkte wie Anyas Lächeln. »Spidlar hat im Winter immer mit Eis zu kämpfen – und mit Räubern, die jeden Händler angreifen, der auf dem Weg nach dort ist.«

Die Magier warteten, bis die Lanzenreiter verschwunden waren, dann ritten sie langsam über die feuchten Steine im Hof und durch einen Bogengang in einen weiteren Hof, ein gut hundert Ellen weites Karree, das von fünf Stockwerke hohen Gebäuden mit zahlreichen Fenstern umgeben war.

Fydel zügelte sein Pferd vor dem Gästestall und er und Cerryl stiegen ab. Cerryl sah sich im Hof um. Die Gebäude gingen nahtlos ineinander über und sahen von außen gleich aus – glatte Steinmauern mit kleinen Fenstern.

Shyren lächelte leicht. »Ihr wart ja schon einmal hier. Ihr bekommt die Zimmer des Hauptmanns. Die Pferdeknechte werden sich um Eure Pferde kümmern, sobald Ihr abgeladen habt.«

Nachdem er müde seine Bettrolle und den Tornister losgeschnallt hatte, folgte Cerryl den beiden Magiern über den Hof und durch eine verwitterte Tür nach drinnen. Dann ging es zwei Treppen hinauf und über einen schmalen Flur mit Steinwänden bis zur Ecke des Gebäudes.

»Ihr bekommt die beiden ersten Zimmer. Die vorderen drei stehen gewöhnlich den Magiern zur Verfügung. Sie sind etwas größer und haben bessere Luft.«

Wieder lächelte Shyren. »Der Vicomte erwartet Euch zum Abendessen. Fydel, Ihr werdet direkt bei mir sitzen, bis Jeslek kommt, weil Ihr die Lanzenreiter mitgebracht habt.«

»Und dann kehre ich zu dem Platz beim Hauptmann zurück, der mir zusteht.« Die Stimme des Magiers mit dem eckig geschnittenen Bart triefte vor Sarkasmus.

»Natürlich. Uns allen sind nur kurze Augenblicke des Ruhmes vergönnt.« Shyrens Antwort klang humorvoll, aber auch bei ihm spürte Cerryl eine tiefe Bitterkeit. Der Abgesandte der Gilde wandte sich an Cerryl. »Ihr werdet als Hauptmann eingeordnet, wenngleich als sehr junger.«

Cerryl nickte.

»Tiefer konnten sie Euch nicht einstufen, weil sie wissen, dass Ihr Euch im Kampf bewährt habt, wie man so sagt ...« Shyren räusperte sich. »Das Abendessen beginnt mit dem zweiten Glockenschlag. Wir sehen uns dann.« Mit einem Nicken drehte sich der schwere Magier um und wackelte um die Ecke.

Fydel sah Cerryl an, der ironisch lächelte.

Fydel musste lachen. »Ihr seht mehr als die meisten Menschen, Cerryl. Ja, wirklich.« Er steuerte die erste Tür an.

Cerryl ging zur zweiten Tür, hob den Riegel und trat ein. Drinnen legte er sein Bettzeug und seine Siebensachen auf den Steinboden und sah sich um. Das Zimmer war kleiner als sein Quartier in Fairhaven und hatte ein einziges, mit einem Laden versperrtes Fenster. An Möbeln gab es ein schmales Bett mit Strohmatratze, einen verkratzten Schrank, eine Waschkommode mit einem Krug, dazu eine Lampe in einer Metallklammer. Zwei schwere Decken lagen zusammengefaltet am Fußende des Betts, ein ovaler geflochtener Teppich lag davor auf dem Boden. In einer Ecke stand das Nachtgeschirr, neben der Tür lehnte ein schwerer Holzbalken, der als Riegel dienen sollte.

Anscheinend waren die Hauptmänner in Certis gezwungen, ihre Zimmer nachts abzusperren.

Cerryl schloss die Tür und packte aus. Er hatte das Gefühl, mehr als nur ein paar Tage in Jellico bleiben zu müssen. Und vermutlich würde er sich zu seinem Leidwesen oft mit dem Spähglas zu beschäftigen haben.

III

Beim zweiten Glockenschlag verließ Cerryl das Zimmer wieder. Fydel wartete schon auf ihn. Ohne ein Wort zu sprechen, gingen die beiden die Treppe hinunter. Nebeneinander überquerten sie den von Lampen erleuchteten, gepflasterten Hof. Die beiden Wächter nickten ihnen zu.

Als sie auf der anderen Seite die nächste Treppe hinaufstiegen, sahen die beiden Magier die ersten grün und golden uniformierten Wächter. Der Gang, dem sie folgten, war mit rosafarbenem Marmor ausgekleidet und mit grünen Wandbehängen geschmückt. Golden gerahmte Bilder – Porträts berittener Vicomtes in grünen Uniformen – waren im Abstand von jeweils fünf Ellen aufgehängt.

Am Ende des Flurs führte ein Bogengang in den Speisesaal, der gut fünfzig Ellen lang und etwa halb so breit war. Als er den Saal betrat und das gebratene Fleisch roch, lief Cerryl das Wasser im Mund zusammen.

Am Ende der Tafel stand Shyren und unterhielt sich leise mit Vicomte Rystryr, einem großen und breitschultrigen Mann, der einen prächtigen grün-goldenen Umhang trug. Seine Wangen waren gerötet, vielleicht von einem Ritt in der kalten Luft, und das dichte blonde Haupthaar ging an den Seiten über in einen buschigen Bart. Im Kamin am Fußende des Tisches prasselte ein

Feuer. Etwa ein halbes Dutzend certische Offiziere, die Fydel und Cerryl kaum eines Blickes würdigten, waren im Speisesaal versammelt und unterhielten sich mit Teras, dem Hauptmann der Weißen Lanzenreiter.

Shyren bemerkte Fydel und gab dem Vicomte einen kleinen Stoß.

Rystryrs ernstes Gesicht wurde von einem Lächeln erhellt und seine kräftige Stimme dröhnte: »Willkommen in Jellico, Magier Fydel. Wir heißen Euch und Eure Lanzenreiter und Hauptmann Teras willkommen.«

»Wir sind Euch zu Dank verpflichtet«, erwiderte Fydel. »Certis ist für seine Gastfreundschaft bekannt.«

»Da jetzt alle Gäste anwesend sind, können wir mit dem Essen beginnen.« Rystryr deutete zum Tisch.

Cerryl sah sich um, suchte seinen Namen und fand ihn auf einer bronzegerahmten Tafel, auf der die Nachbildung eines Hauptmanns zu sehen war – viel näher am Kopfende des Tisches, als er es vermutet hätte. Sein Name war in der Alten Sprache wie ›Carrl‹ geschrieben. So hatte man es auch bei seinem letzten Besuch vor einigen Jahren gehalten.

Fydel und Shyren bekamen die Ehrenplätze rechts und links neben dem Vicomte zugewiesen, ein grün und golden uniformierter Offizier nahm neben Fydel Platz. Neben Shyren saß ein schwarz und rot gekleideter Mann, neben diesem ein weißhaariger Mann, der graue und goldene Sachen trug. Ihm gegenüber war Teras' Platz.

Als voll zugelassener, wenngleich noch junger Magier wurde Cerryl offenbar den bedeutendsten Hauptmännern gleichgestellt, denn er saß nur fünf Plätze vom Kopfende entfernt. Den Platztafeln konnte er entnehmen, dass der Hauptmann mit dem hellblonden Haar, der links neben ihm saß, Setken hieß. Der jüngere, schwarzhaarige Hauptmann zu seiner Rechten hieß Dierl.

Mit trockenem Mund nahm Cerryl Platz und wartete

sehnsüchtig, dass der Wein serviert würde. Hoffentlich dauerte es nicht zu lange.

»Was für eine Art Magier seid Ihr, wenn ich fragen darf?«, erkundigte sich der dunkelhaarige Dierl.

»Wir sind alle Weiße Magier, es gibt nur ein oder zwei Heiler unter uns.«

»Nein, ich meinte ... ob Ihr reines Chaos einsetzt oder mit dem Chaos in der Erde arbeitet oder ... oder was Ihr sonst macht.«

»Nun ... ich habe all dies schon getan.«

»Ihr müsst im Krieg gekämpft haben, sonst würdet Ihr nicht so weit oben am Tisch sitzen. Trifft das zu?«

»Ja.«

»Habt Ihr schon einmal jemanden getötet?«

Cerryl zuckte zusammen.

»Nein?«, bohrte Dierl nach. Seine Stimme klang etwas schärfer.

Cerryl verkniff sich ein Seufzen und schenkte sich die Erklärung, dass er nicht versessen darauf war, Menschen umzubringen. »Äh ... ich weiß es nicht genau. Es könnten zwei oder drei Züge gewesen sein.«

Dierls Mund klappte abrupt zu.

»Ihr musstet ja auch unbedingt nachfragen, Dierl.« Der rothaarige Mann auf der anderen Seite des Tischs lächelte. »Ich bin Honsak.«

»Cerryl«, antwortete der Magier. Der Mann gegenüber konnte ja seine Platztafel nicht sehen.

»Darf ich fragen, ob Ihr schon einmal im Nahkampf einem Mann gegenübergestanden habt oder verwundet wurdet?«

»Beides«, antwortete Cerryl, der entschlossen war, über seine Kampferfahrung so wenig wie möglich zu verraten.

»Mit dem Schwert?«

»Ein Pfeil in die Schulter.«

»Was ist mit den Männern, mit denen Ihr gekämpft habt? Haben sie Gebrauch von kaltem Eisen gemacht?«

»Das haben sie und sie sind tot.«

»Da Ihr Euch jetzt eingehend über ihn erkundigt habt«, rief jemand, der weiter unten saß, »könntet Ihr vielleicht den Wein anreichen?«

Die Bemerkung wurde mit Gelächter quittiert.

Honsak füllte seines und Cerryls Glas und reichte den Wein weiter. Dann kamen zwei Servierteller mit Rindfleisch in brauner Soße und Kartoffeln, danach noch ein Korb mit Brot. Cerryl füllte seinen Teller und aß.

»Ihr wart vor einigen Jahren schon einmal hier, nicht wahr?«, fragte einer der jüngeren Hauptmänner, der auf der anderen Seite des Tischs ein Stück weiter hinten saß.

»Ja, vor mehr als zwei Jahren.«

»War da nicht eine rothaarige Magierin bei Euch?«

»Richtig, Anya. Ja, sie war dabei«, antwortete Cerryl.

»Ist sie noch Magierin? Oder …?«

»Anya? Sie ist eine sehr mächtige Magierin«, bemerkte Cerryl trocken. »Ich denke, sie wird bald hier sein. Sie reist mit dem Erzmagier.«

»Slekyr sagte, sie hätte eigenartige Vorstellungen von Männern …«

Cerryl musste unwillkürlich lächeln. »Ich glaube, sie bevorzugt stattliche Hauptmänner, aber ich an Eurer Stelle wäre vorsichtig. Sie hat einen der großen Türme in Hydolar einstürzen lassen.«

»Äh … schleudert sie auch Chaos-Feuer?«

Cerryl grinste. »Das hat sie schon oft getan, aber nur gegen Feinde, und in Certis haben wir natürlich nur Freunde.«

»Ihr solltet Ihr besser nicht in die Quere kommen, Deltry«, warnte ein anderer Hauptmann.

Es gab einiges Gelächter am Tisch und Deltry errötete.

»Für mich ist dies alles noch recht neu …«, warf Cerryl an Honsak gewandt ein, als das Gelächter verstummt war.

»Ihr meint die Arbeit im Offiziersstab?«, fragte der rothaarige Mann.

Cerryl nickte und hoffte, nicht zu aufdringlich zu erscheinen. »Mit anderen Hauptmännern, die Landeinheiten befehligen, habe ich bisher noch nicht zusammengearbeitet, deshalb bin ich neugierig, wie die Dinge geregelt sind. Beispielsweise frage ich mich, wie die Leute bezahlt werden und wer das Geld aufbewahrt?«

»Das fragen wir uns alle«, warf irgendjemand ein.

Auch diese Bemerkung wurde mit leisem Gelächter quittiert.

»Die Münzen werden in gesicherten Räumen im Palast aufbewahrt und der Finanzminister des Vicomte zahlt den Sold alle zwei Achttage an den Oberhauptmann Levior aus. Er ist der Zahlmeister des Heeres. Der Uniformierte da drüben neben Eurem Magier.«

»Und wenn Ihr nicht in der Kaserne seid?«

»Das gefällt denen besonders gut. Da bekommt man den Sold erst, wenn man zurückkehrt, aber der Sold der Leute, die nicht zurückkommen, wird einbehalten. Nun ja ... die Hälfte geht an die Witwe, falls es eine gibt, aber nur wenige Bewaffnete oder Lanzenreiter sind verheiratet.«

»Ist der Finanzminister unter den Gästen, die dort oben beim Vicomte sitzen?«

»Das weiß ich nicht«, antwortete Honsak. »Issel, ist der Finanzminister vielleicht der grau gekleidete Mann?«

Issel, der Cerryl schräg gegenüber saß, drehte sich kurz um und runzelte die Stirn. »Ja, das ist er. Das ist der alte Dursus höchstpersönlich.«

Cerryl prägte sich Gesicht und Namen ein. »Habt Ihr nicht so viel mit dem Finanzminister zu tun?«

»So wenig wie möglich und das gilt in beide Richtungen. Er treibt nicht genug Geld ein und es heißt, wir würden womöglich keinen Sold bekommen. Aber das ist bisher noch nie vorgekommen.«

»Er muss eine Menge Helfer haben«, bemerkte Cerryl und wandte sich mit einem fragenden Blick an Issel.

»Ich kenne nur einen, der Pullid heißt. Er ist der Mann da in Grau und Rot.«

Pullid und Dursus … »Welche Verpflegung bekommt Ihr eigentlich im Feld?«, fuhr Cerryl fort, um das Thema zu wechseln.

»Wenn wir länger als einen Achttag unterwegs sind, nehmen wir uns, was wir draußen finden können«, erklärte Setken, der links neben Cerryl saß. »Wenn der Einsatz kürzer ist, bekommen wir Zwieback, gelben Käse und ein paar Streifen getrocknetes Rindfleisch. Dazu das, was Ihr noch in die Satteltaschen stopfen könnt, wenn Ihr früh genug unterrichtet werdet und die anderen Mannschaften nicht schon alles abgeräumt haben, was zu kriegen war. Und wie ist das bei Euch Weißen?«

»Es ist fast das Gleiche, nur dass wir weißen Hartkäse nehmen und meist ein paar Trockenfrüchte dazu bekommen. Schwer zu kauen, aber sehr sättigend.«

»Trockenfrüchte … vielleicht könnten wir auch …«

»Vergesst es, Honsak«, unterbrach ihn Setken. »Dursus würde Euch zum Garnisonsdienst nach Quend schicken, noch bevor Ihr überhaupt mit Oberhauptmann Gised gesprochen hättet. ›Trockenfrüchte für Bewaffnete? Lächerlich, das ist viel zu teuer.‹«

Sogar Cerryl musste lachen, als er hörte, wie Setken den Finanzminister nachäffte.

»Geld, immer geht es nur ums Geld«, murmelte Honsak.

»Das ist wohl überall so«, stimmte Cerryl zu. Er hatte sein Weinglas ausgetrunken und sah sich nach dem Krug um. »Es mangelt immer am Geld.«

»Auch bei Euch Weißen?«

»Besonders bei uns Weißen«, gab Cerryl zurück, als er die überraschten und sogar ungläubigen Gesichter sah. »Wir bekommen ja nur die Steuern und Wegezölle von den Kaufleuten in Fairhaven. Wir haben keine Bauern, die wir besteuern können, wir haben keine Häfen und nur eine einzige Stadt.«

»Aber die Wegezölle …«

»Es kostet eine Menge Geld, die Straßen zu bauen und zu unterhalten«, wandte Cerryl ein. »Alle Hallen der Magier würden leicht in einen kleinen Trakt dieses Palastes passen.«

»Habt Ihr außer Jellico und Fairhaven noch andere große Städte gesehen?«, fragte Setken rasch, der die Unterhaltung offenbar in eine andere Richtung lenken wollte.

»Ich habe Fenard und Hydolar gesehen«, räumte Cerryl ein.

»Und wie fandet Ihr die Orte?«

Cerryl ließ sich gern auf das unverfängliche Thema ein. »Ich würde sagen, dass die Mauern Jellicos zu den beeindruckendsten zählen …«

Während er sprach, wanderte sein Blick zum Kopfende der Tafel, wo Vicomte Rystryr sich gerade zu Fydel beugte und eine Bemerkung energisch mit geballter Faust unterstrich. Cerryl sprach weiter. Wahrscheinlich würde er noch mehr unverfängliche Gesprächsthemen und humorvolle Bemerkungen brauchen, um seine Tage in Jellico zu füllen. *Viel, viel mehr.*

IV

Cerryl betrachtete das Glas auf dem ovalen Bettvorleger. Die Nebel verzogen sich und enthüllten eine blonde, grün gekleidete Heilerin, die an einem Schreibtisch vor einem Blatt Papier saß. Sie legte den Kopf schief und jetzt breitete sich ein strahlendes Lächeln in ihrem

Gesicht aus. Sie hob die Finger an die Lippen und hauchte einen Kuss in den Raum.

Cerryl lächelte und ließ das Bild in sich zusammenfallen. Offenbar hatte sie seine Gegenwart gespürt.

Nach einer Weile konzentrierte er sich wieder auf das Glas, bis die silbernen Schleier wallten und sich teilten und eine rot und grau gekleidete Gestalt auftauchte. Der Mann saß in einer Kutsche, aber Cerryl konnte nicht erkennen, wohin die Kutsche fuhr.

Eine Weile später versuchte er es noch einmal und probierte es mit einem Blick aus größerer Entfernung, aber das Glas zeigte nur Pullids Kutsche, die sich dem Palast des Vicomte näherte. Das Bild wurde immer wieder gestört, als ein spätes Schneetreiben durchs Sichtfeld wirbelte.

Achselzuckend zog Cerryl die weiße Jacke an und ging zum vorderen Hof hinaus, wo ein Aufsitzbock für die Kutschen bereitstand. Dort wartete er bei den beiden Bewaffneten, die den Zugang zum persönlichen Quartier des Vicomte bewachten.

Cerryl trat vor, als Pullid die Kutsche verließ. »Ser Pullid?«

Der stämmige, grau und rot gekleidete Mann drehte sich zu ihm um. »Ich glaube, wir kennen uns nicht, Ser Magier. Mein junger Ser Magier.«

Cerryl überhörte den herablassenden Tonfall. »Ich hatte gehofft, Ihr könntet mir vielleicht mit Eurem umfassenden Wissen über das Finanzwesen helfen.« Er setzte ein Lächeln auf, von dem er hoffte, dass es möglichst freundlich aussah.

Pullid blickte ihn finster an. »Was hat ein Magier mit Finanzen zu tun?«

»Nun ... wir erheben mit Hilfe von Herrschern wie dem Vicomte Gebühren, damit wir die Großen Weißen Straßen bauen und unterhalten können. Alle sagen, dass Ihr der wichtigste Helfer des Finanzministers Dursus seid und Euch besonders gut auskennt, wenn es darum geht, die Gebühren einzutreiben und so weiter. Wir haben nun gewisse Schwierigkeiten in Montgren«, log Cerryl, »und ich dachte, ich könnte Euch vielleicht um Rat fragen.«

Pullid starrte ihn nur an, ohne zu antworten.

Cerryl konnte dem Mann ansehen, was er dachte. Er wollte keinen Magier beleidigen, besonders keinen, der im Rahmen eines Feldzuges gekommen war, denn ein Magier konnte ihn leicht in Asche verwandeln. Aber Pullid wollte ganz eindeutig nicht mit Cerryl sprechen.

»Ich habe mich gefragt ... offenbar hat der Vicomte selbst auch Straßen, die es zu unterhalten gilt. Erhebt Ihr dafür eigene Gebühren oder sammelt Ihr alles zusammen ein?«

»Wir würden es nicht wagen, mehr als einmal Steuern einzutreiben.« Pullid lachte, es klang ein wenig falsch. »Und selbst ein einziges Mal ist es schon schwierig genug.«

Cerryl nickte, als er ein immer besseres Gefühl für den Mann bekam.

»Und jetzt ... wenn Ihr mich entschuldigen wollt ...«

»Aber natürlich.« Cerryl deutete eine Verbeugung an.

Wieder in seinem Gästezimmer angekommen, zog Cerryl das Glas hervor. Vielleicht hatte er Pullid sogar veranlasst, voreilig etwas zu unternehmen. Als Nächstes sah er Pullid mit dem Finanzminister reden, aber nach allem, was dort zu erkennen war, schien Dursus mehr oder weniger unbeeindruckt zuzuhören und entspannt zu antworten, bis er Pullid schließlich mit einer Geste aus dem vertäfelten Arbeitszimmer entließ. Pullid ging danach in einen viel kleineren, ebenfalls vertäfelten Raum, wo er lange Zeit an einem Tisch sitzen blieb, bis Cerryl schließlich das Bild fallen lassen musste, weil er starke Kopfschmerzen bekam.

Sein Problem war nicht gelöst. Wie konnte er beweisen, dass der Vicomte Geld abzweigte? Alles, was Cerryl wahrnahm, bestärkte ihn in dem Verdacht, dass es tatsächlich geschah, aber er hatte keine einzige klare Vision und keinen Beweis. Andererseits hatte er dafür gesorgt, dass die Leute allmählich nervös wurden und einen gewissen Magier namens Cerryl misstrauisch beobachteten. Doch wie sollte er in einer Stadt, in der er so gut wie niemanden kannte, die Dinge in Gang bringen, wenn nicht durch Druck?

Er setzte sich aufs Bett und massierte Nacken und Stirn, um die Kopfschmerzen zu vertreiben.

Vielleicht sollte er es später noch einmal versuchen.

V

Cerryl saß auf der Bettkante und betrachtete das Glas auf dem geflochtenen Bettvorleger. Der Stoff war früher vermutlich einmal grün gewesen, jetzt schien er grau. Die silbernen Schleier verzogen sich und vor ihm lag nur noch ein leeres Stück Glas, in dem sich die Deckenbalken spiegelten. Nein, mit dem Spähglas würde er nicht weiterkommen.

Der kurze Wortwechsel mit Pullid hatte zu nichts geführt, und seine wiederholten Versuche, den Mann mit dem Spähglas zu verfolgen, waren ergebnislos geblieben. Finanzminister Dursus schien den Palast überhaupt nicht zu verlassen, abgesehen von den kurzen Fahrten zu seinem luxuriösen Haus, das etwas südlich vom Palast auf dem Hügel stand. Pullid reiste im Land umher und traf sich mit zahlreichen Leuten, auch mit Bewaffneten und Personen, die Steuereintreiber sein mochten, aber Cerryl konnte nirgends eine Spur von Münzen entdecken und auch die Gespräche waren gewöhnlich nur kurz. Er wünschte, er könnte nicht nur beobachten, sondern auch zuhören, aber das war mit dem Spähglas nicht möglich.

In den drei Tagen nach ihrer Ankunft hatte der Vicomte keine weiteren Einladungen zum Abendessen ausgesprochen. Cerryl und Fydel hatten im unteren Stockwerk der Kaserne zusammen mit den certischen Offizieren in eher bescheidenem Rahmen deutlich schlichtere Mahlzeiten eingenommen.

In dem Gebäude, in dem sie einquartiert waren, hatte Cerryl sich bereits umgesehen. Es stand zur Hälfte leer, erweckte aber den Eindruck, als sei es vor kurzem noch voll in Betrieb gewesen. Waren die abwesenden Mannschaften und Offiziere etwa die Banditen, die seit einiger Zeit Spidlar zusetzten?

Aber das Spekulieren und Forschen im Glas würde ihm nichts Neues verraten. In dieser Hinsicht war Cerryl sich ziemlich sicher. Entweder er würde nicht sehen, was wirklich vor sich ging, oder er würde es nicht verstehen, wenn er es sah. Er musste auf irgendeine andere Weise vorgehen.

Cerryl lehnte sich zurück.

Er hatte versucht, etwas über die Helfer herauszufinden, die Steuern und Wegezölle eintrieben … und keinen Erfolg damit gehabt. Vielleicht lag es daran, dass er nicht genau wusste, worauf er achten musste, vielleicht auch daran, dass den Eintreibern inzwischen klar war, dass er oder jemand anderes sie beobachtete, und sie einfach abwarteten, bis er aufgab.

Wer zahlte die Gebühren?

Die Leute, die Geld hatten, also vor allem die Kommissionäre und wohlhabenden Kaufleute. Leider war Cerryl weder in Fairhaven noch anderswo vielen Kaufleuten begegnet. Narst, der ihn auf dem Rückweg aus Hydolar mitgenommen hatte, war vermutlich der einzige echte Händler, den er überhaupt kennen gelernt hatte, genau wie Layel der einzige Kommissionär war, den er kannte.

Narst hatte einige Namen erwähnt … der Mann in Spidlar nützte ihm nichts, aber wie war noch der Name des Händlers in Jellico gewesen? Fedor? Nein ... Freidr oder so ähnlich.

Es kann jedenfalls nicht schaden, wenn ich der Sache nachgehe.

Er stand auf und zog die weiße Jacke an. In seinem Zimmer war es kühl, aber draußen war es richtiggehend kalt, nachdem es jetzt, im Spätfrühling, noch mehrere Schneetreiben gegeben hatte. Er schloss hinter sich die Tür und ging den Flur entlang, die Treppe hinunter und zu den Ställen.

Er blieb einen Augenblick draußen stehen, dann räusperte er sich und schließlich pfiff er.

Ein bleiches Gesicht tauchte auf. »Äh, ja, Ser?«

»Ich will ausreiten«, erklärte er dem Pferdeknecht.

»Oh, Ihr reitet den großen sanften Wallach?«

»Genau.«

»Es wird einen Augenblick dauern, Ser.«

»Ich warte.«

Cerryl sah sich im Hof um. Anscheinend waren die Gebäude, die den Stall umgaben, viel älter als selbst die ältesten Gebäude in Fairhaven.

»So, da wären wir.« Der Pferdeknecht führte den Wallach heraus.

Cerryl starrte einen Augenblick das rote und weiße Zaumzeug an. Ob es besser wäre, nicht so offen zu zeigen, woher er kam? Dann zuckte er mit den Achseln. »Danke.«

Der Stallbursche nickte.

Der Wallach schnaubte leise, als Cerryl in den Sattel stieg, dann tappte er brav zum Tor. Immer noch fielen vereinzelte dicke Schneeflocken aus dem grauen Himmel, die jedoch sogleich schmolzen, wenn sie das Straßenpflaster berührten. Nur auf einigen Dächern blieb noch Schnee liegen. Cerryl lenkte den Wallach hügelab und nach Osten zum Marktplatz.

Vor einem Geschäft, wo ein älterer, blau gekleideter Mann mit einem jüngeren Bartträger sprach, hielt er an.

Die beiden drehten sich um, als sie den Reiter gewahrten, der sie beobachtete.

»Ser Magier?«

»Ich suche einen Händler, sein Name soll Freidr sein oder so ähnlich«, erklärte Cerryl.

»Freidr?«, gab der jüngere Mann stirnrunzelnd zurück.

Der Ältere nickte. »Fearkls Sohn.«

»Könntet Ihr mir sagen, wo ich sein Haus finde?«

»Wenn ich mich recht entsinne, nimmt er es mit dem Handel lange nicht so ernst wie sein Vater. Er wohnt in der schmalen Straße, die dort an der Nordseite vom Platz abgeht.« Der ältere Mann deutete hinüber. »Sein Haus ist ungefähr hundert Ellen vom Platz entfernt. Ein schlichtes Gebäude ohne Schilder.«

»Wie kann ich es finden, wenn es kein Schild hat?«, fragte Cerryl.

»Das Haus steht zwischen dem Küfer und Wrys Silberschmiede. Hätte ich Euch gleich sagen sollen.«

»Ich danke Euch.« Cerryl nickte höflich.

»Freidr ... soll ein Kaufmann sein? Ein Trottel und ein Narr ist er ... die Schwester arbeitet besser als er.«

»Es gibt eben solche und solche, Biuskr.«

Die Schwester des Händlers sollte besser arbeiten als er? Cerryl runzelte die Stirn, hielt aber die Augen auf der Straße und ignorierte das Gewimmel auf dem Platz. Die Straße, die im Norden abzweigte, war schmal, gerade breit genug für einen Wagen und ein Pferd, und das Haus war alt. Der heruntergekommene Wohnsitz einer alten Kaufmannsfamilie?

Cerryl stieg ab und band den Wallach am Eisenring fest, der neben der Tür an einem Steinpfosten befestigt war. Er klopfte kräftig an, aber niemand antwortete. Er wartete eine Weile und klopfte noch einmal.

Schließlich ging die Tür auf, aber Cerryl konnte die schweren Ketten sehen, mit denen das Eichenholz von innen gesichert war. Hinter der Kette stand eine dünne

Frau mit feinem blondem Haar, das hinten zu einem Zopf geflochten war. »Ja, Ser?«

»Ich suche den Händler Freidr.«

Sie riss die Augen auf, wich Cerryls Blick aus und schluckte. »Einen Augenblick, Ser, einen Augenblick. Er wird gleich da sein.« Sie drückte die Tür nicht ganz wieder zu, aber die Eisenketten blieben, wo sie waren, und versperrten ihm den Zutritt.

»Wer ist das schon wieder?«, ließ sich im Dunkel hinter der Tür eine heisere Stimme vernehmen.

»… einer von *ihnen* … noch einer … nicht gesagt …«

Ein bleiches Gesicht tauchte hinter den Ketten auf. »Ich bin Freidr.«

»Ich würde gern mit Euch sprechen«, sagte Cerryl höflich.

Der Mann löste die Ketten, hielt ihm die Tür auf und machte Platz. Klein und gedrungen war er. Er trug ein neues dunkelblaues Hemd und eine passende Hose. Die Stiefel glänzten sogar im Zwielicht des Vorraumes.

Cerryl betrachtete den dunklen Bart und die kalten blauen Augen, die seinem Blick auswichen. Der Mann hatte etwas zu verbergen, aber warum hatte er Angst vor Cerryl? *Doch sicher nicht nur, weil ich ein Magier bin?*

»Wir können in meine Schreibstube gehen.« Freidr versperrte die Tür, legte die Ketten wieder vor und wandte sich nach rechts. Am Ende eines schmalen Ganges betraten sie ein kleines Zimmer.

Eine alte Öllampe, die in einer grünlich verfärbten Kupferklammer an der Wand hing, verbreitete etwas Licht. Eine Wand wurde von einem Eisengitter eingenommen, hinter dem schwere Holzregale standen. Drei armierte Kästen schienen sich fast auf den Regalen zu verlieren, die ein ganzes Dutzend hätten aufnehmen können.

Freidr setzte sich hinter den Schreibtisch, legte die Arme auf den Tisch und wartete. Cerryl ließ sich auf einem der schlichten harten Holzstühle nieder, die so alt zu sein schienen wie das Gebäude, in dem sie standen.

»Wie kann ich Euch helfen?« Freidr lächelte geschäftsmäßig, wich aber immer noch Cerryls Blicken aus.

»Der Händler Narst hat Euren Namen erwähnt«, meinte Cerryl.

»Ich bin Kommissionär und habe mit vielen Händlern zu tun«, erwiderte Freidr ausweichend.

»Das glaube ich gern. Ihr habt außerdem auch mit den Steuereintreibern des Präfekten zu tun.«

»Jeder Kommissionär hat mit ihnen zu tun, weil die Gilde in Fairhaven Wegezölle erhebt.« Trotz der Kälte im Raum bildeten sich kleine Schweißtropfen auf der Stirn des Kaufmanns.

»Gibt es Unterlagen über die Steuern, die Ihr entrichtet habt?« Cerryl zog die Augenbrauen hoch.

»Ihr wollt wohl nicht andeuten ... Ihr habt doch schon das Lagerhaus durchsuchen lassen.«

»Ich habe ganz sicher nichts durchsuchen lassen«, widersprach Cerryl. Er fragte sich, was in Jellico vor sich ging, dass Freidr solche Angst vor einem jungen weißen Magier hatte.

»Nein ... aber es ist genau so, als hättet Ihr es selbst ... nun, die Inspektoren des Präfekten waren es.«

»Also Pullid?«, fragte Cerryl, ohne sich etwas anmerken zu lassen.

»Er stand nur rum. Glaubt Ihr denn, er hätte sich die Hände schmutzig gemacht? Ich kannte die Namen der Leute nicht, aber einige haben die Akten durchgesehen. Sie sagten, sie suchten nach Waren, die man Euch Weißen Magiern gestohlen hätte.«

Cerryl betrachtete lächelnd den schwitzenden Händler. »Warum zeigt Ihr mir nicht einfach Eure Steuerunterlagen?«

»Ihr werdet sie mitnehmen, und was mache ich dann, wenn Pullid im nächsten Jahr kommt?«

»Ich werde sie nicht mitnehmen«, beruhigte Cerryl ihn. »Ich suche etwas ganz anderes. Es scheint ... wie soll ich sagen ... es scheint, dass es Unregelmäßigkeiten in den Steuerakten gibt. Ihr könntet mir damit helfen ... und ich darf doch davon ausgehen, dass Ihr hilfsbereit seid?« Während sein Lächeln breiter wurde, kam Cerryl sich vor wie Anya.

Freidr seufzte.

Cerryl prüfte den Mann mit seinen Sinnen, während dieser sich umdrehte und ein Hauptbuch und eine Holzkiste holte, die sehr alt zu sein schien.

»Hier ...« Seufzend schob der Kommissionär das Hauptbuch zu Cerryl hinüber. »Ihr könnt es selbst sehen. Ich habe alles bezahlt, bis auf das letzte Kupferstück.«

Cerryl ging die Quittungen durch und rechnete im Geiste mit ... dann runzelte er die Stirn. Eine Eintragung trug einen anderen Namen – Liedral.

»Liedral ... ist sie Eure ... Eure Schwester?« Cerryl lief es kalt den Rücken hinunter und seine Augen fühlten sich an wie Eis, als er den Kommissionär ansah.

Freidr krümmte sich beinahe auf dem Stuhl, als wäre er geschlagen worden. »Ich habe getan, was Ihr wolltet ... was der andere bärtige ...«

»Fydel, meint Ihr?«, fragte Cerryl.

»So hat er sich vorgestellt ...«

Cerryl zwang sich, ruhig zu bleiben. Eigentlich gab es doch keinen Grund, dass er sich aufregte. Er selbst hatte Freidrs Schwester nichts getan, er hatte es erst bemerkt, als es schon vorbei war. *Hast du Schuldgefühle, weil die Gilde es getan hat und weil du glaubst, dass es falsch gewesen ist?* »Die Angelegenheit mit Eurer Schwester ist eine ganz andere Sache. Hier geht es um Gold. Ihr habt dem Orden fünfzehn Prozent Eurer Einnahmen gezahlt ... so steht es hier.«

»Es sind fünfzehn Prozent auf alle Einnahmen. Pullid hat wirklich alles und jedes überprüft, wie Ihr Magier es verlangt.«

Cerryl nickte. »Und er sagte Euch, dass er einen von uns schicken würde, wenn Ihr ihm nicht alles offenbart?«

»Das brauchte er nicht eigens zu sagen, das wissen wir auch so.«

Cerryl zwang sich zu einem Lächeln. »Könntet Ihr mir erklären, warum Ihr es so genau wisst?«

»Wir … wir wissen es einfach.« Freidrs Augen zuckten hierhin und dorthin, immer noch wich er Cerryls Blicken aus.

»Wie lange zahlt Ihr schon die fünfzehn Prozent?«

»Ich weiß nicht … seit fünf Jahren … hier sind die Akten.« Der Kommissionär wirkte verzweifelt.

Cerryl schüttelte leicht den Kopf. »Es spielt keine Rolle. Wisst Ihr von anderen Händlern, deren Lagerhäuser auf die gleiche Weise wie das Eure untersucht worden sind?«

»Äh … nein …«

»Ihr lügt.« Cerryl hasste es, aber er sammelte gerade genug Chaos, um eine kleine Feuerkugel über dem erhobenen linken Zeigefinger entstehen zu lassen.

Freidr erbleichte.

»Erinnert Ihr Euch jetzt?« Wieder setzte Cerryl ein Lächeln auf, das bei Anya entliehen zu sein schien, und hasste sich noch mehr dafür.

»Ich weiß nicht … bin nicht sicher … aber Pastid … und Triok … sie haben etwas angedeutet …«

»Pastid und Triok … wo kann ich sie finden?«

»Pastid … er hat sein Haus auf der anderen Seite des Marktes, im Silberweg. Direkt neben seinem Haus ist der Kupferschmied, ich glaube, er heißt Gued. Triok hat sein Haus im Weg der Weber im Norden, nördlich vom Palast.«

Cerryl nickte. »Ich hoffe, die Angaben stimmen.«

»Es ist … ich sage Euch die Wahrheit.«

»Gut.«

»Ist das alles, Ser?«

»Das ist alles.« Cerryl lächelte. *Für den Augenblick.* Er öffnete die Tür und überprüfte mit den Chaos-Sinnen den schmalen Gang, bevor er hinaustrat. Der kleine Vorraum war leer.

Freidr folgte ihm mit etwas Abstand und wartete, bis Cerryl die Vordertür geöffnet hatte.

»Ich danke Euch«, sagte Cerryl zum Kommissionär und ging hinaus.

Die Tür wurde eilig geschlossen und Cerryl hörte die Ketten klirren. Ein sicherer Beweis war es nicht, aber fünfzehn Prozent? Nach Myrals Angaben verlangte die Gilde von Händlern außerhalb Fairhavens, und auch nur von den Größten, nicht mehr als ein Drittel dieses Betrages. Selbst die Kommissionäre in Fairhaven mussten nicht mehr als den Zehnten abgeben.

Cerryl band den Wallach los und stieg rasch auf. Der Schneefall hatte aufgehört, dafür regnete es jetzt. Dicke Tropfen prasselten aufs Pflaster. Cerryl lenkte sein Pferd nach Westen.

Was er bisher herausgefunden hatte, warf einige Fragen auf. Wusste Shyren Bescheid? Wenn nicht, warum nicht? Oder wenn er es wusste, warum hatte er Jeslek nichts gesagt? Und wenn er es gesagt hatte, welche Pläne verfolgte Jeslek dann?

Als Cerryl an Pastids Tür klopfte, öffnete ihm niemand. Der Magier ritt durch eine schmale Gasse hinten um das Gebäude herum, aber auch die hinteren Ladetore waren verschlossen und von innen verriegelt. Da allmählich die Sonne hinter den westlichen Stadtmauern versank, kehrte er zum Palast des Vicomte zurück.

Der Stallbursche nahm den Wallach schweigend in Empfang. Cerryl ging über den Hof und die Treppe zu seinem Zimmer hinauf.

Shyren stand oben und erwartete ihn mit einem sanften Lächeln. »Ihr seid ausgeritten, wie ich sehe?«, fragte der ältere Magier freundlich.

»Ich habe ja hier in der Kaserne und im Palast nicht

viel zu tun«, antwortete Cerryl lachend. »Deshalb bin ich etwas durch die Stadt geritten, habe ein paar Fragen gestellt und versucht, mich hier zurechtzufinden.«

»Ihr jungen Magier ... ja, das war sicher eine kluge Idee. Man weiß ja nie, was einen erwartet. Aber trotzdem ... ein Ort wie Jellico ist nicht ungefährlich für jemanden, der sich hier nicht auskennt.« Shyrens Augen funkelten ein wenig. »Nicht alles ist so, wie es auf den ersten Blick scheint.«

»Das ist sicherlich wahr. Gibt es eine Gegend, in der ich Eurer Ansicht nach besonders vorsichtig sein muss?«

»Überall und nirgends.« Shyren lachte leise, belustigt. »Wenn es um Geld geht oder wenn die Leute glauben, es gehe um Geld, kann jeder Schritt gefährlich sein. Und andere Länder werden bei weitem nicht so gewissenhaft geführt wie ... wie Fairhaven. Was Ihr Frieden nennen würdet, kann hier nicht im gleichen Maße wie in Fairhaven verwirklicht werden.« Der schwere Magier zuckte mit den Achseln. »Wir Vertreter der Gilde tun was wir können, aber unsere Möglichkeiten sind begrenzt, äußerst begrenzt.«

»Ich verstehe, dass dies ein Problem werden kann.«

»So ist es.« Wieder zog ein beinahe bedauerndes Lächeln über Shyrens Gesicht. »Ich bin gekommen, um Euch mitzuteilen, dass Fydel und ich eine Botschaft vom Erzmagier erhalten haben. Er will in fünf Tagen in Jellico eintreffen.«

»Danke.«

»Ich dachte, Ihr wollt es vielleicht so schnell wie möglich erfahren.« Shyren wandte sich zum Gehen und wollte schon die Steintreppe hinuntersteigen, doch dann hielt er inne. »Ich würde Euch vorschlagen, bei Euren Ausritten äußerst vorsichtig zu sein, Cerryl. Fünf Tage sind sicher nicht genug, um Jellico wirklich kennen zu lernen, und Weiße Magier sind hier bei weitem nicht so geschätzt wie in Fairhaven. Man mag Euch freundlich ins Gesicht lächeln, aber achtet auch auf das, was sich hinter Eurem Rücken abspielt.«

»Ich bin Euch dankbar für die Warnung.« Cerryl nickte.

Nachdem der Abgesandte der Gilde fort war, rieb Cerryl sich nachdenklich das Kinn. *Eine unmissverständliche Botschaft. Musst du dir jetzt Sorgen über Pfeile und Fallen machen? Oder Schlimmeres?*

Er holte tief Luft und ging in sein Zimmer, die Chaos-Sinne gespannt, um die Umgebung zu überwachen. Sein Zimmer war leer, aber ein Rest von Chaos verriet ihm, dass Shyren es betreten hatte. Er lächelte in sich hinein. Offenbar zählten er und Kinowin zu den wenigen Weißen, die den Nachhall des Chaos fühlen konnten. *Warum? Weil du zu den wenigen Weißen gehörst, die sich das Chaos vom Leib halten?* Leyladin konnte es ebenfalls spüren und wahrscheinlich auch die meisten Schwarzen. *Auch das ist eine Fähigkeit, die du verbergen solltest … und wenn du noch weitere entwickelst, könnte es eines Tages genug sein. Aber genug wozu?*

Er schüttelte den Kopf.

Als er den ersten Glockenschlag hörte, wusste er, dass er sich beeilen musste, wenn er sich vor dem Abendessen noch waschen wollte.

VI

Cerryl ließ blinzelnd das Bild im Glas in sich zusammenfallen. Nach wie vor hatten seine Bemühungen, Pullid und Dursus im Spähglas zu beobachten, nichts Brauchbares ergeben. Er hob das Glas auf, das sich im kalten Zimmer warm anfühlte, und verstaute es im Schrank, dann warf er einen Blick zum geschlossenen, verriegelten Fenster. Es konnte nicht schaden, wenn er trotz Wind und Regen ausritt, um mit Triok oder Pastid zu reden. In den letzten zwei Tagen hatte er die Händler nicht zu fassen bekommen. Trioks Frau hatte ihm erklärt, sie erwarte jeden Tag die Rückkehr ihres Mannes, während Pastids Haus stumm und verschlossen war.

Er zog die Jacke an und verließ das öde Zimmer in der Kaserne, um quer über den Hof zu gehen und sein Pferd zu holen. Der Pferdeknecht nickte nur, als er Cerryl erkannte, und verschwand wortlos im Stall. Cerryl sah sich unterdessen auf dem Hof um. Kleine Pfützen, die gelegentlich von einem dicken Tropfen aufgestört wurden, hatten sich auf dem Pflaster gebildet. Während er wartete, ließ er die Sinne über die Mauern wandern, aber er konnte nur einen Wächter und keine Spur Chaos entdecken. Dann drehte er sich um und setzte die Überprüfung fort, wie er es fast unablässig tat, seit Shyren ihn vor den Gefahren in Jellico gewarnt hatte. *Die größten Gefahren drohen mir vermutlich hier in diesen Mauern.*

»So, da wären wir, Ser Magier.« Der Pferdeknecht führte das Pferd heraus, das wie gewohnt das weiße und rote Zaumzeug trug.

Die Straßen Jellicos schienen etwas weniger belebt als beim letzten Ausritt. Cerryl lenkte den Wallach zunächst nach Norden zu Pastids Lagerhaus, aber das Gebäude war wie zuvor stumm und verriegelt.

Mit einem Seufzen dirigierte Cerryl das Pferd nach Westen zu dem kleinen Hügel, hinter dem Trioks Haus lag. Hin und wieder fielen ein paar Tropfen aus den tief hängenden Wolken, deren dunkelgraue Färbung noch weitaus heftigere Niederschläge anzukündigen schien. Cerryl überprüfte mit Augen und Chaos-Sinnen aufmerksam die Gegend, durch die er ritt. Irgendwo spürte er eine leichte Zunahme der Chaos-Energie. War Jeslek schon so nah? Oder war es etwas anderes?

Trioks Haus entsprach in etwa dem, was Cerryl sich unter dem Sitz eines Händlers vorgestellt hätte. Ein kleines, schmales Wohngebäude stand direkt neben einem aus Holz gebauten Lagerhaus mit Ziegeldach. Ein muskulöser bärtiger Mann lud Ballen von einem Wagen ab und brachte die Fracht durch die offenen Ladetore des Lagerhauses nach drinnen.

Cerryl stieg ab und führte den Wallach hinüber. »Kaufmann Triok?«

»Der bin ich, Ser Magier«, grunzte Triok, der gerade den nächsten Ballen schleppte.

»Eure Gemahlin hat Euch vielleicht schon mitgeteilt, dass ich Euch seit ein paar Tagen zu erreichen versuche ...«

»Das hat sie mir gesagt, das hat sie gesagt.« Triok richtete sich auf, nachdem er den Ballen abgesetzt hatte, und wandte sich stirnrunzelnd an Cerryl. »Ich möchte wirklich gern wissen, was Ihr Weißen noch von mir wollt. Ich habe alle meine Steuern und Wegezölle bezahlt. Ich fahre zwar nicht oft in Eure Richtung, aber so ist es besser.« Er deutete zur Plakette am Wagen.

Cerryl nickte. »Ich will Euch nur einige Fragen stellen. Abgesehen von der Plakette zahlt Ihr nur ein einziges Mal Steuern, die von den Männern des Vicomte eingetrieben werden, also von Pullid. Ist das richtig?«

»So ist es schon seit Jahren. Vor Pullid war Zastor der Steuereintreiber. Wer es vor Zastor war, weiß ich nicht.«

»Erinnert Ihr Euch noch, dass der Steuersatz früher einmal dem Zehnten entsprochen hat?«

Triok runzelte die Stirn. »Das ist noch nicht lange her. Drei oder vier Jahre vielleicht. Es war das Jahr, in dem die Räuber Siljir im Pass hinter Passera erwischt haben.«

»Erinnert Ihr Euch noch, wie der Satz von einem Zwanzigstel auf ein Zehntel heraufgesetzt wurde?«

Triok lachte. »So alt bin ich nun wirklich nicht, mein junger Ser Magier, nein, so alt bin ich nicht.«

Cerryl nickte. »Wie findet Ihr die Weißen Hauptstraßen?«

»Ich mag sie. Der Wegezoll schmeckt mir natürlich nicht so gut, wenn ich das sagen darf.« Triok sah zum grauen Himmel und dann zur Tür des Lagerhauses, wie um Cerryl zu verstehen zu geben, dass er Besseres zu tun hatte, als die Neugierde eines jungen Weißen Magiers zu befriedigen, da sicher bald ein heftiger Regen einsetzen würde. »Es wäre gut, wenn wir eine Straße nach Spidlar hätten ... sobald die Schwierigkeiten behoben sind«, fügte er rasch hinzu.

»Ich werde den Wunsch entsprechend weitergeben.« Cerryl lächelte. »Vielen Dank.« Er führte den Wallach ein Stück weg, bevor er aufstieg.

»Was sollte das denn?« Trioks Frau war im Ladetor aufgetaucht.

»Keine Ahnung ... ist mir so was von egal ... hat aber wenigstens nicht lange gedauert ...«

Cerryl runzelte die Stirn. Myral hatte ihm erklärt, dass der Steuersatz für Händler außerhalb von Fairhaven ein Zwanzigstel betrug, doch seit Jahren hatte man den Zehnten eingetrieben und niemand in der Gilde hatte es gewusst oder zur Kenntnis genommen. Etwa vor drei Jahren war der Satz in Certis sogar auf fünfzehn Prozent angehoben worden. Warum? Und warum gerade zu diesem Zeitpunkt? *War das nicht das Jahr, in dem Rystryr Vicomte geworden war? Oder war es später gewesen?*

Er ritt nach Osten zu einer größeren Straße, die zum Palast des Vicomte führte. Immer noch machte er sich Gedanken, während er unablässig mit den grauen Augen die Straße, die vereinzelten Geschäfte und die überwiegend verschlossenen Fenster beobachtete.

An der Straßenecke hielt er den Wallach an. Er spürte zwar kein Chaos, aber ein gewisses Unbehagen, das er nicht näher beschreiben konnte. Während er die verlassene Straße betrachtete, sammelte er Chaos-Energie um sich.

Verlassen? Wann wäre jemals eine Straße in Jellico völlig menschenleer gewesen?

Er blickte zur Mauerkrone auf der linken Seite, die immer noch drei Ellen höher war als sein Kopf, obwohl er auf dem Pferd saß. Es war keine Häuserwand, sondern eine Mauer, die einen Innenhof umgab.

Eine dunkle Gestalt lugte über die Mauer, hob etwas …

Cerryl schluckte und ließ das Chaos fliegen, dann drehte er sich zur anderen Seite um und baute einen zweiten Schutzwall aus Chaos-Feuer auf.

Bolzen von Armbrüsten trafen zischend auf das Feuer. Die beiden Gestalten hinter den Mauern verschwanden.

Mit einem Klappern fielen die Bolzen aufs feuchte Pflaster. Wie ein Dunstschleier legte sich der Regen um Cerryl und bereitete ihm leichte Kopfschmerzen.

Er baute den Lichtschild auf und lenkte gleichzeitig sein Pferd um die Ecke. Dabei sammelte er noch mehr Chaos um sich, doch die Straße war bis zur nächsten Kreuzung tatsächlich verlassen. Schwer atmend ritt er vorsichtig in südlicher Richtung bis zur Ecke. Die Straße, die jetzt vor ihm lag, kreuzte den Weg, der in östlicher Richtung zum Markt führte. Auch diese Straße war leer. Er bog nach Osten ab, um auf einem etwas längeren, aber hoffentlich belebteren Weg zum Palast zurückzukehren.

Nach ein paar hundert Ellen, als er den Platz sehen konnte, zügelte er das Pferd, hielt den Blendschirm jedoch aufrecht. Er blieb auf dem Wallach sitzen und wartete, bis er wieder bei Atem war.

Er schnupperte. In den Gestank der Abwässer, des Unrats und der bratenden Hühner mischte sich ein Brandgeruch. Zwei Wagen, jeweils von einem einzigen Pferd bespannt, fuhren eilig die Straße hinunter zum Markt und bogen nach Osten ab. Im Nordosten des Platzes, in der Straße, wo Freidr sein Haus hatte, brannte ein Gebäude. Cerryl schluckte und lenkte sein Pferd in die gleiche Richtung wie die Wagen. Ein Stück hinter dem Gebäude, wo die Flammen aus Fenstern züngelten, hielt er an.

Grau gekleidete Männer kippten Wasser auf die Dächer der umgebenden Gebäude, und als sie sahen, dass der Brand sich nicht ausbreiten würde, löschten sie das Lagerhaus. Der Regen fiel jetzt stärker, kaltes Wasser rann Cerryl in den Nacken. Er schauderte, drängte aber den Wallach nicht näher zum Feuer und den Männern, die den Brand bekämpften. Die schmale blonde Frau stand schluchzend unter dem Vordach des Küfers und wiegte ein Kind in den Armen.

Zu Cerryls Überraschung ging das Feuer spuckend aus, aber dann wurde ihm klar, dass die Wände des Büros, wo es offensichtlich begonnen hatte, hauptsächlich aus Stein bestanden. Der Regen und die Löschtrupps hatten die Flammen rasch ersticken können.

Cerryl nickte nachdenklich. Es war Chaos-Feuer gewesen.

Immer noch den Blendschirm aufrechterhaltend, zog er das Pferd herum und lenkte es zum Palast des Vicomte. Vor dem Stall hielt er an und stieg ab.

»Ser?«, fragte ein Pferdeknecht, den er noch nicht kannte.

»Ich bin Cerryl und bringe mein Pferd zurück, damit es gestriegelt und eingestellt werden kann.« Er lächelte höflich.

»Oh … dann seid Ihr einer der Magier. Ja, Ser. Ich nehme ihn und Firklat ist auch gleich wieder da.«

Cerryl spürte, dass der verwirrte Bursche die Wahrheit sagte, und gab ihm die Zügel. »Danke.«

»Wir tun nur unsere Pflicht, Ser, nur unsere Pflicht.«

Cerryl nickte freundlich und ging die Treppe zu seinem Zimmer hinauf, das ihn öde und leer wie immer erwartete. Wo lag Shyrens Quartier – und ob der Magier da war? Es gab viele Gründe, einen Verdacht gegen Shyren zu hegen, aber wie so oft hatte Cerryl nicht den geringsten Beweis.

Cerryl konnte auch nicht einfach herumfragen, denn ein Magier, der Fragen stellte, machte sich rasch unbeliebt. Also blieb ihm zunächst nichts weiter übrig, als sich aufmerksam im Palast des Vicomte umzusehen.

Die Flure in dem Gebäudeflügel, in dem der große Speisesaal lag, schienen verlassen. Nur ein einziger Wächter war dort, der aber kaum den Kopf hob, als Cerryl rasch vorbeiging und mit seinem schnellen Schritt deutlich machte, dass er sich beeilte, um ein ganz bestimmtes Ziel zu erreichen. In diesem Teil des Palastes gab es noch einige andere Räume, darunter auch eine Art Sitzungssaal, aber alle waren leer.

Cerryl wechselte in den nächsten Flügel, offenbar den ältesten der Anlage. Hier kam er direkt hinter dem Eingang an zwei Wachen vorbei, die ihn musterten, aber sofort wieder das Interesse an ihm verloren, als er eine etwa vier Ellen breite Steintreppe hinaufging. Sie war nicht breit genug für offizielle Anlässe, aber offensichtlich zu breit, um lediglich von Dienstboten benutzt zu werden.

Shyrens Gemächer lagen im ersten Stock des alten Gebäudeflügels. Oder jedenfalls in dem Flügel, den Cerryl nach dem alten Chaos, das die Steine ausstrahlten, für den ältesten hielt.

Der junge Magier sah sich im schmalen Flur um, aber es war niemand in der Nähe. Die Tür war mit einem einfachen Bronzeschloss gesichert, das Cerryl wiedererkannte. *Ein Schloss von der Art, die in den Abwasserkanälen eingesetzt wird, bei der Dunkelheit!* Und genau wie die Schlösser, die in Fairhaven den Zugang zur Kanalisation versperrten, war es mit einer kleinen Ladung Chaos gesichert. Das Schloss selbst war nicht abgesperrt.

Cerryl runzelte die Stirn und schauderte, als er mit

den Chaos-Sinnen eine weniger offensichtliche Chaos-Linie fand, die genug Energie enthielt, um sogar einen starken Magier zu töten, wenn er unvorbereitet getroffen wurde.

Cerryl hüllte sich in den Blendschirm, schlich zu der Tür mit ihren Fallen und entfernte die beiden Chaos-Ladungen. Ein paar Augenblicke lang betrachtete er die Tür, ehe er sie einen Spalt öffnete.

Schließlich huschte er hinein und sah sich lächelnd in den Gemächern um. Das vordere Zimmer zierten ein Schreibtisch mit Einlegearbeiten und ein passender Lehnstuhl mit dickem rotem Samtpolster. An den Enden der Schreibfläche stand jeweils eine polierte Bronzelampe. Außerdem gab es zwei passende Tintenfässer aus Onyx und einen Federhalter. Drei vergoldete Bücherregale, fast fünf Ellen hoch und jeweils beinahe so breit, waren an der hinteren Steinwand aufgestellt und mit ledergebundenen Büchern gefüllt.

Die Augen und Sinne wachsam, ob jemand käme, huschte Cerryl ins zweite Zimmer, das Schlafgemach. Ein schwerer, dunkelroter Samtvorhang hielt den größten Teil des Lichts ab, das durchs Fenster fiel, aber auch ohne Licht konnte Cerryl die hohe Bettstatt sehen, die nicht einmal den fünften Teil des Raumes ausfüllte. Die Behänge des hohen Himmelbetts waren aus rotem und goldenem Satin, hauchdünne und mit Gold durchwirkte Schleier schirmten das Bett selbst ab. Ein schimmerndes Nachtgewand lag auf dem roten Samtpolster, das die große Truhe, die am Fußende des Betts stand, in eine Art Sitzbank verwandelte.

Rechts neben dem mannshohen Kamin und dem Bett gegenüber stand ein kleiner Tisch, der für zwei Gäste gedeckt war.

Cerryl riss seinen Blick von der Einrichtung los und gebrauchte seine Sinne, um den Raum näher zu untersuchen. Vor allem von der Truhe vor dem Bett strahlte Chaos aus. Cerryl empfing einen Eindruck von Chaos und einer großen Menge Metall und schluckte. Die Truhe war randvoll mit Goldstücken. Er konnte es sogar spüren, ohne die alte, polierte weiße Eiche zu berühren. Und er konnte eine große Menge Chaos spüren, das unter dem Deckel der Kiste lauerte.

Nickend drehte er sich um. Was er jetzt entdeckt hatte, musste reichen. Er wagte es nicht, sich länger hier aufzuhalten.

Shyrens Gemächer waren prächtiger eingerichtet als die des Erzmagiers. Kein Wunder, wenn man das Gold sah, das der alte Magier besaß.

Als Cerryl das Schloss und die beiden Fallen in den vorherigen Zustand versetzte, hätte er beinahe gelächelt. Shyren hatte natürlich ein großes Problem. Als Weißer Magier musste er sein Vermögen zum größten Teil oder sogar ganz und gar in seiner Nähe aufbewahren. Denn wem sonst hätte er eine solche Menge Gold anvertrauen können?

In den Blendschirm gehüllt, wanderte Cerryl durch den Flur und ging die Treppe hinunter. Bevor er in den Hof treten konnte, musste er wieder an den beiden Wächtern vorbei.

Hinter sich hörte er ihre Stimmen.

»Wer war das?«

»Ich weiß es nicht … sah aus, als würde er hierher gehören. Einer von Dursus' Leuten, würde ich sagen.«

»Hier laufen viel zu viele rum, die wir nicht kennen.«

Cerryl nickte. Er hatte gehofft, dass man ihn nicht erkannte.

Wieder in seinem Zimmer, holte er das Spähglas hervor und legte es auf den grünen Bettvorleger. Er suchte Shyren und fand den Magier in den Gemächern des Vicomte. Noch bevor sich die Schleier völlig geteilt hatten und das Bild Shyrens zeigte, der sich mit Dursus und dem Vicomte beriet, ließ Cerryl es wieder los und das Spähglas war leer.

Er verstaute das Glas und trat auf den Flur hinaus.

»Ihr seid nass wie eine ertränkte Katze.« Fydel stand in der Tür seines eigenen Zimmers. »Wo wart Ihr?«

»In Jellico. Ich habe versucht, die Stadt besser kennen zu lernen.« Cerryl hielt inne, als er bemerkte, dass Fydel so nass war wie er selbst. »Ihr wart anscheinend auch draußen?«

»Ich habe einige Vorkehrungen getroffen, um dafür zu sorgen, dass niemand unseren Feldzug gegen Spidlar stört.« Fydel zuckte mit den Achseln. »Ich muss mit Teras reden. Wir treffen uns im hinteren Hof bei dem Gebäude, wo sich der Vicomte sonst mit seinen Ministern berät. Wollt Ihr mitkommen? Das wäre sicher sinnvoll, denn außer mir muss noch jemand in die Vorbereitungen eingeweiht sein. Jeslek und Anya werden dafür kein Ohr haben.« Fydels Stimme klang verbittert, dachte Cerryl. Sie klang oft verbittert.

Warum nicht? Es kann nicht schaden, ihn zu begleiten. »Ja, wenn ich Euch nicht im Wege bin?«

»Nein. Ihr müsst früher oder später sowieso erfahren, was Ihr zu tun habt.« Der Magier mit dem eckig gestutzten Bart lächelte leicht und drehte sich um, als erwarte er ganz selbstverständlich, dass Cerryl ihm folgte.

Und so ging Cerryl hinter ihm her. Wenn Fydels Vorhaben ihn nicht direkt zu Shyren führte, dann musste Cerryl sich einen anderen Vorwand suchen. Das konnte nicht allzu schwer sein.

Doch als sie den zweiten Innenhof durchquerten, tauchte auf der überbauten Seite, wo sie vor dem Regen geschützt waren, eine weitere weiß gewandete Gestalt auf.

»Fydel … ich würde gern kurz mit Shyren sprechen.«

»Ich warte hier auf Euch, wenn es nicht zu lange dauert.«

»Nur einen Augenblick.« Cerryl drehte sich um und näherte sich dem schweren älteren Magier.

Shyren wurde langsamer, blieb schließlich stehen.

»Magier Shyren.« Cerryl nickte höflich.

»Junger Cerryl, wie ich sehe, wollt Ihr mich sprechen?« Shyren setzte ein falsches Lächeln auf. »Wie ist Euer Aufenthalt in Jellico bisher verlaufen?«

»Sehr unangenehm, wie ich zugeben muss. Zwei Männer haben Armbrustbolzen fliegen lassen – und ich fürchte, sie haben auf mich gezielt.«

»Ihr scheint allerdings nicht verletzt. Seid Ihr sicher, dass Ihr das Ziel wart?«

Cerryl zuckte mit den Achseln. »Es war niemand sonst auf der Straße und die weiße Jacke eines Magiers ist schwer zu verwechseln.« Wieder ein Achselzucken. »Höchstens, dass ein anderer Magier gemeint war. Ihr habt nicht zufällig eine Idee, wer sonst als Ziel in Frage käme?«

»Um solche Unglücksfälle zu vermeiden, habe ich es mir zur Gewohnheit gemacht, niemals durch die Stadt zu reiten. Kutschen sind für Angriffe mit Schleudern und Bogen weniger empfindlich. Magier sollten sich an die Magie halten und ihre Abenteuerlust zügeln. Ganz besonders in Städten, in denen sie nicht zu Hause sind.«

Cerryl, der alle Sinne auf Shyren konzentriert hatte, spürte die Verdrehung, die Täuschung, die nicht direkt eine Lüge war, und hätte beinahe befriedigt genickt. Er blockte alle seine Gefühle ab und antwortete, als wolle er sich Shyrens Worte als guten Rat zu Herzen nehmen. »Das habt Ihr mir schon einmal gesagt, und es scheint mir jetzt, als sei Euer Rat mehr als berechtigt gewesen. Ich habe die Absicht, mich innerhalb der Palastmauern aufzuhalten und haargenau bei dem zu bleiben, was ich im Rahmen meines Auftrags als Assistent des Magiers zu tun habe.« Er nickte in Richtung des Durchgangs, wo Fydel wartete. »Vielleicht werde ich damit weniger unerwünschte Aufmerksamkeit erregen.«

»Ich kann Euch versichern, dass die Aufmerksamkeit, die Ihr bekommen werdet, wenn Ihr Euch an Eure Aufträge haltet, durchaus von angenehmer Natur sein wird. Die meisten Menschen schätzen es nicht, wenn ein Magier seine Begabung auf Gebieten einsetzt, wo dies unnötig und unerwünscht ist. Besonders gilt das für junge Magier.« Ein nachsichtiges Lächeln, so falsch wie das letzte, breitete sich im Gesicht des fülligen Magiers aus.

»Vielen Dank für Euren Rat, Ser Shyren. Ich werde ihn gewissenhaft befolgen.« Cerryl verneigte sich. »Die jüngsten Ereignisse haben mir vor Augen geführt, wie wertvoll er war.«

»Äh … ja … ich bin froh, dass Ihr zu dieser Einsicht gelangt seid. Wir müssen eben alle tun, was wir können. Ich bin sicher, dass Jeslek höchst erfreut darüber sein wird …« Wieder spielte ein Lächeln um die Lippen des älteren Magiers. »Wenn Ihr mich jetzt entschuldigen wollt, ich muss mich auf ein schwieriges Gespräch vorbereiten …«

»Aber natürlich.« Cerryl verneigte sich und machte einen unterwürfigen Kratzfuß.

»Was hatte das zu bedeuten?«, fragte Fydel, als Cerryl zu ihm zurückkehrte.

»Ich habe Shyren erklärt, wie sehr ich seinen Rat zu schätzen weiß.«

Fydel hob die Augenbrauen, sagte aber kein Wort. Er drehte sich schweigend um und Cerryl folgte ihm. Er spürte Shyrens Blicke im Rücken, obwohl der ältere Magier angeblich so dringend fort musste.

VII

Unter einem Himmel, der auch an diesem Tag so grau war wie an allen vorhergehenden, standen Cerryl und Fydel im zweiten Innenhof im Palast des Vicomte und erwarteten Jeslek und Anya, die in Begleitung der ersten Weißen Lanzenreiter unter Befehl eines Hauptmanns, den Cerryl nicht kannte, durchs Tor geritten kamen.

Shyren, der gut dreißig Ellen links neben den beiden jüngeren Magiern stand, hob den Arm. »Heil dem Erzmagier.« Er sprach freundlich und laut genug, dass Jeslek ihn verstehen konnte.

Jeslek ritt heran, anscheinend in Shyrens Richtung, während Anya sich einen Schritt vor dem weißhaarigen Magier mit den Sonnenaugen hielt. Dann aber lenkte Jeslek sein Pferd zur Seite und kam zu Cerryl. Dort zügelte er sein Pferd und wandte sich kurz an Anya. »Ihr wisst, was Ihr zu tun habt.« Er sprang aus dem Sattel, warf die Zügel einem Lanzenreiter zu, der ebenfalls abgestiegen war, und schritt zu Cerryl. »Kommt hier herüber.«

Anya ritt zu Shyren und sammelte dabei Chaos-Energie um sich. »Einen Augenblick, Shyren. Jeslek hat noch etwas zu erledigen.«

Cerryl bemerkte ein flüchtiges Lächeln im Gesicht des älteren Magiers, bevor Jeslek ihn beiseite zog. Unter einem Vordach gegenüber den Ställen und außer Hörweite der anderen drei Magier blieben sie stehen. »Shyren hat eine Schriftrolle geschickt, in der er mir mitgeteilt hat, Ihr wärt eine Gefahr für die Gilde. Wenn Ihr nicht degradiert und verstoßen werden würdet, dann würden sich alle Händler weigern, an Fairhaven Gebühren zu entrichten. Was habt Ihr getan?«, fragte Jeslek.

Cerryl lächelte. »Ich habe herausgefunden, was mit den Gebühren passiert.«

»Und *was* habt Ihr nun herausgefunden?«, bohrte der Erzmagier mit kaum verhohlener Verärgerung nach.

»Ich bin der Ansicht, dass die Frage des Geldes ein echtes Problem darstellt.« Cerryl zwang sich, leichthin zu antworten und gleichzeitig seine Gefühle abzuschirmen. Außerdem machte er sich bereit, gegebenenfalls einen Chaos-Schlag abzuwehren, falls Jeslek ihn angreifen sollte. »Selbst nachdem Ihr in Hydlen tausend Goldstücke eingetrieben habt.«

»Zweitausend«, berichtigte Jeslek ihn mit einem schmallippigen Lächeln. »Ich habe den Preis etwas erhöht, weil ich persönlich dorthin reisen musste. Der neue Fürst musste außerdem erst einen weiteren Turm und das Nordtor verlieren, ehe er die Weisheit fand, eine Entschädigung zu zahlen und Rekruten einzuberufen.«

»Ich verstehe.« Cerryl hielt inne, bemerkte, wie Jesleks Unterkiefer sich noch stärker anspannte, und fuhr rasch fort: »Wusstet Ihr eigentlich, dass der Vicomte die Gebühren eintreibt, die der Gilde zustehen?«

»Das konnten wir noch nie unterbinden«, räumte der Erzmagier mit einem traurigen Lächeln ein, das sich so schnell wieder auflöste, wie es gekommen war. »Ist das alles?«

»Und zwar in einer Höhe von fünfzehn Prozent«, fuhr Cerryl fort. »Der Satz liegt in dieser Höhe, seit Rystryr Vicomte geworden ist. Mehr oder weniger seit dieser Zeit.«

Jesleks Lächeln verschwand endgültig. »Und?«

»Ich konnte nicht den Weg aller Gelder verfolgen, aber es gibt eine ziemlich große Kiste voller Goldmünzen, die mit der stärksten Chaos-Sperre gesichert ist, die ich je gesehen habe.« Cerryl lächelte strahlend. »Sie steht in Shyrens Schlafgemach.«

Cerryl hatte, hinter dem Blendschirm verborgen, kurz zuvor noch einmal Shyrens Zimmer aufgesucht und sich vergewissert, dass Chaos-Sperren und Kiste noch an Ort und Stelle waren. Er konnte nur hoffen, dass Shyren nicht hinterhältiger war, als es schien, oder dass er wenigstens Cerryl für völlig unbedarft hielt, gewissermaßen für eine jüngere Ausgabe von Fydel.

»Glaubt Ihr denn, die Kiste steht noch dort, nachdem er Euch bereits misstraut?« Ohne den Kopf zu bewegen, sah Jeslek kurz zu Anya, die Shyrens Aufmerksamkeit völlig beanspruchte.

»Heute Morgen war sie noch da, und ich nehme an, er hält mich für eine einfältigere Ausgabe von Fydel. Er hat zwei Armbrustschützen angeheuert, um mich zu töten. Aber das kann ich natürlich nicht beweisen.« Cerryl zuckte mit den Achseln.

Jesleks schiefes Lächeln erschien wieder. »Ich denke, Ihr solltet mich zu Shyrens Quartier begleiten. Jetzt sofort.«

Cerryl sah sich um.

»Anya wird dafür sorgen, dass Shyren noch eine Weile beschäftigt ist. Das kann sie sehr gut. Wollen wir gehen?«

Cerryl übernahm die Führung.

Das Bronzeschloss war, wie jedes Mal, wenn Cerryl es überprüft hatte, mit Chaos gesichert.

»Abgeschlossen ist hier nie, aber er hat das Schloss mit Chaos-Energie gesichert«, erklärte Cerryl. Er entfernte das Chaos aus der Bronze und wartete, bis die Ladung sich aufgelöst hatte, ehe er die Tür öffnete.

»Ziemlich luxuriös«, meinte Jeslek. »Mit eigenem Auge wird es noch deutlicher als im Glas.«

Cerryl ging ins Schlafzimmer, die Schilde nach wie vor aktiv.

»Ihr habt Eure Schilde noch oben? Also traut Ihr nicht einmal Eurem Erzmagier, Cerryl?«, fragte Jeslek.

»Ich habe gute Gründe, überhaupt niemandem zu trauen«, antwortete Cerryl. »Hier ist die Truhe.« Er deutete auf die weiße Eichenkiste und nahm das Samtpolster vom Deckel.

»Wenn Ihr erlaubt«, sagte Jeslek trocken. Er trat vor und löste das Chaos in der Kiste auf. »Eine mehr als zwei Ellen lange und halb so tiefe Kiste, bis zum Rand gefüllt. Das sind womöglich sogar mehr Goldstücke, als wir aus Hydlen mitgebracht haben.«

Cerryl hoffte es.

Abrupt trat der Erzmagier hinter die Vorhänge des Himmelbetts, weil die Tür des vorderen Zimmers mit vernehmlichem Klicken geöffnet wurde. Cerryl stand somit allein vor der offenen Kiste, als Shyren schwer atmend und mit gerötetem Gesicht in der Tür zu seinem Schlafgemach auftauchte.

Cerryl machte sich auf einen Angriff gefasst.

»Was tut Ihr hier?« Shyren sammelte Chaos um sich, noch während er sprach. »Ihr seid nur sein Werkzeug, Cerryl. Ihr versteht es nicht. Nein, Ihr mischt Euch in Dinge ein, von denen Ihr nichts versteht. Ihr werdet Euch aber nie wieder einmischen, denn ich werde mich nicht von einem ehrgeizigen Emporkömmling aus dem Weg räumen lassen.«

Es zischte und Chaos-Flammen züngelten um Cerryls Schilde. Hinter ihm verschmorten die Seidentücher des großen Betts.

»Oh, dann kennt Ihr Euch mit Schilden aus?« Shyren ließ eine stärkere Feuerzunge auf Cerryl los.

Der jüngere Magier fing lächelnd die Chaos-Energie mit seinen Schilden auf, ehe er seine eigene Energie dazugab und den Kraftfluss umkehrte. Er bündelte das Feuer zu einer schmalen Lanze aus konzentriertem Chaos, die durch die Schilde des älteren Magiers fuhren, als ob sie nicht existierten.

»Ohh …« Das kleine, überraschte Murmeln brach ab, als Shyrens Gestalt im Chaos-Feuer verging und zu feinem weißem Staub zerfiel. Nur ein Dolch aus Neusilber blieb glitzernd auf dem Boden liegen.

Anya betrat den Raum. »Er hat darauf bestanden, in sein Zimmer zu gehen. Ich hatte ja Anweisung, ihn nicht zu töten.«

Unsicher, wie Jeslek reagieren würde, drehte Cerryl sich um, ohne die Schilde sinken zu lassen. Der Erzmagier kam hinter dem Bett hervor.

»Cerryl hat sich gut geschlagen. Sogar besser, als ich es erwartet hätte.«

»Sieht ihm ähnlich«, gab die rothaarige Magierin zurück, als ob Cerryl nicht da sei. Sie trat an die Truhe am Fußende des Betts.

»Ich könnte fragen, was die Münzen hier zu suchen haben«, sagte Jeslek, indem er auf die Goldstücke in der offenen Truhe deutete, »aber ich fürchte, wir wissen es bereits. Das müssen mindestens dreitausend Goldstücke sein.« Der Erzmagier richtete sich auf und wandte sich lächelnd an Cerryl. »Wir gehen jetzt zum Vicomte. Ihr werdet allem zustimmen, was ich sage. So ist es besser.« Er wandte sich an Anya. »Ihr bleibt hier und passt auf, dass die Taschen der Gilde nicht noch einmal erleichtert werden.«

»Ich komme gern mit, solange man mir nicht vorwirft, dass ich für dieses Durcheinander verantwortlich bin«, willigte Cerryl vorsichtig ein.

»Nein ... der arme Shyren. Er hat vergessen, dass Gold und Macht nicht ein und dasselbe sind.« Jeslek betrachtete noch einen Augenblick die Truhe, ehe er sich wieder an Cerryl wandte. »Wer könnte noch weitere Goldstücke eingesackt haben?«

»Der Finanzminister Dursus und sein Helfer Pullid. Genau genommen ist es Pullid, der die Steuern eintreibt. Ich habe das von einem Händler hier im Ort erfahren. Shyren fand heraus, dass ich mit dem Händler gesprochen hatte, und ließ ihn töten und sein Lagerhaus in Brand stecken.« Cerryl hatte ganz eigene Vorstellungen, wer Freidr wirklich getötet hatte, aber es war offensichtlich besser, Shyren die Schuld zu geben, als einen weiteren Verdächtigen ins Spiel zu bringen.

»Ihr wart gründlich«, bemerkte Jeslek. »Das ist eindeutig eine Eurer Tugenden.« Er nickte knapp. »Wir sollten jetzt den Vicomte aufsuchen. Kommt mit, Cerryl.«

Die beiden Magier gingen rasch hinaus und schritten durch eine runde Halle mit Kuppeldach. Vor den Säulen am anderen Ende waren zwei grün und golden uniformierte Wächter postiert.

Fünfzig Ellen weiter blieb Jeslek vor einer Doppeltür stehen, vor der zwei weitere Wächter warteten.

Einer der Wächter betrachtete die weiß gekleideten Magier und das Amulett, das Jeslek trug, und sagte: »Seine Hoheit hat angeordnet, dass er nicht gestört werden darf.«

»Sage ihm, dass der Erzmagier von Fairhaven ihn zu sprechen wünscht. Sofort.« Jeslek sprach nicht laut, aber die Worte dampften fast vor Chaos-Macht.

Der Wächter wich etwas zurück. »Er hat aber …«

Jeslek lächelte und vor dem Wächter züngelte eine Flamme aus dem Boden. »Sage es ihm.«

Der zweite Wächter drehte sich wortlos um und klopfte an die schwere Tür. Nach kurzem Zögern rief er: »Der Erzmagier wünscht sofort den Vicomte zu sprechen.«

Augenblicke später öffnete der Wächter die Tür.

Als die beiden Magier an ihnen vorbeigingen, bemerkte Cerryl, dass den Wächtern Schweißperlen auf der Stirn standen. In ihrer Haut hätte er nicht stecken wollen.

Der Vicomte erhob sich vom vergoldeten Stuhl, der hinter einem gleichermaßen vergoldeten Tisch stand, und legte eine Schriftrolle zur Seite. »Mein lieber Erzmagier, ich habe damit gerechnet, Euch erst beim Abendessen zu sehen. Euch und Eure rothaarige Assistentin.«

Jeslek ging schnellen Schrittes weiter, während Cerryl die Tür hinter ihnen schloss. Dann folgte er dem Erzmagier.

»Mein lieber Vicomte, vielleicht habt Ihr den Magier, der mich begleitet, schon gesehen. Sein Name ist Cerryl. Er wurde nicht nur hergeschickt, um die Invasion Spidlars vorzubereiten, sondern auch, um … nun, um gewisse Unregelmäßigkeiten zu untersuchen, was das

Eintreiben der Wegezölle angeht.« Jeslek schenkte dem blonden, stämmigen Vicomte ein strahlendes Lächeln.

Zu beiden Seiten des Tischs stand je ein Wächter mit einer Eisenklinge. Die beiden ließen Jeslek keinen Moment aus den Augen.

»Unregelmäßigkeiten, sagt Ihr?« Rystryrs Stimme klang nachdenklich und im engen Zimmer ein wenig grollend.

»Ja. Anscheinend hat Shyren ein Abkommen mit Eurem Finanzminister getroffen, einem gewissen Dursus, wie ich glaube, und vielleicht auch mit dessen Helfer.« Jeslek wandte sich an Cerryl. »Wie war noch sein Name?«

»Pullid.« Cerryl behielt die Wächter im Auge und beobachtete mit den Ordnungs- und Chaos-Sinnen den Bogenschützen, der hinter einem Spalier auf der rechten Seite verborgen war.

»Und was ist mit Shyren? Sollte er nicht hier erscheinen, um sich zu diesen … zu diesen Unregelmäßigkeiten zu äußern? Ich kann ihn nirgends sehen.« Rystryr hob die buschigen Augenbrauen.

»Ihr werdet ihn auch nie wieder sehen«, erwiderte Jeslek. »Wer sich auf Kosten der Gilde die Taschen füllt, überlebt dies in der Regel nicht.«

»Äh … ja. Ich verstehe, dass so etwas bei der Gilde auf schärfste Missbilligung stoßen muss.« Rystryr nickte scheinbar mitfühlend.

Cerryl konnte Entsetzen und Sorge hinter den Worten spüren, auch wenn die Stimme des Vicomte gleichmütig klang.

»So ist es, so ist es. Die Gilde setzt sich für das Wohl ganz Candars ein, nicht nur für das Wohl eines einzigen Mannes oder Landes. Manchen fällt es schwer, dies zu verstehen«, fügte Jeslek in beinahe nachdenklichem Ton hinzu. »Und so hintergehen sie die Gilde und glauben, wir würden es nicht sehen und nicht verstehen.« Er setzte ein breites, strahlendes Lächeln auf. »Was aber gewiss nicht Euch einschließt, Rystryr. Ich bin sicher, Ihr versteht mich.«

»Natürlich verstehe ich Euch. Wie könnte ich es nicht verstehen? Ihr und die schöne Anya habt es mir deutlich genug gesagt.«

»Darüber freuen wir uns.« Jeslek runzelte die Stirn. »Ihr werdet natürlich die Goldstücke beschlagnahmen, die dieser Dursus und sein Helfer gestohlen haben, und sie Fairhaven übergeben. Ich würde meinen, dass Ihr mindestens fünftausend Goldstücke finden solltet, bevor wir die Räuber der Gnade des Chaos übergeben.« Wieder breitete sich ein Lächeln im Gesicht des weißhaarigen Magiers aus. »Mindestens fünftausend.«

»Das könnte schwierig werden.«

»Oh ... ich bin ganz sicher, dass Ihr einen Weg finden werdet, die Münzen aufzuspüren und zurückzugeben. Ganz sicher. Und ich freue mich schon darauf, im Frühling überall die Bekanntmachungen zu sehen, dass frische Rekruten eingezogen werden«, fuhr Jeslek mit gefährlich freundlicher Stimme fort. »Angesichts der Umstände wäre dies doch sicher eine kluge Entscheidung, meint Ihr nicht auch?«

»Wir haben nur noch auf Eure Ankunft gewartet, Erzmagier. Wir werden überall bekannt geben, dass Certis und Fairhaven gemeinsam die Schwierigkeiten bekämpfen werden, die uns der spidlarische Rat der Händler bereitet.« Rystryr erwiderte das Lächeln.

Er wird in ganz Certis bekannt geben, dass er gezwungen wurde, dachte Cerryl. *Ist das klug?* Der junge Magier war sich nicht sicher, aber er fragte sich, ob es nicht noch mehr Verachtung wecken würde, wenn man zugab, sich einem solchen Zwang gebeugt zu haben.

»Damit bin ich zufrieden.« Jesleks Lächeln wurde sogar noch breiter.

»Wir freuen uns darauf, Euch alle heute Abend begrüßen zu dürfen.« Rystryr nickte höflich.

»Und wir freuen uns auf Eure Gastfreundschaft, werter Vicomte.« Jeslek drehte sich um.

Cerryl folgte dem Erzmagier, beobachtete aber mit den Sinnen weiterhin den versteckten Bogenschützen, bis sie das Zimmer verlassen hatten und zu Shyrens Gemächern unterwegs waren.

»Der Vicomte war daran beteiligt, nicht wahr?«, fragte Cerryl.

»Wenn ich offen gesagt hätte, dass er daran beteiligt war«, meinte Jeslek achselzuckend, »dann brauchten wir einen neuen Vicomte, und dafür haben wir jetzt keine Zeit. Er hat eine deutliche Warnung bekommen, dass er sich ehrlich zu verhalten hat. Aber es wird nur eine Weile halten. Kein Herrscher bleibt ewig ehrlich.«

Cerryl amüsierte sich innerlich über diese Bemerkung. *Zwischen der Ehrlichkeit im Umgang mit der Macht und der Ehrlichkeit mit Münzen besteht kein Unterschied.*

»Vor allem wenn wir uns Spidlar vornehmen, müssen wir eine stärkere Kontrolle über Leute wie den Vicomte ausüben. Ganz besonders dann.«

Cerryl hielt Schritt mit dem größeren Erzmagier.

»Wir brechen morgen auf, aber lasst mir kein Wort darüber verlauten. Nicht, dass ich Euch so etwas eigens sagen müsste.«

»Jawohl, Ser.«

Jesleks lief mit langen Schritten fast geräuschlos über die Pflastersteine des Hofes. Nur Cerryls Stiefel polterten laut durch den grauen Nachmittag.

VIII

Cerryl hielt sich neben Fydel und hinter Anya und Jeslek, als die Weiße Streitmacht durchs Nordtor von Jellico hinaus ins Feld zog. Die Sonne war gerade über den

Ostmauern der Stadt aufgegangen, die Felder neben der Zufahrt und der Straße waren nass und braun. Furchen zeigten, dass die Bauern ausgesät hatten, doch es würde wohl noch ein weiterer Achttag vergehen, bevor das erste Grün auf dem Dunkelbraun der Äcker erschien.

Der Erzmagier drehte sich immer wieder im Sattel um, bis die Lanzenreiter und Wagen mehr als fünf Meilen von der Stadt entfernt waren und bereits auf der Straße fuhren, die am Westufer des Jellicor verlief. Auch danach schaute Jeslek sich noch hin und wieder um.

Als Anführer der ersten Abteilung der Lanzenreiter ritt Hauptmann Senglat direkt hinter den Magiern. Irgendwo in der Mitte des Marschzuges, in der Nähe des zweiten weißen und roten Banners, ritt Teras, der zweite Hauptmann.

Der Frühlingsregen hatte wenigstens den Vorteil, dass es nicht so viel Staub geben würde, dachte Cerryl. Aber wenn der Boden aufweichte, würden andererseits die Wagen am Ende des Zuges nur langsam vorankommen. Weiter im Norden mochte der Fluss außerdem Hochwasser führen, weil von den Osthörnern Schmelzwasser und die Wassermassen der letzten Niederschläge herunterkamen. Möglicherweise war dort sogar die Straße überflutet, was für weitere Verzögerungen sorgen würde. Die vereinzelt am Flussufer stehenden Bäume hatten bereits die ersten neuen Triebe und die grauen Winterblätter färbten sich allmählich grün, sodass die Bäume aussahen, als hätten sie sich ein scheckiges Kleid übergestreift.

Cerryl ritt schweigend und gedankenverloren, während Anya und Jeslek sich leise unterhielten.

»Er wird die Rekruten schicken ... Cerryl hat dafür gesorgt ...«

»... mehr als viertausend in der Truhe ...«

»... eine Weile helfen ... auch die fünftausend, die Rystryr nach Fairhaven schickt ...«

»… denn, er wird es wirklich tun?«

Jeslek lachte kehlig, dass Cerryl jäh aus seinen Träumereien gerissen wurde. »Er wird. Ich habe dafür gesorgt, dass jemand ihm etwas über Lyam erzählt, den früheren Präfekten von Gallos, und über den verstorbenen Fürsten Berofar. Rystryr wird tun, was wir von ihm verlangen – ungefähr ein Jahr lang. Herrscher haben ein kurzes Gedächtnis, daher müssen wir sie gelegentlich an ihre Verpflichtungen erinnern.« Wieder ertönte ein Lachen, leiser als das erste.

Haben Herrscher wirklich ein kurzes Gedächtnis oder fallen uns ihre Fehler nur deutlicher auf, weil wir genauer darauf achten? Cerryl wusste es nicht, aber er hielt die zweite Möglichkeit für die wahrscheinlichere.

Die Sonne stand schon ein gutes Stück über dem Horizont und warf aus dem strahlend grünblauen Himmel ihr goldenes Licht auf die Welt, als sie eine Stelle erreichten, an der die Straße etwas breiter wurde. Jeslek bedeutete Cerryl und Fydel aufzuschließen.

»Fydel, Ihr und Cerryl reitet mit dem Haupttrupp der Lanzenreiter. Anya und ich werden die Vorhut anführen. Sobald wir weitere zehn Meilen nördlich von dieser Uferstraße und weit genug von Jellico entfernt sind, werden wir uns trennen. Ihr zwei werdet mit Teras die schweren Wagen und die Vorräte schützen. Wir erwarten Euch dann in Axalt.«

»In Axalt?«, fragte Fydel. »Dann wollen wir dort durch die Osthörner?«

»Das ist der kürzeste Weg nach Spidlar, wenn wir nicht Gallos durchqueren wollen«, antwortete der weißhaarige Erzmagier. »Wir werden dafür sorgen, dass die Straße durch Axalt für die certischen Rekruten, die uns in vier oder fünf Achttagen folgen werden, frei ist.«

Während Jeslek sprach, blickte Cerryl sich über die Schulter um. Die Mauern Jellicos waren fast nicht mehr zu erkennen.

»Axalt hat noch nie Lanzenreiter und Bewaffnete eingelassen ...« Fydel brach ab, als Anya die hellen Augen auf ihn richtete, nachdem sie sich halb herumgedreht hatte, um den Wortwechsel zu verfolgen.

»Axalt hat nicht auf unseren Rat gehört und keinerlei Wegezölle entrichtet. Von Axalt stehen noch einige Zahlungen aus.« Der Erzmagier lächelte. »Axalt wird bezahlen.«

Cerryl zuckte leicht zusammen, als er Jesleks Gesichtsausdruck sah. Der junge Magier hatte eine sehr klare Vorstellung, auf welche Weise der Erzmagier die Gebirgsstadt bezahlen lassen wollte.

Jeslek trieb sein Pferd an, bis er vor den anderen Magiern ritt, und Anya folgte seinem Beispiel. Cerryl und Fydel ritten schweigend hinterher.

Mehr als eine Meile legten sie wortlos zurück, dann lenkte Cerryl seinen Wallach wieder nach vorn. »Wer wird Shyrens Platz in Jellico einnehmen? Ist das schon entschieden?«, fragte er den Erzmagier.

Jeslek drehte sich nicht um und antwortete nicht sofort, aber Cerryl ritt so lange weiter direkt hinter dem Erzmagier, bis dieser sich zu einer Antwort herabließ. »Ich habe Gorsuch abberufen. Er ist genau im Bilde, was den Ländern geschieht, die sich Fairhaven nicht beugen. Genau wie Ihr jetzt versteht, warum die Regeln beim Regieren und in der Stadtwache so wichtig sind.«

Jeslek nickte knapp und trieb sein Pferd etwas an, bis er wieder neben Anya direkt hinter Senglat ritt. Der Hauptmann hatte seinen halben Zug Lanzenreiter als eine Art Vorhut um sich gesammelt.

Warum hat er die Regeln und die Stadtwache erwähnt? Wir bereiten doch eine Invasion vor? Cerryl dachte angestrengt nach, wälzte die Gedanken in alle Richtungen und fand doch keine Antwort. Aber immer wieder drängte sich ihm das Bild einer rotblonden Heilerin auf. Er fragte sich, wie es Leyladin gehe, und wünschte, sie sei wohlbehalten in Fairhaven. Er wollte mit ihr reden und das Lachen in ihren seegrünen Augen sehen und ihre Stimme hören.

Schließlich atmete er langsam und tief durch und rutschte im unbequemen Sattel hin und her.

IX

Cerryl führte den Wallach um die grauen Felsblöcke am rechten Straßenrand herum. Der Haufen Steine reichte seinem Pferd bis fast zur Schulter und ließ nur eine schmale Lücke frei, die jeweils nicht mehr als ein Reiter passieren konnte. Während er Fydel folgte, blickte er zur Felsklippe hinauf, die im Norden die gewundene Schlucht begrenzte. Die dunkleren Felsen und das hellere Grau der Steinblöcke verrieten ihm, dass der Erdrutsch sich erst vor kurzem ereignet haben konnte. Es war der zweite in einem Abschnitt von höchstens einer Meile Länge. Jedes Mal hatten sie anhalten müssen, bis die Lanzenreiter genügend Steine beiseite geräumt hatten, damit auch die Vorratswagen durchkommen konnten.

Der junge Magier ließ die Chaos-Sinne wandern, aber vor ihnen war nichts Ungewöhnliches, keine Spur von irgendwelchen Reitern außer Hauptmann Teras und seinen Lanzenreitern und Wagen. Die Wände der Schlucht waren hoch genug, um auch am Spätvormittag stellenweise noch die Sonne zu verdecken. Hier und dort, wo sich in schattigen Senken die kalte Luft wie zu einem See gesammelt hatte, stand Cerryl sogar der Atem als Dampfwolke vor dem Mund.

Sobald er die Felsblöcke hinter sich gelassen hatte, lenkte Cerryl sein Pferd zu Fydel hinüber. »Die Erdrutsche scheinen recht ausgedehnt zu sein.«

»Im Frühling lösen sich immer wieder Felsblöcke aus den Wänden«, antwortete Fydel. »Das Eis sprengt sie heraus. In den Westhörnern ist es noch schlimmer.«

Cerryl sah noch einmal zur Klippe. Er war nicht sicher, ob wirklich so viel Fels allein durch Schmelzwasser oder Eis abgesprengt werden konnte. Sein Blick fiel auf das schäumende kalte Wasser des Flusses links neben der Straße – er führte Hochwasser, blieb aber in seinem Bett und damit ein gutes Stück unterhalb der Straße.

Nur ein paar Büsche, die drei oder vier Ellen über dem Wasser hingen, waren von früheren Überschwemmungen niedergedrückt worden. Aber ein warmer Regen oder mehrere sehr warme Tage konnten das Bild nachhaltig verändern. In den höheren Regionen der Osthörner, durch die diese Schlucht verlief, lag noch reichlich Schnee.

Eine schwarze Aaskrähe stieg mit heiserem Schrei von einem toten Kiefernstamm auf, der sich gegen eine ältere, gesündere Tanne gelehnt hatte.

»Aasfresser …«, murmelte Fydel.

Cerryl stellte sich halb in den Steigbügeln auf und versuchte, sich bequemer in den Sattel zu setzen.

Die nächste Meile über schwiegen sie, bis sie einen dritten und noch erheblich größeren Erdrutsch erreichten, der einen ganzen Abschnitt des Tals versperrte. Sogar einige Bäume aus den Wänden der Schlucht waren mitgerissen worden. Das Flussbett war durch Felsblöcke gestaut und flussaufwärts hatte sich bereits ein kleiner See gebildet, dessen Wasserspiegel beinahe bis zur Straße reichte.

»Wir müssen da möglichst schnell durch.« Fydel drehte sich zu Teras um.

»Wir warten besser auf die Vorratswagen«, widersprach Teras. »Das Wasser steigt nicht besonders schnell. Aber es ist gutes Wasser und nahe genug am Weg, um die Pferde zu tränken. Wir haben hier sogar

Platz, um uns zu sammeln.« Er deutete nach vorn, wo rechts neben der Straße ein Stück freies Gelände zu sehen war, das offenbar schon öfter als Lagerstätte oder Rüstplatz gedient hatte. Schwarze Kreise zeigten, wo Feuer gebrannt hatten, der Lehmboden war von vielen Hufen festgetrampelt. »Vielleicht sollten wir hier rasten.«

Fydel schien zunächst nicht überzeugt, aber dann nickte er. »Solange wir rasch wieder aufsteigen können, wenn es nötig wird.«

»Das können wir.« Teras erteilte dem Trompeter, der neben ihm ritt, mit einem Nicken einen Befehl, und der Soldat gab das Signal, das Cerryl inzwischen als Befehl zum Absitzen kannte.

Da er ganz vorn im Marschzug ritt, konnte Cerryl als einer der Ersten sein Pferd tränken. Danach ritt er noch ein Stück weiter die Straße hinauf. Er war froh, als er endlich absteigen, die Beine strecken und seine Wasserflaschen nachfüllen konnte. Vorsichtshalber kochte er das Wasser mithilfe der Chaos-Energie ab, auch wenn er anschließend eine Weile warten musste, bis es weit genug abgekühlt war.

Fydel folgte ihm und sprang anmutig aus dem Sattel.

»Ich weiß gar nicht, warum Ihr Euch die Mühe macht«, meinte Fydel. »Hier oben ist das Wasser gar nicht so schlecht.«

»Schaden kann es jedenfalls nicht«, erwiderte Cerryl achselzuckend, seinen Braunen vorsichtshalber an den Zügeln haltend. »Außerdem stört mich irgendetwas an diesen Erdrutschen. Wer weiß, was außerdem noch alles ins Wasser gefallen ist?«

»Wenn Ihr Euch über solche Dinge Gedanken macht, werdet Ihr niemals ein richtiger Waffen-Magier«, meinte Fydel lachend.

Und wenn man es nicht macht, wird man kein alter Waffen-Magier. »Kann sein«, sagte Cerryl.

Nach einer Weile erfüllte das Quietschen und Krachen der Wagen den freien Platz in der Schlucht, der sich langsam, aber sicher in einen See verwandelte.

Schließlich nahm Fydel Teras zur Seite. »Sobald die Zugpferde getränkt sind, müssen wir weiter«, befahl er. »Das Wasser hat schon fast die Straße erreicht.«

»Es wird eine Weile dauern, aber wir beeilen uns, Magier Fydel«, antwortete Teras.

Die Sonne stand schon ein ganzes Stück über den Wänden der Schlucht, bis die Wagenpferde getränkt und gefüttert waren und etwas ausgeruht hatten. Das Wasser des neuen Sees leckte schon am Straßenrand, als Fydel und Cerryl durch die Schlucht weiter nach Westen ritten. Die Straße stieg weiterhin an, wenngleich sanfter als zuvor, und das Murmeln der Lanzenreiter wurde lauter, je weiter der Tag voranschritt.

Sie hatten zwar die Spuren von Jesleks Abteilung gesehen – Hufspuren und Pferdeäpfel –, aber keine Boten waren gekommen und außer dem Rauschen des Wassers und den vereinzelten Schreien der Aaskrähen und eines Verrätervogels waren die eigenen Geräusche alles, was die Lanzenreiter, Fydel und Cerryl hören konnten, während sie tiefer in die Osthörner eindrangen.

Nach einem Engpass beschrieb die Straße eine Kurve und öffnete sich zu einem kleinen Tal. Unter einem einzelnen roten und weißen Banner wartete dort eine Abteilung Weißer Lanzenreiter.

Cerryl nickte, als er die eingestürzten Mauern und die Rauchfahnen sah, die zum grünblauen Himmel aufstiegen. Die Erdrutsche auf der Straße waren nicht allein durch Tau- und Schmelzwasser entstanden; Axalt hatte bezahlt, wie Jeslek es sich vorgestellt hatte.

»Der Erzmagier hat eine unmissverständliche Erklärung abgegeben«, meinte Fydel. »Die anderen werden hoffentlich rasch begreifen, was mit Axalt geschehen ist.«

»Ich frage mich, ob es reicht«, murmelte Cerryl. »Ich frage mich nur, ob es reicht.« Ein Fürst hatte verschwinden und sterben müssen und zwei Türme waren zerstört worden, ehe die Herrscher von Hydlen begreifen wollten, welche Macht Fairhaven aufbieten konnte. Und selbst dann hatten sie sich nur widerstrebend gefügt. Würde die Vernichtung einer kleinen Stadt in den Bergen den Rat der Händler in Spidlar wirklich umstimmen können?

»Magier Fydel und Cerryl?«, fragte der Unteroffizier der Lanzenreiter, der ihnen entgegengekommen war.

»Die sind wir«, antwortete Fydel.

»Der Erzmagier ist schon nach Elparta unterwegs. Ihr sollt mit Euren Streitkräften jenseits der Osthörner zu ihm stoßen. Außerdem bittet Er Euch, die gebotene Eile an den Tag zu legen.«

»Die gebotene Eile? Das können wir tun.« Fydel nickte, räusperte sich und drehte sich zu Teras um.

Während die beiden sich unterhielten, betrachtete Cerryl das Durcheinander von Steinen, wo einmal Mauern, Häuser, Lagerhäuser und wer weiß was sonst noch gewesen waren. Der Gestank des Todes war schwach, aber durchdringend und würde trotz der winterlichen Kälte noch stärker werden. Rauchfahnen kräuselten sich zum Himmel hinauf.

Cerryl glaubte eine gebückte Gestalt von einem Schutthaufen zu einem anderen huschen zu sehen, aber es ging zu schnell und danach war keinerlei Bewegung mehr auszumachen. Er wandte sich an Fydel.

»Es gibt keinen Grund, uns lange hier aufzuhalten«, bemerkte der Magier mit dem eckig gestutzten Bart.

Cerryl blickte wieder zu der zerstörten Stadt. »Nein, den gibt es wirklich nicht.«

Etwas später, als die Lanzenreiter bergauf zum anderen Ende des Tales ritten und sich einen Weg durch die Trümmer bahnten, konnte Cerryl das Gemurmel der Lanzenreiter hinter sich belauschen.

»... kaum was für uns übrig ...«

»... nicht gerade viel für uns zurückgelassen ...«

Ob Jeslek überhaupt fähig ist, jemand anderem etwas zu überlassen? Cerryl veränderte die Sitzhaltung im viel zu harten Sattel und ritt weiter.

X

Vor ihnen, halb den Hügel hinunter, lag ein Weiler, kaum mehr als ein paar Hütten in einer Senke zwischen zwei Hügeln. Rings um die Gebäude stieg der Rauch von Kochfeuern auf und ein Stück weiter konnte Cerryl, der neben Fydel an der Spitze der Weißen Lanzenreiter ritt, zahlreiche Pferde sehen, die in Koppeln gesperrt oder an Geländer gebunden waren. Das Dorf lag schätzungsweise elf Meilen westlich der Schlucht von Axalt, durch die sie in Richtung Spidlar geritten waren.

Cerryl sah sich zum Marschzug der Lanzenreiter um. Hinter den Kämpfern, im Augenblick noch außer Sichtweite, kamen die Vorratswagen. Auf dem gewundenen Weg, kaum eine Straße zu nennen, dem er mit Fydel jetzt hinunter ins Tal folgte, würden sie nur langsam vorankommen. Im Hintergrund hatte sich das Eis von den höheren Bergen der Osthörner weiter in die Täler vorgeschoben und ging nahtlos über in die dicken weißen Wolken, die von Norden herantrieben.

Cerryl hoffte, die Wolken würden keinen Regen bringen, oder wenigstens nicht zu viel. Er drehte sich um und betrachtete die Straße, die sich jenseits des Dorfs durch die Hügel wand. Felsen und Büsche wechselten dort mit Grasflecken – karges Weideland, dachte Cerryl. Er blinzelte und versuchte zu erkennen, was noch weiter im Westen lag. Anscheinend gab es dort einige bewaldete Hügel, doch als der Wallach ihn hinab ins Tal trug, konnte er nichts mehr erkennen.

Eine halbe Meile vor dem namenlosen Dorf wurde

die Straße eben und etwas breiter. Hier roch es stärker nach Pferden und Rauch und den weniger appetitlichen Spuren, wie man sie in der Nähe menschlicher Siedlungen fand.

Jeslek und Anya erwarteten sie im Dorf. Sie standen vor einem aus schiefen Balken zusammengenagelten Gebäude, das mit zwanzig Ellen Breite und zehn Ellen Tiefe ein wenig größer war als die anderen. Es hatte sogar einen mit Lehm verkleideten, gemauerten Schornstein. Cerryl konnte die Reste der Chaos-Energie spüren, mit der das Gebäude gesäubert worden war.

»So … dann seid Ihr endlich da.« Jesleks Sonnenaugen funkelten. »Wir warten schon fast zwei Tage auf Euch.«

»Wir haben die gebührende Eile an den Tag gelegt«, erwiderte Fydel. »Allerdings wurden wir durch Erdrutsche und den steigenden Wasserspiegel aufgehalten. Und natürlich durch die Vorratswagen, die Ihr uns zur Bewachung anvertraut habt.«

»Ihr seid durch Axalt gekommen?« Der Erzmagier warf einen kurzen Blick zu Cerryl und wandte sich wieder an den älteren Magier mit dem dunklen Bart.

Welchen anderen Weg hätten wir nehmen können? Viel zu spät erkannte er, dass Jeslek auf eine Bestätigung seiner Leistungen aus war. »Wir haben das Zerstörungswerk gesehen, das Ihr vollbracht habt, Erzmagier. In Axalt ist kein Stein mehr auf dem anderen.«

Jeslek schnaubte. »Ich habe dem Rat der Händler in Spidlar eine Botschaft geschickt und ihnen klar gemacht, dass sie genau bedenken sollen, was Axalt zugestoßen ist.«

»Ich fürchte, sie werden nicht hören«, meinte Anya, die neben Jeslek stand. Ihr hellrotes Haar wehte in dem leichten, kalten Wind, der von den Osthörnern kam und durchs Hügelland im südöstlichen Spidlar strich. »Sie dürften gerade eben erst erfahren haben, dass wir hier sind. Und dass uns die Rekruten folgen, werden sie wohl erst glauben, wenn sie den Truppen in einer Schlacht gegenüberstehen.«

Jeslek deutete zu den Hütten und kleinen Scheunen des Weilers. »Schlacht? Bis wir eine Schlacht schlagen müssen, werden noch mehrere Achttage vergehen. Bis dahin haben wir schon die halbe Strecke bis Elparta zurückgelegt.«

»Was sollen wir als Nächstes tun?«, fragte Fydel.

»Ihr schlagt bei uns Euer Quartier auf«, erklärte der Erzmagier. »Wir werden ein paar Tage hier bleiben, bis die Pferde sich erholt haben und einige Reparaturen ausgeführt sind.« Jeslek wandte sich an Teras. »Ihr beratet Euch am besten mit Senglat, wo Ihr Eure Truppen lagern lasst und die Pferde einstellt.«

Teras, der neben Cerryl gewartet hatte, nickte. »Wird gemacht, Erzmagier.«

»Und dann werden wir besprechen, wie wir Spidlar zur Vernunft bringen.«

Cerryl stieg müde ab. Die Rast war ihm mehr als willkommen, aber er glaubte nicht, dass Spidlar oder sonst irgendein Land freiwillig Vernunft annehmen würde.

XI

Cerryl saß neben Anya und gegenüber von Jeslek und Fydel auf der harten Bank an einem einfachen Tisch, nicht mehr als eine auf Böcken gelagerte Holzplatte. Draußen vor dem kleinen Haus fiel ein leichter Regen, durch die offene Tür wehte hin und wieder eine Bö feuchtkalter Morgenluft herein.

Der Erzmagier wandte sich an Fydel. »Von Axalt führen nur zwei Straßen nach Spidlar. Die nördliche verläuft über Kleth, die südliche über Elparta. Beide zweigen von der Straße ab, die aus diesem Schweinestall hier herausführt. Die Kreuzung liegt ungefähr zehn Meilen weiter im Westen. Es gibt dort noch eine weitere Stadt, wenn sie diesen Namen überhaupt verdient hat.«

Der Magier mit dem eckig gestutzten dunklen Bart nickte.

»Ihr und Cerryl werdet diese Stadt halten, während ich mit Anya nach Elparta vorstoße, sobald die ersten Rekruten eingetroffen sind.«

»Warum nehmen wir nicht einfach die nördliche Straße und die Sache ist erledigt?«, fragte Fydel.

»Weil die nördliche Straße noch schlimmer ist als diese hier und weil wir den Fluss brauchen, um die Rekruten hinunter nach Kleth und Spidlar zu schaffen«, antwortete Anya an Jesleks Stelle.

Cerryl hätte beinahe die Luft angehalten, so stark war der Geruch von Trilia und Sandelholz trotz des frischen Luftzugs von der offenen Tür.

»Welche Rekruten? Kommen die Certaner nicht durch das ehemalige Axalt hierher? Können sie nicht selbst die Stadt halten? Zu mehr sind frische Rekruten doch meist sowieso nicht zu gebrauchen.« Fydel zuckte mit den Achseln.

»Rystryrs Rekruten marschieren über Axalt, aber wir wollen vermeiden, dass der Kommandant der Schwarzen von Norden her einbricht und sie schlägt, noch bevor sie überhaupt den Fluss erreicht haben.«

»Geehrter Erzmagier ...« Fydel hielt inne und überlegte. »Ich begreife es nicht. Wenn wir die nördliche Straße nehmen ...«

»Dann würde dieser Schwarze Elparta besetzen«, unterbrach Jeslek ihn. »Und damit würde er den Fluss kontrollieren und könnte nach Belieben entweder unsere Streitkräfte oder die gallischen Rekruten angreifen. Wie ich Euch bereits gesagt habe, Fydel, ist er ein ausgezeichneter Befehlshaber.«

Anya setzte ihr strahlendes, falsches Lächeln auf.

»Wir würden dann überhaupt keine gallischen Rekruten mehr bekommen, weil sie nicht flussabwärts nach Spidlar marschieren könnten. Wir wären nicht da, um sie anzuführen, doch das Abkommen, auf dessen Grundlage uns die Rekruten zur Verfügung gestellt werden, verlangt von uns, dass wir Weiße Lanzenreiter als Begleitschutz stellen. Oder wollt Ihr andeuten, wir sollten auf die Hälfte der Fußtruppen verzichten, die wir so mühsam aufgetrieben haben?«

»Für die certischen Rekruten sollt Ihr mit Cerryl den Begleitschutz stellen. Das bedeutet, dass Ihr in der Stadt, wo sich die Straße teilt, stationiert werden müsst.« Jeslek hob die schneeweißen Augenbrauen. »Wie Anya erklärt hat, müssen wir einen Weg freihalten, damit die gallischen Rekruten nach Spidlar gelangen können, und dieser Weg ist zwangsläufig der Fluss selbst oder die Uferstraße. Das bedeutet, dass wir den Fluss erreichen müssen, und dort liegt nun einmal Elparta.«

»Also machen wir die Drecksarbeit ...«

Jesleks Augen blitzten.

»Wie Ihr wünscht, Erzmagier«, sagte Fydel rasch.

»Ich bin der Erzmagier, Fydel, und ich wünschte, Ihr würdet es nicht vergessen.« Jeslek beruhigte sich wieder und sprach leiser weiter. »Wisst Ihr einen besseren Weg, um dafür zu sorgen, dass *alle* Rekruten zusammengefasst werden?« Als niemand antwortete, nickte Jeslek zufrieden. »Ich dachte es mir. Und jetzt ... wir erwarten die ersten certischen Rekruten in einem Achttag. Bis sie eintreffen, werden Anya und ich so weit vordringen, wie es möglich ist, ohne uns auf einen wirklichen Kampf mit den spidlarischen Streitkräften einzulassen. Ihr werdet die nördliche Straße mit dem Spähglas überwachen und Streifen ausschicken, damit uns niemand in die Flanke fällt ...«

Cerryl hörte weiter zu und fragte sich, warum Jeslek solchen Wert darauf gelegt hatte, ihn bei der Besprechung dabei zu haben. Der Wind erstarb und wieder breitete sich ein überwältigender Geruch nach Sandelholz und Trilia aus.

XII

Cerryl ging langsam zum Kochfeuer hinter dem quadratischen Haus und blickte nach Süden. Die Felder und Wiesen waren grün, aber die Farbe verblasste, wenn die Sonne höher stieg. Es war das Hellgrün des Vorfrühlings und am Abend wurde es noch empfindlich kalt.

Cerryl trat einen Schritt näher ans Kochfeuer und blieb rechts neben Fydel und Anya stehen. Er konnte riechen, dass ein Hammeleintopf oder etwas Ähnliches schmorte.

»Wie ist es heute gelaufen?«, fragte Anya, während sie dem älteren Magier einen Krug mit irgendeinem Gebräu reichte.

»So wie gestern und vorgestern.« Fydel schüttelte den Kopf und blickte nach Westen, wo sich der Himmel purpurn färbte. »Ich wünschte, die von der Dunkelheit verdammten Certaner würden endlich eintreffen. Wenn sie nicht kommen …«

»Was ist, wenn sie nicht kommen?«, fragte Jeslek, der gerade zum Feuer trat. »Wollt Ihr zurückkehren und sie holen?«

»Das wäre vielleicht sinnvoller, als immer wieder die Überfälle dieses Schwarzen Schurken abzuwehren«, meinte Fydel aufgebracht.

»Wir müssen nicht mehr lange warten. Die erste Abteilung hat die Ruinen von Axalt erreicht.« Jeslek wandte sich an den Lanzenkämpfer, der als Koch eingeteilt war. »Wie lange dauert es noch?«

»Der Eintopf wird noch eine Weile brauchen, Ser.« Er starrte auf den festgetrampelten Boden vor dem Kochfeuer. »Es tut mir Leid, Ser.«

Alles dauert länger, als man denkt, dachte Cerryl bei sich. *Das ist überall so.*

»Habt Ihr auch heute wieder Leute verloren?«, wollte Anya von Fydel wissen.

»Heute nicht. Ein Lanzenreiter hat einen Pfeil in den Schenkel bekommen, aber die Verletzung ist nicht schwer. Den Bogenschützen haben wir nicht gesehen.«

Cerryl runzelte die Stirn. Wie war es möglich, dass Fydel einen Bogenschützen nicht sah?

»Glaubt Ihr, das wäre so einfach?«, fauchte Fydel, indem er sich zum jüngeren Magier umdrehte. »Reitet Ihr doch mal mit einer Patrouille mit. Die blauen Schweinehunde bleiben einfach nicht an einem Ort. Wenn Ihr eine Straße hinunter reitet, nehmen Euch Bogenschützen aus dem Wald hinter Euch unter Beschuss. Wenn Ihr den Wald ausräuchert, verliert Ihr Eure Männer, weil sie im Wald mit Pferden zu unbeweglich sind. Wenn Ihr dem Wald ausweicht, kommt Ihr nicht weiter. Die Felder sind noch voller Schlamm.« Fydel sah Cerryl an. »Morgen … ja, Ihr solltet mitkommen, damit Ihr es selbst seht. Bei der Dunkelheit, Ihr sollt es selbst sehen.«

»Ja, vielleicht solltet Ihr es wirklich sehen, Cerryl«, stimmte Jeslek zu. »Wahrscheinlich bekommt Ihr dann eine Vorstellung, wie Ihr die Stadtwache zu organisieren habt, sobald wir Elparta eingenommen haben. Solange die Rekruten noch nicht da sind, könnt Ihr ohnehin nicht viel tun.«

»Ja, Ser.« Cerryl hatte nicht die geringste Lust, über schlechte, unbefestigte Nebenstraßen zu reiten und zu versuchen, die Gegner daran zu hindern, ihr Lager zu überfallen.

»Und da es Euch nicht schwer zu fallen scheint«, meinte Jeslek lächelnd, »habt Ihr meine Erlaubnis, jeden Bogenschützen einzuäschern, den Ihr sehen könnt.«

Fydel lachte, sogar Anya lächelte.

Cerryl atmete langsam und tief durch, dann starrte er den Kochkessel an. Hoffentlich dauerte es nicht mehr lange, bis der Hammeleintopf fertig war. Es kam ihm beinahe so vor, als dürfe er kein einziges Wort mehr sagen, wenn er sich nicht in Schwierigkeiten bringen wollte. Waren seine Gedanken denn wirklich so offensichtlich gewesen? Oder waren Fydel und Jeslek wieder einmal darauf aus, ihn in eine Lage zu manövrieren, in der er höchstwahrscheinlich versagte? Während er aufs Essen wartete, zwang er sich, freundlich und unbefangen zu lächeln.

XIII

Nur weil er Fydel am Vorabend einen zweifelnden Blick zugeworfen hatte, saß Cerryl jetzt wieder auf dem Wallach. Die Muskeln verkrampften sich nicht mehr, aber er war immer noch etwas wund. Fydels zwanzig Lanzenreiter zogen auf einer Straße, die im Grunde nicht mehr war als ein Feldweg – gerade eben breit genug für zwei Reiter –, nach Norden. Vom knochentrockenen Lehmboden stiegen bei jedem Huftritt Staubwolken auf. Obwohl die Sonne hoch am Himmel stand, war es ein angenehmer Tag. Cerryl fürchtete allerdings, dass der Nachmittag wärmer und erheblich weniger angenehm werden würde.

Auf der Ostseite begrenzte eine Mauer aus aufgeschichteten Steinen, die kaum mehr als zwei Ellen hoch war, die Straße. Dahinter erstreckte sich eine Wiese, auf der sich frische, grüne Sprossen in die schlaffen braunen Stängel des Vorjahres mischten. Das abschüssige Gelände links neben der Straße wurde von einem frisch gepflügten Feld eingenommen, auf dem jedoch noch kein durchgängiger Bewuchs zu sehen war. Nur hier und dort lockerten zartgrüne Flecken das eintönige Braun der Erde auf.

Cerryl fragte sich, ob die Ankunft der Weißen Lanzenreiter die Bauern noch vor der Aussaat vertrieben hatte.

»Seht Ihr? Es ist niemand da. Oder jedenfalls glaubt Ihr, es sei niemand da. Aber sie sind da … und sie haben eine von den dunklen Engeln verfluchte Falle vorbereitet.« Fydel, der links neben Cerryl ritt, schnaubte wütend.

Cerryl sah sich im offenen Gelände um und fragte sich, wo sich hier spidlarische Streitkräfte verbergen mochten. Er konnte kein Chaos und keine Ordnungs-Energie spüren, mit der sich Reiter oder Fußtruppen hätten verbergen können.

»Sie setzen keine Magie ein«, beantwortete Fydel die unausgesprochene Frage. »Ihr werdet es sehen.«

Als sie auf der schmalen Straße weiter nach Nordwesten ritten, wichen die bestellten Felder nach und nach Waldstücken oder Gehölzen und Weiden. Die Bauernkaten standen in immer größeren Abständen.

Eine Fliege summte an Cerryls Gesicht vorbei, der Wallach verscheuchte das Insekt mit peitschendem Schwanz und schickte es zu Cerryl zurück. Er schlug mehrmals danach, ehe das Insekt von ihm abließ, dann tupfte er sich die Stirn ab.

Nach einer Weile senkte sich die Straße in ein Tal. Links neben der Straße war ein kleiner Sumpf. Von Osten her lief ein Bach in einem Einschnitt quer über die Straße. Dreißig Ellen bachaufwärts stand ein Gebüsch, dessen neue Blätter sich erst zur Hälfte entfaltet hatten. Die zweijährigen Blätter waren noch überwiegend grau.

»Sie verstecken sich gern an solchen Stellen. Nun … gleich werden sie kein Versteck mehr haben.« Fydel kniff konzentriert die Augen zusammen.

Cerryl spürte, wie sich die Chaos-Energie aufbaute. »Da ist nichts.«

»Da wird gleich nichts mehr sein«, grunzte der ältere Magier.

Mit einem Zischen flog die Feuerkugel hinüber und landete mitten im Gebüsch. Chaos-Flammen loderten hoch auf, die Büsche brannten lichterloh. Eine Flamme flatterte in einem Bogen aus dem Gebüsch heraus, als führe sie ein Eigenleben, landete auf dem Boden und löste sich zu weißer Asche auf, die als heller Kreis auf dem dunklen Gras liegen blieb. Cerryl schluckte, als ihm bewusst wurde, dass die Flamme ein Vogel gewesen war.

Das Feuer im Gebüsch erstarb so schnell, wie es begonnen hatte. Nur rot glühende Äste blieben zurück, über denen dünne schwarze und graue Rauchschleier zum Himmel stiegen. Der beißende Geruch der Winterblätter erfüllte die Luft, wurde aber gleich darauf von einem leichten Wind vertrieben, noch bevor Cerryl und die Lanzenreiter das Marschland erreicht hatten.

»So ist es einfacher«, grunzte Fydel. »Jetzt haben sie kein Versteck mehr.«

Cerryl war der Ansicht gewesen, dass die Deckung auch vorher schon keinesfalls gereicht hätte, um eine Truppe zu verbergen, die einem Zug Lanzenreiter gefährlich werden konnte. »Wie viele Leute haben sie überhaupt?«

»Hier in der Gegend? Ungefähr einen Zug, aber so viele schicken sie nie. Es sind immer nur ein paar Bogenschützen. Sie feuern ihre Pfeile ab und verschwinden sofort wieder. Sie setzen keine Magie ein und mit dem Glas kann man etwas, das weder Ordnung noch Chaos ausstrahlt, nicht finden.«

Cerryl nickte. Er schaute noch einmal nach links zur Asche und den Rauchfäden, die sich dort erhoben, wo das Gebüsch gestanden hatte, dann konzentrierte er sich wieder auf die Straße. Ein weiterer Hügel, höher als der, über den ihr Trupp gerade gekommen war, erhob sich jenseits des Baches. Die Straße führte in östliche Richtung und lief wieder bergauf.

Das Gemurmel der Lanzenreiter hinter Teras war trotz der gedämpften Hufschläge auch für Cerryl noch zu verstehen.

»... rauf und runter ... rauf und runter ...«

»... heute zwei Magier dabei ... vielleicht hilft das.«

»Verlass dich nur nicht auf die Magier ...«

»... aufgestellte Lanze oder das Schwert in der Hand schützt dich besser als jeder Magier ...«

Cerryl rieb sich die juckende Nase. Er musste heftig niesen und rieb weiter.

Auf der nächsten Hügelkuppe sah Cerryl nach Norden. Vor ihnen lief die Straße in östlicher Richtung um einen Hügel herum in ein breites Tal. Auf den Wiesen standen purpurne Wildblumen, hinter den Wiesen begann ein Waldstück, das den oberen Teil des nächsten Hügels bedeckte. Auf ihrer Seite, näher an der Straße und links davon, wuchs das Gras spärlicher. Hier und dort standen Büsche, immer noch mit winterlich grauen Blättern und schütteren Zweigen, am Straßenrand.

Cerryl überblickte das Tal, beugte sich vor und versuchte mit zusammengekniffenen Augen zu erkennen, was die dunklen Punkte auf den Weiden zu bedeuten hatten.

»Vieh«, erklärte Fydel. »Wir könnten vielleicht einen Wagen schicken und ein paar Tiere als Proviant holen.« Er hielt inne. »Falls sie so lange hier sind ... und falls die blauen Bastarde das Vieh nicht als Falle aufgestellt haben.« Er drehte sich im Sattel herum und rief zu Teras hinüber: »Vor uns ist ein Waldstück und es gibt Vieh. Die Männer sollen sich auf alles vorbereiten.«

»Die Waffen bereit!«, befahl Teras.

»Die Waffen bereit.«

Cerryl atmete tief durch. Aus einem Gebüsch, das

hoch am Hügel stand – die genaue Stelle konnte Cerryl nicht ausmachen – kam ein Pfeil geflogen.

Fast ohne nachzudenken schoss Cerryl eine Chaos-Salve ab.

Knapp ein Dutzend Ellen vor Cerryls Pferd landete die metallene Pfeilspitze rot glühend im Straßenstaub.

»Die Waffen bereit!«, rief Teras noch einmal.

Etwa ein halber Zug Lanzenreiter galoppierte an Cerryl vorbei und bog von der Straße in die Richtung ab, aus der der Pfeil gekommen war.

»Ihr habt schnell reagiert«, lobte Fydel. »Ein Glück, dass Ihr es gesehen habt.«

»Ihr sagtet ja, das sie möglicherweise so etwas versuchen würden.« Cerryl versuchte, mit den Ordnungs- und Chaos-Sinnen die Umgebung zu erkunden, fand aber keinen Hinweis auf Menschen, von der geordneten Dunkelheit eines Schwarzen Magiers ganz zu schweigen.

Er lauschte. Gleich darauf konnte er Hufschläge auf hartem Boden hören, die aber fast sofort wieder verklangen. Die Lanzenreiter gaben die Verfolgung auf.

Fydel und Teras ritten den Hügel hinunter zum Vieh, das unten auf den Weiden graste. Cerryl schloss sich ihnen an, beobachtete aber nach wie vor mit Augen und Sinnen die Umgebung, ob er Ballungen von Ordnung oder Chaos spürte oder weitere Pfeile fliegen sah.

Straße und Tal blieben unverändert, bis die Abteilung der Lanzenreiter sie einholte.

»Sie sind verschwunden, Ser«, meldete der Unteroffizier, der den halben Zug angeführt hatte. Er nickte Hauptmann Teras zu. »Wir hätten die Pferde überfordert, wenn wir sie weiter verfolgt hätten.«

»Reiht Euch am Ende ein«, sagte Teras knapp.

»Ja, Ser.«

Die Lanzenreiter gliederten sich wieder in den Zug ein.

»Dieses Mal haben wir Glück gehabt«, sagte Fydel

bedrückt. »Wir schauen nicht immer gleich in die richtige Richtung, wenn die Pfeile geflogen kommen.«

»Ich habe nichts gegen Glücksfälle, wenn sie uns gelegen kommen«, warf Teras ein, der neben dem Magier mit dem eckig gestutzten Bart ritt. »Besonders bei Angreifern, die Pfeile abfeuern und sofort wieder verschwinden.«

»Wir brauchen mehr Rekruten. Wenn wir sie hätten, dann könnten wir einfach weiterziehen und die Dörfer besetzen«, erklärte Fydel grinsend. »Und dann könntet Ihr Euch um die Aufstellung von Stadtwachen und so weiter kümmern.«

»Vielen Dank auch«, gab Cerryl zurück. »Es freut mich, dass Ihr solches Vertrauen in mich setzt.«

»Keine Ursache.« Fydels Grinsen wurde noch breiter.

»Vielleicht können wir Schlachtvieh mitnehmen«, schlug Teras vor. »Meine Männer würden sich über frisches Fleisch freuen.«

»Darüber würden wir uns alle freuen«, erwiderte Fydel.

Nur die Bauern, die ihre Tiere verlieren, werden keine Freude daran haben. Cerryl nickte nur und tupfte sich die Stirn ab.

XIV

Jeslek sah sich in der kleinen Hütte um. Seine Augen blitzten in der Dunkelheit. Zuerst sah er Anya an, dann Fydel und schließlich fiel sein Blick auf Cerryl. Als Anya im Rücken des Erzmagiers lächelte, wurde Cerryl klar, dass ihm Ungemach bevorstand.

»Fydel war von Eurer Fähigkeit, die Blauen aufzuspüren, sehr beeindruckt.« Jeslek setzte ein routiniertes Lächeln auf, das Anya zur Ehre gereicht hätte.

Cerryl wartete, was kommen würde.

»Ihr habt auch Erfahrung darin, Streifen anzuführen, und Ihr besitzt Kampferfahrung«, fuhr Jeslek fort. »Ich wäre ein Narr, würde ich diese Fähigkeiten nicht nutzen.« Wieder folgte ein falsches Lächeln, dann deutete der Erzmagier zur Karte, die auf dem einfachen Tisch ausgebreitet lag. Sie wurde nur schwach von der einsamen Messinglampe erhellt, die daneben stand. »Hier ist der Süden Spidlars. Unsere Hauptstreitmacht wird nach Westen gegen Elparta vorstoßen. Zunächst einmal werden die Rekruten von Rytel aus durch die Osthörner kommen. Wir müssen diesen Abschnitt der Straße vom Gebirge bis zu unserem Standort und möglicherweise bis nach Elparta schützen.« Jeslek nickte nachdenklich. »Es wäre wenig sinnvoll, wenn Ihr uns jetzt begleiten würdet, Cerryl. Noch sinnloser wäre es, Fydel den ganzen Abschnitt zwischen unseren Streitkräften und den Osthörnern überwachen zu lassen.«

»Ich soll also einen Teil der Straße schützen?«, fragte Cerryl möglichst unbefangen.

»Fydel wird die Streifen unmittelbar hinter der Hauptstreitmacht zwischen der Stadt im Westen und dem Ort an der Abzweigung befehligen.«

Fydel nickte.

»Ihr sollt den Abschnitt übernehmen, den Ihr kürzlich gesehen habt, und zwar vom Gebirge durch die Stadt bis zum Ort an der Abzweigung und den halben Weg bis zur nächsten Stadt.«

»Sie liegt etwa fünfzehn Meilen westlich von hier«, warf Anya ein.

»Ihr bekommt zwei Züge Weiße Lanzenreiter und zwei Unteroffiziere.« Wieder dieses Lächeln. »Ihr wart in der Vergangenheit äußerst findig, und ich bin sicher, dass Ihr diese Gabe auch hier zum Wohle Fairhavens einzusetzen versteht.«

»Zwei Züge ...«, überlegte Cerryl.

»Fydel wird näher bei den Truppen des Schwarzen

Kommandanten sein und braucht daher eine etwas größere Einheit.« Jeslek nahm nacheinander die Steine weg, die den Rand der Karte beschwert hatten, und rollte diese zusammen. »Ich möchte nicht, dass große Gruppen von Lanzenreitern überall in Spidlar verteilt werden. Ihr und Fydel sollt die Angriffe unterbinden, ohne zu viele Lanzenreiter zu verlieren. Ihr sollt nach Möglichkeit den Kampf vermeiden, wenn Ihr unterlegen seid, und die Rekruten, die auf der Straße unterwegs sind, rechtzeitig vor Angriffen warnen, die Ihr nicht abwehren könnt.« Jeslek wartete, um die abschließenden Worte besonders wirken zu lassen.

»Dank Eurer Fähigkeiten, Cerryl, dürfte Euch eine derart einfache Aufgabe keine Schwierigkeiten bereiten.«

Hinter dem Erzmagier lächelte Anya im trüben Schein der Lampe.

»Ich freue mich über Euer Vertrauen und Euer Lob.« *Wie schön! Du hast einen größeren Straßenabschnitt und weniger Lanzenreiter als Fydel bekommen. Schon wieder eine Möglichkeit, zu versagen und in Ungnade zu fallen. Und auf der anderen Seite steht ein erfahrener Schwarzer Kommandant.*

XV

Draußen vor der kleinen Hütte wehte ein warmer Wind, obwohl die Sonne erst knapp über dem Horizont stand. Cerryl konnte hören, wie jemand die Pferde fütterte, irgendwo klapperte ein Kochtopf. Er betrachtete das Spähglas, das vor ihm auf dem verwitterten Holz lag, beugte sich vor und zeichnete gewissenhaft ab, was er sah. Er hielt inne, tauchte den Federkiel ins Tintenfass und ergänzte die Karte durch eine weitere gepunktete

Linie, die einen schmalen Weg darstellte. Seine Karten waren nicht besonders genau, aber es war besser, sie von hier aus zu erstellen, statt die ganze Gegend im Sattel zu kontrollieren. Vor allem versuchte er, die Pfade und Seitenstraßen, die von den größeren Straßen abzweigten, genau zu verfolgen und zu markieren. Besonders bei trockenem Wetter waren dies die Wege, die ein erfahrener Anführer gegen einen unerfahrenen Gegner wie Cerryl, der zudem das Land nicht kannte, benutzen würde.

Er schüttelte den Kopf und konzentrierte sich wieder aufs Spähglas. Nach einer Weile begannen die Finger zu zittern und er ließ das Bild des Geländes im Norden seines Lagers zusammenfallen. Er legte die Hände vors Gesicht und schloss eine Weile die Augen.

Etwa später lächelte er und peilte einen anderen Ort an. Leyladins Bild tauchte in den wirbelnden Schleiern auf. Sie schien zunächst verwirrt, aber dann lächelte sie strahlend und legte die Finger an die Lippen. Hinter ihr konnte Cerryl die grünen Seidenvorhänge ihres Zimmers erkennen.

Nach ein paar Augenblicken ließ Cerryl das Bild wieder los und lächelte traurig. Er konnte es zwar spüren, wenn jemand anders ihn mit einem Glas beobachtete, aber er fragte sich, woher Leyladin wusste, dass er es war und kein anderer. Doch in gewisser Weise hatte schon ihr erster Kontakt über das Glas stattgefunden und sie hatte es immer gespürt, wenn er sie beobachtete. *Was mochte sie sonst noch alles spüren?*

Er runzelte die Stirn und starrte den leeren Spiegel an, der auf dem rohen Tisch lag. Das Glas zeigte ihm keine blau gekleideten Reiter, keine Bewaffneten. Im Umkreis eines Tagesritts zwischen Axalt und dem Dorf, in dem er mit seiner kleinen Abteilung Lanzenreiter stationiert war, gab es in keinem einzigen Ort, den er überprüft hatte, Hinweise auf feindliche Truppen. Aber dies bedeutete noch lange nicht, dass er und seine Lanzenreiter vor Überfällen völlig sicher waren. Es bedeutete nur, dass sich in der Nähe keine großen Trupps von Bewaffneten herumtrieben.

Sie sind wohl damit beschäftigt, Jesleks Vorstoß zu behindern. Cerryl wischte sich die Stirn ab und trank einen Schluck Wasser aus seiner Flasche. Die Arbeit mit dem Spähglas hatte ihm die Schweißperlen auf die Stirn getrieben.

Er konzentrierte sich wieder und dachte an den Schmied im fernen Diev, der eine große Ordnungs-Energie ausstrahlte, obwohl so viele Meilen zwischen ihnen lagen.

Der rothaarige junge Mann stand neben dem Schmiedeofen und zog Draht. Cerryl konnte die Ordnung im Draht sogar durchs Glas spüren. Wie Leyladin schaute auch Dorrin auf, als das Bild im Glas vor Cerryl deutlicher wurde. Doch im Gegensatz zu der Heilerin machte der Schmied ein finsteres Gesicht und kümmerte sich weiter um seine Arbeit.

»Geordneter Eisendraht«, murmelte der Magier mit den grauen Augen. Er schüttelte den Kopf. Was immer Dorrin dort tat, es würde den Weißen Streitkräften auf ihrem Vorstoß nach Elparta große Schwierigkeiten bereiten. Auch wenn Cerryl die Einzelheiten noch nicht durchschaut hatte, so trog ihn sein Gefühl sicher nicht. *Weiß Jeslek Bescheid? Oder ist es ihm gleichgültig?*

Cerryl stand auf und packte den Spiegel wieder in die Schutzhülle.

XVI

Wie jeden Morgen holte Cerryl, während draußen die Kochfeuer entfacht wurden, das Spähglas aus der Schutzhülle und legte es auf den rohen Tisch. Der bereits warme Wind wehte durch die offene Tür, dass Cerryls weiße Hose flatterte, und trug den Geruch von frischem Holz herbei.

Er rieb sich die Nase und rückte die Bank zurecht, damit er bequem sitzen konnte, während er die Bilder heraufbeschwor und auf die Landkarten übertrug. Inzwischen hatte er die meisten Seitenwege und Pfade, die zwischen Axalt und Elparta von der Hauptstraße abzweigten, eingezeichnet. Es waren erheblich mehr, als er je vermutet hätte.

Stirnrunzelnd starrte er das leere Glas an und beschloss, Leyladin erst zu suchen, wenn er ein paar Dörfer in der Nähe überprüft und an der Karte gearbeitet hatte. Auf diese Weise würde er zum Abschluss wenigstens ein freundliches Gesicht sehen.

Er fand noch einen weiteren Weg, der sich durch die Hügel schlängelte und beinahe bis zu der Hauptstraße führte, auf der Jeslek – fast vierzig Meilen entfernt im Südosten von Elparta und nahe den Hügeln, die Gallos von Spidlar trennten – seine Streitmacht zusammenzog. Nachdem Cerryl den Weg auf die Karte übertragen hatte, suchte er die Vorratswagen, die aus Certis kamen. Sie hatten irgendwo in den Osthörnern in der Nähe des zerstörten Axalt eine Rast eingelegt. Als Letztes nahm er sich die benachbarten Dörfer vor.

Die beiden ersten Versuche zeigten ihm verlassene Orte, aber beim dritten bemerkte er, noch bevor sich die Schleier völlig verzogen hatten, vier oder sogar fünf Züge Berittener, die blaue Hemden oder Westen trugen. Sie sattelten gerade die Pferde und bereiteten sich auf einen Ausritt vor.

Den genauen Standort konnte Cerryl nicht bestimmen, doch anscheinend befanden sie sich auf einer Straße, die zur Kreuzung direkt hinter dem Dorf führte, wo er sein Hauptquartier aufgeschlagen hatte, und waren also weniger als eine halbe Tagesreise entfernt.

Der Magier mit den braunen Haaren zwang sich, auch

noch die anderen Orte abzusuchen, ehe er sich wieder das Bild der Berittenen vornahm. Nach einer Weile stand er langsam auf und wischte sich die feuchte Stirn ab. Soweit er es sehen konnte, waren keine großen Ballungen von Ordnung oder Chaos in der Nähe der Bewaffneten zu spüren, und das Glas trog ihn sicher nicht.

Du hoffst nur, dass du richtig liegst. Aber mehr als eine Hoffnung ist es nicht. Er schluckte und verließ die Hütte, sah sich im Weiler um und betrachtete die paar Gebäude, die jetzt, kurz nach der Morgendämmerung, in orangefarbenes Licht getaucht waren. An den Kochfeuern sammelten sich die Lanzenreiter, um ihre Rationen in Empfang zu nehmen.

»Ser?«, meldete sich der junge Lanzenreiter, der als Bote diente.

»Oh, ja … ich muss sofort mit Hiser und Ferek sprechen. Es ist dringend.«

»Ja, Ser.«

Als der Lanzenreiter davongeeilt war, rieb Cerryl sich das glatt rasierte Kinn. Auch wenn er hier praktisch an der Front stand, so hasste er das Stechen und Jucken eines sprießenden Bartes. Länger als einen oder höchstens zwei Tage mochte er das Rasiermesser aus Neusilber, das Leyladin ihm vor Jahren geschenkt hatte, nicht unberührt in der Scheide stecken lassen.

Vor Jahren? War es wirklich schon so lange her?

Hiser kam als Erster, das glatte blonde Haar wehte ihm ins Gesicht. Der ältere Ferek folgte gleich darauf. Er strich sich das schüttere, bereits mit weißen Strähnen durchsetzte rote Haar aus der Stirn.

»Wir bekommen Besuch«, erklärte Cerryl. »Etwa fünf Züge spidlarische Lanzenreiter. Ich habe den Eindruck, dass sie auf der Straße sind, die zur Abzweigung hinter dem Dorf führt, schätzungsweise noch einen halben Tagesritt entfernt.«

»Damit sind sie uns überlegen.« Ferek sah Cerryl nachdenklich an.

Hiser nickte.

»Ich bin kein Bewaffneter«, fuhr Cerryl fort, »aber es scheint mir, als sollten wir sie an einer Stelle abfangen, die für uns vorteilhaft ist. Eine Stelle, wo sie uns nicht in den Rücken fallen können und wo sie bergauf gegen uns anreiten müssen.« Er hielt inne. »Und eine Stelle, von der aus ich Feuerkugeln gegen sie schleudern kann.«

»Ungefähr zwei Meilen hinter der Abzweigung gibt es ein paar Erhebungen«, schlug Hiser vor.

Cerryl nickte. Vielleicht würde es gelingen. »Ferek … Ihr bereitet die Männer vor, während ich mit Hiser und ein paar Lanzenreitern vorausreite, um zu sehen, wie wir uns am besten einrichten können.«

»Einrichten … was gibt es da einzurichten?«, murmelte Ferek zu Hiser, als die beiden zur Pferdekoppel und den Lanzenreitern gingen, die teils noch beim Frühstück waren.

Hiser murmelte etwas, aber Cerryl konnte die Worte nicht verstehen. Der Magier kehrte in die Hütte zurück, wo er noch einmal das Bild der spidlarischen Lanzenreiter aufrief, die inzwischen eindeutig nach Süden ritten. Er ließ das Bild wieder los, schob das Glas in die Hülle und trat aus der Hütte. Auf dem Weg zur Pferdekoppel hielt er kurz am Kochfeuer an, um sich einen Zwieback und etwas gelben Hartkäse zu schnappen, die er im Gehen mit etwas Wasser herunterschlang. Als er die Koppel erreichte, war der Wallach schon gesattelt und an einen Pfahl gebunden.

Hiser und fünf Lanzenreiter saßen bereits im Sattel.

»Wir können dann, Ser.«

Cerryl verstaute das Glas in einer Satteltasche und stieg auf. Die Sonne stand schon hoch über den niedrigen Hügeln im Osten und loderte im grünblauen Morgenhimmel. Es würde ein langer, heißer Tag werden.

»Wisst Ihr, wie schnell sie reiten?«, fragte Hiser.

»Sie reiten im Schritt.«

Als sie an verwahrlosten Äckern und Weiden vorbei nach Westen ritten, konnte Cerryl hinter sich Ferek hören, der sich an die übrigen Lanzenreiter wandte.

»Das ist kein Nadelstich, das ist kein kleiner Überfall. Jetzt haben wir es mit Bewaffneten zu tun und es sind viele. Ein guter Magier hilft uns zwar, aber er kann nicht alles allein erledigen.«

Nicht alles allein erledigen? Nein, hoffentlich bleibt es nicht allein an mir hängen. Cerryl erinnerte sich noch gut an die Schlachten in Gallos, die er als Anwärter erlebt hatte. Drei Magier und drei Anwärter waren beim Versuch gefallen, die gallischen Lanzenreiter aufzuhalten. *Die gallischen Reiter waren stärker als der Verband, mit dem wir es hier zu tun haben.* Aber er hatte gelernt, dass auch die Anwendung des Chaos-Feuers Grenzen hatte. Je größer die Schlacht wurde, desto weniger nützte es, weil der Magier, der das Chaos aus der Erde und der Luft zog, erschöpft war, lange bevor alle gegnerischen Bewaffneten zu Asche vergangen waren.

Der Wind hatte sich gelegt, die Luft roch feucht, obwohl es seit mehreren Tagen nicht geregnet hatte. Cerryl rutschte im Sattel hin und her und beobachtete die Stelle vor ihnen, wo die Straße sich teilte.

Cerryl, Hiser und die fünf Lanzenreiter nahmen die nördliche Abzweigung, die mehr oder weniger nach Kleth führte. Nachdem sie drei der sanften, lang gestreckten Erhebungen, die man kaum Hügel nennen mochte, hinauf und wieder hinunter geritten waren, wurde es warm und Cerryl fing an zu schwitzen. Es war kein neuer Wind aufgekommen.

Die Straße lag verlassen vor ihnen, die einzigen Spuren waren die von Cerryls Patrouillen.

Nach einer Weile zügelten die sieben Männer auf dem Hügel, den Hiser ausgewählt hatte, die Pferde. Der junge Magier sah den Unteroffizier fragend an.

»Seht Ihr … hier ist der richtige Ort«, erklärte Hiser. »Wir könnten uns dort rechts in der Wiese aufstellen …

damit sie bergauf angreifen müssen ... oder wir können bergab dagegen halten.«

Ohne zu antworten, sah Cerryl sich um. Hatte Hiser Recht? Konnten sie das Gelände zu ihrem Vorteil nutzen? Und wie? Die Höhe des Hügels war nicht allein entscheidend. Die Straße verlief zwischen zwei benachbarten Hügeln durch einen Engpass. Im Norden lag eine offene Wiese, im Süden war ein Waldstück; die Bäume standen dicht genug, um eine Reitertruppe zu zersplittern und aufzuhalten. Ein vernünftiger Offizier würde das erkennen und dem Gelände ausweichen, und soweit Cerryl es sagen konnte, waren die Spidlarer alles andere als dumm.

»Lasst uns bis zum nächsten Hügel reiten«, schlug der Magier vor.

Hiser runzelte nachdenklich die Stirn.

»Ihr hattet Recht, was den Ort angeht«, erklärte Cerryl, »aber wenn wir hier warten, ist es für sie zu offensichtlich. Ich frage mich, ob die nächste Anhöhe hoch genug ist, aber zugleich den Eindruck erweckt, wir könnten in die Zange genommen werden.«

Hiser nickte. »Sodass wir uns aufstellen, zum Schein angreifen und uns zurückziehen.«

»Allerdings, wir werden uns zurückziehen«, sagte Cerryl. »Ich will keine Männer verlieren, wenn es nicht unbedingt nötig ist. Und ich möchte den Gegnern den Eindruck vermitteln, wir wüssten nicht, was wir tun.« *Das weißt du ja sowieso nicht.* Er wäre beinahe zusammengezuckt, als ihm dieser Gedanke durch den Kopf schoss.

»Ihr meint, wir könnten sie zu einem überstürzten Angriff verleiten?«

»Etwas in dieser Art. Sie sollen keine Zeit zum Nachdenken haben.«

Cerryl ritt fast eine halbe Meile weit den lang gestreckten, sanften Hang hinunter. Trotz des üppigen Grases war der Boden eben und fest.

»Sie könnten leicht hier heraufreiten«, meinte Hiser. »Aber natürlich haben wir es bergab immer noch leichter.«

»Hoffen wir, dass sie es so sehen.« Cerryl lenkte sein Pferd wieder bergauf.

Nachdem er an der einzigen Eiche weit und breit abgestiegen war – Cerryl glaubte jedenfalls, dass es eine Eiche war –, holte er das Glas heraus und legte es im Schatten des Baumes auf die Hülle. Dann winkte er Hiser zu sich.

Als das Bild im Glas aufschien, konnte Cerryl den Unteroffizier erschrocken schlucken hören. Die spidlarischen Lanzenreiter waren nach wie vor auf der Straße in ihre Richtung unterwegs. Sie trieben die Pferde nicht an, sondern ritten in normalem Schritt.

»Sie schonen die Pferde«, meinte Hiser.

»Ein vorsichtiger Anführer.« *Und das ist das Problem.* Cerryl ließ das Bild wieder los. »Wir können uns etwas ausruhen, bis Ferek und die anderen hier sind.«

»Absitzen«, befahl Hiser den fünf Lanzenreitern.

Cerryl setzte sich in den Schatten und lehnte sich an eine krumme Wurzel der Eiche, die aus dem Boden ragte. Es war sicher keine schlechte Idee, jede Gelegenheit zum Ausruhen zu nutzen.

Etwas später stießen Ferek und die restlichen Lanzenreiter zu ihnen.

»Der Hügel da hinten ist besser geeignet«, sagte Ferek brüsk, als er das Pferd neben der Eiche zügelte. Cerryl war nicht wieder auf den Wallach gestiegen.

»Ihr habt Recht«, erwiderte Cerryl freundlich. »Wir werden hier auch nicht kämpfen. Aber das sollen sie nicht merken. Wenn sie es zu früh entdecken, könnten sie etwas Unangenehmes versuchen.« *Und zwar etwas, das ich nicht schnell genug durchschauen werde.*

Ferek kratzte sich am Bart. »Es wird die Pferde ermüden, wenn wir dorthin zurückreiten müssen, sobald sie uns hetzen.«

»Sie sind weiter, viel weiter geritten«, widersprach Cerryl. »Und es wird noch eine Weile dauern, ehe sie ankommen – mindestens bis zum Mittag.« Er hielt inne. »Werden die Tiere bereit sein, wenn Ihr sie im Bach dort tränkt und ausruhen lasst?«

Ferek blickte zum Bach, der die weite Wiese im Südosten teilte. »Sicher. Ich würde es immer in kleinen Abteilungen abwechselnd machen.«

»Warum beginnt Ihr dann nicht gleich damit?«

Hiser hielt sich die Hand vor den Mund und hustete, um das Lachen zu vertuschen.

Ferek zog den Braunen herum und befahl: »Tränkt die Pferde. In Trupps absitzen und tränken. Los doch!«

Als die Männer beschäftigt waren, holte Cerryl noch einmal das Glas heraus und beschwor das Bild der Spidlarer herauf, die inzwischen ein gutes Stück näher heran waren. Über ihm raschelte das Laub, dann war es wieder still.

Es war fast Mittag, als die spidlarische Einheit auf der nächsten Hügelkuppe auftauchte. Die Soldaten zügelten sofort die Pferde, als sie Cerryls Lanzenreiter bemerkten, alle beritten und offensichtlich bereit, jeden Angriff zurückzuwerfen oder gar selbst zum Angriff überzugehen.

»Vielleicht werden sie nicht vorstoßen«, sagte Ferek, der rechts neben Cerryl stand. »Oder sie warten, bis ihre Pferde etwas ausgeruht haben.«

»Das könnte sein. Wir werden es ja sehen.« Wieder einmal tupfte Cerryl sich den Schweiß von der Stirn und dem Nacken. Er richtete sich etwas in den Steigbügeln auf und versuchte, die Hose zu lockern, die vom Schweiß auf der Haut klebte.

Genau wie Fereks Lanzenreiter tränkten auch die Spidlarer ihre Pferde in kleinen Gruppen. Sie achteten offensichtlich darauf, dass die Pferde nicht zuviel Wasser tranken und schwerfällig wurden. Dann nahmen sie gegenüber von Cerryls Streitmacht ihre Stellung auf der Wiese ein.

Der Nachmittag war zur Hälfte verstrichen, als die größere spidlarische Truppe sich langsam in Bewegung setzte. Zuerst hielt sie sich im ebenen unteren Teil der Wiese, dann rückte sie langsam bergauf vor. Einige Bogenschützen hielten etwa in der Mitte der Wiese an, stiegen von den Pferden und spannten die Bogen.

»Das gefällt mir nicht, Ser«, sagte Ferek.

Cerryl konzentrierte sich.

Zischend schlug eine Feuerkugeln in die Flanke der Bogenschützen.

Ein Mann brannte lichterloh, die anderen zogen sich sofort hundert Ellen zurück.

Cerryl runzelte die Stirn. Die Bogenschützen waren am Rande seiner Reichweite. Er konnte auf diese Entfernung nicht mehr genau zielen, aber er wollte auch nicht, dass sie zu nahe kamen.

Noch etwas mehr als eine Meile entfernt, teilten sich die blauen Lanzenreiter in Gruppen von jeweils vier Reitern auf und lösten sich voneinander, während sie die Pferde langsam bergauf führten. Die warme Sonne funkelte auf den blank gezogenen Klingen.

»Sie bleiben nicht beisammen«, murmelte Cerryl. Die Spidlarer wussten oder vermuteten, dass die Streitkräfte aus Fairhaven durch Weiße Magier verstärkt wurden, und hielten deshalb Abstand voneinander, damit nicht eine einzige Feuerkugel auf einen Schlag eine größere Abteilung vernichten konnte. Aber sie mussten sich natürlich irgendwo wieder zusammenfinden, bevor sie Cerryls Truppen angriffen ... das konnte jedoch beinahe im letzten Augenblick auf der sanft geneigten Wiese sein. Außerdem mussten sie enger zusammenrücken, wenn sie die schmale Stelle zwischen den Hügeln im Südosten erreichten.

»Sie sind viel mehr als wir ...«, sagte Ferek.

Cerryl lächelte leicht. »Wenn sie diese Büsche dort

unten am toten Baum erreichen, machen wir kehrt und reiten auf der Straße zurück.«

Ferek runzelte die Stirn. »Warum sind wir dann überhaupt so weit geritten?«

»Damit sie nicht sehen, wie die Straße durch den Engpass hinter uns verläuft.« Cerryl unterdrückte ein Seufzen. Er hatte es Ferek schon einmal erklärt. »Also gut, die Männer sollen mir bis zurück zum zweiten Hügel folgen. Alle außer den Trupps, die Hiser befehligt.« Er hielt inne. »Seid Ihr bereit, Hiser?«

»Ja, Ser.« Der Unteroffizier nickte knapp und warf einen Blick zu den Lanzenreitern, die ihn umringten.

Cerryl schoss eine weitere Feuerkugel auf die Spidlarer ab. Wie erwartet flog sie nicht weit genug, aber die blauen Lanzenreiter rückten etwas langsamer vor, als vor ihnen das grüne Gras eingeäschert wurde und graue Rauchwolken in den Himmel stiegen. »Wir ziehen uns zurück.« Cerryl nahm den Wallach herum. »Hiser … haltet die Stellung hier, so lange Ihr könnt, ohne einen Mann zu verlieren, dann zieht Ihr Euch ebenfalls auf unsere Position zurück.«

Dadurch wurden die Pferde stärker beansprucht, als es Cerryl lieb war, aber er wollte vermeiden, dass aus einem strategischen Rückzug eine haltlose Flucht wurde. Wenn zwei Trupps den niedrigeren Hügel eine Weile hielten, konnten sie sich vielleicht tatsächlich geordnet zurückziehen. *Hoffentlich.*

»Wir halten die Anhöhe lange genug, damit Ihr Euch formieren könnt, Ser«, versprach Hiser.

»Haltet sie nicht zu lange«, antwortete Cerryl. »Ich will keine Männer verlieren.«

Hiser nickte.

Cerryl wäre beinahe zusammengezuckt. »Ich meine es ernst.«

»Ja, Ser.«

Mit einem Nicken nahm Cerryl den Braunen herum und lenkte ihn neben Ferek. Er sah sich noch einmal über die Schulter um. Als die Weißen Truppen sich scheinbar zurückzogen, führten die Spidlarer ihre Pferde in raschem Trab den Hügel herauf.

Cerryl zügelte sein Pferd und schoss eine letzte Feuerkugel ab.

Mehr durch Glück als aufgrund seiner Geschicklichkeit traf die Kugel aus Chaos einen blauen Lanzenreiter, der zwanzig Ellen vor den anderen ritt. Befriedigt stellte Cerryl fest, dass die anderen blauen Lanzenreiter zögerten.

Fast mit jedem Hufschlag des Wallachs sah Cerryl sich über die Schulter um. Einige Male wäre er beinahe vom trabenden Pferd gefallen. Der Staub brannte in den Augen und der rötliche Dreck verklebte ihm den Hals.

Beinahe der ganze Nachmittag schien vergangen, ehe Fereks Lanzenreiter sich auf dem höheren Hügel neu formieren konnten. Sie hatten sich kaum aufgestellt, als Hisers Trupp schon heraufgaloppiert kam, eindeutig um einige Männer dezimiert.

»Ich habe ein paar Männer verloren, Ser«, sagte Hiser, als er das Pferd herumzog und neben Cerryl anhielt. »Die Blauen kommen schnell heran.«

»Wir wollen hoffen, dass sie schnell genug kommen.« Cerryl sammelte das Chaos um sich, dass rings um ihn beinahe die Luft knisterte.

Als der Haupttrupp der sich rasch nähernden Spidlarer noch mehr als eine halbe Meile von Cerryls Position entfernt waren, mussten sich die vordersten gegnerischen Reiter bereits im Engpass zwischen zwei kleineren Hügeln zusammendrängen.

Die erste Feuerkugel landete mitten zwischen den Reitern und blühte auf wie ein glühender Pilz.

Die leisen Schreie vergingen rasch wieder, aber die folgenden Reiter wichen den brennenden Gefährten aus. Der spidlarische Vorstoß wurde nur unwesentlich verlangsamt.

»Bei der Dunkelheit ... er hat beinahe einen ganzen Zug erwischt ...«

Höchstens die Hälfte. Cerryl konzentrierte sich und schoss eine weitere Feuerkugel ab.

Einige Reiter sahen das Chaos-Feuer kommen, und wer sich am Rande der spidlarischen Truppe befand, löste sich aus ihr und galoppierte den niedrigen Hügel südlich von Cerryls Standort hinauf, um dann wieder nach Westen einzuschwenken.

Auf einmal hallte ein dreifaches Trompetensignal über den Hügel und die übrigen Reiter machten sofort kehrt.

»Warum tun sie das? Nur wegen ein paar Feuerstößen?« Ferek kratzte sich am weiß durchsetzten Bart.

»Ich denke, sie haben fast einen Zug verloren«, meinte Hiser. »Sie haben die Falle erkannt und weichen zurück. Jetzt denken sie sich einen anderen Weg aus, um uns zu packen.«

Cerryl wusste, dass der jüngere Unteroffizier Recht hatte. Er musste sich jetzt überlegen, wie und wo die Spidlarer als Nächstes zuschlagen würden. *Hoffentlich fällt dir etwas ein.*

XVII

Am grünblauen Himmel zogen ein paar weit verstreute Schäfchenwolken träge dahin. Die Luft roch schwül und feucht, nachdem es am Vortag geregnet hatte. Der Lehm auf der Straße war dunkel, aber abgesehen von einigen Stellen, wo sich Pfützen gebildet hatten, nicht rutschig.

Die Straße verlief über einen niedrigen Höhenzug, der eine Wiese begrenzte und den Südrand des Tals bildete, von Osten nach Westen. Ein Bach wand sich durch feuchte und sumpfige Stellen über den Talboden. Hier und dort säumten Büsche das Ufer.

Am westlichen Ende des offenen Tals stand ein halbes Dutzend Hütten, dazu einige Nebengebäude. Auf den bestellten Äckern war ein Schimmer von Grün zu sehen. Ein paar Arbeiter waren auf den Feldern beschäftigt, aus dem Schornstein einer Kate stieg Rauch. Die Gegenwart der Bauern war ein Zeichen dafür, wie weit er und seine Lanzenreiter den Spidlarern nach Norden gefolgt waren, dachte Cerryl.

Der Weiße Magier zügelte sein Pferd und überblickte das Tal. Die Mittagshitze setzte ihm zu, er war in Schweiß gebadet.

Cerryl konnte die spidlarischen Streitkräfte am westlichen Ende des Tals sehen. »Sieht aus, als wären sie alle da.«

»Wenn wir versuchen, sie zu schnappen, müssen wir ins Tal hinunter und auf der anderen Seite wieder hinauf«, wandte Ferek ein. »Wenn wir auf sie losreiten, werden wir Männer verlieren. Sie haben Bogenschützen.«

»Wir werden es nicht versuchen«, sagte Cerryl. »Wir lassen sie nur merken, dass wir da sind. Sie müssten durchs Sumpfland da unten, um uns zu erreichen, und das werden sie nicht tun.« *So wenig wie wir. Außerdem könntest du sie, wenn sie es wirklich versuchen, mit Feuerkugeln eindecken, und das wissen sie.*

»Nein, hier kann man nicht kämpfen.«

»Wir werden nur kämpfen, wenn wir sicher sind, dass wir siegen«, erklärte Cerryl. »Wir sorgen im Augenblick einfach nur dafür, dass sie keine Vorratswagen angreifen und Rekruten belästigen, die auf der Straße marschieren, um den Erzmagier zu unterstützen.« *Falls überhaupt noch welche kommen.*

Cerryl rutschte etwas im Sattel herum und betrachtete die blau gekleideten Gestalten auf dem gegenüberliegenden Hügel. Nicht lange, und er musste schon wieder das Gewicht verlagern. Die Spidlarer rührten sich nicht. Ein leiser Hauch strich über das Gesicht des Weißen Magiers, dann war die Luft wieder still und schwül.

Schließlich stieg Cerryl ab.

»Ser?«, fragte Hiser.

»Ich will sehen, ob sie wirklich alle da sind.« Cerryl zog die Lederhülle heraus und legte den Spiegel ins Gras. Er kniete sich daneben und konzentrierte sich.

Ferek und Hiser stiegen ab und stellten sich hinter Cerryl auf die Straße, um die Bilder im Spähglas zu beobachten.

Wie Cerryl vermutet hatte, schlichen hinter den zwei oder drei Zügen, die sie vor dem Horizont auf dem Hügel stehen sahen, die übrigen Spidlarer bergab und verschwanden auf einem schmalen Pfad, der nach Osten zu führen schien. *Wahrscheinlich eher nach Süden. Sie wollen uns in den Rücken fallen und zu der Straße gelangen, auf der die Vorräte transportiert werden.*

»Sie schleichen sich davon«, meinte Ferek.

»Sie wollen uns in die Flanke fallen«, fügte Hiser hinzu.

Cerryl nickte und verschob das Bild, um den Weg einzufangen, auf dem sich die Spidlarer sammelten. Er musste erkennen, wohin der Weg führte und ob er die Gegner von der Straße zwischen Axalt und Elparta vertreiben konnte, ohne zu viele Lanzenreiter zu verlieren.

Die schmale Straße verlief hinter einigen Erhebungen, die zu flach waren, um Hügel genannt zu werden, nach Südosten. Vielleicht war es ein Weg, an dem einige Höfe lagen, oder es war sogar die frühere Hauptstraße. Jedenfalls mündete dieser Weg ungefähr vier Meilen weiter im Osten wieder auf die Straße, auf der sich Cerryl und seine Lanzenreiter befanden.

Cerryl runzelte die Stirn und ließ das Bild der Straße in sich zusammenfallen. Er rieb sich die Stirn. Konnte er seine Lanzenreiter in Marsch setzen, solange sie noch von den blauen Streitkräften beobachtet wurden?

Er blinzelte im Licht der Nachmittagssonne und versuchte noch einmal, das Bild der spidlarischen Lanzenreiter heraufzubeschwören. Als sich endlich die Nebel teilten und er ein etwas verschwommenes Bild von den gegnerischen Streitkräften bekam, tat ihm der Kopf weh. Der Schweiß lief ihm über die Stirn und am Hals herunter.

Die Spidlarer bewegten sich jetzt beinahe in raschem Trab nach Südosten, die letzten blauen Truppen waren vom Hügel verschwunden.

Cerryl hob das Glas hoch und packte es ein. »Ferek, Hiser, die Männer sollen kehrt machen. Wir müssen zum höheren Hügel, der etwa drei Meilen hinter uns liegt. Ich meine den Hügel mit der kleinen Klippe in der Nähe des Teichs.«

Die Unteroffiziere saßen auf.

»Formiert euch! Wir reiten zurück!« Fereks tiefe Stimme halte weit durchs Tal.

»Formiert euch!«, rief auch Hiser.

Cerryl steckte das Spähglas in die Satteltasche und stieg auf. Zusammen mit Hiser setzte er sich an die Spitze ihrer Truppe und führte sie zurück nach Südosten.

»Irgendwohin reiten … warten … zusehen, wie er eine Feuerkugel schleudert … umkehren und wieder reiten …«

»… doch den Mund, Burean … würde den ganzen Tag reiten, wenn es meinen Hals rettet.«

Hoffentlich kann ich euch wirklich den Hals retten, dachte Cerryl. *Aber wenn nicht …?* Doch was vermochte er schon gegen eine größere Streitmacht auszurichten, die er von den Nachschubwegen fern halten sollte?

Cerryl sah sich immer wieder nach Norden und Osten um, während er mit seinen Unteroffizieren das Straßenstück zurückritt, auf dem sie am Morgen hergekommen waren. Er konnte die Spidlarer nicht spüren und keine Anzeichen irgendeiner anderen Kraft ausmachen, aber immer wieder blickte er besorgt in Richtung des Weges. Die Geräusche der Pferde übertönten das Summen der Insekten oder die Vogelrufe, soweit es sie überhaupt gab.

»Seid Ihr sicher, dass sie in diese Richtung wollen, Ser?«, fragte Hiser vorsichtig.

Nein. »So sicher, wie ich nur sein kann, Hiser.«

Der blonde Unteroffizier nickte zufrieden.

»Ich werde es später noch einmal überprüfen«, versprach Cerryl. »Sobald wir die höher gelegene Stelle erreicht haben.«

»Immer zu den höher gelegenen Stellen, das ist gut.« Ferek nickte.

Cerryl schwitzte heftig, als er das Pferd auf der grasbewachsenen Anhöhe zügelte. Vor ihm lagen leicht abschüssige Wiesen, dahinter der schmale Weg, auf dem die Spidlarer auftauchen mussten. Er runzelte die Stirn. An den Hügel und den Ausblick hatte er sich klar erinnern können, aber er hatte vergessen, wie sanft die Hänge zu beiden Seiten waren.

Er sah sich über die Schulter zu seinen Leuten um, die sich auf etwas höherem Gelände gesammelt hatten. Im Südosten schimmerte der kleine Teich beinahe wie ein fernes Spähglas silbern zwischen zwei Anhöhen. Er drehte sich im Sattel um und sah Ferek von der Seite an. »Von hier aus können wir die Mündung des Weges überblicken … aber unsere Straße ist besser und wir müssten eigentlich vor ihnen hier angekommen sein. Ich versuche es noch einmal mit dem Glas.«

Mit einem letzten Blick auf den Weg unter ihnen sprang er aus dem Sattel und holte sein Spähglas hervor. Die Kopfschmerzen, die zusammen mit dem Bild der spidlarischen Reiter entstanden, waren schlimmer als beim letzten Mal. Lichtblitze funkelten vor seinen Augen, aber die Funken waren kein grelles Sonnenlicht, sondern das Weiß des Chaos.

Ein rascher Blick überzeugte ihn, dass die Spidlarer tatsächlich noch auf dem Weg waren. Sie hatten ein paar Späher ausgeschickt.

Er gab das Bild so schnell wie möglich wieder frei. Beinahe wäre er getaumelt, als er das Glas aufhob und sich aufrichtete.

Sein Oberhemd war verschwitzt, die Kopfschmerzen wollten nicht weichen. Hinter sich hörte er das Gemurmel der Lanzenreiter und das Schnauben der Pferde. Die Tiere brauchten wahrscheinlich Wasser, aber er wagte es nicht, die Leute zum Bach in der Nähe zu lassen, da die Spidlarer schon sehr nahe waren.

Cerryl wandte sich an die beiden Unteroffiziere. »Ferek … die Männer sollen sich hinter dem Hügel dort aufstellen, knapp unter der Hügelkuppe. Die Spidlarer sollen sie nicht sehen.«

Ferek zog die Augenbrauen hoch.

»Ich will ihnen eine Überraschung bereiten, aber das wird nicht gelingen, wenn sie die Lanzenreiter zu früh erkennen.«

Nach kurzem Überlegen nickte der ältere Unteroffizier und nahm sein Pferd herum.

»Das Gleiche gilt für Eure Abteilung, Hiser.«

»Ja, Ser.«

Cerryl rieb sich die Stirn und kehrte zu seinem Wallach zurück, um das Glas wieder zu verstauen. Seine Hände zitterten. Wann hatte er das letzte Mal etwas gegessen? Er vergaß immer wieder, dass die Erzeugung der Ordnungs- oder Chaos-Energie oder das Spionieren mit dem Glas Kraft erforderte, die er nur durch regelmäßiges Essen gewinnen konnte.

Müde zog er einen altbackenen, harten Zwieback aus der Satteltasche und aß langsam. Hin und wieder trank er dazu einen Schluck aus der Wasserflasche. Dabei beobachtete er ständig den kleinen Weg. Schließlich schüttelte er abrupt den Kopf, stieg wieder auf und lenkte den Wallach ein Stück die Straße hinunter, gerade weit genug, dass er noch den Weg sehen konnte, auf dem die Spidlarer hoffentlich kommen würden.

Er zog einen weiteren Zwieback hervor und kaute tapfer, bis nur noch Krümel übrig waren. Aber die Kopfschmerzen waren leider noch da, wenngleich etwas abgeschwächt.

Auf einmal hörte er ein Flüstern, ein ganz leises Flüstern, und richtete sich im Sattel auf. Er war nicht mehr wie am Anfang jeden Abend wund geritten, aber nach wie vor ermüdete er beim Reiten sehr schnell.

Cerryl winkte den Unteroffizieren, sie sollten sich still verhalten, und beobachtete den Weg, wo gerade die ersten spidlarischen Späher erschienen, begleitet von einer Vorhut, die aus annähernd einem halben Zug Reitern bestand. Als die Späher kurz darauf hinter einer Erhebung verschwanden, sammelte Cerryl das Chaos um sich und ritt auf seinem Wallach ein Stück weiter bergauf.

Kurz danach flog die erste Feuerkugel zum gewundenen Weg hinunter und zerbarst hinter den spidlarischen Spähern, aber kurz vor dem Hauptverband der Reiter, auf dem feuchten Lehm.

Cerryl steuerte den Wallach wieder ein paar Dutzend Ellen bergab, legte sich flach auf die Mähne des Tiers und vertraute darauf, dass die gegnerischen Lanzenreiter noch einige Dutzend Ellen näher kommen würden.

Als die Geräusche der Pferde lauter wurden, starrten Hiser und Ferek ihn besorgt an. Schließlich ritt Cerryl wieder bergauf und zur schmalen Klippe, die den Weg überblickte – gerade rechtzeitig, um mehrere Späher in seine Richtung deuten zu sehen.

Ein halber Zug berittener Bogenschützen trieb die Pferde auf dem sanften Hang hinter der Klippe an und war offenbar darauf aus, ihn zu erwischen.

Du hast zu lange gezögert. Wieder sammelte Cerryl das Chaos um sich, formte es zu einem schmalen Strahl oder einer Feuerlanze, und zielte auf die beiden ersten Reiter.

Zu Asche verbrannt, gingen die beiden Reiter zu Boden, nur ein dünner Rauchfaden stieg in die Luft. Cerryl ließ eine Feuerkugel los, die hinter den Bogenschützen direkt vor den Lanzenreitern einschlug.

Fettiger schwarzer Rauch wallte um die vorderen Reihen der blau uniformierten Lanzenreiter und stieg in der schwülen, stillen Luft träge zum Himmel empor.

Ein Pfeil zischte an der Schulter des Magiers vorbei. Cerryl fuhr herum und sah zwei weitere Bogenschützen, die rechts von ihm gerade die nächsten Pfeile in die Bogen einlegten. Sie standen weniger als dreißig Ellen entfernt auf der Wiese, fast auf gleicher Höhe wie er selbst auf der Klippe.

Mit einem Gefühl im Kopf, das klammen, steifen Händen an einem kalten Morgen nicht unähnlich war, versuchte er noch einmal, Chaos um sich zu sammeln und gegen die beiden Bogenschützen zu schleudern.

So klein die Feuerkugel auch war, er hatte gut gezielt und den ersten Bogenschützen zu Asche verbrannt. Der zweite zog eilig sein Pferd herum und floh den grasbewachsenen Hang hinunter, während er mit einer Hand das nervöse Pferd lenkte und mit der zweiten versuchte, die Flammen an seinen Kleidern auszuschlagen.

Cerryl blinzelte in der Nachmittagssonne und ignorierte den Gestank von verbranntem Fleisch. Er konzentrierte sich auf die blau uniformierten Lanzenreiter, die fast eine halbe Meile entfernt auf dem Weg angehalten hatten. Anscheinend waren sie gerade dabei, kehrt zu machen.

Cerryl holte tief Luft und ließ eine große Feuerkugel entstehen.

Zischend und träge flog die Kugel in hohem Bogen über den grasbewachsenen Hang und senkte sich herab. Das Chaos-Feuer brach über die zweite Reihe der Spidlarer herein.

Cerryl schwankte im Sattel, vor seinen Augen tanzten Lichtfunken und sein Schädel pochte. Als er wieder sehen konnte, bemerkte er, dass Hiser gekommen war und neben ihm wartete.

»Sie haben kehrt gemacht, Ser. Ihr habt noch einmal einen halben Zug getötet.«

Also noch etwa vier Züge. Cerryl nickte langsam. »Schickt einen Späher aus, der die andere Seite des Weges beobachten soll. Wir müssen sicher sein, dass sie tatsächlich umkehren.«

»Ja, Ser.« Hiser ritt zu seinen Leuten zurück.

Der Magier mit den grauen Augen tastete mühsam nach seiner Wasserflasche. Seine Finger zitterten so stark, dass er all seine Konzentration aufbieten musste, um den Stöpsel abzuziehen. Er trank langsam und das Wasser schien das Zittern und das Zucken der Blitze vor den Augen etwas zu lindern, konnte aber nicht die Kopfschmerzen oder die Müdigkeit beheben.

Der Nachmittag neigte sich allmählich dem Ende zu und die Sonne stand schon niedrig über den Hügeln im Westen, als Hiser zurückkehrte.

Cerryl schaute auf, betrachtete die Sonne und die langen Schatten der Büsche und Bäume. War der Tag wirklich schon fast vorbei?

»Sie sind weg«, verkündete Hiser. »Einer der Späher sagte, sie kehren auf der Hauptstraße nach Kleth zurück.«

»Für den Augenblick«, sagte Cerryl. *Für den Augenblick.* Er holte tief Luft. Eines wurde immer klarer. Das Chaos-Feuer eignete sich viel besser für einen Hinterhalt oder zur Verteidigung statt für direkte Angriffe, bei denen er nicht darauf bauen konnte, dass die Feinde dicht gedrängt zusammenstanden.

Aber der ständige Gebrauch der Chaos-Energie in kleinem Maßstab schien viel anstrengender zu sein als gewaltige Ausbrüche in größerem Abstand.

Darüber, warum er sich in dieser Wildnis herumtrieb

und mit viel zu wenigen Weißen Lanzenreitern eine Übermacht von Spidlarern bekämpfen musste und warum er viel zu oft für seinen Geschmack seine ganze Chaos-Energie aufbieten musste, wollte er lieber gar nicht erst nachdenken.

Ganz zu schweigen von der Trennung von Leyladin, die sich unangenehm in die Länge zog.

XVIII

Im orangefarbenen Licht nach der Morgendämmerung starrte Cerryl das Glas an, das auf dem rohen Tisch lag, und rieb sich die Augen. In den letzten drei Achttagen hatte er nicht viel Schlaf bekommen, denn sie hatten ständig spidlarische Einheiten aufspüren und verfolgen und von den Nachschubwegen verscheuchen müssen. Jetzt gerade war wieder einmal eine Wagenkolonne aus Certis durch die Osthörner in Richtung Elparta unterwegs.

Trotz der Anspannung erlaubte er sich hin und wieder einen raschen Blick ins Spähglas, um zu sehen, wie es Leyladin ging. Ihre ferne Ansammlung von Ordnung schimmerte ein wenig grau, der Schmied Dorrin dagegen stellte sich als reines Schwarz da. Lag es daran, dass sie inmitten des Chaos lebte? Oder gab es einen anderen Grund? *Warum wird nirgends Grau erwähnt, weder in den Büchern noch von den älteren Magiern? Warum taucht das Grau nicht einmal als etwas auf, vor dem man warnen muss?*

Die Schleier im Glas klärten sich, und fast als hätte sie seinen unsichtbaren Besuch erwartet, schaute die Heilerin mit dem rotblonden Haar lächelnd auf. Sie war mit einem grünen Hausmantel bekleidet und saß am Schreibtisch in dem mit seidenen Tüchern geschmückten Zimmer. Dieses Zimmer versetzte Cerryl immer noch in Erstaunen, aber er erwiderte das Lächeln, obwohl sie es nicht wahrnehmen konnte, denn er freute sich über ihres. Nach einem langen Blick ließ er das Bild wieder los und starrte das leere Glas an.

Schließlich, nachdem er aus der fast leeren Flasche einen Schluck Wasser getrunken hatte, konzentrierte er sich und suchte nacheinander die Dörfer an der Nachschubstraße ab. Alle schienen verlassen, wie sie es seit dem Frühling gewesen waren.

Cerryl rieb sich die Stirn und fragte sich nicht zum ersten Mal, wohin die Spidlarer verschwunden waren. Er stand auf und ging zum Kamin, nahm eine neue Wasserflasche vom Brett und trank einen großen Schluck. Dann kehrte er zum Tisch und dem Spähglas zurück.

Nach einigem Suchen fand er endlich die spidlarischen Truppen, die auf einer hoch gelegenen Wiese zwischen einigen Bäumen lagerten. Soweit er es erkennen konnte, hatten sie sich nach Norden und Westen bewegt und sich zwischen Fydels und Cerryls Einheiten geschoben, befanden sich jetzt aber mehr als vierzig Meilen nördlich der Straße zwischen Elparta und Axalt.

Cerryl warf einen Blick auf seine Straßenkarte und nickte. Es gab einen Weg, keine richtige Straße, der schräg von der Straße nach Elparta abzweigte. Der Weiße Magier nahm an, dass Jeslek diesem Weg wahrscheinlich keine Beachtung schenken würde. *Aber er wird es tun, wenn du zulässt, dass die Wagen mit den Vorräten gekapert werden oder ein Flankenangriff gegen ihn erfolgt.* Cerryl schürzte die Lippen. *Ob sich die Gegner mit einer weiteren Truppe vereinigen wollten?*

Seufzend wandte er sich wieder dem Glas zu und blinzelte, bis ihm die Augen tränten und die unvermeidlichen Kopfschmerzen sich ankündigten.

Tatsächlich näherte sich von Westen her eine zweite Streitmacht, kleiner als die erste zwar, aber immer noch doppelt so groß wie Cerryls Truppe. Die beiden Truppenteile würden die Straße zwischen Axalt und Elparta zur gleichen Zeit erreichen. *Falls du sie nicht aufhältst.*

Aber wie? Mit tränenden Augen massierte Cerryl sich die Stirn. Wenn er reines Chaos einsetzte – vor allem die Feuerkugeln –, konnte er jeweils nur eine geringe Anzahl von Bewaffneten angreifen. Er trank noch einen Schluck aus der Flasche, stand auf und ging zur Tür.

Draußen war die stille Luft wärmer als im Innern des Holzhauses. Als der Duft von bratendem Lamm in seine Richtung wehte, ging Cerryl zu den Kochfeuern hinüber.

Ferek stand schon am Zaun der Koppel und aß ein Stück fettiges Fleisch. »Ihr scheint heute Morgen nicht sehr guter Dinge, Magier Cerryl«, meinte der Unteroffizier. »Sind die Blauen jetzt in die Osthörner gezogen, um die Straße zu erreichen?«

»Ich glaube nicht.« Cerryl grüßte Hiser mit einem Winken.

Der blonde Unteroffizier schluckte den letzten Bissen des harten Brotes hinunter und gesellte sich zu dem Magier und dem älteren Unteroffizier.

Die Kopfschmerzen und die tränenden Augen erinnerten Cerryl daran, dass auch er etwas essen musste. So sah er sich auf dem Brett um, das, auf zwei Baumstümpfe gelegt, als Essensausgabe diente. Cerryl nahm sich fast einen halben Brotlaib und schnitt mit seinem Gürtelmesser aus Neusilber mühsam einen Keil vom trockenen weißen Käse ab, der beinahe so hart war wie das Holz, auf dem er lag.

Das Brot war warm und frisch, aber trocken. Cerryl hatte Mühe, es zu kauen und zu schlucken. Er wünschte, er hätte die Wasserflasche aus der Hütte mitgenommen, aber immerhin gelang es ihm, eine Ecke vom Käse abzubeißen und herunterzuschlingen, ehe er sich wieder an die Unteroffiziere wandte. »Es sind jetzt zwei Truppenteile. Eine Abteilung ist diejenige, die wir gehetzt haben, die zweite, etwa halb so groß wie die erste, ist noch etwa vierzig Meilen im Westen und nähert sich der Straße nach Elparta.«

»Das wären zwei Tage, wenn man scharf reitet«, meinte Hiser.

»Für sie sind es wohl eher drei.« *Hoffentlich.*

»Wie viele Leute haben sie dann insgesamt? Viermal so viele wie wir?«, fragte Ferek.

»Es könnten sogar noch mehr sein«, räumte Cerryl ein. »Wir müssen dafür sorgen, dass sie Jeslek und den anderen Lanzenreitern nicht in den Rücken fallen.«

»Da müssen wir uns aber mächtig ins Zeug legen«, meinte Ferek mutlos.

Hiser sah Cerryl nur an. Äußerlich ließ sich der Unteroffizier nichts anmerken, aber die Augen blickten besorgt.

»Wir werden schon einen Weg finden.« Cerryl setzte ein Lächeln auf, das nicht von Herzen kam. »Macht die Männer bereit, wenn Ihr gegessen habt. Wir müssen so bald wie möglich aufbrechen. Und die Männer sollen sich noch einmal ausruhen können, ehe wir uns den Blauen stellen.«

Der blonde Hiser nickte und zupfte sich am kurzen Bart. »Lassen wir etwas hier zurück?«

Cerryl schüttelte den Kopf. Wenn sie die Spidlarer zurückschlagen konnten, mussten sie danach näher hinter Jesleks Truppen bleiben. Wenn es ihnen nicht gelang …

»Es macht so oder so keinen Sinn«, stimmte Ferek mit vollem Mund zu, nachdem er noch einmal einen herzhaften Bissen vom fettigen Lamm zu sich genommen hatte.

Cerryl aß noch etwas Brot und ein Stück vom weißen Hartkäse. Er achtete darauf, sorgfältig zu kauen.

»Dieses Mal werden sie sich nicht zurückziehen«, prophezeite Hiser.

»Nein, das glaube ich auch nicht.« Die Kopfschmerzen ließen etwas nach. *Du darfst das Essen nicht vergessen …*

»Die Köche sollen schon vorab den Rest vom Lammfleisch kochen.« Ferek ging zu den Kochfeuern.

»Ich sage den Männern Bescheid«, erklärte Hiser. »Aber es wird ein Weilchen dauern.«

»Ich weiß«, nuschelte Cerryl durch einen Mundvoll Käse. Er drehte sich um und ging langsam zur Hütte, um seine Siebensachen zu packen. Dabei fiel sein Blick auf das Glas, das noch auf dem Tisch lag. Wie wäre es, wenn er Ordnung und Chaos in eine bestimmte Form brachte? Wäre das nicht weniger ermüdend, als das Chaos herauszuziehen und gegen die Ordnung zu schleudern? *Aber wie kann das in einer Schlacht oder einem Kampf helfen?*

Cerryl packte achselzuckend das Glas ein und sah sich im staubigen Zimmer um. *Du musst dir etwas einfallen lassen.*

Mit einem letzten Blick zur aufgebockten Tischplatte drehte er sich um und verließ die Hütte. Draußen kam ein frischer Wind auf. Hoffentlich würde es einigermaßen kühl bleiben und nicht wieder so schwül und drückend werden wie in den letzten Tagen.

XIX

Im Laufe des Tages waren die Wolken dicker geworden und hatten sich zu einer dichten, schweren Decke zusammengeballt, die fast den ganzen Himmel ausfüllte. Doch trotz der Bewölkung war es warm und drückend; nicht der kleinste Lufthauch brachte Linderung. Der leichte Regen, der am Morgen gefallen war, hatte zwar aufgehört, aber jetzt herrschte ein schwüler Dunst vor. Die feuchte Wärme schien alles zu durchdringen.

Cerryl hatte das Gefühl, ihm werde schon der Schweiß ausbrechen, wenn er nur die Zügel seines Wallachs bewegte.

»Die Feuchtigkeit«, brummte Hiser. »Die macht es noch schlimmer.«

»Es wird noch wärmer werden, ehe der Sommer vorbei ist«, prophezeite Ferek.

»Hier werden sie sich treffen.« Cerryl zügelte das Pferd und überblickte die Straße und den schmaleren Weg, auf dem die zweite Truppe der Spidlarer von Norden kommen würde. Er schüttelte den Kopf und dachte darüber nach, wie der schmale Streifen Lehm, denn mehr war der Weg im Grunde nicht, über mehrere Meilen hinweg nach Osten abbog, um den Hügeln auszuweichen. Dahinter verlief er nach Westen und Süden, bis er auf die Straße zwischen Elparta und Axalt traf.

Hinter ihm wurden die Lanzenkämpfer langsamer und blieben schließlich stehen. Die Späher waren längst hinter dem Waldstück verschwunden, das etwa eine Meile vor ihnen lag.

»Sie werden nicht auf diesem Weg kommen«, meinte Ferek. Er spuckte zur grasbewachsenen Böschung aus und deutete mit einer Hand zu den bewaldeten Hügeln, die rechts neben der Straße lagen, dann zum Engpass, durch den der schmalere Weg verlief.

»Welchen Weg würdet Ihr wählen?«, fragte Cerryl.

»Die Äcker ein Stück weiter hinten ... möglicherweise sind sie etwas steil, dafür aber offen. Sie sind zur Hauptstraße hin abschüssig. Ich würde die Pferde dort über die Hügel bringen. Besonders nachdem ich erfahren habe, was Ihr an einem Engpass mit Euren Gegnern anstellen könnt.«

Hiser, der sich an Cerryls linker Seite hielt, nickte.

Ferek hatte Recht, aber würden die Spidlarer es ebenso sehen? Und wenn sie es so sahen, was konnte Cerryl auf einem freien Feld ausrichten? Vom schmaleren Weg aus würde es für die Gegner jenseits des Hügels natürlich zunächst bergauf gehen. Würden die Gegner im Notfall trotzdem zum Angriff übergehen?

Cerryl stieg ab und gab einem der Lanzenreiter, die hinter Hiser warteten, die Zügel. Er holte das Spähglas aus der Satteltasche und legte es auf einem ebenen Stück Boden auf die Lederhülle. Dank der dichten Wolkendecke würde ihn wenigstens das Sonnenlicht nicht stören.

Cerryl konzentrierte sich auf das Glas und versuchte, das Bild der Spidlarer heraufzubeschwören. Wie immer, wenn er Ordnungs- oder Chaos-Kräfte einsetzte, begann er sofort zu schwitzen. Langsam klärten sich die silbrigen Schleier und das Bild der Lanzenreiter erschien. Soweit er es erkennen konnte, waren sie nach wie vor auf der Straße unterwegs und zogen mehr oder weniger in südliche Richtung. Sie waren noch mindestens einen Tagesmarsch von seinem jetzigen Standort entfernt.

Eine schwache Hoffnung. Die letzten paar Achttage waren ein ständiger Wechsel zwischen Spähen und Hoffen gewesen. Schließlich packte er das Glas wieder ein und hielt einen Augenblick inne, um sich die Stirn zu massieren.

»Ser?«, fragte Hiser.

»Sie reiten immer noch in unsere Richtung.« Cerryl stieg wieder auf und sah nach Osten. »Wir sollten bis zu den Feldern dort zurückreiten«, beschloss er. »Aber nicht alle, höchstens ein halber Zug. Die anderen können hier unten bleiben.«

»Jetzt gleich?«, fragte Hiser.

»Die Blauen werden erst in einem Tag eintreffen, wenn sie so langsam wie jetzt weiterreiten.«

»Und wenn sie querfeldein reiten, um den Weg abzuschneiden? Das könnten sie ohne weiteres tun«, wandte Hiser ein.

»Ich glaube nicht«, widersprach Ferek. »Nach allem, was der Magier im Glas gesehen hat, ist der Weg frei und offen. Bis auf die letzten paar Meilen jedenfalls.

Aber wenn sie querfeldein reiten, gibt es zu viele Stellen, an denen sich ein Magier verstecken und Feuerkugeln schleudern könnte.«

»Wir sollten jetzt wohl das Lager aufschlagen«, schlug Ferek vor.

»Und wir müssen Späher ausschicken und Wachtposten aufstellen«, fügte Hiser hinzu.

»Ferek«, sagte Cerryl, »Ihr übernehmt das Einrichten des Lagers. Hiser wird den halben Zug Lanzenreiter anführen und mit mir zu den Feldern zurückreiten.«

»Ja, Ser.« Ferek nickte. »Die Männer können eine Rast gebrauchen. Wir haben alles vorbereitet, bis Ihr zurückkehrt.«

Cerryl zog sein Pferd nach Osten herum. Hiser ritt ein Stück voraus und gab einige Befehle, um einen halben Zug Lanzenreiter auszuwählen, die sie begleiten sollten. Am liebsten wäre Cerryl selbst einfach geblieben, wo er war, und hätte sich ausgeruht.

Wie willst du eine Streitmacht bekämpfen, die fünf- oder sechsmal so stark ist wie deine? Besonders da sie genau wissen, wie man einen Weißen Magier angreifen muss? Cerryl rutschte unbehaglich im Sattel hin und her. Er hatte keine Antwort darauf und konnte nur hoffen, dass ihm auf den Feldern etwas Brauchbares einfiel.

Hiser kehrte zu Cerryl zurück, als sich die kleine Unterabteilung aus der Truppe der Weißen Lanzenreiter gelöst hatte. Eine Weile waren nur die Hufschläge, das Schnauben der Pferde und hin und wieder das Gemurmel der Lanzenreiter zu hören.

»Wie sollen wir mit zehn Zügen Lanzenreitern fertig werden? Könnt Ihr sie alle mit Eurem Magier-Feuer vernichten, Ser?«, fragte Hiser schließlich.

»Nicht wenn sie sich verteilen, wie sie es gewöhnlich tun. Deshalb reiten wir auch hierher. Ich muss herausfinden, ob ich etwas anderes aufbieten kann.«

Als sie ihr Ziel erreichten, war der Nachmittag schon zur Hälfte verstrichen.

Cerryl zügelte sein Pferd und sah sich um. Eine große Aaskrähe krächzte und flog flatternd aus dem hohen Gras auf, das unterhalb der Hauptstraße wuchs. Cerryl betrachtete die abschüssigen Wiesen. Er tastete mit den Sinnen den Hang ab und suchte nach Ballungen von Ordnung und Chaos, aber der Boden fühlte sich an wie jeder andere Boden auch. Allerdings schien dicht am kleinen Bach, der im Westen und unterhalb der abschüssigen Wiesen neben dem unteren Weg verlief, die Konzentration der Ordnung etwas stärker zu sein.

Durch eine kleine Lücke in den Wolken fiel ein Balken Sonnenlicht und beleuchtete kurz die Hartholzgewächse am östlichen Rand der Wiese. Das offene Stück war fast eine Meile breit. Die Sonne verschwand so schnell, wie sie gekommen war, und die Pflanzen, die eben noch sattgrün geleuchtet hatten, verblassten zu einem stumpfen Graugrün.

Die beiden Straßen waren hier kaum zwei Meilen voneinander entfernt, die Hauptstraße lag schätzungsweise zweihundert Ellen höher als der kleine Weg, der sich nach Norden und Westen durchs Waldland schlängelte. Der Weg folgte etwa vier Meilen weit dem Lauf des Baches, bis er im Westen auf die Hauptstraße traf, und Bach wie Weg verliefen durch einen dichten Wald.

»Ungefähr zweihundert Ellen höher«, murmelte Cerryl bei sich. Der Hang zwischen den Straßen war größer, als Ferek angegeben hatte, und steiler, als Cerryl ihn in Erinnerung gehabt hatte.

»Etwas steil, um ein Pferd heraufzubringen«, meinte Hiser.

»Vielleicht, aber es sind nicht mehr als zwei Meilen und sie können ausfächern. Wenn sie auf der Straße bleiben, müssen sie dicht gedrängt reiten.« Cerryl zuckte mit den Achseln. »Falls sie sich für die Straße entscheiden, ziehen wir uns bis zum Lager zurück. Zwischen den Hügeln und im Wald müssen sie dicht beisammen bleiben.«

»Das wird ihnen nicht gefallen.«

Jedenfalls weniger, als es über die Wiese zu versuchen. Cerryl lenkte den Wallach langsam die Wiese hinunter. Stellenweise war der Boden uneben, aber er war solide und der Hang erwies sich letztlich als doch nicht ganz so steil, wie es ihm von der Straße aus vorgekommen war.

Das saftige grüne Gras stand hier beinahe kniehoch. Im Herbst würde es gut brennen, aber das schied jetzt aus. Und wenn er die Fäden der Ordnung direkt unter der Oberfläche löste? Was würde dabei herauskommen? Cerryl runzelte die Stirn. Er konnte nicht einfach die Ordnung freisetzen. Aber konnte er sie in andere Bereiche des Erdbodens umleiten?

Er schluckte und versuchte, das Geflecht von Ordnung und Chaos zu verlagern, den Boden stellenweise mit Hilfe dünner Fäden zu verstärken und an anderen Stellen die Fäden der Ordnung völlig zu zerstören.

Es dröhnte und der Boden bebte leicht. Cerryl schluckte erschrocken.

»Was war das?«, fragte Hiser.

Cerryl antwortete nicht, sondern bemühte sich weiter, das Gleichgewicht zwischen Ordnung und Chaos, das Felsen und Erde an Ort und Stelle hielt, zu verändern und die Kräfte zu verlagern, die dem Boden die Festigkeit gaben. Schweiß lief ihm über die Stirn, er tupfte ihn abwesend ab.

Ein Schwarm von Vögeln mit blauen Schwingen flatterte kreischend aus den Hartlaubgewächsen auf. Ein lautes Summen erfüllte die Luft, als Dutzende flugfähiger Grashüpfer aufstiegen und nach Osten und Norden davon stoben, nur fort von dem Erdreich, das Cerryl zu verändern versuchte. Ein Hirsch floh mit großen Sprüngen bergab, machte kehrt, als er die Weißen Reiter sah, und verschwand im Wald.

»... etwas näher, und wir hätten eine Mahlzeit gehabt ...«

»... ja, eine gute Mahlzeit ...«

»... lieber ruhig ... hat wieder diesen Gesichtsausdruck.«

»Genau wie Hiser.«

Cerryl blinzelte und blendete die leisen Bemerkungen der Lanzenreiter aus. Schließlich spürte er eine Art Brodeln oder Beben, ein Anbranden und Einschlafen von Ordnung und Chaos, das viel tiefer als die Erdschicht lag, mit der er gearbeitet hatte.

Ballungen und Fäden der Schwarzen Ordnung flochten sich um unsichtbare, aber klar zu spürende Quellen des Chaos, die tief unter der Wiese rhythmisch hervorsprudelten und wieder zusammenfielen. Sollte er die Sinne noch tiefer eindringen lassen? Würde es helfen?

Nein ... nicht jetzt. Hier ist zu viel zu tun. Er konzentrierte sich wieder auf das, was unmittelbar vor ihm lag.

Schließlich verbarg das Gras unter einer dünnen Erdschicht eine aufgewühlte Masse von Lehm, der, wie Cerryl hoffte, eher Treibsand als festem Boden glich. Cerryl hatte noch genügend Stabilität in den dünnen Stützen und Schichten der Ordnung belassen, damit der Boden ein paar Berittene trug, falls die Spidlarer die Wiese vorher erkunden wollten. Diese restliche Ordnung musste er später noch herausdrängen.

Nach einer Weile holte der gründlich durchgeschwitzte Magier in der Wärme des Spätnachmittags tief Luft und schloss kurz die Augen, um die Lichtblitze zu vertreiben. Dann wandte er sich an Hiser. »Sorgt dafür, dass kein Reiter die Wiese dort betritt. Es könnte sein letzter Ritt werden.« Nach dieser trockenen Bemerkung kehrte Cerryl zu seinem Pferd zurück.

»Äh, ja, Ser.«

Cerryl stieg auf den Wallach, die Gedanken noch bei dem Geflecht von Ordnung und Chaos, das er tief unter der Wiese gespürt hatte. *Wie weit reicht das in die Tiefe?* Er schüttelte den Kopf. Spekulationen dieser Art mussten warten. Außerdem schrie sein ganzer Körper, dass er genug getan hatte, mehr als genug. Wieder wandte er sich an Hiser. »Wir reiten jetzt nach Westen bis zwischen die Bäume, damit sie uns nicht in der Nähe der Felder sehen, falls sie Späher ausschicken.«

»Dann steht aber nichts mehr zwischen ihnen und den Vorratswagen und Rekruten«, wandte der blonde Unteroffizier ein, während er sich am Bart kratzte.

»Wir können uns schneller bewegen als sie. Wenn sie nach Osten abbiegen, können wir sie abfangen, falls sie nicht ihre Pferde völlig verausgaben, und dann ...« Cerryl zuckte betont geringschätzig mit den Achseln.

Und in der Zwischenzeit müssen wir warten ...

XX

Am grauen Morgen kurz nach der Dämmerung richtete Cerryl sich wieder auf, packte das Spähglas in die Hülle und erklärte den beiden Unteroffizieren, was er gesehen hatte. »Sie sind immer noch auf der Straße. Die beiden Gruppen haben sich vereinigt. Es sind jetzt schätzungsweise zehn oder sogar zwölf Züge.«

»Dazu noch ein Zug Späher und ein weiterer Zug als Vorhut«, meinte Ferek.

Cerryl zuckte wieder einmal betont lässig mit den Achseln, obwohl die Geste ganz und gar nicht dem entsprach, was er fühlte. »Es spielt keine Rolle, solange sie nur die Wiese heraufkommen.« *Und wenn nicht? Wie kannst du dafür sorgen, dass sie auf die Wiese reiten?* Er holte tief Luft. Die Luft selbst schien stickig und schimmelig zu riechen.

Ferek und Hiser wechselten einen besorgten Blick.

»Fällt Euch etwas ein, wie man sie veranlassen könnte, sich für die Wiese zu entscheiden?« Cerryl blickte zu den Bäumen im Süden des Lagers, dann zu den dünnen

Wolken am Osthimmel und dem Licht, das hinter ihnen heller wurde. Warm und still war die Luft, als hätte sie sich über Nacht kaum abgekühlt. Der Geruch von verbranntem Brot stieg ihm in die Nase.

»Wenn ihr Hauptmann glaubt, dass wir ihn dort erwarten …«, überlegte Ferek. »Am Ende der schmalen Straße, meine ich.«

Cerryl massierte sich die Stirn. Der Umgang mit Ordnung und Chaos und das Spähen forderten ihren Preis. Sein Oberhemd und die Hose saß lockerer als noch vor einer Weile, die Augen brannten jetzt fast ständig. Ganz zu schweigen von den Kopfschmerzen und den Lichtblitzen, die vor seinen Augen tanzten. *Und dadurch, dass du das Glas schon vor dem Frühstück benutzt hast, ist es sicher nicht besser geworden …* »Ich muss etwas essen.«

»Wir haben nicht viel außer getrocknetem Lammfleisch, hartem Käse und noch härteren Brötchen«, meinte Hiser. »Sie haben zu lange gebacken, fürchte ich.«

»Schon gut, es reicht mir.« Cerryl legte das Spähglas neben seine Bettrolle, streckte sich, drehte sich um und ging ein Dutzend Schritte zu dem Brett, das als Essensausgabe diente. Er nahm sich zwei Brötchen. Das erste war dunkelbraun gebacken und so hart, dass er beim Hineinbeißen mit den Zähnen abrutschte und sich beinahe in die Lippe gebissen hätte.

»Ich sagte ja, dass sie hart sind, Ser«, meinte Hiser, der ihm gefolgt war.

Cerryl zog das Messer aus der Scheide und hackte ein braunes Stück vom Brötchen ab, das eher an Holz als an Nahrung erinnerte. Er schob es sich in den Mund und trank einen Schluck Wasser, um das steinharte Brötchen zu befeuchten. Ein kleiner Bissen vom getrockneten Lamm überzeugte ihn, dass das Brötchen zusammen mit dem harten, trockenen Käse tatsächlich die bessere Wahl war.

Nach dem zweiten Brötchen wurden die Lichtblitze

vor den Augen weniger, verschwanden aber nicht ganz. Sein Magen hörte allerdings zu knurren auf. Nachdem er ein drittes hartes Brötchen runtergewürgt hatte, wandte Cerryl sich an Ferek, der geduldig gewartet hatte. »Wie wäre es, wenn Ihr zwei Züge Lanzenreiter nehmt und auf der schmalen Straße hin und her reitet ... und wenn Ihr ein paar Späher mit schnellen Pferden im Westen postiert, wo die Straße eine Kurve beschreibt?«

Hiser grinste. »Ihr meint, damit die Blauen sie sehen können?«

Cerryl nickte. »Vielleicht kommen sie dadurch auf die Idee, auf die Wiese auszuweichen. Vor allem, wenn wir uns auf der Straße oberhalb der Wiese nicht blicken lassen.«

»Dann müssen wir uns ziemlich weit zurückziehen, damit ihre Späher nichts bemerken«, warf Ferek ein.

»Ihr könnt die meisten Lanzenreiter eine Meile oder sogar noch weiter zurückziehen«, sagte Cerryl. »Wir brauchen ein paar Baumgruppen oder ein Wäldchen als Sichtschutz, sonst entdecken uns ihre Späher.«

»Und wenn sie Euch einfach überrennen? Ihr könnt doch nicht alle gleichzeitig mit Feuerkugeln eindecken.«

»Wenn sie nicht auf die Wiese abbiegen ... wir haben sowieso nicht genügend Lanzenreiter, um sie aufzuhalten. Ich kann sie mit dem Glas beobachten.« *Und mir noch mehr Kopfschmerzen einhandeln.* »Am besten, ich schaue sofort nach.«

Cerryl ging zu seiner Bettrolle und der Lederhülle mit dem Spähglas hinüber und hob beides auf. Das Bettzeug musste dringend gewaschen werden, denn das Ausräuchern mit Chaos-Energie konnte nur die schlimmsten Gerüche und höchstens einen kleinen Teil des Schmutzes entfernen. Doch Cerryl hatte Zweifel, ob er in der nächsten Zeit eine Gelegenheit zum Waschen bekommen würde. Er war jetzt schon mehr als eine Jahreszeit in Spidlar und hatte die ganze Zeit nichts weiter getan, als ein Stück Straße zu überwachen, um Jesleks Vorstoß nach Elparta zu unterstützen. *Hat Fydel vielleicht ähnliche Probleme? Spielt das überhaupt eine Rolle?*

Jedenfalls war klar, dass Jeslek selbst große Schwierigkeiten hatte, auch wenn Cerryl den Grund nicht wusste. Dorrin, der rothaarige Schwarze Schmied, war weit im Norden in Diev geblieben und Cerryl hatte keine anderen Ballungen von Ordnung in Spidlar gefunden. War der Schwarze Kommandant wirklich so gut? Gut genug, den Erzmagier und all das Chaos, über das Jeslek verfügte, einfach aufzuhalten?

Die beiden Unteroffiziere folgten dem Magier.

»Ferek, ich möchte, dass Ihr mit uns kommt, Eure Männer aber hier im Lager warten lasst. Sie sollen nicht unnütz hin und her reiten und ihre Pferde ermüden.« Cerryl schnallte die Bettrolle hinter den Sattel des Wallachs und schob die Lederhülle mit dem Glas in eine Satteltasche. In der zweiten waren Ersatzkleidung und etwas Unterwäsche, allerdings noch schmutziger als die Sachen, die er am Leib trug. Das Chaos-Reinigen konnte eben eine richtige Wäsche nicht ersetzen.

»Ich mache die Männer bereit«, sagte Hiser.

»Dierso kann meine Männer beaufsichtigen, während ich mit Euch reite«, fügte Ferek hinzu.

Als die beiden Unteroffiziere Cerryl allein ließen, damit dieser seine Vorbereitungen treffen konnte, betrachtete der Weiße Magier zunächst das Lager. Die Pferde waren an Leinen gebunden, die man hinter der Lichtung und dem halben Dutzend Kochfeuern zwischen einigen Bäumen aufgespannt hatte. Die Lanzenreiter, die zum Kochen eingeteilt worden waren, deckten bereits die Feuer ab und löschten sie mit Wasser aus dem kleinen Bach.

Cerryl dachte rechtzeitig daran, das Zaumzeug und die Gurte des Wallachs zu überprüfen, ehe er aufstieg und sich aus dem Sattel noch einmal gründlich umsah, bis Ferek und Hiser mit den Lanzenreitern zu ihm stießen.

Es war hell und warm, als Cerryl sein Pferd auf der Hauptstraße zügelte. Sie waren jetzt ein gutes Stück von der abschüssigen Wiese zwischen den beiden Straßen entfernt. Er nickte befriedigt und wandte sich an die beiden Unteroffiziere. »Wir werden uns nach Süden zurückziehen und dort unten im Wald verschwinden.« Er deutete auf einen dichten Hain, der ein paar hundert Ellen weiter rechts lag. »Aber nur Eure Leute, Hiser. Wir werden sie im Osten umgehen, damit zwischen der Straße und den Bäumen keine Spuren auf der Wiese zu sehen sind.«

Er wandte sich an den älteren Unteroffizier. »Ihr führt Eure Leute von unserem Lager bis zur Kreuzung und lasst sie dann auf die kleinere Straße einbiegen. Reitet bis zum Rand des Waldes, wo die untere Straße eine Kurve beschreibt. Dann zieht Ihr Euch zurück und formiert Euch neu, um den Engpass zu verteidigen, wo die beiden Straßen sich kreuzen. Auf diese Weise werden die Spidlarer vielleicht den Eindruck gewinnen, dass unsere Hauptstreitmacht weiter hinten oder im Wald lauert.«

Ferek nickte. »Ich an ihrer Stelle würde genau dies befürchten.«

»Ich glaube nicht, dass sie vor dem Nachmittag hier auftauchen, aber ich werde einen Boten schicken, falls sie früher kommen.« Cerryl hielt inne. »Wenn Ihr etwas erfahrt, das für mich wichtig sein könnte …«

»Keine Sorge, Ser. Dann schicke ich einen Boten.«

Als Ferek zusammen mit zwei Lanzenreitern nach Westen unterwegs war, folgten Cerryl und Hiser der Hauptstraße noch fast eine Meile weit, bis sie einen Flecken erreichten, wo die Straße von Äckern und Hütten gesäumt war – fast schon ein Dorf.

Cerryl sah keinen Menschen, die Fensterläden der

Hütten waren geschlossen wie am Vortag, als sie zum ersten Mal hier durchgekommen waren. Auch die Äcker und Wiesen waren verlassen.

»Wenn wir auf dem Weg dort reiten«, Cerryl deutete in die entsprechende Richtung, »wird es kaum auffallen. Hinter den Feldern können wir dann wieder nach Westen abbiegen.«

»Einzeln hintereinander«, befahl Hiser und überließ Cerryl die Führung.

Der Weiße Magier konnte in den Hütten niemanden spüren, aber er sah sich trotzdem aufmerksam um, als er auf dem Trampelpfad am Acker entlang ritt. Bis jetzt hatte sich nur eine rote Katze blicken lassen, die von einem Holzstoß gesprungen und in einem Maisfeld neben der vorderen Hütte verschwunden war.

»... reiten und verstecken ... reiten und herumschleichen ...«

»Sei still, Birnil ... die meisten von unserer Truppe leben noch. Nicht wie damals unter Eliasar, als er Sligo eine Lektion erteilen wollte.«

»Hier gibt es keine Lektionen zu lernen.«

Cerryl drehte sich im Sattel um und rief laut genug, dass die Worte für alle zu hören waren: »Noch ist die Lehrzeit nicht vorbei.«

Hiser grinste und das Gemurmel erstarb. Die Lanzenreiter folgten Cerryl nahezu wortlos, als er den Wallach nach Westen herumnahm. Hier im bewaldeten Gelände kamen sie langsamer voran als auf der mit Chaos-Energie präparierten Wiese, auf der Cerryl die Spidlarer fangen wollte.

Als die Truppe den dichteren Eichenwald erreicht hatte, drehte Cerryl sich wieder im Sattel um und nickte dem blonden Unteroffizier zu. »Die Männer können eine Weile absitzen.«

»Ich sage es ihnen.«

Nachdem der junge Unteroffizier seine Männer eingewiesen hatte, sah er schweigend zu, wie Cerryl das

Spähglas aus der Hülle zog und an einer dunklen Stelle zwischen zwei Eichenwurzeln aufbaute.

Cerryl betrachtete das silbern eingerahmte Bild im Glas, doch wo die untere Straße an der abschüssigen Wiese entlang lief, war nichts zu sehen, keine Spur von Reitern oder sonst jemandem.

Hiser sah Cerryl fragend an.

»Noch nicht.«

Cerryl überprüfte die Gegend immer wieder mit dem Glas, bis er kurz nach der Mittagszeit einen einzelnen blau uniformierten Reiter sah, der im Schritt den unteren Weg entlanggeritten kam. Er drehte den Kopf hin und her, ritt aber ohne anzuhalten an der Wiese vorbei. Schließlich verschwand der Späher hinter der Kurve, wo der untere Weg in den Wald führte.

Nicht lange danach kam ein zweiter Späher. Cerryl ließ das Bild zusammenfallen und richtete sich auf, um sich an die zerfurchte Rinde des alten Baums zu lehnen.

»Es kann nicht mehr lange dauern«, meinte Hiser mit gedämpfter Stimme.

»Am Nachmittag«, erklärte Cerryl.

Nach einer Weile ritten die Späher in Richtung der spidlarischen Truppen zurück. Eine Weile später tauchte ein dritter Späher auf, der die Wiese betrachtete und dann durchs hohe Gras bis nach oben ritt.

Cerryl hielt den Atem an, aber der durch die Chaos-Energie veränderte Boden hielt dem Reiter und seinem Pferd stand. Der Späher betrachtete die Straße und die Hufspuren, die nach Osten führten, ritt fast eine halbe Meile weit in östliche Richtung und dann die Wiese wieder hinunter, zurück zu den spidlarischen Lanzenreitern.

Wie Cerryl vorhergesagt hatte, tauchte die gegnerische Truppe am Nachmittag vor der abschüssigen Wiese auf. Die Soldaten blieben unten stehen.

Zwei weitere Späher lösten sich aus dem Verband und ritten durchs Gras bis zur Hauptstraße hinauf.

Einer wandte sich nach Osten, der zweite nach Westen. Auch sie kehrten schließlich zurück und ritten die Wiese wieder hinunter.

Als das Spähglas die Bilder der Spidlarer zeigte, die sich aufstellten, um den Hang hinaufzureiten, konnte Cerryl sogar leise Stimmen hören, kaum lauter als das Summen der Insekten. Während sich die Reiter in einer weit auseinandergezogenen Linie die abschüssige Wiese hinaufbewegten, ließ Cerryl das Bild im Spähglas los und griff mit der Wahrnehmung zu den letzten Stützen der Ordnung hinaus, die noch die oberste Schicht von Gras und Erde an Ort und Stelle hielten. Er begann in der Nähe der Hauptstraße am oberen Ende des Hangs.

»Mehr als ich dachte«, murmelte Hiser.

Es sind auch mehr, als ich selbst dachte. »Deshalb mussten wir einen anderen Weg finden, sie zu bekämpfen«, antwortete Cerryl. Obwohl er im kühlen, dunklen Wald stand, lief ihm der Schweiß in kleinen Bächen über die Stirn. Er wartete mit pochendem Kopf und verzichtete vorerst darauf, auch dem unteren Teil des Hanges die letzten Stützen zu entziehen. Das musste noch etwas warten.

Abrupt schüttelte er den Kopf. Es war gefährlich, im Wald herumzusitzen, denn er musste damit rechnen, dass wenigstens einige spidlarische Lanzenreiter dem Chaos-Schlick entgingen. Und wie sollte er hier herausfinden, wann der richtige Augenblick gekommen wäre, die letzte stützende Ordnung aus dem unteren Abschnitt der Wiese zu nehmen?

»Wir müssen aufsitzen ... die Lanzenreiter sollen sich bereitmachen, die Gegner abzufangen, die es schaffen, oben anzukommen.«

Hiser nickte. »Ich habe schon daran gedacht, Ser. Der Trupp ist bereit.«

Cerryl packte das Glas rasch ein und band den Wallach von dem kleineren Baum neben der Eiche los. Eilig stieg er auf und ritt zur Hauptstraße. *Jetzt spielt es keine Rolle mehr, aber du hättest früher darauf kommen müssen. Warum hast du nicht daran gedacht? Weil du so viel Ordnung und Chaos eingesetzt hast, dass du nicht mehr richtig nachdenken kannst?*

Er schnaubte wütend und lenkte sein Pferd weiter nach Norden.

Er konnte die ersten Schreie der spidlarischen Pferde hören, als sie durch die dünne Kruste aus Erdreich und Gras brachen. Doch die Schreie verstummten, sobald die Pferde und Reiter vom Chaos-Schlick verschlungen wurden.

Cerryl ritt bis zur Hauptstraße hinauf, um von einer Anhöhe aus die Wiese und die untere Straße zu überblicken und sich ein Bild von der Lage zu verschaffen.

Ungefähr zwei Drittel der blauen Lanzenreiter hatten direkt vor dem schlickigen oberen Abschnitt der Wiese Halt gemacht. Die übrigen waren anscheinend schon im aufgewühlten Erdreich versunken.

Cerryl holte tief Luft und konzentrierte sich. Es fiel ihm schwer, denn er hatte inzwischen starke Kopfschmerzen. Mit den Ordnungs-Sinnen griff er zum unteren Teil der Wiese hinter der Stelle, wo die überlebenden blauen Lanzenreiter versuchten, die verstörten Pferde zu beruhigen und umzukehren.

Ein Dutzend Reiter auf der östlichen Seite der spidlarischen Formation wollte zur Straße zurückkehren – quer über den Bereich, aus dem Cerryl gerade die letzten Fäden der Ordnung genommen hatte.

Alle versanken im Treibsand oder Sumpf oder Schlick, der entstanden war, wo Erdreich und Lehm ihre Ordnung verloren hatten. Ein Reiter stieg auf den Sattel seines Pferdes und sprang zur Seite. Er prallte flach auf die dunkle Masse, blieb einen Augenblick strampelnd liegen und verschwand dann im dunkelbraunen Schlick.

Im Westen ritt beinahe ein Zug Reiter schräg zum Wald hinüber und floh aus dem mit Chaos infizierten Bereich, bevor Cerryl die Einkreisung vollendet hatte.

Der Weiße Magier schoss eine Feuerkugel in ihre Richtung ab, die ein Stück unterhalb der blauen Lanzenreiter einschlug und sie zwang, sich vor dem Chaos-Feuer, dem schmorenden Gras und den brennenden Büschen am Rand der Wiese zurückzuziehen. »Hiser, Ihr müsst sie erwischen«, befahl Cerryl keuchend, während er eine zweite Feuerkugel über die Wiese schleuderte. »Haltet Euch dicht an den Bäumen.«

Ein blauer Lanzenreiter und sein Pferd wurden von den Flammen eingehüllt, die anderen kämpften sich weiter bergauf und drangen in den Wald ein.

Cerryl entfernte die restliche Ordnung aus dem Hügel und die verbliebenen Spidlarer waren völlig vom tödlichen Schlick eingekreist.

Denk nicht weiter darüber nach … tu es einfach.

Hisers Männer stürmten am westlichen Rand der Wiese durch die vereinzelt stehenden Bäume.

Cerryl schoss eine zweite Feuerkugel in den Rücken der fliehenden Spidlarer, um dafür zu sorgen, dass sie weiter bergauf ritten, dann ließ er eine dritte folgen, die mehrere Reiter traf.

Er schauderte im Sattel und ließ eine letzte Feuerkugel fliegen, um Hisers Trupp zu unterstützen, bevor die verfeindeten Lanzenreiter im Wald aufeinander trafen.

Lichtblitze zuckten vor seinen Augen, dass er kaum noch etwas sehen konnte, aber der Geruch von verbranntem Fleisch, die Schreie der Männer und das Kreischen der verletzten Pferde verrieten ihm, dass er getroffen hatte. Er saß auf dem Wallach und hielt sich mühsam fest, während unter ihm das Klirren aufeinanderprallender Schwerter zu hören war.

Seine Sehkraft kehrte gerade rechtzeitig zurück, dass er den letzten blau uniformierten Lanzenreiter im Sattel zusammensinken sah. Hisers Männer führten vier reiterlose Pferde durch die Bäume herauf.

Cerryl sah sich auf dem Schlachtfeld um.

Drei Reiter galoppierten am Ostrand der Wiese, nahe an den Bäumen, bergab. Cerryl war nicht sicher, woher sie gekommen waren. Vielleicht Späher, die jetzt erst zurückgekehrt waren und dem Gemetzel zu entfliehen versuchten?

Einer der Späher lenkte sein Pferd ein wenig weiter nach Westen zum Schlick, als wolle er einem heruntergefallenen Ast ausweichen. Das Pferd brach schlagartig ein, Reiter und Pferd verschwanden im braunen Morast, der bis nahe an den Wald reichte.

Keiner der beiden anderen Reiter sah sich um, als das Pferd kreischend versank.

Cerryl holte tief Luft und ließ die schmale, eng gebündelte Feuerlanze los, die er seit Jahren vor Jeslek verbarg. Der erste Strahl traf den hinteren Reiter und schnitt ein Bein des führenden Pferdes ab.

Der überlebende blaue Lanzenreiter sprang vom stürzenden Pferd herunter, aber Cerryls zweiter Feuerstoß traf ihn, bevor er die Bäume erreicht hatte.

Im Sattel schwankend, ritt Cerryl langsam die Hauptstraße entlang und betrachtete den dunklen Schlick, der mehr als einhundert Reiter und Pferde verschlungen hatte. Er wollte sich das Zerstörungswerk ansehen und hoffte zugleich, nicht noch mehr Chaos und Zerstörung auslösen zu müssen.

Hiser traf ihn oberhalb des Geländes, das einmal eine Wiese gewesen war. »Ser? Es haben nur drei überlebt.«

»Ich … ich habe nur getan … was sie das ganze letzte Jahr über getan haben.« *Dann willst du also werden wie sie?* Cerryl beugte sich vor und übergab sich am Straßenrand. Dann richtete er sich mit polterndem Magen wieder auf. Er fasste sich und konzentrierte sich, entfernte die Barrieren, die er aufgebaut hatte, und ließ die Ordnung in den Boden zurückfließen. Der Schlick bebte einmal, zweimal, und verfestigte sich langsam wieder.

Hiser, der neben Cerryl auf dem Pferd saß, schauderte leicht. »Schrecklich ... niemand wird erkennen können, was hier begraben liegt ...«

»Wirklich schrecklich ...«, murmelte ein zweiter Lanzenreiter.

Cerryl war sich nicht ganz so sicher. Bewaffnete, Lanzenreiter und sogar Magier starben in Schlachten und Scharmützeln. War eine Todesart denn weniger schrecklich als eine andere?

Auf dem Hügel, wo er die letzten spidlarischen Lanzenkämpfer eingeäschert hatte, schlug krachend ein Blitz ein. Der Boden bebte und ein beißender Gestank wehte aus dem Nebel herüber, der sich über dem Schlachtfeld gesammelt hatte.

Cerryls Augen brannten und in seinem begrenzten Sichtfeld tanzten Sterne. Er nahm den Wallach herum und hoffte, wenigstens weit genug reiten zu können, um wieder zu Ferek und seinen Leuten zu stoßen.

»Ihr seht aus wie die nackte Dunkelheit, Ser.«

»Ich glaub's gern.« Cerryl fühlte sich auch wie die nackte Dunkelheit, wenn nicht noch schlimmer. Er konnte sich kaum im Sattel halten, obwohl er keine Klinge geführt und keine gegnerische Klinge abgewehrt hatte. Er fragte sich, was Eliasar und die anderen Magier wohl gesagt hätten, wollte benommen den Kopf schütteln und unterdrückte die Geste, weil er fürchtete, sein Kopf könne ihm von den Schultern kippen, wenn er sich zu hastig bewegte.

Er hatte einen Heiler nötig. Genauer gesagt eine ganz bestimmte Heilerin.

Während er dem Unteroffizier zurück zu Fereks Truppe folgte, zum Lager und zur Schlafmatte, die er jetzt ebenfalls dringend brauchte, schnappte er einige Bemerkungen der Lanzenreiter auf.

»... Blauen waren dumm.«

»… verstehen, dass der Erzmagier ihn hier gelassen hat.«

»… mir einer von der Stadtwache gesagt, dass er ein harter Bursche ist.«

Cerryl fühlte sich überhaupt nicht hart, sondern einfach nur erschöpft. Und er kam sich dumm vor und wusste, dass er Glück gehabt hatte. Er hatte bei der Ausführung seines Plans zu viele Fehler gemacht und zu viel Chaos aufwenden müssen. Er fragte sich, wann die nächsten Angreifer kommen würden – und aus welcher Richtung. Und ob er jemals lernen würde, besser mit Situationen umzugehen, in denen er kräftemäßig unterlegen war.

Weder die nachmittägliche Hitze noch die Wolken, die inzwischen wieder aufbrachen, noch der Gestank des Todes, der ihm in die Nase drang, boten eine Antwort.

XXI

Cerryl betrachtete das Glas auf dem behelfsmäßigen Tisch. Er war kleiner als der Tisch, der ihm vor kurzem in einer anderen Hütte als Ablage gedient hatte, andererseits waren dieser Tisch und diese Hütte etwas neuer. Das Glas hatte ihm wie bei allen anderen Versuchen während des letzten Achttages nichts von Wichtigkeit gezeigt.

Er massierte sich die Stirn, schloss die Augen und roch, was der warme Wind schon am frühen Morgen durch die offene Tür hereinwehte: vor allem Dung und den Rauch von den Kochfeuern. In den Rauch mischte sich der Geruch von bratendem Lamm – immer gab es gebratenes Lamm. Cerryl vermisste sogar schon den harten Käse, der inzwischen aufgebraucht war.

Keine Spur von den Spidlarern … warum nicht? Nachdem er die blauen Lanzenreiter fast eine ganze Jahreszeit lang gehetzt hatte, ließen sie sich auf einmal nicht mehr blicken. Eine einzige Schlacht – und alles war ausgelöscht, was sie in den Südosten Spidlars schicken konnten? Oder stellten sie gerade eine neue, erheblich größere Streitmacht zusammen? An Cerryls Fähigkeiten mit dem Spähglas lag es sicher nicht, denn er konnte ohne weiteres Leyladins Bild oder das Abbild des rothaarigen Schmieds Dorrin in Diev heraufbeschwören.

Cerryl öffnete die Augen. Die leichten Kopfschmerzen schienen überhaupt nicht mehr zu verschwinden. Dann richtete er sich auf und streckte sich.

Er sollte eine Botschaft an Jeslek schicken, die derzeitige Lage beschreiben und fragen, ob der Erzmagier Cerryl und seine Lanzenreiter anderswo brauchte. Er ging langsam zur Tür der Hütte und über den von Hufen festgetrampelten Lehm zu den Kochfeuern. Die harten Brötchen, die er im Morgengrauen gegessen hatte, reichten nicht aus. Er brauchte etwas anderes zu essen und würde wohl oder übel das streng schmeckende Lamm herunterschlingen müssen.

»Etwas Lamm, Ser?«, fragte der Lanzenreiter, der zum Kochdienst eingeteilt war.

»Ja, danke.« Cerryl nahm sich ein vor Fett triefendes Stück und beugte sich beim Abbeißen vor, damit ihm das Fett nicht auf die weiße Kleidung kleckerte.

»Sind irgendwo neue Spidlarer aufgetaucht?« Der breitschultrige Hiser trat zu dem schlanken Weißen Magier.

Ferek, der auf der anderen Seite des Kochfeuers an einem Stück dunklem Fleisch nagte, sah Cerryl ebenfalls fragend an.

»Es sind keine in der Nähe. Sie haben sich bei Elparta oder flussabwärts in Kleth gesammelt.«

»Das ist seltsam«, murmelte Ferek. »Wir sind doch

einfacher auszuschalten als der Erzmagier mit all seinen certischen Rekruten.«

»In Elparta sind nicht viele Gegner«, widersprach Cerryl.

»Dann verstehe ich wiederum nicht, warum der Erzmagier die Stadt nicht längst eingenommen hat.«

»Ich vermute, er will sie nicht dem Erdboden gleichmachen«, meinte Cerryl.

»In Axalt hat er das doch auch getan«, warf Ferek mit heiserem Lachen ein.

»Vielleicht gibt es einen besonderen Grund«, erwiderte Hiser. »Wenn wir den Fluss und die Piere haben, wird es leichter für uns.«

Cerryl biss noch einmal vom Lamm ab und fragte sich, ob die Dinge wirklich so einfach standen. Oder hatte der Schwarze Anführer sich als besser und findiger erwiesen, als Jeslek vermutet hatte?

»So bald wird er Elparta nicht einnehmen. Wir werden den ganzen Winter über hier lagern und noch eine Weile darüber hinaus«, meinte Ferek trocken. »Wir bekommen auch nicht viele Lanzenreiter und Rekruten aus Hydlen.«

»Den Leuten in Hydolar ist nur ihr eigenes Land und ihr Geld wichtig«, sagte Hiser. »Und die Frauen der anderen«, fügte er lachend hinzu.

»Allesamt Halsabschneider, das sind sie«, erklärte Ferek. »Abgesehen von denen, die ihre Säue ihren Frauen vorziehen.«

Cerryl schüttelte leicht den Kopf. Ein langer, heißer Sommer näherte sich dem Ende und ging in einen ebenso langen Herbst und Winter über. Die Vorräte wurden knapp, die Stimmung der Leute zusehends schlechter.

XXII

Cerryl stand in der Tür der Hütte, deren einziger Raum zugleich als Besprechungszimmer, Schlafkammer und Unterschlupf vor dem Regen diente. Im Zwielicht las er noch einmal Jesleks Schriftrolle, die ihm ein Bote am Nachmittag überbracht hatte.

Anscheinend sind keine spidlarischen Streitkräfte in der Nähe der Straße und Gebiete, die Ihr für Fairhaven besetzt haltet … Doch wenn die Schwarze Insel im Spiel ist, muss man mit jeder Hinterlist rechnen … wir dürfen uns nicht täuschen lassen …

Eure Fähigkeiten und Eure Anwesenheit sind für die Einnahme Elpartas nicht erforderlich. Es wäre dumm, wenn die Gilde alle ihre Brüder in Spidlar in der Nähe von Elparta in Gefahr brächte, wenn es nicht unbedingt nötig ist …

Ich bin überzeugt, dass es nicht ansteht, Elparta mit der geballten Macht des Chaos anzugreifen … sofern Ihr keine andere Nachricht bekommt, sollt Ihr Euch etwa auf halbem Wege zwischen den Osthörnern und unserem derzeitigen Standort halten … damit die Straße sicher ist und von denen beritten werden kann, die dem Ruf Fairhavens folgen, und damit alle, die auf der Straße reisen, wohlbehalten bei uns eintreffen …

Eine umsichtige Nachfrage, auf die du noch einmal zwanzig Meilen mehr zum Überwachen bekommst? Cerryl schaute von der Schriftrolle auf und massierte sich mit der linken Hand die Stirn. Von den Lanzenreitern, die ihm Jesleks Nachricht überbracht hatten, wusste er, dass die Weißen Lanzenreiter und die certischen Rekruten höchstens noch dreißig Meilen vor Elparta standen. Aber dort hielten sie sich inzwischen schon seit drei Achttagen auf und bisher war nichts passiert. Jeslek hatte keinen Angriff befohlen und auch der Anführer der Spidlarer hielt sich zurück.

Warum? Jeslek hatte bisher noch nie gezögert, Gewalt anzuwenden, wenn er es für nützlich hielt. Fehlten ihm die Rekruten, die ihm der Präfekt von Gallos und der Fürst von Hydlen versprochen hatten?

Cerryl rieb sich das Kinn. Alle paar Achttage waren Trupps certischer Rekruten und Vorratswagen durchgekommen, aber kein einziger Bewaffneter aus Hydlen. Gallische Rekruten würden – falls sie kamen – direkt von Süden her zu Jeslek stoßen.

Cerryl rollte das Dokument wieder zusammen, als Hiser zur Hütte kam. »Guten Abend, Hiser.«

»Guten Abend, Ser. Ich wollte nicht neugierig sein, Ser, aber Ihr habt vor einer Weile eine Schriftrolle bekommen.«

»Sie ist vom Erzmagier«, erklärte Cerryl. »Wir sollen weiterhin die Straße bewachen und zusätzlich noch ein Stück im Westen übernehmen.«

»Wir haben seit zwei Achttagen, wenn nicht länger, keinen Blauen mehr gesehen.«

»Das heißt nicht, dass sie nicht jederzeit wiederkommen können.«

»Also müssen wir hier ausharren, Ser?«, fragte Hiser.

»Vorläufig ja.« Cerryl machte eine unbestimmte Geste mit dem zusammengerollten Dokument. »Der Erzmagier ist besorgt, dass die Schwarze Insel am Ende einen Weg findet, aus dem Hinterhalt anzugreifen und alle Weißen Magier zu vernichten, wenn sie sich an einem Ort sammeln. Deshalb werden wir hier bleiben.«

Der junge blonde Unteroffizier zuckte mit den Achseln. »Es könnte schlimmer sein. Wir haben weniger Verluste als die Leute beim Erzmagier.«

»Wisst Ihr das von den Boten?«

»Die Blauen – oder dieser Schwarze Kommandant, sein Name soll Brede sein oder so ähnlich – setzen Messer ein, die man nicht sehen kann, um Lanzenreiter im

Sattel in Stücke zu schneiden. Sie tun so, als seien sie Bauern oder Händler und schießen ahnungslose Lanzenreiter in den Rücken. Die Männer sind wütend.« Hiser lächelte traurig. »Unsere murren nur.«

»Lieber murren als tot sein.« *Brede … macht der Mann so viel Ärger, dass die Männer sogar schon seinen Namen kennen?*

»Die meisten denken genauso.« Hiser nickte und blickte nach Nordwesten, wo der Himmel noch ein wenig rot verfärbt war. »Vielleicht bekommen wir Regen.«

»Ja, die Luft fühlt sich feucht an«, stimmte Cerryl zu. *Was kannst du sonst noch sagen? Abgesehen davon, dass du nicht weißt, was der Erzmagier beabsichtigt?*

XXIII

Am folgenden Nachmittag – die Morgenpatrouille war schon wieder zurück und Cerryl war gerade dabei, den Wallach zu striegeln, was er bei weitem nicht so gut konnte, wie er es gern gehabt hätte – kam einer der Späher zur Pferdekoppel geritten.

»Ser? Der Vorratswagen dort ist für uns«, platzte der schmale rothaarige Mann heraus.

Cerryl schaute auf.

»Das hat mir der Anführer der Begleitmannschaft gesagt. Er wollte wissen, ob ich einer von Euren Männern sei. So hat er es gesagt, aber er meinte, Ihr müsstet die Sachen selbst in Empfang nehmen.«

»Dann werde ich mich darum kümmern. Wie weit sind sie noch entfernt?« Der Magier legte die Bürste weg, um den Wallach zu satteln.

»Ungefähr drei Meilen im Osten.«

»Ich bin gleich bereit.« Ein Vorratswagen für ihre Einheit? Den ganzen Weg von Fairhaven zu ihnen unterwegs? Als er den Wagen vor einer Weile im Spähglas bemerkt hatte, war er der Ansicht gewesen, es würden Vorräte und Luxusgüter für den Erzmagier transportiert.

Sobald Cerryl den Wallach gesattelt hatte, ritt er mit dem Späher in Richtung Osten. Ein Wind, der beinahe kühl zu nennen war, wehte von Nordosten herüber. Das Gras neben der Straße wogte und die Luft war erfüllt von jenem undefinierbaren Geruch, der den Herbst ankündigte, noch bevor der Sommer richtig vorbei war – eine Mischung aus saftigem Gras, aus Blättern, die bereit waren, sich für den Winter grau zu färben, aus spät blühenden Blumen und dem Moder von Gräsern und Blättern, die abgeknickt waren und verfaulten.

Fünf Weiße Lanzenreiter und fünf grün uniformierte Wächter begleiteten den Wagen. Der Geleitzug wurde sofort langsamer, als Cerryl – in Begleitung des rothaarigen Spähers und gefolgt von Ferek und einem halben Zug Lanzenreiter – sich näherte und das Pferd zügelte.

»Ser Magier? Ich bin Ersad, als Wächter bei Ser Layel angestellt«, erklärte der grün gekleidete, bärtige Wächter, der neben einem Unteroffizier der Lanzenreiter an der Spitze ritt. »Und Ihr seid Cerryl?«

»Der bin ich.«

»Er ist Cerryl«, platzte der Späher heraus.

Ferek, der hinter dem Späher wartete, lachte leise. »Ja, er ist Cerryl, Weißer Magier und Kommandant der beiden Abteilungen, die für Fairhaven und seine Verbündeten die Straße sauber halten.«

Der Unteroffizier und der ältere Wächter starrten den vorlauten Ferek böse an, worauf dieser errötete und die Lippen zusammenbiss.

Der Anführer mit der grünen Uniform nickte, betrachtete Cerryl kurz und reichte ihm eine Schriftrolle. »Wir haben Vorräte für Euch und Eure Lanzenreiter von Ser Layel und Herrin Leyladin.«

»Wir sind äußerst dankbar dafür.« Cerryl nickte,

nahm die Schriftrolle entgegen und steckte sie in seine Jacke, ohne das grüne Wachssiegel zu brechen. »Und wir sind Euch dankbar, dass Ihr Euch die Mühe gemacht habt, uns die Sachen über einen so langen Weg zu überbringen.«

»Wir tun nur unsere Pflicht, Ser Magier.«

Cerryl zog sein Pferd herum und ritt neben dem älteren Wächter. Ferek setzte sich mit seinen Leuten hinter den Wagen, der mit hohen Seitenwänden versehen und mit Segeltuch abgedeckt war. Golden auf grünem Untergrund prangte das runde Wappen Layels auf dem Wagen.

»Wie war die Reise?«, erkundigte Cerryl sich beim Anführer der Begleitmannschaft und schloss mit einem Nicken auch den Unteroffizier der Lanzenreiter ein.

»Besser, als sie nach dem Ende der Jahreszeit sein wird«, erwiderte der grün gekleidete Wächter. Das Grün seiner Uniform war viel dunkler als der Farbton, den Leyladin bevorzugte. »Wir hoffen aber, bis dahin die anderen Waren beim Erzmagier abgeliefert zu haben und uns schon wieder auf dem Rückweg durch die Osthörner zu befinden.«

»Der Erzmagier lagert nur drei oder höchstens vier Tagesreisen weiter im Westen, immer auf dieser Straße entlang.«

»Hmm … das könnte für den Weg durch die Osthörner knapp werden, aber vielleicht ist uns das Chaos ja gnädig gesonnen.«

»Mögen Chaos und Wohlstand Euch nie verlassen«, antwortete Cerryl. »Ihr dürft natürlich gern bei uns übernachten. Luxus haben wir nicht zu bieten, aber die Lanzenreiter würden sicherlich gern erfahren, was sich inzwischen in Fairhaven getan hat.«

»Wir nehmen das Angebot dankbar an.« Der Anführer der Wächter und der Unteroffizier der Lanzenreiter nickten gleichzeitig.

Als sie das Lager erreichten, blieb Cerryl im Sattel sitzen und sah zu, wie die Fässer in das kleine Gebäude gerollt wurden, das früher eine Scheune gewesen war und jetzt als Lager diente – Fässer mit Mehl, gepökeltem Schweinefleisch, Mais und sogar ein Fässchen mit Trockenfrüchten und ein weiteres mit gerösteten, gesalzenen Nüssen war dabei.

»Außerdem haben wir noch zwei Körbe für Euch, Ser«, sagte der grün uniformierte Wächter. Ein zweiter Bewaffneter folgte ihm mit zwei runden Weidenkörben, die mit einem Seil zusammengebunden waren. Die Körbe waren jeweils zwei Ellen hoch und eine Elle breit.

»Äh ... könntet Ihr sie dort drüben an der Tür der Hütte abstellen?«, sagte Cerryl. Er deutete zum Gebäude, das als Beratungszimmer, Schlafgemach und Standort des Spähglases diente.

»Ja, Ser.«

Erst als der Wagen abgeladen war und die Wächter und Lanzenreiter sich im Lager einrichteten, ritt Cerryl zur Pferdekoppel und stieg ab.

»Die Männer freuen sich.« Ferek war kurz vorher abgestiegen und wandte sich an den Magier. »Wie ... äh ... gewöhnlich sind Händler dem Weißen Turm nicht sehr gewogen.«

»Ser Layel sieht das offensichtlich anders«, erwiderte Cerryl lächelnd.

»Wir müssen die Trockenfrüchte im Auge behalten. Wenn die Männer zu viel davon essen, bekommen sie Durchfall«, warnte Ferek stirnrunzelnd.

»Teilt den Proviant ein, wie Ihr es für richtig haltet, Ferek. Teilt ihn sorgfältig ein, damit wir auch für die nächsten Achttage noch etwas übrig haben.«

Hiser kam zu ihnen. »Sind die ... ist das alles wirklich für uns?«

Cerryl nickte.

»Der Händler Layel hat dem Magier Cerryl und seinen Männern Proviant geschickt«, erklärte Ferek grinsend. »Und ich muss sagen, dass ich froh bin, auf diese Weise in die Gunst der Reichen einbezogen zu werden.«

»Er hat auch dem Erzmagier Proviant geschickt«, widersprach Cerryl.

»Aber nur, damit der Erzmagier sich nicht zurückgesetzt fühlt, würde ich meinen«, wandte Hiser ein.

Cerryl verzichtete auf eine Entgegnung. »Layel legt eben Wert darauf, den Weißen Turm zu unterstützen.«

»Ich werde den Männern sagen, wer den Proviant und die Früchte und Nüsse geschickt hat«, versprach Hiser grinsend.

»Das wäre sicher gut.« Cerryl sattelte den Wallach ab und führte das Pferd auf die Koppel, wo er auch das Zaumzeug abnahm. Er klopfte seinem Pferd auf die Schulter. Das Tier antwortete mit einem Schnauben und schüttelte den Kopf, bevor es sich im Trab zum Wassertrog aufmachte.

Cerryl ging unterdessen in seine Hütte. Dort zog er die Schriftrolle hervor und brach das Siegel. Er rollte das kleine Stück Pergament auf und sah die eleganten, mit grüner Tinte geschriebenen Worte … grüne Tinte für eine grünäugige Heilerin.

Mein Liebster …

Mein Liebster? Cerryl schluckte. Damit hatte er nicht gerechnet.

Wahrscheinlich breche ich einige Regeln der Gilde oder Lanzenreiter, wenn ich dir Proviant schicke, aber andererseits wird sich kaum jemand beschweren können, wenn es den Männern nützt. Das meiste ist für sie und für dich als ihren Kommandanten, abgesehen von den beiden Körben. Die sind ausschließlich für dich …

Ich habe über die Jahreszeiten immer wieder deine sanfte Gegenwart gespürt, was mir trotz der Unterschiede zwischen uns sehr viel bedeutet. Kinowin hat mir erzählt, dass du die

Straßen sichern sollst, und wir glauben beide, dass dies eine wichtige und notwendige Aufgabe ist, auch wenn wir fürchten, dass du noch vor Einbruch des Winters in Elparta sein wirst …

Vor Einbruch des Winters in Elparta? Bedeutete dies, dass Jeslek die Stadt endlich doch noch einnehmen würde? Aber woher konnten Leyladin und Kinowin das wissen? Nicht einmal ein Spähglas vermochte Dinge zu enthüllen, die vielleicht in der Zukunft geschehen würden.

Falls du mir eine Schriftrolle zurückschicken willst, kannst du sie Ersad anvertrauen …

Cerryl grinste. Das war eine eindeutige Aufforderung.

Ich vermisse dich und freue mich, dich wieder zu sehen, ganz egal, wie viele Jahreszeiten noch vergehen werden oder wie viele Meilen unsere Körper trennen …

Cerryl schluckte noch einmal, seine Augen brannten.

Nach einer Weile holte er die beiden Körbe in die Hütte. Vorsichtig band er das Hanfseil des ersten Korbes los, wickelte es zusammen und legte es auf die Bank vor dem behelfsmäßigen Tisch. Vielleicht konnte ihm das Seil irgendwann einmal gute Dienste leisten.

Der erste Korb enthielt persönliche Utensilien – mehrere Stücke Ölseife, die in gewachstes Pergament gewickelt waren, zwei Sätze frischer Unterwäsche, eine Garnitur weiße Oberbekleidung und ein Paar kräftige weiße Stiefel, hergestellt von seinem eigenen Stiefelmacher.

Im zweiten Korb lagen kleine Päckchen, die ebenfalls mit Wachspapier eingewickelt waren – weißer Hartkäse, Dauerbrot und Trockenfrüchte.

Aber keines der Geschenke bedeutete ihm so viel wie das Wort ganz am Anfang der Schriftrolle.

Nachdem er die Körbe wieder verschlossen hatte, holte er das Tintenfass und einen Federkiel und nahm sich eines der letzten Blätter Pergament. Er setzte sich davor und überlegte.

Wie kannst du alles, was du sagen willst, in eine einzige Schriftrolle pressen?

Er zuckte mit den Achseln, grinste unsicher und starrte auf das graue Pergament, das vor ihm auf dem Tisch lag. *Mein Liebster …* Die Worte gingen ihm immer wieder durch den Kopf und das Grinsen verwandelte sich in ein Lächeln.

XXIV

Die Jacke fast bis zum Hals zugeknöpft, stand Cerryl auf und wanderte in der Hütte umher. Kurz nach der Morgendämmerung hatte sein Atem in der kalten Morgenluft gedampft, aber das kleine Feuer im Kamin hatte den Raum behaglicher werden lassen und die Sonne hatte den ungewöhnlich kalten Herbsttag bis zum Vormittag immerhin so weit erwärmt, dass Cerryl nicht mehr bei jedem Atemzug einem Schornstein ähnelte.

Der kalte Regen war vorbei, aber Cerryl hatte dennoch für die nächsten Tage die Straßenpatrouillen ausgesetzt und beschränkte sich auf sein Spähglas. Außerdem vertraute er darauf, dass der Schlamm und die Pfützen auf den Straßen und Wegen eine spidlarische Streitmacht, die sich ihnen nähern mochte, stark behindern würde. *Welche Streitmacht?. Die Blauen haben doch angeblich nicht einmal genug Lanzenreiter, um Elparta zu verteidigen.*

Am Kamin, der noch etwas Wärme ausstrahlte, blieb Cerryl stehen. Die Brettertür war verschlossen, aber der Wind wehte durch die rissigen und schartigen Lehmziegel, durch die Spalten neben der schiefen, verzogenen Tür und unter der Dachtraufe herein und schien entschlossen, die restliche Wärme möglichst schnell wegzufegen.

Bei seinen ersten Spähversuchen hatte Cerryl in der Umgebung ihres Lagers nur schlammige, leere Straßen gesehen. Im Westen schien das Wetter etwas besser zu sein, weniger Wasser und weniger Schlamm. Wie auch immer, von Spidlarern war nirgends etwas zu entdecken. Auch die konzentrierte Ordnung, die einen Schwarzen Magier auszeichnete, war nirgends auszumachen. Die einzige Ausnahme war der Schmied Dorrin in Diev, also ganz am anderen Ende von Spidlar.

Cerryl ließ das Bild in sich zusammenfallen, schritt zum Kamin und wieder zur Tür und öffnete sie. Ein leichter, aber kalter Wind hüllte ihn ein. Zwar schien die Sonne, aber sie hatte nicht viel Kraft. Über Cerryl schien sich ein Winterhimmel zu spannen, der nicht recht zur Jahreszeit, dem Herbstanfang, passen wollte.

Würde der Winter dem Beispiel des Herbstes folgen und ebenfalls kälter werden als gewöhnlich? Cerryl schauderte. Auf diese Kälte konnte er gut verzichten. Er schloss die Tür und kehrte zum Tisch zurück.

Nachdem er sich die Stirn massiert hatte, stand Cerryl auf und betrachtete das Glas, das silbrig glänzend auf dem abgewetzten alten Holz lag. Er konzentrierte sich, dachte an Elparta, stimmte sich aber nicht auf Jeslek, sondern vor allem auf Fydel ein, weil der Magier mit dem eckig gestutzten Bart sicher nicht empfindlich genug war, um die Beobachtung zu bemerken.

Die silbernen Nebel teilten sich und enthüllten ein Bild.

Ein sehr klares Bild war es, viel zu klar.

Eine große Anzahl von Dorfbewohnern … Bauern … Einheimischen … wie man sie auch nennen wollte, jedenfalls waren es Menschen aus der Umgebung … wurde die Straße entlanggetrieben. Soweit Cerryl es erkennen konnte, scheuchten die Lanzenreiter, die sie begleiteten, die Menschen auf der Straße nach Westen.

Aber warum?

Cerryl strich sich das feine braune Haar aus der Stirn. Warum trieb Jeslek Einheimische vor den Weißen Lanzenreitern über die Straße? Um einen Angriff der Spidlarer zu verhindern? Benutzte er die Leute als Schild, um die Ausfälle bei den Rekruten und den Weißen Lanzenreitern zu vermindern?

Hat Jeslek nicht mehr genug Lanzenreiter und Bewaffnete?

Cerryl sah noch ein paar Augenblicke zu, bis er spürte, dass sich wieder einmal Kopfschmerzen ankündigten. Dann ließ er das Bild zusammenfallen, bis das Glas nur noch die Deckenbalken der Hütte und die Unterseite des Strohdachs spiegelte.

Warum wurden Einheimische die Straße entlanggetrieben? Die Frage ging ihm nicht aus dem Sinn. Weil der Schwarze Anführer oder der Schwarze Schmied irgendetwas ersonnen hatten, das gegen Jeslek und die Weißen Lanzenreiter eingesetzt wurde?

Cerryl rieb sich das Kinn. Legte Jeslek deshalb so großen Wert darauf, dass Cerryl die Straßen bewachte? Weil die Schwarzen etwas entwickelt hatten, das man nicht fühlen und mit dem Glas nicht sehen konnte?

Er schüttelte den Kopf. Er wusste nicht genug, um Antworten zu finden, aber ihm war klar, dass irgendjemand für das, was Jeslek den Menschen antat, einen sehr hohen Preis würde zahlen müssen, noch ehe der Krieg in Spidlar vorbei war.

Sagst du dir das nur, weil du nicht mit seinen Maßnahmen einverstanden bist? Oder entspricht die Einschätzung einem ehrlichen Gefühl? Und wenn Jeslek nun Recht hat?

Cerryl wischte sich noch einmal das dünne, viel zu lang gewachsene Haar aus der Stirn. Er sollte den Wallach striegeln, mit Hiser und Ferek reden und auf Anweisungen von Jeslek warten. *Falls welche kamen.*

XXV

Cerryl stand zwischen Ferek und Hiser und begutachtete die Vorräte, die noch im Schuppen lagerten – ein halbes Fass Weizenmehl, das er schon zweimal mit Chaos-Energie behandelt hatte, um die Schädlinge zu töten, und weniger als ein viertel Fass Maismehl. Die letzten Dörrfrüchte und Nüsse waren schon vor zwei Achttagen verzehrt worden.

Die Lücken zwischen den Brettern des Schuppens waren notdürftig versiegelt; drinnen roch es jetzt nach Moos, Schlamm und Schimmel, obwohl die Lanzenreiter sich bemühten, den Innenraum trocken und sauber zu halten. In der Ecke über einem der Fässer glitzerte ein Spinnennetz, das im leichten Wind, der bis in den Schuppen fuhr, leise zitterte.

Fernes Donnergrollen hallte über das Tal, und aus irgendeinem Grund dachte Cerryl wieder an das Chaos und die Menschen, die Jeslek über die Straße hetzte. Drei Tage waren vergangen, aber im Glas war nichts zu sehen. Keine Schriftrollen und keine Befehle vom Erzmagier waren gekommen, keine neuen Entwicklungen im Spähglas auszumachen – abgesehen davon, dass die Weißen Streitkräfte um die Mauern und die geschlossenen Tore Elpartas kreisten.

Cerryl blinzelte und versuchte zu verfolgen, was die Unteroffiziere besprachen.

»… reicht nicht einmal für einen halben Achttag bei normalen Rationen«, sagte Ferek gerade.

»Wir brauchen mehr Geld, Ser Cerryl«, meinte Hiser, »sonst müssen wir wieder bei den Einheimischen plündern. Hätten uns Eure Freunde nicht die Vorräte geschickt, dann hätten wir das schon längst tun müssen.«

Cerryl hätte sich mehr um den Proviant kümmern müssen, aber all das Spähen und Warten und die Sorgen hatten ihn abgelenkt. Von der anstrengenden Benutzung des Glases war er jetzt fast ständig müde.

Eine unsichtbare weiße Woge, eine Art Echo eines fernen, gewaltigen Einsatzes von Chaos, erfasste Cerryl, wie er da im Vorratsschuppen stand. Er wehrte den Schauder innerlich ab. *Was hat Jeslek getan? Hat er neue Berge wachsen lassen?*

Hiser wandte sich an Cerryl. »Alles in Ordnung, Ser? Es sieht nicht gut aus, aber ganz so schlimm ist es noch nicht.«

Der Magier schüttelte den Kopf. »Nein, das ... das war es nicht. Irgendjemand setzt Chaos-Energie ein ... viel zu viel.«

Ferek hätte beinahe die Augen verdreht. Er sah den jungen Unteroffizier an.

»Meine Fähigkeit, solche Dinge zu spüren, hat dafür gesorgt, dass die meisten in Eurer Truppe noch am Leben sind, Ferek.« Cerryls Stimme klang freundlich, obwohl er den Mann am liebsten angebrüllt hätte. Aber seine Gereiztheit lag ihrerseits wiederum an seinen Befürchtungen, was Jeslek oder sonst jemand getan haben mochte.

Hiser starrte Ferek böse an.

»Äh ... ich bitte um Verzeihung, Ser ... ich wollte doch nicht ...« Ferek stammelte und ließ den Satz unvollendet.

»Schon gut, Ferek«, sagte Cerryl nachsichtig. »Die meisten Offiziere der Lanzenreiter können es nicht verstehen.« Er überlegte. »Ich schicke dem Erzmagier eine Schriftrolle und schildere unsere Lage. Ich werde um Geld bitten, damit wir den Einheimischen nichts wegnehmen müssen. Wenn er nicht reagiert, werden wir tun, was wir tun müssen.« *Hoffentlich kommt es nicht so weit.*

»Die Männer sagen, da drüben in den Wäldern und unten am Bach treibt sich ein Schwein herum«, meinte Ferek. »Ein richtiges Wildschwein, sagen sie.«

»Nun ... wenn sie es fangen können ... das ist sicher besser, als die Dörfer in der Nähe zu plündern.«

»Das können sie und es dürfte reichen, um die Vorräte etwas zu strecken, sagen die Köche.«

»Gut. Ich schicke trotzdem eine Nachricht an den Erzmagier.« Cerryl wandte sich zum Gehen. »Ich bin dann in meiner Hütte. Ich muss sehen, was dieser Ausbruch von Chaos-Energie ...«

»Ja, Ser.«

Der Weiße Magier, der nie ein Waffen-Magier hatte werden wollen, wanderte durch den feinen, kühlen Nebel zu seiner Hütte, die ihm nun schon seit zwei Jahreszeiten als Quartier diente. Wahrscheinlich würde noch vor der Abenddämmerung ein eiskalter Regen fallen.

Er schloss die Tür, legte ein paar Stöcke und einen dicken Klotz in den Kamin und zündete das Holz mit einem kleinen Chaos-Funken an. Dann zog er das Spähglas aus der Hülle und legte es auf den Tisch.

Als die Wärme vom Kamin die schlimmste Kälte aus dem Zimmer vertrieben hatte, konzentrierte Cerryl sich auf das Spähglas und das Chaos, das er vorher so deutlich gespürt hatte.

Die silbernen Schleier wirbelten und entblößten eine ganz andere Art von Chaos – eine Stadt am Fluss, die grauen Steinmauern umgestürzt wie von der Hand eines Riesen, Wasser stand in Tümpeln in den Straßen, der Fluss Gallos, den die Spidlarer nach ihrem eigenen Land Spidlar nannten, ein reißender Strom.

Ein Jahr, nachdem er gesagt hatte, nach Axalt werde er keine weitere Stadt mehr zerstören, hatte Jeslek genau dies getan. Er hatte eine Woge von Chaos wachsen lassen und Elparta zerstört – oder wenigstens einen Teil der Stadt, denn das Glas zeigte, dass einige Gebäude noch standen.

Warum? Weil der Schwarze Anführer gut genug war, um ein Weißes Heer mit nur einem Bruchteil von Männern und Gerätschaften aufzuhalten?

Er rieb sich die Stirn und stellte sich mit dem Rücken vor den wärmenden Kamin. Das Bild im Spähglas brach in sich zusammen.

Was war wirklich auf dem Feldzug gegen Elparta geschehen? Cerryl war klar, dass er viel zu viele Dinge nicht wusste. *Vielleicht sogar Dinge, die du am liebsten nie erfahren würdest.*

»Genau«, murmelte er bei sich und starrte das leere Glas an. »Ganz genau.«

Dann nahm er Tinte, Federkiel und Pergament zur Hand. Was auch immer in Elparta geschehen war, er musste Jeslek davon unterrichten, dass seine Leute frischen Proviant brauchten.

Er blickte kurz in Richtung Westen und setzte sich dann an den Tisch.

XXVI

Der Duft von bratendem Schweinefleisch mischte sich in den feuchten Dunst, der seit mehr als einem Achttag über dem Dorf und der Umgebung lag. Cerryl ging lächelnd von der Hütte zu den Kochfeuern; sein Blick fiel auf die niedrig hängenden Wolken, die sich von den Osthörnern herunter nach Westen wälzten. Der Patrouillenritt am Morgen war wie immer in der letzten Zeit ein kaltes und feuchtes Unternehmen gewesen.

Er rieb sich die Stirn, um die Kopfschmerzen zu vertreiben, die er sich jedes Mal einhandelte, wenn er zu lange mit dem Glas arbeitete. Trotz aller Bemühungen hatte er bisher weder neue Proviantlieferungen oder Rekruten noch spidlarische Streitkräfte in der Nähe der Straße zwischen Axalt und Elparta gesehen.

Würde der ganze Herbst so feucht und regnerisch bleiben? *Das wird eine schlechte Ernte … falls hier über-*

haupt etwas geerntet wird. Oder wird es früh schneien? Cerryl schauderte bei diesem Gedanken und tastete unwillkürlich nach den Jackenknöpfen. Nach zwei Jahreszeiten im Feld war seine Jacke eher fleckig braun als weiß.

»Wir haben gleich drei gefunden, eine Bache, einen alten Eber und ein Ferkel«, verkündete Ferek mit breitem Grinsen, als Cerryl sich ihm näherte.

»Das kann ich riechen.«

»Die junge Bache haben wir laufen lassen. Sie braucht noch eine Weile, bis sie schlachtreif ist, und die Männer haben vorerst genug Verpflegung.« Der ältere Unteroffizier deutete zum Himmel. »Wollt Ihr heute Nachmittag auch wieder eine Streife ausschicken?«

»Nur bis zu den Hütten im Osten. Dort sind ein paar Leute zurückgekehrt.«

»Dürfen die Männer erst Essen fassen?«, fragte Ferek. »Das Fleisch wird ihnen gut tun.« Er grinste. »Kieral hat hier auf einem Feld Kartoffeln im Gewicht von beinahe einem Stein gefunden. Wir hatten sie bisher übersehen.«

»Das reicht leider nur für ein paar Mahlzeiten«, meinte Hiser.

»Man muss eben nehmen, was man kriegen kann.« Ferek nickte beipflichtend.

»Meine Nachricht sollte morgen beim Erzmagier eintreffen.« *Hoffe ich.* »Es reicht, wenn die Patrouille am Spätnachmittag aufbricht.«

Die drei schauten auf, als sie Hufschläge hörten. Drei Lanzenreiter ritten zur Koppel und den Kochfeuern. Der Anführer der drei trug die Schärpe eines Boten.

»Eine Nachricht für Magier Cerryl vom Erzmagier«, keuchte der schlanke junge Lanzenreiter, indem er Cerryl eine Schriftrolle überreichte.

Während er das Dokument aufrollte, bemerkte Cerryl abwesend, dass unter den drei Lanzenreitern auch eine ältere Frau mit hartem Gesichtsausdruck war. »Danke. Ihr könnt inzwischen absitzen. Wir haben ein kräftiges

Essen gekocht, das Euch nach dem kalten Ritt sicher willkommen ist.«

»Danke«, antwortete der Bote.

Die beiden anderen nickten wortlos und stiegen ab.

Cerryl entfernte sich ein Stück vom Kochfeuer, auf dem zwei Kessel mit Kartoffeln kochten. Die beiden Schweine wurden auf selbstgebauten Gestellen über zwei weiteren Feuern gebraten.

Nachdem er das Siegel erbrochen hatte, begann er zu lesen.

Seid gegrüßt, Cerryl.

Es wird Euch sicher nicht überraschen, dass ich Euch nun in Elparta brauche, Euch und Eure ganz besonderen Fähigkeiten. Jetzt, da Fairhaven Elparta und den Fluss Gallos beherrscht, wie Ihr sicher schon mithilfe Eures Glases herausgefunden habt, ist der Schutz der Straße nach Axalt weniger wichtig, zumal unsere Kontrolle über Elparta und den oberen Teil des Flusses mittelbar dasselbe Ergebnis zeitigt …

Wir erwarten, dass Ihr sofort das Lager abbrecht und Euch mit gebotener Eile auf den Weg macht, um hier in Elparta zu uns zu stoßen …

Jeslek hatte die Schriftrolle unterzeichnet, aber die Unterschrift war kaum mehr als ein hastiges Gekritzel, nicht zu vergleichen mit den akkurat gesetzten Buchstaben der früheren Botschaften. *Die Folge des übermäßigen Einsatzes von Chaos-Energie? Oder hatte er es einfach nur eilig?*

Dies warf sogleich die Frage auf, wer das Dokument überhaupt geschrieben hatte. Anya? Auf der Hauptstraße waren nicht viele Schriftgelehrte oder angehende Magier unterwegs, und Cerryl war sicher, dass Jeslek auf keinen Fall Fydel das Verfassen eines solchen Dokuments anvertraut hätte. Andererseits war Anya noch weniger zu trauen als Fydel oder dem Erzmagier.

Cerryl rollte das Dokument wieder zusammen und

schob es in die Innentasche seiner Jacke, dann trat er vor.

Ferek und Hiser warteten schweigend und sahen ihn fragend an.

»Der Erzmagier ruft uns nach Elparta. Wir werden im Morgengrauen aufbrechen.« Cerryl lächelte. »Wir haben genug Zeit, das Wildschwein zu genießen.«

»Gut«, sagte Ferek.

Hiser nickte zurückhaltend.

»... wird aber auch Zeit«, meinte einer der Lanzenreiter, die sich am Kochfeuer herumtrieben.

»... blaue Kommandant ... frage mich, ob sie ihn erwischt haben ...«

»... nie passieren ... heißt, er ist ein Riese ...«

»... nicht mehr hier sitzen und frieren ...«

Nach allem, was sein Glas ihm über Elparta verraten hatte, war Cerryl sicher, dass eine Überwinterung in Elparta – denn dies musste es sein, was Jeslek im Sinn hatte – gewiss keine warme, behagliche Angelegenheit werden würde. Einiges an Arbeit war sicherlich vonnöten, um die Stadt instand zu setzen, damit die Lanzenreiter und Rekruten in der kalten Jahreszeit ein Quartier bekamen. Und im folgenden Frühling und Sommer würden sie mit den Blauen und dem sagenhaften Kommandanten nur noch mehr Schwierigkeiten bekommen.

XXVII

Als er in westlicher Richtung bergab ritt, sah Cerryl die von den Wassermassen niedergedrückten Bäume und Büsche, noch bevor er den Fluss Gallos erreichte. Trotz der nur schwachen Mittagssonne und des kalten Ostwindes stieg ein übler Geruch vom Schlamm in der Überschwemmungsebene des Flusses auf.

Unter einer erodierten Klippe, die schon vor Jahren zu einem sanft geneigten Hang zusammengebrochen war, beschrieb die Straße eine Kurve und lief am alten Kai entlang in nördlicher Richtung nach Elparta, breit genug für vier Pferde oder für zwei Wagen, die einander begegneten.

»Zu zweit nebeneinander, Hiser«, befahl Cerryl. Er wollte vermeiden, dass die Pferde durch den stinkenden Schlamm neben der Straße liefen. Hier und dort sah man am Hang über dem Fluss Strohbüschel, Bretter oder vom Wasser geglättete Lehmziegel, die früher einmal zu Hütten oder Nebengebäuden gehört hatten. Cerryl bemühte sich, möglichst flach zu atmen.

»Bei den Dämonen, was für ein Gestank«, bemerkte Ferek. »Hinter den Stadtmauern wird es noch schlimmer, würde ich meinen.«

»Wenn sie sich ergeben hätten, wäre es ihnen lange nicht so schlimm ergangen«, meinte Hiser.

Cerryl war sich in dieser Hinsicht nicht sicher. Er betrachtete die Trümmerhaufen, die einmal eine Stadtmauer gewesen waren. Eine ganze Kompanie Lanzenreiter war abgesessen und hatte sich direkt vor dem Schutt gesammelt.

Eins der Stadttore lag zerborsten auf den Trümmern eines Wachturms. Vom zweiten waren nur noch Eisenbänder zu sehen, die einige zerschmetterte, verkohlte Balken zusammen hielten. Cerryl nickte. Jeslek – oder Fydel oder Anya – hatte seine Wut am Tor ausgelassen.

Auf einem behelfsmäßigen Podium neben der Zufahrt zur Stadt stand ein Lanzenoffizier. »Der Erzmagier ist im hohen Haus dort auf dem Hügel.« Hauptmann Teras begrüßte Cerryl mit einem Nicken. »Er erwartet Euch schon. Ich sorge dafür, dass Eure Männer ein Quartier bekommen, so gut es hier eben möglich ist.«

»Danke.«

»Dester und Huyl werden Euch führen. Die Straßen sind hier nicht mehr so gut wie früher.« Nur ein Hauch von Ironie schwang in der Bemerkung des stämmigen Offiziers mit.

Cerryl drehte sich im Sattel um. »Lasst die Männer nicht einfach herumlaufen, ganz egal was die anderen sagen. Wenn sie sich hier frei bewegen dürfen, dann immer nur zu dritt.«

»Ich halte das für eine gute Idee, Unteroffiziere«, bekräftigte Teras.

»Ja, Ser«, antworteten Hiser und Ferek fast gleichzeitig.

»Ich bin Dester, Ser. Hier entlang, bitte.« Dester war ein spindeldürrer Mann mit grauem Ziegenbart. Er setzte sich vor Cerryls Wallach und übernahm die Führung.

Der zweite Lanzenreiter, der tatsächlich eine Lanze aus Neusilber im Köcher hatte, schloss sich ihnen nickend an.

Teilweise waren die Mauern Elpartas nach innen gestürzt und hatten im Umkreis von fünfzig Ellen Wohnhäuser und andere Gebäude beschädigt oder in Trümmer gelegt. Wie Ferek vorhergesagt hatte, war der Geruch innerhalb der Stadtmauern noch schlimmer als draußen.

»Steht hier überhaupt noch etwas?«, erkundigte sich Cerryl.

»Östlich der Wälle am Fluss, besonders hinter dem Hügel der Kaufleute, sieht es besser aus. Dorthin bringen wir Euch jetzt, Ser. Doch Häuser mit Türen stehen nicht mehr viele. Aber es soll ja Leute geben, die gern so leben.« Dester schnaubte verächtlich.

Huyl schwieg.

Die Straße war für eine Stadt, die nicht von Weißen Magiern entworfen worden war, recht breit, aber Haufen von heruntergefallenen Dachziegeln und Schutt von zusammengebrochenen Wänden beengten sie, bis gerade noch Platz für zwei Pferde nebeneinander blieb. Huyl ließ sich etwas zurückfallen.

Cerryls Hand wanderte unwillkürlich zum Dolch, aber dann schüttelte er den Kopf. Im Notfall sollte er besser Chaos-Energie statt seinen Dolch einsetzen, aber er hoffte natürlich, dass beides nicht nötig würde.

Irgendwo auf der linken Seite schrie jemand, hallend, langgezogen und verzweifelt. Er drehte den Kopf herum und blickte die halb verschüttete Seitenstraße hinunter, die von der Hauptstraße abzweigte, aber das Kopfsteinpflaster war verlassen und er sah weder Lanzenreiter noch die Frau. Der Schrei hatte ihm genug verraten, doch er konnte nichts tun. Sein Magen krampfte sich zusammen.

Langsam ritten die drei beinahe eine drei viertel Meile weit durch die Hauptstraße, dann ging es Richtung Osten. Nach hundert Ellen stieg die Seitenstraße etwas an, bis sie ungefähr dreihundert Ellen weiter östlich vor einem offenen, gemauerten Tor endete, das von vier Lanzenreitern bewacht wurde.

»Hier wären das Hauptquartier und das Quartier des Erzmagiers«, verkündete Dester. »Wir kehren dann um.«

»Danke.«

Mit einem Nicken ritt Cerryl durchs Tor. Vor der mit Schnitzwerk verzierten Holztür des Wohnhauses standen zwei weitere Lanzenreiter. Während er abstieg und den Wallach an einem Geländer festband, das einem roten Hirsch nachgebildet war, sah Cerryl sich um. Die Wände des großen Hauses, das sogar größer war als Layels Heim, waren notdürftig instand gesetzt, der Hof von heruntergefallenen Steinen und Dachziegeln freigeräumt.

Im ersten Stock fehlten bei einem Fenster die Fensterläden, links neben der Eingangstür zog sich ein schmaler Riss durch die Steinmauer des Gebäudes.

Noch bevor Cerryl die beiden Lanzenreiter erreichte, die vor dem Haus Wache hielten, ging die Tür auf und Anya stand vor ihm. »So … dann habt Ihr es endlich geschafft.« Anya setzte ihr strahlendes, falsches Lächeln auf. »Jeslek wird sich freuen, Euch zu sehen. So kommt doch herein. Ihr habt ja einen kalten Ritt hinter Euch.«

»Mir war schon wärmer.« Cerryl säuberte mit Stiefelkratzer und Bürste an der Tür seine Stiefel, ehe er das Haus betrat. Allein die Eingangshalle war doppelt so groß wie die Hütte, in der er die letzten beiden Jahreszeiten verbracht hatte; die Decke war fast viermal so hoch.

Anya schloss die schwere dunkle Eichentür.

»Ihr hattet bei der Einnahme der Stadt offenbar größere Schwierigkeiten, als man vorher angenommen hatte?«, fragte Cerryl freundlich.

»Wir hätten schon im letzten Frühling so weit sein können«, gab Anya achselzuckend zurück. Das Lächeln verflog.

»Jeslek hatte sicher seine Gründe.«

»Er dachte, dass es besser wäre, wenn wir die Stadt nicht neu aufbauen müssten.« Das strahlende Lächeln war wieder da. »Wie ich Euch schon vor langer Zeit einmal gesagt habe, Cerryl, ist es völlig sinnlos, an die Vernunft der Leute zu appellieren. Sie reagieren nur auf rohe Gewalt. Nun ... wenn man schon Gewalt einsetzen muss, dann ist es besser, man tut es rasch und hat es damit hinter sich.«

»Wie ich sehe, ist auch der Erzmagier zu dieser Entscheidung gelangt.«

»Ihm blieb nichts anderes übrig. Hydlen hat kaum Lanzenreiter und Rekruten geschickt, Lydiar ebenso wenig. Der Präfekt von Gallos hat wegen jeder Leiche, die im Fluss schwamm, gemurrt. Sogar die versprochenen Rekruten aus Certis sind spät und in zu geringer Zahl gekommen.«

»Und der Schwarze, der die blauen Streitkräfte befehligt ... dieser Brede ... sein Name ist inzwischen sogar meinen Männern bekannt. Er war wohl besser als vermutet?«

»Bewaffnete reden viel, wenn der Tag lang ist, Cerryl. Ihr solltet nicht zu viel auf solche Gerüchte geben.«

»Ich werde es nicht vergessen.« Cerryl nickte. »Dann darf ich annehmen, dass Ihr und der Erzmagier diesen Winter sehr beschäftigt sein werdet?«

»Wie ich sehe, versteht Ihr die Lage, ohne überhaupt hier gewesen zu sein.«

»Wir hatten die Aufgabe, den Nachschub und Eure Flanke zu sichern. Das haben wir getan.«

»Ihr habt Euch gut geschlagen, Cerryl.« Das Lächeln wurde noch breiter. »Ihr habt fast ein Viertel der spidlarischen Lanzenreiter ausgeschaltet und kein Wort darüber verloren. Jeslek war beeindruckt.«

»Ja, das war ich.« Der Erzmagier war hinter Anya aufgetaucht und begrüßte Cerryl mit einem Lächeln. »Würdet Ihr mir Gesellschaft leisten?« Jesleks Haar war weiß wie immer, es schimmerte im Licht der Kerzen, die in Wandhaltern brannten. Die goldenen Sonnenaugen funkelten wie eh und je, aber ein Anflug von Alter und Müdigkeit umgab den Mann und unter den Augen zeichneten sich dunkle Ringe ab. Ein unsichtbarer Dunst, wie von Chaos-Staub, umgab ihn. »Anya, würdet Ihr Euch dem Schriftstück über die Einteilung der Aufgaben widmen, so wie wir es besprochen haben? Bringt es doch bitte herein, wenn Ihr damit fertig seid.«

»Gern.«

Cerryl bemerkte, dass Anyas Lächeln sich auf eine unbestimmbare Weise veränderte, als sie sich umdrehte.

Jeslek führte Cerryl in einen Raum, der früher einmal ein privates Studierzimmer gewesen war. Die Hälfte der Regale, die zwei Wände zur Gänze einnahmen, waren leer, auf den übrigen waren die Bücher aufs Geratewohl gestapelt. Im Kamin brannte ein kleines Feuer, dessen Wärme Cerryl hochwillkommen war.

Auf dem schweren Schreibtisch – einem beeindruckenden Möbelstück, dessen vier Beine Bergkatzen nachgebildet waren – stand ein Silbertablett mit einem Krug Rotwein und einem leeren Glas. Jeslek schenkte ein und reichte Cerryl das Glas. »Ihr seht aus, als könntet Ihr das gebrauchen.«

»Es war ein anstrengendes Jahr … aber für Euch war es sicher noch viel anstrengender als für mich.« Cerryl nahm das Glas entgegen.

Jeslek setzte sich, allerdings nicht hinter den Schreibtisch, sondern an den runden Tisch, um den vier hölzerne Lehnstühle standen. »Nehmt doch Platz.«

Cerryl setzte sich und nippte, Jesleks Beispiel folgend, am Wein. Er konnte sich gerade noch ein Stirnrunzeln verkneifen. Der Wein war beinahe schon umgeschlagen … so schnell hätte es eigentlich nicht gehen dürfen.

»Ja, ein schwieriges Jahr war es … und ein langer Winter steht uns beiden bevor.«

Cerryl hob fragend die Augenbrauen.

»Ihr und Fydel sollt hier einige Dinge erledigen. Anya und ich – und Eliasar – werden anderswo in Candar zu tun haben.«

»Ihr wollt dafür sorgen, dass wir im nächsten Frühling besser unterstützt werden?«

»Genau. Was in diesem Jahr an Truppen eingetroffen ist, war lächerlich. Ich habe abgewartet, bis sie sich selbst die Schlinge um den Hals gelegt haben.« Jeslek trank einen Schluck Wein und lachte in sich hinein. »Wenn Fairhaven nicht bald Steuern und Rekruten bekommt, werden in einigen Ländern in Kürze neue Herrscher regieren. Aber genug davon.« Der Erzmagier lächelte und reichte Cerryl eine zerknitterte, fleckige Schriftrolle. »Dies waren die Bedingungen, die ich Elparta gestellt habe. Lest selbst.«

Der junge Magier nahm das Dokument, rollte es auf und las. Einige Worte waren verschmiert, andere verwaschen, als wären Wassertropfen darauf gefallen.

… bitten Euch der ehrenwerte Jeslek sowie die Befehlshaber Grestalk und Xeinon …

»Wer sind Grestalk und Xeinon?«, fragte Cerryl. »Ich habe noch nie von ihnen gehört.«

»Sie sind die Kommandanten der Certaner und Galler. Nun fahrt fort, sie sind unwichtig.« Jeslek trank noch einen Schluck Wein, dieses Mal einen recht großen.

Cerryl beeilte sich, das Dokument durchzulesen.

… dass die Bürger von Elparta im Interesse der Gerechtigkeit die Waffen strecken und sich den Herren Candars unterwerfen mögen …

… die Tore zerstören und die Piere am Wasser jedem offen stehen … die Befestigungen niederreißen … unverheiratete Frauen als Gefährtinnen zur Verfügung stellen … sollen alle Anhänger der Schwarzen Ketzerei, einschließlich aller Offiziere der Spidlarischen Garde, die Grausamkeiten begangen und böse magische Geräte gegen die Herrscher eingesetzt haben, dem ehrenwerten Jeslek ausgeliefert werden … Reparationen aus den Lagerhäusern der Stadt an die Herrscher entrichtet werden … alle brauchbaren Pferde an die Vertreter der Herrscher als Wiedergutmachung übergeben werden … alle Angehörigen des so genannten Rates der Kaufleute müssen der Gilde Candars überantwortet werden, damit sie ihre gerechte Strafe empfangen können …

Cerryl schluckte und legte die Schriftrolle wieder auf den blank polierten Tisch.

»Was haltet Ihr von den Bedingungen?«

»Ich war nicht hier«, wich Cerryl aus.

»Nein, Ihr wart nicht hier. Ihr haltet die Bedingungen für hart. Das sind sie. Sogar Fydel, der gute, treue Fydel, hat geschluckt, als er sie las. Ich habe die Bedingungen so grausam wie möglich gestaltet … so grausam wie möglich.« Jesleks Lächeln wurde noch breiter.

Cerryl runzelte nachdenklich die Stirn. »Aber warum?«

»Weil ich Elparta zerstören musste. Weil ich die einschüchtern musste, die ehrlich sind.« Jeslek lachte laut.

»Ihr musstet Elparta zerstören? Als Lektion für Lydiar und Hydlen?«

»Genau.« Jeslek schüttelte den Kopf und füllte sein Glas nach. »Ihr müsst das so sehen, Cerryl. Es ist besser, zwei Städte zu zerstören, die der Gilde kaum nützen, als eine einzige, die ihr nützt. Auch wenn Letzteres womöglich doch noch nötig sein wird. Ich hoffe es nicht, aber manchmal sind die Leute störrisch und gehen lieber in den Tod, als nachzugeben.«

»Ich verstehe«, stimmte Cerryl widerwillig zu. »Aber die Leute einschüchtern?«

»Nachdem es so viele Tote und Verwundete gegeben hat … all die hässlichen Geräte, welche die Blauen eingesetzt haben … Nach alldem hätte nichts, was in Elparta geschehen wäre, die Männer wieder zufrieden gemacht. Man kann keine Soldaten führen, die seit Jahreszeiten ständig in Hinterhalte geraten und überfallen werden. Nicht ohne eine Anzahl von ihnen zu töten; aber dann werden diejenigen, die übrig bleiben, beim nächsten Einsatz nicht mehr willig kämpfen. Also gebt Ihr ihnen einen Triumph, mit dem sie sich brüsten können.« Jeslek zuckte mit den Achseln. »Ich habe ihnen sogar gesagt, dass ich ehrenvolle Bedingungen gestellt habe, vor allem angesichts der Plünderungen, die ganz Candar hinnehmen musste, angesichts der Ungerechtigkeit im Handel, angesichts des Abschlachtens wehrloser Händler.« Der Erzmagier lachte, hustete einmal und noch einmal und räusperte sich dann. »Deshalb wollte ich Euch auch nicht in der Nähe haben.«

»Oh.« Cerryls Magen krampfte sich zusammen.

»Ihr sollt die Stadt wieder aufbauen. Ihr seid der verantwortliche Magier für Elparta, Ihr sollt die Stadt wieder zum Funktionieren bringen und dafür sorgen, dass die Leute sich benehmen. Ihr wolltet die Regeln der Stadtwache großzügig auslegen, weil Ihr dachtet, es sei gut für die Leute. Nun, hier könnt Ihr nach Belieben Regeln aufstellen und wieder brechen … solange Ihr es nur schafft, die Stadt bis zum Ende des Frühlings wieder in Ordnung zu bringen.«

Und danach … Cerryl schluckte.

Jeslek ignorierte Cerryls Bestürzung. »Fydel wird sich um die Spidlarer kümmern, falls es nötig werden sollte. Ihr habt mit ihm zusammenzuarbeiten, soweit erforderlich.«

»Ich verstehe.«

Es klopfte, direkt danach betrat Anya das Zimmer. »Ich habe beendet, was ich tun sollte.« Sie ging zum Tisch und reichte dem Erzmagier ein Pergament.

Jeslek deutete zum freien Stuhl zu seiner Linken und begann schweigend zu lesen. Anya setzte sich und wartete mit ausdruckslosem Gesicht.

»Ja, so ist es gut.« Die goldenen Sonnenaugen blitzten, als er das Dokument an Cerryl weiterreichte.

Der junge Magier nahm das Papier und las.

… soll allen bekannt gemacht werden, dass als Kommandant der Stadt und derer, die sich hier befinden, der ehrenwerte Magier Cerryl eingesetzt wird …

Ein langer, langer Winter.

Anya saß zwischen Jeslek und Cerryl und schaute keinen der beiden an, sondern starrte mit böse funkelnden Augen ins Leere.

XXVIII

Ob er nun die Stadt als militärischer Kommandant oder als ziviler Regierungsbeamter oder sonst wie führen sollte, Cerryl brauchte ein Haus, das als Amtssitz geeignet war und wo er mit seinen Lanzenreitern und anderen Leuten zusammenkommen konnte. Es musste ein anderes als das von Jeslek beschlagnahmte Gebäude sein, und nach Möglichkeit eines, in dem er nicht fror, wenn Eis und Schnee kamen. Zudem sollte er sich möglichst schnell darum kümmern, weil Jeslek bereits die Vorkehrungen für seinen Aufbruch traf. Er würde einen Großteil der Weißen Lanzenreiter, die Elparta belagert hatten, mitnehmen.

Cerryl suchte Hiser und betraute ihn mit der Aufgabe, vorab eine Auswahl passender Gebäude zu treffen, wobei er darauf zu achten hatte, dass benachbarte Häuser oder Nebengebäude als Unterkünfte für Hisers und Fereks Leute dienen konnten. Außerdem sollte das Haus nicht zu weit von Jesleks Hauptquartier entfernt sein, auch wenn Jeslek sich vorerst nicht in der Stadt aufhalten würde.

Während der Herbstregen wie ein feiner Schleier niederfiel, beugte Cerryl sich im Sattel vor und blickte die breite Straße hinunter, die nördlich des Hügels verlief, auf dem der Erzmagier sein Hauptquartier aufgeschlagen hatte, um ein vergleichsweise bescheidenes Gebäude hinter einer niedrigen Mauer zu begutachten.

»Dies hier … nun ja, es ist das Beste, das Ferek und ich finden konnten.« Hiser hustete. »Besser als diese Gasthöfe mit den undichten Dächern am Fluss. Aber es riecht. Hier riecht alles.«

Cerryl ritt langsam die letzten hundert Ellen zum Haus und hielt kurz vor der Mauer an. Das Haus wirkte stabil, auch wenn bei den Beben, denen die Stadtmauern zum Opfer gefallen waren, einige der roten Dachziegel Sprünge und Risse bekommen hatten. Die vordere Mauer war fast sechs Ellen hoch und aus Stein gebaut. An einer Seite war das Tor, das groß genug für einen Wagen war, aus den eisernen Scharnieren gerissen. Das kleinere gusseiserne Tor, das als Eingang gedacht war, hatte gehalten. Hinter dem Tor lag ein Hof, der vom Hauptgebäude und einem Stall begrenzt wurde.

Nachdem er den Wallach auf den Hof gelenkt hatte, band Cerryl ihn unter dem vorspringenden Dach der Scheune an ein Geländer und stieg ab. Hiser und zwei weitere Lanzenreiter folgten seinem Beispiel. Sie eilten ihm voraus zur Tür des Wohnhauses.

Einer der Lanzenreiter drehte den bronzenen Türknopf herum und stieß die Tür auf. Der Gestank, der herauswehte, drehte Cerryl beinahe den Magen um. Er wich zurück und wartete, ob der leichte Wind den Gestank wegwehen würde. Tatsächlich war nach einer Weile das Schlimmste verflogen. Durch den Mund atmend, betrat Cerryl den grün gefliesten, mit Walnussholz vertäfelten Flur. Drei von vier Schubladen der Eichentruhe an der rechten Wand standen offen, die vierte war herausgerissen; verschiedene bunte Leinensachen lagen wahllos durcheinander am Boden.

Auch die einzige Truhe im Wohnzimmer war geplündert worden. Splitter von Steingutgeschirr lagen auf den grünen Kacheln und dem geflochtenen goldgelben Teppich in der Mitte des Raumes.

Cerryl hätte sich beinahe übergeben, als er am Sofa vorbei durch einen Bogengang in das kleine Studierzimmer neben dem Wohnraum trat. Drei Leichen, schon stark verwest, lagen zwischen einem Ecktisch und einem runden Tisch auf den grünen Kacheln.

Eine war – dachte er – vermutlich eine junge Frau gewesen. Bei den beiden anderen handelte es sich möglicherweise um ihre Eltern. Wieder unterdrückte er ein Würgen und sammelte Chaos-Energie um sich.

»Bei der Dunkelheit«, flüsterte Hiser.

Einer der jungen Lanzenreiter rannte zur Vordertür. Cerryl konnte hören, wie er sich draußen übergab.

Eine Feuerkugel blitzte auf und die verwesenden Leichen und der größte Teil des Gestanks waren verschwunden.

»Öffnet die Läden und die Fenster.« Cerryl ging zum nächsten Fenster und riss die Fensterläden und dann die Fenster selbst auf. Im Gegensatz zu vielen anderen Gebäuden in Elparta besaß dieses Haus Fenster aus geblasenem Glas.

Eine Weile stand er am offenen Fenster und ließ die kalte, feuchte Luft an sich vorbei ins Studierzimmer streichen. Dieses Zimmer würde als Besprechungsraum dienen, denn es hatte einen runden Tisch und sogar einen Schreibtisch in der Ecke.

Etwas weiter hinten, rechts neben der Küche, befand sich offenbar das Esszimmer. Er drehte er sich um und ging durchs Wohnzimmer, vorbei an der schmalen Treppe, die zum ersten Stock hinaufführte.

»Haben wir hier jemanden, der kochen kann?« Cerryl schüttelte den Kopf und dachte an die drei Toten. War die junge Frau vergewaltigt und getötet worden? Oder hatten die drei sich selbst umgebracht? Anscheinend waren die Türen nicht mit Gewalt geöffnet worden und die eher oberflächlichen Plünderungen konnten auch später stattgefunden haben, aber Cerryl war nicht sicher.

Vielleicht dachten sie, ihr Wohlstand würde sie schützen.

Stirnrunzelnd betrachtete er die Küche mit ihren sauberen Arbeitstischen und warf noch einen Blick in die Speisekammer. Auch dort war alles in Ordnung. Die ehemaligen Bewohner des Hauses waren wohlhabend oder sogar reich gewesen. *Und unschuldig in jeglicher Hinsicht, abgesehen höchstens von ihrer Unwissenheit.* Trotz Jesleks grausamer Bedingungen hatten sie sich zum Bleiben entschieden. Wie viele andere hatten dem Exil den fast sicheren Tod vorgezogen?

Je mehr er sah, desto unsicherer wurde Cerryl, wenn er sich fragte, was in einer solchen Welt überhaupt noch einen Wert besaß.

Das Esszimmer war ebenso unversehrt wie die drei Schlafzimmer im oberen Stockwerk, mit Ausnahme einer kleinen Truhe, weniger als eine Elle groß, die aufgebrochen auf dem oberen Treppenabsatz lag. Ein einsames Silberstück, das bis vor das Geländer gerollt war, verriet, wozu die Kiste gedient hatte.

Aber Kleidung war nicht entwendet worden und auch die silbernen Gerätschaften im Schränkchen im Esszimmer waren noch da. Lag es daran, dass es so viele verlassene Häuser und vergleichsweise wenige Lanzenreiter und Rekruten gab? Oder weil Münzen einfacher zu tragen und zu verbergen waren?

Cerryl drehte sich um und betrachtete vom Treppenabsatz aus das größte der Schlafzimmer – ein Bett mit vier stabilen Holzpfosten, ein mit Seidenstoff überzogener Polsterstuhl in einer Ecke, zwei passende Wandschränke mit einem mannshohen Spiegel dazwischen, zwei Fenster mit braunen Seidenvorhängen, die Läden geschlossen, eine Tür, die zu einem Bad führte.

Und drei Leichen ...

Cerryl ging in den unteren Flur hinunter, Hiser folgte ihm. Die Lanzenreiter warteten an der offenen Vordertür. Der jüngere blonde Lanzenreiter war ein wenig grün im Gesicht.

»Das Haus sieht gut aus. Wir müssen es aber noch eine Weile auslüften. Wie sieht es mit den Nachbarhäusern aus?« Cerryl wandte sich an den blonden Unteroffizier.

»Die Nachbarhäuser sind nicht ganz so gut in Schuss«, gestand Hiser. »Aber wohl immer noch besser als die Gebäude weiter unten.«

Cerryl grinste humorlos. Die Arbeit, die hier notwendig war, würde die Lanzenreiter vielleicht auf andere Gedanken bringen. *Vielleicht.*

Sein Blick wanderte zum Studierzimmer. Hoffentlich würde der Geruch bald verschwinden. Er wollte sich lieber nicht vorstellen, wie viele Tote es gegeben hatte – oder noch geben würde.

XXIX

»Der Erzmagier erwartet Euch schon.« Der Unteroffizier der Lanzenreiter öffnete sofort die Tür, als Cerryl sich den Wachen am Ende des kurzen Flurs näherte. Die Kerzen in den rußigen Wandhaltern brannten nicht, der Flur war düster und roch leicht nach Wachs.

Cerryl betrat das private Studierzimmer des Wohnhauses, das Jeslek für sich beschlagnahmt hatte, und setzte sich dem Erzmagier gegenüber an den runden Tisch, dankbar für die Wärme vom Kamin. Die Bücher waren inzwischen neu geordnet und aufgestellt worden und lagen nicht mehr kreuz und quer durcheinander.

Anya und Fydel waren bereits da, Anya saß links neben Cerryl, Fydel auf der rechten Seite. Auf einem Silbertablett stand eine Dekantierflasche mit Weißwein, daneben ein leeres Weinglas. Anya, Fydel und Jeslek waren bereits mit Gläsern versorgt.

Fydel tippe nervös aufs polierte Holz, hörte aber sofort wieder auf, als Anya missbilligend die Augenbrauen hob.

»Wir können beginnen«, sagte Jeslek lächelnd.

»Ich stehe Euch zur Verfügung.« Cerryl erwiderte das Lächeln, nahm die Dekantierflasche und füllte das leere Glas. Eigentlich wollte er nichts trinken, aber es kam auf die Geste an, und so nippte er einen Schluck Wein. Auch dieser Wein war kurz vor dem Umschlagen. *Jeslek strahlt zu viel Chaos aus.*

Um Anyas Lippen spielte ein leises Lächeln, Fydel tippte noch einmal auf den Tisch.

»Ihr werdet bald ein eigenes Kommando haben.« Jeslek blickte zwischen Fydel und Cerryl hin und her.

Anya sah weder Cerryl noch den Magier mit dem eckig gestutzten Bart an.

»Ich habe den Befehl schriftlich festgehalten und an Kinowin und Redark geschickt«, fuhr Jeslek lächelnd fort. »Fydel, Ihr sollt Elparta verteidigen und wenn nötig die Spidlarer bekämpfen. Cerryl, Ihr sollt Elparta wieder aufbauen und für Frieden in der Stadt sorgen. Wenn nötig, könnt Ihr Einheimische zum Baudienst verpflichten.«

Cerryl nickte. Diese Möglichkeit gefiel ihm nicht, aber er glaubte andererseits nicht, dass er unter den Lanzenreitern genügend Zimmerleute und Maurer finden würde – und noch weniger, die es zugeben würden, falls sie solche Fähigkeiten besaßen.

»Wenn Ihr den Eindruck gewinnt, dass der aufsässige Schwarze Kommandant – dieser Brede – einen großen Angriff vorbereitet, dann werdet Ihr, Fydel, mich sofort rufen.« Jesleks Augen blitzten. »Ist das klar?«

»Ja, Erzmagier.« Fydels Stimme klang beinahe überdrüssig.

»Und Ihr, Cerryl, werdet Elparta wiederaufbauen, damit es uns im nächsten Jahr als Stützpunkt für den Angriff dienen kann. Die Piere am Fluss müssen erneuert werden und Ihr sollt Unterkünfte für fünfzig Züge Lanzenreiter und zweihundertfünfzig Züge Rekruten schaffen.«

Cerryl nickte. *Zweihundertfünfzig Züge?* »Wie sieht es mit Vorräten und Geld aus?«

»Ihr werdet genau wie Fydel tausend Goldstücke bekommen. Proviant und Vorräte müsst Ihr hier vor Ort beschaffen. Die Gilde wird weiterhin die Lanzenreiter bezahlen, aber der Sold wird wie üblich einbehalten, bis sie nach Fairhaven zurückkehren.«

Cerryl wäre beinahe zusammengezuckt. Die Tatsache, dass der Sold einbehalten wurde, würde bei den Lanzenreitern nicht gerade auf begeisterte Zustimmung stoßen, und das bedeutete wiederum, dass er mit Schwierigkeiten rechnen musste, wenn er im Ort und unter den Einheimischen für Ruhe und Ordnung sorgen wollte.

»Die Männer brauchen etwas Geld«, sagte Fydel schließlich leise.

»Ihr könnt Euer Gold einsetzen, wie Ihr es für richtig haltet.« Jeslek zuckte mit den Achseln. »Abgesehen von den Lanzenreitern aus Hydlen werde ich alle Rekruten entlassen. Zehn Züge nehme ich mit mir, damit habt Ihr hier noch fünfundzwanzig Züge.« Mit hartem Blick sah der Erzmagier Fydel an.

Sie haben also bis zur Einnahme Elpartas fünfzehn Züge Lanzenreiter verloren? Cerryl schürzte nachdenklich die Lippen. *Fünfzehn Züge? Dieser Brede ist besser, als jeder hier zugeben würde.*

»Wie Ihr befehlt, Erzmagier«, antwortete Fydel höflich.

»Ich werde die Münzen und die Bewaffneten auftreiben, die wir brauchen, um im Frühling den Rest Spidlars einzunehmen. Ich werde mich persönlich darum kümmern.« Jesleks goldene Sonnenaugen funkelten nicht, sondern wirkten kalt und leblos wie die einer Schlange. »Anya wird mich den Winter über bei den Vorbereitungen unterstützen.«

Anya vermied es nach wie vor, Fydel oder Cerryl direkt anzusehen.

»Ihr könnt jetzt alle gehen.« Mit einem nicht ganz aufrichtigen, nur äußerlich zufriedenen Lächeln erhob sich Jeslek. »Ihr habt noch viel zu tun, bis Anya und ich aufbrechen.«

Cerryl trank noch einen letzten Schluck vom Wein, den er bisher kaum gekostet hatte, dann erhob er sich noch vor den beiden anderen.

Jeslek blieb am Tisch stehen. Der Unteroffizier schloss hinter den drei Magiern die Tür des Studierzimmers.

Draußen hielt Anya sich dicht neben Cerryl, als er den Flur hinunter in den Vorraum ging. Der Duft von Trilia und Sandelholz begleitete sie wie immer. »Ihr seid nicht mehr der junge Cerryl, den man früher kannte.«

War ich das jemals? »Warum sagt Ihr das?« Cerryl nahm seine fleckige weiße Jacke vom Haken und schlüpfte hinein.

»Der Weinkelch zum Beispiel. Ihr habt keine Sekunde gezögert. Oder die direkte Frage nach Vorräten.« Anya lächelte. »Ich finde Euch anregender denn je, Cerryl.«

Cerryl erwiderte Anyas Lächeln so breit und falsch, wie sie es verdient hatte. »Ihr schmeichelt mir, denn Ihr seid weitaus anregender als ich.«

»Oh, nun hört schon auf mit diesen gegenseitigen Schmeicheleien«, schnaubte Fydel. »Ihr seid beide so falsch wie ein Schmuckstück aus Blech.«

»Cerryl wird Euch sehr nützlich sein, Fydel«, antwortete Anya mit berückendem Lächeln. »Ihr könnt nach Belieben die Blauen jagen, während er sich über Maurer und Ziegelsteine und Balken den Kopf zerbrechen muss. Und darüber, wie man in der Stadt für Ruhe und Ordnung sorgt.«

Cerryl wünschte sich, es wäre tatsächlich so einfach, aber er hatte seine Zweifel. Erhebliche Zweifel.

Fydel schnaubte noch einmal. »Es wird ein langer Winter, gleichgültig, was wir tun.«

»Ihr zwei werdet das schon schaffen«, meinte Anya mit einem letzten strahlenden Lächeln.

Cerryl verabschiedete sich von der rothaarigen Magierin und von Fydel mit einem höflichen Kopfnicken, dann ging er in den klaren, kalten Nachmittag hinaus. Trotz des frischen Windes hing noch immer der Gestank des Todes über der Stadt.

Während er auf seinem Wallach zurückritt, fragte Cerryl sich, wie er all das schaffen konnte, was Jeslek ihm aufgetragen hatte. *Will er etwa, dass du versagst? Schon wieder?* Der braunhaarige Magier nickte und starrte ins Leere, während das Pferd ihn zu seinem Quartier trug.

XXX

Cerryl betrachtete das leere Pergament auf dem Ecktisch, dann starrte er zum Fenster. Die Läden waren geschlossen, draußen war es inzwischen völlig dunkel. Im Haus, das er beschlagnahmt hatte, war es ruhig. Mit Ausnahme der Wachtposten lagen die meisten Lanzenreiter, die in den Nachbargebäuden untergebracht waren, vermutlich längst in tiefem Schlaf.

Die Öllampe zischte, spuckte und zischte wieder. Er betrachtete sie und fragte sich, ob sie leer war, aber das Zischen hörte auf und die Lampe warf wie zuvor ihren stillen, gelben Schein auf das leere, fahle Pergament.

Der Weiße Magier unterdrückte ein Gähnen. Es kam ihm vor, als wäre er vom Morgengrauen bis spät in den Abend pausenlos unterwegs gewesen ... so viele Dinge, an die er nie gedacht hätte, waren zu regeln. Nicht nur Vorräte und Futter, sondern auch Werkzeuge wurden gebraucht, eine Waffenschmiede, sogar um Nägel und Bolzen musste er sich kümmern. Wie ersetzte man Deckenbalken, wenn man nichts hatte, um sie zu befestigen? Holznägel waren der einzige Ersatz, aber damit konnten ungeschickte Lanzenreiter und Bauern nicht viel anfangen.

Er rieb sich die Stirn und starrte wieder auf das Pergament.

Erst zum zweiten Mal in beinahe drei Jahreszeiten konnte er Leyladin einen Brief schreiben, der sie sicher erreichen würde, weil am Morgen ein Bote mit einer

Eskorte von Lanzenreitern nach Fairhaven aufbrechen würde. Doch er hatte überhaupt keine Vorstellung, wie er beginnen sollte. Oder vielmehr, er hatte viel zu viel zu sagen, um es in einen einzigen Brief zu pressen.

Schließlich begann er zu schreiben. Lächelnd malte er die erste Zeile.

Meine liebste Leyladin …

Danach flossen die Worte leichter, sodass es nicht lange dauerte, bis er sich einen zweiten Bogen nehmen musste. Nach einer Weile hielt er inne, und schließlich hatte er den Docht der Lampe zweimal nachgestellt, ehe er am Ende des zweiten Blattes unterzeichnete und sein Werk zum Trocknen beiseite legte.

Er rieb sich die Stirn und blieb noch ein wenig im stillen Studierzimmer sitzen. Draußen unterhielten sich leise die beiden Lanzenreiter, die zum Wachdienst eingeteilt waren. Schließlich nahm er das erste Blatt wieder zur Hand und überflog noch einmal, was er geschrieben hatte:

… haben hier gute Quartiere, wenngleich ich angesichts der Art und Weise, wie wir zu ihnen gekommen sind, etwas beunruhigt bin. Ich war genau genommen nicht dafür verantwortlich … so lange her, dass wir ein Dach über dem Kopf hatten, das diesen Namen auch verdient … immer an dich gedacht … wie du meinem letzten Brief und meinen kurzen Blicken durchs Spähglas ja entnehmen konntest … nicht aufdringlich sein … dich aber vermisst … mehr als ich je gedacht hätte …

Er schüttelte den Kopf. Das war nicht ganz wahr. Sie war ihm sogar schon wichtig gewesen, bevor er sie überhaupt kennen gelernt hatte. *Was hat dich zu ihr hingezogen … und sie zu dir? Ordnung und Chaos? Die Suche nach einer Art von Ausgleich?*

Nach kurzem Überlegen las er weiter:

… Elparta in unseren Händen und ich soll es zu altem Wohlstand wiederaufbauen, aber es gibt nur wenige Maurer und Schreiner unter den Lanzenkämpfern, und unter den armen Seelen, die den Fall der Stadt überlebt haben, findet sich kaum ein Handwerker … einen Maurerlehrling mit zerschmetterter Hand konnte ich ausfindig machen, außerdem einen alten Kerl, der einmal Zimmermann war … so wenig ich auch selbst weiß, es ist immer noch mehr, als viele der Männer wissen, die ich anleiten muss …

… den ersten leichten Schneefall gehabt, es verspricht ein kalter Winter zu werden. Ich schaudere bei dem Gedanken, wie es am Strand des Nordmeeres aussehen mag …

… keine Ahnung, wann wir nach Fairhaven zurückkehren werden. Es könnte bis zum nächsten Jahr dauern, wenn nicht noch länger …

Noch länger? Er hätte am liebsten mit der Faust auf den Tisch geschlagen oder seinem Unmut auf andere Weise Luft gemacht. Es lief einfach niemals so, wie er es sich vorgestellt hatte.

Selbst mit Leyladin vertraut zu werden hatte viel mehr Zeit in Anspruch genommen, als er sich je ausgemalt hätte.

… wie lange es auch dauert, du weißt, was ich empfinde und wie stark meine Gefühle sind. Worte in einem Brief können nicht vermitteln, was ich fühle, und deshalb versuche ich lieber gar nicht erst, die Worte aufs Papier zu bannen …

Und außerdem weißt du im Gegensatz zu Leyladin nicht, welche Augen deine Briefe sehen. Sie – oder Layel – hatte eigene Wächter geschickt, die ihm ihren Brief überbracht hatten. Er bewahrte ihn zwischen seinen Sachen auf wie einen Schatz und las die mit grüner Tinte geschriebenen Worte immer wieder.

Er gähnte noch einmal, rollte das Dokument zusammen, erhitzte das Siegelwachs über der Öllampe und versiegelte den Brief. Er würde zusammen mit den nächsten Meldungen an Jeslek nach Fairhaven geschickt werden.

Dann blies er die Lampe aus und wandte sich zur Treppe. Der nächste Morgen würde bald kommen, kalt wie die letzten.

XXXI

Cerryl trat von der überdachten Veranda seines Quartiers in den leichten, kalten Regen hinaus. Über einen kurzen, mit Ziegeln gepflasterten Gang erreichte er die Unterkunft der Maurer direkt hinter der Einfriedung seines Amtssitzes. Eine Hand voll Lanzenreiter tummelte sich um einen Wagen, der von einem einzigen, knochendürren Pferd gezogen wurde.

Der Regen – kleine Tropfen, die hart auftrafen, als wären sie in der Luft zu Eis gefroren –, ging mit einem leicht säuerlichen Geruch einher. Oder vielleicht zog die Feuchtigkeit auch umgekehrt den Gestank der letzten Plünderungen und Morde aus dem Boden. Cerryl runzelte die Stirn, als er das Murren hörte.

»Werkzeug … was sollen wir damit anfangen?«

»Schlimmer als der Streifendienst auf der Straße …«

»Achtung, der Magier!«, rief jemand.

Die Lanzenreiter wichen zurück, Hiser löste sich aus der Gruppe der Reiter und zügelte sein Pferd neben dem Wagenpferd. »Wir haben etwas Werkzeug bekommen, Ser. Es liegt hier im Wagen und ein paar Fensterläden sind auch dabei. Fensterläden – wir müssen auf dieser Seite der Gebäude sämtliche Fensterläden ersetzen. Irgendein Narr hat sie so heftig aus den Scharnieren gerissen, dass das Holz gesplittert ist.«

»Es war sowieso verfault«, widersprach Ferek, der

sich zu Hiser gesellt hatte. »Die halbe Stadt ist verfault. Zu viel Regen. Hier regnet es ja jeden Tag.«

»Ich habe Männer ausgeschickt, die von Häusern, die nicht mehr bewohnbar sind, die Läden ausbauen«, erklärte Hiser.

Cerryl sah die beiden Männer an, die neben dem Wagen standen.

»Aber diejenigen, die wir haben, müssen zugeschnitten werden«, erklärte ein stämmiger Lanzenreiter. »Wir haben hier eine Säge, mit der es vielleicht geht.«

Cerryl betrachtete die Säge, dann schüttelte er den Kopf. »Damit geht es nicht. Das ist eine Schrotsäge. Wir brauchen eine mit kleineren Zähnen, etwa halb so groß.«

»Eine Schrotsäge?« Ferek riss verwundert die Augen auf.

Hiser grinste, nahm sich aber sofort wieder zusammen.

»Eine Schrotsäge dient zum Vorschneiden von Bohlen. Dabei sägt man mit dem Strich, nicht dagegen. Wenn Ihr mit diesen groben Zähnen die Fensterläden quer zur Faser schneiden wollt, dann werdet Ihr das Holz beinahe so übel zurichten wie die Fensterläden, die nicht mehr brauchbar sind.« Er trat an den Wagen und betrachtete die Gerätschaften auf der Ladefläche: Hämmer, Äxte, Brecheisen, Schlegel und in einer Ecke mehrere Sägen. Er zog eine kleinere hervor. »Seht Ihr? Diese hier hat feinere Zähne, die dichter beisammen stehen. Nehmt die hier, um die Fensterläden zuzuschneiden.«

Es wäre schneller gegangen, wenn er es gleich selbst gemacht hätte, aber er konnte sich nicht aufteilen. Wenn sie erst so weit waren, dass sie selbstständig erkannten, welche Werkzeuge man zu welchem Zweck verwenden musste, würden sie mehr schaffen. Er konnte ihnen nicht die Arbeit abnehmen, denn dann bliebe ihm keine Zeit mehr für die Aufgaben, für die er wirklich zuständig war.

»Ihr habt den Kommandanten gehört«, fauchte Ferek.

»Wir sind Lanzenreiter, keine Handwerker«, murrte einer, der in der Nähe des Wagens stand. »Ich bin doch nicht nach Spidlar geritten, um eine Säge zu schwingen.«

»Wirklich nicht?«, fragte Cerryl und ließ einen winzigen Blitz von Chaos-Feuer auf den Nörgler los.

»Entschuldigung, Ser!« Der Lanzenreiter nahm Haltung an.

Cerryl schüttelte den Kopf. *Wie viele mögen noch so sein wie er? Nicht bereit, etwas zu tun, wenn sie glauben, sie würden dadurch an Ansehen verlieren?*

»Und sorgt auch dafür, dass die Dächer geflickt werden«, erinnerte Cerryl Ferek, bevor er sich an Hiser wandte. »Ihr nehmt einen Trupp mit und begleitet mich zu den Pieren am Fluss. Ich werde nachher ausreiten. Die Piere müssen instand gesetzt werden, wenn wir Vorräte aus Gallos löschen wollen.«

»Ja, Ser.«

Cerryl kehrte in sein Quartier zurück, dann ging er in den Stall und sattelte den Wallach. Er musste die Piere am Fluss genauer untersuchen, um festzustellen, welche Arbeiten dort nötig waren, damit die Flusskähne im Frühling ihre Waren abladen konnten. *Oder werden sie früher kommen?* Soweit er es beurteilen konnte, hatten sie nur noch Vorräte für ein paar Achttage. Er wollte nicht die Umgebung plündern, wenn es sich vermeiden ließ.

Er tätschelte den Hals des Wallachs und führte ihn in den Hof, wo er aufstieg. Aus dem Gebäude der Lanzenreiter waren die Geräusche einiger Hämmer und einer Säge zu hören. Cerryl gestattete sich ein schmallippiges Lächeln.

»Bereit, Ser«, sagte Hiser, der mit seinem Trupp Lanzenreiter zu ihm kam.

Cerryl nickte und zog sein Pferd herum.

»Die Männer sind nicht gerade froh darüber, dass sie die Häuser Elpartas reparieren müssen.«

»Im Augenblick ist niemand sonst da, der es tun könnte«, schnaubte Cerryl. Er hatte laut gesprochen, damit die Männer ihn hörten. »Es regnet fast jeden Tag und wir haben die meisten gesunden einheimischen Arbeiter vertrieben, wie es scheint. Diejenigen, die sich in der Nähe versteckt halten, werden wir nicht finden, und der Winter naht. Wir sind in diesen Krieg gezogen, weil Spidlar und die Händler die Gebühren nicht bezahlen. Woher bekommen wir nun das Geld, um die Arbeiter und Handwerker zu bezahlen?«

»Kann der Erzmagier nicht einfach ein paar abkommandieren?«

»Wie denn? Der Präfekt von Gallos oder der Vicomte finden immer wieder einen Weg, sich davor zu drücken, oder man schickt uns Leute, die noch schlechter geeignet sind als unsere Lanzenreiter und die Gilde Geld kosten, das wir nicht haben. Wenn wir Handwerker aus Fairhaven holen, müssen wir sie bezahlen. Wenn wir sie nicht bezahlen, verschwinden sie einfach, aber sie werden nicht nach Fairhaven zurückkehren, und dann haben die Leute daheim auch keine Handwerker mehr.«

Hiser warf Cerryl einen eigenartigen Blick zu, aber er nickte nur und schwieg.

Cerryl verstand den Gesichtsausdruck. Der Unteroffizier fragte sich, warum der Erzmagier den Krieg überhaupt angefangen hatte.

»Deshalb wollte der Erzmagier auch nicht die Chaos-Energie gegen Elparta einsetzen«, erklärte Cerryl. *Und jetzt hast du die Aufgabe, die Stadt wieder in Ordnung zu bringen. Vielleicht hatte Anya doch Recht. Vielleicht war es besser, schnell und entschieden vorzugehen.* Er atmete tief durch. *Und vielleicht gibt es Fragen, für die man keine guten Antworten finden kann.*

Die Hauptstraße westlich des Flusses war weitgehend von heruntergefallenen Steinen, Balken und Ziegeln geräumt worden, dennoch wirkte die Stadt verlassen. Cerryl sah nur einen Hund, einen braunen Köter, der den Schwanz zwischen die Hinterbeine klemmte und in einer Gasse verschwand, als die Reiter näher kamen.

Die mittleren Tore am Fluss waren wieder in die Scharniere gehängt worden – vielleicht waren sie auch gar nicht erst herausgefallen – und zu den Pieren hin geöffnet. Von dort unten wehte trotz des anhaltenden Regens ein übler Gestank herauf – eine Mischung aus faulenden Blättern, totem Fisch und anderen verwesenden Stoffen – und Schlamm. Auf den gesplitterten und zerbrochenen Planken, aus denen die Piere gebaut waren, vor den rissigen Stadtmauern am Fluss, rings um die steinernen Pfosten, auf denen die Piere geruht hatten, überall hatte sich Schlamm aus dem Fluss aufgetürmt. Cerryl konnte jedoch spüren, dass die Fundamente der Piere unter all dem Schlamm noch stabil waren.

Jesleks Überschwemmung – oder was es auch gewesen war – hatte vor den massiven Fundamenten Massen von Unrat aufgetürmt, sodass der Fluss jetzt mehr als zehn Ellen von den Pieren entfernt verlief.

Cerryl betrachtete das Durcheinander von Bohlen, Steinen und Dreck. Konnte er die Chaos-Energie einsetzen oder die Ordnung weit genug lockern, wie er es vor einiger Zeit auf der Wiese getan hatte, damit der Fluss den Schlamm wegschwemmte?

»Es wird schwer, sie wieder aufzubauen«, murmelte Hiser.

Cerryl stieg ab und reichte dem Unteroffizier die Zügel seines Wallachs. Der Magier ging nach vorn in Richtung Fluss, dann zu dem riesigen Steinhaufen, der einmal eine Mauer gewesen war. Dort konzentrierte er sich und versuchte, die Fäden der Ordnung zu lockern und sie unter die Fundamente der Piere und bis zu den Flussmauern zu verlagern, sodass der Schlamm vor den Steinpfosten seine Ordnung verlor.

Mit einem schlürfenden Geräusch verlagerte sich der

Schlamm ein wenig, dann schien er in sich zusammenzusacken. Blasen stiegen aus der braunen Brühe auf.

Cerryl legte die Hände vors Gesicht und blieb eine Weile auf einem großen Stein sitzen, weil schon wieder Sterne vor seinen Augen tanzten.

Der Regen fiel inzwischen stärker aus Wolken, die dunkler geworden waren. Cerryl bemerkte dies ebenso wenig wie die Tropfen, die als kleine Eisnadeln von seiner gefetteten Lederjacke abprallten.

Endlich stand er wieder auf und ging an der eingestürzten Flussmauer entlang zu Hiser und dem Trupp Lanzenreiter, die ihn schon erwarteten. Hiser starrte den Schlamm und das Wasser des Flusses an, das dunkler schien als zuvor.

Cerryl saß auf und sein Blick folgte dem des Unteroffiziers. Es sprudelte und gurgelte, während der Fluss den Schlamm von den Steinpfosten der Piere und den Fundamenten spülte. Cerryl nickte zufrieden, dann massierte er sich wieder die Stirn. *Ich hätte vorher etwas essen sollen.*

»Der Schlamm verschwindet …«

»Kaum zu glauben …«

Cerryl blinzelte und wandte sich an Hiser. »Wir brauchen Bretter, um die Piere anzulegen, und ein paar Stämme oder Pfosten für die …«

»Poller«, half ihm jemand aus.

»Ja, Poller«, stimmte Cerryl zu. Er drehte sich um.

Ein drahtiger Mann in zerlumpter grauer Kleidung stand etwa zehn Ellen rechts neben Cerryl an der eingestürzten Mauer. Hiser hatte auf einmal einen Säbel in der Hand.

»Seid gegrüßt, Ser Magier. Ihr wollt die Piere instand setzen?«

Cerryl nickte.

»Ihr solltet Eure Tricks vielleicht lieber einsetzen, um die Blockade flussaufwärts zu beheben, denn sonst habt Ihr über kurz oder lang wieder den gleichen Schlamm hier an den Pieren.«

Eine Blockade? Cerryl blickte flussaufwärts und sah eine Barriere oder eine Sandbank, die sich ein wenig westlich der Flussmitte aus dem Wasser erhob.

»Das Wasser kommt da um die Biegung und teilt sich … was langsam schwimmt, gelangt weiter nach Osten«, erklärte der dürre alte Mann, als müsste den Zuhörern klar sein, was er meinte.

»Habt Ihr früher die Piere beaufsichtigt?«

»Ich? Ach, was. Jidro heiße ich, zu Euren Diensten. Vor ein paar Jahren war ich der leitende Bootsmann auf Virots Flusskähnen.«

Cerryl überprüfte den Mann mit den Ordnungs- und Chaos-Sinnen und nickte. »Sucht Ihr Arbeit? Wollt Ihr die Piere wieder aufbauen und danach die Aufsicht führen?«

»Ach, und wenn Euch nicht gefällt, was ich mache, verbrennt Ihr mich zu Asche, was?«

»Ich mache das nur, wenn jemand mich belügt oder angreift.«

Jidro grinste. »Na ja, ich werde ja sowieso nicht ewig leben, und es wäre schön, wenn hier alles wieder in Ordnung käme. Aber ich brauche einen von Euren Lanzenreiter-Unteroffizieren, weil auf einen alten Knacker wie mich niemand hören würde.«

Cerryl grinste und blickte nachdenklich zu Hiser. Ferek war zu steif. »Hiser … findet heraus, was Jidro für uns tun kann.«

»Äh … ja, Ser.« Das Gesicht des blonden Unteroffiziers zeigte eine Mischung aus Entsetzen und Erleichterung.

Wieder einmal konnte Cerryl nur hoffen, die richtige Entscheidung getroffen zu haben. *Hoffen, immer nur hoffen … und ganz sicher war man erst, wenn es zu spät war.*

XXXII

Cerryl stand am Ende des Tisches. Der Wirkung halber trat er noch einen Schritt zurück und sah der Reihe nach Teras, Ferek und Hiser an. Senglat war nicht da. *Wahrscheinlich zu Fydel geschlichen.* »Der Mann soll draußen vor dem Tor an einen Pfosten gebunden werden. Alle Lanzenreiter treten zu Fuß auf der Straße an.«

»Sofort?«, fragte Teras.

»Sofort. Ich komme hinaus, sobald er an den Pfosten gebunden ist. Ihr könnt jetzt gehen und die Vorbereitungen treffen.« *Du klingst schon wie Jeslek.* Cerryl hätte beinahe ärgerlich das Gesicht verzogen, aber er beherrschte sich und ließ sich nichts anmerken, bis das kleine Studierzimmer leer war, bis er allein war mit seinen Gedanken und dem leichten Verwesungsgeruch, der wahrscheinlich erst nach Jahren völlig verschwinden würde.

Das Gemurmel des Offiziers und der Unteroffiziere war laut genug, dass er es hörte, aber leise genug, dass er die Worte nicht verstand. Doch das spielte keine Rolle. Der Lanzenreiter war unmittelbar nach der Ermordung einer Einheimischen erwischt worden, die sich seinen Wünschen nicht hatte fügen wollen. Anschließend hatte der Kerl Cerryl frech belogen und den Mord abgestritten.

Der zierlich gebaute Magier schüttelte den Kopf. Wenn er den Mann davonkommen ließ, würde seine Befehlsgewalt über die Lanzenreiter untergraben werden, bis er etwas sehr Drastisches tun musste, um sie zurückzugewinnen. *Anya hatte Recht … wenigstens, was Situationen wie diese anging.*

Als er sah, dass der Gefangene aus der behelfsmäßigen Zelle im Keller des Mannschaftsquartiers nach draußen geführt wurde und die Lanzenreiter sich aufstellten, zog Cerryl die Jacke an und trat in den kalten, windigen Tag hinaus.

Der Mann war inzwischen an einen Pfosten gefesselt worden, den man zwischen zwei große Pflastersteine geklemmt und mit weiteren Steinen abgestützt hatte. Er war geknebelt und blickte Cerryl böse an. Wenn er es ernstlich versucht hätte, dann hätte der Mann möglicherweise den Pfosten aus der Verankerung reißen können, aber dann wäre er immer noch an ein schweres Stück Holz gefesselt gewesen.

»Die Männer sind alle hier ... jedenfalls alle, die wir so rasch finden konnten«, meldete Teras. Seine Stimme übertönte mühelos den leise heulenden Wind.

»Danke.« Cerryl räusperte sich und entschloss sich, noch einen Augenblick zu warten, weil er Hufschläge hörte. Ein leichtes Lächeln spielte um seine Lippen, als er das Chaos spürte, das die beiden Reiter begleitete.

Fydel kam, in Begleitung von Senglat, herbeigaloppiert. Das Gesicht des Magiers mit dem eckig gestutzten Bart war ungesund gerötet. Er stieg ab und marschierte zu Cerryl. Er sprach leise, damit seine Stimme nicht zu weit zu hören war. »Ich bin für die Lanzenreiter und das, was sie tun, verantwortlich.«

»Ich bin für die Stadt verantwortlich«, gab Cerryl leise zurück. »Euer Lanzenreiter hat die Ordnung gestört und die Lanzenreiter sind auch in Fairhaven den Weisungen der Stadtwache unterworfen. Das ist hier nicht anders.«

»Warum tut Ihr das?«, fragte Fydel. »Ich werde das nicht zulassen.«

Cerryl hob die Schilde und sammelte Chaos um sich, ehe er ebenso leise antwortete. »Ihr werdet mich nicht aufhalten, Fydel.« Er lächelte, als der ältere Mann einen Schritt zurückwich.

»Jeslek wird davon hören.«

»Ganz sicher wird er das. Es ist ihm egal. Für ihn zählen nur Ergebnisse. Er will, dass Elparta wieder aufgebaut wird und die Leute Handel treiben und Steuern zahlen. Wenn ich das auf meine Art erledigen kann, spielt Eure Beschwerde keine Rolle. Wenn nicht«, Cerryl lächelte ironisch, »ist Eure Beschwerde unbedeutend im Vergleich zu meinem Versagen.«

»Ihr seid noch schlimmer als Anya.«

»Mag sein. Und jetzt … würdet Ihr etwas zurücktreten und mich fortfahren lassen? Es wäre sicher klug, wenn Ihr hier keine Szene machen würdet.«

»Jeslek wird ganz gewiss von meinem Unmut erfahren.«

»Da bin ich mir sicher … falls Ihr Euch entscheidet, es ihm mitzuteilen. Falls Ihr nach gründlichem Nachdenken immer noch meint, dies wäre klug.« Cerryl trat vor, ohne weiter auf Fydel zu achten, und konzentrierte sich auf den Lanzenreiter am Pfahl. Er hob die Stimme. »Ich habe Befehl gegeben, dass keinem Mann, keiner Frau und keinem Kind in dieser Stadt ein Haar gekrümmt wird, wenn nicht einer von euch vorher angegriffen wurde. Dieser Mann hat nicht nur eine Frau geschlagen und dann getötet, sondern mich auch noch angelogen. Sie hat ihn nicht bedroht; sie wollte sich einfach nicht von ihm missbrauchen lassen. Er hat nicht gehorcht und er hat gelogen. Dafür wird er den Preis bezahlen.« Cerryl nickte entschlossen und sammelte das Chaos um sich.

Jetzt erst begann der Lanzenreiter aufzubegehren, er stemmte sich gegen die Seile und den Pfosten, weil ihm bewusst geworden war, dass der Magier ihn tatsächlich töten wollte.

Die Feuerkugel umfing den Verurteilten, eine Stichflamme loderte auf und fettiger schwarzer Rauch stieg zum Himmel. Wenige Augenblicke später wehten nur noch weiße Ascheflocken durch die kalte Luft.

Cerryl wandte sich mit einem Nicken an Teras. »Ihr könnt die Männer entlassen.« Dann richtete er den Blick auf Senglat, der auf dem Pferd sitzen geblieben war. »Ihr seid ebenfalls entlassen, Hauptmann.«

Senglat sah unsicher zwischen Cerryl und Fydel hin und her, dann schlug er die Augen nieder. »Ja, Ser.«

Cerryl blieb aufrecht stehen, bis die Lanzenreiter sich entfernten und Senglat sein Pferd zu den behelfsmäßigen Stallungen am Ende der Straße geführt hatte.

»... meint, was er sagt.«

»... andere Magier sah aus, als hätte der Kleine ihn in den Hintern ...«

»... hat Hiser ja gleich gesagt, dass er ein harter Bursche ...«

»... aus der Stadtwache geworfen, weil er zu hart ... mir Yurit erzählt ...«

Cerryl sah Fydel an, dessen Gesicht nicht mehr vor Wut gerötet, sondern kreidebleich war.

»Ich verstehe jetzt, warum Isork Euch nicht mehr in der Stadtwache haben wollte.«

»Wirklich?« Cerryl drehte sich um. Er hatte schon wieder Kopfschmerzen und fühlte sich erschöpft, wenngleich eher seelisch als körperlich.

Fydel öffnete den Mund, aber dann schluckte er die Bemerkung herunter. Es dauerte eine Weile, ehe er wieder das Wort ergriff. »Ihr könnt die Dinge nicht so hinnehmen, wie sie sind. Ihr wollt die Dinge dahingehend verändern, wie Ihr es Euch vorstellt. Die Männer sind aber nicht, wie sie sein sollten, sondern sie sind, wie sie sind.«

»Wir können nicht zulassen, dass sie sich so übel aufführen«, antwortete Cerryl. »Das dürfen wir nicht und sie dürfen es auch nicht.« *Aber was war besser als übel?* Er wünschte, er wüsste es.

Cerryl ließ Fydel und sein Pferd einfach stehen und kehrte langsam zu seinem stillen Quartier zurück, vor dem zwei Lanzenreiter Wache hielten.

Gewalt ... vielleicht hatte Anya wirklich Recht, aber das hieß nicht, dass Cerryl sich darüber freuen musste. Nein, das hieß es sicher nicht.

XXXIII

Schneewehen hatten sich an der Steinmauer auf der Ostseite der Straße gesammelt, Schneeflocken tanzten im leichten Winterwind über den weißen Flächen. Hinter den Steinen standen junge Bäume, dazwischen lugten die Stümpfe von drei älteren Bäumen hervor. Die Hufschläge des Zuges, der Cerryl nach Norden begleitete, hallten laut auf dem gefrorenen Lehm der Straße.

Jenseits der Böschung auf der Westseite der schmalen Straße gurgelte ein Bach. Die Ufer waren mit Eis überkrustet, aber in der Mitte floss dunkles, klares Wasser. Flecken von Schnee lagen auf dem Feld hinter dem Bach, weiter hinten erhoben sich Bäume mit winterlich grauen Blättern.

»Es ist gleich hinter der nächsten Kurve«, verkündete Hiser.

Als er die sanfte Kurve zur Hälfte hinter sich hatte, beugte Cerryl sich im Sattel vor. Im Osten zweigte eine kleinere Straße ab, die sich neben dem Bach durch die Hügel schlängelte. Straße und Bach liefen hier mitten durch ein Feld, vom Bach ging ein Mühlbach ab und das aus unbearbeiteten Brettern gezimmerte Gebäude daneben musste die Sägemühle sein. Links neben der Sägemühle stand eine große Scheune, oberhalb von beiden Gebäuden am Hang befand sich das Wohnhaus, aus dessen Schornstein eine dünne Rauchfahne stieg.

Die Anordnung der Mühle und der Nebengebäude erinnerte Cerryl an Dylerts Mühle, wo er nach der Zeit im Bergwerk eine Weile gelebt hatte. Irgendwie kamen ihm diese Gebäude vertraut vor, obwohl er sie nie zuvor gesehen hatte.

Auf der Straße, die zur Mühle und zum Wohnhaus führte, waren frische Spuren, doch die Gebäude waren verrammelt und die Türen gesichert. Auf einem freien

Stück Feld vor dem niedrigen, einstöckigen Wohnhaus war die Fährte eines Hundes zu erkennen, aber das Tier ließ sich nicht blicken. Die Wände waren nass, das Dach eingesunken.

Cerryl schüttelte den Kopf, als er in Gedanken das Gebäude mit Dylerts Mühle verglich. »Lasst uns nachsehen, ob jemand hier ist.«

Hiser gab nickend einen Befehl und einer der Lanzenreiter stieg ab, legte eine Hand auf den Säbelknauf und klopfte an. Cerryl wartete, aber niemand öffnete.

»Versuche es noch einmal und sage dazu, wer Ser Cerryl ist«, befahl Hiser.

Der Lanzenreiter gehorchte. »Ser Cerryl, der Stadtkommandant von Elparta.«

Auch dieses Mal blieb die Tür geschlossen.

Cerryl konnte kein Chaos spüren, aber er fühlte sich wie auf dem Präsentierteller. Andererseits ging ihm das im Grunde fast ständig so. »Ich bin Cerryl und ich bin ein Weißer Magier. Ich werde Euch nichts tun, wenn Ihr Euch sehen lasst.«

Die Tür wurde einen Spalt weit geöffnet. Cerryl konnte schwere Ketten erkennen.

»Ja, Ser?«

»Kommt nur heraus. Wenn ich wollte, dann könnte ich ohnehin die Tür niederbrennen, aber das würde uns beiden nichts nützen.«

Hiser verkniff sich ein Grinsen.

Zögernd trat der bärtige Sägewerksmeister nach draußen in den kalten Wind. Hinter sich schloss er die Tür sogleich wieder. »Die Mühle ist außer Betrieb, bis zum Frühjahr bekommen wir kein Holz mehr herein.«

Cerryl betrachtete den bärtigen Handwerker, dann nickte er Hiser zu, stieg ab und ging zu dem Mann hinüber. Es gefiel ihm nicht, aber es war notwendig. Er zog aus der Umgebung Ordnung und Chaos in gleicher Menge zusammen und ließ es um sich wabern. Mit grauen Augen sah er den Sägewerksmeister fest an.

Dieser riss die grünen Augen auf und starrte erschrocken und verlegen auf den hart gefrorenen Boden.

»Wir wollen uns Eure Sägemühle ansehen.«

Der Sägewerksmeister blickte zu dem Zug Lanzenreiter und dann zu Hiser, der ihn genau im Auge behielt. »Äh … wie Ihr wünscht, Ser Magier.«

Zwei Lanzenreiter übernahmen mit blank gezogenen Säbeln die Führung, während der schwerfällige, große Handwerker über den gefrorenen roten Lehm zur Brettertür in der Mitte des Gebäudes stapfte. Er öffnete sie und hielt inne. »Es ist dunkel da drinnen, wir haben nur eine Lampe und keinen Anzünder.«

»Hebt die Laterne«, sagte Cerryl trocken. Als der Mann gehorchte, setzte Cerryl den Docht mit einer winzigen Chaos-Entladung in Brand.

Die Laterne brannte hell, der Sägewerksmeister schluckte schwer.

»Hinein«, drängte Cerryl.

Einer der Lanzenreiter nahm dem Handwerker die Laterne ab und betrat die Mühle. Der Meister folgte ihm, dann kam Cerryl.

Cerryl betrachtete den mit Sägemehl bedeckten Boden. Seit dem Herbst oder vielleicht auch seit dem Sommer war hier nicht mehr aufgeräumt worden. Die Säge war mit geölten Lumpen abgedeckt, die wenigen Regalbretter daneben waren leer.

»Und jetzt das Lager, die Scheune.« Cerryl deutete zum Nebengebäude.

Mit tiefen Seufzern drehte sich der Meister um und ging über die Zufahrt zur Schiebetür der Scheune. Der bärtige Mann musste einige Male an den Riegeln rütteln, ehe sie sich öffnen ließen, damit er die Schiebetür öffnen konnte.

Ein Drittel der Regale enthielten Bretter, die meisten nicht sehr groß, dazu etwa zwei Dutzend schwere Eichenbohlen, die als Belag für die Piere geeignet sein mochten. Nachdem Cerryl die Planken überprüft hatte, drehte er sich um und verließ die Scheune wieder. Er wartete, bis der Meister das Lager verschlossen hatte. Begleitet vom heulenden Wind, kehrten die drei zum Wohnhaus und den Lanzenreitern zurück, die noch auf den Pferden saßen.

Vorm Haus wandte Cerryl sich noch einmal an den bärtigen Mann. »Wir brauchen Bauholz. Mehr als das, was Ihr hier habt. Ihr braucht Eure Mühle. Ihr habt kein Holz mehr zum Schneiden, aber der Bach führt genug Wasser, um die Sägemühle zu betreiben. Das Eis ist nicht sehr dick und Ihr habt sowieso ein unterschlächtiges Mühlrad. Es ist gebaut, um auch im Winter in Betrieb zu sein.«

»Äh … ja.« Der Meister sah Cerryl verwundert an.

»Ich habe einmal in einer Mühle gearbeitet. Habt Ihr einen Wagen und Zugpferde?«

»Ja, Ser.« Der Sägewerksmeister blickte kurz zum Nebengebäude, das westlich vom Haupthaus stand.

»Dann werdet Ihr den Wagen in einen Schlitten verwandeln. Nehmt die Räder ab. Ich werde einen halben Zug kräftige Männer schicken, die Euch helfen, Bäume zu fällen und zu bewegen. Wenn wir Bauholz und Bohlen bekommen, werde ich Euch mit Goldstücken entlohnen. Es werden zwar nicht viele sein, aber am Ende werdet Ihr mehr haben, als wenn ich die Mühle niedergebrannt hätte. Die Entscheidung liegt bei Euch.«

Cerryl setzte ein Lächeln auf, das Anya gut zu Gesicht gestanden hätte – eiskalt und strahlend.

»Ihr verhandelt hart, Ser Magier.«

»Nein. Es gibt hier viele, die alles verloren haben. Ihr behaltet, was Ihr besitzt, und könnt Euch mit harter Arbeit sogar noch ein paar Goldstücke verdienen. Die meisten würden Euch beneiden.«

Der bärtige Mann wich Cerryls Blick aus.

»Macht Euch bereit«, sagte Cerryl entschieden. »Morgen oder übermorgen kommen die Arbeiter.«

»Ja, Ser.« Die resignierte Antwort war kaum zu verstehen.

Cerryl überhörte den leicht widerspenstigen Unterton und stieg wieder auf seinen Wallach.

Als sie über die schmale Straße zurückritten, sah Hiser den Weißen Magier fragend an. »Ihr habt ihm Männer versprochen.«

»Die Unruhestifter in der Truppe ... führt sie morgen hier heraus. Den Ersten, der dann immer noch Ärger macht, bringt Ihr zu mir zurück.«

»Äh ...«

»Ich werde ihn mit der Chaos-Energie töten«, sagte Cerryl ungerührt. »Vor allen anderen Lanzenreitern. Glaubt nicht, ich würde davor zurückschrecken. Und das Gleiche gilt für jeden, der es wagt, eine Hand gegen die Einheimischen zu erheben, ohne vorher angegriffen worden zu sein.«

»Äh ... nach dem Letzten ... werdet Ihr wohl keine Schwierigkeiten mehr haben, Ser.« Hiser grinste schief. »Was werdet Ihr tun, wenn die Unruhestifter sich bessern?«

»Dann lasse ich mir etwas einfallen.« Cerryl zuckte mit den Achseln. »Vielleicht haben wir bis dahin auch genug Holz oder die Einheimischen brauchen selbst Holz und der Meister kann ein paar Leute einstellen.« Er ruckte an den Zügeln.

Bretter und Bauholz sind wirklich das kleinste deiner Probleme. Wenigstens das war sicher.

XXXIV

Cerryl zügelte sein Pferd am Südtor Elpartas. Die schweren Torflügel waren repariert und wieder in die Säulen eingesetzt worden. Ein feuchter Wind wehte, der sogar die gefettete weiße Lederkleidung des Magiers zu durchdringen schien. Er rutschte im kalten, harten Sattel hin und her und betrachtete die Steinhaufen, die dort herumlagen, wo vorher Mauern am Fluss gestanden hatten. Ein längerer Abschnitt, der von den mittleren Flusstoren bis zum Nordtor der Stadt reichte, lag vollständig in Trümmern, nachdem Jeslek den Fluss seinen Chaos-Kräften unterworfen hatte.

Cerryl überlegte kurz und wandte sich an Hiser, der links neben ihm auf seinem Pferd wartete. »Wir müssen an diesen ... wir müssen die Mauern wieder aufbauen.«

Die meisten Häuser auf dem Hügel, wo er und seine Lanzenreiter untergebracht waren, hatte man inzwischen behelfsmäßig repariert und mit Fensterläden versehen, ebenso die Häuser im Norden und Osten des Südtors, wo Fydel den größten Teil der Weißen Lanzenreiter, die in Elparta bleiben sollten, einquartiert hatte.

»Was ist mit den anderen Häusern?«, fragte Hiser.

»Sie müssen warten.« *Außerdem werden die Leute im Frühjahr zurückkehren, wenn wir bis dahin die Mauern und die Piere instand gesetzt haben, und wenn die Leute Arbeit und Geld haben, können sie Handwerker bezahlen oder die Häuser selbst wiederaufbauen.*

»Dann sollen sie warten«, grollte Ferek. »Diese Narren sind es sowieso nicht wert.«

Waren die Leute wirklich Narren? Oder hatten sie einfach nur Angst? »Mag sein. Es spielt keine Rolle. Baut die Piere und dann die Tore wieder auf, als Nächstes die Mauern am Fluss. Ohne die Möglichkeit, Handel zu treiben, wird es der Stadt in den kommenden Jahren schlecht ergehen.«

»Soll es doch«, murmelte Ferek halblaut.

Cerryl ignorierte die Bemerkung. »Morgen werden sie unten am Fluss beginnen und sich dann bis zu den Häusern vorarbeiten, die als Kaserne dienen, und weiter bis zum mittleren Tor am Fluss. Danach sehen wir weiter.«

»Das sind mehrere Achttage Arbeit.«

»Das denke ich auch.« Cerryl ruckte an den Zügeln. »Wir reiten auf dem Rückweg am Markt vorbei. Habt Ihr nicht gesagt, inzwischen würden wieder einige Leute auftauchen, die Waren feilbieten?«

»Ein paar«, antwortete Hiser vorsichtig.

»Wenn sie glauben, wir bemerken es nicht«, fügte Ferek hinzu.

Von vier Lanzenreitern eskortiert, ritten sie vom Südtor Elpartas aus die Hauptstraße hinunter bis zum Zentrum. Während sie sich vom Fluss entfernten, ließ der Fischgeruch nach, aber die Luft roch stärker nach Rauch.

Am Rand des Marktplatzes hielt Cerryl seinen Wallach an. Eines der Geschäfte in der Nähe – ein Schiffsausrüster – war instand gesetzt worden, aber Tür und Fenster waren verriegelt und verrammelt. Ein Fensterladen der benachbarten Küferei klapperte, vom Wind getrieben, gegen den schlammbespritzten Putz des Hauses.

Ein Schrei, halb erstickt und dennoch unüberhörbar, hallte über den verlassenen Platz. Dann ein Kreischen und ein weiterer, scharfer Ruf.

Cerryl sah sich um, auch Hiser war aufmerksam geworden.

Bevor einer der beiden etwas sagen konnte, stürzte ein Mann mit einer grünen Weste und einem übergroßen braunen Mantel aus einer Gasse und wich einem Schutthaufen aus Ziegeln und Schlamm aus. Er kam zielstrebig auf Cerryl zugerannt. »Ser Magier! Helft mir … Sie wollen mich umbringen!«

Ein weiterer Mann, den Gürtel gelöst und die Säbelscheide lose gegen das Bein schlagend, kam säbelschwingend hinterher. Auch er wich dem Schutthaufen aus und machte Anstalten, auf den ersten, rotbärtigen Mann loszugehen.

»Halt!«, brüllte Ferek.

Der Bärtige und der Verfolger wurden langsamer und blieben schließlich stehen, als sie sich sechs Lanzenreitern mit blank gezogenen Klingen gegenübersahen.

Der Mann mit der Weste und dem roten Bart wandte sich an Cerryl. »Euer Lanzenreiter dort … er hat die Klinge gezogen und mich bedroht. Er sagte, wenn er meine Tochter nicht haben könnte … wenn sie ihm nicht gefügig wäre … dann würde er uns beide töten.«

Cerryl betrachtete den halb entkleideten Lanzenreiter, der inzwischen den Säbel weggesteckt hatte.

»Das ist eine Lüge«, rief der Kämpfer. »Ser«, fügte er eilig hinzu, als er den weißen Mantel sah.

»Er sagte, er würde uns beide töten, ich schwöre es«, beharrte der Mann mit dem Krausbart und den goldenen Ohrringen.

Hinter den beiden tauchten jetzt zwei weitere Lanzenreiter auf, die eine Frau mitzerrten.

»Was habt Ihr zu sagen?« Cerryl heftete die Augen auf den ersten Lanzenreiter.

»Sie lügen. Sie ist eine Dirne und eine Taschendiebin und …«

»Seht Ihr diesen Schnitt? Seht Ihr das, Ser Magier?«, unterbrach sie der Mann mit der Weste, indem er auf einen kleinen Schnitt auf dem Kinn deutete, aus dem Blut auf einen schmutzigen braunen Mantel und ein fleckiges Hemd tropfte, das früher einmal aus weißer Seide bestanden haben mochte. »Das hat mir Euer Lanzenreiter angetan.«

Cerryl betrachtete die Frau, die von zwei Lanzenreitern zu Cerryl und den Unteroffizieren halb geschleppt und halb getragen wurde. Einer der Lanzenreiter, der die Frau mitschleifte, starrte ständig in ihren offenen Mantel und auf die zerfetzte Bluse, aus der halb entblößte, volle Brüste hervorschauten.

»Er wollte mich töten«, beharrte der Bärtige.

»Sie … sie hat sich angeboten … dann wollten sie mich töten …«, stammelte der dergestalt beschuldigte

Lanzenreiter, indem er zwischen dem Bärtigen und der Frau hin und her sah.

Cerryl konzentrierte sich jetzt auf die Frau. »Hast du die Geldbörse des Lanzenreiters gestohlen?«

»Ich habe nichts gestohlen.«

»Hast du dich ihm gegen Geld angeboten?«

»Er hat mich gezwungen.« Die Frau richtete sich auf, so weit es ihr zwischen den beiden Lanzenreitern möglich war.

»Sie hatte ein Messer, Ser«, fügte einer der beiden, die sie hielten, hinzu.

»Was ist mit dem Messer?«, fragte Cerryl.

»Ich hatte kein Messer. Was könnte ich mit einem Messer schon gegen so einen Gewalttäter ausrichten?«

Müde lächelnd wandte Cerryl sich an die Lanzenreiter. »Bringt sie dort mitten auf die Straße. Lasst sie dann los und zieht euch von ihr zurück.«

Die Männer sahen einander an, dann schleppten sie wie befohlen die Frau auf die Straße und gaben sie frei.

Cerryl sammelte Chaos-Energie um sich und schleuderte fast verächtlich eine Ladung gegen die Frau, die mit einem Zischen in einer lodernden Flamme verging.

Der Mann mit der grünen Weste riss sich los und wollte wegrennen.

Trotz seiner Kopfschmerzen konzentrierte Cerryl sich noch einmal.

Eine zweite Feuerkugel flog und auf der Straße lag ein zweiter verkohlter Haufen, der sich langsam zu weißer Asche auflöste.

Schließlich wandte Cerryl sich an den ersten Lanzenreiter, der wie betäubt vor ihm stand. »Sie haben gelogen. Auch du hast gelogen, aber nicht so schlimm wie sie. Wenn ich dich noch einmal dabei erwische, wird es dir ergehen wie ihnen.« Dann waren die beiden unbekannten Lanzenreiter an der Reihe. Wahrscheinlich stammten sie aus Fydels Truppe, weil Cerryl sie nicht kannte. »Sagt dies euren Kameraden.«

»Ja, Ser.«

Cerryl sah Ferek und Hiser einen Augenblick lang scharf an, bevor er den Wallach zum Hügel lenkte, auf dem ihre Quartiere lagen.

»Bei der Dunkelheit, du hast Glück ...«

»... hätte auch dich erwischen können ...«

»Gerecht ... das ist er ... und kalt wie die Westhörner.«

Kalt? Cerryl hätte beinahe frustriert gelacht. *Du wirst der unbeliebteste Magier in ganz Candar, wenn das so weitergeht. Oder mindestens belegst du gleich hinter Jeslek einen guten zweiten Platz.*

Er beugte sich vor und klopfte dem Wallach auf den Hals. Pferde gaben wenigstens keine Widerworte und tuschelten nicht hinter seinem Rücken. Jedenfalls hatte sein Pferd bisher noch nichts in dieser Art versucht.

XXXV

Das Chaos bewirkt für sich genommen weder Wohlstand noch Armut. Das Chaos gewährleistet lediglich das Leben selbst, während ein Übermaß an Ordnung zum Tod führt.

Der Mensch ist seinem Wesen nach aus Chaos und nicht aus der Ordnung gemacht, denn der Mensch ist ebenso lebendig wie das Chaos. Das Ziel der Ordnung aber ist der absolute Stillstand, wenn alle Teile eines Ganzen in vollkommener, unveränderlicher Ordnung zusammengefügt sind.

Doch das ungezügelte Chaos ist dem Wohlergehen eines Landes so abträglich wie die ungezügelte Ordnung, und die Zügellosigkeit der Menschen kann nur erfolgreich bekämpft werden, wenn ein durch Ordnung gebundenes Chaos zum Zuge kommt.

Direkt auf den Menschen angewandt, führt die Ordnung zur Behinderung, wenn nicht zur Zerstörung der Lebens-

geister, die von der Flamme des Chaos genährt werden, von der Sonne selbst.

Ein Land, das ans Chaos gebunden ist, kommt möglicherweise nicht zu Wohlstand, aber es wird sich nicht selbst zerstören, weil das Chaos wie das Leben ist. Ein der Ordnung verpflichtetes Land muss jedoch am Ende sich selbst und seine Nachbarn zerstören, denn die Ordnung ist wie das Eis des Nordens in den großen Frostzeiten. Sie sucht immer mehr und immer stärkere Ordnung zu sammeln, bis nichts mehr lebt, was sich in ihrer Reichweite befindet.

Ein großer Magier muss stets danach streben, das Chaos zum Wohle seines Landes einzusetzen, also für Wachstum und Veränderung und gegen die Todeskälte der Ordnung. Niemals darf er sich der Ordnung unterwerfen, denn die Ordnung wird seinen Geist vergiften und ihn in eine leere Hülle dessen verwandeln, was er einmal war, leer wie eine mächtige Stadt, in der keine Menschenseele mehr lebt, leer wie ein Samenkorn ohne Keim, leer wie ein Herd ohne Feuer …

Die Farben der Weiße
(Handbuch der Gilde von Fairhaven)
Zweiter Teil

XXXVI

In seinem privaten Studierzimmer nutzte Cerryl die Zeit, während er auf Teras wartete, indem er sich mit dem Spähglas umschaute. Die silbernen Schleier im Glas teilten sich und zeigten ihm Leyladin, die im Vorraum der Hallen der Magier in Fairhaven stand. Bei ihr war die dunkelhaarige Lyasa. Die Freundinnen unterhielten sich ruhig, die Worte wurden nur von wenigen Gesten unterbrochen. Auf einmal drehte Leyladin den Kopf etwas herum und lächelte kurz. Cerryl wusste, dass sie seine Gegenwart gespürt hatte. Als auch Lyasa kurz die Augenbrauen hob, wandte Cerryl den Blick wieder ab.

Er ließ das Spähglas auf dem Tisch liegen und ging durch den Bogengang ins Wohnzimmer, um aus dem Fenster zu sehen. Kälte strahlte von den beschlagenen Scheiben aus, eisige Kälte, auch wenn in den letzten Tagen nur wenig Schnee gefallen war.

Die Straße jenseits der Einfriedung und der Tore war im Augenblick verlassen. Cerryl schauderte, obwohl ihm nicht kalt war. Er dachte an die Lanzenreiter, die bestraft worden waren, und an die Einheimischen, die für ein paar Kupferstücke arbeiteten – trotz des Lohns im Grunde zwangsverpflichtet –, um die Mauern und Tore Elpartas instand zu setzen.

In einem Augenblick war Elparta noch eine blühende Stadt am Fluss gewesen, im nächsten nichts als ein Trümmerhaufen. *Warum? Weil die Herrscher sich nicht einig wurden ... weil die Gilde existieren will und weil Leuten wie Rystryr, Syrma und Estalin an Goldstücken in der Börse mehr gelegen war als am Wohlstand ihres Volkes. Und was war mit Anya und Jeslek? Waren sie anders, nur weil sie Macht statt Geld wollten? Und die Händler, wie Jiolt und Muneat?*

Cerryl schnaubte leise. »Die Verlockung der Macht ist die, dass man glaubt, man täte es zum Wohl des Landes, während man es in Wahrheit nur für sich selbst tut.«

»Ser?«, fragte der Lanzenreiter, der im Vorraum stand.

»Nichts. Nur ein Magier, der laut nachgedacht hat.« *Als ob es eine Rolle spielte, als ob du jemals eine solche Macht haben könntest.* Er schüttelte den Kopf. *Du machst dir etwas vor. Du hast Macht, wenngleich nicht so viel wie Jeslek.* Aber selbst die beschränkte Macht, über die er verfügte, bereitete ihm Kopfzerbrechen. Er wollte die Stadt wieder aufbauen und für Ruhe und Ordnung sorgen. Die Lanzenreiter – wenigstens einige unter ihnen – hassten ihn dafür, und die Einheimischen hassten ihn, weil er ein Vertreter Fairhavens war.

Und keiner von ihnen hatte wirklich begriffen, was Fairhaven auszeichnete. *Das ist kein Wunder. Selbst unter den Mitgliedern der Gilde gibt es viele, die es nicht verstehen.*

Teras kam in den Flur getrampelt und schloss hinter sich die dunkle Holztür. »Verzeihung, dass es so lange gedauert hat, Ser.«

»Schon gut.« Cerryl wartete, bis der große Lanzenreiter seine Reitjacke im Vorraum an einen Haken gehängt hatte, dann drehte er sich um, kehrte ins Studierzimmer zurück und setzte sich an einen Stuhl am Konferenztisch. Er bedeutete Teras, ebenfalls Platz zu nehmen, als der Hauptmann den Raum betrat.

»Danke, Ser.« Cerryls Blick erwidernd, setzte Teras sich vorsichtig, als hätte er Angst, den Stuhl zu zerbrechen.

»Wie geht es jetzt bei dieser Kälte in der Kaserne?«

»Ungefähr so wie in allen Kasernen. Wärmer als draußen, aber kälter, als es den meisten lieb ist, abgesehen von den Leuten, die in den Bergen aufgewachsen sind. Denen ist es wiederum zu warm.« Teras lächelte amüsiert.

Cerryl nickte. »Was sagen die Leute zur Verpflegung?«

Teras zuckte mit den Achseln. »Sie murren, aber sie wissen, dass Ihr das Gleiche esst wie sie. Das gefällt ihnen.«

Der Hauptmann hatte Fydel nicht erwähnt und Cerryl entschied sich, die naheliegende Frage nicht auszusprechen. Fydel benutzte das Geld, das er irgendwo eingetrieben hatte, um die Kost an seiner eigenen Tafel aufzubessern, und alle Offiziere wussten es.

»Das Essen ist sehr einfach«, erwiderte Cerryl lachend. »Ich versuche ständig, Dörrfrüchte und Nüsse und Käse aufzutreiben. Und Geld, um Eier von den Einheimischen zu kaufen.«

»Einem Bauern kann man keine Eier wegnehmen«, meinte Teras lachend.

Ganz besonders nicht, wenn man nicht einmal wusste, wo die Hühner waren, dachte Cerryl. »Teras? Was glaubt Ihr, warum wir hier sind? Hier in Elparta, meine ich?«

»Es ist nicht klug, wenn ein Hauptmann versucht, die Gedanken eines Erzmagiers zu erraten. Ich bitte um Verzeihung.« Der große Offizier lächelte verkniffen und Cerryl verstand, warum Teras ein Hauptmann war und immer ein Hauptmann bleiben würde.

»Ich verstehe.« Jetzt lächelte auch Cerryl. »Dann von Eurem Standpunkt als Offizier der Lanzenreiter aus – was sollten die Arbeitstrupps als Nächstes tun, wenn sie mit der Reparatur der Mauern am Fluss fertig sind?«

»Alle Straßen säubern, wo noch Trümmer liegen. Die Einheimischen sollen die Häuser reparieren, wie sie selbst es für richtig halten. Und dann, wenn die Gilde der Ansicht ist, dass hier ständig Lanzenreiter als Garnison stationiert werden müssen, sollten die Arbeiter eine richtige Kaserne und Stallungen bauen. Ich würde sagen, in der Nähe des Südtores.«

»Das muss möglicherweise bis zum Frühling warten. Ich wurde damit beauftragt, zuerst die Piere und die Mauer am Fluss instand zu setzen und die Arbeit an der Mauer geht langsam vonstatten«, erklärte Cerryl. »Wenn ich den Erzmagier im Frühling begleite, werde ich ihm vorschlagen, eine Kaserne bauen zu lassen.«

Teras nickte, als hätte er nichts anderes erwartet.

Cerryl hätte beinahe die Stirn gerunzelt. War das eine Lösung? Die Angehörigen der Gilde verteilen, damit man ihre Gegenwart als selbstverständlich hinnahm – wenn nötig mit der Unterstützung der Lanzenreiter? Beinahe hätte er gelacht. Es mochte einleuchtend klingen, aber auf ihn würde sowieso niemand hören. Alle mächtigen Magier wollten lieber in Fairhaven bleiben, wo Ansehen und Macht zu warten schienen. *Ist es in allen Ländern so?*

Er konzentrierte sich wieder auf den Hauptmann und darauf, möglichst alles in Erfahrung zu bringen, was er wissen musste.

XXXVII

Die Hufschläge des Wallachs wurden durch den Schnee gedämpft, der am Südtor etwa eine Spanne hoch auf dem Kopfsteinpflaster der Hauptstraße lag. Cerryl sah sich über die Schulter um. Die vier Lanzenreiter, die als Wächter eingeteilt waren, konnte er in dem Schneetreiben, das kurz nach seinem Aufbruch von der Sägemühle eingesetzt hatte, kaum mehr ausmachen. Der Schnee und die Kälte hatten den hartnäckigen Geruch von Tod und Plünderung ein wenig überdeckt. Andererseits bekam er bei Schneefall Kopfschmerzen, wenngleich nicht ganz so stark wie bei Regen.

Nur gut, dass wir nicht mehr viel Holz brauchen ... erst im Frühling wird frisches Bauholz kommen. Er hoffte, er konnte die Sorge um das Bauholz tatsächlich bis zum Frühling verschieben. Es gab genügend andere und viel dringendere Angelegenheiten, um die er sich kümmern musste.

Der Schnee sammelte sich auf dem Jackenkragen schneller, als er ihn abstreifen konnte. Schmelzwasser lief ihm in kleinen Rinnsalen den Rücken hinunter. *Weil du nicht daran gedacht hast, einen Hut aufzusetzen.*

Seile waren ein weiteres Problem. »Wie kann man ein Schiff oder einen Lastkahn festmachen, wenn man keine Seile hat?«, hatte Jidro gefragt. Nicht einmal der Schiffsausrüster hatte genügend Seil. Sie brauchen ein fünfzig Ellen langes Tau – alles darunter war wertlos. Und dann das Brennholz. Im Umkreis von einer Meile um Elparta gab es keine Waldungen, der Schnee fiel stetig und die Holzvorräte schrumpften rasch. Fydel hatte natürlich darauf bestanden, dass es Cerryls Aufgabe sei, Feuerholz und alles andere zu beschaffen.

Überraschenderweise war ein Lastkahn mit Vorräten aus Gallos gekommen, aber er hatte hauptsächlich Fässer mit Mehl und gepökeltes Schweinefleisch geladen und daneben nur noch ein halbes Dutzend Käselaibe. Die Lanzenreiter würden nicht verhungern, aber sie würden noch lauter murren als üblich.

Cerryl schluckte den Ärger herunter und blickte zu den letzten Häusern des Viertels auf der linken Straßenseite. Etwa vierhundert Ellen weiter würden sie die Straße erreichen, die bergauf zu dem Gebäude führte, das ihm als Büro und Amtssitz diente.

Hinter den Ritzen der Fensterläden eines der Häuser auf der linken Seite tauchte ein Gesicht auf – dort hatte wohl einer der Unteroffiziere, die Senglat unterstellt waren, seine Leute untergebracht. Nein – es war eine Frau, eine der wenigen Unteroffizierinnen, die es gab. Jrynn war ihr Name.

»Ser …?« Die Stimme war leise, sanft … weiblich.

Cerryl drehte den Kopf herum und zögerte. Er spürte nicht nur die Gestalt in der Gasse auf der rechten Seite, die im Schnee und dem früh dunkelnden Winterabend mit bloßem Auge kaum zu erkennen war, sondern auch einen Anflug von Chaos – und dahinter noch eine zweite Gestalt.

Er warf sich im Sattel zur Seite, noch ehe er den Armbrustschuss aus der Gasse hörte. Er lenkte den Wallach in die Richtung der Gestalt oder der Gestalten. Einer langte nach etwas – eine weitere Armbrust?

Cerryl sammelte Chaos um sich, kämpfte gegen den lähmenden Schnee und gegen den Krampf im Bauch an und ließ den Wallach in raschem Trab zur schmalen Lücke zwischen zwei zerstörten Gebäuden an der Ostseite der Straße laufen.

Die gedämpfte, zaghaft abgeschossene Feuerkugel schien wie in Zeitlupe durch den weißen Vorhang zu kriechen. Cerryl sammelte noch mehr Chaos um sich, bis er vor Anstrengung fast keuchte. Es kam ihm beinahe vor, als wäre er unter Wasser und müsste sich bis zur Oberfläche eines tosenden Stroms hoch kämpfen.

Er sammelte Chaos um sich und schleuderte noch eine Feuerkugel durch das Weiß, das seine Anstrengungen behinderte.

Hinter sich hörte er die Pferde seiner Begleiter. »Ser? Was ist los, Ser? Ser?«

Cerryl zügelte abrupt sein Pferd, als die zweite Gestalt ausglitt und zur Seite umkippte. Cerryls Atem ging unregelmäßig und er fühlte sich völlig ausgelaugt. Das Chaos, das er heraufbeschworen hatte, hätte ausreichen sollen, um ein ganzes Haus in Trümmer zu legen. Aber der Feuerstoß hatte nur einen Teil der Schulter und der Brust der Frau zerstört, die gerufen hatte. Das Gesicht des Mannes war an der Seite verbrannt und in der Brust hatte er ein verkohltes Loch.

Cerryl versuchte wieder zu Atem zu kommen. Beinahe traurig betrachtete er die beiden Toten.

Die Frau war früher einmal schön gewesen, der Mann allem Anschein nach gut gebaut. Unter dem zerfetzten braunen Mantel des Mannes waren die Überreste einer Uniform zu sehen.

»Kennst du ihn, Buetyr?«, fragte Cerryl den Lanzenreiter, der neben ihm sein Pferd gezügelt hatte.

»Nein, Ser. Von seinem Gesicht ist nicht viel übrig.« Obwohl der Schnee die Geräusche dämpfte, war das Schlucken des Mannes nicht zu überhören.

Cerryl wartete, bis er wieder bei Kräften war. *Ein Freund eines Unruhestifters? Der Unruhestifter, der desertiert war? Ein Einheimischer, der eine Uniform gestohlen hatte? Aber was war mit der Frau? Wer weiß? Einzig sicher ist nur, dass du bei allem, was du tust, irgendjemandem auf die Füße trittst.*

»Und was jetzt, Ser?«, fragte Buetyr.

»Einen Augenblick«, gab Cerryl müde zurück. »Einen Augenblick.« Der Schnee auf seinem Kragen schmolz weiterhin und tropfte in den Nacken; er schauderte. Dann richtete er langsam das Chaos auf die Toten, die auf der dünnen weißen Schneedecke lagen.

Es zischte und eine letzte Feuerkugel verzehrte die Körper.

Nach der Hitze und dem kurzen Lichtblitz blieb nur noch weiße Asche auf dem Schnee zurück. Ein leichter kalter Wind wehte durch die Straße, fegte Asche und Schneeflocken weg, hob sie und ließ sie woanders wieder sinken.

Cerryl zog an den Zügeln des Wallachs und lenkte sein Pferd zu seinem Quartier. Er wusste, dass es wieder Spekulationen über seine Härte geben würde und Fragen, was überhaupt geschehen war, dass ein solcher Angriff gerechtfertigt gewesen war. *Niemand will Recht oder Gerechtigkeit … die Leute wollen immer nur, was für sie am bequemsten ist.*

Der Schnee verschluckte Cerryls Keuchen, wie er einen großen Teil des Chaos verschluckt hatte, das Cerryl schleudern wollte, und begrub die Asche der Toten unter sich.

XXXVIII

Cerryl betrat den hohen Raum, von dem aus man die Mauern am Fluss überblicken konnte. Kaum dass Cerryls Handwerker die Stützbalken repariert und die zerstörten Fensterläden und Scheiben ersetzt hatten, hatte Fydel das Gebäude als sein Hauptquartier beansprucht. Cerryl musste zugeben, dass dieses Zimmer mit den beiden breiten Fenstern einen guten Ausblick auf die Mauern am Fluss und das Südtor erlaubte. Weit im Norden war auch das mittlere Tor zu sehen, das von den Händlern bevorzugt wurde.

Der junge Magier betrachtete die Stadtmauern, wo in den langen Nachmittagsschatten noch eine Kolonne bei der Arbeit war. Die Bautrupps waren nur klein und würden wohl noch bis zum Frühling beschäftigt sein, wann immer das Wetter es erlaubte. Während des letzten Achttages war es etwas wärmer geworden, doch Cerryl konnte nicht darauf bauen, dass dieser Wetterumschwung von Dauer war.

»Ihr habt mich gebeten, Euch aufzusuchen.« Cerryl wandte sich an Fydel, der an einem Tisch sitzen geblieben war, der offensichtlich aus einem anderen Gebäude stammte, denn es war ein prunkvolles, mit Messingbeschlägen versehenes Möbelstück.

Der Magier mit dem eckig gestutzten Bart betrachtete das Pergament auf dem Tisch. Daneben lagen Stücke vom blauen Wachssiegel, mit dem es verschlossen gewesen war. Hinter dem Magier umrahmten von Rauch geschwärzte Steine, die früher einmal weiß gewesen sein mochten, einen Kamin, in dem dicke Holzklötze brannten. »Der spidlarische Rat der Händler hat eine Botschaft geschickt.«

Cerryl nickte und wartete, während ein leichter Luftzug um seine Hose spielte und ihm verriet, wie unvollkommen die Arbeit seiner Handwerker war. Draußen heulte der Wind, vermochte aber das Schaben und Klacken der Maurerkellen und Steine nicht zu übertönen. Die Kerzen im dreiarmigen Leuchter flackerten bei jeder Bö, die einen Weg durch die schlecht eingepassten Fenster ins Zimmer fand.

Fydel stand auf und trat zu dem beschlagenen Fenster. Drunten mühten sich die zwangsverpflichteten Unruhestifter aus dem Ort und die Lanzenreiter, die für Vergehen bestraft worden waren, mit den Steinen der Mauern ab und schleppten sie an die richtige Stelle, damit die Maurer sie verarbeiten konnten. Dunkle Wolken am Himmel verhießen neue Schneefälle oder möglicherweise eiskalten Regen, aber bisher fiel noch kein Niederschlag.

Schließlich ergriff Cerryl, in einen schweren weißen Wollmantel gehüllt, den Hiser ihm von irgendwo besorgt hatte, wieder das Wort. »Was bieten sie?«

»So ziemlich alles, was sie haben, nur um ihren Hals zu retten«, erwiderte Fydel lachend. »Sie wollen uns die Verräter übergeben und das Heer mehr oder weniger auflösen, indem sie es auf einige Trupps reduzieren, und sie wollen die Straßen für unsere Händler öffnen.«

»Warum nehmt Ihr dann das Angebot nicht an?«, fragte Cerryl.

»Das war ein voreiliger Schluss.«

Cerryl lachte leise. »Ich habe keine Schlüsse gezogen. Ihr werdet das Angebot des Spidlarischen Rates nicht annehmen. Ich wüsste nur gern den Grund.«

»Ist es nicht offensichtlich? Warum sollte ich Jeslek den Ruhm überlassen? Er ist in Fairhaven, genießt ein warmes Feuer, das gute Essen und noch ein paar andere Freuden.« Ein breites Grinsen entblößte Fydels weiße Zähne. »Und wer weiß? Vielleicht bekommen wir vor dem Frühling noch ein besseres Angebot.«

»Sicher nicht. Ihr hofft doch nur, dass Jeslek sich eines Tages irgendeinem mächtigen Schwarzen stellen muss. Wie diesem Brede? Oder diesem Schmied Dorrin, der noch mächtiger sein könnte, als Jeslek glaubt …« *Oder er wartet darauf, dass ich noch mehr Fehler mache.* »Aber dazu wird es nicht kommen.«

»O doch, das ist durchaus möglich. Der Schmied hat ein paar hässliche Waffen hergestellt.«

»Das glaubt Ihr doch nicht wirklich.«

»Nein.« Fydel lächelte. »Aber es gibt auch keinen Grund, es Jeslek besonders leicht zu machen, oder? Es gibt keinen Grund, ihm einen so leichten Sieg in den

Schoß fallen zu lassen, nachdem er ein Jahr lang überhaupt nichts getan hat, oder?«

»Was ist mit den neuen Rekruten? Wir schicken sie in den Tod, obwohl es nicht nötig wäre.«

»Ihr seid zu weichherzig, Cerryl. Was spielen ein paar hundert Bauern mehr oder weniger schon für eine Rolle? Besonders wenn es Bauern aus Hydlen und Gallos sind.«

Cerryl schüttelte den Kopf, aber er schwieg.

»Hier, lest das. Sagt mir, ob ich mich irre.« Fydel reichte Cerryl das Schriftstück. Während Cerryl las, ging Fydel zu seinem Stuhl und rückte ihn zurecht, bis er mit der rechten Körperseite zum Kamin saß.

Draußen wurde es schlagartig dunkel und es schien sich sofort abzukühlen, als die erste graue Wolke von Norden her vor der Sonne vorbeizog.

Fydel schaute erst wieder auf, als Cerryl die Schriftrolle zurück auf den Tisch legte. »Ist es nicht, wie ich sagte?«

»Es ist so.« Cerryl runzelte die Stirn.

»Ihr scheint bestürzt.«

»Besorgt bin ich. Besorgt.« Cerryl trat näher zum Kamin. »Der Brief der Händler klingt nicht wie ein Schreiben von Leuten, die über ein Jahr erfolgreich Widerstand gegen ein anderes Land geleistet haben. Sie schreiben nicht wie Männer, für die Magier und Heeresführer aus Recluce kämpfen.«

»Vielleicht hat die Schwarze Insel sie im Stich gelassen. Es wäre nicht das erste Mal, dass Recluce sich so verhält.«

»Der Schmied ist noch in Diev. Er macht seltsame Dinge aus Schwarzem Eisen. Ich habe es im Glas gesehen.« Cerryl drehte sich ganz zu Fydel herum. »Habt Ihr mir nicht erzählt, dass Eure Patrouillen nach wie vor von kleinen Einheiten der Blauen angegriffen werden?«

»Wir haben seit Jahresbeginn nicht mehr als einen halben Zug verloren. Das ist nichts.«

Der junge Magier zuckte mit den Achseln. »Das sind nicht viele Kämpfer, aber die Taktik ist die gleiche geblieben, und das bedeutet, dass auch ihr Schwarzer Anführer noch in Spidlar ist.«

»Was wollt Ihr damit sagen, Cerryl?«

»Nichts.« Cerryl schüttelte den Kopf. »Vielleicht solltet Ihr das Angebot annehmen. Oder einen Gegenvorschlag machen.«

»Damit Jeslek … nein.«

»Dann schickt ihm das Schreiben und fragt ihn um Rat.«

»Warum sollte ich das tun?«

»Damit er nicht noch einen Vorwand bekommt, wütend auf Euch zu sein.«

Fydel schürzte die Lippen und kratzte sich am Bart. »Vielleicht sollte ich das tun. Allerdings wird es eine Weile dauern, bis eine solche Botschaft den Erzmagier erreicht. Die Osthörner sind abgesehen von der Weißen Hauptstraße, die durch Gallos führt, nicht passierbar. Und selbst auf diesem Weg wird ein Bote mehrere Achttage brauchen, um nach Fairhaven zu gelangen.«

»Es ist Eure Entscheidung.« Cerryl nickte. »Kann ich Euch sonst noch helfen?«

»Höchstens indem Ihr die Mauern vollkommen instand setzt, damit wir nicht mehr so viele Streifen und Wachtposten brauchen.«

»Wir arbeiten daran.«

»Gut.«

»Wir sehen uns.« Cerryl riss sich vom warmen Kamin los und verabschiedete sich mit einem Nicken von Fydel. Der Wind pfiff durch die Straßen, die Maurer klopften und schabten mit ihrem Werkzeug. Hinter ihm, im hohen Zimmer, flackerten die Kerzen.

XXXIX

Das erste gelborangefarbene Licht fiel auf den Neuschnee, drang durch die Spalten neben den Fensterläden ins Wohnzimmer und ins Arbeitszimmer. Es spielte im Glas und störte Cerryls Konzentration.

Er blinzelte zweimal, rieb sich die Stirn und ließ die Schleier im Glas zusammenfallen. Wenn er direkt nach unten schaute, sah er sein eigenes Spiegelbild – feines braunes Haar, schmales Kinn, gerade Nase, graue Augen mit kleinen Ringen darunter. Hinter seinem Gesicht erkannte er das Abbild der dunklen Deckenbalken.

Vier Tage ... seit vier Tagen konnte er Leyladin nicht im Glas finden. Viele Gründe waren dafür denkbar. Sie konnte an einem Ort sein, wo das Glas nichts nützte, beispielsweise auf einem Schiff auf einem großen Gewässer oder irgendwo in den Hügeln, die mit Ordnung und Eisen gefüllt waren, oder sie schirmte sich ab, wie es auch Cerryl vermochte, wenn er sich bemühte. Es gab gute Gründe, aber die fortgesetzte Abwesenheit beunruhigte ihn.

Er ging zum Wohnzimmer und klappte die Fensterläden, die ein Stück offen gestanden hatten, ganz zu. Dann kehrte er zum polierten Holztisch und dem leeren Glas zurück. Verlor er seine Fähigkeit, die Schwarzen zu finden? Hatte er zu viel Chaos eingesetzt, obwohl er sich bemüht hatte, vorsichtig zu sein?

Noch einmal konzentrierte er sich.

Die silbernen Nebel teilten sich und enthüllten das Abbild des rothaarigen Schmieds in Diev. Er hielt eine Zange in der Hand und zog ein Stück stark geordnetes Eisen aus dem Schmiedefeuer auf den Amboss. Im Hintergrund stand ein Vorschläger, der dem Schmied einen Hammer reichte.

Dorrin verzog verwirrt das Gesicht und Cerryl ließ

das Bild zusammenfallen. Wie Leyladin konnte auch der Schmied es spüren, wenn er durchs Spähglas beobachtet wurde.

Aber wo ist meine rotblonde Heilerin? Er schüttelte den Kopf. *Vorsicht, sie ist nicht dein Eigentum … sie gehört überhaupt niemandem außer sich selbst.*

Er holte tief Luft. *Vielleicht morgen.*

XL

»Warum wolltet Ihr mich sprechen?« Fydel trat aus dem Vorraum ins Wohnzimmer. Direkt vor dem Durchgang ins Studierzimmer, wo Cerryl am Tisch stand, der bis aufs Spähglas leer war, blieb er stehen.

»Ich wollte Euch etwas zeigen, bevor Jeslek kommt.«

»Er wird doch erst in ein paar Achttagen hier eintreffen.«

»Ich würde sagen, dass es höchstens noch fünf Tage dauert.« Cerryl winkte Fydel zum Glas, in dem er ein Bild festhielt. »Schaut es Euch an.«

Im Spähglas war der rothaarige Schmied zu sehen. Dorrin und ein älterer Mann standen neben einem Karren. Den Inhalt des Karrens konnte man nicht erkennen, aber die Ausstrahlung hoch konzentrierter Ordnung ließ Wellen über das Bild laufen.

»Er ist ein Schwarzer. Er kann die Ordnung bündeln. Was gibt es sonst noch Neues?« Fydels Stimme klang zu gleichen Teilen gereizt und verächtlich.

»Er bündelt überhaupt nichts«, berichtigte Cerryl ihn. »Die Ausstrahlung kommt vom Schwarzen Eisen auf dem Karren.«

»Er hat all die Ordnungs-Kräfte verschwendet und ins Schwarze Eisen gesteckt. Was kann er jetzt damit anfangen? Mit Schwarzem Eisen kann man nicht mehr arbeiten, wenn es geordnet ist.« Fydel richtete sich auf, als wäre ihm das Bild des rothaarigen Schmieds lästig.

»Seht Euch an, was hinter ihm ist«, schlug Cerryl vor. Er spürte, wie sich Schweißtropfen auf seiner Stirn sammelten, weil er trotz der starken Ordnung versuchte, das Bild festzuhalten. *Wie kann Fydel nur so blind sein?*

»Das ist ein altes Schiff auf Böcken.«

»Es wird neu ausgerüstet und all das Schwarze Eisen kommt dort hinein.«

»Eine Vorrichtung, die mit der Ordnung arbeitet?« Fydel lachte. »Und so etwas soll gegen uns eingesetzt werden? Was sollte das nützen? Es ist ein Schiff und er ist in Diev. Wir rücken auf einem ganz anderen Fluss vor. Er verschwendet seine Zeit.«

»Wie viele Lanzenreiter habt Ihr im letzten Sommer verloren? Wie viele sind Opfer der Fallen aus Schwarzem Eisen geworden? Und dem Schwarzen Anführer erlegen?« Cerryls Stimme klang etwas schärfer.

Fydel errötete über dem eckigen Bart. »Er hat überhaupt nicht gekämpft. Er hat sich immer zurückgezogen, wenn er nicht die Möglichkeit hatte, wehrlose Lanzenkämpfer zu töten.«

»Das Spähglas verrät mir, dass sie Lanzenreiter und Rekruten sammeln.« Cerryl ließ das Bild im Glas zusammenfallen und tupfte sich mit dem Ärmel des schweren weißen Hemds den Schweiß von der Stirn. »Wie viele Lanzenreiter und Bewaffnete haben wir hier?«

»Jetzt im Augenblick? Knapp fünfundzwanzig Züge Lanzenreiter, nur zehn Züge Infanteristen.«

»Und Jeslek meint, im Frühling hätten wir zweihundertfünfzig Züge hier?«

»Eher dreihundert.«

»Wenn es läuft wie im letzten Sommer, werden wir fast die Hälfte verlieren – und dies lässt noch all das unberücksichtigt, was der Schmied ausrichten kann.«

»Es wird anders ausgehen als im letzten Sommer. Wir

brennen einfach alles nieder, wenn es nötig ist. Wir lassen wieder Einheimische vor uns laufen. Sollen sie sich doch selbst umbringen.« Fydel lächelte höhnisch. »War das alles, was Ihr mir zeigen wolltet?«

»Ja.« Cerryl erwiderte das Lächeln. »Ich wollte es Euch zeigen, bevor Jeslek kommt, damit wir beide wissen, was der Schmied tut.«

Fydels Lächeln verflog.

»Ihr haltet Euch wohl für sehr klug, Cerryl. Myral und Kinowin haben sich ebenfalls für sehr klug gehalten. Der eine ist tot, der andere liegt im Sterben. Klugheit ist in der Gilde nicht hoch angesehen. Auch Sverlik dachte, er wäre klug, aber der alte Präfekt hat ihn mit Eisenpfeilen eines Besseren belehrt. Jenred war auch so ein Kluger. Er war so klug, dass wir heute überall auf die Einmischung von Recluce stoßen und ihn einen Verräter nennen.«

Cerryl rang sich ein Lächeln ab. »Ich halte mich nicht für klug. Wenn ich klug wäre, wüsstet Ihr nicht, welche Fehler ich begangen habe. Anya ist die Kluge.«

»Wir reden hier nicht über Anya, kleiner Magier.«

Cerryl hob ein wenig die Chaos-Schilde, falls der Magier mit dem dunklen Bart ihn angreifen wollte. »Wir haben über Klugheit gesprochen, Fydel.«

Fydel kehrte Cerryl den Rücken, sah sich über die Schulter um. »Jeslek mag keine klugen Untergebenen. Ich übrigens auch nicht.« Er schlurfte hinaus, die weißen Stiefel stapften schwer über den Holzboden im Flur und im Vorraum.

Cerryl blieb im stillen Zimmer stehen. *Erstaunlich, wie unfreundlich Fydel wird, wenn du etwas erreicht hast.* Er lächelte traurig in sich hinein und blinzelte einige Male, ehe er den Kopf rollte, um die angespannten Muskeln zu lockern.

Dann blickte er wieder zum polierten Holz des Tischs. An einer Ecke hatte Fydel sich aufgestützt und einen Schmutzfleck hinterlassen. Cerryl hatte Leyladin immer noch nicht gefunden. Der Magen drehte sich ihm im Leib um bei dem Gedanken, ihr könnte etwas zugestoßen sein.

Er holte tief Luft und ging zum Vorraum, nahm die lederne Reitjacke vom Haken aus poliertem Walnussholz und zog sie rasch an. Wenigstens konnte er zu den Pieren und den Toren der Händler reiten und überprüfen, wie die Arbeiten an den Mauern vorankamen. *Ja, das kannst du tun. Du kannst die Frau nicht finden, die du liebst, aber du kannst dafür sorgen, dass Mauern und Piere gebaut werden. Und du kannst Menschen umbringen, damit die Lebenden sich ordentlich benehmen.*

Mit zusammengepressten Lippen ging er zu dem kleinen Stall, um den Wallach zu striegeln und zu satteln.

XLI

Kalt und grau wie flüssiges Blei strömte der Fluss Gallos unterhalb der wiederaufgebauten Piere Elpartas vorbei, spielte um die vordersten Stützpfeiler, die weit draußen im Flussbett verankert waren, und brach sich an den Fundamenten aus Stein, auf denen der hintere Teil der Piere ruhte.

Cerryl stand auf der südlichsten Pier, wo ihm der Westwind ins Gesicht wehte, das feine braune Haar zauste und den Geruch von Schlamm und faulenden Pflanzen mitbrachte.

Die rasch dahinziehenden Wolken, die von Westen gekommen waren, bedeckten inzwischen mehr als ein Viertel des grünblauen Himmels. Die Luft schien jetzt sogar kälter zu sein als in der Morgendämmerung. *Schon wieder ein Unwetter.*

Die Tore der Händler hinter ihm standen offen. Angesichts des Zustandes der Stadtmauer am Fluss gab es ohnehin keinen Grund, sie zu schließen. Zweihundert Ellen weiter nördlich waren immer noch Bautrupps damit beschäftigt, die gröbsten Schäden zu beseitigen. Zwei Züge Lanzenreiter warteten auf ihren Pferden an den offenen Toren. Sie hatten ein halbes Dutzend Reservepferde dabei, da Cerryl nicht wusste, wie viele Leute mit Jeslek kamen und wer von ihnen, wenn überhaupt, ein Reittier brauchen würde.

Wie Cerryl am Vormittag mit dem Spähglas herausgefunden hatte, mussten sich die fünf Flusskähne bereits in der Nähe von Elparta befinden. Er wünschte, er hätte im Glas ein besseres Bild bekommen, aber das Wasser, in dem die Boote schwammen, machte das Spähen schwierig und manchmal sogar unmöglich, denn fließendes Wasser schien eine Art sich ständig verlagernder Ordnung zu erzeugen. Er trat von einem Fuß auf den anderen und warf einen Seitenblick zu Fydel.

Fydel starrte seinerseits unverwandt stromaufwärts nach Süden und bemühte sich, Cerryl geflissentlich zu übersehen.

Cerryl drehte sich um und ging ein paar Schritte in Richtung Mauer, dann wieder an Fydel vorbei zum anderen Ende der Pier.

»Der Erzmagier wird schon kommen.« Der Magier mit dem eckigen Bart hätte beinahe überheblich gegrinst. »Es ist oft besser, wenn Jeslek nicht in der Nähe ist. Das gilt besonders für diejenigen, die klug sein wollen. Also freut Euch nicht zu sehr über seine Rückkehr.«

Es ging ihm nicht um Jeslek. In den Kähnen war etwas gewesen … irgendetwas … und Cerryl war unglücklich, dass er Leyladin immer noch nicht mit dem Glas finden konnte. Einen Achttag zuvor war sie irgendwo mit den Händlern ihres Vaters geritten und jetzt … sie war wie vom Erdboden verschluckt. Bedeutete es, dass sie sich auf eine Seereise begeben hatte? Cerryl machte kehrt und lief zu den Toren zurück und noch einmal zum Ende der Pier. Vielleicht wusste Jeslek etwas über Leyladin. Ja, der Erzmagier musste etwas wissen.

Cerryl ging noch ein Dutzend Mal oder öfter auf der Pier auf und ab, bis er endlich vom südlichen Turm den Ruf hörte: »Schiff ahoi!«

Der Magier kniff die grauen Augen zusammen und sah aufs bleigraue Wasser hinaus. Nach einer Weile tauchte endlich das Schiff auf. Ein grün-goldener Wimpel flatterte unter dem Abzeichen von Fairhaven – das Kennzeichen eines Kauffahrers. Cerryl lächelte. Hatte Leyladin es geschafft, ihm noch etwas zu schicken? Und was hatte sie wohl geschickt? Er zuckte mit den Achseln. Es spielte keine Rolle. Wichtig war nur, dass sie es getan hatte, weil dies bedeutete, dass es ihr gut ging.

Fromme Wünsche. Er schob den Gedanken beiseite, als Fydel über die unebenen Bohlen zu ihm nach vorn kam.

»Wir tun besser so, als wären wir erfreut«, meinte Fydel trocken. Der ältere Magier deutete flussaufwärts, wo gerade ein zweites Schiff aufgetaucht war. »Vielleicht sollten wir uns sogar wirklich freuen. Der Erzmagier hat zweifellos mehr als Mehl und gepökeltes Schweinefleisch mitgebracht.«

Cerryl nickte. Er liebte gutes Essen, doch erinnerte er sich auch an die mageren Jahre im Bergwerk. Die Kost des letzten Winters war einfach, aber erheblich besser gewesen als die Ernährung in vielen Winterhalbjahren in seiner Jugend.

Auf dem Oberdeck des Schiffs mit dem weißen Mast, über Pferden in engen Ställen, über Ballen und Kisten, stand der Erzmagier. Cerryl schluckte. Rechts neben Jeslek konnte er Anya erkennen, aber links neben Jeslek und einen Schritt zurück stand eine weitere, ganz in Grün gekleidete Frau. Leyladins kurzes rotgoldenes Haar flatterte im kalten Wind und Cerryl hörte den eigenen Puls in den Ohren hämmern. Er schob sich auf der Pier noch weiter nach vorn bis dicht an den Poller.

Als die Matrosen vom führenden Schiff sprangen und schwere Hanfseile um den behelfsmäßigen Poller schlangen, blickte Cerryl zum zweiten und zum dritten Schiff. Beide waren voller Bewaffneter, die besser aussahen als die Rekruten des letzten Sommers, wenngleich nicht ganz so kühn wie die Weißen Lanzenreiter. Aber seine Blicke kehrten immer wieder zu der rotblonden Heilerin zurück, deren Lächeln den kalten Spätwintertag mit Frühlingswärme erfüllte.

»Wie ich sehe, seid Ihr überrascht«, meinte Fydel lachend. »Es wäre schön, wenn für mich auch eine dabei wäre.«

Cerryl bedauerte den Magier mit dem eckigen Bart ein wenig, der dumm genug war, sich zu Anya hingezogen zu fühlen. »So etwas kommt immer, wenn man am wenigsten damit rechnet.«

»Manchmal schon.«

Cerryls Zehenspitzen ragten fast über die Kante, als die Matrosen das Schiff festmachten.

Jeslek sprang als Erster vom Schiff auf die Pier herunter. Obwohl von gesünderer Gesichtsfarbe als bei seinem Aufbruch aus Elparta Anfang des Winters, schien er dünner, aber nicht unbedingt hager, und unter den Augen hatte er immer noch dunkle Ringe. »Fydel, Cerryl ... Ihr habt hier einiges geleistet.« Die goldenen Sonnenaugen funkelten ein wenig, während er nickend die wiederaufgebauten Piere und die Mauer am Fluss betrachtete.

Leyladin sprang übers Dollbord des Schiffs und Cerryl stürzte vor, um sie aufzufangen. Er fasste sie am Arm und dann standen sie kaum eine Elle voreinander auf den Bohlen der Pier und starrten sich an, als könnten sie nicht glauben, dass sie sich endlich wieder sehen durften.

»Ich kann es kaum fassen ...« Cerryls Stimme versagte.

»Ich auch nicht.«

»Wie …«, stammelte er.

»Man könnte sagen, dass Kinowins Zunge und Vaters Goldstücke zusammen eine große Überzeugungskraft besitzen.« Leyladin nahm seine Hände.

Er drückte ihre Hände und wollte sie an sich ziehen.

»Leyladin hat sich bereits als sehr nützlich erwiesen.« Anyas Lächeln war verkniffen und daher ehrlicher und nicht ganz so falsch wie sonst.

Von den Worten der rothaarigen Magierin aufgeschreckt, fuhr Cerryl herum. Er hatte sie nicht einmal kommen gespürt, aber jetzt, als sie dicht bei ihm stand, waren Trilia und Sandelholz überwältigend wie immer.

»Ich habe nur getan, was jeder gute Magier für andere tun würde.« Leyladin lächelte hart und falsch wie Anya und die grünen Augen funkelten wie gefrorene Smaragde.

»Wir sind Euch alle sehr dankbar, liebe Leyladin. Ganz besonders natürlich der junge Cerryl.« Anya wandte sich schon wieder zu Jeslek um, noch bevor sie ganz ausgesprochen hatte.

Leyladin presste die Lippen zusammen.

»War sie der Grund, dass du dich abgeschirmt hast?« Wieder drückte er ihre Finger.

Die Härte wich aus dem Gesicht und den Augen der Heilerin. »Nein, sie hat mich nicht bedroht.« Sie kam ihm noch einen halben Schritt entgegen, löste die Hände aus seinem Griff und schlang fest die Arme um ihn. »Ich habe dich so vermisst.«

»Ich dich auch.«

Eine Weile hielten sie sich nur schweigend fest.

Eine Erschütterung lief durch die Pier, als das zweite Schiff beim Anlegen zurückschlingerte und von den Tauen festgehalten wurde. Mit einen Anflug von Zufriedenheit, weil das Schiff an einer neuen, stabilen Pier festgemacht werden konnte, löste Cerryl sich von Leyladin und drehte sich zu Jeslek, Anya und Fydel um.

»… ein paar Angriffe, aber wir haben nur eine Hand

voll Lanzenreiter verloren ... Cerryl hat uns durch den Wiederaufbau entlastet ... als Reserve im Rücken ganz gut geeignet ...«

Cerryl wäre ob dieses herabsetzenden Kommentars beinahe zusammengezuckt, aber er zwang sich zu einem Lächeln, während er Hand in Hand mit Leyladin zu den anderen trat.

Noch einmal bebte die Pier, als das dritte Schiff etwas weiter stromabwärts festgemacht wurde. Cerryl blickte zum Fluss hinaus. Ein weiteres Schiff hielt auf die unteren Piere zu.

Jeslek bemerkte den Blick. »Das sind nur die Ersten, nicht mehr als fünfzehn Züge bisher. Präfekt Syrma hat sich verpflichtet, in den nächsten drei Achttagen einhundert Züge zu schicken. Zwei Tagesreisen im Süden liegen weitere fünfzehn Züge Lanzenreiter.«

Wie hat er das nur geschafft?

»Ihr fragt Euch, wie ich das geschafft habe? Ich habe angedeutet, dass er es sicher nur ungern sehen würde, wenn Fenard das gleiche Schicksal erlitte wie Elparta. Außerdem habe ich ihn wissen lassen, dass mindestens ein halbes Dutzend Magier dazu imstande wären und dass die Gilde sich keine Frechheiten mehr bieten lässt.«

»Und dann hat er beim Abendessen den Unterpräfekten zu Asche verbrannt. Dazu den Waffenmeister und ungefähr zehn aufgebrachte Hauptleute«, ergänzte Anya trocken.

»Anya ist mir ein wenig zur Hand gegangen«, meinte Jeslek lächelnd. »Präfekt Syrma ließ sich gern überzeugen, dass Zusammenarbeit der Vernichtung vorzuziehen ist.«

Cerryl und Leyladin lächelten leicht, aber Cerryl konnte spüren, dass sie sich innerlich so leer fühlte wie er selbst.

Natürlich hatte Fairhaven viel zu bieten, aber war Gewalt wirklich die einzige Möglichkeit, den anderen Ländern in Candar zum Wohlstand zu verhelfen? Andererseits wollten diese Länder an den Vorzügen des Wohlstands und der guten Straßen gern teilhaben, ohne ihren Beitrag dazu zu leisten.

Als Jeslek einen Hauptmann der Lanzenreiter erblickte, den Cerryl nicht kannte, winkte der Erzmagier abrupt. »Schafft zuerst die Pferde von Bord.«

»Jawohl, Ser.« Der Hauptmann machte kehrt und gab den Befehl mit einem Ruf an einen purpurn gekleideten Mann weiter, der im Bug wartete: »Die Pferde zuerst!«

»Die Pferde zuerst, jawohl. Die Rampe anlegen!«

Zwei Matrosen schoben eine hölzerne Rampe über die Kluft zwischen dem Boot und der Pier.

»Die Mauern sind erneuert«, bemerkte Leyladin.

»Schau nach Norden. Da oben sieht es noch aus, wie es vorher überall ausgesehen hat«, erklärte Cerryl.

Der Schatten einer Wolke fiel über die Piere, ein schneidend kalter Wind kam auf und kündete von weiteren Schneefällen, bevor der Frühling Einzug halten würde.

»Euer Pferd, Erzmagier«, sagte ein Lanzenreiter, der einen Braunen mit rotem und weißem Zaumzeug vom Schiff geführt hatte. Ein Teil des weißen Schmucks war vergilbt. »Wir haben ihn getränkt, aber ich würde noch nicht weit mit ihm reiten.«

»Nur bis zu meinem Quartier.« Jeslek schwang sich in den Sattel und Anya musste sich beeilen, um zu ihrem Pferd zu gelangen und zu ihm aufzuschließen. Hinter den beiden ritt ein Zug Lanzenreiter, die ebenfalls mit diesem Schiff gekommen waren.

Fydel hielt sich überheblich lächelnd im Hintergrund.

Als er sich umdrehte, um dem Erzmagier nachzuschauen, bemerkte Cerryl am linken Tor den dürren, weißhaarigen Jidro, der lächelnd die Piere und Schiffe beobachtete.

Ein weiterer Lanzenreiter erschien mit einem schwarzen Pferd. »Herrin Leyladin, wir danken Euch.«

»Ich bin froh, dass ich Euch die Dinge etwas erleichtern konnte.« Die Heilerin lächelte und stieg auf.

Cerryl lief ein paar Dutzend Ellen weit neben Leyladin, bis er auf seinen Wallach steigen konnte, der bei Hisers Lanzenreitern festgemacht war.

Als Cerryl sich in den Sattel schwang, trieb Hiser seinen Braunen nach vorn. »Ser? Wollt Ihr in Euer Quartier zurück?«

»Ja. Die Heilerin kommt mit mir.« War das voreilig gewesen? Aber wo sonst sollte sie unterkommen? Er drehte sich zu ihr um. »Ich hoffe, das geht in Ordnung?«

»Ich würde sagen, das ist die beste Möglichkeit.« Sie hätte beinahe gegrinst und die grünen Augen blitzten.

»... klar, dass sie zu ihm gehen würde«, murmelte Fydel im Hintergrund.

Cerryl lenkte den Wallach durch die offenen Tore der Händler zur Hauptstraße, Hiser und sein Trupp Lanzenreiter folgten ihnen. Leyladin ritt so dicht neben ihm, dass sich ihre Beine fast berührten.

Cerryl sah sie neugierig an. »Was hast du für die Lanzenreiter getan?«

»Ich habe Dörrfrüchte, Nüsse, gutes Brot und Käse mitgebracht.« Nachdenklich sah sie sich um, während sie durch die wiederaufgebauten Häuser des Viertels ritten und auf die Hauptstraße einbogen, wo die meisten der durch Jesleks Angriff hervorgerufenen Schäden noch nicht behoben waren. »Sieht es überall so aus?«

»Mehr als die Hälfte Elpartas war betroffen. Es war schon schwer genug, die Piere, Tore und Mauern wiederaufzubauen und dazu genug Häuser instand zu setzen, um die Leute unterbringen zu können.« Cerryl hustete. »Wenn jetzt noch einmal dreißig Züge kommen ... ich weiß nicht. Der Winter ist lang hier und er ist noch nicht vorbei.«

»Die meisten Kämpfer werden sich nicht lange hier aufhalten«, prophezeite Leyladin.

»Falls die Spidlarer sie nicht aufhalten.«

»In Hydlen wurde schon wieder ein neuer Fürst eingesetzt und dieser wird Rekruten schicken.«

»Haben Jeslek und Anya noch einmal Hydolar besucht?«

»Nein. Eliasar hat Renklaar eingenommen. Der Hafen gehört jetzt Fairhaven.«

Cerryl nickte. Das war ein geschickter Schachzug. Wenn die Leute in Hydlen mehr auf Geld als auf Treue gaben, dann musste man ihre Geldquelle in Besitz nehmen. *Sollte Fairhaven auch Lydiar einnehmen? Und Ruzor? Nachdem Spidlaria eingenommen war?*

»Es war Sterols Idee. Ich glaube, er hat nicht damit gerechnet, dass Jeslek auf seinen Vorschlag eingeht, aber der Erzmagier hat es getan.« Leyladin lachte leise und bitter.

Die Wolken schütteten ein Schneegestöber aus, der Wind nahm an Stärke zu, bis er unablässig um die Häuser pfiff.

»Ein Glück, dass du vor dem Unwetter hier angekommen bist.«

»Vergiss nicht, dass du bis eben überhaupt nicht wusstest, dass ich komme«, neckte sie ihn.

»Ich kann mich doch trotzdem freuen.« Cerryl deutete eine Straße hinunter. »Dort hinein – in die lange, schmale Straße da drüben.«

»Ist es noch weit?«

»Weniger als eine Meile.«

Leyladins Stute schnaubte und brach aus, als der Wind vor ihnen ein herrenloses graues Stück Tuch flattern ließ. »Es ist … es ist so öde hier.«

»Jeslek hat harte Bedingungen gestellt. Die meisten Einwohner sind geflohen, nur wenige sind bisher zurückgekehrt.«

»Sind deine Bedingungen denn milder?«

»Ich versuche, die Regeln der Stadtwache anzuwenden. Auch auf die Lanzenreiter. Manchmal mache ich mich damit etwas unbeliebt.«

»Warum? Die Regeln sind doch gerecht.«

»Ich habe drei oder vier Lanzenreiter und einige Einheimische hingerichtet. Ein Lanzenreiter hat eine Einheimische vergewaltigt und getötet – eine Dirne, die nicht hätte bleiben sollen, aber das heißt noch nicht, dass man sie einfach töten darf.«

»Du gibst dir Mühe wie immer ...« Sie drehte sich zu ihm um und lächelte traurig. »Auch wenn du Erzmagier würdest, du wärst immer noch von der Welt enttäuscht.«

»Wahrscheinlich sogar noch mehr als jetzt. Die Dinge würden immer noch nicht so laufen, wie ich es mir vorstelle, aber ich könnte nicht mehr Jeslek die Schuld geben.«

Sie bogen in die kurze Straße ein, an der sein Haus lag.

»Da vorne ist es.«

»Hier oben gefällt es mir besser«, sagte Leyladin.

»Jeslek hat das große Haus da drüben bezogen. Es gibt hinten herum einen direkten Weg dorthin, es sind höchstens zweihundert Ellen.«

»Verrate es ihm nicht. Lass ihn den weiteren Weg reiten.«

»Ich muss bei ihm antreten, nicht er bei mir.« Cerryl schnitt eine Grimasse. »Schon vergessen?«

Leyladin zügelte kichernd das Pferd am großen Tor des Hauses. Sie striegelten die Stute und den Wallach und stellten die beiden in benachbarte Boxen des kleinen Stalls, dann gingen sie durch den leichten Schnee zum Haus. Draußen hielten zwei Lanzenreiter Wache.

Cerryl wandte sich an die beiden Wächter. »Zoyst, Natrey, dies ist die Herrin Leyladin, eine der wenigen Heilerinnen, die wir haben. Sie wird hier wohnen.«

»Ja, Ser.«

»Es freut mich, Euch kennen zu lernen.« Leyladin lächelte freundlich.

Die Gesichter der Wächter blieben unbewegt, aber

Cerryl konnte spüren, dass sie ein wenig auftauten. *Ihr gelingt, was ich nicht vermag. Mich respektieren sie nur, aber sie wird von allen geliebt. Ausgenommen von Anya.*

Cerryl deutete zum Wohnzimmer.

»Ist das dein Haus? Ich habe damit gerechnet …« Sie ging durch den Raum und lugte ins Studierzimmer, wo der Schreibtisch und der runde Tisch standen.

»Du hast ein Haus erwartet, das einem Lanzenreiter angemessen wäre?«, fragte Cerryl. »Ich habe meine Privatgemächer, aber ich esse, was die Lanzenreiter essen.«

»Und du sorgst natürlich dafür, dass sie es erfahren«, meinte Leyladin mit funkelnden Augen. »Du schläfst doch sicher nicht hier, oder?« Sie deutete zum runden Tisch.

»Ich verbringe viel Zeit hier unten.« Er hielt inne. »Oh, natürlich … ich zeige es dir.« Er nahm ihre Hand und sie gingen zum Vorraum und zur schmalen Treppe. »Da oben.« Er deutete hinauf.

»Darf ich mich umsehen?«

»Es gibt dort noch zwei weitere Schlafzimmer. Eines ist leer. Ich meine … es steht natürlich ein Bett darin und was man sonst braucht.«

Leyladin lächelte. »Ich hab's verstanden.« Sie ging die Treppe hinauf und einen Augenblick später folgte Cerryl ihr.

Die Heilerin sah zuerst ins linke und dann auf der anderen Seite ins größere Schlafzimmer. »Das ist hübsch.« Sie betrachtete das Himmelbett, das kleine Sofa, die geschwungenen Streben des Waschtischs. »Du hältst es ordentlich und sauber.«

»Das ist natürlich nicht mit den Duschen in den Hallen zu vergleichen«, sagte Cerryl, »und ich muss das Wasser mit Chaos-Energie vorwärmen.«

»Es ist gut … wenn man dich in der Nähe hat.« Die Heilerin tat einen halben Schritt zu dem mit Läden gesicherten Fenster, dann drehte sie sich lächelnd um.

»Hast du Hunger? In der Küche sind noch ein paar Brötchen und etwas Käse. Hier gibt es nichts, was sich mit Furenks Lokal vergleichen ließe. Wahrscheinlich hat es das auch nie gegeben.« Cerryl wollte zur Tür und hinunter zur Küche gehen.

»Cerryl?«

Er blieb stehen.

»Du hast mich durch dein Glas gesehen, aber ich habe dich seit mehr als einem Jahr nicht gesehen. Du musst jetzt nicht gleich losrennen und Brötchen holen.«

»Ich muss«, gestand er. »Ich bin am Verhungern. Und ich konnte dich seit mehr als einem Achttag nicht mehr im Glas entdecken, aber gegessen habe ich trotzdem noch nicht viel.«

Sie lächelte gerührt. »Hast du dir wirklich Sorgen gemacht? Ich wollte dich einfach überraschen, aber ich wollte dich nicht ängstigen. Es war ziemlich anstrengend, die Schilde auf der Straße aufrechtzuerhalten.«

»Die Überraschung ist dir gelungen.«

»Nun ja, ich könnte auch etwas zu essen gebrauchen.« Sie schüttelte den Kopf. »Aber es gibt etwas noch Wichtigeres.«

Cerryl erstarrte vor Schreck. Was hatte er übersehen?

»Keine Angst.« Sie kam zu ihm, umarmte ihn, küsste ihn und drängte sich gegen ihn, wärmer und weicher, fordernder als je zuvor …

Vergiss die Brötchen … Er nahm sie in die Arme.

XLII

Cerryl betrachtete die rotblonde Heilerin, die neben ihm lag, dann drehte er sich in der grauen Morgendämmerung wieder auf den Rücken. *Nach all den Jahren … warum gerade jetzt?*

»… all die Jahre gewartet …« Leyladins Stimme war schwer vom Schlaf. Sie drehte sich träge zu ihm herum. »… hast du auch gewartet.«

»Ich habe dich im Glas gesehen … es muss jetzt mehr als ein halbes Dutzend Jahre her sein, dass ich dich zum ersten Mal sah.« Er stützte sich auf den rechten Ellenbogen, um sie anzusehen, und fuhr mit dem Finger an ihrem Kinn entlang.

»Ich wusste damals nicht, wer du bist.«

»Ich wusste damals auch nicht, wer du bist.«

»Ich habe mich nicht sehr verändert.«

»Du magst immer noch grüne Sachen.«

Leyladin zog ihr Nachthemd über, setzte sich auf, stopfte sich ein Kissen in den Rücken und lehnte sich an.

»Das brauchst du nicht«, neckte Cerryl sie. »Das Nachthemd meine ich.«

»Oh?« Sie zog die Augenbrauen hoch.

»Du hast es die ganze Nacht nicht gebraucht.«

»Da war es aber dunkel.« Ihr zimperlicher Tonfall verwandelte sich in ein Lachen, in das Cerryl sofort einstimmte.

Dann schwiegen sie eine Weile, schließlich räusperte sie sich. »Oh, ich sollte es dir wohl lieber gleich sagen. Kinowin hat mir ein Versprechen abgenommen.«

»Was hat er dich ihm versprechen lassen?« Eigentlich wollte Cerryl nicht über Kinowin oder Jeslek oder sonst jemanden reden.

»Er hatte eine Botschaft für dich, die er nicht aufschreiben wollte.« Leyladin schüttelte den Kopf. »Er wird alt, genau wie Myral. Er war immer so groß und stark und jetzt geht er gebeugt und muss aufpassen, wohin er die Füße setzt, damit er nicht schlurft und irgendwo anstößt.«

»So schnell ist es gegangen?«

»Es geht immer schnell.« Ihre Augen verschleierten sich ein wenig, als sie Cerryl anschaute.

Schaudernd erkannte er, dass sie offenbar mehr als einen Grund gehabt hatte, nach Spidlar zu kommen.

»Nun, ganz so weit ist es noch nicht.« Ihre Stimme klang belegt. »Das Leben ist kurz ... viel zu kurz.«

Das hatte Cerryl auch schon herausgefunden. »Äh ... und was willst du mir jetzt sagen?«

Leyladin schluckte. »Er sagte ... du brauchst nicht gegen Jeslek zu kämpfen. Folge einfach Myrals Ratschlägen und halte das Chaos von dir fern, wenn du es bündelst. Das ist alles, was Myral von dir erwartet hat.«

»Ich hatte überhaupt nicht vor, gegen Jeslek zu kämpfen.«

»Das hat Kinowin auch nicht geglaubt, aber er wollte dir zu verstehen geben, dass die größte Gefahr für Fairhaven von Anya ausgeht.«

»Weil sie nicht an die Werte der Gilde glaubt und ihre Verbindung zu Jiolt benutzt, um die Händler zu beeinflussen?«

Leyladin schüttelte langsam den Kopf. »Warum erzähle ich dir das überhaupt?«

»Weil es hätte sein können, dass es mir noch nicht bewusst war, weil es wichtig ist, sich auszutauschen, und weil ich dir und Kinowin vertraue.« Er hielt inne und dachte an die Druidenseide, an die Spur, die er nicht weiter verfolgt hatte. An das Stück Stoff, von dem er *gewusst* hatte, dass es ihn zu Jiolt führen würde. »Außerdem beruht vieles von dem, was ich über Anya denke, auf Eingebungen und Ahnungen, die ich nie beweisen könnte. Deshalb hilft es mir, wenn andere zu einer ähnlichen Einschätzung kommen.« Cerryls Magen knurrte vernehmlich.

»Ich glaube, ich sollte dich jetzt etwas essen lassen.« Leyladin beugte sich vor und küsste ihn auf die Wange. »Wenn du mich noch einmal so schinden willst wie in der letzten Nacht ...«

»Schinden? Wer hat hier wen geschunden?«

Cerryl errötete.

»So wie jetzt bist du besonders hübsch.«

»Was meinst du damit?«

»Wenn du rot wirst.« Leyladin grinste. »Du wirst ja sogar am ganzen Körper rot.«

Mindestens bis zur Hüfte, wie Cerryl sehr genau wusste. »Du bist mir aber eine.«

»Mach schon, zieh dich lieber schnell an.«

»Ich?« Cerryl schluckte. Wenn das Geplänkel noch weiter ging, würde er nur noch mehr in Verlegenheit kommen.

»Und während ich mich anziehe, kannst du dir unten überlegen, was wir essen.«

»Schade.«

»Lass einer armen Frau ihre letzten Geheimnisse.«

»Geheimnisse – du wirst immer geheimnisvoll sein.« Cerryl setzte die Füße auf den Läufer vor dem Himmelbett und ging zum Waschtisch. Mit etwas Chaos-Energie wärmte er das kalte Wasser auf.

Nachdem er sich rasiert und angezogen hatte, kippte er das Wasser aus dem Nordfenster. Dort konnte es keinen Schaden anrichten und würde nur die Eispyramide vergrößern, die sich bereits auf den Ziegelsteinen gebildet hatte. Anschließend füllte er die Schüssel nach.

»Schließe das Fenster … bitte.«

»Es tut mir Leid.« Er schloss das Fenster und erhitzte das Wasser, bis es fast dampfte. Sein Kopf begann zu pochen.

»Liebster … das wäre nicht nötig gewesen.« Leyladin beugte sich zu ihm und die Kopfschmerzen waren vergessen.

»Du … du bist unmöglich.«

Auf einmal schluckte er. »Du weißt … du siehst manchmal, was ich denke.«

»Meistens braucht es nicht viel, um deine Gedanken zu erraten.« Das neckische Lächeln verschwand und sie nickte. »Manchmal spürst du auch, was in mir vorgeht. So etwas geschieht manchmal zwischen zwei Magiern.«

Cerryl setzte sich auf den Stuhl. »Ich habe das für Einbildung gehalten.«

»Nein, mein Liebster. Was glaubst du wohl, warum ich hier bin?«

»Weil ich unmöglich bin?« Er lächelte unsicher.

»Du weißt es besser.«

Jetzt war das Lächeln nicht mehr unsicher. Er beugte sich übers Bett und küsste seine rotblonde Heilerin auf die Lippen. »Ich lasse dir dein Geheimnis.«

»Und besorge uns etwas zu essen, falls du weißt, wie man das macht.«

»Ich werd's schon schaffen.«

»Gut.«

Irgendwie war der graue Tag voller Sonne, als er mit seinen schweren weißen Stiefeln die Treppe hinuntertrampelte.

XLIII

Das Heulen des Windes hatte ebenso wie das Schneegestöber schon vor einer Weile aufgehört. Der Schnee, der in den letzten beiden Tagen ausgiebig gefallen war, wehte durch die Straßen Elpartas, soweit die Streifen der Stadtwache ihn nicht zu einer Art zweitem Pflaster – oder zu Eis – festgetrampelt hatten.

Im Haus hatte das Kaminfeuer in der Bibliothek – immerhin zwei dicke Holzklötze auf einem Haufen Kohlen – die klamme Kälte noch nicht vertreiben können, nachdem das Gebäude längere Zeit nicht bewohnt worden war. Der Erzmagier trug auch drinnen einen rot gesäumten weißen Wollmantel. Jeslek betrachtete den Tisch in der Mitte der Bibliothek, die ihm jetzt, wie schon einmal, als Hauptquartier diente. Er sah zwischen Anya, Cerryl und Leyladin hin und her, bis sein

Blick schließlich auf Fydel fiel. »Kurz bevor wir in Fairhaven aufgebrochen sind, erhielt ich Eure Nachricht. Warum habt Ihr Abstand davon genommen, die Bedingungen der Spidlarer zu akzeptieren?«

Fydel spielte nachdenklich mit seinem dunklen Bart und sah den Erzmagier treuherzig an. »Ich habe ihnen nicht getraut. Nachdem ich mit Cerryl gesprochen hatte, traute ich dem Angebot sogar noch weniger.«

»Oh?« Der Erzmagier wandte sich an den jüngsten Magier in der Runde. »Cerryl, was habt Ihr gesagt, dass Euer Gefährte, der ältere Magier, so unsicher wurde?« Jesleks Ironie war unverkennbar.

Cerryl setzte ein Lächeln auf, das ganz gewiss nicht von Herzen kam. »An den genauen Wortlaut kann ich mich nicht erinnern, aber es gab einige Punkte, die mich beunruhigt haben. Zunächst einmal hatten die Spidlarer bis dahin um jede Handbreit Boden gekämpft, aber auf einmal wollten sie uns freien Zugang zu ihrem Land gewähren. Sie haben Bedingungen angeboten, die auch ein erobertes, mit Gewalt niedergeworfenes Land nur widerwillig akzeptiert hätte. Der Vicomte und der Präfekt sind unsere Verbündeten, die uns unterstützen sollten, aber sie kommen ihren Verpflichtungen nur widerwillig nach. Spidlar ist uns feindlich gesonnen und bietet uns mehr als die Verbündeten. Warum sollten wir von Feinden mehr erwarten können als von unseren Freunden? Außerdem stellt der Schmied Dorrin weiterhin Vorrichtungen und Teile irgendeines Geräts her, die derart viel Schwarzes Eisen enthalten, dass die Ordnung beinahe das Glas zerspringen lässt, wenn ich ihn beobachte. Und die Angriffe auf unsere Streifen haben keineswegs aufgehört.«

»Angesichts dieser Logik und angesichts Eurer hohen Meinung von unseren Freunden würde Fairhaven wohl nichts anderes übrig bleiben, als ganz Candar einzunehmen, und ich wage zu bezweifeln, dass uns dies gelingen würde.« Jeslek kicherte, nicht ganz ohne Bitterkeit.

Warum eigentlich nicht? Es könnte sich letzten Endes als einfacher erweisen als all dieses Taktieren und Intrigieren. »Einen solchen Vorschlag wollte ich niemals machen, Erzmagier.«

»Warum misstraue ich freundlichen Antworten besonders dann, wenn mit ihnen mein Titel genannt wird?«

Fydel legte eine Hand vor seinen Mund, was wohl zu bedeuten hatte, dass er ein Lächeln verbergen musste. Anya strahlte.

»Ich weiß es nicht, Ser. Ihr habt nach meinen Überlegungen gefragt.«

»Was haben Eure Worte denn nun zu bedeuten? Was haben sie *wirklich* zu bedeuten?«

»Ich glaube, dass die reicheren Kaufleute in Spidlar große Opfer bringen würden, damit sie weiter Handel treiben können, dass aber ihre Bewaffneten dies nicht unbedingt unterstützen würden.«

»Und Recluce auch nicht«, erwiderte Jeslek. »Haben wir noch etwas von dort gehört?«

»Nein«, antwortete Fydel.

»Auch gut. Cerryl könnte dieses Mal sogar Recht haben.« Jeslek wandte sich an den jüngeren Magier. »Würdet Ihr noch ein Stück Holz ins Feuer legen?«

Cerryl nickte und stand auf. Er holte einen Klotz aus dem Holzkasten, der fest in den Kamin eingebaut war, und schob ihn ins Feuer. Dann legte er noch einen zweiten nach und kehrte zu seinem Stuhl zurück.

»Wenn wir Spidlar erobern wollen, brauchen wir noch mehr Magier, die mit Feuerkugeln schießen können«, erklärte Jeslek. »Ich habe darum gebeten, dass ein Dutzend Magier zu uns stoßen, bevor wir mit dem Angriff beginnen.«

»Und wen habt Ihr angefordert?«, fragte Fydel.

»Es sind überwiegend junge Magier – Euer früherer

Assistent Buar, Myredin, Bealtur, Faltar, Kalesin, Ryadd und einige andere, an deren Namen ich mich nicht erinnere. Eliasar hat ebenfalls ein paar Leute vorgeschlagen.«

»Warum so viele?«, fragte Fydel stirnrunzelnd.

»Ich habe die Absicht, in Spidlar ein Exempel zu statuieren, damit wir mit Hydlen, Certis und Gallos keinen Ärger mehr haben.«

Anyas Lächeln wurde breiter. »Hydlen hätte es sicherlich verdient.«

»Mir ist Hydlens Gold lieber als Hydlens Leichen, meine liebe Anya.« Jeslek hustete.

»Mir auch«, murmelte Fydel. »Gold riecht besser und ist nützlicher.«

»Leichen halten ihre Goldstücke nicht fest«, konterte Anya. »Händler schon. Und Verräter auch.«

»Es reicht«, fauchte Jeslek. »Leichen verdienen keine neuen Goldstücke. Lebende Händler tun es. Außerdem ist die Entscheidung gefallen.« Er nickte knapp in Anyas und Leyladins Richtung.

Die rothaarige Magierin erhob sich mit fließenden Bewegungen wie eine Schlange. »Fydel, Leyladin und ich werden jetzt gehen, da wir hier nichts mehr beisteuern oder tun können.«

Fydel schien einen Augenblick verwirrt, aber Anya fasste lächelnd seinen Arm. Leyladin verabschiedete sich mit einem leichten Lächeln von Cerryl und stand auf. Als die Tür geschlossen war, lehnte Jeslek sich zurück, doch seine Augen blieben hart und funkelten böse, waren jedoch eher auf das knackende Feuer als auf den jüngeren Magier gerichtet.

»Die Heilerin war sehr hilfsbereit, und ich bin sicher, dass dies auch so bleiben wird … solange sie ihrem Weg als Schwarze folgt. Und ihr Vater unterstützt die Gilde nach Kräften.«

»Ich sehe keinen Grund, warum sich dies ändern sollte«, meinte Cerryl vorsichtig. »Layel ist sich durchaus bewusst, welche Vorteile die Gilde einem Mann seiner Stellung bietet.«

»Aber was wollt Ihr mit der Heilerin? Wollt Ihr mit ihr ins Bett gehen, bis sie alt und grau ist?«

Anyas Begabungen ändern sich jedenfalls nicht, ganz egal, mit wem sie ins Bett geht. »Es gibt keinen Grund, warum sich einer von uns ändern sollte. Nicht nach den *Farben der Weiße* und allem anderen, was ich gelesen habe.« Cerryls Stimme blieb ruhig.

»Zu große Nähe zu einer Schwarzen wird Euch schwächen.« Auch Jesleks Stimme verriet nicht, was er dachte. »Ihr seid nicht so stark, wie Ihr selbst vielleicht glaubt.«

»Im Vergleich zu Euch betrachte ich mich ganz sicher nicht als stark«, erwiderte Cerryl freimütig.

Jeslek lachte. »Ah, Cerryl, wie immer grundehrlich. Ihr täuscht Euch, was die Heilerin angeht, aber nicht in Bezug auf die Macht.«

Aber ich täusche andere über meine Macht. »Ich versuche mir nichts vorzumachen, was meine Fähigkeiten anbelangt.« *Das versuche ich wirklich.*

Jeslek schüttelte den Kopf. »Geht jetzt. Geht mit ihr ins Bett oder macht, was Ihr wollt. Ihr seid jung und werdet es selbst sehen. Nichts, was ich sagen könnte, würde daran etwas ändern. Aber vergesst nicht, dass ich es Euch gesagt habe. In der Macht liegt mehr Wahrheit als in der Beziehung zu irgendeiner Schlampe … aber die Macht ist eine spröde Geliebte.«

»Mit Eurer Erlaubnis?« Cerryl stand auf.

»Mit meiner Erlaubnis … aber werft noch einen Klotz ins Feuer, ehe Ihr geht.«

Cerryl schwitzte schon, doch Jeslek war nach wie vor in den Mantel gehüllt. »Natürlich.«

Jeslek schaute nicht einmal vom Tisch und seinem Glas auf, als Cerryl die Bibliothek verließ.

Machten sich alle Weißen Magier Sorgen, ihre Macht könnte durch zu große Nähe zu einer Ballung von Ordnung geschwächt werden? Oder fürchtete Jeslek etwa, Leyladin könnte Cerryl vielleicht sogar stärken? Cerryl verkniff sich ein Stirnrunzeln, als er auf den Flur trat, um Leyladin zu suchen.

XLIV

In Begleitung der vier Lanzenreiter, die ihm überallhin folgten, besichtigte Cerryl den Abschnitt der Flussmauer, wo die Arbeiter gerade in der Nachmittagssonne beschäftigt waren. Der Tag war der wärmste seit dem letzten Herbst. Elf Arbeiter waren am Werk, allesamt Einheimische aus der Umgebung.

Der dürre, weißhaarige Jidro legte eine eiserne Brechstange weg und kam dem Magier entgegen. »Der schönste Tag seit einer ganzen Jahreszeit, Ser Magier.«

»Das meine ich auch. Wie geht es hier voran?«

»Die Jungs und ich werden die Mauer am Fluss bald fertig haben«, erklärte Jidro. »Hat ein wenig länger gedauert als ich dachte. Um meine Erinnerungen ist es heutzutage leider besser bestellt als um meine Geschicklichkeit.«

»Ihr habt gute Arbeit geleistet, Jidro.« Cerryl suchte seine Börse, nahm ein Silberstück heraus und gab es dem Mann. »Nehmt das hier als kleine Belohnung.«

»Ser.« Der Mann verneigte sich. »Ich möchte Euch danken und hinzufügen, dass ich nie damit gerechnet hätte, einmal von einem Weißen Magier eine Belohnung zu bekommen.«

»Es gibt noch mehr Arbeit, wenn Ihr wollt.«

Jidro schien verwirrt. »Es heißt, Ihr würdet weiterziehen.«

»Das werden wir tun, aber auch die anderen Mauern müssen repariert werden und die neuen Abwasserkanäle an den Hauptstraßen sind ebenfalls noch nicht fertig.«

»Ich bin Euer Mann, Ser.«

»Gut. Wendet Euch an Kiolt. Er ist Unteroffizier bei den Lanzenreitern. Ich werde ihm sagen, dass Ihr ihn gelegentlich aufsuchen werdet. Falls es Schwierigkeiten gibt, bin ich auch selbst noch eine Weile da.«

»Danke, Ser Magier.«

»Ich habe Euch zu danken, Jidro.«

Cerryl ritt über die Hauptstraße zurück. Der Flussmauer gegenüber arbeiteten zwei Männer, die ihn und die Lanzenreiter geflissentlich übersahen, an einem Haus.

»Was sollte das denn?« Fydel hatte sein Pferd vor der Zufahrt zu den Pieren gezügelt und erwartete Cerryl. Vier Lanzenreiter begleiteten den Magier mit dem eckig gestutzten Bart.

»Ich sorge dafür, dass die Reparaturen ausgeführt werden«, antwortete Cerryl.

»Ich verstehe nicht, warum Ihr Euch wegen der Mauern und der Straßen solche Gedanken macht«, sagte Fydel. »In ein paar Achttagen folgen die meisten von uns dem Flusslauf und Ihr kommt mit.«

»Ich weiß. Aber wir müssen eine Abteilung hier lassen und ich habe Jeslek überredet, auch ein paar Goldstücke herauszugeben, damit die wichtigsten Reparaturen beendet werden können. Kiolt ist bereit, die Arbeiten zu beaufsichtigen. Sein Vater war Maurer.«

»Warum?«

Cerryl lächelte. »Weil dies billiger ist, als die Stadt noch einmal erobern zu müssen.«

»Das müssen wir im Zweifelsfall sowieso. Die Leute vergessen, was länger als einen Achttag zurückliegt. Glaubt Ihr, sie sind uns dankbar, weil Ihr die Schäden beseitigt habt, die wir selbst verursacht haben?«

»Nein. Ich glaube, die Einheimischen hier werden sich merken, dass wir entweder zerstören oder aufbauen können und dass die Entscheidung bei ihnen liegt.«

»Sagt das mal Jeslek oder der Gilde in Fairhaven.« Fydel zog an den Zügeln und nahm sein Pferd herum, um im Schritt zurück zum Tor zu reiten.

Hatte Fydel mit seiner Einschätzung Recht? Waren die meisten Menschen wirklich so unverständig? Oder hatte aus Fydel nur die Verachtung etlicher Weißer Magier gegenüber einfachen Menschen gesprochen? Cerryl ritt nachdenklich den Hügel hinauf. Pattera, das kleine Mädchen des Webers, hatte ihn vor Jahren warnen wollen. Hatte er auch nur den Versuch gemacht, sich bei ihr zu bedanken?

Cerryl zuckte zusammen, als die Erinnerungen kamen. Und was war mit Tellis? Er hatte Cerryl das Schreiben gelehrt und ihm damit den Weg geebnet, Magier zu werden. *Ganz so war es nicht … er hat dich beinahe hinausgeworfen, als die Gilde nach dir suchte.* Trotzdem … Tellis hatte ihm geholfen. *Bist du denn besser als Fydel?*

Cerryl war sich nicht sicher … und noch weniger, ob er darauf überhaupt eine ehrliche Antwort geben konnte.

Wieder bei seinem Haus angekommen, brachte Cerryl zunächst den Wallach im Stall unter. Er freute sich, dass Leyladins Stute in der benachbarten Box stand. Sie hatte erkunden wollen, welche Heilkräuter und Wurzeln sie hier auftreiben oder aus dem noch halb gefrorenen Boden ausgraben konnte, und war offenbar schon von ihrem Ausflug zurück. Er ging zum vorderen Eingang und begrüßte die Wachen mit einem Nicken. Jetzt, da das Wetter besser wurde, standen sie draußen vor dem Vorraum auf dem Treppenabsatz.

»Zoyst, Natrey, alles in Ordnung?«

»Jawohl, Ser. Es ist schön, wieder einmal die Sonne zu sehen«, antwortete der dunklere Natrey.

»Ich freue mich auch darüber.« Der Magier betrat den

Vorraum und blinzelte kurz, bis die Augen sich ans Zwielicht gewöhnt hatten.

»Cerryl? Bist du es?« Leyladin kam langsam die Treppe herunter und rieb sich die Augen. »Ich muss … ich bin wohl eingeschlafen.«

»Du hast dich beim Heilen übernommen, und dein Körper verlangt die Ruhe, die er braucht.«

»Viele der Kämpfer sind noch ganz jung.«

»Viele? Schickt Jeslek schon seine Truppen aus, dass viele verletzt zurückkehren?«

»Nein. Es waren dieses Mal nur zwei, aber ich habe mir auch die anderen Leute angesehen und … ich weiß, dass viele sterben werden. Einer hatte einen Schnitt im Arm, der Zweite hatte einen eisernen Pfeil in die Brust bekommen.«

»Eisen?«

»Ich glaube, der Pfeil war für Fydel gedacht. Abgefeuert mit einer Armbrust.«

Eisenpfeile gegen Magier? Cerryl schauderte. Der Ausflug nach Spidlar konnte ein teures Vergnügen werden.

»Du musst vorsichtig sein«, drängte sie ihn. Auf der vorletzten Treppenstufe blieb sie stehen. Einmal größer als Cerryl, legte sie von oben die Arme um ihn.

Cerryl sah die Schatten um ihre Augen. »Und was ist mit dir? Du kannst dich nicht bei jedem Lanzenreiter so verausgaben.«

»Ich weiß. Aber ich wusste, dass ich es dieses Mal tun konnte. Sollte ich ihn denn sterben lassen?«

»Manchmal muss man jemanden sterben lassen.« *Wenn man selbst überleben will.*

»Es ist schwer. Ich hätte nicht gedacht, dass es so schwer sein würde. Ich hatte keine Ahnung.« Sie drückte Cerryl an sich. »Ich wollte bei dir sein und helfen. Kinowin hat mir gesagt, dass es schwer würde.«

Cerryl erwiderte die Umarmung und löste sich ein wenig von ihr. »Deshalb sind manche Heiler mit Schlachten und Verwundeten überfordert.«

»Ich verstehe jetzt, warum.« Sie lächelte leicht, aber das Lächeln verschwand sofort wieder.

»Wie geht es dem Lanzenreiter?« Cerryl wollte, dass sie an ihren Erfolg dachte, nicht an die Schmerzen.

»Er wird wieder gesund.«

»Aber wohl nicht in dieser Jahreszeit.«

»Nein. Er muss in Elparta bleiben.«

»Damit ist er vielleicht sogar einer der Glücklichen«. Er zog sie sanft an sich und gab sie wieder frei. »Du musst dich ausruhen. Hast du schon gegessen?«

»Ich habe etwas Käse und Brot gegessen, als ich zurückgekommen bin.«

»Gut.« Er deutete nach oben. »Und jetzt müsst Ihr ruhen, Herrin Leyladin.«

»Komm mir bloß nicht mit ›Herrin‹.« Sie zog einen Schmollmund.

»Dann ruh dich aus, sonst mache ich weiter«, drohte er grinsend.

Sie wollte noch etwas sagen, wurde aber durch ein gewaltiges Gähnen unterbrochen. »Beim Licht! Vielleicht hast du Recht.«

»Ganz sicher. Wenigstens dieses eine Mal.«

Leyladin unterdrückte ein weiteres Gähnen, beugte sich vor und küsste ihn auf die Wange. »Dieses eine Mal ...« Sie berührte seine Wange. »Ich freue mich, dass du so um mich besorgt bist.«

Er sah ihr nach, bis sie oben verschwunden war, dann drehte er sich um und ging in sein Studierzimmer, wo er das Spähglas auf dem runden Tisch anstarrte.

Es dauerte ein paar Augenblicke, bis sich das Bild des rothaarigen Magiers aus den silbrigen Schleiern herausschälte. Dorrin war nicht in seiner Werkstatt, sondern saß auf dem Kutschbock eines Wagens. Neben ihm saß noch jemand, anscheinend ein junger Mann mit einem breitkrempigen Hut. Auf der Ladefläche lagen in Segeltuch gehüllte Gegenstände, die selbst durchs Glas betrachtet eine derart starke Ordnung ausstrahlten, dass alles flimmerte und flackerte. Nach einem Augenblick ließ Cerryl das Bild wieder zusammenfallen.

Der Schmied brachte also wieder einmal seine teuflischen Gerätschaften irgendwohin – wahrscheinlich zum Schwarzen Truppenführer. *Schon wieder Geräte, mit denen Menschen getötet werden ... und wir werden mit Chaos-Feuer und Lanzenreitern und mehr Rekruten antworten, als die Blauen jemals ausheben können.*

Cerryl blieb mit dem Blick zum Durchgang und zum vorderen Fenster eine Weile auf dem Stuhl sitzen. Dem Glas auf dem Tisch schenkte er keine Beachtung mehr und er sah auch nicht die Ziegelmauer draußen vor dem Haus oder den grünblauen Himmel dahinter.

Nach einer Weile wurde die Vordertür geöffnet und Natrey rief herein: »Der Magier Faltar will Euch sprechen, Ser Cerryl.«

»Schick ihn herein.« Cerryl stand auf und ging dem Gast entgegen.

Leyladin musste gehört haben, wie Faltars Name gerufen wurde, denn sie eilte aus dem zweiten Schlafzimmer, das sie als Arbeitsraum beansprucht hatte, nach unten.

»Faltar ...«

»Cerryl! Leyladin!« Der schmale blonde Magier strahlte. »Ich hatte gehofft, euch zusammen vorzufinden.«

Leyladin lächelte überraschend schüchtern.

»Kann ich dir etwas zu trinken anbieten?«, fragte Cerryl.

»Aber leider haben wir nur Wasser«, warf Leyladin entschuldigend ein. »Cerryl isst die gleiche Kost wie seine Lanzenreiter.«

Cerryl zuckte mit den Achseln. »Was soll ich sagen?«

»Sag einfach gar nichts«, meinte Faltar.

»Ich hole das Wasser.« Cerryl deutete zum kleinen Studierzimmer. »Setzt euch doch schon mal.«

Als er mit einem Krug Wasser und drei Bechern

zurückkehrte, saßen die beiden schon am runden Tisch. »Es ist chaos-gereinigt und gekühlt.«

»Fast so gut wie Bier«, meinte Faltar.

»Das wohl nicht«, wandte Leyladin ein, »aber die Gesellschaft ist angenehm. Wie war deine Reise?«

»Kalt, besonders westlich von Fairhaven. So kalt, dass selbst Bealtur den Mund gehalten hat. Ich habe wirklich nicht damit gerechnet, hierher abkommandiert zu werden.« Faltar grinste verlegen. »Ich war nicht besonders beschäftigt, seit ihr zwei aufgebrochen seid. Kinowin hat mich vom Wachdienst am Tor abgezogen und mit den Lanzenreitern ausgeschickt. Er hat mir geraten, den Umgang mit Chaos und Feuerkugeln zu üben, wenn ich den Krieg überleben wollte. Es ist doch wirklich ein Krieg, oder? Bisher habe ich noch nicht viel davon gesehen, aber wir sind durch Gallos gekommen. Die anderen Wege durch die Osthörner sind wahrscheinlich noch einige Achttage lang nicht passierbar. Stellenweise mussten wir uns durch Schneewehen wühlen.«

»Ja, es ist ein Krieg«, erklärte Cerryl. »Wir verlieren alle paar Achttage einige Männer. Die Blauen setzen Bogenschützen ein und stellen Fallen und sind nur in kleinen Einheiten unterwegs. Sie sind schwer zu finden.«

»Hast du schon eine Unterkunft?«, fragte Leyladin.

»Ich? Wir sind zu dritt, sie haben uns Magier im Gästehaus neben dem Hauptquartier des Erzmagiers untergebracht. Jeslek hat uns kurz empfangen. Er hat gesagt, wir sollten uns in Elparta nicht zu behaglich einrichten.« Faltar sah sich im Studierzimmer um. »Kaum zu glauben, dass du der Stadtkommandant oder der Befehlshaber der Stadtwache bist oder wie es auch heißt.«

»Ich bin es nur, bis wir weiter nach Norden ziehen«, antwortete Cerryl.

»Dann kommst du mit?«

»Jeslek hat darauf bestanden.«

Leyladin nickte.

»Du auch?« Faltar wandte sich mit hochgezogenen Augenbrauen an die Heilerin.

»Was nützt eine Heilerin, die keine Leute heilt?«

»Du kannst nicht die ganze Welt heilen«, protestierte Faltar.

»Nein … aber ich kann das Chaos bei einigen wenigen eindämmen und das verbessert die Aussichten vieler anderer Menschen.«

Wie viele kann sie heilen?, überlegte Cerryl. *Und wie lange hält sie durch?* »Gibt es Neuigkeiten aus Fairhaven?«

Faltar lächelte schief. »Redark sagt ständig, er müsse dem Erzmagier wegen dieser und jener Angelegenheit eine Botschaft schicken. Kinowin redet nicht viel, aber gewöhnlich tut er die nötigen Dinge in aller Stille. Die Gilde hat die Gebühren für die Händler erhöht und ein oder zwei kleine Kaufleute haben alles verkauft, was nicht niet- und nagelfest war und sind weggezogen. Piotal sagte, er wolle nach Sarronnyn. Was aus Ziant geworden ist, weiß ich nicht. Das einfache Bier kostet im *Widder* inzwischen sechs Kupferstücke. Was man bei Furenk zahlen muss, wage ich mir nicht einmal auszumalen.« Der blonde Magier spreizte die Finger und hob die Hände. »Was willst du sonst noch wissen?«

»Wer ist mit dir gekommen?«, fragte Leyladin.

»Buar und Kalesin. Bealtur, Myredin und Ryadd werden die nächste Gruppe begleiten. Kinowin sagte, es würden weitere Magier mit Eliasar nachkommen, aber der ist ja noch in Renklaar. Ich glaube, er muss dort eine Stadtwache und einen Rat oder sonst etwas einrichten, damit Gorsuch den Ort regieren kann.«

»Gorsuch? Ich dachte, der sei in Jellico.«

»Dort war er auch, aber Jeslek hat Disarj als Ablösung geschickt und ihm Lyasa als Assistentin mitgegeben. Sie war nicht sehr glücklich darüber und meinte, es liefe wohl darauf hinaus, dass sie die ganze Arbeit allein tun müsste.«

Cerryl lachte. »So wird es kommen und genau deshalb ist sie auch dort.«

»Rystryr wird jedenfalls sehr vorsichtig sein, wenn jetzt sogar zwei Magier in seiner Nähe sind«, meinte Leyladin. Sie strich sich eine Haarsträhne aus der Stirn.

Cerryl schürzte die Lippen. Die dunklen Ringe unter ihren Augen gefielen ihm überhaupt nicht. *Sie hat sich übernommen und zu viele Verwundete geheilt ...*

»Myredin ist auch nicht erfreut über die Abordnung nach Spidlar. Du solltest mal die neue Anwärterin aus Lydiar sehen.«

»Oh ...«, machte Cerryl. »Eine Anwärterin? Wir haben nicht viele Frauen in der Gilde.«

»Sie hat rote Haare und ist wirklich süß.«

Cerryl dachte darüber nach. Faltar war auch Anya verfallen. »Eine Art Anya ohne ... ohne Eigensucht?«

»Anya war gar nicht so schlimm wie du meinst, Cerryl, aber Viedra ...« Faltars Lächeln wurde noch breiter.

»Ich hoffe für dich, dass sie die Aufnahme schafft«, warf Leyladin ein. »Und was ist mit Heralt?«

»Er ist nach Ruzor gegangen, um Myrals Schwester zu helfen. Wusstet ihr, dass Shenan dort als Vertreterin der Gilde eingesetzt ist?«

»Ich habe etwas in der Art gehört ...«

»Jeslek hat die Posten der Gesandten in den Häfen, wo bisher jeweils nur einer war, verdoppelt.«

»Hat man etwas von Sterol gehört?«

»Er hat sich ins untere Stockwerk des Weißen Turms zurückgezogen. Es scheint so, als würde er auf etwas warten.«

Darauf, dass Jeslek stürzt? Damit er das Amulett wieder für sich beanspruchen kann? Cerryl füllte die Gläser nach. Er musste erfahren, was in Fairhaven geschehen war, und Faltar würde ihm getreulich alles berichten. *Solange keine rothaarigen Frauen im Spiel waren.*

XLV

Am runden Tisch in der privaten Bibliothek saßen drei Weiße Magier, eine Schwarze Heilerin und der Erzmagier von Fairhaven. Im Kamin brannte unruhig ein kleines Feuer und spuckte immer wieder grauen Rauch ins Zimmer.

Jeslek stand auf. Obwohl er fast zwei Achttage Zeit gehabt hatte, sich von der Reise zu erholen, waren unter den Sonnenaugen immer noch dunkle Ringe zu sehen. Die Augen selbst aber strahlten hart und energiegeladen wie immer, als er seine Gäste ansah.

»Der Plan ist im Grunde ganz einfach.« Jeslek deutete auf die Karte, die er an die Staffelei geheftet hatte. Es war eine neue Zeichnung, die Cerryls Erkundungen mit früheren Erkenntnissen vereinigte. »Die Lanzenreiter werden auf zwei Uferstraßen nach Norden vorstoßen. Wenn sie die Straßen gesäubert haben oder auf starke feindliche Kräfte stoßen, nehmen wir die Flusskähne und schaffen die Rekruten stromabwärts, wo sie angreifen können.«

»Was ist mit den Fallen der Blauen?«, fragte Fydel.

»Richtig, die Fallen auf den Straßen.« Der Erzmagier lächelte. »Cerryl wird auf der westlichen Uferstraße vorstoßen, Buar und Faltar auf der östlichen. Wir werden die Hauptmasse unserer Truppen nicht diesen Apparaten und Vorrichtungen aussetzen. Cerryl hat eine beachtliche Geschicklichkeit darin, die Geräte der Schwarzen aufzuspüren. Er und seine leichten Lanzenreiter werden vor dem Haupttrupp der Lanzenreiter als Aufklärer eingesetzt. Cerryl ist nicht zum Kämpfen hier. Er ist hier, um die Fallen und Tricks rechtzeitig zu finden. Wenn er auf größere blaue Einheiten trifft, soll er die Lanzenreiter unter Hauptmann Teras und unter dem gallischen Oberhauptmann Grestalk zu Hilfe rufen. Das soll im Augenblick reichen. Eliasar wird bald zu uns stoßen und als Kommandant aller eingesetzten Truppen fungieren.«

Jeslek wandte sich an Fydel. »Ihr werdet die Lanzenreiter am Ostufer kommandieren und Buar und Faltar auf die gleiche Weise unterstützen, wie Teras als Cerryls Verstärkung arbeitet.«

Fydel nickte bedächtig. »Sie sind nicht so geschickt wie Cerryl.«

»Deshalb setze ich euch zu dritt aufs Ostufer an. Herrin Leyladin wird bei mir und der Hauptstreitmacht bleiben. Anya wird zuerst bei uns sein, später wird sie den schnellen Kavalleriereserven zugeteilt, die rasch eingreifen können, falls etwas Unvorhergesehenes passiert.« Jeslek räusperte sich. »Gibt es irgendwelche Fragen?«

»Wann werden wir aufbrechen?«, fragte Cerryl.

»In drei Tagen von morgen früh an gezählt. Eigentlich sollte schon morgen alles bereit sein, aber das wird nicht gehen.« Jeslek lächelte hintergründig.

»Rechnen die Blauen mit unserem Vorstoß?«, wollte Fydel wissen.

»Sie sind anscheinend nicht vorbereitet«, antwortete Anya. »Die meisten ihrer Truppen liegen noch in der Nähe von Kleth. Es sind nur einige wenige Patrouillen, die uns hier ärgern.«

»Vielleicht hat ihr Kommandant etwas anderes vor«, überlegte Cerryl. »Bisher haben wir ihn noch nie unvorbereitet erlebt.«

»Habt Ihr eine Vorstellung, was er im Sinn haben könnte, Cerryl?« Nach einem kurzen gereizten Blick lächelte Jeslek ironisch. »Dieser Brede ist zwar ein guter Kommandant, aber er ist jung und muss sich seinen Vorgesetzten, den Kaufleuten, beugen. Sie wollen ihre letzten Truppen sicherlich nicht fern von Spidlaria verlieren.«

»So gut ist er gar nicht«, murmelte Fydel halblaut.

»Wir haben noch einige Schiffe ins Nordmeer verlegt«, fügte Jeslek hinzu, »um zu verhindern, dass sie frische Kämpfer oder Vorräte bekommen, wenn ihre Lager leer sind. Sie hatten im letzten Jahr keine gute Ernte und es mangelt ihnen an Pferden für die Lanzenreiter und die leichte Kavallerie.«

»Habt Ihr noch etwas über den Schmied herausgefunden?«, wollte Anya von Cerryl wissen.

»Er hat ein paar Gerätschaften aus Schwarzem Eisen hergestellt und nach Kleth gebracht, wie ich dem Erzmagier schon vor einem Achttag berichtet habe.« Cerryl hielt inne, schluckte verlegen. »Ich kann nicht sagen, von welcher Art die Geräte sind, außer dass sie sehr viel Ordnung enthalten. Soweit ich es sagen kann, fühlen sie sich an wie der Gegenstand, den Ihr im letzten Jahr bergen konntet.«

»Deshalb werden wir als Erstes alle Straßen sperren«, sagte Jeslek energisch. »Selbst unsere Spähtrupps sollten sämtlichen spidlarischen Reitereinheiten überlegen sein, denen wir begegnen. In diesem Jahr haben wir endlich genug Bewaffnete und Pferde, um sie in die Flucht zu schlagen, und weitere Verstärkung folgt uns nach.«

So etwas Ähnliches hast du schon im letzten Jahr gesagt.

Leyladin riss die Augen auf und Cerryl wurde klar, dass sie den unausgesprochenen Gedanken aufgefangen hatte. Er konnte nur hoffen, dass sie die Einzige war.

»Wenn Ihr keine weiteren Fragen habt, könnt Ihr jetzt gehen und Euch auf den Marsch vorbereiten.« Jeslek nickte.

Vor dem Hauptquartier stiegen Cerryl und Leyladin auf die Pferde und ritten langsam durch den warmen, feinen Regen zu ihrer Unterkunft, die sie bald schon wieder verlassen würden.

»Jeslek ist nicht mehr so gut beieinander wie früher«, murmelte die Heilerin.

»Zu viel Chaos?«

»Ich weiß es nicht, aber ich vermute es. Er kann natürlich immer noch genug Chaos heraufbeschwören, um Kleth und Spidlaria in Trümmer zu legen.« Leyladin lenkte ihr Pferd etwas näher an Cerryls Wallach heran. »Er scheint Anya nicht mehr so nahe zu stehen. Hast du es bemerkt?«

»Nein«, gab Cerryl zu. »Er spricht sie doch immer noch oft an.«

»Es ist nicht mehr wie früher.«

Beinahe hätte Cerryl die Augen verdreht. Er konnte sich gerade noch zurückhalten.

»Ich habe es gefühlt.« Leyladin lachte. Du hältst mich für albern, aber das bin ich nicht. Du musst genauer aufpassen.«

Dem konnte Cerryl von ganzem Herzen beipflichten.

XLVI

Die Schatten der Bäume fielen von Westen her auf die Uferstraße, auf die niedrigen Büsche und auf das offene Gelände zwischen Straße und Wald. Stellenweise lugten hier und dort grüne Flecken zwischen den schmutzig grauen Schneeflächen hervor, den letzten Erinnerungen an den langen Winter.

Über fast zwei Meilen hinweg schlängelte sich die Straße zwischen den bewaldeten Hügeln hindurch, die das Gewässer säumten, und wieder in Richtung Fluss. Cerryl betrachtete stirnrunzelnd die Hügelkette in der Nähe des Flusses. Sein Kopf pochte, nachdem er den ganzen Tag lang und teilweise nicht sonderlich erfolgreich versucht hatte, mit Augen und Sinnen die Umgebung zu erkunden. Irgendetwas an den Hügeln störte ihn. Das Gefühl war aufgetaucht, seit die Straße sich ein

Stück vom Fluss entfernt hatte. Aber ein Teil der gallischen Rekruten musste diese Straße nehmen, weil nicht alle Einheiten auf den Flusskähnen und Leichtern transportiert werden konnten, die Jeslek requiriert hatte.

Cerryl sah sich über die Schulter um. Hoffentlich hatten die Vorposten – in etwa die Hälfte seiner Truppe – in der Nacht keine größeren Schwierigkeiten gehabt. Aber was nützte es schon, eine Straße freizukämpfen, wenn man danach dem Feind die Rückkehr erlaubte? Außerdem konnten die Blauen der Straße womöglich in einem weiten Bogen ausweichen. Cerryl schüttelte den Kopf. Nein, das Gelände war zu sumpfig und der Boden zu schwer, um über eine größere Entfernung querfeldein zu reiten.

Sein Blick fiel auf den jungen Lanzenreiter neben Hiser, der sich nur noch mit Mühe im Sattel halten konnte. Blut sickerte aus seinem Schulterverband, der Kopf pendelte hilflos hin und her, um mit einem Ruck gehoben zu werden, sobald der Mann wieder zu vollem Bewusstsein kam und seine Schmerzen spürte. Hiser verscheuchte ein paar Fliegen, die um ihn kreisten.

»… wünschte Leyladin oder das Lager oder sonst etwas wäre in der Nähe …« Cerryl betrachtete die verlassene Straße. Immer noch keine Spur vom Lager.

»Er ist noch am Leben, Ser«, sagte Hiser. »Aber er macht es wohl nicht mehr lange …«

Cerryl sah nicht zu dem Pferd zurück, auf dessen Sattel ein lebloser Körper geschnallt war.

Der Fluss verlief jetzt links neben Cerryl in östlicher Richtung, während er mit seiner Patrouille in den Süden zurückkehrte, um hoffentlich möglichst bald ihr Tageslager zu erreichen. Insgesamt kamen sie nur langsam voran. Im Laufe des ersten Achttages hatten sie fünfzig Meilen geschafft, doch in den letzten drei Tagen waren es weniger als fünfzehn gewesen. *Und wir haben schon vier Männer verloren.*

Links standen mehrere dünne Rauchfahnen über

einer Baumgruppe. Das Lager befand sich hinter der nächsten Kurve direkt am Fluss.

»Kann das Lager sehen … nicht mehr weit«, meinte Hiser.

Cerryl wandte sich an den nächsten Lanzenreiter. »Dyent, reite voraus und versuche die Heilerin zu finden. Sage ihr, dass wir einen Lanzenreiter mit einer schweren Schulter- und Brustverletzung haben.«

»Ja, Ser.« Dyent setzte sich sofort in Bewegung.

Cerryl stellte sich kurz in den Steigbügeln auf, um die Beine zu strecken und das wunde Gefühl zu vertreiben. Er war seit Jahreszeiten nicht mehr so viel geritten. *Seit einer Jahreszeit nur, aber dazwischen lag ein langer Winter.*

Leyladin hielt sich schon bereit, als Cerryls Lanzenreiter sich den Feuern näherten. »Hierher! Bringt ihn zu mir!«

Die Müdigkeit, die in ihrer Stimme lag, bedrückte ihn. »Kannst du ihm helfen?«, flüsterte er, nachdem er aus dem Sattel gesprungen war. Er wäre beinahe gestolpert, als die Füße auf dem unebenen, harten Boden aufkamen. *Aber bitte übernimm dich nicht …*

»Keine Sorge.« Mit Augen und Sinnen untersuchte sie den dunkelhaarigen, bleichen Lanzenreiter, den Hiser aus dem Sattel gehoben hatte. Der junge Mann wurde auf eine Unterlage gebettet, die Leyladin vorbereitet hatte – am Rande eines Bereichs, wo sich schon mehr als zwanzig weitere Krankenlager befanden.

Was war denn da geschehen?

»Viel zu viel.« Sie drückte kurz seine Hand und kniete sich neben den Lanzenreiter.

Hiser trat neben dem Lager von einem Bein aufs andere.

Cerryl richtete sich auf. Er konnte weder Leyladin noch dem Lanzenreiter helfen. Auch Hiser konnte hier nichts tun. »Hiser, die Heilerin wird sich jetzt um ihn kümmern. Wir müssen die Männer unterbringen und die Pferde tränken, füttern und abreiben.«

»Äh … ja, Ser.«

»Ja, wir müssen die Pferde füttern.« Cerryl holte tief Luft und warf einen letzten Blick zu Leyladin. Die grün gekleidete Heilerin wirkte irgendwie zerbrechlich. Cerryl schluckte und riss sich los.

Als die Männer sich eingerichtet hatten und die Pferde angebunden waren, ließ Cerryl seine Leute am Kochfeuer antreten und ging selbst zum Feuer in der Mitte des Lagers, wo er Faltar und Buar stehen sah.

»Was ist denn passiert?« Cerryl blickte zum sanften Hang, wo man die Verwundeten gesammelt hatte. Eine Spur von Grün war dort unter dem letzten Schnee zu sehen. »So viele Verwundete …«

»Wir haben heute fast ein ganzes Boot Rekruten und ein paar Bogenschützen verloren«, erklärte Faltar müde. Er deutete zum Fluss.

»Ich sagte doch, dass es übel werden würde.«

Cerryl betrachtete die Boote. Das erste hatte Narben, als wäre es mit einer Klinge verunstaltet worden, vom Oberdeck war der größte Teil der Farbe abgescheuert. Das Geländer auf der rechten Seite und das Deckhaus waren ganz und gar verschwunden.

»Wie ist das passiert?«

»Du kennst doch diese messerscharfen Drähte, die sie auf den Wegen eingesetzt haben …« Faltar sah Cerryl an. »Das war dumm von mir. Ich bin müde. Natürlich kennst du sie …«

Cerryl nickte.

»Diese Drähte aus Schwarzem Eisen, die dieser Schmied hergestellt hat …«

»Dorrin«, sagte Cerryl, indem er unwillkürlich die Stimme senkte. »Ich habe Fydel und Jeslek gesagt, dass er immer mehr dieser Geräte aus Schwarzem Eisen herstellt.«

»Das hat er tatsächlich gemacht. Sie haben etwas Ähnliches wie diese Drahtmesser, mit denen sie die Pferde aufgeschlitzt haben, über den Fluss gespannt.

Fydel und Jeslek sind gerade unten und sehen es sich an.«

»Und wo wart Ihr?«, fauchte Anya. Sie kam von ihrem Zelt, das aus Seide bestand und auf dem flachen Gelände oberhalb des Flusses aufgebaut worden war, zu ihnen herüber. »Sie haben die Falle auf Eurer Seite des Flusses gestellt, großer Cerryl, aber Ihr wart nicht da.«

»Wir waren auf der Straße unterwegs«, erwiderte Cerryl, »und haben uns Pfeile eingefangen.«

»Sie sind am Fluss entlang geschlichen und Ihr habt sie nicht einmal gesehen?« Die Stimme der rothaarigen Frau triefte vor Hohn.

Cerryl seufzte. »Ich habe nicht viele Lanzenreiter. Ein Stück vom Fluss entfernt teilt sich die Straße. Ich habe es Euch heute Morgen erklärt. Jeslek forderte mich auf, der Straße zu folgen, weil Eliasar die meisten Galler dort entlang schicken muss. Ich habe den Befehl befolgt.«

»Ihr habt Euch geirrt. Eliasar hat sich geirrt. Folgt dem Fluss.«

»Wie denn?«, fragte Cerryl zurück. »Wenn ich mit einem Trupp durch dieses weglose Gestrüpp breche, töten die Blauen meine Lanzenreiter, ehe ich sie auch nur spüren oder sehen kann.«

»Ihr wisst auch auf alles eine Antwort.«

Ich wünschte, es wäre so … wenigstens dieser Frau gegenüber. Nach kurzem Schweigen sagte Cerryl: »Ich gebe nicht vor, Antworten zu haben, wo ich keine finde. In dem Abschnitt des Flusses, den wir kontrolliert haben, bis zu der Stelle, wo die Straße nach Westen abbiegt, waren keine Blauen.«

»Natürlich nicht. Sie haben gewartet, bis Ihr vorbei wart.«

»Wenn Ihr so viel wisst, Anya«, sagte Faltar müde, »warum wart Ihr dann nicht dort? Jeslek sagte, Ihr befehligt die Reserven und sollt Euch um derlei Dinge kümmern.«

Cerryl fielen fast die Augen aus dem Kopf, als er Faltars Worte hörte. Er hätte nie damit gerechnet, so etwas von ihm zu hören. Vielleicht übte die junge Viedra am Ende doch einen vorteilhaften Einfluss auf Faltar aus.

Anyas helle Augen wurden eiskalt und hart. »Ihr solltet Euch besser um die Straße am Ostufer kümmern, Faltar.«

»Das werde ich sicherlich tun, Anya.« Faltar lächelte müde. »Das ist meine Aufgabe, und ich bemühe mich, meine Aufgaben richtig zu erfüllen. Das lässt mir wenig Zeit, mich um die Aufgaben anderer Leute zu kümmern.«

Buar sah fassungslos zwischen Anya und Faltar hin und her, während die Unterhaltung ihren Fortgang nahm.

Anya drehte sich jetzt ganz zu Faltar herum und Cerryl musste unwillkürlich lächeln, als er sah, wie Jeslek sich der rothaarigen Magierin von hinten näherte.

»Ihr zwei werdet noch lernen …«

»Wir alle haben noch viel zu lernen, Anya«, unterbrach Jeslek sie. »Morgen werdet Ihr in den Bereichen, wo die Straße weiter vom Ufer entfernt verläuft, die unmittelbare Umgebung des Flusses kontrollieren, so weit die Boote fahren.« Der Erzmagier hielt inne. »Es sei denn, Ihr möchtet lieber Cerryls Aufgaben übernehmen und ihn das Ufer überwachen lassen?«

Anyas Gesicht blieb einen Augenblick leer, ehe das strahlende, falsche Lächeln zurückkehrte. »Natürlich werde ich gern das Ufer übernehmen. Und jetzt … wenn Ihr mich entschuldigen wollt …« Sie drehte sich um und ging den Hügel hinauf, fort von den Pferden und den Verletzten.

»Wir hätten die Umgebung des Flusses genauer beobachten müssen«, sagte Jeslek leise. »Versucht Euch ungewöhnliche Tricks auszudenken und lasst mich wissen, was Euch eingefallen ist.« Der Erzmagier wandte sich zum weißen Zelt.

Das ist für seine Verhältnisse ein großmütiges Eingeständnis, dass er auf meine Warnungen hätte hören sollen. Cerryl lächelte schief und etwas überheblich, nahm sich jedoch sofort wieder zusammen, als Leyladin im Zwielicht zu ihm kam.

Der Magier mit den grauen Augen legte einen Arm um sie. »Ist bei dir alles in Ordnung?«

»Bei mir schon.« Sie holte tief und langsam Luft, ehe sie die grünen Augen auf ihn richtete. »Ich ... ich kann einfach nicht alle heilen ... ich versuche nur, das Chaos aus den Wunden zu halten.« Sie seufzte.

»Bei allen, die ich hier gesehen habe?«

Sie schluchzte leise. »Es sind so viele ...«

»Du musst etwas essen, du musst wieder zu Kräften kommen.«

»Der Proviant ist dort drüben«, sagte Faltar. »Wir haben schon gegessen. Es gibt Brot, Käse und etwas Lammfleisch, das inzwischen aber kalt sein dürfte.«

»Ob kalt oder nicht ...« Cerryl führte Leyladin zum Kochfeuer und zu dem Lanzenreiter, der dort Dienst tat.

»Für die Heilerin ...« Der Lanzenreiter reichte ihr ein Stück Lammfleisch auf einem halben Laib dunklem Brot. »Es gibt auch Käse. Bedient Euch.« Jetzt erst schien er Cerryl zu bemerken. »Äh ... Ihr auch, Ser.«

»Danke«, sagte Cerryl.

Sie nahmen ihr Essen in Empfang und entfernten sich ein Stück, um sich auf einen umgestürzten Baumstamm zu setzen, den jemand neben die Feuerstelle geschleppt hatte.

»Ich sehe jetzt, wen die Lanzenreiter wirklich schätzen«, meinte Cerryl lachend. Er schlug einmal, zweimal nach einer großen Mücke.

»Sie schätzen dich auf eine andere Weise«, nuschelte Leyladin mit vollem Mund.

Vielleicht. Cerryl aß langsam, Leyladin hatte ihr Fleisch und das Brot schon aufgegessen, als er noch die

Hälfte vor sich liegen hatte. Er schaute auf. »Hol dir noch etwas Käse. Ich glaube, es gibt auch getrocknete Äpfel.«

»Ich wusste gar nicht, dass ich einen solchen Hunger hatte.«

»Heilen ist harte Arbeit«, meinte er. »Wie jeder Einsatz von Ordnung oder Chaos.«

Leyladin stand langsam auf und ging zur behelfsmäßigen Essensausgabe, eigentlich nicht mehr als ein Brett auf zwei Astgabeln, um sich ein Stück weißen Käse abzuschneiden und ein paar trockene Apfelscheiben zu nehmen.

»Wollt Ihr sonst noch etwas?«, fragte der Koch. »Noch etwas Lamm vielleicht?«

»Nein, danke. Ich fühle mich schon besser.« Sie lächelte. »Vielen Dank.«

Cerryl folgte ihrem Beispiel und schnitt sich ebenfalls einen kleinen Keil Käse ab. »Etwas mehr als ein Achttag ist vergangen und wir haben immer noch über dreißig Meilen vor uns, bis wir endlich Kleth sehen.«

»Und dann sind es noch einmal mehr als hundertfünfzig Meilen bis Spidlaria?«

»So ungefähr.« Cerryl wehrte schon wieder eine hungrige Mücke ab, die in der Abenddämmerung um ihn kreiste. »Bedrückt es dich, dass das Töten immer weiter und weiter gehen wird?« *Wen würde das nicht bedrücken?*

»Ja.« Auch Leyladin musste sich jetzt gegen eine Mücke zur Wehr setzen. »In den alten Büchern steht, dass die Schwarzen mit der Ordnung arbeiten und heilen.« Sie schüttelte den Kopf. »Aber wie unterscheidet sich die Ordnung vom Chaos, wenn man sie zum Töten einsetzt? Sie haben heute mehr von uns getötet als … ich weiß nicht. Spielt es überhaupt eine Rolle?«

Cerryl aß sein Stück Käse auf und nahm sie in den Arm. »Die Ziele spielen eine Rolle. Es kann nicht anders sein.« *Weil die Macht von Schwarzen wie von Weißen missbraucht werden kann? Aber wie willst du jemals wissen, ob du dir nicht etwas vormachst und auch selbst die Macht missbrauchst? Ist es richtig, was wir hier tun?*

»Wir glauben es und sie glauben es vermutlich auch.« Leyladin holte noch einmal tief Luft. »Ich muss mich hinlegen. Ich weiß nicht, ob ich schlafen kann, aber ich kann mich kaum noch auf den Beinen halten.«

»Ich habe meine Bettrolle am Feuer der Magier gelassen.«

»Ich kann Euch anbieten, meine handgewirkte Unterdecke mit Euch zu teilen, Ser.«

Sehen konnte er es im Zwielicht nicht, aber Cerryl spürte, dass sie lächelte. »Das ist das Schönste, was ich heute gehört habe. Ich nehme dankbar an.«

Langsam gingen sie den Hügel hinauf.

XLVII

Als die Sonne am grünblauen Himmel höher stieg, wurde es wärmer, bis Cerryl schließlich seine Jacke öffnen musste. Er ritt langsam und ließ den Wallach noch etwa hundert Ellen laufen, ehe er das Pferd zügelte. Auch die Lanzenreiter vor ihm hielten an und suchten den feuchten Lehm auf der Straße und die frühlingshaft grünen Büsche am Rand nach frischen Spuren ab.

Cerryl forschte mit den Sinnen nach Schwarzem Eisen oder Chaos. Er wünschte, Leyladin wäre bei ihm, denn ihre Ordnungs-Sinne wären jetzt sehr hilfreich gewesen. Andererseits war sie bei der Reserve natürlich besser geschützt, denn häufig kamen an ungünstigen Stellen, wo man nicht sofort zum Gegenangriff übergehen konnte, über Bäume oder Einschnitte hinweg Pfeile aus Schwarzem Eisen geflogen.

Der leichte Nordwind brachte noch einen Hauch der winterlichen Kälte mit, aber auch den Geruch nach fruchtbarer Erde und neuem Wachstum. Die höheren Stellen zwischen den tief eingefressenen Wagenspuren waren schon hellbraun und trockneten langsam aus, der größte Teil der Straßen war jedoch immer noch matschig dunkelbraun.

Cerryl blickte zu den jungen Pflanzen auf den Feldern westlich der Straße. Er wischte sich den Schweiß von der Stirn und nickte Hiser zu. »Wieder zweihundert Ellen, vielleicht dreihundert, wenn das Gelände frei ist.« Dann sah er nach Norden zum Wald, der etwa eine Meile vor ihnen links neben der Straße begann. Östlich und unterhalb der Straße, annähernd hundertfünfzig Ellen entfernt, zog sich eine Baumlinie dahin. Die Bäume standen ihrerseits ein paar Dutzend Ellen über dem Fluss Gallos.

»Ja, Ser.« Hiser zog an den Zügeln seines Pferdes.

Cerryl folgte seinem Beispiel und sie ritten langsam nach Norden.

Obwohl sie jetzt schon fast zwei Achttage lang die Straße westlich des Flusses Gallos kontrollierten, hatte Cerryl noch nichts entdeckt. Keine einzige Falle mit Schwarzem Eisen.

Aber sobald du auch nur eine Sekunde unachtsam bist, wird etwas passieren.

In der letzten Zeit waren die Fallen ausschließlich auf dem Fluss selbst gestellt worden, als hätte der Schmied Dorrin jetzt erst erkannt, wo die größere Gefahr lauerte.

Cerryl sah sich mit Augen und Sinnen gründlich um, während sie sich dem Wald näherten. Dies wäre ein idealer Platz für einen Hinterhalt gewesen, doch sie hatten im Umkreis von mehreren Meilen keine einzige Hufspur gefunden.

Dann auf einmal flogen Pfeile surrend an ihnen vorbei, einer traf den Lanzenreiter neben Hiser.

Cerryl sah sich erschrocken um. Er hatte sich auf Ansammlungen von Ordnung konzentriert und das Kommen der blauen Bogenschützen nicht gespürt.

»Da sind sie!« Hiser stellte sich in den Steigbügeln auf und deutete zu einem Nebenweg, der westlich der Straße in den Wald führte.

Der schmale Nebenweg … Cerryl überprüfte den Weg mit Augen und Sinnen.

Ein halber Zug Reiter setzte sich in raschem Trab, der gleich zum Galopp werden würde, in Bewegung.

»Lanzenreiter halt!«, brüllte Cerryl.

Die Reiter stürmten weiter, nur Hiser zügelte verwirrt sein Pferd und sah Cerryl an, als traute er seinen Ohren nicht.

Cerryl schoss eine Feuerkugel über die Köpfe der Reiter hinweg, die weit genug vor ihnen landete, um harmlos auf dem feuchten Lehmboden zu zischen. »Halt! Ihr elenden schwarzen Schatten!«

Jetzt hielten die Lanzenreiter überstürzt an und Cerryl holte tief Luft und ritt ihnen nach. »Zurück!«

»… warum will er immer der Erste sein …?«

»… lass ihn doch … soll er das Ziel abgeben …«

Schritt für Schritt ließ Cerryl den Wallach den schmalen Weg entlang laufen und erkundete ständig mit Augen, Ohren und Sinnen die Umgebung.

Beim nächsten Pfeilschuss duckte Cerryl sich schon, ehe er überhaupt das Surren hörte. Er konnte spüren, wo der Bogenschütze lauerte.

Eine Feuerkugel flog zischend in die Richtung, aus welcher der Pfeil gekommen war.

»Aaaah …«

Stieg da nicht fettiger schwarzer Rauch auf? Cerryl war nicht sicher, aber die sich entfernenden Hufschläge, die nach der Feuerkugel und dem Schrei zu hören waren, sprachen eine deutliche Sprache.

Er ritt langsam weiter, doch es kamen keine Pfeile mehr geflogen. Und wie erwartet lauerte hinter der

Kurve etwas – etwas, das aus Metall bestand und sehr viel Ordnung enthielt. Er zügelte das Pferd und winkte Hiser, zu ihm zu kommen.

Der Unteroffizier hielt sein Pferd neben dem Wallach an und wischte sich den Schweiß von der Stirn.

»Ungefähr zweihundert Ellen vor uns ist eine Falle«, sagte Cerryl leise. »Ich kann niemanden in der Nähe spüren, aber wir müssen langsam vorgehen.«

Die Falle war beinahe eine Enttäuschung. Zwei dünne Drähte, aus schwarzem Eisen gezogen und beinahe unsichtbar, wenn Pferde den Staub aufwirbelten, liefen quer über den Weg. Auf einer Seite war ein Stab aus Schwarzem Eisen hinter einen umgestürzten Baumstamm geklemmt, an dem die beiden Drähte befestigt waren. Auf der anderen Seite war ein zweiter Stab in eine Astgabel gesteckt worden.

Zwei Lanzenreiter zogen die Stäbe heraus und wickelten den Draht langsam darum, während Cerryl mit Sinnen und den Augen die Umgebung absuchte.

Nichts. Nichts außer einem geschwärzten Flecken etwa fünfzig Ellen jenseits der Falle, ein drei Ellen großer Schatten auf dem Weg, wo nichts als Asche zurückgeblieben war.

»Die verfluchten Blauen …«

Die blauen Reiter hatten nichts zurückgelassen außer dem ersten Toten seit zwei Achttagen. Cerryl lenkte den Wallach zur Hauptstraße zurück. Hiser band gerade den toten Lanzenreiter, der neben ihm geritten war, am Sattel fest.

»Was sollen wir jetzt tun, Ser? Wenn wir sie verfolgen könnten, dann …«

»Wenn wir sie verfolgt hätten, dann hätten wir noch mehr Lanzenreiter verloren.«

»Aber wir bekommen sie einfach nicht zu packen.«

Cerryl wusste keine Antwort darauf. Wenn sie langsam vorgingen, verloren sie Lanzenreiter durch Pfeilschüsse. Wenn sie rasch vorstürmten, hatten die Blauen zwar keine Zeit mehr, Bogenschützen zu postieren, aber Cerryls Einheit würde immer wieder eine größere Zahl von Kämpfern durch Fallen verlieren. »Wir nehmen ihr Land ein. Nicht mehr lange, und sie haben keinen Ort mehr, wohin sie fliehen können.«

»Ich hoffe, es dauert nicht mehr so lange. Verzeihung, Ser.« Hiser schlang einen letzten Knoten ins Seil und winkte einen anderen Lanzenreiter mit verbundenem Arm zu sich, der früher am Tag von einem anderen Pfeil getroffen worden war. »Muntor, du lässt dich zurückfallen und führst das Pferd hier.«

»Ja, Ser.« Der Lanzenreiter mit den hellblonden Haaren nahm die Zügel von Hiser entgegen.

»Zurück auf die Hauptstraße, Ser?«, fragte der Unteroffizier.

»Zurück auf die Hauptstraße«, bestätigte Cerryl. *Und dann werden wir weiter patrouillieren und gute Ziele abgeben und alles nur … warum eigentlich?*

Er zuckte mit den Achseln. In Fairhaven hatten die Antworten einfach und einleuchtend geklungen. Auf einer Uferstraße voller Fallen in einem Krieg, den niemand wirklich wollte und den man anscheinend doch nicht vermeiden konnte, spielten die Antworten keine Rolle mehr. Nach und nach wurde ganz Fairhaven von diesem Krieg aufgesogen – Leyladin, Faltar und ein halbes Dutzend junge Magier, die, wie Cerryl vermutete, kaum die Fähigkeit hatten, Ordnungs-Fallen zu erkennen oder den eisernen Armbrustbolzen zu entgehen, die für einen Weißen Magier ohne weiteres tödlich sein konnten.

Aber bist du überhaupt selbst fähig, diesen Gefahren zu entgehen?

XLVIII

Nachdem er den Wallach abgerieben hatte, ging Cerryl langsam zu dem Dach aus Segeltuch – ein Zelt war es nicht zu nennen –, das die Verwundeten vor der Nachmittagssonne schützte. Leyladin war gerade über einen frisch verletzten Lanzenreiter gebeugt, den Cerryl nicht kannte. Schon aus einigen Dutzend Schritten Entfernung konnte er die Ordnungs-Kräfte spüren, mit denen sie arbeitete.

Er wollte ihr sagen, dass sie nicht alle Menschen heilen konnte. Kein Heiler vermochte das. Aber er hielt sich zurück und wartete, bis sie sich wieder aufrichtete.

Sie kam sofort zu ihm, als hätte sie seine Gegenwart gespürt. Ein kleines Lächeln spielte um ihre Lippen. »Ich habe gefühlt, dass du gekommen bist.«

»Du hast es gefühlt?«

»Wenn du mich in einem Glas finden kannst, warum sollte ich es dann nicht spüren, wenn du in der Nähe bist?«

Er drückte ihre Hand. »Ich soll mich mit Jeslek und den anderen treffen …«

»Mit den anderen Weißen?« Sie hob fragend die Augenbrauen.

»Ich habe keine Wahl.«

»Ich weiß. Manchmal ist es schwer.« Sie warf einen kurzen Blick zu den Verletzten unter dem Dach.

»Weil wir töten, während du zu heilen versuchst?«

»Nein.« Die blonde Heilerin legte den Kopf etwas schief. »Die Schwarzen töten im Augenblick mehr Menschen als wir. Die Gilde braucht die Ordnung so sehr wie das Chaos. Die älteren Teile von den *Farben der Weiße* … es steht dort nicht ausdrücklich, aber so ist es gemeint. Heute, da Recluce unser Feind ist …«

»Niemand scheint zu begreifen, dass auch die Ordnung in Fairhaven ihren Platz hat …« Cerryl sah zum Zelt aus weißer Seide, das auf einem ebenen, mit Gras bewachsenen Flecken weiter unten am Abhang stand, nahe an den grauen Wassern des Gallos.

»Du musst gehen, ich weiß.«

»Es tut mir Leid. Aber ich wollte dich unbedingt vorher sehen.«

Wieder lächelte sie. »Bis später.«

Er drückte ein letztes Mal ihre Finger, bevor er sich umdrehte und, tief durchatmend, den Hügel hinunterstieg.

Der Geruch von brennendem Holz war nicht sehr stark, aber allgegenwärtig. Er rieb sich die Augen, als er vor dem Zelt stand, das von zwei Lanzenreitern bewacht wurde.

Einer nickte leicht. »Magier Cerryl?«

Cerryl antwortete mit einem knappen Nicken und bückte sich unter das Vordach, das von zwei Pfählen und einem Stück Stoff gebildet wurde. Anya schaute auf, als Cerryl das Zelt betrat. Fydel, Anya und Jeslek saßen bereits auf Hockern um einen Feldtisch. Cerryl nahm den letzten und ließ sich Jeslek gegenüber zwischen Anya und Fydel nieder.

»Gut, dass Ihr kommen konntet«, sagte Jeslek.

»Es war ein langer Tag, Ser. Ich bin gerade erst zurückgekehrt.«

»Wie viele Männer habt Ihr heute wieder verloren?«, fragte Anya.

»Keinen.« Nach kurzem Schweigen fuhr er fort: »Und genau das bereitet mir Sorgen. Ich frage mich, was sie im Schilde führen.«

»Sie führen ganz sicher etwas im Schilde. Die Kaufleute haben ihrem Gefechtskommandanten, diesem jungen Riesen namens Brede aus Recluce, den Auftrag gegeben, Kleth um jeden Preis zu halten«, erklärte Jeslek leise. Über ihm flatterte die Zeltplane.

Fydel nickte, Anya strahlte und Cerryl lächelte höflich. Er neigte den Kopf.

»Wo ist Sterol?« Anyas Lächeln verriet Cerryl, dass sie die Antwort genau kannte und den Namen des ehemaligen Erzmagiers nur aus irgendwelchen finsteren Gründen ins Spiel gebracht hatte.

»In Fairhaven, nehme ich an, was mir persönlich ganz recht ist. Wir brauchen wirklich nicht noch einen hier, der nichts im Sinn hat, als Ränke zu schmieden.« Der Erzmagier hielt inne. »Eure Weigerung, die Bedingungen des Rates anzunehmen, war brillant, Fydel, auch wenn Ihr dabei etwas ganz anderes im Auge hattet.«

»Es freut mich, dass Ihr es so seht«, erwiderte Fydel lächelnd.

»Ich habe sie gezwungen, sich frühzeitig auf die Verteidigung einzurichten und über ihre Flucht nachzudenken, falls sie unterliegen. Händler laufen natürlich lieber weg, als zu kämpfen. Dieser Brede, den sie da haben, ist eigentlich viel zu gut für sie, so jung er auch ist. Und jetzt werden sie ihn und seine Talente unnütz vergeuden. Es ist eine Schande.«

»Eine Schande? Ihr wollt ihn doch nicht etwa verschonen?«, fragte Anya beinahe gelangweilt.

»Beim Licht der Dämonen, nein. Nach allem, was er den Rekruten angetan hat … und den Lanzenreitern aus Hydlen und Gallos? Das wäre politisch gesehen … ein wenig unklug.«

»Was ist mit diesem aufsässigen Schmied? Hat er Euch nicht sogar mehr Männer gekostet als der Kommandant? Drähte ziehen«, fügte sie hinzu. »Wie man auf so etwas kommen kann …«

»Es hat uns weniger als vier Dutzend Trupps Rekruten gekostet, die Fallen im Fluss zu überwinden, und jetzt kontrollieren wir den Fluss bis nach Kleth. Brede ist gefährlicher.«

»Er ist nur ein Soldat, wie gut er auch sein mag«,

überlegte Cerryl. »Aber der Schmied könnte noch einige Tricks im Ärmel haben. Er hat Geräte aus Schwarzem Eisen nach Kleth geschafft.«

»Mag sein … aber auch damit wird er Spidlar nicht retten können.« Jeslek lächelte wieder. »Selbst wenn wir neun von zehn Zügen unserer Rekruten verlieren, sind wir den Blauen immer noch zahlenmäßig überlegen. Wir sollten eigentlich nicht so große Verluste haben, aber wir können es uns erlauben.«

»Der Schmied wird uns möglicherweise noch sehr schmerzhafte Verluste zufügen«, warnte Cerryl.

»Wie denn? Ihr verliert auf zehn Meilen Straße, die Ihr frei räumt, nicht mehr als eine Hand voll Lanzenreiter. Morgen erwarte ich Eliasar und wir sind höchstens noch zwanzig Meilen von Kleth entfernt.«

Die letzten zwanzig Meilen könnten für Lanzenreiter und Magier die teuersten werden. »Und fast zweihundert von Spidlaria.«

»Spidlaria spielt im Augenblick keine Rolle«, erwiderte Jeslek. »Wenn Kleth gefallen ist, werden wir Spidlaria binnen weniger Achttage einnehmen, wenn nicht noch schneller.«

Anyas Lächeln war strahlend und hart zugleich und vor allem falsch wie immer. Als Cerryl sie ansah, dachte er unwillkürlich an eine Giftschlange und an die Zeichnungen der Wasserechsen aus dem alten Cyador.

XLIX

Ein leichter Nebel zog von den niedrigen, grauen Wolken herüber. Es war kühl, aber nicht kalt, als Cerryl langsam die westliche Uferstraße entlang ritt. Auf der rechten Seite lag, von einer Baumreihe gesäumt, der Fluss. Auf der linken Seite, noch ein Stück vor ihnen, befand sich das Dorf, aus dem Cerryl auf Jesleks Geheiß die Bauern holen sollte. *Willst du das wirklich tun?*

Er hätte am liebsten den Kopf geschüttelt, denn er wusste, dass Jeslek die Einwohner vor den Rekruten in Richtung Kleth marschieren lassen würde. Die Vorstellung, unschuldige Zivilisten als lebende Schilde zu benutzen, drehte ihm den Magen um. *Aber die Schwarzen bedienen sich verborgener Fallen mit unsichtbaren Drähten, um junge Rekruten abzuschlachten.*

Cerryl starrte die Hütten an, während die beiden Kompanien Lanzenreiter sich aufstellten. Die Tür der ersten Hütte – ein Gebäude mit nur einem einzigen Raum und einem Schornstein aus Lehmziegeln, der sich knapp zwei Ellen über das Dach erhob – war geschlossen, die Läden vor dem einzigen Fenster fest verrammelt.

»Voyst! Überprüfe die Türen«, befahl Ferek.

Cerryl hätte beinahe erleichtert gelächelt, als die Lanzenreiter Hütte auf Hütte überprüften und keine Menschenseele vorfanden.

Ferek lenkte sein Pferd zu Cerryl. »Wir können hier weder Einwohner noch Hirten ausfindig machen, Ser«, meldete Ferek. »Es ist niemand da.«

Cerryl sah sich im Dorf um. »Sind wirklich alle Gebäude leer?«

»Jawohl, Ser. Keine Menschenseele da. Nicht einmal eine Katze oder ein Schwein.«

»Dann werden wir wohl im nächsten Dorf auch niemanden finden.« Cerryl hatte ernstlich Mühe, ein Lächeln zu unterdrücken. »Aber wir sollten vorsichtshalber noch ein Dorf überprüfen. Damit wir dem Erzmagier melden können, dass sie alle geflohen sind.«

»Glaubt Ihr, Ser?«

»Ich bin ganz sicher.«

Das zweite Dorf, fünf Meilen weiter nördlich an der Uferstraße gelegen, war so verlassen wie das erste.

»Lasst uns umkehren«, sagte Cerryl zu Ferek und

Hiser. »Von hier bis Kleth werden wir in keinem Weiler oder Dorf mehr Leute finden.«

»Könnte es sein, dass sie wissen, was der Erzmagier in Elparta getan hat?«

»Das vermute ich.« Cerryl nahm den Wallach herum, und sie ritten zurück durch einen Tag, der allmählich wärmer und feuchter geworden war, unter Wolken, die sich langsam auflösten. Cerryl wurde es unter dem Hemd recht warm, obwohl der Frühling gerade erst begonnen hatte.

Leer und verlassen lag die Straße vor ihnen. Seit dem Aufbruch aus ihrem letzten Lager, knapp fünfzehn Meilen südlich von Kleth, hatten sie niemanden mehr gesehen. Einer der Kähne fehlte. Er fuhr mit Verwundeten nach Elparta und sollte auf dem Rückweg frische Vorräte mitbringen.

Als Cerryl bei den Seilen abstieg, wo die leichte Kavallerie die Pferde festgemacht hatte, sah er Faltar zu den Kochfeuern gehen, die gerade eingerichtet wurden. »Faltar?«

Der schmale blonde Magier drehte sich um. Er hatte eine Prellung auf der Wange und einen kurzen Kratzer auf der Stirn. »Oh … Cerryl.«

»Was ist passiert?« Cerryl presste die Lippen zusammen, als er die hässliche purpurne Schwellung sah. *Machst du dir Sorgen, weil Faltar für seine Aufgabe nicht genug Chaos-Energie zur Verfügung hat?*

»Fußangeln in flachem Wasser, wo ein kleiner Bach über die Straße floss.« Faltar machte Anstalten, den Kopf zu schütteln, zuckte aber zusammen und unterbrach die Bewegung sofort wieder. »Unter fließendem Wasser kann ich die Ordnung nicht spüren, und wer hätte schon gedacht, dass …«

»Was ist mit deinem Pferd?«

»Ist gestürzt und hat sich ein Bein gebrochen. Ich bin natürlich ebenfalls gestürzt.«

»Krähenfüße … das sind böse, hässliche Dinger«,

murmelte der dunkelhäutige Buar, der herbeigeritten war und gerade abstieg. »Wir haben drei Pferde und einen Lanzenreiter verloren. Aber mit Pfeilen haben sie dieses Mal nicht geschossen.«

»Der Krieg ist immer schmutzig und hässlich.« *Besonders wenn man selbst betroffen ist.* »Soll Leyladin sich deine Verletzung ansehen?«

»Nein. Ich habe die Schnittwunde mit einer Spur Chaos-Feuer gereinigt und gegen die blauen Flecken kann auch sie nichts tun.« Faltar lächelte schief. »Aber ich muss mir ein neues Pferd besorgen. Ich soll ja mitten in der Gruppe der Magier reiten. Du weißt schon, mit Myredin, Ryadd und den anderen. Und natürlich Bealtur. Wir sollen das ganze Umland rösten.«

Cerryl zuckte zusammen.

»Hat nicht gerade jemand gesagt, der Krieg wäre immer hässlich?« Faltar grinste Cerryl an.

»Du hast Recht«, gab Cerryl zu. »Wir wollen hoffen, dass er nicht noch ein Jahr dauert.« Die Mittagssonne hatte endlich den Dunst vertrieben und brannte fast wie im Sommer vom Himmel herab, als er sich zum Fluss wandte, um den Erzmagier zu suchen.

Doch bevor er Jeslek Bericht erstattete, dass er keine Einheimischen als Schutzschilde hatte auftreiben können, blieb Cerryl am offenen Zelt stehen, in dem zurzeit nur zwei Verletzte lagen. Einer hielt sich den Arm, während Leyladin das Bein des anderen versorgte, der mit bleichem Gesicht ausgestreckt auf dem Lager lag. Die anderen Verwundeten hatte man am Vortag nach Elparta zurückgeschickt.

Cerryl näherte sich vorsichtig der Heilerin.

»Oh …!«

»Ruhig«, sagte Leyladin. »Haltet still, bis ich es verbunden habe.« Sie wandte sich an den zweiten Lanzenreiter.

»Ich … ich kann den Knochen sehen …«

Leyladin drehte sich um. »Cerryl … kannst du mir

hier zur Hand gehen? Ich brauche dich, um seinen Arm zu halten, während ich die Knochen richte und den Verband anlege.«

»Zeige mir einfach, was ich machen soll.«

Leyladin hob die Augenbrauen. »Hier. Du hältst ihn so ...«

Cerryl befolgte ihre Anweisungen und hielt den Arm ruhig, während Leyladin mit den Sinnen und einiger Gewaltanwendung die Knochenenden in der richtigen Stellung zusammenbrachte. Danach lag der Lanzenreiter bewusstlos und unregelmäßig atmend auf dem Lager, während dem Magier der Schweiß über Gesicht und Hals lief.

»Danke.« Leyladin war bleich. »Ich könnte das nicht tun, wenn wir viele Verwundete hätten.«

»Ich verstehe, warum.« Er führte sie zum einzigen Hocker im Schatten des Zeltdachs. »Du musst dich setzen.«

»Warum bist du schon so früh zurück?«

Er zuckte mit den Achseln. »Die Bauern sind geflohen, deshalb konnte ich niemanden auftreiben, der uns als lebender Schutzschild dienen sollte.«

»Das scheint dich nicht weiter zu stören.« Leyladin trank einen Schluck aus ihrer Wasserflasche und bot sie ihm danach an.

»Danke.« Er nahm einen kleinen Schluck. »Ich bin hin- und hergerissen. Einerseits meine ich, Bauern oder Erntehelfer sollten nicht die Angriffe auf sich ziehen, die unseren Bewaffneten gelten, aber es gefällt mir auch nicht, wenn unsere Bewaffneten und Lanzenreiter durch gemeine Tricks der Schwarzen ums Leben kommen, weil die spidlarischen Händler nicht die Gebühren für die Straßen zahlen wollen, die sie bei ihren Handelsexpeditionen benutzen.«

»Die Menschen sind eben so«, sagte sie müde. »Die Händler wollen mehr Geld, die Gilde muss überleben. Der Vicomte, der Präfekt und die Fürsten wollen an der

Macht bleiben und gut leben, aber es ist nicht genug Geld für alle da. Deshalb kämpfen sie.«

Ist das wirklich so einfach? Es ist nicht genug Geld da und deshalb kämpfen sie? Allerdings wird noch weniger Geld übrig sein, wenn die Kämpfe vorbei sind.

»Du hast Recht«, antwortete sie auf seinen unausgesprochenen Gedanken. »Aber der Sieger hat mehr als vorher und die Verlierer können nicht viel dagegen tun. Ich komme hier schon zurecht. Du musst jetzt Jeslek aufsuchen, wir können später noch reden. Ich besorge uns inzwischen etwas zu essen.«

»Danke.«

Sie lächelte und auch er musste lächeln, doch das Gefühl verschwand sofort, als er sich umdrehte. Während er zu der Stelle ging, wo gerade Jesleks Zelt aufgebaut wurde, konnte Cerryl immer noch die Schmerzen spüren, die Leyladin empfunden hatte, als sie den Arm des Lanzenreiters gerichtet und geschient hatte. *Fühlt es sich immer so an? Kein Wunder, dass sie ständig so erschöpft ist.*

Anya trat unter dem kleinen Baum hervor, wo sie und Jeslek auf Hockern gesessen hatten. »Ihr solltet doch Bauern auftreiben und im Dorf festhalten.«

»Ich kann nichts auftreiben, was nicht da ist.«

»Ihr habt keine Bauern gefunden? Habt Ihr sie etwa gewarnt?«, fragte Anya.

Jeslek stand auf und trat blinzelnd ins Sonnenlicht. »Ich glaube nicht, dass Cerryl etwas so Dummes tun würde, Anya. Nicht wahr, Cerryl?«

Cerryl überhörte den sarkastischen Unterton. »Jemand anders muss sie gewarnt haben. Den Spuren nach würde ich vermuten, dass es spidlarische Lanzenreiter waren.«

»Und Ihr habt einfach kehrtgemacht?«, fragte Anya.

»Nein, wir haben noch ein weiteres Dorf und hinter diesem noch einige einzelne Katen kontrolliert. Sie waren alle verlassen.« Der junge Magier setzte ein verlegenes Lächeln auf, das ganz und gar nicht seinen Gefühlen entsprach. »Ich habe den Eindruck, dass zwischen hier und Kleth alle Dörfer verlassen sind.«

»Cerryl hat ein gutes Gefühl für solche Dinge, Anya. Ich bin ziemlich sicher, dass er Recht hat. Wir müssen unsere Angriffspläne entsprechend umstellen. Ich bin sicher, dass Cerryl uns dabei von großem Nutzen sein wird.« Jeslek richtete den Blick auf ihn. »Ihr könnt jetzt gehen. Ich werde Euch später rufen.«

»Ja, Ser.« Cerryl drehte sich und übersah die Kälte in Anyas Augen und ihren grimmig vorgeschobenen Unterkiefer.

Jeslek war schon immer hinterhältig und selbstbezogen gewesen, aber jetzt schien er auch noch eine Art zügellose Grausamkeit zu entwickeln. Wurde man so, wenn man zum Erzmagier ernannt wurde? *Sterol war viel direkter gewesen … und vertrauenswürdiger.* Auch von Sterol hatte Cerryl nicht viel gehalten, aber noch weniger hielt er von dem, was aus Jeslek geworden war. Wahrscheinlich würde es sogar noch schlimmer werden, bis sie Kleth und Spidlaria erreichten.

L

Der Dunst stieg vom Fluss auf und legte sich in Schleiern über die Ufer, als Cerryl Leyladin ein letztes Mal an sich drückte.

»Vergiss nicht, was Kinowin gesagt hat«, flüsterte sie. »Tu das, was du tun musst, aber nicht mehr.« Sie hauchte ihm einen Kuss auf die Wange und zog sich zurück, hielt noch einen Augenblick seine Hände.

Es wird schwer. »Ich verstehe das, aber es wird schwer werden.« Er gab ihre Hände frei, trat aus dem schattigen Zelt der Heilerin heraus und ging den Hügel hinunter, um sich zu den anderen zu gesellen. Er spürte die Blicke der grünen Augen im Rücken.

Faltar begrüßte Cerryl mit wortlosem Nicken. Cerryl erwiderte die Geste und hoffte, sie vermittelte eine Ermutigung, die er jedoch nicht empfand.

Anya stand vor dem Zelt des Erzmagiers, inspizierte die Gruppe, drehte sich um und murmelte etwas, das Cerryl nicht verstehen konnte. Gekleidet in ein Weiß, das in der Morgendämmerung grau wirkte, verließ Jeslek sein Zelt. Die rot geränderten, aber immer noch strahlenden Sonnenaugen überblickten die versammelten Magier. Einen halben Schritt zurück stand der kantige Eliasar mit unbewegtem Gesicht, hinter ihm Bealtur mit seinem Ziegenbart, der den Blick abwandte, als Cerryl ihn ansah. Auf dem sanften Hang hinter den Magiern tummelten sich die Hauptleute und Oberhauptleute, einige in das Grün von Certis gekleidet, einige in purpurnen Uniformen, wieder andere in goldener und roter Kleidung, einer im Türkis Lydiars.

»Heute beginnen wir den Vorstoß, um Kleth einzunehmen«, erklärte der Erzmagier. »Die Blauen haben sich dort gesammelt, und sobald die Truppen vernichtet sind, gibt es kein Hindernis mehr auf dem Weg zur Befreiung Spidlars. Eliasar, Anya und ich haben mit Euch über Eure Aufgaben gesprochen, aber ich will die Zusammenhänge noch einmal erläutern, damit jeder weiß, was die anderen zu tun haben.«

Jeslek hielt einen Augenblick inne, um die Worte wirken zu lassen. Im Osten war ein erster orangefarbener Schein am Horizont zu sehen.

»Die schwere Kavallerie aus Gallos wird die Vorhut bilden ...« Jeslek blickte zu einem Oberhauptmann mit breiter purpurner Schärpe, dann zu Cerryl. »Cerryl, da wir keine Bauern haben, die wir vor den Rekruten marschieren lassen können, werdet Ihr mit Euren leichten Lanzenreitern die Straße vor der eigentlichen Vorhut überprüfen. Eure Aufgabe ist es, etwaige Hexereien der

Schwarzen zu entdecken. Buar wird mit Euch zusammenarbeiten.«

Cerryl nickte.

»Hinter der Vorhut folgen die ersten schweren Einheiten der Rekruten aus Gallos, dann die erste Abteilung der Weißen Magier. Sie werden die Felder beiderseits der Straße niederbrennen.« Jeslek schnaubte. »Es wird keine Deckung und keine Ernte geben. Sollen sie leiden.« Dann erhob er ein wenig die Stimme, die goldenen Sonnenaugen funkelten mit der alten Leidenschaft, auch wenn sie rot unterlaufen waren. Chaos brodelte um den Erzmagier, mehr Chaos denn je, so viel Chaos, dass Cerryl beinahe erschrocken die Augen abgewandt hätte.

»Dann die Lanzenreiter aus Certis und die certischen Fußtruppen ...«

Cerryl hörte weiter zu, war aber in Gedanken nicht mehr bei den Worten des Erzmagiers. Manchmal schienen ihm die ganzen Unternehmungen der Gilde ein nutzloses Unterfangen zu sein. Wie sollte man den Ländern Wohlstand bringen, in denen die Herrscher und die gierigen Kaufleute nicht einmal Wegezölle für eben jene Straßen zahlen wollten, denen sie den Wohlstand zu verdanken hatten? Und wie konnte Jeslek annehmen, dass ein wildes Zerstörungswerk die Machthaber zum Umdenken bewegen würde?

»... kennt Eure Befehle. Und jetzt führt sie aus.« Ein dünner feuriger Faden schoss zu den orangefarbenen Wolken und zum grünblauen Himmel hinauf.

Cerryl drehte sich um und kehrte zu seinen Lanzenreitern zurück. Hufe wirbelten Staubwolken auf, die Luft war erfüllt von einem Geruch nach Pferdeäpfeln und Kochfeuern.

»Die haben eine Menge Pferde und Fußtruppen da drüben ... nur gut, dass sie keine Magier haben, die Feuerkugeln schleudern können«, meinte Ferek.

Sie haben einen Schwarzen Magier, der viel Schlimmeres

tun kann, auch wenn ich nicht genau weiß, was er vorhat. »Es ist unsere Aufgabe, all ihre Geheimnisse aufzudecken.« Cerryl drehte sich um, als er Buar kommen sah.

»Wisst Ihr, was wir suchen?«, fragte Buar.

»Nein, nicht genau. Nur dass es Ordnung ausstrahlt, als würde es aus Schwarzem Eisen oder so bestehen.« Cerryl überprüfte das Sattelzeug. Nicht, dass er inzwischen ein erfahrener Reiter geworden wäre, aber es schien ihm fest genug. Dann stieg er auf. »Alles bereit?«

»Ja, Ser.« Hiser und Ferek nickten.

Die letzte Feuchtigkeit vom Eis des Winters und der Schneeschmelze war schon vor Tagen verflogen und die Hufschläge der Pferde wirbelten trockene Erde auf, als Cerryls Lanzenreiter auf der westlichen Uferstraße nach Norden ritten.

»Wird die Straße nicht bald besser?«, fragte Buar, der sich neben Cerryl hielt.

»Etwa vier oder fünf Meilen weiter«, meinte Cerryl. Immer wieder gingen ihm Gedanken durch den Kopf, die ihn ablenkten – Leyladin und die zunehmende Ballung von Chaos-Energie um Jeslek, die Kurzsichtigkeit vieler Herrscher in Candar. »Dort wird die Straße breiter.«

Zwei Späher ritten auf der Böschung am Straßenrand an den Lanzenreitern vorbei und ließen in der stillen Morgenluft niedrige Staubwolken hinter sich zurück. Zwei Späher – das war Jesleks Zugeständnis an Vernunft und Vorsicht.

Die gallischen schweren Lanzenreiter marschierten hinter Cerryls Vorhut, hinter diesen waren die Marschlieder der gallischen Fußsoldaten in gemessenem Tempo zu hören. Während die Soldaten auf der Uferstraße dahinzogen, stieg die Sonne am Osthimmel empor und warf ihr Licht und immer mehr auch unwillkommene Wärme auf das Land, die Straße und die Menschen. Nichts bewegte sich außer den Reitern und Fußsoldaten, die nach Kleth zogen.

Als die Sonne höher stieg, hatte Cerryl bald Mühe, sich mit Augen und Sinnen auf die Straße zu konzentrieren. Die Spur aus festgestampftem Lehm zog sich, dem Fluss folgend, erst in östlicher, dann in westlicher Richtung gewunden durchs Land. Westlich der Straße breiteten sich Felder aus, auf denen vereinzelt schon grüne Schößlinge zu sehen waren. Doch das frische Grün würde von Faltar und den anderen Magiern der Truppe zu Asche verbrannt werden.

Als sie der nächsten Flussbiegung nach Westen folgten, betrachtete Cerryl die Stelle, wo sich ein Stück voraus die Straße veränderte. Wie er es schon im Spähglas beobachtet hatte, entsprachen die letzten zehn Meilen vor Kleth beinahe einer Weißen Hauptstraße, denn die Fahrbahn war mit länglichen, akkurat gesetzten Pflastersteinen befestigt, die eine Spur von Ordnung ausstrahlten. Fast fünfzehn Ellen breit war die Fahrbahn hier, Platz genug also, dass zwei Wagen einander begegnen konnten.

»Hier wird es besser«, meinte Buar.

»So sieht es aus.«

Das Pflaster schien völlig normal, die niedrigen Steinmauern waren mehr als zehn Ellen vom Rand des Pflasters entfernt. Die Mauern waren knapp zwei Ellen hoch, also war hier nicht genug Platz für die unsichtbaren Drahtmesser, welche die Blauen in bewaldeten Gegenden eingesetzt hatten. *Es sei denn, sie können sie inzwischen besser verstecken oder sie haben es auf die Pferde abgesehen.*

Cerryl ritt ganz vorn in der Vorhut auf der Westseite der Straße. Buar hatte die östliche Seite übernommen und zwischen ihnen hielt sich ein Lanzenreiter. Während sie sich dem gepflasterten Abschnitt näherten, bemühte Cerryl sich, ein Gefühl für die Straße zu bekommen. Er konnte nichts Ungewöhnliches spüren außer der schwachen, etwas unangenehmen Ordnung der länglichen Steine – aber dieser Teil der Straße war nicht neu gebaut, sondern alt. War die ganze Straße in einem Durchgang gepflastert worden?

»... wie unsere Straßen ...«

»... nicht einmal denken ...«

Die Hufe des Wallachs tappten über das Pflaster und Cerryl betrachtete die Mauer und die Straße, aber er konnte nichts außer den Steinen sehen und nichts außer ihrer Ordnung fühlen.

»Reiter voraus!«, rief auf einmal ein Späher, der nur hundert Ellen vor ihnen auf der Böschung neben der Straße ritt.

Cerryl richtete sich auf.

Hinter einem Hügel kam ein kleiner Trupp blauer Lanzenreiter hervor und hielt schräg auf die Straße zu. Sie zügelten abrupt die Pferde, hoben die Bogen und schossen ein paar Pfeile ab.

Cerryl zog eine Chaos-Barriere auf, schränkte dadurch jedoch gleichzeitig seine Fähigkeit ein, Konzentrationen der Ordnung aufzuspüren.

Ein Pfeil flog dicht an Cerryl vorbei, aber die Durchschlagskraft war dank der Barriere stark gedämpft.

Ein zweiter Pfeil traf irgendwo hinter dem Magier einen Lanzenreiter. Cerryl zuckte zusammen.

So schnell wie sie gehalten und die Pfeile abgeschossen hatten, zogen die Blauen ihre Pferde wieder herum und flohen nach Norden.

Cerryl hielt die Sinne auf die Straße gerichtet, als Teras eine Abteilung der gallischen Kavallerie ausschickte, um die Blauen zu verfolgen, die gerade eine Straßenbiegung erreicht hatten und in östlicher Richtung verschwanden. Cerryl nahm mit Augen und Sinnen einen größeren Trupp spidlarischer Lanzenreiter auf der nächsten Hügelkuppe wahr – die Lanzenreiter und noch etwas anderes. Der Schwarze Magier war dort – der Schmied.

Cerryls Bauch krampfte sich zusammen. Was hatte der Schmied bei den blauen Lanzenreitern zu suchen?

Cerryl betrachtete die Straße, aber es war nur eine Straße mit länglichen Pflastersteinen, eine von einer Steinmauer begrenzte Straße, nichts weiter. Auch seine Sinne konnten außer der leichten Aura von Ordnung, die von den Steinen kam, nichts weiter empfangen.

Aber warum ist der Magier hier? Cerryl drehte sich im Sattel um. Die Soldaten marschierten hinter ihm und der Vorhut, Jeslek war so weit zurück, dass man das Banner des Erzmagiers nicht mehr erkennen konnte. Die Reiter und die Fußtruppen waren auf einem zwei Meilen langen Straßenstück verteilt, angeführt von zwei Trupps Kavallerie direkt hinter Cerryls kleiner Gruppe. Die purpurnen Banner verrieten Cerryl, dass die Reiter aus Gallos stammten.

Hinter der Vorhut kamen die ersten gallischen Rekruten, wieder dahinter die erste Gruppe der Weißen Magier, die von Ryadd angeführt wurde. Aus dieser Richtung empfing Cerryl auch das Rot und Weiß der Chaos-Impulse, die nach links und rechts geschleudert wurden, um das Gras und die Schößlinge auf den Feldern zu verbrennen.

Die gallischen Lanzenreiter wurden langsamer, als sie voraus auf dem Hügel die größere blaue Streitmacht ausmachen konnten.

Cerryl blinzelte. Der Schwarze Magier blieb bei den Lanzenreitern auf dem Hügel. *Warum?* Aber Cerryl konnte keine ungewöhnlich starke Ausstrahlung von Ordnung wahrnehmen, keine Spur von Schwarzem Eisen … nur die verwirrende Ordnung des Pflasters und der Mauersteine.

»Bei der Dunkelheit!«

Cerryl sah erschrocken nach rechts, wo ein gallischer Lanzenreiter sein plötzlich lahmendes Pferd zur Seite lenkte. Doch dieser eine Ausfall konnte den Vorstoß der purpurnen Banner von Gallos nicht aufhalten. Auch die weißen Banner, die dahinter folgten, bewegten sich im hellen Sonnenlicht unbeirrt weiter.

Als die Vorhut die sanfte, langgezogene Steigung erreichte, wurde sie ein wenig langsamer und einige Pferde kamen seinem Wallach näher. Cerryl verspürte auf einmal den völlig absurden Wunsch, den Wallach aus dem Marschzug herauszulenken.

Teras brüllte einen Befehl und ein weiterer Zug gallischer und Weißer Lanzenreiter wich zum Straßenrand aus und ritt nach vorne, um die erste Abteilung, die zum Angriff gegen die Blauen vorgestoßen war, zu unterstützen.

Doch plötzlich gab es eine gewaltige Explosion und Erdbrocken, Steine, Körper, Blutspritzer … Fetzen von irgendetwas flogen durch die Luft. Cerryl spürte, wie unter den Hufen des Wallachs der Boden bebte. Er sah sich stauend um, weil die Explosion *hinter* ihm stattgefunden hatte.

»Wie …« Buar sah Cerryl verwundert und wütend zugleich an.

Cerryl öffnete den Mund, schloss ihn aber sofort wieder und duckte sich, als eine zweite Explosion einen weiteren Schwall von Erde, Steinen und Fleisch in den Himmel schleuderte.

Als die dritte Explosion den Boden erschütterte, brannte ein scharfer Schmerz in Cerryls Augen und durchzuckte den ganzen Körper, dass er im Sattel des Wallachs schwankte.

Die erste Reihe der weißen Banner war verschwunden, auch die zweite und dritte Gruppe der Rekruten existierte nicht mehr. Aus Gräben unterhalb der Hügelkuppe tauchte etwa ein Dutzend Bogenschützen auf und schoss auf die Vorhut und die verbliebenen gallischen Rekruten.

Cerryl stellte sich in den Steigbügeln auf und trieb den Wallach an. »Zurück! Zurück!«

Die Vorhut wich im Bogen aus und wollte den Hügel angreifen, geriet jedoch mitten in den ersten Pfeilhagel.

Cerryls Mund war trocken, sein Befehl zum Rückzug verhallte ungehört.

Von den berittenen Gallern hatten nur zwei überlebt, die sich jetzt zu den ebenfalls dezimierten gallischen Rekruten zurückzogen, den grünen Bannern von Certis entgegen.

Cerryl sah sich um, betrachtete die Toten und die umeinander kreisenden Reiter, die purpurnen Banner, die langsam wieder gehoben wurden. Dann blickte er nach Norden zum inzwischen verlassenen Hügel. Öde lag er da, als wären der Schwarze Magier und die blauen Lanzenreiter nie dort gewesen.

Was ist passiert? Und wie konnte das passieren? Cerryl hatte die ganze Zeit über keine ungewöhnliche Ballung von Ordnungs-Kräften gespürt, doch was der Schmied getan hatte, war direkt unter den Pflastersteinen verborgen gewesen. *Wie konntest du nur so schrecklich versagen?*

Er sah sich zu der Stelle um, wo gerade noch die jungen Weißen Magier geritten waren, aber … in den Überresten des Gemetzels bewegte sich nichts mehr. Nichts lebte dort. Die Energiefunken, die einmal Magier gewesen waren … nichts.

Faltar!

Wie … Diese Frage würde ihn nicht in Ruhe lassen. Lange Zeit würde sie ihn noch plagen …

Wieder schluckte er. Seine Kehle blieb trocken. Er betrachtete die Lücke in der Marschsäule und presste die Lippen zusammen. *Genau diese Fallen solltest du finden. Du und deine Lanzenreiter hätten sie unschädlich machen sollen … bevor Faltar sie auslöste. Oder Myredin oder Bealtur.* Schweiß lief ihm über die Stirn, brannte in den Augen. Er machte sich nicht die Mühe, ihn wegzuwischen.

Faltar … Faltar hätte nicht durch die Falle des Schwarzen Magiers ums Leben kommen dürfen.

»Was machen wir jetzt, Ser?«, fragte Hiser.

Cerryl hatte keine Antwort. Sein Blick fiel auf den

Boten, der in ihre Richtung galoppiert kam, zweifellos um einen Neuaufbau der Angriffsformation zu befehlen.

Als der Bote Cerryl erblickte, hielt er direkt auf den Magier zu und zügelte sein Pferd. »Der Erzmagier … Ser … hat an der Flussbiegung das Lager aufgeschlagen … ein Stück östlich von hier. Die Gegend ist erkundet, Ser.«

»Danke«, sagte Cerryl heiser.

»Das wurde auch Zeit«, murmelte Hiser. »Es bringt ja nichts, hier im Kreis zu reiten. Die Blauen sind längst weg.«

Noch einmal sah Cerryl sich um, aber immer noch war keine Bewegung zu sehen. Das weiße Banner, das so stolz geflattert hatte, lag zerfetzt vor der östlichen Begrenzungsmauer der Straße. *Nur ein zerstörtes Banner … Explosionen … ein zerstörtes Banner … Faltar tot.*

Trompetensignale bestätigten den mündlich übermittelten Befehl. Cerryl nickte Hiser zu.

»Von der Straße herunter und nach Osten!«, rief der Unteroffizier.

Cerryl ritt langsam neben ihm. Er sah nach vorn, achtete aber kaum auf die zwei Meilen lange Seitenstraße, die zum Lager führte, wo Jeslek und Eliasar zweifellos die Angriffskräfte neu formieren würden.

Wie in Trance kümmerte Cerryl sich darum, dass seine Einheiten absaßen und untergebracht wurden. Er selbst blieb abseits von seinen Männern und Unteroffizieren inmitten der Mannschaften, Pferde, Zelte und Wagen stehen und konnte keinen klaren Gedanken mehr fassen.

Der scharfe Klang eines Hammerschlags auf einer harten Oberfläche riss ihn wieder ins Hier und Jetzt. Zwei Lanzenreiter bauten das Zelt des Erzmagiers auf, dahinter stieg Jeslek ab und reichte die Zügel einem Soldaten.

Cerryl holte tief Luft und ging Jeslek entgegen. Im letzten Augenblick dachte er daran, seinen Schild vorzubereiten. Doch auf irgendeiner Ebene war es ihm auch wieder einerlei.

»Äh … Cerryl …« Jeslek sah den jüngeren Magier nur an. »Euer Versagen kommt uns teuer zu stehen … sechs junge Magier … weil Ihr die Falle dieses Schwarzen Magiers nicht erkennen konntet … und das trotz aller Eurer Warnungen vor seiner Klugheit.«

Was kann ich dazu sagen? Dass ich es versucht habe? Dass er selbst es auch nicht besser gekonnt hätte? Trotzdem hast du versagt und es sind Menschen gestorben, darunter auch Faltar. Cerryl sah den Erzmagier offen an. »Ich weiß.«

»Ist das alles, was Ihr zu sagen habt?«

Was sonst sollte Cerryl sagen?

Hinter dem schon teilweise aufgebauten Zelt kam Anya hervor und trat, ein kaltes Lächeln auf den Lippen und einen Ausdruck boshafter Zufriedenheit im Gesicht, zu den beiden Magiern.

»Die Bauern wären natürlich ein wirkungsvollerer Schutz gewesen«, meinte der weißhaarige Magier mit funkelnden Augen.

»Ja, Ser.« Cerryl war immer noch wie vor den Kopf geschlagen. *Warum hast du das Schwarze Eisen oder was es auch war nicht gefunden? Warum nicht?*

»Es war Eure Aufgabe, diese Vorrichtungen zu finden«, fügte Anya hinzu. »Ihr habt am Fluss versagt und Ihr habt auch hier versagt.«

»Ich habe hier versagt«, gab Cerryl zu. *Aber nicht am Fluss.*

»Und was werdet Ihr jetzt tun?«, fragte Anya. »Damit wir nicht noch mehr Magier verlieren?«

Cerryl hätte beinahe mit den Achseln gezuckt.

»Ich bin sicher, Cerryl wird gern bereit sein, die Vorhut den ganzen Weg bis Kleth zu führen«, sagte Jeslek. »Oder nicht?«

»Ich werde mein Bestes geben.« Cerryls Stimme war tonlos und ihm fehlte die Kraft, überzeugender zu sprechen. *Faltar … wie …? Wie konntest du Faltar so schmählich im Stich lassen?*

»Ihr werdet tun, was nötig ist«, sagte Jeslek kalt und drehte sich um. »Ich werde später noch mit Euch sprechen, nachdem Ihr Gelegenheit hattet, über die Schwere Eures Versagens nachzudenken.«

»Ihr habt schrecklich versagt«, fügte Anya murmelnd hinzu. »Ihr habt vieles wieder gutzumachen.«

Anya gegenüber nicht … aber für Faltar und die anderen, die sich auf mich verlassen haben.

Cerryl stand allein in der Nachmittagssonne und sah in Richtung des Flusses, den er von hier aus nicht erkennen konnte, immer noch halb benommen und staunend.

»Ich habe es gehört«, sagte Leyladin leise.

Cerryl fragte sich, wie lange sie schon hinter ihm stand.

»Ich sollte diese Vorrichtungen entdecken.« Er drehte sich um, schluckte schwer. Die Heilerin war so erschöpft, dass sie kaum noch stehen konnte. Sie hatte die Menschen versorgt, die bei den Explosionen verletzt worden waren, die er hätte verhindern sollen. Er nahm ihren Arm. »Du brauchst Ruhe und etwas zu essen.«

Er hatte nicht nur Faltar im Stich gelassen, sondern auch Leyladin eine große Belastung zugemutet. Mit zusammengepressten Lippen führte er sie zu den Kochfeuern. *Sie werden etwas für eine Heilerin haben … sie müssen etwas haben.*

LI

Die Sterne, stecknadelkopfgroße Punkte am tiefblauen Himmel, verblassten, als der Horizont im Osten sich grau färbte. Ein paar Insekten raschelten und zirpten im kurzen Gras, das erst im Frühling gewachsen war.

Cerryl stand im Schatten eines Baums, den er nicht erkannte, und starrte von einer kleinen Klippe zum grauen Wasser des Flusses Gallos hinunter.

»Du bist früh aufgestanden«, sagte Leyladin. Sie war fast lautlos zu ihm gekommen und schloss ihn von hinten in die Arme.

»Ich konnte nicht schlafen. Ich hätte die Fallen finden müssen, die der Schmied gelegt hat. Faltar, Ryadd, Myredin, Bealtur … die anderen, deren Namen ich nicht einmal kannte … sie sind alle tot.«

»Du hast die meisten Fallen gefunden.«

»Ich habe die Fallen am Fluss nicht gefunden und ich habe nicht gefunden, was er da unter der Straße versteckt hatte. Jeslek und Anya waren nicht gerade freundlich zu mir. Ich kann ihnen keinen Vorwurf machen.« Cerryl holte tief Luft.

»Sei nicht zu nachsichtig mit Jeslek. Er hat dich vorausgeschickt, um solche Fallen auszulösen.« Leyladin schnaubte leise. »In dieser Hinsicht hat er ebenso versagt wie du und dafür bin ich sehr dankbar. Anya wartet nur auf eine Gelegenheit, dir nachzuweisen, dass du versagt hast, ob es nun zutrifft oder nicht.«

Aber ich habe versagt … und Faltar, mein erster wirklicher Freund … er ist tot. Cerryl schüttelte den Kopf. *Selbstvorwürfe bringen ihn nicht zurück.* »Der Schmied hat die Ordnung der Pflastersteine benutzt … die Ordnung der von der Dunkelheit verfluchten Pflastersteine …«

»Das hast du mir schon erklärt«, erwiderte Leyladin leise. »Es nützt nichts, wenn du es ständig wiederholst. Überlege lieber, was du anders machen könntest.«

»Wenn die Rekruten und Pferde auf der Böschung laufen, kann ich alles aufspüren, was im Boden ist. Es waren die Pflastersteine … irgendetwas war mit ihnen.«

»Dann sag dies Jeslek.«

»Das hilft Faltar auch nicht mehr.«

»Nein, das nicht«, stimmte sie zu. »Du hast das Beste

getan, was du in dem Augenblick tun konntest.« Sie überlegte. »Manchmal ist das Beste aber nicht gut genug. So etwas geschieht auch Heilern und Magiern. Es ist schwer, das zu akzeptieren.«

Manchmal ist das Beste nicht gut genug ... »Ja ...« Er sprach nicht aus, was er dachte. *Manchmal muss man eben noch mehr geben als nur sein Bestes.*

»Du bist ein besserer Magier als viele andere, Cerryl. Besser als jeder, den ich kenne. Aber du bist auch nur ein Mensch. Selbst die alten Weißen Dämonen haben manchmal versagt und auch die dunklen Engel haben Fehler gemacht.« Die Heilerin nahm ihn fest in die Arme und hüllte ihn mit der Wärme ihrer dunklen Ordnung ein.

Cerryl starrte unverwandt zum dunkelgrauen Wasser des Flusses hinunter, der nach Norden zum kalten Nordmeer floss. »Ich bin kein Dämon oder Engel. Ich bin ein Magier.«

»Ich bin sicher, dass auch sie manchmal Freunde verloren haben. Auch sie waren Menschen. Sie haben Hoffnungen gehegt, sie haben geträumt, sind gescheitert, haben sich wieder aufgerichtet.«

Cerryl schluckte. »Ich war bisher bei dieser Sache hier – was auch immer wir überhaupt tun – keine große Hilfe.«

»Und wozu bist du noch nütze, wenn du dich jetzt geschlagen abwendest? Willst du Anya und Jeslek wirklich das Feld überlassen?«

»Sie machen sowieso, was sie wollen.« Er schürzte die Lippen.

»Jemand kommt«, flüsterte sie.

Sie standen reglos im Zwielicht unter dem Baum, während auf dem Weg unter ihnen zwei Menschen vorbeikamen.

»Ich verstehe es nicht, Jeslek. Du hast die Berge wachsen lassen, du hast Axalt in Trümmer gelegt, aber jetzt willst du nicht das Chaos gegen diese elenden Kaufleute einsetzen.« Anyas scharfe Stimme war deutlich zu hören. »Du warst so nachsichtig mit Cerryl … obwohl er so schrecklich versagt hat.«

»Ich muss meine Handlungen vor niemandem rechtfertigen. Aber dir zuliebe, meine teure Anya, werde ich es erklären.« Jesleks Stimme triefte vor Ironie.

Cerryl zuckte zusammen. Ob Anya wirklich verstand, was er mit ihr tat?

»Sie glaubt immer noch, sie hätte Sterol gestürzt«, flüsterte Leyladin ihm ins Ohr.

»Es ist wohl besser, ihr diesen Glauben nicht zu nehmen.« Cerryl lächelte bitter in sich hinein. »Jedenfalls möchte ich nicht derjenige sein, der sie eines Besseren belehrt.«

»Axalt war eine Stadt voller Parasiten. Sie haben den Handel verteuert und Münzen abgezweigt, die nach Fairhaven hätten gelangen müssen. Die Hochwiesen von Gallos waren außer für die Hirten für niemandem von besonderem Wert. Spidlar dagegen besitzt fruchtbares Ackerland, Holz und sogar Erze. Dies ist es, was das Land so wertvoll macht. Soll ich das zu Asche verbrennen?« Jeslek lachte unfreundlich. »Ich würde jederzeit eine weitere Stadt niederwerfen, wie ich es mit Elparta getan habe, aber nur, wenn wir dadurch auf einen Schlag ganz Spidlar in die Hände bekämen.«

»Du lässt Lanzenreiter umkommen.«

»Lanzenreiter sterben, das bringt ihr Beruf so mit sich.« Nach kurzer Pause fügte Jeslek hinzu: »Außerdem hat der Präfekt fünf Züge kyphrische Lanzenreiter und noch einmal zehn Züge schwere Infanteristen gestellt. Er hat uns Truppen aus Kyphros geschickt, weil sie nicht so zuverlässig sind wie die aus dem Norden von Gallos.« Der Erzmagier drehte sich um und winkte. »Cerryl, kommt heraus. Ich fühle Euer Chaos da oben lodern.«

Leyladin ließ seine Hand los und Cerryl trat aus dem Schatten des Baumes heraus und ging zu Jeslek.

»Wie ich sehe, konntet auch Ihr nicht lange schlafen.« Jesleks Worte waren freundlich, viel freundlicher als die Antwort, die Anya bekommen hatte.

Unsichtbares Chaos wallte um Anya, beinahe so stark wie die Energie, die den Erzmagier umgab, aber die rothaarige Frau schwieg.

»Nun ... was meint Ihr, wie wir die letzten Fallen vor der Stadt ausschalten können?«, fragte Jeslek. »Ich darf doch annehmen, dass Ihr darüber nachgedacht habt?«

Der junge Magier verkniff sich ein Seufzen. »Ser ... ich habe es überprüft. Er kann nur eine begrenzte Menge Schwarzes Eisen unter einer geordneten Oberfläche wie den Pflastersteinen verbergen. Der Boden ist jetzt trocken, wir könnten also neben den Mauern marschieren ...«

Jeslek nickte und hörte mit kalten Augen an, was Cerryl ihm erklärte. Doch verglichen mit Anyas hellen Augen war der Blick des Erzmagiers warm und freundlich.

LII

In den Schatten, die von der Vormittagssonne geworfen wurden, stand Cerryl hinter den Verschanzungen auf der Erhebung südlich des etwas höheren Hügels, wo die spidlarischen Streitkräfte sich in halbkreisförmig angelegten Gräben eingerichtet hatten. Die westliche Uferstraße von Elparta nach Kleth lief schräg von Südwesten nach Nordosten den Hang hinauf. Östlich des Hügels, auf dem Fairhavens Truppen standen, erhoben sich die Klippen direkt über dem Fluss, im Westen fiel das Gelände zu den Sümpfen von Devow hin ab, die sich mindestens vier Meilen weit nach Westen erstreckten. Jenseits der Sümpfe lagen die Hügel von Kylen, eine schroffe Gegend voller Löcher und brüchiger Sandsteinklippen.

Am Himmel über ihnen hatte sich eine dünne Wolkenschicht gebildet, die dem Morgen einen fahlgrauen Farbton gab. Der leichte Südwind vermochte kaum die Fahnen der Weißen Streitkräfte zu bewegen, wehte jedoch den Geruch der verbrannten Felder herbei.

Cerryl hatte die Sinne schweifen lassen und versucht, den Schmied zu finden. Das Spähglas hatte ihm verraten, dass Dorrin sich in einer Schanzanlage ausruhte. Cerryl war der Ansicht, dass der Schwarze Magier irgendwo auf der gegenüberliegenden Hügelseite war, aber den genauen Ort konnte er nicht ausmachen, was er einigermaßen beunruhigend fand. Die letzte Begegnung mit dem Schwarzen Schmied war alles andere als angenehm gewesen.

Alles andere als angenehm? Cerryl lächelte unwillkürlich über sich selbst. *Faltar hätte weitaus deutlichere Worte gefunden ...* Und Faltar hätte ihm vergeben. *Wirst du dir jemals selbst vergeben können?*

Irgendwo weiter unten war ein schwankendes Trompetensignal zu hören, der erste Hinweis auf den bevorstehenden Angriff.

Cerryl blickte zur Seite, wo Jeslek, Anya und Fydel warteten. Sie schauten über den Erdwall nach Norden. Keiner der drei bewegte sich, als das Signal wiederholt würde und von den Wällen fünfzig Ellen unterhalb von Cerryls Standort Chaos-Feuer gegen die Feinde geschleudert wurde.

Zischend zerbarsten die Feuerkugeln auf der Hügelflanke und nahe den spidlarischen Stellungen.

Cerryl konnte keine große Veränderung spüren und keine Schreie hören, denn die gegnerischen Erdwälle waren eine gute Abschirmung gegen das Chaos-Feuer. Allerdings stiegen ein paar dünne Fäden schmierigen schwarzen Rauchs zum Himmel auf. Direkt nach der ersten wurde eine zweite Salve Feuerkugeln abgeschossen.

Noch einmal ertönte das Signalhorn, dann senkte sich Stille über die Gegend. Es dauerte eine Weile, bis die purpurnen Banner von Gallos bergauf gegen die unterste Linie der mit Baumstämmen verstärkten Gräben vorstieß, wo die spidlarischen Piken- und Hellebardenkämpfer saßen.

Cerryl runzelte die Stirn, als er sah, mit welcher Leichtigkeit die gallischen Bewaffneten die ersten Reihen überrannten und die Gräben besetzten.

»Seht Ihr!«, rief Jeslek. »Sie haben schon die erste feindliche Linie eingenommen.«

Fydel hob nur die Augenbrauen.

Drüben auf dem höheren Hügel drängten die purpurnen Banner bergauf und hatten im Handumdrehen den halben Weg zu den höheren spidlarischen Stellungen hinter sich gebracht. Hier und dort wurden die Angreifer mit Pfeilen eingedeckt, aber nur selten wurde ein Bewaffneter getroffen und der Vorstoß verlor nicht an Kraft.

Doch dann schien die ganze Hügelflanke auf einmal zu explodieren. Große Erdbrocken und Stücke von Baumstämmen wurden in den Himmel geschleudert. Und Körper … und Teile von Körpern.

Cerryl lächelte grimmig. Allerdings, der Schmied war dort.

Jeslek wandte sich an Cerryl. »Das habt Ihr nicht gespürt.«

»Schon wieder versagt«, meinte Fydel nickend.

»Ich konnte nicht nahe genug heran, um es zu spüren. Ich habe Euch allerdings gewarnt, dass der Schmied dort ist.« *Diesen Fehler hast du nicht zu verantworten. Andere sicherlich, aber nicht diesen.* Cerryl presste die Lippen zusammen.

»Es spielt keine Rolle. Es wird nichts ändern.«

Anyas strahlendes, falsches Lächeln untermalte Jesleks Einschätzung. Der Erzmagier blickte wieder zum gegenüberliegenden Hügel.

Fydel hielt Cerryls Blick noch einen Moment stand, dann lächelte er höhnisch. Cerryl zwang sich, harmlos und freundlich dreinzuschauen.

Abrupt wandte Jeslek sich zu Fydel um. »Bei der Dunkelheit, dieser vorsichtige Vorstoß bringt doch nichts!«

»Es war Eure Idee«, bemerkte Anya.

»Und? Dann habe ich mich eben geirrt.« Jeslek betrachtete die Hügelflanke, die einem frisch gepflügten Feld glich.

»Wirklich? Das hätte ich nie für möglich gehalten.« Anyas Stimme klang verbittert.

»Fydel«, befahl Jeslek, »sagt Eliasar, dass die Rekruten über das verminte Gelände dort marschieren sollen. Schafft frische Truppen heran.«

»Was?«

»Das Einzige, was wir sicher wissen, ist, dass es dort, wo schon Minen explodiert sind, keine weiteren Sprengladungen geben kann. Wir wollen ja vermeiden, dass sie sich zurückziehen und einen weiteren Abschnitt des Hügels oder ein Feld verminen.«

Cerryl musste innerlich zustimmen und auch Fydel nickte, weil er die Logik des Gedankens einsah.

»Alles, was der verdammte Schmied bisher getan hat, ist mit langwierigen Vorbereitungen verbunden gewesen. Wir dürfen ihm keine Zeit mehr lassen. Befehlt den Angriff. Konzentriert alle Kräfte an diesem einen Punkt. Und sorgt dafür, dass die Truppen in Bewegung bleiben.«

»Ja, Jeslek.«

»Ich meine es ernst. Haltet sie in Bewegung.«

Als Jeslek sich umdrehte, um noch einmal das Schlachtfeld zu betrachten, wechselten Anya und Fydel einen Blick. Sie nickten einander zu, dann eilte Fydel hinter der Verschanzung hervor und lief den Hügel hinunter zu einem kleinen Zelt, wo Eliasar vor seinem Spähglas saß. Cerryl hatte den älteren Waffen-Magier während des ganzen Feldzuges höchstens einmal aus der Ferne zu Gesicht bekommen.

Kurz danach wurde ein weiteres Trompetensignal gegeben und die grünen Banner von Certis zogen hügelab durchs niedergetrampelte Gras des Tals und auf der anderen Seite über den von den Explosionen aufgewühlten Boden wieder bergauf zu den gegnerischen Gräben. Doch bevor die certischen Rekruten die zweite Linie der spidlarischen Stellungen erreichten, flog ihnen ein Pfeilhagel entgegen, dem mindestens ein Drittel der Angreifer zum Opfer fielen.

Dann kam eine Welle blauer Bewaffneter aus verborgenen Gräben gestürmt und hielt von den Flanken aus auf die Angreifer zu. So schnell wie sie gekommen waren, zogen sich die Blauen wieder in ihre Gräben zurück und ließen nur versprengte Überbleibsel der gallischen und certischen Angreifer zurück.

Viel zu spät flogen jetzt ein paar Feuerkugeln zu den Nachzüglern der Blauen hinüber.

Ein weiteres Trompetensignal wurde gegeben, schwankend zwar, aber laut genug, um von Süden bis Norden über das ganze Schlachtfeld zu hallen. Cerryl blickte nach oben und stellte überrascht fest, dass die Sonne schon den Mittagspunkt überschritten hatte.

»Weiter angreifen!«, fauchte Jeslek. »Sie können uns nicht ewig standhalten.«

Fydel, inzwischen eilig auf dem Rückweg zum Erzmagier, blieb wie angewurzelt stehen, als er den Befehl hörte. Er blickte kurz zum unteren Wall. Aber noch bevor das Trompetensignal ganz verklungen war, wurden dort unten goldene Banner gehoben, als hätte Eliasar den Befehl des Erzmagiers gehört, und die nächste Welle griff bergauf die spidlarischen Linien an.

Fydel zuckte mit den Achseln und postierte sich hinter dem Erzmagier.

Wieder flogen Pfeile von der höchsten spidlarischen Stellung herunter, trafen die verbliebenen Galler und Certaner und auch einige kyphrische Rekruten. Die kyphrischen Bewaffneten stürmten jedoch weiter bergauf, bis die goldenen Banner an den Gräben der zweiten Linie von einem neuen Pfeilhagel aufgehalten wurden.

Cerryl konnte beobachten, wie die schweren Lanzenreiter der Galler ins Feld geschickt wurden und den Hügel im Südwesten angingen, um die Spidlarer von der Flanke her anzugreifen.

Jetzt flogen auch wieder Feuerkugeln zu den höheren Gräben hinüber – zu den Gräben, in denen die blauen Bogenschützen lauerten. Der Pfeilhagel wurde dünner und hörte schließlich ganz auf. Nicht mehr durch Pfeilschüsse gefährdet, konnten die kyphrischen Rekruten und die gallischen Reiter jetzt ungehindert den Hügel erstürmen. Die Rekruten nahmen die zweite Linie der Gräben ein, während die Reiter sich schon den Flanken der obersten Stellung näherten.

Die gallische Kavallerie schwenkte am Ende der obersten spidlarischen Verschanzung ein und fiel mit blank gezogenem Säbel den blauen Fußtruppen in den Rücken.

»Gut, gut!« Jeslek strahlte, als er die zweite Reihe der blauen Verteidiger derart im Hintertreffen sah.

Aber wie aus dem nichts griffen auf einmal zwei Kompanien spidlarischer schwerer Kavallerie bergab an und fielen ihrerseits den gallischen Reitern in den Rücken. Schon beim ersten Angriff starb etwa ein Drittel der purpurnen Lanzenreiter. Quer über das ganze Schlachtfeld hinweg konnte Cerryl den blonden Riesen sehen und spüren, der die feindlichen Kräfte anführte – Brede.

In diesem Gemisch widerstreitender Kräfte erlahmte das Chaos-Feuer der Weißen sehr schnell. Sofort tauchten die blauen Bogenschützen wieder auf und deckten die kyphrischen Fußsoldaten mit tödlichen Schüssen ein.

»Dort! Da ist der Schwarze Taugenichts!« Jeslek deutete hinüber und winkte Anya und Cerryl. »Mitten in den Befestigungen da drüben, dort an der kleinen Kiefer. Schießt mit Feuerkugeln!«

Cerryl sammelte Chaos-Energie um sich und schleuderte sie über die kleine Senke zwischen den Hügeln, die zu unscheinbar war, um ein Tal genannt zu werden. Seine Feuerkugel zerplatzte beinahe gleichzeitig mit Anyas Geschoss hinter den feindlichen Wällen.

»Mehr!«, befahl Jeslek. »Mehr davon!«

Cerryl und Anya schleuderten weitere Feuerkugeln, Fydel schoss ebenfalls eine kleinere ab.

Die kyphrischen Rekruten kämpften sich unverdrossen bergauf und bezwangen die zweite spidlarische Verteidigungslinie, wenngleich etwas behindert durch die gallischen Reiter, die kehrtgemacht hatten und die blaue Kavallerie angriffen.

Nur einige wenige blaue Reiter standen schließlich noch zwischen den gallischen Lanzenreitern und der letzten blauen Verteidigungslinie, als eine neue Kompanie blauer Reiter erschien und schräg bergab die purpurnen Lanzenreiter angriff.

Cerryl leckte sich die Lippen, als er sah, dass der große blonde Kommandant den Angriff der Blauen anführte. Wie schon vorher konnte der Magier den Mann über einige hundert Ellen Entfernung deutlich ausmachen. Die Blauen warfen sich den noch lebenden gallischen Reitern entgegen, Sonnenlicht funkelte auf den Klingen, die sich rasch hoben und senkten.

Eine weitere Pfeilsalve forderte ihren Tribut unter den kyphrischen Rekruten, die gerade die Befestigungen in der Mitte angriffen.

»Mehr Chaos-Feuer! Zielt auf die von der Dunkelheit verdammten Bogenschützen!«, rief Jeslek.

Cerryl holte tief Luft und schoss eine weitere Feuerkugel ab. Direkt danach folgten Feuerkugeln von Anya und Fydel und eine gewaltige Wolke aus Feuer vom Erzmagier selbst.

Das Feuer versengte den Bereich zwischen der zweiten und dritten blauen Linie und verwandelte die meisten blauen Reiter – und die paar verbliebenen gallischen Lanzenreiter – in lebende Fackeln. Fettiger schwarzer Rauch kräuselte sich gen Himmel und verdüsterte die Nachmittagssonne.

»Los jetzt! Angreifen!« Jesleks Befehle waren eher unbeherrschte Schreie als überlegte Anweisungen, aber der Trompeter erfasste, was gemeint war, und die zitternden, durchdringenden Töne signalisierten einen weiteren Angriff.

Die Kyphrer, die jetzt von Rekruten und Reitern aus Hydlen unterstützt wurden, stürmten weiter bergauf und drängten langsam die letzte dünne Verteidigungslinie der Spidlarer zurück.

»Chaos-Feuer! Auf die rechte Seite!«

Cerryl gehorchte, er ignorierte die Kopfschmerzen, die mit jedem neuen Versuch, das Chaos-Feuer zu schleudern, wie glühende Messer durch seinen Schädel schnitten.

Die Weißen Reiter, inzwischen eine gemischte Truppe aus Certis, Gallos und Hydlen, griffen auf der rechten Seite des Hügels an. Ein paar vereinzelte Pfeile flogen den Lanzenreitern entgegen, aber nur eine Hand voll Reiter stürzte.

Jeslek beschwor eine neue Wolke aus Feuer herauf und verbrannte die Befestigungen im Nordosten, wo die letzten blauen Bogenschützen saßen. Danach kam kein Pfeil mehr aus einem blauen Bogen geflogen.

Als sich die Weißen Lanzenreiter im Südwesten der Hügelkuppe näherten, tauchte hinter einem Wall ein Zug blauer Reiter auf – vielleicht auch ein paar weniger als ein ganzer Zug –, abermals angeführt vom riesigen Brede, und stürmte nach Westen. Die Weißen wurden vorübergehend zurückgedrängt.

»Chaos-Feuer! Auf den Anführer!«, befahl Jeslek.

Cerryl, Fydel und Anya gehorchten, aber mehr als die

Hälfte der blauen Reiter hatte sich schon zurückgezogen, als das Chaos-Feuer kurz hinter den letzten spidlarischen Verteidigern auf dem Boden zerplatzte. Eine Hand voll Reiter und Pferde wurden verbrannt, wieder stiegen fettige schwarze Rauchwolken zum Himmel.

Die Rekruten aus Hydlen hatten jetzt mit denen aus Kyphros einen gemeinsamen Verband gebildet. Ein Flügel griff die rechte Flanke der letzten Verteidigungslinie an. Die vereinigte Weiße Kavallerie formierte sich neu und ritt bergauf, um die letzten blauen Streitkräfte einzukreisen.

»Los doch! Noch mehr Chaos-Feuer! Ins Zentrum!«

Die Magier gehorchten, die Trompete befahl den Angriff, die Reiter der Weißen Truppen stürmten vor und irgendwie wusste Cerryl, dass dieser Angriff der letzte sein würde.

Die Weißen Truppen hatten kaum die Hügelkuppe erreicht, als der blonde Kommandant erneut an der Spitze seiner kleinen Truppe blauer Lanzenreiter vorstürmte und wie ein funkelnder blauer Keil die Weißen Reiter teilte.

Weiter unten und hinter den Weißen Reitern tauchten auf einmal wieder spidlarische Bogenschützen auf, die von hinten die Weißen Lanzenreiter angriffen.

»Dort!«, fauchte Jeslek.

Drei rasch abgeschossene Feuerkugeln erledigten die letzten blauen Bogenschützen.

Da jetzt nur noch wenige blaue Lanzenreiter und überhaupt keine Bogenschützen mehr ihren Vorstoß behindern konnten, drangen die kyphrischen und hydlenischen Fußtruppen rasch in die letzten Gräben vor und näherten sich der Hügelkuppe.

Nur eine Hand voll blauer Lanzenreiter war noch übrig, dann nur noch ein einziger, aber kein gallischer Reiter schien fähig, den blonden Riesen zu bezwingen.

»Es reicht!« Jeslek schleuderte eine letzte Feuerkugel.

Cerryl hielt den Atem an, als die riesige Feuerkugel

wie in Zeitlupe in hohem Bogen einige hundert Ellen weit flog. Überall loderte Feuer, schien von Brede im Zentrum abzuprallen und auch die gallischen Lanzenreiter in der Nähe einzuhüllen. Noch während der Schwarze Kommandant zu Asche verbrannte, drehte sich seine Klinge um sich selbst … und blieb in einem letzten gallischen Lanzenreiter stecken.

Cerryl blinzelte und schluckte. Eigentlich hätte er erleichtert sein müssen. *Aber du bist es nicht. Glaubst du wirklich, dass Jeslek ein guter Mensch ist?* Er schüttelte den Kopf. Ganz egal, wie tapfer und geschickt der Schwarze Kommandant gekämpft hatte, er hatte für die falsche Seite gekämpft.

»Es ist vorbei«, sagte Jeslek.

Cerryl massierte sich Nacken und Stirn. Er war nicht sicher, ob Jeslek Recht hatte. Sterne tanzten vor seinen Augen, sein Kopf pochte heftig.

»Wir müssen herausfinden, was noch übrig ist«, erklärte Jeslek. »Sucht Eure Pferde, dann folgen wir Eliasar.«

»Da ist nicht viel übrig«, meinte Anya. »Ganz bestimmt nicht.«

Cerryl ging den Hügel hinunter und suchte das Seil, wo sein Wallach angebunden war. Fydel ging neben ihm, aber Cerryl würdigte ihn keines Blickes.

»Dieser Schwarze Anführer war zu gut, um ein einfacher Verbannter zu sein«, meinte Fydel schließlich.

Cerryl antwortete nicht. Ihm wurde bewusst, dass er den Schwarzen Magier, den Schmied Dorrin, nicht mehr spüren konnte. Aber er war sicher, dass er es bemerkt hätte, wenn der Mann in der Schlacht gestorben wäre. *Wo ist er also und was wird er als Nächstes tun?*

»Nein, er war kein Verbannter«, sagte Fydel noch einmal. »Sie hätten jemanden, der so gut kämpfen kann, nicht verbannt.«

»Vielleicht haben sie ihn genau deshalb verbannt«, sagte Cerryl. »Er war ganz sicher ein Verbannter. Denn warum sonst hat er gekämpft wie jemand, der keinen Ort mehr hat, wohin er gehen kann?«

Darauf wusste Fydel keine Antwort.

Aber Cerryl hatte noch Fragen. Viel zu viele Fragen hatte er, die ihm durch den Kopf jagten, nachdem er aufgesessen war und den anderen dreien folgte. *Warum haben die Blauen so weit von Spidlaria entfernt einen selbstmörderischen Angriff befohlen? Warum haben sich die blauen Kaufleute Fairhaven so hartnäckig widersetzt, obwohl die Weiße Stadt sich kaum in die Regierungsgeschäfte anderer Länder einmischte? Warum vertrieb Recluce Leute wie diesen Schwarzen Anführer oder den Schmied?*

Der Schmied war der Inbegriff der Ordnung, eine tiefschwarze Kraft, in der auch nicht die kleinste Spur von Chaos zu entdecken war. *Warum wird so ein Mann von der Insel der Ordnung vertrieben?*

Cerryl ritt müde um den Hügel herum und folgte dem Erzmagier und Eliasar. Als sie das Schlachtfeld erreichten, fühlte er sich völlig ausgelaugt. Keine Spidlarer tauchten mehr aus den Gräben auf, niemand stöhnte, niemand bot die Kapitulation an. Nur Leichen lagen hier, überall Leichen. Einige mit Blut bespritzt, einige äußerlich unversehrt, dazwischen wirre Haufen von verkohltem Fleisch.

Irgendwann drehte Anya den Kopf herum und Cerryl fragte sich, warum sie sich für einen versengten Flecken knapp unterhalb der Hügelkuppe interessierte. Der Schwarze Anführer? Aber warum? Sie war ihm nie begegnet.

Die Sonne berührte schon den westlichen Horizont, als Jeslek das Pferd auf dem Hügel zügelte, der am Morgen noch im Besitz der Spidlarer gewesen war. Dahinter lag eine kleine Stadt – Kleth.

Eliasar drehte sich im Sattel um. »Geehrter Erzmagier, eine weitere Schlacht wie diese können wir uns nicht erlauben.« Der gedrungene Waffen-Magier wischte sich den Schweiß von der Stirn. Seine Haare klebten feucht auf dem Schädel. »Wir haben mehr als die Hälfte unserer Truppen verloren.«

»Zwei Drittel«, sagte jemand aus der Gruppe der Offiziere hinter Eliasar.

»Es wird keine Schlachten mehr geben«, sagte Jeslek. »Höchstens ein paar Scharmützel auf dem Weg nach Spidlaria. Sie haben keine nennenswerten Truppen mehr übrig.«

»Ich hoffe beim Licht, dass Ihr Recht habt.«

»Ich habe Recht«, fauchte Jeslek. »Wir ziehen zuerst weiter, um das gesamte Flusstal einzunehmen. Lasst eine kleine Abteilung hier zurück, um die Straße nach Diev zu sichern. Wenn wir Spidlaria eingenommen haben, werden wir Diev erobern. Wir haben die meisten der besser ausgebildeten Weißen Lanzenreiter geschont.«

»Wie Ihr meint.«

Anya und Fydel wechselten einen Blick.

Cerryl ließ sich äußerlich nichts anmerken, aber er glaubte nicht, dass die Schlacht um Spidlar schon vorbei war. Nicht solange der rothaarige Schmied sich Jesleks und Anyas Kontrolle entzog.

LIII

Unter einem Himmel, den dunkle Wolken sich mit hellen Sternen teilten, sah Cerryl auf das Lager hinab, wo Leyladin schlafend oder benommen ruhte. Die dunkle Ordnung, die sonst so stark in ihr lebte, war nur noch ein Schatten. Ihr Atem ging flach und stockend.

Mindestens dreitausend Spidlarer waren gestorben, doppelt so viele Kämpfer der vereinigten Streitkräfte Fairhavens unter Eliasar. Nachdem sie angesichts der vielen Verwundeten ihr Letztes gegeben hatte, war Leyladin zusammengebrochen, noch bevor Cerryl vom Blutbad ins Lager zurückgekehrt war. Er hatte es Eliasar und Jeslek überlassen, triumphierend durch die fast menschenleeren Straßen von Kleth zu ziehen.

Cerryl setzte sich ans Fußende des Lagers und massierte sich mit geschlossenen Augen die Stirn. So erschöpft er auch war, er konnte im Gegensatz zu seiner armen Heilerin nicht schlafen. Er spürte, dass der Schlaf sie stärkte, aber es konnte Tage oder gar Wochen dauern, bis sie es wieder wagen durfte, jemanden zu heilen.

Cerryl öffnete die Augen und starrte in die Dunkelheit. Mehr als hundert Ellen entfernt stöhnten die Verletzten. Hoffentlich hatte er Leyladin weit genug verlegt, damit sie nicht gestört wurde. Er berührte den abgedeckten Krug mit Wasser, das er mit Chaos-Energie angewärmt und gereinigt hatte. Das Wasser stand griffbereit am Lager, falls Leyladin erwachte.

Faltar ... was haben wir nur getan?

Überall im Lager waren Geräusche zu hören ... das Murmeln eines Wachpostens, das Husten eines Bewaffneten, das Schnauben eines unruhigen Pferdes an den Halteleinen im Westen, das gedämpfte Rauschen des Flusses Gallos, der oberhalb von Kleth in Stromschnellen toste. Aber für Cerryl waren diese Geräusche nach dem Schlachtlärm des Tages und dem Aufeinanderprallen von Ordnung und Chaos so beruhigend, als wäre es völlig still gewesen.

Das Chaos hatte gesiegt. Der Schmied war nach Diev geflohen und Jesleks mächtiges Heer würde jetzt den Fluss hinunter bis Spidlaria vorstoßen. Die Stadt und die Schätze, die man dort zu finden hoffte, würden unter die Herrschaft der Weißen Stadt kommen.

»Oooh ...«

Cerryl fuhr auf und tätschelte Leyladins Schulter. »Alles in Ordnung.«

»Durst ...«

Er bot ihr etwas Wasser an.

Sie trank in kleinen Schlucken, dann murmelte sie: »Danke.« Direkt danach schlief sie wieder ein.

Er blickte hinauf zum Stern des Südens, der hell und leicht grünlich und ohne zu funkeln am Himmel stand. Hin und wieder wurde er verdunkelt, wenn eine Wolke vorbeizog.

Ist das ein Vorbild? Wie ein Stern strahlen, ganz egal, was dein Licht verdeckt? Cerryl lachte bitter und leise, um Leyladin nicht zu wecken. Ein Licht wie ein Stern? Schwerlich. Er war nur ein kleiner Magier mit Ideen, die oft auf wenig Gegenliebe stießen. Er hatte Macht, aber es widerstrebte ihm, sie einzusetzen, nachdem er gesehen hatte, wie alle, die ihre Macht einsetzten, mehr und mehr zum Missbrauch neigten.

Und doch … ohne Macht … wird sich nichts verändern.

Er schloss die Augen und massierte sich mit der linken Hand den Nacken. Dabei lauschte er aufmerksam, ob Leyladin wieder erwachte.

LIV

»Das große und mächtige Spidlaria«, schnaubte Fydel, der rechts neben Cerryl ritt, als sie sich dem südlichen Stadtrand näherten. Die Stadttore Spidlarias waren kaum der Rede wert – zwei ungeschmückte Steinsäulen, weniger als fünf Ellen hoch und ohne Scharniere für ein Tor, mit keinerlei Mauer verbunden. Anders als die Straße zwischen Elparta und Kleth war der Abschnitt zwischen Kleth und Spidlaria durchgehend gepflastert gewesen.

»Immerhin waren sie stark genug, um uns Tausende Soldaten zu kosten.« Alles in allem, überlegte Cerryl, hatte Jeslek vielleicht doch Recht behalten. Auf dem ganzen Ritt nach Spidlaria und zum Nordmeer hatten sie keinen einzigen spidlarischen Bewaffneten mehr gesehen. Cerryls Versuche mit dem Spähglas hatten nur ein paar versprengte Gestalten offenbart, aber keine Truppen, die sich irgendwo sammelten. Die Späher hatten überhaupt nichts entdeckt.

»Die meisten waren Rekruten«, murmelte Fydel. »Das ist kein großer Verlust. Nein, sogar ein Gewinn, falls wir eines Tages gegen die kämpfen müssen, die sie uns geschickt haben.«

Faltar und Myredin waren nicht bloß Rekruten gewesen ... und auch die Rekruten waren Menschen wie alle anderen. Das galt selbst für Bealtur, der alles andere als ein Freund gewesen war. Cerryl schaute nach vorn zur Spitze des Marschzuges. Hinter der Vorhut ritt Jeslek, dessen weiße Kleidung trotz der hellen Sommersonne kühl zu glänzen schien. Anya und Eliasar hatten den Erzmagier in die Mitte genommen, Anya so entspannt wie Jeslek, während Eliasars weiße Kleidung feucht vor Schweiß war.

Cerryl tupfte sich die Stirn mit dem Ärmel ab. Er hätte sich gern umgesehen, ob er Leyladin irgendwo entdeckte, aber er wusste, dass sie mindestens eine Meile hinter ihm bei den marschfähigen Verwundeten ritt und mit bloßem Auge nicht zu sehen war.

Jenseits des Stadttores sah Cerryl von einer Straßenseite zur anderen. Mehr als die Hälfte der Gebäude bestand aus verputzten Brettern und dicken Balken. Die Häuser hatten schwere Fensterläden und schmale Fenster – schmal mussten sie wohl sein, um die kalten Winterwinde abzuhalten, die vom Nordmeer ins Land wehten. Trotz der sommerlichen Hitze waren die Läden wie die Türen geschlossen.

»Niemand da, der uns willkommen heißt«, sagte Fydel lachend.

Der Schatten einer dicken weißen Wolke zog über die Marschierenden und schenkte Cerryl eine kurze Schonung vor der heißen Sonne. »Wahrscheinlich ist ihnen nicht nach einem Begrüßungsumtrunk zumute.«

»Nein, aber einige ihrer Frauen werden das sicher anders sehen.«

Cerryl nickte traurig, denn ihm war bewusst, wie richtig Fydel mit seiner Einschätzung lag. Auch dies war eine unvermeidliche Folge des Krieges. *Und alles nur, weil die Kaufleute auf Kosten der Gilde ihren Profit erhöhen wollten.* Aber war das wirklich der Grund? Als er über die komplizierten Handelsbeziehungen, über Recluce und die Straße nachzudenken begann, schüttelte er unwillkürlich den Kopf. *Kein Wunder, dass die Leute immer nur einfache Antworten hören wollen.* Aber einfache Antworten, das wusste er inzwischen genau, waren häufig falsch oder zumindest unvollständig.

»Sie haben es verdient«, sagte Fydel etwas lauter. »Glaubt nur ja nicht, sie hätten es nicht verdient.«

»Fydel, Cerryl!« Anyas Stimme übertönte das Hufgeklapper auf dem Pflaster Spidlarias. »Der Erzmagier bittet Euch zu uns.«

Wortlos trieb Cerryl sein Pferd an und überholte zwei Reihen Lanzenreiter. Mit den Steigbügeln streifte er beinahe die Pferde der Kämpfer.

»Die Feiglinge haben sich in die Löcher verkrochen und tun so, als würden sie uns nicht sehen.« Ein verkniffenes Lächeln erschien in Jesleks Gesicht, die Augen funkelten böse. »Fairhaven lässt sich nicht verhöhnen.« Die goldenen Sonnenaugen wurden auf Fydel gerichtet. »Schickt die Lanzenreiter voraus. Die Kaufleute sollen sich auf dem Platz vor den Anlegestellen versammeln. Lasst ihnen ausrichten, dass sein Leben verwirkt hat, wer der Aufforderung nicht Folge leistet.«

»Jawohl, Ser.« Fydel nickte.

»Vielleicht haben sie das Gefühl, sie hätten ihr Leben jetzt schon verwirkt«, meinte Cerryl, der direkt hinter Anya ritt. Er fragte sich, woher Jeslek wusste, dass es an den Anlegestellen einen Platz gab. Dann wurde ihm klar, dass der Erzmagier zweifellos Spidlaria in seinem Glas betrachtet hatte, vielleicht sogar schon viele Male.

»Das könnte sein. Sie dachten, sie könnten immer noch fliehen, wenn Kleth fällt, aber das habe ich vorausgesehen.« Jeslek lachte. »Ich habe alle Schiffe im Nordmeer ausgeschickt, um den Hafen abzuriegeln. Und jetzt werden wir die Goldstücke abholen, um die Gilde für ihre Mühen zu entschädigen.«

Nur dass die Goldstücke Faltar und Myredin oder die Lanzenreiter und die vielen Rekruten, die gestorben sind, nicht wieder lebendig machen. Aber Cerryl schwieg und ließ schweigend sein Pferd weiterlaufen, bis sie hinter den verschlossenen und verrammelten Geschäften und Häusern den Platz oberhalb der Anlegestelle erreichten.

Jeslek zügelte sein Pferd am Rand des Platzes und drehte sich zu Anya um. »Sucht einen Stuhl und ein Zeltdach oder sonst etwas, damit wir es bequem haben.« Sein Blick fiel auf den stämmigen Eliasar. »Ihr sorgt dafür, dass mir hier nichts zustoßen kann, wenn ich die Kaufleute empfange.«

Eliasar nickte militärisch knapp und schwenkte seitlich aus der Kolonne, um seine Offiziere zu unterweisen. »Hauptleute ... zu mir!«

Schließlich wandte Jeslek sich an Cerryl. »Ihr könnt Anya unterstützen.«

»Ja, Ser.« Cerryl ritt zu Anya hinüber.

Anya setzte sogleich das Lächeln auf, das Cerryl so sehr hassen gelernt hatte. »Ihr kennt Euch doch mit Ladenbesitzern aus, Cerryl. Vielleicht besorgt Ihr einen passenden Stuhl und einen Baldachin.« Sie wandte sich ab, als gäbe es überhaupt keinen Zweifel, dass Cerryl beides auftreiben würde.

Also ein Möbelschreiner und ein Kramladen ... wo konnte er diese Geschäfte finden? Er holte tief Luft und lenkte den Wallach zurück zu seinen Lanzenreitern. »Hiser, Ferek, wir suchen die Werkstatt eines Möbelschreiners.«

Hiser schüttelte den Kopf, Ferek zuckte mit den Achseln.

»Wir suchen einfach nach einem Schild oder einem Einheimischen.« *Ein Schild werden wir wohl noch eher finden, wenn hier alle hinter verschlossenen Türen in Deckung gehen.* »Lasst uns nach Süden reiten. Ich glaube, ich habe etwa eine halbe Meile entfernt einen Handwerker gesehen.«

Die Unteroffiziere nahmen Cerryl in die Mitte und die Lanzenreiter folgten direkt dahinter, als er den Wallach herumzog. Sie ritten auf der linken Seite der Hauptstraße beinahe im Gänsemarsch, während die übrigen Weißen Lanzenreiter noch zum Hafen unterwegs waren.

Cerryl hob eine Hand, um Leyladin zu grüßen, als er mit seinen Lanzenreitern an der letzten Abteilung des Heeres von Fairhaven vorbeikam.

»Und was jetzt?« Die Heilerin grinste amüsiert.

»Ich muss ein paar Dinge für den Erzmagier besorgen«, gab er zurück. »Wir richten uns in der Gegend am Hafenplatz ein. Ich versuche, später zu dir zu kommen.«

Sie nickte und Cerryl ritt weiter.

Nach einem Ritt von etwa einer halben Meile durch enge Seitenstraßen zügelte er sein Pferd vor einem mit Läden gesicherten Gebäude, vor dem ein kleines Schild hing: eine Truhe über einem Hobel und einem Beitel.

»Hoffentlich ist seine Arbeit besser als sein Schild«, meinte Ferek.

Cerryl war ganz seiner Meinung. »Klopft an.«

Niemand öffnete.

»Sagt den Leuten, sie sollen öffnen, sonst brenne ich das Haus nieder«, sagte Cerryl laut.

Ein Schlurfen hinter der Tür entlockte Ferek ein Lächeln und Hiser ein Kopfschütteln. Die Tür wurde einen Spaltbreit geöffnet und ein Mann lugte heraus.

»Seid Ihr der Möbelbauer?«, fragte Cerryl.

»Bitte, Ser Magier ... verschont meine Gemahlin ...« Der Möbelbauer hatte kurzes graues und rotes Haar, das sich in dichten Locken um den Schädel ringelte. Der Krausbart war eher grau als rot. Er schaute ängstlich zu Cerryl auf.

»Seid Ihr der Möbelschreiner?«, fragte der Magier noch einmal.

»Verschont uns … meine Gemahlin …«, stammelte der Mann.

Was hat man den Leuten erzählt? »Eure Gemahlin kümmert mich nicht«, sagte Cerryl müde. »Ich suche nach dem besten Lehnstuhl, den man hier finden kann. Für den Erzmagier.«

»Ich kann es mir nicht leisten zu behalten, was ich mache …«

»Ich weiß.« Cerryl wandte sich an Hiser. »Bewacht das Haus. Ich will nicht, dass seiner Familie oder seiner Gemahlin etwas angetan wird.«

»Ja, Ser.« Hiser nickte.

»Einer Eurer Männer soll dem Möbelschreiner ein Pferd leihen.« Cerryl wandte sich wieder an den Handwerker. »Wer hat Euren besten Stuhl bekommen, den Stuhl, der am besten für den Erzmagier von Fairhaven geeignet ist?«

»Reylerk der Kaufmann, Ser Magier.«

»Gut. Steigt auf und führt uns zu ihm.«

»Ser?« Der Handwerker blickte zwischen der geschlossenen Tür der Werkstatt und dem Pferd hin und her, von dem ein Lanzenreiter, den Cerryl nicht kannte, gerade abgestiegen war.

»Steigt auf«, befahl Hiser.

Cerryl wischte sich die feuchte Stirn ab und wartete, bis der Mann aufgestiegen war. »Und jetzt … wo wohnt dieser Reylerk? Zeigt es uns.«

»Äh … im Norden, Ser.«

»Schön. Dann führt uns hin.«

Als sie die schmale Straße hinunter und dann eine größere Straße entlang ritten, betrachtete Cerryl die verschlossenen Wohnhäuser und Geschäfte. Offensichtlich hatten die Einwohner Spidlarias, die noch da waren, mit dem Schlimmsten gerechnet.

Reylerks Haus lag in einem hügeligen Stadtviertel nördlich der Anlegestelle an einer gewundenen, wenn auch gepflasterten Nebenstraße. Die Tore waren geschlossen.

»Hinter den Toren …«, stammelte der Möbelschreiner.

Cerryl nickte Ferek zu.

»Öffnet die Tore«, rief der Unteroffizier.

Es kam keine Antwort.

Cerryl zuckte die Achseln, sammelte etwas Chaos um sich und zielte mit einem dünnen Strahl auf die Stelle, wo die beiden Torflügel aneinander stießen.

Mit lautem Zischen gingen die Torflügel links und rechts je eine halbe Elle weit auf.

Gleich darauf drückten zwei Lanzenreiter die Tore mit ihren Pferden ganz auf und Cerryl und Ferek ritten in den Hof hinein. Die Fläche war mit rechteckigen roten Steinen gepflastert, die glatt poliert waren wie ein Tisch. Dem Tor gegenüber stand das Wohnhaus. Das untere Stockwerk bestand aus dem gleichen roten Stein wie das Pflaster im Hof, das obere aus verputztem Holz. Wie bei allen anderen Häusern in Spidlaria waren auch hier die Fenster verrammelt – ausgenommen ein einziges im oberen Stockwerk, das einen Spalt weit geöffnet war.

Mit einem dumpfen Schlag bohrte sich ein Pfeil in die Schulter von Fereks Pferd und der Unteroffizier der Lanzenreiter hatte Mühe, nicht die Gewalt über das Tier zu verlieren.

Der Knall, mit dem das eben noch offene Fenster geschlossen wurde, verriet Cerryl, woher der Pfeil gekommen war. Er reagierte mit einer zweiten Feuerkugel. Im ersten Stockwerk des Gebäudes klaffte auf einmal ein mannsgroßes Loch und eine verkohlte Gestalt taumelte und stürzte aufs Pflaster des Hofes herunter.

»Noch ein Pfeil und ihr seid alle tot«, brüllte Ferek. Irgendwie hatte er es geschafft, seinem Pferd den Pfeil aus der Schulter zu ziehen.

Sein Ruf wurde nur mit Schweigen quittiert.

»Öffnet die Eingangstür!«

Die mit Schnitzwerk verzierte Tür schwang auf, aber es war niemand zu sehen.

»Heraus! Heraus mit euch allen!«, schrie Ferek.

Ein schwerer bärtiger Mann mit rotem Gesicht, der in grüne Seide gekleidet war, wackelte hinter der Tür hervor und blieb draußen im Portikus stehen. Eine ähnlich rundliche, weißhaarige Frau folgte ihm, direkt danach zwei ältere Dienstmägde, die sich hinter den Herrschaften hielten. Niemand betrachtete die Asche der verkohlten Gestalt, die einmal einen Bogen gehalten hatte.

»Ser Magier ... bitte verschont uns ... bitte verschont uns«, bettelte der Mann, bei dem es sich wahrscheinlich um Reylerk handelte.

»Warum?«, fragte Cerryl zurück.

Der Kaufmann schluckte schwer. »Wir haben doch nichts getan, außer unser Land zu verteidigen.«

Cerryl lenkte den Wallach weiter nach vorn und zügelte ihn ein paar Ellen vor dem kurzen Schatten, den das Haus warf. »Ihr habt die Straßen benutzt, die Fairhaven gebaut hat, aber Ihr habt Euch geweigert, dafür zu bezahlen. Ihr habt mit unseren Feinden Handel getrieben und die Straßen, die wir gebaut haben, benutzt, um Eure Waren an andere Empfänger zu verkaufen. Ihr habt Männer ausgeschickt, die uns töten sollten, und jetzt wollt Ihr verschont werden.«

Der dicke bärtige Mann schlug die Augen nieder.

»Und Ihr seid nur noch hier, weil Ihr unter denen, die geflohen sind, nicht sicher wärt, da Ihr mit Eurer eigenen Gier den Krieg nach Spidlar gelockt habt.«

Reylerk schaute nicht auf, was Cerryls Verdacht bestätigte.

»Aber ich bin nicht hier, um über dich zu urteilen.«

Auch wenn du es gerade schon getan hast. Cerryl winkte dem Möbelschreiner. »Nun geh und hole den Stuhl, den du erwähnt hast.« Er wandte sich wieder an den Händler. »Wenn diesem Mann hier auch nur ein Haar gekrümmt wird, werde ich Euer Haus und alles, was in ihm ist, zu Asche niederbrennen.« Der Magier lächelte kalt. »Einschließlich der Töchter und Söhne, die Ihr drinnen versteckt habt.«

»Lasst Besimn nehmen, was er will … lasst ihn«, rief der Kaufmann. »Tut keinem etwas an!«

Cerryl winkte dem Möbelbauer, das Gebäude zu betreten. Besimn stieg zitternd vom Pferd und ging zur Tür.

»Der Stuhl ist nicht für Besimn«, erklärte Cerryl. »Er ist für den Erzmagier. Habt Ihr nicht vielleicht auch etwas rote Seide oder ein Stück Samt?«

»Äh …«

»Wie ich sehe, habt Ihr etwas. Bitte lasst doch Eure Gemahlin und die Hausmädchen den Stoff für uns holen.«

Die drei Frauen eilten ins Haus, als hätten sie Angst, die Lanzenreiter würden ihnen gleich folgen. Die Älteste sah sich so ängstlich um, dass sie mit der Schulter gegen den Türrahmen prallte.

»Sie haben da drin wohl eine Menge versteckt«, lachte Ferek. »Sicher auch junge Mädchen. Hübsche junge Mädchen.«

»Kann sein«, grollte Cerryl, »aber Jeslek will den Stuhl und die Vorhänge haben und die Mädchen haben den Pfeil nicht abgeschossen.«

»Ser?« Es war nur ein Wort, aber der Tonfall verriet, dass Ferek um eine eingehende Erklärung bat.

»Wenn wir diese Leute regieren müssen, ist es keine gute Idee, ihre Töchter zu schänden. Die Väter haben uns die Probleme bereitet, nicht die Kinder. Den Kindern werden wir kein Leid antun.« Cerryl starrte den Kaufmann an.

Der Kaufmann schluckte bedrückt.

»Ihr, Kaufmann, sollt zum Platz an der Anlegestelle gehen. Wenn Ihr nicht bald dort auftaucht, werden wir Euch suchen und finden, und dann ist Euer Leben verwirkt. Es gibt keine Möglichkeit, aus Spidlaria zu fliehen.«

»Und meine Familie?«

»Dem Erzmagier ist nicht daran gelegen, Unschuldige zu bestrafen.« Noch während er sprach, dachte Cerryl über die eigenen Worte nach. Konnte es in einem Krieg in der Familie eines Kaufmanns überhaupt eine erwachsene Person geben, die völlig unschuldig war? Hatten die Angehörigen den Kaufmann überredet, den Rat der Händler zu unterstützen und Fairhaven zu trotzen, weil sie auch weiterhin ihren Luxus genießen wollten? Wie konnte ein Außenstehender solche Fragen beantworten?

Reylerk leckte sich nervös die Lippen.

Besimn kam mit einem hochlehnigen Stuhl, der fast so groß war wie er selbst, wieder heraus. Cerryl lächelte, als er das rote Samtpolster sah. »Wir brauchen einen Karren.«

»Äh … wir haben einen Wagen im Stall«, sagte Reylerk mit unsicher schwankender Stimme.

Ferek winkte und zwei Lanzenreiter lenkten ihre Pferde zum kleinen Anbau links neben dem Haupthaus.

Kurz darauf schleppten die drei Frauen einen großen Ballen roten Samt, den sie offenbar eilig zusammengelegt hatten, durch die Tür heraus.

Als Stuhl und Vorhänge auf den Wagen geladen waren, sah Cerryl den Kaufmann an. »Ihr könnt den Wagen lenken. Ihr müsst ja sowieso zum Platz kommen.«

Die in Seide gekleidete Frau fiel auf die Knie. »Ich bitte Euch, verschont ihn.«

»Das hat der Erzmagier zu entscheiden.« Cerryl nahm den Wallach herum und ritt aus dem Hof heraus, der sich seltsam beengt anfühlte.

Ferek ritt auf dem Pferd eines anderen Lanzenreiters,

der sich neben den Kaufmann auf den Kutschbock gesetzt hatte. Das verletzte Pferd lief reiterlos hinter dem holpernden Wagen her. Besimn ritt vor dem geborgten Wagen und schwankte bei jedem Schritt unsicher im Sattel.

»Sie fahren weg ...«

Cerryl konnte die ungläubige Bemerkung hören, obwohl sie nur geflüstert wurde. Er drehte sich noch einmal um. »Im Gegensatz zu den Händlern von Spidlar hat Fairhaven wenigstens etwas Ehre.«

Faltar ... du warst ein Dutzend von dieser Sorte wert. Cerryl presste die Lippen zusammen und ritt tief in Gedanken zum Platz zurück.

Die Sonne hing schon niedrig über den Hügeln im Westen des Hafens, als Jeslek endlich auftauchte und den Stuhl mit seinem wundervollen Schnitzwerk unter dem roten Samtbaldachin, den Cerryl beschlagnahmt hatte, in Empfang nahm. Anya und Eliasar postierten sich links und rechts neben dem Stuhl.

Nach wie vor beritten und seine Lanzenreiter als Wachtposten aufgestellt, beobachtete Cerryl aus gut fünfzig Ellen Entfernung die versammelten Kaufleute.

»Wollen wir dann beginnen?« Jeslek hob die Augenbrauen.

Zwei dicke Kaufleute knieten auf dem Pflaster nieder, neben einem der beiden stand eine kleine Truhe.

»Was habt Ihr zu sagen?« Jeslek deutete auf den Kaufmann mit der Kiste.

»Der Rat existiert nicht mehr, geehrter Erzmagier. Spidlar gehört Euch. Wir unterwerfen uns Eurem Willen. Hier ...« Der Kaufmann mit dem grauen Bart deutete auf die Truhe. »Hier sind meine Goldstücke. Ich biete Euch an, was ich für einen gerechten Tribut an Fairhaven halte.«

Scharrende Füße hinter den Kaufleuten verrieten, dass es Zuschauer gab, die einiges anders sahen.

»Ihr bietet den Tribut nur an, weil Ihr nicht fliehen könnt«, meinte Jeslek. Seine Stimme klang beinahe gelangweilt.

Cerryl sah zum Hafen, wo vier Schiffe mit gerefften Segeln festgemacht hatten.

»Ich werde Euch verschonen«, sagte Jeslek, »aber nicht Euer Vermögen. Alles bis auf den fünften Teil Eures Besitzes gehört der Gilde. Alles, was fünfzig Goldstücke überschreitet, gehört bis auf den fünften Teil der Gilde. Wer lügt, verliert alles, was er hat, und dazu sein Leben.«

Der Erzmagier wandte sich an Anya. »Beginnt mit dem auf der linken Seite.«

»Ihr sagt, diese Truhe enthalte all Euer Gold? Was habt Ihr sonst noch verborgen?«, fragte Anya.

»Nicht mehr viel, meine Herrin, höchstens noch ein paar Goldstücke, ein paar silberne Teller …«

Anya hob die Augenbrauen.

Cerryl zuckte zusammen, denn er wusste, dass der Kaufmann log, und er wusste, dass auch Anya es spüren konnte.

Die rothaarige Magierin sah Jeslek an, der leicht nickte.

»Ihr lügt«, sagte Anya.

Der Händler wollte trotzig den Kopf heben, aber dann explodierte Anyas Chaos-Feuer auf seinem Körper.

Die anderen Kaufleute brachten sich links und rechts in Sicherheit und duckten sich ängstlich. »Ich habe keine Goldstücke mitgebracht, Erzmagier, aber was mein ist, soll Euch gehören … Euch allein …«

»Habt Ihr die Kühnheit zu behaupten, Ihr könntet Euer ganzes Vermögen in einer so kleinen Truhe hertragen?«

»Nein … nein, Ser. Ich habe noch ein Schiff, aber es ist irgendwo im Westmeer unterwegs, und es gibt noch andere verborgene Kisten. Ich habe ein paar Pferde und andere Besitztümer. Angehörige könnten noch kleine Dinge versteckt haben, aber davon weiß ich nichts.« Die Stimme des Mannes bebte.

»Seht Ihr?« Jeslek wandte sich lächelnd an die etwa zehn Kaufleute, die von Weißen Lanzenreitern bewacht wurden. »Auf einmal fällt es ihm ganz leicht, die Wahrheit zu sagen. Es ist doch gar nicht so schwer.« Die rot geränderten, aber immer noch strahlenden Sonnenaugen wurden auf den dicken Kaufmann gerichtet, der in der ersten Reihe seiner Handelsgenossen stand. »Nicht wahr?«

Der Kaufmann verneigte sich. »Nein, Herr«, stammelte er. »Nein, Herr.«

Anya stand links neben Jeslek, ein kaltes Lächeln auf den Lippen.

Cerryl wäre angesichts dieses Gesichtsausdrucks beinahe ein Schauer über den Rücken gelaufen. Aber er bemühte sich erfolgreich, freundlich und gelassen dreinzuschauen, als Jeslek den nächsten Kaufmann zu sich winkte.

LV

Jeslek saß auf dem Lehnstuhl, den Cerryl aus Reylerks Haus geholt hatte, am Kopfende des langen Tischs im Speisesaal des größten Steinhauses in Spidlaria. Von dort aus wandte er sich an die Magier, die links und rechts am Tisch saßen. »Von den Kaufleuten abgesehen, wollen sich überall in diesem elenden Land die Menschen unterwerfen und mit ihrem Leben fortfahren. Die einzige weitere Ausnahme ist dieses Dreckloch im Westen.« Jeslek heftete den Blick auf Cerryl.

»Diev?« Cerryl lief der Schweiß in den Nacken. Er erwiderte Jesleks Blick.

»Genau dort hat sich Euer wackerer Schmied verschanzt. Dieses Mal wird er nicht entkommen.«

Mein wackerer Schmied? Wie ist er auf einmal meiner geworden? Nur weil ich nicht entdecken konnte, was auch sonst niemand entdeckt hat? Cerryl sah von Jeslek zu Anya und Eliasar, dann zu Fydel, Syandar und Buar, bis sein Blick auf Leyladin fiel.

»Was plant Ihr nun?«, fragte der narbige Waffen-Magier.

»Wir werden gegen Diev marschieren. Wir alle mit Ausnahme von Euch und ein paar anderen Magiern. Ich habe nach jüngeren Magiern geschickt, die Euch unterstützen sollen – Lyasa und Kalesin werden kommen. Ihr behaltet ein Drittel der Weißen Lanzenreiter und die Hälfte der Rekruten hier und haltet Spidlaria besetzt … macht eine ordentliche Stadt daraus. Die Blockadeschiffe sorgen dafür, dass dieser Dorrin nicht übers Meer fliehen kann.« Jeslek wandte sich an Leyladin, die den letzten Platz am Tisch bekommen hatte. »Ihr, Heilerin, solltet Euch darauf vorbereiten, mit dem Schiff, das morgen in See sticht, nach Lydiar zu reisen. Fürst Estalins Sohn ist schon wieder krank.«

»Es wird Tage dauern, bis …«

»Mag sein«, knurrte Jeslek. »Aber Estalin gehört zu den wenigen Herrschern, die Fairhavens Vormachtstellung anerkennen, und im Gegensatz zu einigen anderen verlangt er wirklich nicht viel dafür.«

Anya lächelte. »Falls Ihr die Heilerin aber anderswo braucht …«

»Ich bin der Erzmagier, teuerste Anya, und ich weiß selbst am besten, was ich brauche.« Nach kurzem Schweigen fuhr er dann fort: »Und was ich nicht brauche.«

»In Spidlaria könnten immer noch einige sitzen, die Euch Böses wollen«, warf Anya ein.

Cerryl runzelte leicht die Stirn, denn die Worte klangen falsch und schienen nur gewählt, um den Erzmagier in Rage zu bringen. Syandar sah von einem Magier zum anderen, hielt aber den Mund fest geschlossen.

»Es gibt viele, die mir Böses wünschen. Aber die Wünsche allein werden ihnen nichts nützen, Anya. Das solltet Ihr doch wissen.« Die goldenen Sonnenaugen verrieten nicht, was Jeslek dachte. »Wir vier – Ihr, meine teuerste Anya, Fydel und unser eifriger Cerryl – werden morgen aufbrechen, um Diev in ein Trümmerfeld zu verwandeln, wie es schon längst hätte geschehen sollen. Ihr, Eliasar, kümmert Euch darum, dass Spidlaria sich zu einer Stadt entwickelt, auf welche die Gilde stolz sein kann. Syandar und Buar werden Euch unterstützen.«

Der Waffen-Magier nickte, der schwarzhaarige Syandar auf dem Platz neben ihm stimmte eilig auf die gleiche Weise zu.

Jeslek stand auf. »Es gibt nicht mehr viel zu sagen und morgen dürfte es wieder heiß werden. Viel zu heiß für einen Ort, an dem es im Winter so kalt wird. Anya, ich brauche Euch jetzt.«

Cerryl und Leyladin wechselten einen Blick und Cerryl wusste, dass die Heilerin das Gleiche dachte wie er, als sie sich vom Tisch erhoben.

Die Seitentür in der vertäfelten Wand schloss sich hinter Anya und Jeslek, als die anderen Magier noch am Tisch standen.

»Das war deutlich genug.« Fydel verdrehte die Augen und kratzte sich am Bart. »Wir bleiben hier und tun, was Anya und der Erzmagier uns aufgetragen haben.«

»Ich würde meinen, nur der Erzmagier hat es uns aufgetragen«, berichtigte Eliasar ihn. Der Waffen-Magier wandte sich an Cerryl. »Schade, dass Ihr nicht bleibt. Eure Erfahrungen in Elparta und bei der Stadtwache wären hier sehr nützlich.«

Cerryl zuckte die Achseln. »Jeslek braucht jemanden, der …« Er ließ den Satz unvollendet, weil er eigentlich gar nicht genau wusste, was Jeslek von ihm wollte.

»Jemanden, der die gefährliche Magier-Arbeit für ihn tut«, half Leyladin aus.

»Der Umgang mit Magie ist immer gefährlich, Herrin Leyladin«, meinte Eliasar trocken. »Sogar das Heilen, wie Ihr ja selbst am besten wisst.«

»Und in Jesleks Nähe ist es besonders gefährlich.« Fydel schüttelte den Kopf. »Ich muss mit den Hauptleuten reden.«

»Zuerst müssen wir uns noch unterhalten, Fydel.« Eliasars Stimme war kalt. »Jetzt gleich.« Er warf einen Blick zu Syandar. »Ihr bleibt auch hier.«

Fydel presste die Lippen zusammen, beschränkte sich aber auf eine sachdienliche Antwort. »Wir müssen uns umgehend verabreden, welche Truppenteile mit Jeslek gehen und wer hier bleibt.«

Cerryl und Leyladin verabschiedeten sich mit knappem Nicken von den anderen und verließen den Speisesaal. Draußen im Hauptflur gingen sie zu der Tür, die zum Innenhof führte; von dort aus gelangten sie durch ein kleines Gartentor in eine gepflasterte Nebenstraße, von der aus sie den Hafen überblicken konnten. Cerryl schaute zum Haus zurück, das sie gerade verlassen hatten. Die dunklen Dachziegel funkelten über den Mauern beinahe wie fließendes Wasser in der Sommersonne. »Es ist mehr als doppelt so groß wie das Haus deines Vaters.«

»Viele Kaufleute haben so große Häuser. Jedenfalls diejenigen, die mit mächtigen Kommissionären zusammenarbeiten.«

Ein leichter kühler Wind, der den Geruch vom Meer und dem Unrat im Hafenbecken mitbrachte, empfing sie, als sie die Grenzmauer des Hafens erreichten.

Cerryl tupfte sich die Stirn mit dem Ärmel ab. »Hier ist es kühler.«

»Lass uns ein Stück laufen.« Leyladin deutete zum Wellenbrecher, der etwa eine Meile entfernt im Norden den Hafen vor der offenen See abschirmte.

Cerryl nahm ihre Hand, als sie zu dem Wellenbrecher kamen. »Warum verläuft eigentlich niemals etwas so, wie man es sich vorgestellt hat? Und selbst wenn es eine Weile gut läuft, warum kommt es dann am Ende doch immer anders, als man dachte?« Er suchte die Umgebung ab, aber der Wellenbrecher war verlassen. Nur in der Nähe der Pier hielten sich einige Lanzenreiter auf.

Sie lachte leise und humorlos. »Weil du hinterher immer klüger bist als vorher mit deinen ersten, einfältigen Hoffnungen.«

»Das kann gut sein. Ich dachte immer, alle meine Probleme wären gelöst, wenn ich erst ein Weißer Magier wäre.«

»Und jetzt hast du sogar noch mehr Probleme als vorher?«

»So einfach ist es nicht.« Cerryl knetete nachdenklich mit der freien Hand sein Kinn. »Vienтal und Rinfur und ich ... damals in der Mühle haben wir uns immer Sorgen gemacht, ob wir auch warme Kleidung für den Winter hätten und ob wir genug zu essen bekämen und manchmal hatten wir auch Angst, wir würden geschlagen, aber wir wollten eigentlich nicht allzu gründlich darüber nachdenken. Jetzt habe ich mehr als genug zu essen und Kleidung, von der ich nicht einmal zu träumen gewagt hätte, ich habe eine wundervolle Frau, die ich früher nicht einmal anzuschauen gewagt hätte ... und ich mache mir immer noch Sorgen. Wahrscheinlich sogar mehr als früher.«

»Das liegt daran, dass du mehr aus deinem Leben machen kannst.«

»Kann ich das wirklich? Oder bilden wir uns das nur ein?« Cerryl räusperte sich, dann drückte er Leyladins Hand. »Früher habe ich es geglaubt, aber auch ein so mächtiger Mann wie der Erzmagier kommt manchmal in eine Zwangslage. Wenn er den Krieg nicht führt, wird in spätestens einem Jahr überhaupt niemand mehr die Straßenzölle bezahlen und die Gilde bekommt noch größere Schwierigkeiten und muss einen noch größeren Krieg führen.«

»Glaubst du wirklich?«

»Jeslek hat neue Berge wachsen lassen, aber ich musste trotzdem den alten Präfekten von Gallos töten. Er … wir haben zwei Türme Hydolars zerstört und einen oder sogar zwei Fürsten getötet und die Leute dort kommen immer noch unwillig ihren Verpflichtungen nach.«

»Willst du damit sagen, dass jeder auf seine Weise durch die Zwänge dieser Welt beherrscht wird und dass die Zwänge weniger offensichtlich, aber genauso spürbar sind, wenn du reich bist oder Macht hast?«

»So ungefähr, ja.« Cerryl blieb im Schatten einer Art Eiche stehen, eher ein großer Busch als ein Baum, die auf der Landseite des Wellenbrechers irgendwo zwischen den Steinen einen Halt gefunden hatte.

»Ein Gutes hat es ja, wenn wir uns unterhalten«, sagte Leyladin, indem sie ihn ernst ansah.

»Es hat mehrere gute Seiten«, erwiderte er grinsend.

Ihre grünen Augen flackerten amüsiert. »Niemand glaubt, dass wir ernsthafte Dinge besprechen.«

»Wer sagt das? Und wer sagt, dass wir weiter über ernste Dinge reden müssen?«

»Ich«, erwiderte sie fest.

Cerryl seufzte gedehnt und übertrieben dramatisch. »Worüber denn?«

»Verkneif dir diesen Unterton, Ser Magier. Den Unterton, der sich fragt, wann wir endlich mit Philosophieren und meinen trivialen Fragen fertig sind und uns lustvolleren Beschäftigungen hingeben können.«

Cerryl verschluckte sich und hustete.

»Jeslek ist nicht mehr der Alte«, sagte sie und schürzte nachdenklich die Lippen.

»Ich weiß, aber ich weiß nicht genau, was sich verändert hat, außer dass jetzt mehr Chaos um ihn lodert als früher.«

»Vor allem wenn Anya in der Nähe ist«, ergänzte die Heilerin.

»Auch sonst. Und er hat Anya herumkommandiert. Höflich, aber dennoch unmissverständlich. Mehr als früher jedenfalls.«

»Er traut ihr nicht. Ich würde ihr auch nicht trauen. Sie hat mit Sterol geschlafen und tut es vielleicht immer noch, wenn sie es für sinnvoll hält.«

»Wohnt Sterol noch im Weißen Turm?«

»Er spielt auf Zeit«, meinte Leyladin. »Ganz egal, was er sagt, er hat die Hoffnung, das Amulett zurückzubekommen, noch nicht aufgegeben.«

»Was Jeslek angeht ... ich frage dich lieber jetzt, ehe du fort bist und es zu spät ist. Was soll ich deiner Meinung nach tun?«

»Befolge seine Befehle, solange sie nicht für dich zu gefährlich sind, und warte ab. Und sorge dafür, dass du niemals mit Anya allein bist. Achte darauf, dass immer ein paar Lanzenreiter oder andere Leute in der Nähe sind.«

»Das habe ich mir längst zur Gewohnheit gemacht.«

»Dann vergiss es nicht.«

»Sicher.« Er überlegte einen Augenblick, umfasste ihre beiden Hände. »Und jetzt ... können wir uns vielleicht lustvolleren Beschäftigungen zuwenden?«, fragte er übertrieben jämmerlich.

Leyladin lachte. »Vielleicht.«

»Mehr will ich ja gar nicht.«

»Du willst nie etwas anderes«, berichtigte sie ihn. Aber sie wandte sich ihm zu und ihre Lippen trafen sich im tanzenden Schatten der kleinen Eiche.

LVI

Auf dem ebenen Gelände am Fluss brachen Lanzenreiter das Zelt ab, das Jeslek und Anya geteilt hatten, und rollten die seidenen Zeltwände zu Bündeln zusammen. Im Schatten der Kiefer, auf deren weichen Nadeln er seine Bettrolle ausgebreitet hatte, saß Cerryl und konzentrierte sich auf das Glas.

Als die silbernen Schleier sich widerwilliger als sonst teilten, sah Cerryl ein Schiff, ein eigenartiges Fahrzeug in einem Kanal oder an einem Kai in der Nähe einer Werft. Das ganze Schiff war durchdrungen von Schwarzem Eisen, und Cerryl bekam ein ähnliches Gefühl wie beim Anblick des Wagens, mit dem der Schmied vor der letzten Schlacht nach Kleth gefahren war. Fairhaven hatte durch die tödlichen Erfindungen des Schmieds, durch seine Fallen und die verlustreiche Schlacht sehr gelitten, und jetzt bot das Schiff einen weiteren Anlass, sich Sorgen zu machen.

Cerryl ließ das Bild in sich zusammenfallen und rieb sich das Kinn. In gewisser Weise, auch wenn er den genauen Grund nicht hätte nennen können, war er froh, dass Leyladin nach Lydiar unterwegs war und auf einem der Weißen Schiffe fuhr, die im Nordmeer patrouillierten und dafür sorgten, dass kein spidlarischer Händler mehr fliehen konnte.

Schließlich ging er zu Jeslek hinunter, der in der Morgensonne wartete.

»Ihr scheint beunruhigt, Cerryl«, meinte Jeslek. »Stärker beunruhigt als sonst, und in der letzten Zeit habt Ihr oft beunruhigt ausgesehen.« Ein flüchtiges Lächeln erschien und verflog sofort wieder.

»Ich habe mein Glas benutzt, wie Ihr es mir aufgetragen hattet, Ser. Der Schmied hat etwas mit einem Schiff zu schaffen. Es geht dabei um Ordnung und Schwarzes

Eisen.« Cerryl zuckte mit den Achseln. »Ich kann nicht herausfinden, was er macht, aber das Schwarze Eisen, das er nach Kleth gebracht hat, kam uns teuer zu stehen.«

»Ich erinnere mich.« Der Erzmagier nickte. »Ich weiß Eure Gewissenhaftigkeit zu schätzen. Wenn wir in der Nähe von Diev sind, werden Anya und ich entscheiden, was am besten zu tun ist.«

»In diesem Schiff ist mehr Ordnung und Schwarzes Eisen, als wir je an einem Ort gesehen haben«, beharrte Cerryl. »Ich kann nicht sagen, was es sein könnte, weil das Wasser das Spähglas stört, aber es gefällt mir überhaupt nicht.«

»Ein Schiff allein kann keinen großen Unterschied machen«, erwiderte Jeslek mit nachsichtigem Lächeln. »Wir werden uns darum kümmern. Wenn er zu fliehen versucht, werden die Belagerungsschiffe ohnehin sein Schiff aufbringen oder versenken.«

»Und wenn nicht«, fügte Anya hinzu, »dann ist er fort und wird uns und Spidlar keinen Ärger mehr machen.« Sie richtete die hellen Augen auf Cerryl. »Ihr bereitet Euch am besten auf den Ritt vor. Wir haben noch viele Meilen vor uns.«

Cerryl ignorierte die Bemerkung und wandte sich an Jeslek. »Ich werde sehen, ob ich in den nächsten Tagen noch mehr herausfinden kann.« Er nickte und wandte sich ab.

LVII

Cerryl zügelte den Wallach auf der Anhöhe und sah zum Wald, dann nach Nordwesten, wo sich die Straße durchs Land schlängelte. Mehr als eine Meile konnte er nicht überblicken, weil der leichte Nebel, der am Nachmittag aufgekommen war, einen grauen Mantel über das Land gedeckt hatte. Ein feuchter Luftzug brachte den Duft der Tannen und Kiefern mit, durch die sie fast einen ganzen Tag lang geritten waren.

Die hügelige, gewundene Straße von Kleth nach Diev war völlig verlassen und der Regen hatte alle Spuren von Pferden oder Wagen verwischt, als wäre hier seit Achttagen niemand mehr durchgekommen.

Cerryl stellte mit seinen Lanzenreitern die Vorhut. *Wie üblich, wenn Gefahr durch Schwarze Ordnung droht.*

»Seid Ihr sicher, dass dies der richtige Weg ist, Ser?« Hiser sah den besorgten Magier fragend an.

»Doch, es ist der richtige Weg. Wir haben etwa die halbe Strecke nach Diev zurückgelegt.«

»Es ist unnatürlich still. Selbst als ich in Gallos war, wo der Erzmagier die Berge wachsen ließ ... selbst da habe ich hier und dort ein paar Leute gesehen. Nicht viele, aber doch ein paar.« Hiser beugte sich vor und starrte durch den warmen, hauchfeinen Niederschlag auf die Straße, deren Staub noch nicht einmal feucht geworden war. »Es ist weit und breit niemand zu sehen.«

»Sie werden sich erst blicken lassen, wenn wir in der Nähe von Diev sind.«

»Und die blauen Bewaffneten?«, fragte der Unteroffizier. »Was ist mit ihnen passiert?«

»Die meisten haben die Schlacht von Kleth nicht überlebt, und wer überlebt hat, ist dieser Straße gefolgt. Das war aber schon vor drei Achttagen. Einige sind auch an der Küste entlang geflohen.« Cerryl zuckte mit den Achseln und überprüfte mit Sinnen und Augen das Straßenstück, das unter ihnen vor dem Hügel lag. Außer Bäumen und Unterholz konnte er links und rechts der Straße nichts entdecken. »Diejenigen, die nicht geflohen sind ... ich nehme an, sie geben sich jetzt als Bauern oder etwas Ähnliches aus.« Er trieb den Wallach wieder an. »Dieser Abschnitt hier scheint sauber zu sein.« *Ich hoffe es jedenfalls.*

Hiser lenkte sein Pferd neben Cerryl. »Ser, ich bitte um Verzeihung, aber wir kämpfen hier jetzt schon seit zwei Jahren und ich verstehe einfach nicht, warum die Leute solche Angst vor Euch Magiern haben. Ich meine, vor Eurer Herrschaft. Ihr macht es doch nicht anders als viele andere Herrscher.«

Cerryl hustete leise. »Doch, wir machen eine Menge anders. Wir schleudern Chaos-Feuer, und viele von uns können es erkennen, wenn jemand lügt. Die meisten Menschen können keine Feuerkugeln schleudern und deshalb sind sie ängstlich und auch neidisch.«

»Aber … aber auch mit Pfeilen kann man einen Mann töten. Oder mit Schwertern und Lanzen. Oder man kann am Bauchfluss sterben.«

»Die Menschen fürchten vor allem das, was sie nicht verstehen, Hiser. So geht es beispielsweise vielen Weißen Magiern und gewöhnlichen Leuten mit Recluce.« Cerryl sah zum Hang jenseits der Steinbrücke, die in der vor ihnen liegenden Senke über einen kleinen Bach führte. »Niemand will jemanden um sich haben, der es spürt, wenn man lügt. Wir lügen alle, und die Wahrheit ist etwas, das jeder Mann und jede Frau fürchtet.« Er rutschte ein wenig im Sattel herum und zuckte mit den Achseln. »Außerdem wollen die Leute nicht für das bezahlen, was die Gilde für sie tut. Sie wollen die Straßen und den Wohlstand, aber jemand anders soll die Goldstücke dafür aufbringen. Die Gilde und Fairhaven können nicht lange ohne die Straßen und die Wegezölle überleben. Aber Leute wie die Händler in Spidlar wollen die Straßen benutzen, um billige Waren aus Hamor und Recluce zu verkaufen, ohne die Straßengebühren zu entrichten. Die Gilde wurde schon lange nicht mehr auf diese Weise herausgefordert, und die Menschen haben vergessen, wie ein Krieg aussieht, in dem das Chaos entfesselt wird.«

»Diesen hier werden sie so schnell nicht vergessen.«

»Sie werden ihn so schnell wie möglich vergessen

wollen.« *Falls die Gilde nicht einige Dinge ändert.* Er überlegte. War es dies, was Jeslek im Sinn hatte?

Cerryl sah sich im Nebel um, der sich allmählich in einen echten Regenschauer verwandelte, und fragte sich, ob Leyladin wohlbehalten in Lydiar angekommen war und was in Diev auf ihn wartete. Hatte der Schmied noch weitere mörderische Geräte ersonnen? Schon wieder eine Überraschung? Oder würde Diev so leicht fallen wie Spidlaria?

Ein warmer Schauer ging nieder, während die Hufe des Wallachs auf der schmalen Steinbrücke klapperten.

LVIII

Im orangefarbenen Licht, das sich nach der grauen Dämmerung über den Himmel gelegt hatte, trat Cerryl zu dem Zelt aus Seide, das ein paar Dutzend Schritte neben dem Haus des Hirten stand. Eigentlich war es kein Haus, sondern eher eine Hütte oder eine Kate, in der er und Fydel die Nacht verbracht hatten.

Hinter dem Zelt stiegen die Rauchsäulen der Kochfeuer in den Himmel und der Geruch von bratendem Lammfleisch hing in der stillen Luft. Cerryl schluckte, einerseits durch den Geruch hungrig geworden, andererseits unsicher, ob er noch mehr von dem schweren, streng schmeckenden Fleisch vertragen würde. *Besser schweres Essen als überhaupt keins.* Er kratzte sich am Unterarm. Ein Insekt hatte offenbar irgendwie überlebt, als er am Vorabend das schmutzige Gebäude mit einer Prise Chaos-Energie ausgeräuchert hatte. Er trat vorsichtig auf, denn er wusste, dass seine Stiefel auf dem vom Regen glatten, niedergetrampelten Gras und auf den Pferdeäpfeln leicht ausrutschten.

»Chaos oder nicht, Ihr habt sie nicht alle erwischt«,

murmelte Fydel, der ein paar Schritte hinter dem jüngeren Magier ging und ebenfalls seine Stiche kratzte.

»Es war immer noch besser als ganz ohne Ausräuchern.«

Fydel grunzte nur.

Cerryl wich dem Zelt des Erzmagiers aus und ging zu den Kochfeuern. »Unser Erzmagier und seine Gehilfin rühren sich noch nicht.«

»Sie haben sich zweifellos die ganze Nacht eifrig gerührt«, schnaubte Fydel. »Lasst uns sehen, ob wir etwas zu essen bekommen.«

Sie trafen Hiser und Teras am Kochfeuer, wo Cerryl sich eine heiße, vor Fett triefende Keule nahm. Er blieb am Feuer stehen und aß abwechselnd hartes Brot und zähes Lamm, wobei er sich immer wieder vorbeugen musste, damit der Saft nicht auf die weiße Kleidung tropfte. Fydel kaute geräuschvoll, aber alle schwiegen beim Essen. Mit gespitzten Ohren lauschte Cerryl den Bemerkungen der Offiziere und Unteroffiziere am benachbarten Feuer.

»... so langsam voran ... nichts zu sehen ...«

»... auch nicht viel zu sehen, als die Blauen dieses Ordnungs-Feuer benutzt haben, um ein paar Dutzend Züge Rekruten und einige Magier zu erledigen ... so eilig?«

»Ich will es einfach nur hinter mich bringen.«

»... damit du möglichst bald in einem anderen Krieg umkommst? Zum Beispiel gegen Hydlen?«

Über die letzten Worte musste Cerryl unwillkürlich lächeln.

»Glaubt Ihr, wir werden auch Hydlen besetzen?«, fragte Fydel.

»Wir müssen etwas unternehmen. Ich würde sagen, lieber heute als morgen, aber die Entscheidung liegt natürlich beim Rat und beim Erzmagier.«

»Der Rat wird Jesleks Vorschlägen zustimmen.«

»Wie es auch sein sollte«, warf Anya ein.

»Guten Tag.« Cerryl drehte sich um und neigte höflich den Kopf.

»Tag«, grunzte Fydel.

»Cerryl … Fydel … Jeslek möchte Euch sofort sehen.« Anyas Stimme klang kühl und ein wenig drohend. Kaum dass sie das letzte Wort gesprochen hatte, machte sie kehrt und ging ins weiße Seidenzelt zurück.

»So von sich eingenommen«, murmelte Fydel mit vollem Mund.

Das war sie schon immer. Sie war es auch damals, als sie dich um den Finger gewickelt hat. »Mag sein. Aber Jeslek scheint in der letzten Zeit etwas unduldsam.«

Die beiden Magier folgten Anya ins Zelt.

Jeslek saß am kleinen Tisch auf einem Hocker und nippte Wein aus dem einzigen Weinglas, das es hier zu geben schien. »Kommt herein. Wir haben heute viel zu tun.«

Anya, die sich neben ihm aufgebaut hatte, nickte.

Cerryl und Fydel traten vor und blieben auf der anderen Seite des Tisches stehen.

»Cerryl, Ihr habt bisher auf der Straße keine Hinweise auf Vorrichtungen des Schwarzen Schmieds gefunden. Ist das richtig?«

»Bisher schon«, erwiderte Cerryl vorsichtig.

Jeslek runzelte die Stirn. »Einen Augenblick. Ich bin gleich wieder da.« Er stand auf. »Anya, Ihr könnt fortfahren. Ihr kennt ja meine Wünsche.«

Cerryl verkniff sich ein Stirnrunzeln. Jeslek war sehr eilig hinausgegangen. Litt er am Bauchfluss? Aber so etwas hätte der Erzmagier doch leicht unter Kontrolle bringen können?

»Der Hafen und das Zentrum von Diev liegen etwa zehn Meilen vor uns«, sagte Anya. »Cerryl, habt Ihr die Stadt heute Vormittag mit dem Spähglas betrachtet?«

»Ja, vor dem Essen. Der Schmied hatte seine Schmiede schon verlassen und hielt sich in der Werft am Hafen auf. Ich konnte keine größeren bewaffneten Einheiten ausmachen, aber die Leute in seiner näheren Umgebung tragen Waffen.«

»Es sind nicht genug, um uns Schwierigkeiten zu machen«, wandte Fydel ein. »Eine Hand voll Kämpfer nur und angesichts unserer Streitmacht …«

Cerryl runzelte die Stirn. Hatte er da nicht gerade auf dem festgetrampelten Kies oder Lehm einen Stiefel scharren gehört?

Anya lächelte ebenso strahlend wie falsch. »Cerryl, ich weiß ja, dass Ihr viele wichtige Dinge zu bedenken habt, aber der Erzmagier wird Euren weisen Rat brauchen, wenn er zurückkehrt.«

Als er den zuckersüßen, falschen Tonfall hörte, wäre Cerryl beinahe zusammengefahren. Am liebsten hätte er die Rothaarige mit Chaos-Feuer eingedeckt. Sie benahm sich mehr und mehr, als bekleidete sie selbst und nicht Jeslek den Posten des Erzmagiers.

»Nun … wenn wir aufbrechen, Fydel, dann solltet Ihr daran denken, dass es nicht mehr lange dauert, bis wir das Haus erreicht haben. Aber brennt es nicht nieder. Der Erzmagier will es sich zuerst ansehen … Es ist das Haus mit der Barrikade aus Büschen und der niedergebrannten Hütte davor.«

Cerryl nickte, als Anya das Haus des Schmieds beschrieb. Allerdings hatte er mit dem Spähglas herausgefunden, dass das Gebäude anscheinend verlassen war. Der Schmied hielt sich beim Schiffbauer auf, oder jedenfalls war er vor einer Weile noch dort gewesen.

»Ihr sprecht über das Haus Eures vortrefflichen Schmieds, nicht wahr?« In waberndes Chaos gehüllt, kehrte Jeslek ins Zelt zurück.

»Dieser Dorrin ist nicht *mein* Schmied«, gab Cerryl ruhig zurück. »Er hat das Haus verlassen und ist beim Schiffbauer.«

»Es spielt keine Rolle. Er kann unseren Schiffen sowieso nicht entkommen.« Jeslek tat das Thema mit einer lässigen Handbewegung ab.

Wieder runzelte Cerryl die Stirn. Unruhig trat er von einem Bein aufs andere. Er konnte um sich eine Veränderung spüren, eine Ansammlung von … von Ordnung? Er blickte zur Seitenwand des Zeltes, die sich leicht ausbeulte. Die Luft schien zu flimmern. »Seht nur, dort …« Noch während er sprach, hob er die Schilde und fragte sich, ob er damit gegen einen Ordnungs-Meister überhaupt etwas ausrichten konnte.

»… getarnt!«, platzte Anya heraus.

Fydel sperrte nur den Mund auf, als auf einmal direkt vor ihren Augen der rothaarige Schmied erschien. Er hatte etwas in der Hand, das an eine kurze, schwere Armbrust ohne Bogen erinnerte. Das Gerät zielte auf Jeslek.

Der Erzmagier deutete auf den Schmied, Chaos wirbelte und baute sich auf. Die erste Feuerkugel flog jedoch am Schmied vorbei und brannte sich durch die seidene Zeltwand.

Eine Art Flamme, die in Ordnung eingehüllt schien, schoss aus dem Gerät des Schmieds zum Erzmagier.

Gleichzeitig schleuderte Jeslek einen Wall aus Chaos zu der schmächtigen Gestalt, die ins Zelt eingedrungen war.

Als die von Ordnung geformte Flamme des Schmieds und die Chaos-Energie des Erzmagiers aufeinander prallten, ging das Zelt in Flammen auf und die Seidenwände waren im Nu verschwunden. Trotz seiner Schilde wurde Cerryl durch einen Strudel aus Ordnung und Chaos, der Luft und Boden gleichermaßen beben ließ, fortgeschleudert.

Dann wurde es dunkel um ihn.

Als er zu sich kam, lag er auf den verkohlten Resten des Seidentuchs und starrte in einen Himmel, der inzwischen viel dunkler geworden schien und voller Wolken war. Langsam und während er sich fragte, wie lange er wohl bewusstlos gewesen sei, richtete er sich im kalten Regen auf, der schon vor einiger Zeit eingesetzt haben musste. Er betastete seine weiße Kleidung. Ja, sie war durchnässt, und das bedeutete, dass er eine ganze Weile bewusstlos gewesen war.

Der Wind heulte um die paar Zeltpfosten, die noch standen, Donnerschläge hallten laut, aber das Gewitter schien bereits abzuflauen.

»Jeslek! Jeslek!« Zum ersten Mal, seit Anya die Magierin kannte, klang ihre Stimme schrill.

Schwere Tropfen prasselten aus den Wolken herunter, dass Cerryl blinzeln musste, als er sich zu den traurigen Resten des Zelts schleppte, in dem der Erzmagier sein Quartier bezogen hatte. Dann trommelten sogar Hagelkörner herab, doch auch dieser Schauer war rasch vorbei.

Cerryl holte tief Luft und forschte mit den Sinnen, ob in der Nähe noch eine Spur vom Schmied und seiner dunklen Ordnung aufzuspüren wäre. *Nichts … wie hat er es nur geschafft, so blitzschnell zuzuschlagen und wieder zu verschwinden?* Der Lichtschirm war der Methode ähnlich gewesen, die auch Cerryl anwendete. Hatte er die Abschirmung nicht bemerkt, weil sie von einem Ordnungs-Magier aufgebaut worden war? *Spielt das jetzt überhaupt noch eine Rolle?*

Cerryl machte einen Schritt, dann einen weiteren, immer noch nach dem Erzmagier suchend.

Anya stand neben dem weitgehend zerstörten Zelt und verband sich den Arm. Fydel hatte neben ihr gerade ein Knie auf den Boden gestemmt und richtete sich mühsam auf.

Cerryl ließ noch einmal die Ordnungs- und Chaos-Sinne wandern, aber nirgends war eine Spur von Jeslek zu entdecken. Nur das goldene Amulett lag zwischen den Überresten eines weißen Gehrocks. Auch von der Ordnung, die der Schwarze Schmied ausstrahlte, war nichts zu spüren. Der einzige Tote in der Nähe war ein Weißer Wächter. Cerryl schüttelte den Kopf. *Jeslek tot … einfach so?* Er sah Fydel fragend an.

»Er ist tot ... aufgelöst«, bestätigte Fydel.

Cerryl rieb sich die Stirn. Als er die Hand sinken ließ, klebte Blut an seinen Fingern.

»So kann es gehen.« Anya bückte sich und klaubte das goldene Amulett aus dem Haufen Staub und Kleider, der im niedergetrampelten, verbrannten Gras lag. Ohne ihm auch nur einen Blick zu schenken, wich sie den beiden toten Wächtern aus und ließ das Amulett vor dem bärtigen Weißen Magier baumeln, der eine Schnittwunde auf der Stirn hatte. »Möchtet Ihr es nehmen, Fydel?«

»Bei der Dunkelheit, nein! Gebt es Sterol.«

Sie wandte sich an Cerryl. »Oder Ihr ...«

Cerryl wich erschrocken zurück. »Die Zeit für Spielchen ist vorbei, Anya. Sterol sollte das Amulett zurückbekommen. Ganz besonders jetzt.« *Berührt Jesleks Tod sie denn überhaupt nicht? Ist sie wirklich so kalt?*

»Ihr wollt mir doch nicht erzählen, dass Ihr zwei tapferen und starken Weißen Brüder Angst vor einem armen Schwarzen Schmied und Heiler habt, der darauf angewiesen scheint, heimlich einen Meuchelmord zu begehen.«

Fydel wandte den Blick ab.

Cerryl jedoch hielt Anyas Blick stand. »Er war ziemlich erfolgreich, findet Ihr nicht auch?« Er deutete auf den Haufen Staub, der einmal Jeslek gewesen war, auf die toten Wächter, die zerstörte Zeltwand und den verkohlten Boden. »Es waren drei – nur drei, wie Jeslek gesagt hat. Diese drei haben mehr als die Hälfte unserer Streitkräfte vernichtet, dazu ein halbes Dutzend Weiße Brüder und den Erzmagier. Was würde wohl geschehen, wenn sie sich entschlössen, mehr Leute zu schicken? Etwa einige ältere, erfahrenere Ordnungs-Meister und dazu einige Schwarze Krieger?« Cerryl lächelte ironisch. »Aus diesem Grund würde ich es vorziehen, einem Mann mit größerer Erfahrung wie Sterol den Vortritt zu lassen.«

»Und wie lange sollen wir darauf warten, dass er diesem Pöbel den Garaus macht?«, fauchte Anya. »Nein! Cerryl, Ihr müsst die Verfolgung des Schmieds befehlen. Jetzt sofort!«

»Nein, ich glaube, wir können einstweilen ruhig weiter vorstoßen wie vorgesehen ... aber langsamer.« *Jeslek ... einfach so verschwunden?* Cerryls Gedanken drehten sich im Kreis.

»Ihr seid immer so vorsichtig, Cerryl«, sagte Anya mit gepresster Stimme. »Glaubt Ihr denn, der Rat – oder Sterol – würde die Blauen jetzt noch davonkommen lassen? Der Erzmagier wurde getötet und Ihr wünscht langsam vorzugehen. O ja, geht Ihr nur langsam vor.«

»Wenn man sich nicht auf die Macht und Kraft des Chaos verlassen kann, muss man eben vorsichtiger vorgehen, meine Teuerste«, erwiderte Cerryl betont freundlich. »Wir müssen auf der Hut sein.«

»Pah ... lasst uns die Truppen in Marsch setzen.« Fydel tupfte sich das Blut von der Stirn und verließ das Zelt an der Seite, wo die Wand verschwunden war. Draußen blieb er stehen und zielte auf zwei Tote – offenbar die beiden Wächter, die vor dem Zelt gestanden hatten. Eine Flammenzunge loderte auf und von ihnen blieb nur Asche zurück. Mit einem weiteren Schnauben marschierte Fydel zur Hütte, wo die Hauptmänner warteten, ohne die beiden Magier noch eines Blickes zu würdigen.

Anya und Cerryl zogen gleichzeitig die Augenbrauen hoch. Cerryl drehte sich wieder zu Anya herum.

»Nun, Cerryl?«, fragte die rothaarige Magierin. »Seid Ihr dabei oder wollt Ihr hier bleiben und vorsichtig sein?«

»Ich werde mich umgehend bereitmachen, die Vorhut anzuführen. Als vertrauenswürdigste und am höchsten geschätzte Assistentin des Erzmagiers solltet Ihr die Schriftrolle an den Rat und Sterol aufsetzen und Fydel anleiten, wie Ihr es ja schon getan habt. Vielleicht solltet

Ihr auch den Bewaffneten mitteilen, dass Jeslek tot ist. Ich glaube, das wäre eine gute Idee.« Cerryl drehte sich um und stapfte schwer durchs feuchte, niedergetrampelte Gras zu den Koppelleinen, wo Hiser, Ferek und die Lanzenreiter warteten.

Fydel war bereits aufgestiegen und redete mit den Hauptleuten.

Ist es klug, was wir hier tun? Cerryl blickte zum zerstörten Zelt, dann zu den dunklen Wolken, die sich allmählich wieder auflösten. Er ging weiter.

»Ser? Was ist passiert?«, fragte Hiser, als Cerryl sich seiner Abteilung näherte.

»Der Schwarze Magier hat den Erzmagier getötet und ist im Sturm und dem Chaos geflohen.«

»Er hat den Erzmagier getötet?«

»Den Erzmagier ...«

»... Erzmagier ist tot ...«

»... nicht glauben ...«

»... Licht möge uns beistehen ...«

»Genug!«, fauchte Cerryl. »Er hat es nicht mit seinen Ordnungs-Kräften getan, sondern eine mit Ordnung verstärkte Armbrust oder etwas Ähnliches benutzt. Dann ist er fortgelaufen und hat sich im Sturm versteckt.« Cerryl trat zu seinem Wallach und suchte nach dem Glas, das in den Satteltaschen verstaut war. *Anya kann sagen, was sie will, du wirst sicher nicht dem Schmied hinterherhetzen, bevor du nicht genau weißt, was er tut.*

Seine Hände zitterten, als ihm nach und nach bewusst wurde, welche Bedeutung Jesleks Tod hatte. *Jeslek tot? Was hatte der Schmied eigentlich getan ... und wie?* Wie konnten sie jetzt einfach in Diev einmarschieren? Aber andererseits – wie konnten sie es unterlassen, da die Gilde doch respektiert werden musste? Die Gilde war noch wichtiger als der Erzmagier.

Cerryl zog das Glas hervor und legte es auf den Lehm. Er konzentrierte sich und ließ sich nicht einmal durch die Kopfschmerzen ablenken, die er jetzt erst bemerkte.

Als die silbernen Schleier sich teilten, brauchte Cerryl eine Weile, um die Szene zu verstehen. Ein reiterloses Pferd schwamm hinter dem seltsamen Schiff des Schmieds im Hafenwasser. Auf dem Deck des Schiffs wurde gekämpft, der Schmied fällte einen blauen Bewaffneten mit einem Stab, dann noch einen zweiten, ehe er einen Hieb abbekam und taumelte. Eine letzte blaue Gestalt kippte um, der Schmied sank auf dem Deck in sich zusammen. Mit gerefften Segeln und angetrieben durch irgendetwas, das unter dem Heck das Wasser aufwühlte, schob sich das Schiff aus dem Kanal zum Wellenbrecher hinaus.

»Bei der Dunkelheit, was ist das?«, fragte Ferek.

»Eine dunkle Schöpfung.«

»Cerryl?«, rief jemand, der in ihre Richtung geritten kam.

Als er Anya erkannte, ließ er das Bild in sich zusammenfallen. »Ich habe überprüft, wo der Schmied ist. Er ist in Diev auf seinem Schiff und verlässt gerade den Hafen.«

»Egal«, fauchte die rothaarige Frau böse. »Die Blockadeschiffe werden sich um ihn und sein Schiff kümmern.«

Das ist die Frage. Cerryl lächelte leicht, doch die Belustigung verging ihm, als er sich an die spidlarischen Bewaffneten auf dem Schiff erinnerte. *Der Schmied ist sogar noch rücksichtsloser als Jeslek oder Anya.* »Wir können ihn jedenfalls nicht mehr erwischen, nachdem er in See gestochen ist.«

»Dann kümmert Euch um Eure Aufgaben.«

Cerryl nickte, packte sein Glas ein und schwang sich unbeholfen in den Sattel. Sein Kopf pochte. »Hiser, Ferek …«

»Zu Befehl, Ser.«

Cerryl überhörte ihren verunsicherten Tonfall. Anyas

Blicke im Rücken spürend, ritt er zur Spitze der Marschsäule. *Jeslek tot … einfach so?* Er konzentrierte sich auf die vor ihm liegende Aufgabe.

LIX

Die drei Magier standen an der Pier und betrachteten den verlassenen Hafen von Diev. Der frische Seewind verschaffte ihnen ein wenig Abkühlung in der Hitze, brachte aber andererseits den Geruch von totem Fisch und andere Verwesungsgerüche mit sich – vielleicht auch von Leichen, die unter der Pier angespült worden waren.

»Wir brauchen Vorräte«, erklärte Anya. »Cerryl, schickt einen Trupp los, um einzusammeln, was wir benötigen.«

»Wir können nicht einfach überall plündern«, gab der jüngere Magier zurück.

»Warum nicht?«, fragte Fydel. »Sie haben die Hälfte unserer Männer getötet. Sie verdienen es nicht besser.«

Cerryl verkniff sich die Bemerkung, dass Fydel sich vor einiger Zeit noch ziemlich gleichgültig über die Zahl der Rekruten geäußert hatte, die bei der Einnahme Spidlars fallen mochten. »Wenn wir ihnen die Vorräte einfach wegnehmen, werden wir hier niemals eine zivile Regierung einsetzen können. Wir würden auch den Bauern rings um Fairhaven die Waren nicht einfach wegnehmen.«

»Wir sind hier nicht in Fairhaven«, entgegnete Fydel. »Hier ist das etwas anderes.«

»Vielleicht sollten wir lieber darüber nachdenken, wie wir hier möglichst bald Zustände wie in Fairhaven herstellen können«, meinte Cerryl nachdenklich. »Anders herum hat es in der letzten Zeit nicht besonders gut funktioniert.«

»Das wird der edle Sterol zu entscheiden haben, wie Ihr mich unermüdlich zu erinnern pflegt, mein lieber Cerryl«, antwortete Anya in ihrem üblichen, zuckersüßen Tonfall. »Es ist mir egal, wie Ihr die Vorräte beschafft, solange Ihr uns nur mit Proviant versorgt. Ihr scheint am besten für diese Aufgabe geeignet und Fydel muss sich um die Patrouillen kümmern, die für Ruhe und Ordnung sorgen.«

»Ich übernehme das.« *Was Fydel über die Polizeiarbeit weiß, erschöpft sich darin, jeden Unruhestifter einfach umzubringen.*

»Ich bin sicher, dass Ihr Erfolg haben werdet, Cerryl. Ihr habt immer Erfolg.« Anya strahlte ihn an. »Immer.«

»Nun macht schon«, stimmte Fydel zu.

»Wir brauchen ein paar von den Goldstücken, die wir den Händlern in Spidlar abgenommen haben.«

»Die würdet Ihr nicht brauchen, wenn Ihr den Proviant einfach beschlagnahmen würdet«, erklärte Fydel.

»Und woher würden wir dann im nächsten Achttag die Vorräte bekommen? Oder den Achttag danach?«

»Ihr könnt ein paar Goldstücke haben«, gestand ihm die rothaarige Frau zu.

»Danke, Anya.« Cerryl nickte und ging die Pier entlang zurück zu Ferek, Hiser und seinen Lanzenreitern. Er warf noch einen Blick zum Hafen, wo nur einen Tag zuvor ein Schiff ohne Segel in See gestochen war, angetrieben von irgendeiner Kraftmaschine, die der Schmied erfunden hatte.

Cerryl gestattete sich ein ironisches Lächeln. Wenn der Schmied nur wüsste, welche Veränderungen er bereits bewirkt hatte. *Und das ist wahrscheinlich erst der Anfang.* Das Lächeln verflog, als er vor den beiden Unteroffizieren stand.

»Ihr scheint nicht sehr glücklich, Ser«, bemerkte Hiser.

»Wir müssen Proviant beschaffen, ohne zu plündern und den Ort zu sehr aufzustören«, antwortete Cerryl, während er aufs Pferd stieg. »Wir sollten uns also umsehen, ob hier noch Händler sind.«

»Händler?«

»Ich würde die schwierige Kleinarbeit lieber den Einheimischen überlassen. Außerdem wissen sie wahrscheinlich besser als wir, wo man etwas finden kann – zumal wir für die Waren bezahlen werden.«

»Wo sollen wir anfangen?«, fragte Ferek.

»Wir beginnen mit dem Lagerhaus dort drüben.« Cerryl deutete zu einem aus schweren Balken gebauten Lager, das ein paar hundert Ellen westlich der Mole stand.

Als sie vor dem Gebäude anhielten, konnte Cerryl erkennen, dass das Lagerhaus leergeräumt war. Die Tür stand offen, man hatte nicht einmal die Fensterläden geschlossen. »Wir versuchen es woanders.«

Sie überprüften fast ein Dutzend Lagerhäuser. Von allen Gebäuden, die Kommissionären oder Händlern gehört hatten, war nur noch der Laden des Schiffsausrüsters besetzt. Aus dem Schornstein kräuselte sich ein dünner Rauchfaden zum Himmel.

Ferek winkte und ein Lanzenreiter stieg ab und klopfte an die Tür. Nach einem Augenblick wurde die Tür, die offenbar vor kurzem mit dicken Bohlen verstärkt worden war, einen Spalt weit geöffnet.

»Öffnet für die Magier von Fairhaven«, dröhnte Ferek.

Ein dürres Männchen kam auf die Veranda gehuscht. »Ser … wir haben nicht viel.«

»Das sagen sie alle«, erwiderte Ferek.

»Ser … wenn es doch wahr ist …«

»Seid Ihr der Händler Willum?«, fragte Cerryl, der das geschnitzte Schild gelesen hatte.

»Nein, Ser …«

»Wo ist er?«

»Er … Ser Magier«, stammelte der Mann mit dem schmalen Gesicht, »er wurde schon vor mehr als einem

Jahr von Räubern ermordet. Ich war sein Schreiber, ich helfe jetzt seiner Frau und seinen kleinen Söhnen.«

Cerryl wäre beinahe zusammengezuckt. Er wusste genau, wer die Räuber gewesen waren. Er sah sich zu Hiser um. »Hiser, Ihr und Eure Männer werdet mit diesem Händler zusammenarbeiten, um alles aufzutreiben, was noch an Vorräten greifbar ist. Er soll Buch führen und wir nutzen sein Lager, um die Lieferungen aufzubewahren.« Cerryl betrachtete den zitternden Schreiber. »Wenn Ihr mit uns zusammenarbeitet, wird Euch, der Witwe und den Kindern nichts geschehen.«

»Jawohl, Ser Magier … jawohl, Ser.«

»Danke.« Cerryl nickte Hiser zu und wandte sich an Ferek. »Wir müssen noch die letzten beiden dort unten am Ende der kleinen Mole überprüfen.«

Ferek stieg wieder auf und die Hälfte der Lanzenreiter folgte ihm. Cerryl ritt unterdessen in der sommerlichen Hitze zum ruhigen Wasser des inneren Hafens, nicht weit von der Stelle entfernt, wo der Schmied sein Schiff in Fahrt gesetzt hatte.

Das Schiff war noch draußen auf See, denn Cerryl konnte es mit dem Glas nicht finden. Er ging davon aus, es auch nicht finden zu können, bis der Schmied einen Hafen anlief, wo immer dies auch sein mochte.

Die Hufe der Pferde seiner Lanzenreiter hallten hohl auf dem Pflaster. Die Hafenstadt war so gut wie menschenleer. Verhielt es sich immer so in einem Krieg?

Er zuckte die Achseln. Er hatte Leyladin versprochen zu tun, was er tun musste, und wenig zu sagen, aber er fürchtete, bereits zu viel gesagt zu haben. Sein Blick fiel auf das Lagerhaus, das verlassen schien wie alle anderen. *Ein langer Tag … und noch viele lange Tage lagen vor ihm.*

Die Farben der Veränderung

LX

»Cerryl ... was wollt Ihr?«, fragte Anya träge. Sie stand neben Cerryl, lässig an die Reling der *Weißen Flamme* gelehnt.

»Was meint Ihr?« Cerryl sah kurz zum Bug.

Direkt hinter dem kleinen, etwas erhöhten Vorderdeck stand Fydel und ließ sich das dunkle Haar vom Wind zausen. Eine große Hand hatte er auf ein Tau der Takelage gelegt und kam sich unter strahlend grünblauem Himmel offenbar sehr seemännisch und selbstbewusst vor.

»Jeslek wollte der größte und mächtigste Weiße Magier sein, den es je gab. Was wollt Ihr?«, fragte Anya noch einmal.

Der Magier mit dem schmalen Gesicht blickte zum Kap, hinter dem Diev lag, das jetzt von Syandar verwaltet wurde. Eliasar war einverstanden gewesen, dass sie zu dritt mit dem Amulett nach Fairhaven zurückkehrten, aber sie hatten das Schiff genommen, damit alle Lanzenreiter in der Gegend bleiben und helfen konnten, in Spidlar für Ruhe zu sorgen. Cerryl hatte den Eindruck, dass der ältere Waffen-Magier heilfroh war, als sie endlich aufbrachen und ihn allein ließen, damit er Spidlar genauso fest unters Regiment der Gilde bringen konnte, wie er es schon mit Renklaar getan hatte.

»Ich glaube, ich weiß es gar nicht genau«, erwiderte Cerryl. »Ich wollte schon als kleiner Junge ein Weißer Magier werden und jetzt bin ich es.« Er zuckte mit den Achseln und lächelte unsicher.

»Cerryl, Ihr habt gewiss größere Ziele als dieses.«

»Nun ja ...« Er hielt inne und überlegte. »Ich glaube, Fairhaven muss stärker werden, wenn Candar gedeihen soll, denn keiner der anderen Herrscher denkt weiter als bis zu den eigenen Grenzen. Wenn sich das nicht ändert, wird Recluce früher oder später Candar regieren, ohne auch nur einen einzigen Bewaffneten geschickt zu haben.«

»Könnt Ihr Euch vorstellen, dass der Präfekt Syrma oder Vicomte Rystryr so etwas zulassen würden?« Anya lachte, es war ein hartes, klirrendes Geräusch. »Sie werden ihre endlosen kleinen Kriege führen und sich um ein paar Kisten Goldstücke streiten, während ihre Kaufleute alles verhökern, was den Händlern in Recluce Geld bringt.«

»Wenn sich die Dinge nicht ändern«, stimmte Cerryl zu, »dann kann es dazu kommen. Ich würde gern etwas verändern. Ich kann nicht behaupten, dass ich wüsste, wie man das anfangen muss, und ich habe wohl auch nicht die Fähigkeit dazu. Denkt nur an Jeslek.«

»Ihr wollt damit wohl sagen, dass Candar nicht gedeihen kann, wenn die Kriege ewig weitergehen«, gab Anya zurück. »Glaubt Ihr wirklich, irgendjemand könnte die Menschen verändern? Die meisten sind gierige Narren. Die Besten sind klug und gierig.«

»Auch dem kann ich nicht widersprechen«, gab Cerryl zu. »Deshalb bin ich auch der Ansicht, dass kein Land und keine Macht außer Fairhaven dazu fähig ist, Regeln durchzusetzen, die allen Menschen Wohlstand bringen. Ohne Regeln und Gleichklang, wie sie in der Weißen Stadt existieren, wird Candar nicht gedeihen können.«

»Haltet Ihr das wirklich für möglich?« Anyas Stimme klang ironisch.

»Seht Euch Fairhaven oder meinetwegen auch Elparta an. Dort gibt es keine Bettler auf den Straßen. Die Leute sind sauberer als anderswo und im Allgemeinen auch zufriedener.«

»Die Kaufleute nicht.«

»In Fairhaven geht es den Kaufleuten gut.« Cerryl musste grinsen, weil er sich fragte, wie Anya es dieses Mal schaffen würde, die Unterhaltung in ihrem Sinne zu lenken.

»Sie sind so schlecht wie alle anderen, und wenn sie die Gelegenheit bekämen, würden sie auf dem Rücken der Armen und der Gilde Paläste bauen.«

»Die Gilde lässt sie aber nicht.«

»Die Gilde kann nicht überall sein.« Anya schüttelte den Kopf, als wäre Cerryls Bemerkung ohne Belang. »Und sie kann den Kaufleuten nicht jede beliebige Vorschrift aufdrücken, wenn sie ihre Macht behalten will.«

Diese Einschätzung beunruhigte Cerryl. Nicht zum ersten Mal bekam er den Eindruck, dass Anya mit den Kaufleuten mehr zu tun hatte, als die Gilde wusste – oder herausfinden wollte. Er erinnerte sich, wie man ihn davon abgehalten hatte, die Spur des vermissten Händlers und der gestohlenen Druidenseide weiter zu verfolgen, obwohl klar war, dass die Fährte zu Jiolt führte, dessen Sohn mit Anyas Schwester verheiratet war.

Als die *Weiße Flamme* in ein Wellental geriet, musste Cerryl sich an der Reling festhalten.

»Sagen wir einfach«, fuhr Anya fort, »dass Ihr oder irgendein Erzmagier Candar oder den Osten Candars unter sich vereinigen kann. Aber was soll nach ihm kommen? Neue Streitigkeiten und Kriege? Was wäre der Sinn einer solch großen Leistung, wenn man am Ende doch nur hinfällig wird wie Kinowin oder Myral oder getötet wird wie Jeslek? Oder wenn Ihr das, was Ihr geschaffen habt, an einen wie Sterol übergeben müsst, der es vertändelt?«

»Haltet Ihr so wenig von Sterol?«, fragte Cerryl lächelnd.

»Sterol ist, wie er ist«, erwiderte Anya. »Genau wie Jeslek.«

Cerryl dachte darüber nach. »Ihr habt mich gefragt und ich habe geantwortet, so gut ich konnte. Aber was wollt Ihr selbst, Anya?«

Sie setzte ein Lächeln auf, dem Cerryl zutiefst misstraute. »Ich glaube, wir wollen das Gleiche. Wir wollen, dass unsere Handlungen wirklich etwas bedeuten, dass nach uns etwas zurückbleibt.« Sie zuckte mit den Achseln. »Aber will das nicht jeder?«

Dem Achselzucken misstraute Cerryl sogar noch mehr.

»Manch einer findet den Sinn seines Lebens in seinen Kindern, aber das ist für einen Magier nicht leicht. Besonders nicht für einen Weißen Magier, der sich für eine Schwarze interessiert.«

»Wir kommen schon zurecht.«

»Kinder würden Leyladin wahrscheinlich umbringen, weil Ihr beide so stark seid.« Wieder ein Achselzucken. »Also müsst Ihr den Sinn Eures Lebens auf einer anderen Ebene finden.«

»Und was ist mit Euch?«, fragte Cerryl zurück.

»Ich könnte Kinder bekommen. Eine Weiße kann Kinder von einem Weißen bekommen. Ich könnte Jesleks Kind zur Welt bringen. Oder Eures.«

Diese Wendung des Gesprächs behagte Cerryl überhaupt nicht. »Ich glaube, wir müssen einen anderen Weg finden, der Welt etwas zu hinterlassen.«

»Wie bei allen Magiern, die es versucht haben, Cerryl, wird Eure Hinterlassenschaft eine Weile überleben und dann verschwinden. Genau wie das Meer alle Spuren der Menschen tilgt, die je auf ihm gefahren sind.«

»Aber dann habe ich es wenigstens versucht.«

»Genau wie Jeslek. Oder Myral. Oder Kinowin. Oder Jenred der Verräter. Und wozu? Denkt lieber gründlich darüber nach, mein junger Cerryl.« Anya drehte sich um und beobachtete die Schaumkronen, als wollte sie ihm zu verstehen geben, dass sie das Gespräch für beendet hielt.

Nach kurzem Zögern nickte Cerryl leicht und ging über das sanft rollende Deck nach vorn zur anderen Seite des Bugs, wo kein aufgeblasener Fydel stand. Wieder einmal musste er nachdenken.

LXI

»Der höchst ehrenwerte Sterol hat die Gemächer des Erzmagiers bezogen.« Der Wächter – Gostar – sah zwischen Cerryl und Fydel hin und her. Anya würdigte er keines Blickes, obwohl sie das Amulett in der Lederhülle trug.

Die drei stiegen die Treppe hinauf.

Ein weiterer Wächter, ein junger Mann, den Cerryl nicht kannte, stand auf dem obersten Treppenabsatz. Er drehte sich um und klopfte. »Drei Magier wollen Euch aufsuchen, Ser.« Anscheinend kam sogleich eine Antwort, denn ohne sich umzudrehen, öffnete der Wächter die Tür, damit die drei Besucher eintreten konnten.

Der Raum des Erzmagiers war unverändert – ein großes Privatzimmer mit einem Schreibtisch und einem passenden Stuhl, mehrere weiße Bücherregale mit ledergebundenen Werken, ein Tisch mit einem runden Spähglas in der Mitte, vier Stühle rings um den Tisch. Am anderen Ende des Raumes gab es einen Alkoven mit einem Doppelbett und einem Waschtisch. Links neben Sterol war an der Steinmauer ein kleinerer Tisch aufgestellt, der als Ablage für eine große bronzene Handglocke und ein Paar weiße Handschuhe diente.

Cerryl hätte angesichts der Unterschiede zwischen den Gemächern des Erzmagiers von Fairhaven und den Wohnsitzen anderer Herrscher in Candar beinahe unwillig den Kopf geschüttelt.

Sterol, immer noch breitschultrig, aber sichtlich gebeugt und immer noch einen Kopf größer als Cerryl, erwartete sie schon. Sein Haar war eisengrau und etwas schütter, der sauber getrimmte Bart passte zum dichten, kurz geschnittenen Haar. Das Gesicht war gerötet, fast wie von einem Sonnenbrand.

Braune Augen, in denen rote Flecken zu tanzen schienen, musterten Cerryl einen Augenblick, dann richteten sie sich auf Anya und schließlich auf Fydel. »Ich nehme an, Ihr bringt mir das Amulett?«

»Wer sonst sollte es in diesen Zeiten tragen?«, erwiderte Anya. »Wer außer dem Mann, der sich schon einmal seiner würdig erwiesen hat?« Sie trat vor und überreichte ihm die Lederhülle.

»Danke.« Sterol nahm die Hülle, zog das Zeichen seines Amtes heraus und legte die Kette an. Das goldene Amulett hing um seinen Hals, als wäre es dem Träger nie weggenommen worden. Sterol deutete zum Tisch, setzte sich jedoch nicht selbst, sondern blieb mit dem Rücken zum offenen Fenster vor dem Spähglas stehen.

Der Erzmagier wandte sich wieder an Cerryl. »Könntet Ihr so freundlich sein, das Schiff Eures Schmieds mit dem Spähglas zu suchen?« Sterols Stimme war aalglatt, sodass Cerryl sich in höchster Gefahr wähnte.

»Er ist nicht mein Schmied, geehrter Sterol, sondern er war eher Jesleks Schmied.« Cerryl lächelte höflich. »Aber ich will natürlich gern versuchen, das Schiff zu finden.«

Das große Spähglas auf dem Konferenztisch verschleierte sich, dann klärte es sich wieder und zeigte ein Schiff, das mit gerefften Segeln an einer Pier aus schwarzem Stein angelegt hatte. Wolken zogen als dunkle Schatten über das Bild.

»Landende auf Recluce«, sagte der Erzmagier tonlos. Und mit noch leiserer Stimme fuhr er fort: »Wie konntet Ihr Versager so etwas zulassen?«

Die drei Weißen Magier blickten zum Tisch mit dem Spiegel, dann wieder zum Erzmagier. Cerryl wollte nichts sagen, nicht dieses Mal. Er wartete und schwieg verbissen.

Schließlich ergriff Fydel das Wort. »Er hat ein Schiff gebaut, das gegen den Wind fahren kann. Die *Weißer Sturm* ist auf Grund gelaufen, als sie versucht hat, ihn aufzuhalten.«

Cerryl nickte zustimmend und wich vorsichtshalber ein wenig zurück.

»Warum haben sie nicht wenigstens sein Schiff in Brand gesetzt?«

Die anderen beiden sahen Cerryl an, der auch keine Antwort wusste. »Sie hatten keine Segel gesetzt. Er hat das Deck leergeräumt und die Maschine hat sie irgendwie weggezogen oder -geschoben. Sie sind den Sandbänken längs der Küste knapp ausgewichen, bis sie den Golf erreicht haben, wo der Wind umgeschlagen ist. Dort haben sie die Segel gesetzt, und mit der Maschine und den Segeln zusammen waren sie zu schnell, um eingeholt zu werden.«

»Wartet, wartet. Ihr habt gesagt, sie hätten keine Segel gehabt.«

»Die Segel waren gerefft«, erklärte Anya. Ihre Stimme war kalt und schneidend. »Die Maschine, die er gebaut hat, ist heiß wie das Chaos und aus Schwarzem Eisen geschmiedet.«

»Wie funktioniert sie?«

»Wir wissen es nicht genau«, warf Cerryl ein. »Wir wissen nur, dass sie Schwarzes Eisen braucht und Kohle verbrennt.«

»Wundervoll, einfach wundervoll. Wir haben also einen abtrünnigen Schwarzen Magier, der eine Maschine bauen kann, mit der er unsere Blockade von Recluce zu durchbrechen vermag, und jetzt liegt sein Schiff in Landende.« Sterol seufzte. »Nun gut ... Ihr drei und Jeslek habt das zu verantworten. Damit müsst Ihr leben.«

Anya zog die Augenbrauen hoch.

»Wirklich, Anya. Seid Ihr so dumm? Hatten wir jemals Erfolg, wenn wir direkt gegen Recluce vorgegangen sind?« Der Erzmagier lächelte kalt. »Ihr drei Versager könnt jetzt gehen. Ihr solltet hoffen, dass die Schwarzen in Recluce keine weiteren Leute dieser Art ins Exil schicken und verlangen, dass keine weiteren Schwarzen Maschinen gebaut werden.«

»Oder …?«, fragte Anya.

»Ich habe es Euch doch gesagt. Und jetzt geht, bitte.« Sterol betastete das goldene Amulett. »Ich muss mir überlegen, wie ich mit diesem Problem umgehen soll, das Ihr und Jeslek geschaffen habt.«

»Wir?«, platzte Fydel heraus.

»Ich hatte ganz gewiss nichts damit zu tun und ich habe dafür gesorgt, dass die Gilde dies erfährt. Guten Tag.«

Zusammen mit den anderen trat Cerryl auf den Treppenabsatz hinaus. Mit wem konnte er reden? Leyladin war noch in Lydiar.

»Und was jetzt?«, fragte Fydel, als Sterols Tür hinter ihnen geschlossen wurde.

»Ich muss mich erst einmal säubern«, erklärte Anya. »Ich werde ganz sicher nicht warten, bis er irgendeine unangenehme Aufgabe für mich findet.«

»Das sähe ihm ähnlich«, murmelte Fydel.

Cerryl ging hinter ihnen langsam die Treppe hinunter und ließ ihnen einen großen Vorsprung. Als er das unterste Stockwerk erreicht hatte, wandte er sich nach rechts und ging zu Kinowins Zimmer.

Er klopfte an.

»Kommt herein, Cerryl.« Die Stimme des Obermagiers war kräftig wie eh und je.

Cerryl öffnete die Tür und betrat das Zimmer, das ganz anders eingerichtet war als Sterols oder Myrals Quartier. Myral hatte Bücher um sich gesammelt, Sterol verzichtete auf alles bis auf das Allernotwendigste. Kinowin dagegen hatte die Wände mit purpurnen Tüchern behängt und was er an Büchern besaß, passte leicht auf vier Regalbretter an der Wand neben dem einzigen Fenster. Sogar der Tisch, auf dem sein Spähglas lag, war mit einem grün abgesetzten purpurnen Tuch geschmückt.

Ein hagerer, fast ausgezehrt wirkender Mann saß am Tisch. Cerryl begrüßte ihn mit einem etwas gezwungenen Lächeln. »Das ist ein neuer Behang, nicht wahr?«

»Ja. Shenan hat ihn mir aus Ruzor geschickt. Sie vermisst ihren Bruder, aber es war klug, dass sie nicht zurückgekehrt ist.« Ein schmerzvolles Lächeln zog über das Gesicht des einst so mächtigen Mannes. »Ihr müsst Euch nicht zwingen, freundlich zu lächeln, Cerryl. Mir ist klar, dass es ein Schock für Euch sein muss, mich so zu sehen.«

»Das ist es«, erwiderte Cerryl leise. »Leyladin sagte, Ihr wärt fast so alt wie Myral, aber ich habe es nicht sehen können.«

»Ich bin nicht *ganz* so alt, aber auch meine Jahre sind gezählt.« Der Obermagier hielt inne. »Ich habe in meiner Jugend mehr Chaos eingesetzt als Myral.«

»Geht es Euch auch gut?«

»Ich ermüde schneller, aber ich leide nicht am Husten wie Myral und meine Knochen sind noch in Ordnung. Man sagt sogar, meine Zunge sei mit den Jahren schärfer geworden.« Kinowin lächelte verschlagen. »Habt Ihr Leyladin gesehen?«

»Sie ist in Lydiar. Ich bin mit Anya und Fydel mit dem Schiff gekommen und ...« Cerryl zuckte mit den Achseln. »Ich wollte nicht wie wild ins Land des Fürsten galoppieren.«

»Gut.« Kinowin nickte. »Es geht ihr gut, aber es ist besser, wenn Estalin und Sedelos vorerst noch nichts über Euch erfahren.«

»Sedelos?«

»Er ist seit Ende letzten Jahres der Vertreter der Gilde bei Estalin. Wenn Ihr dort auftaucht, wird er sofort einen Brief an Sterol schicken, und das wäre so ziemlich das Unangenehmste, was Euch derzeit passieren könnte.«

Der junge Magier runzelte die Stirn.

»Cerryl, Ihr müsst auf Euch aufpassen. Nachdem Jeslek tot ist, gibt es niemanden mehr, der Sterol Einhalt gebieten kann und er braucht Euch jetzt nicht mehr als Schutzschirm gegen Jeslek. Ihr verfügt zwar über stärkere Chaos-Kräfte als Sterol, aber Ihr würdet bei den älteren Mitgliedern der Gilde, mich selbst und Esaak ausgenommen, kaum Unterstützung finden. Und wir haben heute nicht mehr viel zu sagen.«

»Ihr seid der Obermagier.«

»Das ist eine Ehre, keine Machtstellung.«

»Was soll ich Eurer Ansicht nach jetzt tun?«, fragte Cerryl nach kurzem Schweigen.

»Eigentlich braucht Ihr von einem alten Magier wie mir keine Ratschläge. Macht einfach so weiter wie bisher. Macht, was Sterol von Euch verlangt, ohne Euch selbst, Leyladin oder der Gilde zu schaden … und wartet ab. Anya oder Fydel dürft Ihr nicht trauen, sie dürfen keine Macht über Euch bekommen. Macht Euch keine weiteren Feinde in der Gilde. Ach ja … und zahlt alle Schulden zurück. Auch diejenigen, die Ihr vergessen habt.«

»Das ist alles?«

»Ihr werdet feststellen, dass diese Dinge für die nächsten paar Jahre Eure ganze Aufmerksamkeit beanspruchen werden. Besonders die vergessenen Schulden. Danach wird es einfacher.« Kinowin sah Cerryl ernst an. »Noch eine Sache …«

»Ja?«

»Sucht mir einen einzigartigen purpurnen Wandbehang.«

Sie lachten beide.

»So … und jetzt müsst Ihr essen und allen Bescheid sagen, dass Ihr wieder da seid, bei wem auch immer Ihr Euch zurückmelden wollt.«

Cerryl stand auf.

»Vergesst nicht die Goldstücke zu beanspruchen, die Euch zustehen. Für die Zeit in Spidlar bekommt Ihr übrigens das doppelte Gehalt.«

»Das wusste ich nicht.«

Kinowin blinzelte. »Es gibt anscheinend doch noch ein paar Dinge, die ich Euch sagen kann. Nicht viele, aber immerhin ein paar.«

»Mehr als Ihr glaubt.«

»Und weniger als ich glaube«, gab der Obermagier zurück. »Und jetzt geht ...«

Als Cerryl die Treppe zur Eingangshalle hinunterstieg, dachte er an die Goldstücke. Fast drei Jahresgehälter hatten sich angesammelt. Das war kaum zu glauben. Kinowin hatte auch Schulden erwähnt ... vergessene Schulden. Ja, es gab ein paar. *Einige, die du lieber vergessen würdest ...*

Er begab sich in sein staubiges Zimmer.

LXII

Die Schatten der schnell dahinziehenden Wolken brachten etwas Abkühlung und eine erste Ahnung des Herbstes, als Cerryl die Straße zum Hauptsitz der Stadtwache entlang ging. Schulden zurückzahlen ... sogar die vergessenen und diejenigen, bei denen es nicht um Geld ging ... da hatte sich mehr angesammelt, als er vermutet hätte, aber Kinowin hatte ihn noch nie auf eine falsche Fährte gelockt.

Ein einsames Pferd klapperte vor dem *Goldenen Widder* vorbei. Es zog einen leeren Bauernwagen. Es mochte nur seine Einbildung sein oder vielleicht auch sein schlechtes Gedächtnis, aber die Straßen Fairhavens schienen weniger belebt als vor seinem Aufbruch nach Spidlar. Doch ganz sicher war er nicht, ob er sich nur einbildete, damals einen stärkeren Verkehr beobachtet zu haben, oder ob der Handel tatsächlich unter dem Krieg und den Problemen mit Recluce gelitten hatte.

Er wandte sich nach Süden, ging mit raschen Schritten und genoss die kühlende Brise.

Die Hauptwache war unverändert. Cerryl blieb kurz

in der rechteckigen, kahlen Eingangshalle stehen, betrachtete die zwei am anderen Ende abzweigenden Gänge, die lehnenlosen Eichenbänke, die geschlossene Doppeltür aus Eiche in der Rückwand. Der schmucklose, mit der Zeit abgewetzte Granitboden war von einem stumpfen Grau, das einzige Licht gelangte durch die Fenster neben der Eingangstür nach innen.

Einer der beiden Wächter wurde auf Cerryl aufmerksam.

»Cerryl. Ich möchte Isork sprechen, den Leiter der Stadtwache, falls er da ist.«

»Ich werde nachsehen, Ser.«

Der Stadtwächter ging den kurzen Flur hinunter, steckte den Kopf in eine Tür und kehrte sofort wieder zurück. »Er kann Euch empfangen, Ser.«

»Danke.« Cerryl ging zu dem vertrauten kleinen Raum, der höchstens sechs mal zehn Ellen groß war.

Isork, muskulös, gut genährt und mit vollem Gesicht, schaute von dem Schreibtisch auf, wo er sich mit Dokumenten, Tintenfass, Federhalter und einem Buch beschäftigt hatte. »Was führt Euch zu mir, Cerryl?«

»Ich bin erst vor ein paar Tagen aus Spidlar zurückgekehrt.« Cerryl bemühte sich, ein möglichst unbefangenes Lächeln aufzusetzen. »Ich hatte inzwischen etwas Zeit zum Nachdenken, und jetzt bin ich gekommen, um Euch zu danken.«

Isork runzelte die Stirn. »Danken? Wofür? Dafür, dass ich Euch aus der Stadtwache geworfen habe?«

»Nein. Dafür, dass Ihr mir vorher die Chance gegeben und mich hinterher *nur* aus der Stadtwache geworfen habt.« Cerryl grinste. »Ihr wart angesichts der Umstände höchst großzügig.«

»Nun ... es heißt ja, Ihr hättet Euch als Stadtregent in Elparta gut geschlagen. Demnach müsst Ihr hier etwas gelernt haben.« Isork ließ sich nicht anmerken, was er dachte.

»Ich habe eine Menge gelernt. Ich habe nur nicht

gelernt, es schnell genug anzuwenden. Das wollte ich Euch wissen lassen. Und außerdem«, fügte er rasch hinzu, »will ich nicht darum bitten, wieder aufgenommen zu werden. Ich glaube, ich wäre der Aufgabe jetzt gewachsen, aber das würde für die Zukunft ein schlechtes Beispiel abgeben.«

Isork lächelte nachdenklich. »Ihr habt wirklich dazugelernt. Es ist nicht zu übersehen. Es ist ja schade, aber ich hoffe, jedenfalls die Stadtwache wird immer auf Eurer Seite stehen, was Ihr auch für die Gilde tut. Glaubt Ihr, Ihr werdet Waffen-Magier bleiben?«

Cerryl schüttelte den Kopf. Er hatte sich nie als Waffen-Magier gesehen, aber genau das war er offenbar geworden. »Ich weiß es nicht. Im Augenblick tue ich, was immer der Erzmagier und die Gilde von mir verlangen.« *Mir bleibt ja ohnehin nichts anderes übrig.*

»Wer das Weiß der Gilde trägt, muss sich unterordnen.« Isork stand auf. »Ich wünsche Euch alles Gute und hoffe, Ihr werdet ab und zu mal vorbeischauen.«

»Das werde ich.« Als er ging, verstand Cerryl noch etwas anderes. Isork hatte nicht mehr gesagt und gefragt, weil der Kommandant der Stadtwache sehen wollte, ob Cerryl sich tatsächlich wieder blicken ließ. *Ein Punkt wäre erledigt, aber die Liste ist noch lang.*

LXIII

Cerryl saß am frisch gewachsten Tisch in seinem Zimmer, das ihm jetzt viel kleiner vorkam als vor dem Feldzug.

»Nachdem du in Elparta ein großes Haus als Hauptquartier genutzt hast«, murmelte er, über sich selbst amüsiert, »hat sich eben deine Wahrnehmung ein wenig verändert.« *Und was für eine Veränderung es war: vom*

Waisenjungen, der froh war, einen eigenen Schrank zu haben, zum Weißen Magier.

Er betrachtete das Glas und konzentrierte sich, bis er das Bild einer Kutsche auffangen konnte. Soweit er es erkennen konnte, hatte die Kutsche den Abzweig nach Howlett hinter sich gelassen und war nicht mehr weit von Fairhaven entfernt.

Mit leisem Lächeln stellte Cerryl das Glas wieder beiseite. Leyladin war tatsächlich auf dem Rückweg nach Fairhaven und angesichts der freien Straßen sollte sie noch vor dem Abend das Haus ihres Vaters erreichen. Cerryl blickte zur Spätnachmittagssonne hinaus, stand auf und streckte sich.

Er schritt in seinem engen Zimmer hin und her. Sterol hatte ihm durch einen Boten befehlen lassen, sich ständig für den Erzmagier zur Verfügung zu halten. Deshalb konnte Cerryl die Hallen nicht verlassen. Er fragte sich, was der Erzmagier wollte. Die Warnung, die Kinowin ihm vor fast einem Achttag hatte zukommen lassen, ging ihm nicht aus dem Sinn. Aber bis jetzt war nichts geschehen und er war sich selbst überlassen geblieben.

Ein lautes Klopfen schreckte ihn aus seinen Gedanken.

»Ja?« Er ging zur Tür und öffnete.

Der rot gekleidete Botenjunge schaute beinahe ängstlich zu ihm auf.

»Magier ... Cerryl, der Erzmagier will Euch sofort sehen.«

»Ich bin dir direkt auf den Fersen.«

»Ja, Ser.« Die ungeschickte Bemerkung trug nicht gerade dazu bei, dem Boten die Unsicherheit zu nehmen.

»Geh nur. Ich komme gleich nach.«

Ohne ein weiteres Wort zu verlieren, lief der Junge zur Treppe und zum Weißen Turm zurück. Cerryl ging schnellen Schrittes, bemühte sich aber, in der stickigen Hitze einen Schweißausbruch zu vermeiden.

Trotzdem sah Sterol den jüngeren Magier böse an, als dieser die Gemächer des Erzmagiers betrat. »Das hat ja ziemlich lange gedauert.« Der Erzmagier saß am Konferenztisch, lud Cerryl aber nicht ein, sich zu ihm zu setzen.

»Ich bin sofort gekommen. Ich bin nicht gerannt, weil ich nicht außer Atem ankommen, sondern lieber bereit sein wollte, auf Euren Befehl hin sofort zu handeln.« Cerryl roch Trilia und Sandelholz, aber Anya war nicht mehr da.

»Ihr seid mir ein wenig zu eigensinnig, Cerryl.« Unter dem eisengrauen Haar schauten Sterols rot geränderte Augen böse hervor und musterten den jüngeren Magier. »Nun … was soll die Gilde mit Euch anfangen? Ihr seid ein Waffen-Magier, aber im Umgang mit Waffen ein hoffnungsloser Fall. Ihr seid Magier der Stadtwache gewesen, könnt aber nicht in den Dienst zurückkehren. Ihr seid zu jung, um Anfänger in der Kanalisation zu unterweisen, und zu erfahren, um als einfacher Torwächter Dienst zu tun.«

Cerryl runzelte die Stirn, als müsste er nachdenken. »Ich könnte einen der Obermagier unterstützen. Oder ich könnte verfolgen, was der Schmied in Recluce tut und plant. Oder ich könnte helfen, die jüngeren Torwächter zu beaufsichtigen.«

Sterol lächelte. »Vielleicht solltet Ihr alle drei Aufgaben übernehmen. Meldet Euch bei Kinowin und sagt ihm, dass er dafür verantwortlich ist, dass Ihr diese drei Aufgaben ordentlich erledigt. Er ist sowieso für die Einteilung der Dienste an den Stadttoren zuständig. Sollte der Schmied etwas tun, das ich erfahren muss, dann meldet Ihr es zuerst dem Obermagier. Ihr sollt mich nicht ohne seine Erlaubnis stören. Habt Ihr verstanden?«

»Ja, geehrter Sterol.«

»Und nun sucht Kinowin auf und setzt ihn in Kenntnis.«

»Ja, Ser.«

»Ich wünsche Euch nicht zu sehen und nichts mehr von Euch zu hören, solange Kinowin es nicht für richtig hält. Ihr seid für einen so unerfahrenen Mann viel zu sehr von Euch eingenommen.«

»Ja, Ser.«

»Und glaubt nicht, Ihr könntet mich mit Eurer Höflichkeit täuschen.«

»Was wünscht Ihr?«, fragte Cerryl. »Der Erzmagier verdient es, höflich behandelt zu werden.«

»Geht jetzt.«

Cerryl nickte und drehte sich um, darauf gefasst, seine Ordnungs- und Chaos-Schilde zu heben, sobald er auch nur eine Spur Chaos aus Sterols Richtung empfing, aber er konnte unbehelligt das oberste Stockwerk des Weißen Turms verlassen.

Kinowin hielt sich in seinem Quartier auf und schien darauf zu warten, Cerryl mit seinen Befehlen von Sterol zu empfangen.

Cerryl gab seine Unterhaltung mit dem Erzmagier wieder und schloss: »… und so bin ich jetzt Euch unterstellt.«

»Der Erzmagier will Euch außer Sichtweite haben … weit weg. Dafür ist Anya mindestens ebenso sehr verantwortlich wie er selbst.«

»Sie war vor mir in seinem Zimmer.«

»Sie ist oft dort. Viel öfter, als es nötig wäre, wenn es nur darum ginge, sich mit Sterol zu vergnügen. Aber vergesst dies. Wir können es im Augenblick sowieso nicht ändern. Um Sterol zu Gefallen zu sein, werden wir befolgen, was er vorgegeben hat. Erstattet mir jeden Mittag oder jeden Abend vor dem Glockenschlag Bericht, was der Schmied getan hat. An geraden Tagen sollt Ihr, ohne Euch dabei sehen zu lassen, die Torwachen kontrollieren. Die Reihenfolge bleibt Euch überlassen. Berichtet mir bei der Abendglocke, was berichtenswert ist. An ungeraden Tagen sucht Ihr mich nach dem

Frühstück auf und helft mir, falls ich Hilfe brauche. Die Abende gehören Euch, und ich hoffe, dass Ihr sie so selten wie möglich in den Hallen verbringt.« Kinowin lächelte. »Nutzt Eure Tage gut, denn das Leben eines Magiers ist kurz genug.«

»Äh … danke.«

»Geht jetzt. Morgen früh könnt Ihr beginnen.« Der ältere Magier neigte den Kopf und lächelte. »Sie müsste jetzt fast das Haus ihres Vaters erreicht haben und Ihr wollt sie doch sicher begrüßen. Die Blumenhändler sind noch auf dem Platz.«

Cerryl stand auf. »Mit Eurer Erlaubnis?«

»Auf meinen Befehl, wenn nötig.«

Ein Lächeln auf den Lippen, verließ Cerryl eilig das Zimmer.

LXIV

Cerryl blieb am Ende des Gehwegs stehen und fragte sich, ob er mit den stark duftenden und mit einem grünen Band zusammengebundenen Rosen wie ein Geck oder doch eher wie ein Schuljunge wirkte.

Die mit Schnitzwerk verzierte Vordertür öffnete sich, Layel trat heraus und winkte den Magier ins Innere des Hauses. »Cerryl … dann darf ich Eurem Kommen entnehmen, dass Leyladin nicht mehr weit ist?«

»So habe ich es im Glas gesehen. Ihre Kutsche war kurz vor dem Nordtor, als ich aus den Hallen aufbrach.«

»Bitte leistet mir doch Gesellschaft. Es ist nicht angenehm, hier draußen in der Hitze zu stehen, und ich will vermeiden, dass meine Tochter mir mangelnde Gastfreundschaft vorwirft.« Der Händler mit dem schütteren Haar lachte.

Cerryl trat aus der Tageshitze ins Haus, begrüßte den stumm wartenden Majordomus Soaris mit einem Nicken und folgte dem Gastgeber ins vordere Wohnzimmer – das Zimmer, das durch ein Porträt von Leyladins Mutter geschmückt wurde. Nachdem er die Blumen auf einem Beistelltisch abgelegt hatte, ließ Cerryl sich auf dem Sofa nieder.

»Wie lange seid Ihr schon wieder in der Stadt?«, fragte Layel, der in einem gepolsterten Lehnstuhl Platz nahm.

»Knapp einen Achttag.«

»Ich kann mir vorstellen, dass Ihr Fairhaven verändert fandet, auch wenn sich in Wirklichkeit nur wenig getan hat.« Der Kommissionär lächelte leicht.

»Es ist wohl eher so, dass einige Leute nicht mehr so sind, wie ich sie in Erinnerung habe«, erwiderte Cerryl vorsichtig. »Fairhaven selbst hat sich in meinen Augen kaum verändert, und es schneidet beim Vergleich mit den anderen Städten, die ich gesehen habe, sehr vorteilhaft ab.«

»Die Stadt verändert die Menschen, die Menschen verändern die Stadt.«

»Bezieht Ihr Euch auf Leyladin? Ich habe sie schon gesehen, bevor ich überhaupt wusste, wo sie lebt.«

»Sie hat es mir gesagt. Ich kann nicht behaupten, dass ich es verstehe, aber sie kennt sich mit diesen Dingen besser aus als ich. Wertel … vielleicht wird er einmal meine Nachfolge antreten … und Aliaria und Nierlia … nun ja, sie waren froh, ihren eigenen Hausstand zu gründen.«

Cerryl hatte Mühe, die Namen unterzubringen. Wertel musste Leyladins älterer Bruder sein. Sie hatte zwei Schwestern erwähnt, aber Cerryl hatte die Namen vergessen.

»Ihr zwei seid in einer schwierigen Lage«, sagte Layel.

»Ihr meint, weil mit uns eine Schwarze und ein Weißer zusammenkommen?« Cerryl überlegte stirnrunzelnd. »Das dürfte wohl auch Euch gewisse Probleme bereiten.«

Der Kommissionär beugte sich etwas vor und sah Cerryl fest an. »Hier noch mehr als anderswo. Wertel ist beim Handel von guten Beziehungen abhängig und Ihr seid kein Unbekannter und genießt Respekt, aber er führt meine Geschäfte in Lydiar und nicht in Fairhaven. Fürst Estalin ist von den Magiern abhängig und Sedelos legt Wert auf gute Handelsbeziehungen.« Layel sah zur Tür. »Habt Ihr nicht auch eine Kutsche gehört?«

»Nein, ich glaube nicht.« Cerryl dachte eine Weile schweigend über die Worte des Kommissionärs nach. »Ihr wollt mir anscheinend sagen, dass die Gilde den Händlern gegenüber nicht so entgegenkommend ist, wie sie es sein sollte.«

»Wir zahlen höhere Gebühren als die Händler, die in anderen Ländern ansässig sind, und doch befahren sie dieselben Straßen wie wir und dürfen die Stadt gegen einen lächerlich geringen Betrag betreten. Wir dürfen jede Stadt betreten, aber wir haben mehr Kosten, was nicht zuletzt an den höheren Gebühren liegt.« Layel tupfte sich mit einem blauen Leinentuch die Stirn ab. »Andererseits gibt es auch wieder Kommissionäre, die in der Gunst anscheinend höher stehen als andere, wenn Ihr versteht, was ich meine.«

»Ich habe so etwas gehört«, gab Cerryl vorsichtig zurück, »aber noch nicht mit eigenen Augen gesehen.« Wieder hielt er inne und dachte daran, wie Sterol Kesriks angeblichen Angriff auf Cerryl benutzt hatte, um Kesriks Vater, einen Kaufmann, ins Exil zu treiben. »Oder ich habe es gesehen und nicht als das erkannt, was es war.«

»Man kann es erkennen, wenn man genau hinschaut.«

Cerryl spürte plötzlich eine Ausstrahlung, eine warme Dunkelheit, und stand auf. Er nahm die Rosen vom Tisch. »Sie ist fast da.«

Der Händler runzelte leicht die Stirn. »Jetzt habe ich keine Kutsche gehört.«

Cerryl ging mit den Rosen zur Tür und war schon fast im Vorraum, als draußen auf den Pflastersteinen Hufschläge zu hören waren.

»Und das sogar ohne Spähglas.« Layel stand schwerfällig auf.

Cerryl eilte den Gehweg hinunter und zum Innenhof, wo die Kutsche gehalten hatte. Die Tür flog auf, noch bevor die Karosse ganz ausgerollt war.

Leyladin blickte zu Cerryl hinunter, dann sah sie die Rosen. »Blumen … du hast mir noch nie Blumen geschenkt.«

»Ich habe dich vermisst.« Unwillkürlich errötete er. Er sah die dunkelgrünen Augen, das rotblonde Haar, die helle Haut und vor allem Ordnung und Verständnis in ihrem fein geschnittenen Gesicht.

»Das ist lieb von dir.« Die Heilerin wandte sich an ihren Vater, der einen Schritt hinter dem Magier stand. »Das ist es wirklich.«

»Er ist auch nicht auf den Kopf gefallen. Wir haben uns unterhalten, während wir auf dich gewartet haben.« Layel wandte sich an Cerryl. »Nur zu, umarmt sie und küsst sie. Ihr seid so verheiratet, wie man es nur sein kann.«

Dieses Mal errötete Leyladin. »Vater, ich kann kaum glauben, dass du so etwas sagst.«

»Ich bin zu alt, um mich selbst zu täuschen oder um zuzulassen, dass Ihr mich täuscht.« Der Kaufmann grinste.

Cerryl ging ihr entgegen und sie stieg herunter und fiel ihm in die Arme. Sie umarmten sich und scherten sich nicht um die heiße Nachmittagssonne.

Wie lange die Umarmung dauerte, wusste Cerryl nicht zu sagen, aber irgendwann hörte er, wie Layel sich hinter ihm räusperte.

»Da Ihr Euch jetzt begrüßt habt, bin ich dafür, dass

wir essen. Ich bin sicher, dass Meridis etwas zusammengekratzt hat.«

»Lass mir noch einen Augenblick Zeit, um den schlimmsten Straßenstaub abzuwaschen«, bat Leyladin, als sie sich von Cerryl löste. »Ich habe auch Hunger, es wird nicht lange dauern.«

»Nicht wenn dein Magier wartet, da gehe ich jede Wette ein.«

»Vater …« Immer noch rot vor Verlegenheit nahm sie von Cerryl die Rosen entgegen. Hand in Hand mit Cerryl ging sie dann zur Vordertür.

Meridis und Soaris standen im Vorraum.

»Meridis … er hat mir Rosen geschenkt.« Leyladin lächelte. »Könntest du … während ich mich wasche?« Sie reichte der älteren Frau die Blumen.

»Ich stelle sie in die gute Kristallvase, wo Sie Euch besonders gefallen werden«, erwiderte Meridis. »Und jetzt trödelt nicht herum, das Abendessen ist fertig.«

»Keine Sorge.« Die Heilerin drückte noch einmal Cerryls Hand. »Cerryl, Vater, wir treffen uns gleich im Esszimmer. Es wird nicht lange dauern.«

»Die Worte höre ich wohl«, sagte Layel liebevoll neckend.

»Ganz bestimmt, es wird wirklich nicht lange dauern.« Sie eilte den Flur hinunter und verschwand durch eine Tür.

Cerryl folgte Layel durchs Wohnzimmer.

»Ihr habt sie gespürt, nicht wahr?«, fragte der Kommissionär. »Sie sagte, ihr zwei könntet das. So nahe seid ihr euch und trotzdem wagt ihr es nicht, Kinder zu bekommen.«

Cerryl verzog schmerzlich das Gesicht. »Es könnte sie umbringen.«

»Das hat sie mir auch gesagt, aber sie will keinen anderen als Euch.«

»Und ich will keine andere als sie.«

Sie hatten kaum den Tisch erreicht, als Leyladin sich

schon wieder zu ihnen gesellte. Sie trug noch die grüne Hose und das Seidenhemd mit der schwarzen Weste, die im verblassenden Licht des Tages und im Schein der Öllampen in den Wandhaltern schwärzer als schwarz erschien.

»Ich sagte doch, dass es nicht lange dauern würde.«

»Und du hast Wort gehalten.« Layel setzte sich ans Kopfende, Cerryl und Leyladin nahmen links und rechts einander gegenüber Platz.

Als Layel den kühlen Weißwein in drei Weingläser einschenkte, sah Cerryl Leyladin in die dunkelgrünen Augen. »Wie war die Rückreise?«

»Die Hauptstraße war fast menschenleer.«

»So sieht es heutzutage immer öfter aus.« Layel nickte wehmütig.

»Geht der Handel so schlecht?«

»Es geht so schlecht, dass man es kaum noch Handel nennen kann. Aber nun genug davon.« Er hob das Weinglas. »Auf euch beide. Schön, dass ihr wieder daheim seid.«

»Auf das Zuhause«, antwortete Leyladin.

Cerryl hob lächelnd das Weinglas und sie tranken.

Meridis stellte drei Servierteller auf den Tisch. »Kaltes und scharf gewürztes Geflügel, gekühlte Birnäpfel und Bohnen mit Reis. Nichts, was Euch an einem warmen Abend noch mehr erhitzen könnte.«

»Was werdet Ihr jetzt tun, Cerryl?« Layel schob die Platte mit dem Geflügel zu seiner Tochter hinüber.

»Der Erzmagier hat mir einige Aufträge erteilt, die ich unter Aufsicht des Obermagiers Kinowin erledigen muss, bis er einen möglichst weit entfernten Ort gefunden hat, an den er mich schicken kann.« In allgemeinen Begriffen erklärte Cerryl, wie seine Aufträge beschaffen waren. »… und das bedeutet, dass ich jeden Tag melden muss, was die Schwarzen mit dem Schiff tun.«

»Kann es wirklich gegen den Wind fahren?«, fragte Layel stirnrunzelnd.

»Das kann es und manchmal ist es sogar schneller als ein gewöhnliches Schiff.«

»Mit so einem Schiff … an so etwas würden viele der Händler Gefallen finden.«

»Ich kann mir nicht vorstellen, dass man auf Recluce den Betrieb einer Chaos-Maschine erlaubt«, meinte Leyladin, während sie sich ein Stück Geflügel nahm. »Nicht einmal wenn das Chaos in Schwarzem Eisen gebunden ist.«

»Mit der Zeit wird ein besseres Schiff jeden Händler überzeugen«, murmelte Layel. »Und Eure Weißen Brüder vergessen manchmal, dass die Schwarzen in Recluce zunächst einmal Händler und erst in zweiter Linie Magier sind.«

Zunächst einmal Händler und erst in zweiter Linie Magier. »Und Ihr glaubt, dass die Gilde die Magie an die erste und den Handel an die zweite Stelle setzt?«

»Zuerst die Macht, an zweiter Stelle die Magie, auf schlechtem drittem Platz der Handel«, meinte Layel. »Aber mit dem Handel kann man sich eine Machtposition aufbauen. Die Schwarzen haben das begriffen. Jegliche Macht beruht auf Geld, Geld kommt von den Waren und die Waren kann man nur durch den Handel in Geld verwandeln.«

Cerryl aß einen Bissen von den gesüßten, gekühlten Birnäpfeln, dachte über Layels Worte nach und erinnerte sich an die vielen Goldstücke, die er in Gallos und sogar in Spidlaria gesehen hatte.

»Vater wäre anderswo ein mächtiger Mann«, warf Leyladin lachend ein. »Wertel wird ihn durch das, was er in Lydiar tut, eines Tages dazu machen, auch wenn Vater sich dagegen sträubt.«

»Fairhaven ist meine Heimat«, grollte der Kommissionär. »Aber nur der alte Obermagier versteht, wie meine Arbeit der ganzen Stadt nützt.«

»Kinowin?«

»Genau der. Doch er wird in ein paar Jahren nicht

mehr da sein und dann wird dieses Mädchen von Muneats totem Bruder die Stadt an Muneat und Jiolt ausliefern.«

»Anya?«

»Genau die. Sie spielt mit Jiolt wie ...« Layel schüttelte angewidert den Kopf. »Muneat durchschaut sie, aber er ist fast zwanzig Jahre älter als ich und sein Sohn Devo ... der kann noch nicht einmal eine Hand voll Goldstücke richtig abzählen.«

»Anya hat auch versucht, mit Jeslek zu spielen.« Cerryl sah Layel an.

»Und jetzt ist er tot«, warf Leyladin ein.

»Sterol benutzt sie. Ich glaube nicht, dass er sich von ihr übertölpeln lässt.«

»Sie wird einen Weg finden, die Gilde gegen ihn aufzubringen«, prophezeite Leyladin. »Deshalb hat Jeslek auch versucht, den Schmied in Diev zu deinem Problem zu machen.«

»Sterol versucht das Gleiche«, meinte Cerryl nickend. »Ich soll den Schmied mit dem Glas überwachen und jeden Tag berichten, was er tut.«

»Sie ist gerissen«, sagte Leyladin nachdenklich. »Wenn du nicht aufpasst, bekommst du Schwierigkeiten. Wenn du aufpasst und dafür sorgst, dass ihre Intrigen bekannt werden, muss Sterol etwas unternehmen.«

»Ich mache mir Sorgen«, gab Cerryl zu.

»Wir können heute Abend sowieso nichts mehr tun, was Anya angeht. Was machen Aliaria und Nierlia? Ich muss sie unbedingt wieder sehen.« Die grünen Augen strahlten. »Cerryl muss sie kennen lernen.«

»Du wirst bald wieder Tante. Nierlia sagt, dieses Mal wird es ein Mädchen, das deinen Namen bekommen soll.«

Ein kleiner Schatten zog über das Gesicht der Heilerin, doch dann lächelte sie. »Ich werde das Kind verhätscheln.«

»Nicht mehr als Nierlia selbst«, erklärte Layel. »Oh ...

und Aliarias Älteste … an den Namen kann ich mich nicht mehr erinnern … Aliaria lässt sie bei einem Musik-Meister, der angeblich aus Delapra kommt, Gitarrenunterricht nehmen …«

»… hat doch überhaupt kein Rhythmusgefühl …«

»… Aliaria denkt, es wird ihre Aussichten verbessern, einen guten Mann zu finden …«

»… gerade mal zehn Jahre alt …«

Nach einer Weile hatte sich die entspannte Plauderei am Tisch erschöpft und sie schwiegen. Layel streckte sich demonstrativ. »Ich habe noch zu tun. Ehe ich ins Bett gehe, muss ich Wertel noch einen Brief schreiben, der morgen früh mit der Kutsche befördert werden soll.« Er stand auf. »Vielleicht findet Ihr das vordere Zimmer am bequemsten, aber Ihr zwei seid jung und werdet Euch schon einrichten.«

Meridis tauchte auf, als wäre dies ihr Stichwort gewesen. »Am besten, ich räume hier ab, bevor ich noch alle Lampen im Haus auffüllen muss.«

Leyladin lachte. »Wir fühlen uns ein wenig genötigt.«

»Niemand drängt dich zu irgendetwas, meine liebe Tochter«, rief Layel von der Tür seiner Schreibstube herüber.

Die beiden Magier – einer Weiß, eine Schwarz – standen auf und gingen ins Wohnzimmer hinüber, wo sie zögernd stehen blieben. Meridis hatte die Rosen unter dem Bild von Leyladins Mutter auf einem kleinen Tisch in einer Kristallvase angeordnet.

»Es stört dich doch nicht, dass sie hier stehen?«, fragte die Heilerin.

»Nein … warum sollte es mich stören?«

»Mutter liebte Rosen. Ich war kein so gutes Kind, wie ich es hätte sein sollen.«

»Sie stehen gut, wo immer du es für richtig hältst.«

Leyladin berührte seine Hand und sie gingen durch den Vorraum ins dunklere vordere Zimmer, wo trotz der Dämmerung noch keine Lampe angezündet war.

Sie setzten sich auf ein langes Sofa mit dem Gesicht zum offenen Fenster und genossen die kühle Abendbrise.

»Wie geht es Estalins Sohn?«

»Im Augenblick ganz gut. Er wird sein Leben lang immer wieder Heiler brauchen, er ist nicht sehr kräftig.«

»Ich bin froh, dass du dort weg konntest.«

»Ich weiß nicht, ob es wirklich richtig war. Ich habe Sedelos gesagt, ich könnte im Augenblick nichts mehr tun, aber er dürfe mich jederzeit rufen, wenn ich gebraucht werde. Ich wollte dich sehen.«

»Jetzt ist Sterol der Erzmagier.«

»Anya ist diejenige, die wir im Auge behalten müssen.«

»Ich weiß.« Cerryl verkniff es sich, Anyas Äußerungen über Kinder zu wiederholen.

»Wir können morgen noch über die Gilde reden.« Leyladin überlegte. »Kannst du … kannst du hier bleiben?«

»Noch eine Weile«, sagte er.

»Ich meinte über Nacht.«

»Ja.« Er lächelte im Zwielicht. »Danke für die Einladung.«

»Geht das auch wirklich?«

»Kinowin hat mir fast den Befehl dazu gegeben. Er sagte, die Abende seien frei und ich solle sie nicht in den Hallen vergeuden.«

»Er hat sicher mehr als das gesagt.«

Cerryl nickte. »Er sagte, das Leben eines Magiers sei meist viel zu kurz.«

Leyladin nahm ihn in die Arme. »Das kann nicht sein, das darf nicht sein. Du sollst nicht so enden wie Myral und Kinowin. Du musst mehr Ordnung und weniger Chaos einsetzen. Du kannst mich nicht einfach im Stich lassen. Und ich werde dich nicht verlassen.«

Ihre Augen verschleierten sich und eine Weile hielten sie sich im Zwielicht des vorderen Zimmers schweigend in den Armen.

»Ich meinte es ernst«, flüsterte sie schließlich.

»Ich weiß. Aber du musst mir dabei helfen.«

»Du bekommst von mir jede Hilfe, die du brauchst.«

Er drückte sie an sich, dann gab er ihr einen Kuss auf den Mund.

»Es war schön, dass du mir Blumen mitgebracht hast. Danke.«

Insgeheim bedanke Cerryl sich bei Kinowin.

»Und richte auch Kinowin meinen Dank aus.« Ihre grünen Augen funkelten heller als jede Lampe, als sie seine Hand nahm und ihn in ein mit Seidenbehängen geschmücktes Schlafzimmer führte, das er bisher nur im Spähglas gesehen hatte.

LXV

Cerryl betrat sein Zimmer im hinteren Teil der hintersten Halle. Er schnupperte. Der Geruch von Trilia und Sandelholz war schwach, aber unverkennbar. Was hatte Anya hier gesucht?

Er überprüfte das kleine Zimmer mit den Sinnen. Seit Leyladin aus Lydiar zurückgekehrt war, hatte er es nur noch zum Arbeiten benutzt. Doch er konnte keinerlei Konzentration von Ordnung oder Chaos feststellen. Er schüttelte den Kopf. Wahrscheinlich zum ersten Mal in seinem Leben hatte er keine Geheimnisse, aber die rothaarige Magierin war offenbar anderer Ansicht.

Er schloss die Tür und setzte sich an den Schreibtisch vor das Spähglas, mit dessen Hilfe er den Schmied und sein Schiff finden wollte. Als die silbernen Schleier sich verzogen, zeigte das Glas Dorrins Schiff, das auf einer flachen, sumpfigen Landzunge in einer natürlichen Bucht vor Anker lag. Wo genau war es?

Cerryl kratzte sich am Hinterkopf und versuchte es noch einmal.

Er brauchte fast den ganzen Vormittag, bis er herausgefunden hatte, dass das Schwarze Schiff vor der südwestlichen Spitze der Insel Recluce lag, weit entfernt von jeder Ansiedlung. Es gab dort einige Zelte und mehrere Baustellen, wo offenbar Wohnhäuser oder andere Gebäude errichtet wurden.

Cerryl presste die Lippen aufeinander. Ihm war nicht klar, was die Verlegung des Schiffes zu bedeuten hatte, aber Kinowin musste es auf jeden Fall erfahren. Vielleicht konnte sich der ältere Obermagier einen Reim daraus machen. Wenn der Schmied und seine Anhänger dort eine neue Stadt oder einen weiteren Hafen bauten ...

Cerryl schürzte die Lippen. Er mochte kaum glauben, dass der Schmied in so kurzer Zeit so viel erreicht hatte. Aber andererseits hatte Dorrin dazu beigetragen, die Hälfte der Streitkräfte, die nach Spidlar geschickt worden waren, zu vernichten. Er hatte Jeslek getötet und eine Maschine gebaut, mit der man ein Schiff gegen den Wind steuern konnte, und die Seeblockade umgangen. Was hatte verglichen damit der Aufbau einer Stadt in wenigen Tagen schon zu bedeuten?

Er ließ das Bild in sich zusammenfallen und massierte sich den Nacken und die Stirn. Es war fast schon Mittag, als er Kinowins Zimmer betrat und inmitten der purpurnen Wandbehänge stehen blieb.

»Ihr scheint verstört.« Kinowin berührte fast abwesend den purpurnen Fleck auf der Wange.

»Der Schmied hat sein Schiff zur Südspitze der verfluchten Insel verlegt.«

»Also fort von Landende. Man könnte sagen, dass dies gar nicht so schlecht ist.«

»Es liegt in einer kleinen Bucht vor Anker. An Land gibt es Zelte und Baustellen, wo Häuser errichtet werden.«

»Glaubt Ihr, er will für sich und seine Gefolgsleute eine Stadt bauen?« Kinowin lächelte leicht.

»Ich würde es vermuten, aber es ist wohl noch zu früh, um sich sicher zu sein.«

»Dann ist es auch zu früh, um den Erzmagier damit zu behelligen, abgesehen von der Information, dass das Schiff verlegt worden ist. Mit bloßen Spekulationen dürfen wir Seine Erhabenheit nicht stören.«

Cerryl hob die Augenbrauen, als er die bissige Ironie des Obermagiers hörte. »Spekulationen.«

»Ja, mit Spekulationen darf man ihm nicht kommen.« Kinowin gab ein Geräusch von sich, das irgendwo zwischen einem Lachen und einem Schnauben lag. Einen Augenblick lang war er leichenblass. »Ich habe dem Erzmagier gegenüber angedeutet, dass ein solches Schiff für den Handel sehr nützlich wäre. Er hat erwidert, er habe wenig Zeit für Dinge, die einmal sein könnten, während er dabei sei, Kräfte zu sammeln, um den neuen Fürsten von Hydlen zur Vernunft zu bringen.«

»Den neuen Fürsten?« *Wie viele haben sich dort in den letzten Jahren abgewechselt?*

»Schon wieder ein Vetter. Ich glaube, er heißt Afabar. Er kommt aus Asula, einer alten Stadt mit einer angeblich langen Ahnenreihe. Er hat die Unterstützung der Kaufleute in Worrak, Pyrdya und Renklaar. Außerhalb dieser Städte gibt es nicht viele wohlhabende Kaufleute.«

»Dann weigert sich der neue Fürst, die Gebühren zu zahlen?«

»Er hat nichts dazu gesagt – kein Bote, keine Schriftrolle, keine andere Nachricht. Fairhaven existiert einfach nicht für ihn. Erinnert Ihr Euch an Derka?« Kinowin lehnte sich bequem zurück.

»Er ist nach Hydolar zurückgekehrt.«

»Der Rat hat ihn zum Berater ernannt, aber er hat abgelehnt und ist eilig verschwunden. Dann haben sie Elsinot geschickt.«

»Hat der neue Fürst ihn umgebracht?«

»Wie kommt Ihr darauf?«

»Bergkatzen verlieren ihre Krallen nicht«, meinte Cerryl trocken.

»Und deshalb will Sterol im Augenblick nicht mit weiteren Spekulationen behelligt werden.« Kinowin verzog das Gesicht. »Ich werde ihm sagen, dass das Schiff verlegt wurde und dass Ihr die Sache weiterhin aufmerksam beobachtet. Außerdem werde ich ihm sagen, dass Ihr heute Nachmittag Eure Inspektionsrunde bei den Stadttoren macht. Ich wollte Euch dies ohnehin vorschlagen. Danach könnt Ihr Euch dann einem der Magier an den Toren zu erkennen geben.«

Cerryl nickte. »Damit Sterol keinen Vorwand bekommt, um Vorwürfe gegen mich zu erheben.«

»Richtig. Dies solltet Ihr tunlichst vermeiden.«

»Und außerdem ... Anya war in meinem Zimmer, als ich fort war.«

»Das wundert mich noch weniger als die Tatsache, dass der Schmied sein Schiff verlegt hat.«

»Ich soll sie ignorieren, aber nichts zurücklassen, das Sterol nicht sehen soll?«

»Ihr habt es begriffen, Cerryl. Leider wird sich an dieser unangenehmen Situation vorläufig nichts ändern. Macht Euch auf den Weg, sobald Ihr gegessen habt. Ich treffe mich am frühen Nachmittag mit dem Erzmagier.« Kinowin grinste. »Haben ihr die Blumen gefallen?«

Cerryl errötete. »Und ob.« Dann grinste er. »Und sie sagte, ich solle auch Euch ihren Dank übermitteln.«

»Haltet sie fest, Cerryl. Sie ist mehr wert als alle Menschen im Weißen Turm, was mich alten Obermagier ausdrücklich einschließt. Genießt Euer Glück und vergeudet keinen Tag und keine Nacht.«

Cerryl errötete noch mehr.

»Geht jetzt.« Kinowin lachte freundlich. »Ich will Euch nicht noch mehr in Verlegenheit bringen.«

LXVI

Cerryl betrachtete die verlassene Straße und den Platz. Hier standen nur vereinzelte Straßenlaternen, aber der weiße Granit der Straße strahlte selbst um Mitternacht noch genügend Licht ab, sodass Cerryls geborgtes Pferd mühelos den Weg durchs Viertel der Handwerker fand. Die Werkstätten waren, wie er sie in Erinnerung hatte. Auch die Töpferei war noch da, aber die Werkstatt des Webers – wo er Pattera zum ersten Mal begegnet war – hatte offenbar den Besitzer gewechselt, wenn er dem Schild über der Tür glauben konnte.

Er lenkte die Stute den Weg hinunter – *vorbei an den Abflüssen ins Kanalsystem* –, bis er das hintere Tor von Tellis' Haus erreichte. Cerryl blieb draußen vor dem Hof einen Augenblick stehen und nestelte an der Geldbörse herum. Eine Hand voll Goldstücke war darin, mehr hatte er nicht. *Oder vielleicht hättest du noch mehr, aber du hast noch andere Schulden zu begleichen und jetzt ist nicht die Zeit, arm zu sein.* Machte er sich etwas vor? *Möglich.*

Er lächelte in der Dunkelheit ironisch über sich selbst, stieg vom Pferd und band das Tier am Hoftor fest. Er sah sich in alle Richtungen um, aber die Fenster in der Nähe waren dunkel. Dann zog er den Lichtschild hoch, öffnete das Tor und schlich über den hinteren Hof. Statt die Tür des Gemeinschaftszimmers zu öffnen, band Cerryl die Geldbörse an die Türklinke und schützte sie mit einer schwachen Illusion, die sich auflösen würde, sobald eine Hand die Türklinke berührte.

Er fragte sich, ob Tellos, Beryal oder Benthann erraten würden, wer ihnen die Geldbörse geschenkt hatte. Andererseits spielte dies aber auch keine große Rolle. *Wieder eine Schuld beglichen ... so gut es dir im Augenblick möglich ist.*

Er zog sich zum Tor zurück, schloss es hinter sich und band sein Pferd los. Das leise Hufgeklapper hallte auf der Gasse und der Straße der Handwerker, als er zum kleinen Stall hinter Layels Haus zurückkehrte. Die Luft war warm und still, die Straßen leer bis auf den Weißen Magier und sein Pferd.

Wieder im Stall angekommen, stieg er ab und führte die Stute zu ihrer Box. Er bürstete sie im Dunkeln rasch ab, schloss die Tür der Box und verließ den Stall. Im Halbdunkel ging er zur Tür an der Südseite des Hauses. Mit Leyladins Schlüssel öffnete er sie und schloss hinter sich wieder ab. Ganz geräuschlos waren seine Schritte auf dem Marmorboden nicht, aber niemand fuhr auf oder stellte ihn zur Rede, bis er Leyladins Schlafzimmertür öffnete und hinter sich wieder schloss.

»Das hat nicht lange gedauert«, meinte sie schläfrig, als er sich auszog und unter das Leintuch glitt, das ihnen beiden in dieser warmen Nacht völlig ausreichte. »Wie ist es gegangen?«

»Es war doch etwas zu wenig und etwas zu spät, aber …«

»Besser dies als überhaupt nichts.« Sie legte den Finger auf seine vollen Lippen. »Tellis? Die junge Weberin?«

»Tellis. Das Mädchen ist nicht mehr da.«

»Ich kann Soaris bitten, sie zu suchen. Niemand muss erfahren, dass du sie suchst. Auch Anya nicht.«

Ganz besonders Anya nicht. »Danke.«

»Ich freue mich, dass du bist, wie du bist.« Zwei warme Arme umfingen ihn und ihre Lippen trafen sich.

Ich freue mich auch … nach all den Jahren.

LXVII

Der hagere Kinowin saß auf der anderen Seite des runden Tischs und nippte am ersten Apfelwein des Jahres.

Genau wie Myral. Ist es das Alter? Cerryl betrachtete den Becher.

»Der Apfelwein hilft.« Kinowin lächelte. »Ich habe mich früher selbst darüber gewundert, jetzt verstehe ich es. Nun, was gibt es Neues vom Schmied?«

»Er baut eine Stadt. Am Anfang war ich noch nicht sicher«, räumte Cerryl ein, »aber in etwa zwei Achttagen wird dort die Keimzelle einer neuen Hafenstadt entstanden sein. Die Schwarzen lassen ihn gewähren, einige schicken sogar Bauholz und anderes Material.«

»Vielleicht geht es ihnen nur darum, einen zweiten guten Hafen zu bekommen«, meinte der Obermagier. Er nestelte an dem Kometenschweif herum, der seinen Kragen zierte. »Die See ist dort im Winter ruhiger.«

»Sie haben sogar ein Kai aus Holz gebaut und im Glas kann ich Mauern und das Fundament einer steinernen Pier sehen. Er verändert die Bucht und erweitert sie, aber er benutzt dazu eine Art von Ordnungs-Kraft.«

»Auf diese Weise kann man Ordnung nicht einsetzen«, widersprach Kinowin.

»Er hat eine Art von Ordnungs-Kraft benutzt, um Jeslek zu töten«, gab Cerryl zurück.

»Seid Ihr sicher, dass er nicht einfach nur die Ordnung benutzt hat, um die Kräfte zu bündeln?«

Cerryl zuckte mit den Achseln. »Das könnte sein, aber er ist so Schwarz, wie man nur sein kann, und hat keine Spur Chaos in sich. Wie konnte er solch eine Kraft entwickeln? Das Chaos ist die einzige mir bekannte Kraft, die eine so starke Wirkung entfalten kann.«

Kinowin knetete sein glatt rasiertes Kinn, sein Blick wanderte unsicher zum purpurnen und blauen Wandbehang. »Cammaborke oder Sprengstoff, würde ich sagen. Er hat den Sprengsatz in Schwarzes Eisen gesteckt, damit wir die Ladung nicht vorzeitig zünden können.«

»Und wenn er nun eine größere Sprengladung baut als die, die er bei sich trug?«

Der Obermagier lächelte leicht. »Wenn er es nicht tut, wird es jemand anders tun. So geht es gewöhnlich.«

»Er könnte die Energie gegen unsere Lanzenreiter einsetzen oder …«

»Das wird nicht klappen«, unterbrach Kinowin ihn. »Er kann nur eine begrenzte Menge Schwarzes Eisen schmieden. Wahrscheinlich könnte er nicht einmal genug davon herstellen, um auch nur ein paar Kompanien unserer Lanzenreiter auszuschalten. Es ist eine Waffe, die nicht in beliebiger Stückzahl hergestellt werden kann.« Er lachte. »Gut gegen Magier einzusetzen, aber sonst kaum brauchbar. Dorrin ist nicht in Diev geblieben und Ihr werdet sicher bemerkt haben, dass Sterol es vermieden hat, mit Euch dreien über die Waffe zu sprechen.«

»Ich habe mir meine Gedanken gemacht, aber dies ist nichts, worüber man mit dem Erzmagier so einfach reden kann.« Cerryl lachte in sich hinein.

»Passt nur auf, ob der Schmied noch etwas anderes baut. Ich werde ihm unterdessen von der Stadt und dem neuen Hafen berichten«, meinte Kinowin. »Jetzt sind wir uns ja sicher, was er tut. Bisher habe ich ihm nur erzählt, dass das Schiff aus dem bewohnten Teil von Recluce abgezogen wurde. Darüber hat er bloß gelacht.«

»Jetzt wird er nicht mehr lachen.«

»Nein. Er wird versuchen, Euch die Schuld zu geben. Deshalb werde ich, bevor ich mit ihm spreche, einen kurzen Schriftsatz anfertigen und Redark und einigen anderen zu lesen geben.« Kinowin grinste schief. »Das muss noch heute Nachmittag geschehen. Wir dürfen ihm keinen Anlass zu der Behauptung geben, wir hätten unseren Bericht unangemessen hinausgezögert.«

»Und dann?«

»Ihr liefert mir jeden Tag einen kurzen schriftlichen Bericht. Mit einem Datum versehen, wisst Ihr ... der fünfzigste Tag nach Frühlingsbeginn ... der erste Tag nach Sommeranfang ...«

»Was soll das nützen? Er wird trotzdem versuchen, mir die Schuld zu geben.«

»Das wird er ganz sicher versuchen. Aber angesichts der Berichte wird er das nicht können. Also wird er Euch an einen anderen Ort schicken und eine Luftveränderung könnte Euch sowieso nicht schaden.«

Cerryl war nicht begeistert von der Aussicht, anderswo eingesetzt zu werden. Er hatte noch nicht sehr viel Zeit mit Leyladin gehabt, und jetzt deutete der Obermagier an, dass diese kurze Spanne schon bald wieder vorbei sein könnte.

»Vergesst nicht«, meinte Kinowin leise, »dass Ihr unbedingt ein Weißer Magier werden wolltet.«

Die Worte des Obermagiers gingen Cerryl immer noch im Kopf herum, als er den Turm schon lange verlassen hatte und zum Südtor ritt, um die Wachen zu beaufsichtigen.

Ja, du wolltest ein Weißer Magier werden ... aber hattest du eigentlich eine Wahl?

Doch, die hattest du ... aber die anderen Möglichkeiten haben dir nicht zugesagt.

LXVIII

Von einem Blendschirm verborgen, der auch einem aufmerksamen Magier am Tor nicht vorzeitig seine Gegenwart verraten würde, bezog Cerryl in den länger werdenden Schatten des frühen Nachmittags hinter dem Wachhaus am Nordtor seinen Beobachtungsposten.

Eine junge Magierin, die er nicht kannte, schritt oben auf der Plattform hin und her, blickte hinunter und zur Weißen Hauptstraße hinaus, die sich nach Norden und weiter draußen nach Osten in Richtung Lydiar dahinzog. Die Magierin rieb sich die Stirn, dann den Nacken und wanderte wieder auf den Fliesen hin und her, auf denen auch Cerryl früher gestanden hatte. Die Zeit, als Cerryl noch selbst dort oben Wache gehalten hatte und Spidlar nicht mehr als ein Name auf der Landkarte gewesen war, schien gar nicht so lange zurückzuliegen.

Cerryl konzentrierte sich auf die Magierin, die sich jetzt auf einen Hocker gesetzt hatte. Unter ihr standen die drei Torwächter im Schatten, nicht einmal ein Dutzend Schritte von ihm entfernt.

»... nichts los heute ...«

»... lange nichts mehr los, höchstens mal eine Postkutsche ... Wagen von einem Kommissionär ...«

»Hier kommen nicht mehr viele Wagen aus Certis oder Gallos durch.«

»Aus Hydolar auch nicht ...«

Cerryl nickte nachdenklich. Auch Layel und Leyladin hatten ihm erklärt, dass die Straßen meist verlassen waren, abgesehen von einigen Bauern, die ihre Waren nach Fairhaven brachten. Für diese Jahreszeit, mitten im Sommer, war es ungewöhnlich, dass der Handel so schleppend lief.

Dann war da noch der Schwarze Schmied. Cerryl überprüfte jeden Tag die Südspitze von Recluce mit dem Spähglas. Jeden Tag schrieb er einen Bericht und jeden Tag wurde die Stadt des Schmieds um ein paar Gebäude erweitert. Kinowin hatte Sterol davon berichtet, aber der Erzmagier hatte bislang nichts unternommen – jedenfalls nichts, das Kinowin erfahren oder das Cerryl wahrgenommen hätte.

Von Anya hatte er in der Zwischenzeit in seinem Zimmer in den Hallen keine verräterische Spuren mehr gefunden.

Die unnatürliche Stille in den Hallen der Magier beunruhigte Cerryl. Etwas war geschehen oder würde bald geschehen. Er hatte nur noch nicht erkannt, was es war oder was es sein würde.

Wieder betrachtete er die Tor-Magierin. Sie war aufgestanden und schritt auf der Plattform hin und her, wie er selbst es früher so oft getan hatte.

LXIX

Als Cerryl das Quartier des Obermagiers betrat, stand Kinowin direkt neben dem purpurnen Wandbehang mit den blauen Pfeilen. Sein Gesicht verriet nicht, was er dachte.

»Was ist los?«, fragte Cerryl etwas nervös. »Habe ich einen Fehler gemacht?«

Kinowin schüttelte den Kopf. »Ihr habt nichts falsch gemacht. Ich bin gebeten worden, Euch zum Erzmagier zu bringen.«

Cerryl runzelte die Stirn und fuhr seine Ordnungs-Schilde ein wenig hoch.

»Nein, die braucht Ihr nicht. Eliasar wurde getötet. Sterol will Euch fortschicken, damit Ihr seinen Platz einnehmt.« Der Obermagier lächelte grimmig.

»Mich? Um mich aus Fairhaven herauszubekommen? Und wie ist es überhaupt geschehen?«

»Ihr seid der Beste, den man schicken kann. Ihr kennt das Land besser als alle anderen hier. Ihr habt starke Chaos-Kräfte. Ihr habt Euch zwar große Mühe gegeben, dies zu verbergen, aber Sterol ist kein Narr und ein besserer Beobachter, als Jeslek es je war.«

»Und damit bin ich auch nicht mehr in Eurer Nähe.«

»Das stimmt zwar, aber Ihr braucht meinen Rat kaum noch.«

»Da bin ich mir nicht so sicher«, protestierte Cerryl. »Was ist denn nun mit Eliasar geschehen?«

»Eiserne Armbrustbolzen ... so stand es in Lyasas Schriftrolle.«

»Lyasa? Wenn sie dort ist, kann sie die Dinge doch allein regeln. Oder Syandar kann ihr helfen. Was ist mit Buar?«

»Weder die älteren Angehörigen der Gilde noch die Einwohner Spidlars würden es gutheißen, wenn Fairhaven dort eine Frau als Regentin einsetzen würde. Außerdem ist dies eine willkommene Gelegenheit für Sterol, Euch wegzuschicken. Syandar ist ein guter Verwaltungsmann, aber er kann kaum genug Chaos aufbieten, um ein Feuer anzuzünden. Buar ist schon wieder bei der Blockadeflotte.«

»Also muss ich nach Spidlaria gehen.«

»Sterol hat sich sehr entschieden dafür ausgesprochen, ja.« Kinowin deutete zur Tür. »Wollen wir gehen?«

Sie stiegen die Steintreppe hinauf. Cerryl ging langsam, um den schwer atmenden Kinowin zu schonen. Traurig dachte er darüber nach, wie schnell der einst so kräftige, mächtige Magier ein hagerer alter Mann geworden war. *Wird es auch dir so ergehen?*

Der Wächter auf dem Treppenabsatz vor den Gemächern des Erzmagiers öffnete die Tür und meldete sie an: »Obermagier Kinowin und Magier Cerryl.«

Sterol stand nicht vom Tisch auf, an dem er mit dem Rücken zum offenen Fenster saß. Der leichte Sommerwind hatte den Duft nach Sandelholz noch nicht ganz vertreiben können.

»Nehmt Platz.« Sterol nickte in Richtung der Stühle, die vor dem Tisch standen.

Cerryl wartete, bis Kinowin sich gesetzt hatte, dann ließ er sich ebenfalls nieder.

»Ich nehme an, der Obermagier hat Euch schon gesagt, dass ich Euch nach Spidlaria schicken will, wo Ihr die Aufgabe vollenden sollt, mit der Eliasar begonnen hat.« Sterols Worte waren wohl gesetzt und ruhig.

»Ja, Ser.«

»Ihr sollt herausfinden, wer für seinen Tod verantwortlich ist, und dafür sorgen, dass die Verantwortlichen öffentlich hingerichtet werden.«

»Ich werde mein Bestes tun«, versprach Cerryl vorsichtig.

»Höre ich ein gewisses Zögern?«

»Wenn die Verantwortlichen aus Recluce oder aus den Gebieten jenseits der Westhörner kommen ...« Cerryl zuckte mit den Achseln.

»Jung, aber vorsichtig.« Sterol legte die Fingerspitzen beider Hände zusammen und räusperte sich. Nach kurzem Schweigen fuhr er fort: »Ihr seid jünger, als es mir angesichts der Aufgabe lieb ist, aber Eure Vorsicht könnte Euch nützlich sein. Die Unholde von der Schwarzen Insel haben uns schwer zugesetzt.« Wieder folgte eine Pause.

Cerryl wartete ruhig ab.

»In Lydiar wird ein Blockadeschiff auf Euch warten, Cerryl.« Sterol sah ihn über den runden Tisch hinweg täuschend freundlich an. »Ihr werdet morgen früh mit der Postkutsche aufbrechen. Ich werde eine Schriftrolle aufsetzen, die Euren Auftrag beschreibt. Ihr könnt das Dokument vor Eurem Aufbruch bei Kinowin abholen.«

»Was erwartet Ihr von mir?« Cerryl schob das Haar zurück. Er fürchtete, es könnte eines Tages so dünn werden wie Myrals Haar. »Was soll ich in Spidlaria für Euch tun?«

»Anya hat berichtet, dass Ihr in Elparta alles gut eingerichtet habt. Das Gleiche erwarte ich in Spidlaria. Nachdem Syandar und Eliasar Diev zerstört haben, hat Eliasar Syandar nach Kleth geschickt. Syandar wird dort bleiben, aber er wird Euch unterstellt sein. Kalesin bleibt mit Lyasa in Spidlaria. Mit ihrer Hilfe werdet Ihr sicher zurechtkommen. Wir rechnen damit, dass bald wieder Wegezölle bei uns eingehen.«

»In der nächsten Zukunft werden nicht viele Handelsschiffe unterwegs sein.«

»Die Gilde und der Rat vertrauen darauf, dass Ihr einen Weg finden werdet, um das Problem zu lösen.« Sterols Stimme blieb unverändert gleichmütig und deutete an, dass er alles gesagt hatte, was er zu diesem Punkt zu sagen hatte. »Ich erwarte jeden Achttag einen schriftlichen Bericht über Eure Fortschritte.« Der Erzmagier erhob sich.

Kinowin und Cerryl taten es ihm gleich.

Gemeinsam gingen sie wieder zu Kinowins Zimmer hinunter. Dort ließ sich der Obermagier auf einem Stuhl am Tisch nieder, Cerryl blieb stehen.

»Sterol will entweder die Goldstücke aus dem Straßenzoll haben oder einen Vorwand bekommen, mir die Schuld zu geben«, meinte der jüngere Magier.

»Das Gold ist ihm wichtiger«, erklärte Kinowin. »Er hat schon die Vorräte angegriffen, die für schlechte Zeiten beiseite gelegt wurden, aber es sind nur noch ein paar tausend Goldstücke da.«

Ein paar tausend ... früher hättest du bei solchen Summen nur gestaunt. »Wie lange wird es dauern, bis auch dieses Gold aufgebraucht ist?«

»Genau weiß ich es nicht, aber es wird wohl nicht länger als ein halbes Jahr reichen. Wenn Rystryr und Syrma die Zahlungen verzögern, wird es noch schneller vorbei sein.« Halb belustigt und halb verbittert lachte Kinowin. »Sterol kann sie nicht in gleichem Maße wie Jeslek in Angst und Schrecken versetzen.«

»Er kann die Möglichkeit andeuten, dass sie womöglich verschwinden werden wie die anderen Herrscher.«

»Das hat er schon getan«, erwiderte Kinowin. »Aber wie lange kann er mit einer solchen Drohung arbeiten, bevor er sie in die Tat umsetzen muss? Ein Jahr? Zwei vielleicht? Allzu oft kann man die Herrscher nicht auswechseln; sonst ignorieren sie die Drohung, da sie davon ausgehen müssen, dass sie ohnehin beseitigt werden, ganz egal, was sie tun.«

»Hmm ... was würdet Ihr denn unternehmen, wenn Ihr der Erzmagier wärt?«

»Ich würde versuchen, mehr Goldstücke einzutreiben und weniger auszugeben. Ich würde abwarten, bis sich die Dinge beruhigt haben, damit die Händler wieder die Straßen bevölkern.«

»Und Ihr würdet sicher auch dafür sorgen, dass auswärtige Händler den Aufschlag auf die Waren aus Recluce zahlen?«

»Das ist schwierig, weil die Blockadeschiffe teuer sind.«

»Was sollte ich in Spidlaria möglichst vermeiden?«

»Seid nicht zu nachsichtig und verständnisvoll. Vergesst nicht, dass alle Männer und alle Händler – und auch alle Frauen – das eigene Wohl über das der anderen stellen.« Kinowin lächelte schief. »Ganz egal, was sie Euch zu verstehen geben oder wie aufrichtig sie Euch die Bündnistreue schwören. Haltet die Münzen im Auge und beobachtet, welchen Weg sie nehmen. Das ist wichtiger als die Worte der Männer, die das Geld eintreiben.«

»Sollte ich darum bitten, dass Leyladin mich begleitet?«

»Nur wenn es den Anschein hat, als würdet Ihr viele Jahre lang als beratender Magier in Spidlaria bleiben.«

Cerryl nickte. »Dann werde ich also als Waffen-Magier geschickt.«

»Nicht unbedingt. Eure Macht ist letztlich nur das, was Ihr daraus zu machen versteht.«

»Ich sollte meine Vorbereitungen treffen.«

»Verbringt noch möglichst viel Zeit mit der Heilerin.« Kinowin lächelte leicht, als wäre er beinahe über sich selbst amüsiert. »Vertraut den Worten eines alten Magiers, Cerryl.«

Welche Liebe mochte der Obermagier erlebt und aufgegeben oder verloren haben? Cerryl nickte. »Gewiss.«

»Dann macht Euch jetzt auf den Weg.«

Cerryl nickte noch einmal zum Abschied und ging. Auf dem Weg in sein Zimmer, wo er packen würde, was er brauchte, blieb Cerryl am Eingang des Speisesaals stehen und betrachtete die Hand voll Anwärter, die an den Tischen verteilt saßen. Er kannte keinen Einzigen – ein Zeichen dafür, dass er sich innerlich weit von den Hallen entfernt hatte. Selbst Kiella war inzwischen zur Voll-Magierin bestellt worden und tat Dienst an den Stadttoren. Cerryl fragte sich, ob die rothaarige Anwärterin, die allein am Tisch saß, jene Viedra war, für die der arme Faltar sich so begeistert hatte, bevor er nach Spidlar geschickt worden war.

Myredin und Faltar und sogar Bealtur waren tot. Von denen, die zusammen mit Cerryl zu Magiern geweiht worden waren, lebten nur noch Heralt und Lyasa. Heralt war noch bei Shenan in Ruzor. Falls Heralt in der nächsten Zeit nach Fairhaven käme, würden sie sich wieder nicht sehen, weil Cerryl vorläufig in Spidlar bleiben würde. *Wenn es nach Sterol geht, wirst du die nächsten zehn Jahre in Spidlar verbringen; und wahrscheinlich gilt das auch für seinen Nachfolger, soweit Anya ihn um den Finger wickeln kann.*

Cerryl schluckte. Wie hatte er nur so dumm sein können? Anya hatte ihm in Diev das Amulett aufdrängen wollen. Hätte er es genommen, dann wären er und Sterol Feinde geworden. Selbst wenn er gesiegt hätte, wäre er auf Anyas Beziehungen vor allem zu den großen Kaufmannsfamilien angewiesen gewesen, und er hätte sich ständig Sorgen machen müssen, wie er genügend ältere Mitglieder der Gilde hinter sich vereinigen könnte. Aber wahrscheinlich hätte er nicht gesiegt – dafür hätte Anya schon gesorgt.

Er runzelte die Stirn. Er musste etwas unternehmen. Konnte er es wagen, die Chance zu ergreifen? Er zuckte mit den Achseln und drehte sich um. Er konnte nur hoffen, die rothaarige Magierin irgendwo zu finden.

Sie überraschte ihn, denn Cerryl fand sie in der Bibliothek, wo sie einen dicken alten Band durchblätterte. »Cerryl.«

»Anya. Habt Ihr einen Augenblick Zeit für mich?«

Anya setzte ihr strahlendstes Lächeln auf und der Duft von Trilia und Sandelholz umfing ihn. »Für Euch, Cerryl, habe ich immer Zeit.«

»Dafür bin ich Euch sehr dankbar.«

Sie gingen in den Hof hinaus zum Springbrunnen. Dort zog Cerryl sich in einen schattigen Winkel zurück, wo das plätschernde Wasser ihre Stimmen übertönen würde.

»Was wollt Ihr?« Dieses Mal lächelte Anya nicht, als sie sich zu ihm umdrehte. Ihre Augen irrten immer wieder zur anderen Seite des Hofes, wo der Zugang zur Haupthalle lag.

»Es wird nur einen Augenblick dauern. Ich habe nachgedacht und möchte Euch danken.«

»Ich weiß gar nicht, wofür Ihr mir zu Dank verpflichtet wärt.« Verwirrung und Neugierde schimmerten in den hellen Augen, die weder grün noch blau waren.

»Nach Jesleks Tod habt Ihr mir in gewisser Weise das Amulett angeboten. Ich glaube, ich verstehe jetzt den Grund und ich bin Euch dankbar für die Geste. Morgen früh muss ich nach Spidlaria aufbrechen, um Eliasars Platz einzunehmen, aber ich wollte Euch vorher noch wissen lassen, dass ich Eure Anregung zu schätzen weiß.«

»Danke, Cerryl.« Sie zeigte ihm ein kurzes Lächeln, das aber sofort wieder verschwand. »Ist das alles?«

»Nun«, fügte er hinzu, »Ihr scheint gut mit Sterol zusammenzuarbeiten. Aber Ihr wisst jetzt, wo Ihr mich erreichen könnt. Leyladin kann mir eine Nachricht zukommen lassen, falls Ihr etwas von mir braucht.«

Wieder erschien ein leichtes Lächeln, nicht ganz echt wie üblich, aber mit einem Anflug von Selbstzufriedenheit und Nachdenklichkeit, der jedoch sofort wieder verschwand, als sie ihm antwortete. »Ich vergesse immer, wie jung Ihr wart, als Ihr zum Magier bestellt wurdet. Ihr reift rasch heran. Vielen Dank für Euer Angebot.« Das strahlende Lächeln war wieder da. »Und jetzt müsst Ihr Euch sicher auf die Reise vorbereiten.«

»So ist es.«

Gemeinsam kehrten sie in die hintere Halle zurück. Drinnen wandte Anya sich wieder zur Bibliothek, während Cerryl in sein Zimmer ging. Er packte, was er brauchen mochte – unter anderem zwei Garnituren weiße Kleidung, Unterwäsche, Reservestiefel und seine zerlesene Ausgabe von den *Farben der Weiße* – und stellte das Gepäck auf dem schmalen Einzelbett ab.

Schließlich brach er auf, ging rasch durch die Hallen und die Straße zum Markt hinauf, bis er an einer Seitenstraße nach links abbog und kurz darauf vor Layels Haus stand.

Soaris öffnete ihm und riss erstaunt die Augen auf, als er den Weißen Magier unangemeldet vor der Tür stehen sah.

»Ist die Herrin Leyladin da, Soaris?«

»Ich glaube schon, Ser. Wenn Ihr eintreten wollt?«

»Danke.« Cerryl folgte dem großen Mann mit der blauen Weste ins Wohnzimmer.

»Ich werde Ihr sagen, dass Ihr hier seid. Es kann einen Augenblick dauern.«

»Danke«, sagte Cerryl noch einmal. Er setzte sich nicht, sondern betrachtete das Bildnis von Leyladins Mutter. Die blauen Augen schienen den Betrachter überallhin zu verfolgen.

Leyladin tauchte fast sofort auf – sie trug eine grüne Hose und ein leichtes Seidenhemd ohne Weste. Das rotblonde Haar war zerzaust und wirr. »Es ist doch noch nicht einmal Nachmittag.« Sie richtete ihre sonst so lebhaften grünen Augen staunend auf Cerryl gerichtet. »Was ist los?«

»Eliasar wurde getötet. Der Erzmagier schickt mich nach Spidlar, um Eliasars Platz einzunehmen. Ich muss morgen früh aufbrechen.«

»Morgen schon?«

Er nickte.

Sie schwieg, dann kam sie zu ihm und schloss ihn in die Arme. Eine Weile blieben sie schweigend stehen.

Dann zog sich die Heilerin etwas zurück, immer noch die Arme locker um ihn gelegt. »Das ist eine Intrige, um dich aus Fairhaven herauszubekommen … und um deinen Ruf zu schädigen.« Ihre Stimme war leise, als fürchtete sie, unberufene Ohren könnten mithören.

»Ich weiß. Er macht mich dafür verantwortlich, Gebühren einzutreiben, wo es keinen Handel gibt. Aber warum gerade ich?«

»Weder Sterol noch Anya wollen dich in der Nähe haben.« Sie schnaubte. »Außerdem mag es dir tatsächlich gelingen, die Wegezölle einzutreiben. Niemand sonst könnte das, und da wir eine Menge Magier verloren haben, bist du einer der wenigen, die etwas Erfahrung haben.«

»Falls dies ein Krieg ist, dann sieht es fast so aus, als würde Recluce ihn gewinnen.« Er überlegte. »Ich habe Anya gesagt, du könntest mir, wenn nötig, eine Botschaft zukommen lassen.«

»Du hast … wie bitte?« Die Heilerin fuhr zusammen.

»Ich mache mir Sorgen um Kinowins Gesundheit und ich weiß nicht, was Sterol im Sinn hat. Es ist nur so ein Gefühl. Er hat sich verändert, aber ich kann den Grund nicht sagen. Bei Anya kann man sich darauf verlassen, dass sie sich zu schützen versteht.«

Auf einmal musste Leyladin lächeln. »Du bist verschlagener, als es den Anschein hat, mein lieber Magier. Du hast ihr zu verstehen gegeben, sie könne sich auf dich verlassen, wenn etwas geschieht.«

»So könnte sie es verstanden haben. War das falsch?«, fragte Cerryl stirnrunzelnd.

»Nein. Nicht nachdem du es mir gesagt hast.« Sie kniff die Augen zusammen. »Aber wann hast du mit ihr darüber gesprochen?«

»Gerade eben, bevor ich gekommen bin.«

»Oh … du kommst also von einer anderen Frau zu mir?«

»Das ist nicht …« Er musste grinsen, als ihm bewusst wurde, dass sie ihn nur neckte. »Du!«

»Genau, ich. Vergiss das nicht.«

»Versprochen.«

»So … ich weiß jetzt, dass du morgen früh aufbrechen musst, aber du kannst heute Nachmittag und über Nacht hier bleiben.«

»Bist du sicher?« Cerryl grinste anzüglich.

»Ganz sicher.«

Dann mussten sie beide lächeln … erfreut, amüsiert und traurig zugleich.

LXX

Die *Weiße Schlange* stürzte ins Wellental, bis der nächste Berg aus Wasser eine neue Gischtfontäne über den Bug spritzen ließ. Cerryl schluckte schwer und hielt sich an der Reling fest. Er sah nach Westen und fragte sich, wie sein Magen die nächsten zwei Tage der Überfahrt von Lydiar nach Spidlar überstehen sollte.

Das Schiff bot bei schwerer See einen schnellen, aber nicht sonderlich bequemen Weg nach Spidlar.

»Wie geht's Euch, Magier?« Der zweite Offizier des Schiffs baute sich neben Cerryl auf. Er stand sicher auf den Beinen, ohne sich irgendwo festzuhalten.

»Muss ein Sturm im Nordosten aufgezogen sein …

etwas ungewöhnlich für die Sommerzeit und so weit im Norden. Hoffentlich haben die Schwarzen nicht ihre Sturm-Magier eingesetzt.« Der Zweite Offizier deutete zum Bug. Aus einem grünblauen Himmel, an dem nur ein paar zarte, hohe Wolkenschleier zu sehen waren, brannte die Sonne heiß herunter. »Aber macht Euch mal keine Sorgen, wir werden sie sicher im Hafen haben, ehe das volle Sturmtief uns erreicht.«

»Gut. Habt Ihr eigentlich schon das Schwarze Schiff gesehen, das ohne Segel fahren kann?«

Der Zweite Offizier kniff erbost die Augen zusammen. »Und ob. Von den Dämonen selbst wird es angetrieben. Der Schwarze ist dicht an den Riffen entlang gefahren und wir saßen in widrigen Winden fest. Das Feuer der Magier … es hat das Schiff getroffen, aber es schien einfach abzuprallen. So ein böses Ding habe ich noch nie gesehen.«

»Es liegt vor Recluce vor Anker«, meinte Cerryl.

»Ich wünschte, es wäre vierhundert Ellen unter uns verankert«, erwiderte der Zweite Offizier lachend. »Aber das Chaos hört ja nicht auf einen einfachen Seemann wie mich.« Mit einem Nicken wandte er sich ab und ging zum Heck.

Wenn das Schwarze Schiff erst einmal in Betrieb war, würde es bald noch mehr von der Sorte auf dem Ostmeer geben. Genau wie es immer mehr Chaos-Magier gegeben hatte, seit die Alten die Weißen Kräfte entfesselt hatten, genau wie nach dem Fall Westwinds die Entstehung der Schwarzen Macht auf Recluce unvermeidlich geworden war.

Er sah nach links, ungefähr in die Richtung, wo Fairhaven liegen musste. Hoffentlich würde es Leyladin gut ergehen. Hier auf See, wo Ordnung und Chaos umeinander wirbelten, konnte er das Glas nicht benutzen. Nicht einmal wenn die See ruhig war.

Kinowin würde auf sie aufpassen und Anya würde ihr nichts tun, denn – so hinterhältig die rothaarige

Magierin auch war – solange sie den Eindruck hatte, Cerryl könnte ihr nützlich sein, würde sie nichts tun, was Cerryl gegen sie einnehmen könnte.

Der Waffen-Magier verzog unwillig den Mund. *Ich würde mich beinahe lieber mit dem Schwarzen Schmied als mit Anya herumschlagen … aber ich habe keine Wahl.*

Die *Weiße Schlange* stürzte ins nächste Wellental und Cerryl hielt sich erschrocken an der Reling fest.

LXXI

In der Nachmittagssonne stellte Cerryl die beiden Packen neben der Reling ab, während der Matrose die Laufplanke anlegte. Er wandte sich mit einem Nicken an den Kommandanten der *Weißen Schlange,* der neben ihm stand. »Danke, Kapitän.«

»Ich tue nur meine Pflicht, Magier«, erwiderte der Mann mit dem dunklen Bart.

»Das weiß ich zu schätzen.« Cerryl lächelte freundlich.

»Da seid Ihr aber eine Ausnahme.« Der Mann lächelte nachdenklich. »Heutzutage jedenfalls.«

»Wir müssen versuchen, dies zu ändern.«

»Wenn Euch das gelingt, werden wir uns alle freuen.«

Cerryl nickte und nahm sein Gepäck wieder auf.

Ein stämmiger Magier mit hellblondem Haar, ungefähr in Cerryls Alter oder höchstens ein wenig älter, stand auf der Pier. Auf dem Pflaster am Ende der Pier wartete eine Abteilung Weißer Lanzenreiter in Reih und Glied. Cerryl glaubte, im Anführer den Unteroffizier Hiser zu erkennen.

Der Magier trat vor, als Cerryl mit seinen beiden Gepäckstücken die Planke hinunter zu den dicken Bohlen der Pier lief.

»Magier Cerryl? Ich bin Kalesin. Seid Ihr …«

»Der Erzmagier hat mich geschickt, um Eliasar zu ersetzen.«

Der andere Magier verzog traurig das Gesicht.

Cerryl reichte ihm die Schriftrolle. »Von Sterol persönlich versiegelt.«

»Der Befehl des Erzmagiers.« Kalesin nahm die Beglaubigung entgegen.

»Betrachtet das Siegel und öffnet das Dokument«, sagte Cerryl.

»Hier?« Kalesin blickte zur *Weißen Schlange* und sah wieder Cerryl an.

Cerryl baute Chaos-Energie und seine Schilde auf.

Kalesin schluckte und betrachtete das rote Siegel. Er öffnete es, die Bruchstücke vom roten Wachs fielen in alle Richtungen und blieben auf der Pier liegen. Zuerst betrachtete er die Unterschrift, dann den Text. Er las den Befehl zweimal durch. »Ihr seid der Waffen-Magier von Spidlar. Aber es ist nirgends von einem Magier die Rede, der den Posten des Beraters einnimmt.«

»Im Augenblick gibt es niemanden, der beraten werden könnte«, erwiderte Cerryl.

»Der Rat der Händler …«

»Ja … ich muss die Leute sprechen. Einzeln nacheinander. Und dann die Kaufleute, die noch hier sind, und dazu alle anderen, die aus Diev, Elparta oder Kleth hergekommen sind.« Cerryl deutete zu den Lanzenreitern. »Können wir aufbrechen?«

»Äh … ja, Ser.«

Cerryl bemerkte, dass die Worte dem Magier schwer über die Lippen kamen. Er machte zwei Schritte, dann blieb er stehen und drehte sich um.

»Kalesin.«

»Ja?«

»Vielleicht sollte ich Euch an einige Dinge erinnern. Ich bin im Auftrag des Erzmagiers und des Rates hier. Ich habe die Unterstützung Anyas, der Assistentin des

Erzmagiers. Ich kann besser mit Chaos und Ordnung umgehen als Ihr und ich habe mehr Erfahrung als Waffen-Magier.« Cerryl sprach etwas leiser. »Und ich glaube nicht, dass ich noch länger hier bleiben werde, wenn Spidlar wieder aufblüht. Ich vermute, dass der Erzmagier Euch genau deshalb hier belassen hat.«

»Äh ... ja, Ser.«

Cerryl lächelte gezwungen. »Ich wollte nicht herkommen und Ihr wolltet mich nicht in dieser Position sehen. Aber ich glaube nicht, dass ich lange hier bleiben werde, und es wäre am besten, wenn wir zusammenarbeiten würden, damit ich möglichst schnell erledigen kann, was getan werden muss.«

»Wie Ihr wünscht, Ser.«

Cerryl hätte den anderen am liebsten mit einer Feuerkugel eingedeckt, aber wieder lächelte er nur. »Wir haben viel zu tun.« Er ging weiter zu den Weißen Lanzenreitern.

Kalesin beeilte sich, mit Cerryl Schritt zu halten. Als die beiden Magier die Kaimauer erreichten, von der aus die Pier sich ins Wasser erstreckte, wandte Kalesin sich an den Offizier der Lanzenreiter. »Hauptmann Hiser, Magier Cerryl ist als Waffen-Magier zurückgekehrt, um Eliasars Arbeit fortzusetzen.«

»Willkommen, Ser.« Hiser lächelte freundlich, beinahe erleichtert.

Cerryl war beunruhigt. »Ich freue mich, Euch zu sehen. Und ich freue mich, dass Ihr jetzt Hauptmann seid.«

»Ein Pferd für den Waffen-Magier.« Hiser winkte und ein junger Lanzenreiter führte eine kastanienbraune Stute nach vorne.

Cerryl befestigte seine beiden Gepäckstücke am Sattel und stieg auf. »Ich nehme an, Eliasar hat das Gebäude übernommen, das Jeslek bewohnt hat?«

»So ist es, Ser«, antwortete Hiser rasch.

»Dann werde ich seinem Beispiel folgen.«

»Vorwärts!«, befahl Hiser.

Cerryl betrachtete den Hafenplatz, an dessen Ostrand sie entlang ritten. Die Geschäfte am Platz waren geöffnet, aber nur wenige Kauflustige ließen sich blicken. Eine etwas gedrückte Stimmung, als würde man auf irgendetwas warten, lag über der Gegend. Cerryl gefiel diese Stimmung überhaupt nicht. »Ist es so, seit Eliasar getötet wurde?«

»Ja, Ser. Zu ruhig, wenn Ihr mich fragt«, erklärte Hiser.

»Wenn die Männer in der Stadt unterwegs sind, sollen sie immer mindestens zu viert sein.«

»Ja, Ser.« Hiser nickte grimmig. »Ich gebe den anderen Hauptleuten Bescheid.«

»Teras? Senglat?«

»Teras ist hier, Senglat unterstützt den Magier Syandar in Kleth.«

»Was ist mit Ferek?«

»Er ist jetzt Unteroffizier bei Senglat.«

Cerryl nickte beifällig. Eliasar war klug gewesen. Aber gerade weil der narbige Waffen-Magier sich stets umsichtig verhalten hatte, machte Cerryl sich wegen seines Todes Sorgen. Und der Eindruck, den die Stadt auf ihn machte, war nicht geeignet, seine Besorgnis zu dämpfen.

Ein halber Zug Lanzenreiter bewachte das eingefriedete Wohnhaus auf dem kleinen Hügel, der den Hafen überblickte. Zwei weitere Wächter standen vor der Doppeltür.

»Guten Tag, Ser«, sagte der links postierte Wächter, als Cerryl abgestiegen war und sich der Tür näherte.

»Guten Tag.« Cerryl hatte Mühe, sich an den Namen des Mannes zu erinnern. »Guten Tag ... Natrey. Ist Zoyst auch da?«

»Ja, Ser. Er löst mich ab.«

»Dann weiß ich, dass ich in guten Händen bin. Der Erzmagier hat mich hergeschickt, damit ich vollende, was Eliasar begonnen hat.« Cerryl lächelte freundlich und nickte, dann betrat er den Vorraum, der zwei Stockwerke einnahm. Nicht zum ersten Mal staunte er über den Reichtum der Kaufleute außerhalb von Fairhaven.

»Sein Arbeitszimmer«, sagte Cerryl knapp.

Kalesin wandte sich nach links zur Marmortreppe und blieb an einer kleinen Tür stehen, die etwa fünfzehn Ellen links neben der Doppeltür des Speiseraums lag. »Eliasar hat den Speiseraum für Besprechungen und das Arbeitszimmer hier für seine anderen Arbeiten genutzt.«

Cerryl öffnete die Tür und trat ein. Schriftrollen wurden von einem Briefbeschwerer gehalten, der wie eine Bergkatze geformt war. An den Seitenwänden standen Holzregale mit ledergebundenen Büchern, ein breites Fenster hinter dem Schreibtisch bot einen Ausblick auf den Hafen. Im Arbeitszimmer war es so warm, dass Cerryl sogleich zu schwitzen anfing. Er ging am Schreibtisch vorbei und öffnete das Doppelfenster. Dann drehte er sich um, betrachtete den alten Schreibtisch, das polierte Holz, die Beschläge aus Bronze … ein ebenso hässliches wie kunstvolles Produkt des Tischlerhandwerks. »Setzt Euch.«

Kalesin setzte sich auf den einzigen lehnenlosen Stuhl vor dem Schreibtisch.

»Erzählt mir genau, wie Eliasar getötet wurde. Ganz genau.«

»Es war eigentlich nichts Besonderes.« Kalesin zuckte mit den Achseln. »Ich meine, wie die Falle gestellt wurde. Eliasar inspizierte die Kasernen, die wir von den Blauen übernommen haben, alle sechs Tage. Er ist hinüber geritten und jemand hat drei Eisenbolzen auf ihn abgeschossen.«

Cerryl nickte, aber er verspürte schon wieder Lust, Kalesin zu schütteln. »Drei Bolzen? Haben sie ihn gleichzeitig getroffen?«

»Ziemlich gleichzeitig, ja. Er ist sofort zu Asche zerfallen, noch bevor ich bei ihm war.«

Cerryl richtete den Blick voll auf den Magier mit dem hellblonden Haar. »Habt Ihr damit gerechnet, dass so etwas passieren könnte?« Er konzentrierte sich und bemühte sich, den Magier wahrzulesen.

»Nein, Ser. Ich meine … wir wussten, dass die Händler nicht glücklich über den Erlass waren, dass der gesamte Seehandel offen gelegt und von mir überwacht werden musste.«

»Drei Armbrustbolzen … und sie sind gleichzeitig eingeschlagen. Was sagt Euch das?«

»Es waren drei Schützen.«

»Wie gut waren sie?«

»Sie mussten sehr gut sein.«

»Kommt Euch das in einem Land, in dem die meisten Bewaffneten getötet wurden oder geflohen sind, nicht seltsam vor?«

»Äh … wenn Ihr es so sagt, ja, Ser. Ja.«

»Gab es eine Reaktion vonseiten der Kaufleute?«

»Niemand hat etwas gesagt.«

»Habt Ihr mit ihnen geredet?«

»Nicht über Eliasars Tod, außer um ihnen zu sagen, dass sich nichts verändert hätte.«

Aber etwas hatte sich verändert … Soweit Cerryl es bestimmen konnte, sagte Kalesin die Wahrheit, und das bedeutete, dass diejenigen, die den Anschlag auf Eliasar geplant hatten, über die Beschränkungen, denen die Gilde und Kalesin unterworfen waren, genau im Bilde waren. Und dies wiederum bedeutete, dass Cerryl schnell handeln musste.

»Kalesin … ich will jeden Kommissionär und jeden Kaufmann in Spidlaria sehen. Ich brauche auch eine Liste der Stellvertreter dieser Händler. Nicht von allen Stellvertretern, sondern nur von denjenigen, die in der Lage wären, das Haus eines Kommissionärs zu übernehmen, wenn der Inhaber stirbt. Oh, und ich möchte die ersten morgen früh sehen. Sorgt dafür, dass Reylerk dabei ist, aber nicht als Erster kommt.«

Kalesin schluckte. »Sie werden nicht erfreut sein.«

»Der Erzmagier ist nicht erfreut. Der Rat ist nicht erfreut. Die Gilde ist nicht erfreut. Ihr könnt denen, die sich weigern wollen, erklären, dass Diev nicht mehr existiert, weil ein Magier getötet wurde.« Cerryl lächelte kalt. »Und sagt ihnen auch, dass sie sicher nicht allesamt darunter leiden wollen, dass einer ihrer Handelsgenossen womöglich nicht bereit ist, sich mit dem Waffen-Magier von Spidlar zu treffen.«

»Jawohl, Ser.« Kalesins Stimme klang resigniert.

»Kümmert Euch darum, dass die Besprechungen pünktlich stattfinden können. Sorgt dafür, dass eine ganze Kompanie Lanzenreiter draußen Wache hält, bevor sie kommen.« Cerryls Lächeln verflog. *Du klingst schlimmer als Anya …* Er stand auf. »Wenn Ihr alles vorbereitet habt, kommt Ihr wieder zu mir und unterrichtet mich. Bringt eine Liste mit den Namen aller Leute mit, die ich empfangen werde, und eine zweite Liste mit den Leuten, die nicht aufzufinden waren. Sorgt dafür, dass die zweite Liste kurz bleibt.«

»Jawohl, Ser.« Kalesin zog sich hastig aus dem Arbeitszimmer zurück.

Als die Tür geschlossen war, sank Cerryl hinter dem protzigen Schreibtisch auf den Lehnstuhl. *Du bist an einem Ort, an dem du nicht sein willst, du hast hier einen Assistenten, der findet, er selbst hätte Eliasars Nachfolger werden sollen, und obendrein einen Haufen einheimischer Händler, die Fairhaven hassen und wahrscheinlich für den Tod jedes Magiers in Spidlar eine Menge Geld zahlen würden, wenn sie Hoffnung hätten, damit durchzukommen. Und du sollst dir ausdenken, wie der Handel in Schwung gebracht werden kann, damit die Gebühren nach Fairhaven fließen.*

LXXII

Am nächsten Morgen saß Cerryl im Arbeitszimmer, kaute Käse und harte Brötchen und sah den Stapel Schriftrollen und Papiere durch, den Eliasar ihm hinterlassen hatte. Darunter waren viele Listen: Listen der Werkstätten, Listen der vorhandenen und erforderlichen Vorräte, Listen mit Namen, einige völlig ohne Erklärung.

Auf einmal schaute er auf. Lyasa! Sie war irgendwo in der Nähe und er hatte sie noch nicht gesehen. Er läutete mit der Handglocke.

Kalesin lugte herein.

»Kalesin, wo ist Lyasa?«

»Äh … sie ist für die Streifen verantwortlich, die in Spidlaria und auf den Straßen für Ruhe und Ordnung sorgen.«

Nachdem Cerryl Kalesin ein wenig kennen gelernt hatte, schien das tatsächlich die beste Lösung zu sein. »Schickt ihr eine Botschaft. Ich möchte sie heute Nachmittag sprechen, wie es ihr am besten passt. Wie kommt Ihr mit den Kaufleuten voran?«

»Die Kaufleute und Kommissionäre warten draußen, Ser.« Kalesin nickte und reichte Cerryl ein Blatt grobes braunes Papier. »Das hier sind diejenigen, die wir nicht finden konnten.«

Cerryl betrachtete die Liste. Keiner der Namen sagte ihm etwas und das war ein weiteres Problem. Er rollte die Liste zusammen und nahm sie in die rechte Hand, dann stand er auf und ging um den riesigen Schreibtisch herum. »Habt Ihr den Tisch umsetzen lassen, damit ich sie in der Halle empfangen kann?«

»Ja, Ser.«

Cerryl ging zum früheren Speisesaal. Hiser und vier Lanzenreiter warteten draußen vor den polierten, mit Schnitzwerk verzierten Türen.

»Natrey und Jlen übernehmen die Wache drinnen bei Euch, Fyost und Lyant stehen hier draußen, Ser«, meldete Hiser.

Kalesin sah zwischen Hiser und Cerryl hin und her, dann wandte er sich an den Hauptmann der Lanzenreiter und leckte sich nervös die Lippen. »Vier Bewaffnete ...«

»Ich habe sogar sechs vorgeschlagen, Ser, aber der Waffen-Magier hat mich überzeugt, dass vier ausreichen würden.« Hiser lächelte. »Draußen ist allerdings eine ganze Kompanie angetreten.«

»Diese Leute ... sie ...« Kalesin ließ den Satz unvollendet.

»Wir haben in Spidlar schon genug Magier verloren«, sagte Cerryl. »Und ich werde dafür sorgen, dass dies aufhört.« *Mit dem gleichen Erfolg wie Jeslek bei der Eroberung der Stadt und wie Eliasar beim Versuch, hier Ordnung zu schaffen?* Er stieß die Doppeltür auf und betrat den ehemaligen Speisesaal. Mitten im Raum stand ein einziger großer Stuhl. »Ich brauche hier einen kleinen Beistelltisch, den ich zum Schreiben benutzen kann.« Er spürte und hörte beinahe das unterdrückte Seufzen und den verhaltenen Zorn seines widerwilligen stellvertretenden Magiers. »Ich glaube, ich sagte es bereits, Kalesin – ich würde es begrüßen, wenn Ihr mit voller Kraft mit mir zusammenarbeitet würdet.« *Du redest wie Sterol oder Jeslek. Ist die Macht daran schuld? Oder ist es die Frustration, die sich einstellt, wenn man etwas unternimmt, für das man eigentlich weder genug Zeit noch genug Erfahrung besitzt?*

Kalesin verneigte sich und ging hinaus.

Als die Tür geschlossen war, sah Hiser Cerryl fragend an.

Cerryl nickte. »Ich weiß.« Er lächelte müde. »Ich vermute, Ihr macht Euch wegen unseres stellvertretenden Magiers gewisse Sorgen.«

»Ich bitte um Verzeihung, Ser, aber ... aber es gehört sich nicht für einen Hauptmann ...«

»Fahrt fort. Euch ist jedenfalls stärker an meinem Wohlbefinden gelegen als ihm.«

»Er schäumt vor Wut, weil Ihr als Eliasars Nachfolger ausgewählt wurdet. Die Lanzenreiter sehen das anders.«

»Wir wollen hoffen, dass sich ihre Einstellung nicht ändert.« *Besonders weil du eigentlich keine Ahnung hast, wie du das Durcheinander hier in Spidlar in den Griff bekommen sollst.*

Gefolgt von zwei Lanzenreitern, kehrte Kalesin zurück. Einer der beiden trug einen Beistelltisch, der zweite Papier, Tintenfass, Federkiel und Ständer für die Utensilien.

»Habt Ihr die Nachricht an Magierin Lyasa abgeschickt?«

»Ja, Ser.«

»Das will ich auch hoffen. Wir sind alte Freunde.« Cerryl setzte ein kaltes Lächeln auf. Die Botschaft war natürlich noch nicht abgeschickt worden und Kalesin sollte spüren, dass Cerryl dies genau wusste. »Ich bin bereit, den ersten Händler zu empfangen.«

Von zwei Lanzenreitern mit blank gezogenen Klingen eskortiert, nahm Cerryl auf dem Stuhl Platz, den er einst für Jeslek besorgt hatte, und betrachtete den schmalen Mann mit schwarzem Haar und Bart, der gut fünf Schritte vor dem Stuhl stand. Der Mann verneigte sich unterwürfig, aber Cerryl konnte seine innere Auflehnung spüren.

»Euer Name?«

»Joseffal.«

»Welche Waren vertreibt Ihr?«

»Heutzutage, Ser, vertreibe ich überhaupt nichts. Es gibt keine Handelsschiffe mehr und die Leute haben kein Geld.«

Cerryl konnte spüren, dass er log. »Ihr meint, dass Ihr nach außen den Eindruck erweckt, es gäbe keine Waren zu verkaufen, während Ihr es im Verborgenen dennoch tut?«

Joseffal wich Cerryls Blick aus. »Der große Weiße Magier hat uns fast alles weggenommen, was wir hatten.«

»Was habt Ihr verkauft?«

»Tuch, Ser. Wolle, Leinen, Seide, Samt.«

»Ihr habt nicht vielleicht auch ... mit Armbrüsten gehandelt?«

Die Verwirrung des Mannes war unübersehbar. »Nein, Ser.«

»Wisst Ihr von Bewaffneten, die kürzlich in Spidlaria waren?«, bohrte Cerryl weiter.

»Nein, Ser. Außer den Weißen habe ich keine gesehen.« Schweißtropfen rannen dem Mann übers Gesicht, aber seine Worte klangen wahr.

Cerryl rollte die Liste auf, die Kalesin ihm gegeben hatte. »Was wisst Ihr über Yerakal?« Er hatte sich willkürlich einen Namen herausgepickt.

»Yerakal?« Wieder ein verwirrter Gesichtsausdruck. »Er ist hier weggegangen, bevor Kleth fiel.«

»Was hat er verkauft?«

»Er hat mit Wolle gehandelt, Ser. Nur mit Wolle aus allen Ecken der Welt.«

»Was ist mit Hieraltal?«

Joseffal schluckte. »Äh ... auch der ist weg.«

Cerryl spürte die Angst des Mannes, aber die Worte klangen nach wie vor wahr. »Er war doch derjenige, der Waffen nach Spidlar geliefert hat. Zum Beispiel auch Armbrüste und Klingen.«

»Äh ... ich kann es nur vermuten, Ser, aber manche haben gesagt, dass er mit Klingen und Bolzen eine Menge Goldstücke verdient hat.«

»Er ist nicht zurückgekehrt?«

»Nein, Ser.«

Cerryl erkundigte sich noch nach drei anderen Händlern auf Kalesins Liste, ehe er nickte. »Wir müssen uns später noch einmal darüber unterhalten, was Ihr wirklich verkauft, Joseffal. Ihr könnt jetzt gehen.«

Als der Händler sich verneigte und sich umdrehte,

warf Cerryl einen Blick zu Kalesin. »Wartet noch einen Augenblick, ehe Ihr den nächsten Händler ruft.«

»Ja, Ser.«

Cerryl tauchte den Federkiel ins Tintenfass und notierte Joseffals Aussagen über die ›vermissten‹ Händler. Dann nickte er.

Der zweite Händler war stämmig. Auch er schlug die Augen nieder, als er den umfunktionierten Speisesaal betrat.

»Euer Name?«, fragte Cerryl.

»Aliaskar, Ser Magier.« Aliaskar hatte eine hohe, dünne Stimme, überraschend zaghaft für einen so kräftigen Mann.

»Was verkauft Ihr?«

»Tonerde, Ser.«

Cerryl hätte beinahe gelacht. Da überall Töpferwaren, Geschirr und Lagerkrüge gebraucht wurden, musste es natürlich auch jemanden geben, der den Rohstoff verkaufte.

»Was wisst Ihr über Armbrüste?«

Aliaskar runzelte die Stirn und hoffte, Cerryl würde wegen des gesenkten Kopfes nichts bemerken. »Sie töten Menschen. Abgesehen davon weiß ich kaum …«

Cerryl nickte und fuhr mit ihm genauso fort wie mit dem ersten Händler.

Nach jedem Kaufmann notierte er, was er erfahren hatte.

Der Mittag war schon nahe, als Reylerk den ehemaligen Speisesaal betrat. Er verneigte sich, trat vor und räusperte sich. Offenbar erkannte er Cerryl nicht wieder. »Ihr habt mich rufen lassen, Herr von Spidlaria?«

»Ich habe alle Händler und Kommissionäre rufen lassen. Ihr seid Reylerk?«

»Ja, Ser, der bin ich.«

»Was vertreibt Ihr?«

»Früher habe ich viele Waren verkauft – Bauholz, seltene und kostbare Hölzer, sogar die Druidenseide aus

Naclos. Heute gibt es nicht mehr viel zu verkaufen und wenig Leute, die etwas kaufen würden.« Wie alle anderen wich auch Reylerk Cerryls Blicken aus.

Cerryl sah ihn unverwandt an. »Was wisst Ihr über die Ermordung des Magiers Eliasar?«

»Ich weiß nichts ...« Die Stimme des stattlichen Händlers bebte, als wollte er seine Angst überdeutlich zeigen – und seine Lügen vertuschen. Er hüstelte einige Male trocken und griff sich mit der Hand an den Mund.

»Sagt mir, was Ihr über Armbrüste wisst.«

»Es sind Waffen, Ser.« Wieder hustete der Kommissionär. »Aber einem Händler nützen sie wenig. Man braucht zu lange, um sie nachzuladen.«

»Das ist wahr. Habt Ihr mit Armbrüsten Handel getrieben?«

»Nein, Ser.«

Cerryl konnte spüren, dass Reylerk bei diesem Thema nervös wurde, aber der Mann hatte, soweit Cerryl es beurteilen konnte, nicht direkt gelogen.

»Habt Ihr in den letzten paar Achttagen Armbrustschützen gesehen?«

»Nein, Ser.« Reylerk hustete und hielt sich wieder die Hand vor den Mund.

Dies war eine glatte Lüge gewesen. »Reylerk ... ich habe Euch einmal verschont. Ihr lügt mich an. Also noch einmal ... wart Ihr an der Planung des Mordanschlages beteiligt?«

Der Händler schluckte verzweifelt und schwankte, dann brach er unvermittelt auf den Steinfliesen des Saals zusammen.

»Kalesin!«, fauchte Cerryl, der das Abebben von Chaos und Ordnung spürte, als der Mann vor seinen Augen starb.

Die Tür ging auf, der hellblonde Magier kam herein. »Bei der Dunkelheit!« Er betrachtete die gekrümmt am Boden liegende Gestalt. »Gift?«

»Es scheint so.« Cerryl schüttelte den Kopf. »Lasst

den Toten entfernen und an den anderen vorbeischleppen. Verbrennt ihn draußen auf dem Platz.«

»Ich soll … draußen auf dem Platz …?«

»Warum nicht? Gebt bekannt, dass er an der Ermordung Eliasars beteiligt war. Dies trifft zu, aber er war sicher nicht der Einzige.« Cerryl winkte Hiser, der ebenfalls in den Raum lugte. »Hiser, Kalesin braucht Begleitschutz. Dieser Händler hat zugegeben, dass er an Eliasars Ermordung beteiligt war. Er hat Gift geschluckt, bevor ich ihn weiter verhören konnte. Kalesin wird dies auf dem Platz bekannt geben und die Leiche mit Chaos-Energie vernichten.«

»Seine … seine Familie wird … sie werden … das wird ihnen nicht gefallen«, stammelte Kalesin.

»Ganz sicher nicht. Aber der Erzmagier wäre empört, wenn dieser Mann ein ehrenvolles Begräbnis bekäme, nachdem er einen geschätzten Magier aus Fairhaven ermordet hat.« Cerryl heftete den Blick auf Kalesin. »Meint Ihr nicht auch?«

»Äh … ja, Ser.«

»Hiser, einer Eurer Unteroffiziere soll den Begleitschutz für Kalesin stellen. Ihr könnt inzwischen die verbliebenen Händler zu mir schicken, wie Kalesin es vorher getan hat.«

»Ja, Ser.«

Cerryl wartete, bis Kalesin mit zwei Lanzenreitern und Reylerks Leiche verschwunden war. Dann nickte er Hiser zu und nahm die Befragungen wieder auf.

Wie Cerryl vermutete, erfuhr er nicht mehr viel über Eliasars Tod, aber eine Menge mehr über die Besonderheiten der verschiedenen Handelshäuser – und er bekam zahlreiche falsche Proteste zu hören, dass in Spidlaria überhaupt kein Handel mehr getrieben würde.

Am frühen Nachmittag war die Befragung der Händler, die Kalesin zusammengetrieben hatte, beendet und er konnte sich mit pochenden Kopfschmerzen ins Arbeitszimmer zurückziehen. Er hatte ein Tablett mit Brot und Käse und Wein dabei, das ihm einer von Hisers Lanzenreitern besorgt hatte.

Lyasa wartete schon im Arbeitszimmer. Sie stand vom schlichten Besucherstuhl auf und lächelte ihn verlegen an. »Ich habe mich hereingeschlichen. Ich hoffe, es stört dich nicht.«

Cerryl schloss die Tür des Arbeitszimmers und sah sie an. Die Ringe unter den olivbraunen Augen waren dunkel wie das schwarze Haar. »Setz dich doch, ehe du umfällst.«

»Sehe ich so schlecht aus?«

»Noch schlimmer.« Cerryl lächelte traurig. »Erzähl mir, wie es hier war.« Er stellte das Tablett auf den Rand des Schreibtischs, wo sie es erreichen konnte. »Hier, bedien dich.«

»Danke.«

Er schenkte ihnen Wein ein, für Lyasa in ein Weinglas und für sich selbst in den Becher, den er sonst für Wasser benutzte. »Nun erzähl schon, wie schlimm die Dinge hier stehen und warum es so gekommen ist.«

»Eliasar dachte, man könnte einfach Lanzenreiter herumschicken und Unruhestifter töten lassen, und dann würden die Leute schon wissen, was sie erwartet. Das hat aber nicht funktioniert.« Lyasa holte tief Luft und nahm den Wein entgegen.

»Ich sehe es ein. Was ist geschehen?« Cerryl trank einen kleinen Schluck Wein und brach sich etwas Brot ab.

»Nichts. Aber es läuft auch nicht, wie es laufen sollte. Die Leute schleichen an der Küste entlang nach Sligo oder in die Westhörner oder zu den Ruinen von Diev oder durch die Wälder am Fluss entlang bis Gallos. In die Läden der Schiffsausrüster und in die anderen Geschäfte kommt kaum noch ein Kunde – jedenfalls nicht tagsüber. Nachts sehe ich Gestalten, aber ich kann nicht die ganze Zeit wach bleiben und Kalesin kann nachts überhaupt nichts sehen.«

Es gibt vieles, was Kalesin nicht kann. »Das wundert

mich nicht. Er war übrigens nicht gerade erfreut, als ich auftauchte, um Eliasars Posten zu übernehmen.«

»Natürlich nicht. Er ist Kesrik sehr ähnlich.«

Cerryl nickte. Er konnte sich gut an den blonden Anwärter erinnern, der viel zu viel von seinen bescheidenen Fähigkeiten gehalten hatte – bis er, von Anya verleitet, Cerryl und dem Erzmagier in die Quere gekommen war.

»Was hast du heute Morgen gemacht?«, wollte Lyasa wissen.

»Ich habe Kaufleute befragt und wahrgelesen – und mir dabei schreckliche Kopfschmerzen eingehandelt.«

Lyasa lachte.

»Und ich habe das Gefühl, dass ich noch größere Kopfschmerzen haben werde, wenn ich weiß, was ich wissen muss.«

»Vielleicht weißt du schon mehr als du glaubst.«

Cerryl füllte ihr Weinglas und seinen Becher nach, dann aß er noch ein Stück Käse. »Erinnerst du dich an Reylerk?«

»Der große alte Händler?«

»Er hatte mit Eliasars Ermordung zu tun. Ich wollte ein wenig nachhaken, aber er hat sich selbst vergiftet und ist mitten im Speisesaal gestorben.«

»Das ist schlimm.«

Cerryl stand auf und sah aus dem offenen Fenster. Er tupfte sich den Schweiß von der Stirn; plötzlich fühlte er sich beengt. »Ich habe ihm nicht einmal gedroht, aber er hat gewusst, dass ich ihn wahrgelesen habe.«

»Und deshalb hat er sich selbst vergiftet? Aber warum?«

»Was meinst du?«

Die dunkelhaarige Magierin schürzte die Lippen. »Wenn ich raten soll ... ich würde sagen, er wusste etwas und ihm war klar, dass du es herausfinden würdest. Er hat sich umgebracht, weil er verhindern wollte, dass du es erfährst.«

»Ein Händler, der mutig genug ist, sich selbst zu töten, nachdem er an einem Anschlag auf uns beteiligt war?« Er trat hinter den wuchtigen Schreibtisch.

»Ich würde sagen, da ist jemand im Spiel, den er noch mehr fürchtet als dich. Vielleicht hat man seine Familie bedroht«, meinte Lyasa. »Wir Magier verstehen nicht immer, wie stark Familienbande sein können.«

»Manche von uns haben keine Angehörigen, aber ich denke an Leyladin und verstehe, wie nahe man sich einer Familie fühlen kann.« Er trank einen Schluck Wein und schnitt mit seinem kleinen Gürtelmesser ein paar Scheiben vom gelben Käse ab. »Hier, nimm.«

Die schwarzhaarige Magierin nahm eine Scheibe, biss ab und kaute.

»Ich frage mich immer noch«, überlegte Cerryl, »warum jemand sich die Mühe gemacht hat, Reylerk derart einzuschüchtern. Oder was Reylerk so wichtig war, dass er sich lieber selbst getötet hat, als mich herausfinden zu lassen, wer dahintersteckt.«

»Dies zeigt jedenfalls, dass wir vor einem großen Problem stehen.«

»Das wissen wir längst.« Cerryl drehte sich um und schaute zum Hafen hinaus. Nach ein paar Augenblicken wandte er sich wieder an Lyasa. »Ich bin kein guter Intrigant.« *Aber du lernst schnell. Leider.* »Einige Dinge liegen auf der Hand. Die Händler wissen, dass wir es merken, wenn sie lügen. Einer der mächtigsten Händler bringt sich lieber selbst um, als sich von mir befragen zu lassen. In der Stadt gibt es keinen nennenswerten Handel und kaum Käufer in den Geschäften.«

»Recluce?« Lyasa trank ihr Weinglas aus.

Cerryl schenkte ihr nach, dann schüttelte er den Kopf. »Sie wurden benutzt, genau wie wir. Jeslek und ich haben Rystryr in die Hände gespielt. Ich kann nicht beweisen, dass der Vicomte dahintersteckt, aber ich habe das Gefühl, ich liege damit richtig.«

Lyasa zuckte hilflos mit den Achseln. »Mag sein, dass du Recht hast, aber ich kann es nicht nachvollziehen.«

»Nimm zunächst einmal die Armbrustbolzen. Jemand wollte mich mit einer Armbrust töten, als ich in Jellico war. Eliasar wurde mit drei Bolzen erschossen. Und ... und Sverlik wurde angeblich von Lyam getötet. Vergiss nicht, dass er vor Syrma Präfekt in Gallos war. Es hat über ein Dutzend Bogenschützen gebraucht ... Bogenschützen, keine Armbrustschützen.«

»Worauf willst du hinaus?«

»Hab noch einen Augenblick Geduld.« Cerryl drehte sich um und trank einen Schluck Wein. »Axalt ... Axalt hat die Handelswege zwischen Spidlar und Certis beherrscht. Axalt existiert nicht mehr. Dann ist da noch Gallos, das jetzt von den Kleinen Osthörnern, die Jeslek hat wachsen lassen, in zwei Teile zerschnitten wird. Ein großer Teil der Hochweiden ist zu Asche verbrannt. Und Hydlen ist von Kämpfen zerrissen, weil nicht klar ist, wer nach dem frühzeitigen Tod Berofars und danach seines Sohnes der neue Fürst werden soll. Ferobar wäre möglicherweise ein starker Fürst geworden, aber ich wurde ausgeschickt, um ihn zu töten, und hatte Erfolg. Spidlar ... Spidlaria ist der beste Hafen an der Nordküste und hier gab es starke freie Händler. Diev existiert nicht mehr ...«

Lyasa sperrte den Mund auf. »Alles, was passiert ist ... alles hat Certis und seinen Händlern geholfen.«

»So scheint es.« Cerryl überlegte. »Shyren ... als ich die Goldstücke in seiner Schlafkammer fand, sagte er, ich wäre nur ›sein‹ Werkzeug. Ich dachte, er meine Jeslek. Jetzt bin ich anderer Ansicht.«

»Rystryr?«

Cerryl nickte. »Dann ist da auch noch Jiolt. Layel sagte etwas in der Art, dass Jiolts Vetter der größte Kommissionär in Jellico wäre.«

»Anyas Schwester ist mit Jiolts Sohn verheiratet.«

»Es ist wie ein Spinnennetz. Man kann es kaum

erkennen, solange man es nicht aus einem bestimmten Blickwinkel betrachtet.« Cerryl zuckte mit den Achseln. »Aber dies ist möglicherweise immer noch nicht der richtige Blickwinkel.« *Und manchmal kannst du überhaupt nichts sehen. Du kannst die Dinge nur spüren, du kannst nur ahnen, wie Anya ihre Verbindung zu Jiolt ausgenützt hat, um Kesrik auf dich anzusetzen, als du noch ein Anwärter warst … und es gab keine Möglichkeit, es zu beweisen. Man wird es nie beweisen können.*

»Am besten, du schickst Kalesin nach Kleth.«

»Kalesin?«

»Er hat einmal … mit Anya …«

»Ist sie denn wirklich mit allen Magiern in der Gilde ins Bett gegangen?«

Lyasa lachte. »Sie hat es bei allen versucht außer bei den Frauen, und auch bei denen würde sie es versuchen, wenn sie glaubte, es könnte ihr nützen.«

»Was ist mit Syandar?«

»Er ist nicht übel … er hat Ähnlichkeiten mit Myredin, würde ich sagen.«

»Dann wollen wir ihn nicht mit Kalesin belasten. Wir müssen Kalesin überwachen.«

Lyasa schob sich eine kurze schwarze Haarsträhne hinter das linke Ohr. »So gesehen würde ich meinen, dass er bleiben sollte, auch wenn es mir nicht gefällt.«

»Was denkst du? Was hältst du von der Lage hier?«

»Wir geraten genauso schlimm ins Hintertreffen wie zu Anfang. Wir bekommen kein Gold aus Spidlar, die Lanzenreiter sind nervös und glauben, es wird höchstens noch einen Achttag dauern, bis wir den nächsten Magier verlieren.«

»Es wird Jahre dauern, bis Spidlar sich erholt, und Certis wird davon profitieren.«

»Gallos auch, aber nicht im gleichen Maße.«

»Und die Gilde ist jetzt schon geschwächt.«

Lyasa nickte.

»Wir können so nicht weitermachen.«

»Was hast du vor?«

»Das weiß ich nicht. Noch nicht.« Cerryl konnte die Kälte in seinen Augen spüren, eine Wut, deren Kälte vernichtender war als die Hitze des Chaos. »Aber ich werde es aufhalten, ohne Anya und Sterol wissen zu lassen, was ich getan habe.«

Lyasa schauderte.

LXXIII

Während es draußen dämmerte, betrachtete Cerryl lange das Abbild einer rotblonden Heilerin im Spähglas, freute sich über Leyladins Lächeln und wünschte nicht zum ersten Mal, sie wären wieder zusammen. Dann ließ er ihr Abbild los.

Immer noch lagen Stapel mit Listen und Papieren auf dem Tisch. Genau genommen waren die Stapel inzwischen sogar umfangreicher als das, was Eliasar ihm hinterlassen hatte.

Cerryl hatte alles gelesen und festgestellt, dass es sich in den meisten Fällen tatsächlich um Listen handelte. Er nahm eine kürzere Liste zur Hand, die er am Abend durchgehen wollte. Auf ihr waren die Händler aufgeführt, die nach Lyasas Ansicht nachts heimlich Handel trieben.

Er war mit Hiser an der Spitze einer Patrouille schon tagsüber an den Geschäften vorbeigeritten, um sich ein Bild zu machen, welche am ehesten in Frage kämen. Er hatte weder Hiser noch Lyasa verraten, was er mit dieser Liste beabsichtigte. Je weniger Menschen in seine Pläne eingeweiht waren, desto sicherer konnte er sich bewegen. Spidlaria war erheblich gefährlicher, als Kalesin glaubte. *Oder es ist ihm egal.*

Cerryl holte tief Luft, stand auf und ging um den

schweren Schreibtisch herum nach draußen in den Flur. »Guten Abend, Natrey.«

»Guten Abend, Ser«, antwortete der Lanzenreiter. Aufmerksam wie immer beobachtete er den Vorraum und die Vordertür.

»Was hältst du von Spidlaria?«

»Es ist eine unfreundliche Stadt, Ser. Die Leute würden uns anspucken, wenn sie es wagten.«

»Ich fürchte, sie würden sogar noch Schlimmeres tun.« Cerryl nickte. *Und es wird nicht besser werden, wenn ich nichts unternehme.*

»Ja, Ser.«

»Ich gehe nach oben.« Cerryl drehte sich um und ging die Treppe hinauf, bis der Wächter ihn nicht mehr sehen konnte. Jetzt war er nur noch ein Dutzend Schritte von der verriegelten Seitentür entfernt.

Wohin? Zum Schiffsausrüster? Der Waffen-Magier wider Willen näherte sich der Seitentür und legte den Blendschirm um sich – eine Illusion, die dafür sorgte, dass die Blicke der Menschen von ihm abglitten, weil sie an Cerryls Stelle nur etwas Alltägliches wie beispielsweise eine Mauer sahen, deren Vorhandensein sie kaum zur Kenntnis nahmen. Dann schob er den Riegel ein wenig zurück, damit er die Tür öffnen und das Haus verlassen konnte.

Solange er nur den Blendschirm einsetzte, würde Kalesin nicht auf ihn aufmerksam werden, falls er überhaupt in der Nähe war.

Cerryl blieb im Hinterhof einen Augenblick stehen und genoss die Abendkühle. Nach Sonnenuntergang war der Wind eingeschlafen, nur vom kühlen Wasser des leeren Hafens wehte noch hin und wieder eine Bö herüber.

Er ging leise zum hinteren Tor und trat durch einen Bogengang nach draußen. Hinter einem ummauerten Durchgang lag eine Seitenstraße. Im tiefen Schatten der Mauern blieb er stehen und beobachtete die Straße, die wie drei andere zum Hafenplatz führte.

Eine Streife der Lanzenreiter kam vorbei, die Hufe der vier Pferde klapperten auf den Pflastersteinen. Als die Männer vorbei waren, lief Cerryl, immer noch vom Blendschirm geschützt, durch die Seitenstraße zum Schiffsausrüster, den Lyasa auf die Liste gesetzt hatte.

Auf einer Seite des Ladens befand sich eine Böttcherei, auf der anderen ein nicht gekennzeichnetes Gebäude. Alle drei waren dunkel. Die Tür des Schiffsausrüsters war geschlossen und vermutlich verriegelt. Auch die Läden waren verrammelt, aber Cerryl konnte drinnen Ordnung und Chaos spüren. Dort hielten sich Menschen auf.

Während er das Haus beobachtete, eilte eine Frau zur Seitenwand des Gebäudes und klopfte an eine schmale Tür, anscheinend eine Kellertür. Die Tür wurde eilig geöffnet, die Frau huschte hinein, dann wurde die Tür ebenso schnell wieder geschlossen.

Cerryl näherte sich der schmalen Treppe, die zum Keller hinunterführte, hielt sich aber weiter in den Schatten und schützte sich mit dem Blendschirm. Er musste nicht lange warten, bis die Tür erneut verstohlen geöffnet und wieder geschlossen wurde. Die Frau eilte dicht an Cerryl vorbei, ohne den Magier zu bemerken. Auch sie hielt sich wo immer möglich in den tiefen Schatten.

Cerryl wusste nicht genau, wie lange er beobachtet und gewartet hatte, aber es dauerte eine ganze Weile, bis der nächste Käufer auftauchte. Der große, dickliche Mann wackelte zum Keller und klopfte laut. Cerryl huschte hinter ihm her und konnte, vom breitschultrigen Mann gedeckt, in den Keller schleichen.

Drinnen wich er sofort nach rechts aus und blieb im Dunklen stehen.

»Wer …« Der Mann, der auf einem Tisch eine Lampe aufgedeckt hatte, blinzelte und runzelte die Stirn. »Ich dachte, da wäre noch jemand mit Euch hereingekommen.«

Cerryl konnte warme, feuchte Wolle riechen. Wahrscheinlich das feuchte Tuch, mit dem die Lampe vorher bedeckt gewesen war. Er wich bis in die hinterste Ecke des Raums zurück und vertraute darauf, dass er im trüben Schein der einsamen Lampe nicht auszumachen war.

»Nein, ich bin allein, Tyldar. Habt Ihr Käse?«

»Ja, ich habe Käse, aber erzählt es nicht herum. Er kostet ein Silberstück das Viertel.«

»Das ist aber teuer.«

»Kennt Ihr sonst noch jemanden, der Käse hat?«

»Woher habt Ihr ihn?«

»Glaubt Ihr wirklich, das würde ich Euch verraten?« Tyldar lachte leise. Er zog einen länglichen Klotz aus einer Wand und langte in die Öffnung, wo anscheinend ein Hebel oder Riegel angebracht war. Ein Teil der Mauer klappte auf.

»Raffiniert.«

»Ein alter Trick – ich habe Abraumgestein aus dem alten Kohlebergwerk genommen. Kein Magier, ob Schwarz oder Weiß, kann da hindurchschauen. Angeblich hat man hier in den Tagen des Feuers die Schwarzen Heiler versteckt.«

Cerryl runzelte die Stirn. Tage des Feuers? Diesen Ausdruck hatte er noch nie gehört. In keinem der Geschichtsbücher, die er kannte, war er bisher aufgetaucht.

»So, bitte.« Der Schiffsausrüster schob das Mauerstück mit der Hüfte wieder zurück und legte das Viertel Käse auf den kleinen Tisch.

»Glaubt Ihr, die Weißen werden sich eines Tages wieder zurückziehen?« Der Käufer reichte dem Händler ein Silberstück.

»Danke. Vielleicht verschwinden sie wieder, wenn sie keine Magier mehr haben. Man sagt ja, sie hätten nicht sehr viele. Der Letzte, der gekommen ist … er soll noch ziemlich jung sein.«

»Er hat Reylerk sehr schnell durchschaut.«

»Das war wohl nur ein Glückstreffer.« Der Schiffsausrüster schaute unsicher zur Tür.

»Also, ich gehe dann mal lieber.«

»Seht Euch auf der Straße um.«

Die Lampe wurde wieder abgedeckt, und der Mann, der den Käse gekauft hatte, öffnete einen Fensterladen und spähte hinaus. »Sieht sauber aus.«

»Also dann, hinaus mit Euch.«

Cerryl wäre dem Mann beinahe in die Hacken getreten, als er ihm nach draußen folgte und sich sofort wieder in die Schatten zurückzog.

Der Käufer sah sich um. »Bei der Dunkelheit ... hätte schwören können ...« Er schüttelte den Kopf und entfernte sich raschen Schrittes aus dem Hafenviertel.

Cerryl blieb im Schatten stehen und überlegte. Natürlich konnte er die Waren von den Lanzenreitern beschlagnahmen lassen, aber das würde nicht viel bringen. Es war nicht möglich, jeden aufzuspüren, der heimlich etwas verkaufte. Außerdem wollte er ja erreichen, dass die Waren öffentlich verkauft wurden, damit man sie sehen und mit Zöllen belegen konnte.

Schließlich nickte er und bewegte sich zu seinem zweiten Ziel, der Werkstatt eines Korbmachers, die zwei Straßen weiter im Norden lag.

LXXIV

Lyasa und Hiser warteten vor dem Schreibtisch.

Cerryl stand dahinter und gab seine Erklärungen ab. »Wie ich Lyasa schon gesagt habe, Hiser, versuchen die Kaufleute, sich um die Entrichtung der Zölle zu drücken, indem sie behaupten, es würde überhaupt kein Handel stattfinden. In Wirklichkeit sind sie auf die Nacht ausgewichen.«

Hiser kratzte sich am Kopf. »Ich kann nicht behaupten, dass ich das verstehe. Manche Leute trauen sich doch nachts nicht mal auf die Straße. Und früher oder später würdet Ihr Magier es ohnehin herausfinden.«

Cerryl zuckte mit den Achseln. »Ich will etwas probieren. Ich weiß von einigen Stellen, wo Waren umgeschlagen worden sind. Wir werden dafür sorgen, dass die Leute bei Tageslicht kaufen und verkaufen.«

Hiser zog die Augenbrauen hoch.

»Auf die übliche Art und Weise, die mir so sehr liegt.« Cerryl schnaubte. »Handelt offen und zahlt die Steuern oder verliert eure Waren und euer Leben.«

»Wird das denn funktionieren, Ser?«

»Immer noch besser, als überhaupt nichts tun«, meinte Cerryl. »Reichen wird es nicht, aber wir müssen uns dann beizeiten den nächsten Schritt überlegen. Heute Morgen brauchen wir zwei Kompanien. Wir umstellen die Geschäfte, damit niemand herauskommt, und dann werden Lyasa und ich und ein halber Zug Lanzenreiter den Leuten erklären, dass sie sich zu entscheiden haben.« Er nickte dem Hauptmann der Lanzenreiter zu. »Wenn Ihr jetzt die Kompanien vorbereiten würdet?«

»Ja, Ser.« Hiser lächelte. »Sie brennen darauf, dass endlich etwas geschieht.«

»Gut.« *Wollen wir hoffen, dass es so verläuft, wie ich es mir vorstelle.*

Als sich die Tür hinter dem Hauptmann geschlossen hatte, sah Lyasa Cerryl fragend an.

Er deutete zum Stuhl. »Wir haben noch ein paar andere Dinge zu besprechen.«

»Glaubst du, mit dem Einsatz heute Morgen kannst du etwas verändern?«

»Nein. Willst du mir helfen?«

Die schwarzhaarige Magierin lächelte freundlich. »Es freut mich, dass du mich bittest, statt mir einfach einen Befehl zu geben. Natürlich helfe ich dir. Was brauchst du?«

»Wenn wir heute Abend fertig sind, sollst du dein Spähglas benutzen – du kannst doch damit umgehen, oder?« Er blickte zum Fenster, als draußen Hufschläge zu hören waren. »Du sollst die Händler beobachten und mir berichten, ob sich irgendwo eine Gruppe von ihnen trifft. Sobald du so etwas bemerkst, gib mir sofort Bescheid.«

»Das scheint keine unerfüllbare Bitte.«

»Nein. Wenn es dir so geht wie mir, wirst du eine Weile brauchen und sogar herumreiten und sie aufsuchen müssen, bis du sie im Glas wiederfindest.«

»Ist das so bei dir?«

»Es sei denn, ich suche jemanden wie den Schmied, der so viel Ordnung ausstrahlt, dass ich ihn jederzeit aufspüren kann.« *Oder jemand wie Leyladin, die du mit dem Glas gefunden hast, bevor du überhaupt wusstest, wer sie ist.* »Oder wie Jeslek, vermute ich, auch wenn ich ihn noch nie mit dem Glas beobachtet habe. Das schien nicht sehr klug.«

»Oder Anya?«

Cerryl schauderte. »Ich habe es vorgezogen, lieber nicht zu genau zu beobachten, was sie treibt.«

»Du bist in gewisser Weise immer noch viel zu ehrlich.«

»Was ich hier plane, ist nicht gerade ehrenhaft.«

»Sie haben dir keine Wahl gelassen. Sterol wird dir auch keine Wahl lassen, aber das meinte ich jetzt nicht.«

»Ich weiß.« Cerryl wandte sich vom Fenster ab und nahm das oberste Blatt Papier vom Stapel. »Wir sollten uns an die Arbeit machen. Kannst du diese Leute hier aufspüren?«

Lyasa nahm das Blatt. »Ich will es versuchen.«

»Danke.«

Sie verließen das Arbeitszimmer und gingen durch die Seitentür zum Innenhof, wo Hiser die Kompanien der Lanzenreiter antreten ließ.

»Du tust etwas, das Jeslek und Sterol nicht verstanden haben.« Lyasa blieb neben dem Pferd stehen, das man ihr bereitgestellt hatte.

»Was denn?«

»Du überstürzt nichts, aber wenn du dich entschieden hast, handelst du entschlossen.«

Warum habe ich dann selbst das Gefühl, ich würde überstürzt handeln? »Manchmal hat man keine Wahl und Zuwarten macht nur alles schlimmer.« Cerryl schwang sich in den Sattel. »Aber es ist trotzdem schwer, den richtigen Zeitpunkt zu finden.«

»Du machst dich ganz gut.«

Hoffentlich …

Als sie den Hafenplatz erreichten, konnte Cerryl spüren, wie aller Augen auf ihm, Lyasa und den Soldaten ruhten. Er fühlte sich, als wären stille Botschaften kreuz und quer durch Spidlaria gelaufen, was wahrscheinlich sogar zutraf. Als sie beim Schiffsausrüster die Pferde zügelten, drehte Cerryl sich noch einmal im Sattel um. »Hiser?«

»Ser?«

»Vergesst nicht, dass die Männer den Schiffsausrüster umstellen sollen. Niemand soll fliehen, aber wenn es jemand versucht, sollen die Leute nicht verletzt werden.«

»Ja, Ser.« Hiser drehte sich um. »Klingen und Lanzen bereit!«

Der Schiffsausrüster öffnete die verriegelte Tür, noch bevor Cerryl und die Lanzenreiter den Fuß auf die Veranda gesetzt hatten.

»Ser … wir haben nichts.« Der Schiffsausrüster wich zurück und deutete zu den leeren Regalen im Geschäft. »Der Krieg hat uns fast alles genommen, was wir besaßen, und da der Handel zum Erliegen gekommen ist, werden keine neuen Waren geliefert.«

»Schiffsausrüster, ich mag keine Lügen. Ich weiß, dass Fairhaven Euch gleichgültig ist, aber Ihr werdet seine Macht respektieren. Folgt mir.« Cerryl winkte den Lanzenreitern und dann dem Schiffsausrüster.

»Ser, was …«

»Wir wollen ein paar Dinge suchen, die Ihr verkaufen könnt.« Cerryl lächelte böse, als der Schiffsausrüster und seine Frau einige Blicke wechselten. »Zum Hinterzimmer dort drüben.«

»Äh … ja, Ser.«

Auch im Hinterzimmer standen Regale, aber sie waren leer wie die im vorderen Raum.

»Öffnet die Tür dort.« Cerryl deutete zur Kellertür.

»Da geht es nur zum Keller und der ist leer wie die Räume hier oben.«

»Ich würde ihn gern sehen.« Cerryl wandte sich an die Lanzenreiter. »Die Hälfte kommt mit, die anderen sorgen dafür, dass keiner flieht.« Er folgte dem Schiffsausrüster und seiner Frau die krachende Stiege hinunter.

»Seht Ihr, Ser?« Der Mann deutete auf den kahlen Lehmboden. Nur der Tisch, den Cerryl bei seinem nächtlichen Besuch gesehen hatte, stand noch dort.

Cerryl ging geradewegs zur Wand, zog den länglichen Stein weg und tastete nach dem Hebel. Die schmale Tür klappte auf.

Der Kaufmann erbleichte.

»Also … habt Ihr wirklich keine Waren zu verkaufen, Schiffsausrüster?«

»Keine, von denen ich Euch etwas sagen würde … Weiße Diebe …«

Cerryl ließ Chaos-Flammen auf der Fingerspitze tanzen und zu einem Flammenschwert wachsen. Er schleuderte eine kleine Ladung Chaos-Energie zur Außentür; im Holz klaffte ein Loch mit schmorenden Rändern. »Das Gleiche könnte ich mit Euch tun. Aber ich werde Euch verschonen. Ob Ihr es glaubt oder nicht, ich werde Euch nicht einmal die Waren wegnehmen und aus der Truhe dort drinnen werde ich keine einzige Münze nehmen.« Cerryl lächelte. »Ich werde niemanden töten. Ich will Euch nur eines sagen. Wenn Ihr die

Waren nicht binnen zwei Tagen nach oben in die Regale schafft – und zwar alle –, dann ... dann werde ich Euch zur Rechenschaft ziehen. Und dann werde ich jemand anders finden, der bereit ist, seine Waren tagsüber statt im Schutz der Dunkelheit zu verkaufen.«

»... mich töten ...« Das Murmeln war fast unhörbar.

»Ihr seid nicht der Erste, der entdeckt wurde, und Ihr werdet nicht der Letzte sein. Spidlar war ein Land der Händler und das wird es wieder sein. Ihr könnt einer davon sein oder Ihr könnt es bleiben lassen.«

Cerryl ging die Treppe hinauf zur Vordertür, wo Lyasa und Hiser mit den übrigen Lanzenreitern warteten. Er stieg auf und teilte die Männer neu ein. »Ein halber Zug soll hier bleiben. Ich will vermeiden, dass jemand mit einem Wagen kommt und alles wegschafft. Wenn Leute kommen und einkaufen wollen, geht das in Ordnung.«

Während Hiser den Unteroffizier unterwies, der die Wachtposten beaufsichtigen sollte, wandte Cerryl sich an Lyasa. »Sie werden eine Weile nichts unternehmen, sondern beobachten, was weiter geschieht.«

»Würdest du denn zur Gegenwehr greifen?« Sie zog die Augenbrauen hoch.

»Nein. Ich weiß, wie ungehalten Weiße Magier werden, wenn sie hintergangen werden.«

Sie lachte leise und Cerryl musste grinsen, aber das Grinsen verflog sofort, als er an all die Geschäfte dachte, die noch vor ihnen lagen.

Als Hiser sein Pferd wieder zu den beiden Magiern lenkte, sagte Cerryl leise: »Und jetzt zu diesem Wollhändler ... Joseffal.« Hinter sich hörte er ein paar gemurmelte Bemerkungen der Lanzenreiter.

»Harter kleiner Hund ...«

»... Blauen herausfinden ... scheint einfach alles zu wissen ...«

Ich weiß höchstens den zehnten Teil der Dinge, die ich wissen müsste ... wenn überhaupt so viel. Er zwang sich, entspannt zu lächeln, als er den Wallach antrieb.

LXXV

Am Spätnachmittag betrat Cerryl endlich wieder sein Arbeitszimmer mit den gestapelten Schriftrollen und Listen. Er wusste genau, dass die Stapel nicht gewachsen waren, aber er hatte auch noch nicht viel abarbeiten können. Er setzte sich an den Schreibtisch. Nach vier Tagen war seine erste Runde, auf der er bisher eine Menge Waren ausfindig gemacht hatte, fast vorbei und die Beine taten ihm weh. Kopfschmerzen hatte er auch und allem Anschein nach waren bisher keine Waren in den Regalen der Läden aufgetaucht.

Und jetzt? Soll ich jetzt damit anfangen, die Leute hinzurichten? Er holte tief Luft.

Er musste sich mit Lyasa besprechen und herausfinden, wie er vorgehen konnte, ohne ganze Städte zu zerstören, wie Jeslek es getan hatte. *Du verstehst aber allmählich, warum er es getan hat. Städte zu zerstören ist erheblich einfacher, als die Unterstützung der Einwohner zu gewinnen. Doch die Zerstörung hat keine Goldstücke in die Kassen gebracht, abgesehen höchstens von dem, was man sich in den Ruinen zusammenklauben konnte.* Noch einmal holte er tief Luft und atmete langsam aus. Es klopfte.

Kalesins hellblonder Schopf lugte herein. »Dies hier ist vom Erzmagier gekommen, Ser.« Kalesin verneigte sich leicht und reichte Cerryl ein Dokument.

»Danke.« Cerryl überlegte einen Augenblick. »Wie kommt Ihr mit der Zusammenstellung aller Geschäfte und Händler voran?«

»Äh … noch einen Tag oder so, Ser. Es ist schwer, etwas über die Geschäfte herauszufinden, die geschlossen sind.«

»Arbeitet weiter.«

Die Tür wurde geschlossen und Cerryl betrachtete die Schriftrolle. Vermutlich geöffnet und wieder versiegelt von seinem treuen Assistenten Kalesin, dachte Cerryl. Mit schiefem Lächeln brach er das mit Chaos geschützte Siegel und las:

Ihr seid zwar erst einige Achttage in Spidlar, aber wir müssen noch einmal betonen, wie wichtig das Geld ist, mit dem wir den von unserem Vorgänger so überstürzt und unklug begonnenen Feldzug bezahlen müssen. Wir weisen Euch also an, eine Art von örtlicher Sondersteuer oder sonstige Gebühren zu erheben, wie Ihr es für notwendig haltet …

Kurz und gut, schick ihm Münzen. Schick ihm massenhaft Gold, und wie du es bekommst, spielt für Sterol keine große Rolle.

Cerryl hätte am liebsten vor Wut geschnaubt. Wenn sie das besiegte Land ausbluten ließen, würden sie damit Fairhavens Schwierigkeiten keineswegs ausmerzen. Aber das war Sterol oder den Magiern in den Hallen sowieso gleichgültig. *Außer Leyladin und Kinowin …* Er betrachtete den Brief, der vor ihm auf dem Tisch lag, und schloss die Augen.

Lyasa platzte schwer atmend herein. »Fünf von ihnen – Menertal, Zyleral, Tillum, Sirle und Halak – treffen sich im Hinterzimmer der Schänke am Hauptplatz.«

»Jetzt gerade?« Cerryl hätte beinahe das Gleichgewicht verloren, so impulsiv war er aufgesprungen. »Dann gehe ich besser sofort hin.«

»Aber … aber du bist der Waffen-Magier.«

»Genau. Wer sonst könnte es tun? Außerdem habe ich nicht die Absicht, mich erblicken zu lassen.«

»Lass doch Hiser wenigstens einen Trupp Soldaten losschicken.«

Cerryl musste zugeben, dass sie Recht hatte. »Kannst du ihn für mich suchen? Oder einen Unteroffizier, dem du vertraust? Die Männer sollen an der Ecke des Platzes warten, die der Schänke am nächsten liegt.«

»Suzdyals Kompanie wäre wahrscheinlich am ehesten greifbar.«

»Gut.« Cerryl öffnete die Tür des Arbeitszimmers und eilte an den Wächtern vorbei zum Innenhof.

Als Lyasa ihr Pferd holte, marschierte Cerryl schon durch den schmalen Gang zum Hof zur unteren Straße. Unterwegs zog er den Blendschirm hoch, der die Blicke der Menschen von ihm abgleiten ließ. Auf der unteren Straße zwang er sich, etwas langsamer zu gehen, damit er nicht außer Atem am Platz und am Wirtshaus ankam. *Was versprichst du dir davon?*

»Eine Verbesserung der jetzigen Lage«, gab er sich murmelnd selbst die Antwort. Allerdings musste er zugeben, dass dies eher unwahrscheinlich war. *Aber du musst es zumindest versuchen.*

Das verwitterte Schild vor dem Wirtshaus zeigte einen braunen Keiler mit übergroßen gelben Hauern, darunter stand in der Tempelsprache der Name des Lokals: ZUM BRAUNEN EBER.

Der Weiße Magier holte noch einmal tief Luft und schlich durch die offene Tür hinein. Ein paar Köpfe wurden in seine Richtung gedreht, konnten aber den Blendschirm nicht durchdringen. Cerryl hätte sich beinahe vor Schreck verschluckt, als er unter einem fleckigen Oberhemd ein Kettenhemd funkeln sah und einige lange Dolche bemerkte, die beinahe schon Kurzschwerter waren. Der halbe Zug Männer, die in Lederkleidung an den Tischen des Schankraums saßen, war ganz sicher keine Versammlung trinkfreudiger Müßiggänger.

Das ist doch Wahnsinn … Aber das Leben war sowieso keine sonderlich vernünftige Angelegenheit. Der Blendschirm schützte Cerryl, als er sich langsam durch die Schankstube zu den beiden Türen in der Rückwand vorarbeitete. Ein paar Männer sahen in seine Richtung und ein stämmiger Mann runzelte misstrauisch die Stirn und blinzelte.

Eine Schankmaid wich Cerryl aus, ohne überhaupt zu bemerken, dass er ihr im Weg gestanden hatte.

»... gefällt mir nicht. Die Weißen haben überall Lanzenreiter ...«

»Sie wollen aber nicht kämpfen.« Der Mann lachte. »Wahrscheinlich haben sie schon mehr gekämpft, als ihnen lieb ist.«

Die Schankstube roch nach Rauch, Bratenfett, verschüttetem Bier und ungewaschenen Männern. Cerryl sammelte Chaos um sich, während er langsam und vorsichtig nach hinten schlich, wobei er sich von den Tischen mit den verkleideten Bewaffneten fern hielt.

Die Tür des Hinterzimmers war geschlossen. Cerryl hob einen vollen Lichtschild und verschmolz mit der Dunkelheit. Gleichzeitig überprüfte er mit den Sinnen das Zimmer hinter der Tür. Fünf Männer saßen dort am Tisch, ein einzelner Wächter stand innen hinter der Tür.

Mit schiefem Lächeln öffnete der Magier die Tür und trat ein – unsichtbar für die Männer, die aufgeschreckt zur Tür schauten –, und wich dem Wächter aus.

»Was ...«

»Wahrscheinlich vom Wind aufgedrückt. Da ist niemand.«

»Am besten, du verriegelst sie, Dignyr.«

Der Wächter schloss die Tür und verriegelte sie. Cerryl zog sich in eine Ecke zurück und beschloss, vorerst verborgen zu bleiben und zu lauschen.

»Diese letzte Drohung, dass wir offen verkaufen müssen oder alles verlieren werden ... da werden nicht mehr alle hinter uns stehen, Menertal. Man kann die Leute nicht dazu zwingen.«

»Wir können verlangen, was notwendig ist. Wenn die Weißen kein Geld bekommen, werden sie verlieren.«

»Aber vorher zerstören sie Spidlar.«

»Warum ... warum haben unsere ›Freunde‹ ihn nicht genauso getötet wie die anderen? Ich glaube, außerhalb von Fairhaven lassen sich nicht viele Magier blicken.«

»Dieser hier ist schwerer zu erwischen als der Letzte. Seine Lanzenreiter achten ihn und er verrät niemandem, wohin er geht.«

»Jeder kann getötet werden …«

Cerryl hörte weiter zu.

»Wir müssen etwas unternehmen.«

»Das ist das Schwierige dabei.«

Cerryl holte tief Luft und sammelte um seine Schilde so viel Chaos wie möglich.

»Seht, dort in der Ecke!«

Chaos-Blitze flackerten durchs Zimmer, sechs rasche Einschläge, die zuerst die Wache an der Tür und dann die Händler am Tisch trafen. Die Chaos-Blitze kamen so schnell, dass nicht einmal ein Schrei oder Ruf zu hören war.

Cerryl hatte das Gefühl, auf einem Karussell zu stehen. Eine Weile musste er sich keuchend an die Wand lehnen und ausruhen. Als er die Schilde sinken ließ und sich umsah, war im Zentrum des Raumes nur noch ein Haufen weißer Asche zu sehen.

Er ging müde zur Tür, zog vorsichtig den Riegel zurück und trat, vom Blendschirm geschützt, zur Seite und ließ die Tür ganz aufschwingen. Die pochenden Herzschläge schienen sich wie ein Sägeblatt durch seinen Kopf zu fressen. Er knirschte mit den Zähnen und wartete.

»Was ist passiert?« Einer der Bewaffneten im Schankraum schoss zur offenen Tür. »Die sind alle verschwunden!«

Nach dem ersten Ansturm auf das Hinterzimmer konnte Cerryl unbemerkt durch die offene Tür schlüpfen. Die aufgeregten Rufe der Wache brauchten ihn nicht zu stören, solange er den Blendschirm aufrechterhalten konnte. Er kehrte langsam auf die Hauptstraße zurück und ging um die Ecke des Gebäudes, wo Lyasa mit den Lanzenreitern wartete. Dort ließ er erleichtert den Schild fallen. Ein paar Lanzenreiter keuchten erschrocken auf.

Die Unteroffizierin, die neben Lyasa wartete, war eine dunkelhaarige Frau mit hartem Gesicht – eine der wenigen Frauen, die bei den Lanzenreitern bis in diese Position aufgestiegen war. Lyasa hatte Cerryls Pferd mitgebracht.

»Alles in Ordnung?«, fragte die schwarzhaarige Magierin.

»Mir geht es gut.« *Mehr oder weniger …* Seine Knie waren weich, sein Schädel brummte, im Magen ballte sich die Übelkeit zusammen. Er schwang sich schwerfällig in den Sattel.

»Dies hier ist Unteroffizier Suzdyal. Magier Cerryl.« Lyasa hob fragend die Augenbrauen. »Und was jetzt?«

»Sie sollten die Waffen bereithalten«, schlug Cerryl vor.

»Was hast du gemacht?«

»Die Waffen bereit!«, bellte Suzdyal. Klingen und Lanzen aus Weißbronze funkelten im Licht der Herbstsonne.

»Sagen wir einfach, dass die Verschwörer verschwunden sind.«

»Alle fünf?«

Cerryl lächelte schief. »Das ist so ziemlich das Einzige, was ich gut beherrsche – Leute verschwinden lassen, die Schwierigkeiten machen. Nur schade, dass ich diese Fähigkeit viel zu oft anwenden muss.«

»Ich wünschte, es wären noch mehr Anführer gestorben«, sagte Suzdyal trocken. »Rechnet Ihr mit einem Aufstand oder so?«

»Nein. Lasst uns durch die Seitenstraße zum Wirtshaus reiten.«

Als die Lanzenreiter sich in Formation dem Wirtshaus näherten, blieben mehrere verkleidete Bewaffnete auf der Straße stehen.

»Also gut, das sind Bewaffnete«, meinte Suzdyal. »Einheimische würden wegrennen und sich von hinten niedermachen lassen. Was sollen wir mit den Leuten anfangen?«

Cerryl sah zu Lyasa, dann zu den fünf Männern, die unter dem Schild des *Braunen Ebers* standen. Er hob die Stimme. »Lasst sie laufen, solange sie keinen Ärger machen. Wenn sie Ärger machen, tötet sie.«

Einer der in Leder gekleideten Bewaffneten wollte etwas sagen, aber der Mann neben ihm stieß ihn mit dem Ellenbogen an und kam ihm zuvor. »Er wollte nichts sagen, Ser Magier. Wir ziehen uns friedlich zurück.«

»Gut. Spidlar wird friedlich bleiben und die Einwohner werden wieder Handel treiben – und zwar offen. Wer das anders sieht, wird nicht mehr viel Freude an seinem Leben haben.« Cerryl lächelte eisig und starrte die Männer an, bis sie langsam die Straße hinuntergingen und sich von den Lanzenreitern entfernten.

Hin und wieder blickte sich einer über die Schulter um.

Cerryl überprüfte mit Sinnen und Augen die Umgebung, ob es weitere Unruhestifter gab, aber er konnte niemanden ausfindig machen.

Als die Straße still im Schatten lag, sah Suzdyal Cerryl von der Seite an. »Sie werden es den anderen sagen.«

»Egal.« Endlich konnte Cerryl sich den Schweiß von der Stirn wischen.

»Die Kämpfer werden das nächste Mal nicht ganz so bereitwillig einrücken, wenn jemand mit Silbermünzen klimpert.«

Genau das hoffte Cerryl. »Ich glaube, wir können umkehren.«

Suzdyal und Lyasa nickten.

LXXVI

Suzdyals Lanzenreiter hinter sich und Lyasa neben sich, ritt Cerryl langsam um den Platz und betrachtete die Hand voll Einwohner, die von Geschäft zu Geschäft zogen. Drei oder vier Gebäude waren noch verrammelt, aber die meisten Läden waren geöffnet. Die Leute schienen niedergedrückt, beinahe wie im Schock.

Der Tag war kühler als die letzten Spätsommertage, die ihm vorangegangen waren. Dunstige hohe Wolken zogen am Himmel vorbei, ein warmer Südwind wehte staubtrockene Luft in die Stadt. Spidlaria war nicht mehr so geschäftig, wie es einst zweifellos gewesen war, aber die Leute schienen immerhin wieder halbwegs normal zu kaufen und zu verkaufen. Früher oder später würden alle ihr früheres Leben wieder aufnehmen, weil es zu anstrengend war, immer nur herumzuschleichen. Allerdings ging der Handel insgesamt sehr schleppend.

»Sie tun, was du verlangt hast«, sagte Lyasa trocken, »aber es gefällt ihnen nicht.«

»Sie werden sich schon daran gewöhnen«, meinte Suzdyal. »Sie müssen erst einsehen, dass Fairhaven anders ist als Gallos oder Certis.«

»Weil sie den Handel bisher immer als Waffe eingesetzt haben?«

Die Unteroffizierin nickte, den Blick auf die Männer am Rand des Platzes gerichtet. »Die drei dort drüben … es könnte sinnvoll sein, dass die geehrten Magier ihnen ein paar Fragen stellen.«

Cerryl sah zu den drei muskelbepackten Männern und lenkte das Pferd in ihre Richtung, flankiert von Lanzenreitern mit gezückten Klingen. Cerryl sah den Ersten, einen großen, bärtigen Kerl mit ausdruckslosen Augen, scharf an. »Ihr seid nicht zufällig aus Certis?«

»Nein … Ser.«

Cerryl und sogar Lyasa konnten spüren, dass der Mann log.

»Dann steht Ihr sicher auch nicht auf der Soldliste des Vicomte, nicht wahr?«

Der Mann warf einen kurzen Blick zu den beiden Lanzen, die auf ihn zielten. »Nein … Ser. Ich kenne keinen Vicomte.«

Cerryl wandte sich lächelnd an den zweiten Mann, kleiner und stämmig, mit fleckigem grauem Leder bekleidet, wie Söldner es gern trugen. »Und was ist mit Euch? Seid Ihr auch aus Certis gekommen?«

»Nein, Ser.«

Cerryl lachte. »Ihr lügt beide. Der Vicomte hat Euch bezahlt, damit Ihr herkommt und den alten Händlern helft, uns Schwierigkeiten zu machen. Die meisten sind jetzt tot. Wenn Ihr so weitermacht, werdet Ihr auch bald tot sein. Wenn Ihr aber ehrliche Arbeit sucht, könnt Ihr ins Hauptquartier kommen und mit Magierin Lyasa reden. Wir brauchen ein paar ehrliche und erfahrene Leute als Streifengänger.«

Auf einmal spürte er, dass etwas nicht stimmte. Er drehte sich um und sah gerade noch rechtzeitig den Armbrustschützen auf dem Dach. Cerryl schoss eine Feuerkugel ab, und als die verkohlte Leiche vom Dach fiel, zog er den Wallach herum und sah sich auf dem Platz um.

Ein Zischen erklang und der zweite Armbrustschütze stürzte von der Veranda des Korbmachers.

Cerryl und Lyasa überprüften die Umgebung, aber es kamen keine weiteren Angriffe.

Als Cerryl sich wieder an die beiden wandte, mit denen er vorher gesprochen hatte, zitterten ihm fast die Beine. Die Männer standen inzwischen mit dem Rücken zur Wand des Schiffsausrüsters, Lanzenspitzen zielten auf ihre Brust. Ein paar Einheimische lugten neugierig um die Ecke und warteten, ob Cerryl die verkleideten Bewaffneten töten würde.

»Falls … falls es einen weiteren Anschlag auf irgendjemanden aus Fairhaven gibt«, sagte Cerryl laut und kalt, »habt Ihr Euer Leben verwirkt. Wir versuchen, Spidlaria auf die Beine zu helfen, damit die Stadt wieder aufblüht. Euch und Euren Freunden aus Certis scheint mehr daran gelegen zu sein, die Stadt zu zerstören. Liegt es etwa daran, dass Certis die Leute aus Spidlar fürchtet?«

Cerryl wandte sich an Suzdyal. »Lasst sie dieses Mal laufen.«

Er spürte zahlreiche Augenpaare auf sich ruhen, als er mit Lyasa und den Lanzenreitern quer über den Platz zu seinem Hauptquartier zurückkehrte.

»… weißer Bastard …«

»… nicht in die Quere kommen …«

»… auf seine Art sogar gerecht …«

»… gerecht nennen, wenn er fünf Kommissionäre umgebracht hat … nur er selbst und kein anderer gewesen …«

»Certis … wie konnte er so sicher sein?«

»Lügen, alles nur Lügen …«

»… nichts davon … keine Ahnung …«

Cerryl räusperte sich und sah Lyasa fragend an. »Meinst du, ich bin zu nachsichtig gewesen?«

»Könnte sein.«

»Nein, ich bitte um Verzeihung, Ser«, schaltete sich Suzdyal ein. »Die Schützen zu töten war in Ordnung, aber wenn Ihr einen Mann auf dem Platz getötet hättet, dann hättet Ihr die Leute nur gegen Euch aufgebracht.«

Cerryl hoffte, dass diese Einschätzung zutraf, aber er wusste auch, wie oft seine Hoffnungen schon enttäuscht worden waren. Unter anderem brauchte er einen guten Händler, der etwas von seiner Arbeit verstand – jemanden wie Layel. Er schürzte die Lippen. Layel hätte in Spidlaria nicht viel Konkurrenz gehabt.

»Du hast so einen seltsamen Gesichtsausdruck«, meinte Lyasa.

»Ich denke darüber nach, einen Händler herzubringen und ihm Reylerks Unternehmen zu übergeben.«

»Layel?«

»Warum nicht?«

»Du bist ein brandgefährlicher Magier«, sagte Lyasa und schaffte es beinahe, ein ernstes Gesicht zu machen.

»Fällt dir sonst noch jemand ein?«

»Niemand, dem du trauen könntest.« Lyasa hielt inne und überlegte einen Augenblick. »Wenn er einwilligt, wird deine rothaarige Freundin nicht sehr erbaut sein.«

»Weil sie Muneats Nichte ist?«

»Sie steht einigen Kaufleuten sehr nahe. Einem ganz besonders.«

»Und jedem anderen Mann, der etwas zu bieten hat«, fügte Cerryl trocken hinzu.

Die schwarzhaarige Magierin lachte.

Cerryl dachte eine Weile nach. Ihm wurde klar, dass Lyasa mehr wusste, als sie verraten hatte. »Wem steht sie denn besonders nahe?«

Lyasa zog die Augenbrauen hoch. »Das ist nur Klatsch ...«

»Ich verstehe.«

»Es ist der Vater des Gatten ihrer Schwester.«

Cerryl nickte. *Schon wieder Jiolt.*

Nachdem er im Hof ihres Hauptquartiers abgestiegen war, eilte Cerryl ins Arbeitszimmer und begann sofort zu schreiben. Er brauchte einen guten Händler – und zwar einen, dem er vertrauen konnte. *Ob Layel es genauso sehen würde? Und würde er den Eindruck gewinnen, dass sich dieses Unternehmen für ihn lohnen könnte?*

Wer weiß? Cerryl konnte ihm nur die Gelegenheit bieten.

Als er fertig war, ließ er Hiser von einem der Wächter in sein Arbeitszimmer holen.

Der blonde Hauptmann trat ein und grüßte mit knappem Nicken. »Ja, Ser? Wie ich hörte, hattet Ihr heute

Schwierigkeiten. Es tut mir Leid, dass ich nicht zur Stelle war.«

Cerryl schüttelte den Kopf. »Unteroffizier Suzdyal hat sich gut geschlagen und Ihr könnt nicht überall sein.«

Hiser war sichtlich erleichtert.

»Ich habe aber eine kleine Aufgabe, die ich Euch persönlich anvertrauen möchte.« Cerryl gab ihm die versiegelte Schriftrolle. »Dies hier muss an den Kommissionär Layel in Fairhaven geschickt werden. Ich wünsche nicht, dass Kalesin damit belästigt wird.«

»Ich könnte mir vorstellen, dass wir dies mit unserem eigenen Kurier schicken«, meinte Hiser grinsend. »Ich kann dafür sorgen, dass er diese Schriftrolle als letzte unmittelbar vor seinem Aufbruch bekommt.«

»Das wäre gut. Ich hoffe, der Kommissionär Layel kann uns helfen, die Dinge in Spidlaria wieder zu ordnen. Es wäre aber besser, wenn niemand von meinen Plänen erfährt.« Cerryl zuckte mit den Achseln. »Vielleicht willigt er auch gar nicht ein und das könnte uns Schwierigkeiten bereiten. Oder er willigt ein und wir bekommen wieder andere Schwierigkeiten.«

»Ich verstehe, Ser.« Hiser dachte kurz nach. »Ich freue mich, dass es Suzdyal war. Prytyr hätte seine Sache auch gut gemacht. Die anderen ... ein paar kenne ich nicht so gut, wie ich sie kennen sollte.«

»Ihr werdet sie schon noch kennen lernen«, beruhigte Cerryl ihn. »Ich bin froh, dass ich so gute Hilfe hatte. Und auch Euch möchte ich danken.«

Hiser nickte noch einmal und ging hinaus.

Cerryl betrachtete die Stapel mit Papieren und Schriftrollen, dann stand er auf und streckte sich. Er hatte Hunger und die Papiere würden ihm nicht davonlaufen.

LXXVII

Cerryl schloss die Tür seines Arbeitszimmers und brach zu einem seiner häufigen, aber unregelmäßigen Kontrollgänge durch Spidlaria auf. Mittags oder bei Regen war er schon längere Zeit nicht mehr ausgeritten. Er hoffte, die Kopfschmerzen, die der leichte Regen ihm bescherte, würden nicht schlimmer werden. Doch ihm blieb nichts übrig, als ständig die Stadt zu überwachen, und er konnte es sich nicht erlauben, seine Kontrollen nur bei gutem Wetter vorzunehmen.

»Cerryl!« Lyasas Stimme klang drängend. Sie steuerte direkt auf ihn zu, die weiße Kleidung makellos wie immer, obwohl schon am Morgen ein früher Herbstregen gefallen war.

»Ja?«

»Suzdyals Lanzenreiter haben einen Mann gefasst, der aus dem Laden des Schiffsausrüsters gerannt kam. Du weißt schon, der Ladenbesitzer, den du als Ersten gezwungen hast, seine Waren öffentlich zu verkaufen.«

Nach dieser Einleitung war Cerryl klar, dass gleich etwas folgen würde, das ihm überhaupt nicht gefiele. »Und?«

»Der Schiffsausrüster – Tyldar – hat nicht erzählt, was vorgefallen war, aber er hatte Blut auf der Schürze und eine frisch verbundene Wunde am Arm. Er hat darauf beharrt, dass er sich selbst geschnitten hätte.«

»Er hat Angst zu reden.« Cerryl seufzte. »Also gut. Wo ist der Mann, der fliehen wollte?«

Lyasa lächelte. »Er und der Schiffsausrüster sind in der Empfangshalle, Lanzenreiter bewachen sie.«

»Du kennst mich einfach zu gut«, klagte Cerryl.

»Nicht so gut wie Leyladin, aber gut genug, um zu wissen, wie du in solchen Fällen reagierst.«

»Warte mal. Ich brauche noch eine Liste.« Er drehte sich um.

»Eine Liste?«

»Eine Liste der wichtigen Händler, die noch in Spidlar leben. Kalesins Liste, die du überprüft hast.«

»Glaubst du, einer von ihnen steckt dahinter?«

»Wenn es ein geplanter Anschlag war ... dann wäre es möglich.« Cerryl öffnete die Tür des Arbeitszimmers und holte die Liste, dann schloss er die Tür wieder und nickte dem Lanzenreiter zu, der Wache hielt.

»Ich weiß nicht, wie lange ich brauchen werde, Zoyst. Lass niemanden hinein, es sei denn, ich schicke Magierin Lyasa.«

»Ja, Ser.«

Als sie zum Empfangssaal gingen, der früher als Speisesaal gedient hatte, fiel Lyasa noch etwas ein. »Daran hätte ich nicht gedacht. Wir haben hier keine Stadtwache. Man merkt, dass du Erfahrungen gesammelt hast.«

»Wir brauchen eine Stadtwache, aber es wird nicht funktionieren, solange Fairhaven die Wächter stellt.«

»Es wird aber auch nicht funktionieren, wenn wir sie nicht genau im Auge behalten.«

»Darüber können wir uns noch unterhalten, wenn ich mit den beiden da gesprochen habe.«

Vor dem Empfangssaal wartete ein Zug Lanzenreiter. Cerryl zog erstaunt die Augenbrauen hoch.

»Ich dachte, es sei sicherer, gleich den ganzen Zug aufzubieten«, erklärte Suzdyal.

»Hoffentlich wird es nicht so schlimm.« Er öffnete die Tür und fand drinnen einen weiteren halben Zug Lanzenreiter. Zwei von ihnen hatten die Klingen gezogen und sich links und rechts neben einem Stuhl postiert, der an einem niedrigen Tisch stand.

Cerryl setzte sich auf den Stuhl und betrachtete über den leeren Tisch hinweg den Mann, den die Lanzenreiter geschnappt hatten. Es war ein stämmiger Kerl mit kurzen Haaren und unsteten Augen. Der Waffen-Magier war zwar sicher, dass er den Mann noch nie gesehen hatte, aber er war von der gleichen Sorte wie die verkleideten Bewaffneten im Dienst der fünf Händler, die Cerryl zu Asche verbrannt hatte.

Lyasa stellte sich links hinter Cerryl.

»Könntet Ihr uns Euren Namen nennen?« Im Grunde war es Cerryl jedoch egal, ob der Mann seinen Namen nannte oder nicht.

»Hystryr.«

Nicht gerade sehr helle … eindeutig ein certischer Name … »Was hattet Ihr beim Schiffsausrüster zu suchen?«

»Ich war doch gar nicht dort.«

»Das war Eure erste Lüge«, erwiderte Cerryl ruhig. »Hat Euch jemand auf Tyldar, den Schiffsausrüster, angesetzt? Hat jemand gesagt, Ihr sollt ihn angreifen?«

»Ich war nicht dort«, wiederholte der Mann.

»Das ist die zweite Lüge. War es ein Händler, der Euch bezahlt hat, damit Ihr den Schiffsausrüster angreift?«

Hystryr sah nervös zu den Lanzenreitern, die sich mit gezogenen Klingen links und rechts neben Cerryl und Lyasa aufgestellt hatten. »Ich weiß nicht, wovon Ihr redet.«

Cerryl zog die Liste heraus, die er sich hinter den Gürtel gesteckt hatte. »War es Nussal?«

»Ich weiß nicht, wovon Ihr redet.«

»Querialt … Yurtal … Kestrisal …«

Cerryl hielt inne und wandte sich an Lyasa. »Gehe mit Hiser oder Suzdyal und einer vollen Kompanie Lanzenreiter in die Stadt und hole den Händler Kestrisal her.« Er winkte sie näher zu sich heran und fügte leise hinzu: »Fessele dem Kaufmann sofort die Hände und achte darauf, dass er sich nichts in den Mund steckt.«

»Ja, Ser.« Mit grimmigem Lächeln richtete Lyasa sich wieder auf und verließ die Empfangshalle.

Die Farbe war aus Tyldars Gesicht gewichen, Hystryr

starrte Cerryl benommen an und wich den Blicken des Schiffsausrüsters aus.

Cerryl lächelte. »Ihr habt es nicht verstanden, nicht wahr? Ihr habt bisher nur einen Bruchteil der Macht der Gilde gesehen.« Dann wandte er sich wieder an Hystryr. »Während wir auf den Kaufmann Kestrisal warten, könnt Ihr mir einige weitere Fragen beantworten.«

Der verhinderte Attentäter richtete sich ein wenig auf. »Ich weiß nichts.«

»Haben Euch die Offiziere des Vicomte Gold versprochen?

Habt Ihr für Kestrisal noch andere Dinge …

Für andere Händler …«

Cerryl stellte ihm eine lange Reihe von Fragen, und die Reaktionen des Halunken verrieten ihm, dass Rystryr tatsächlich versucht hatte, den Einfluss der Gilde in Spidlar zu untergraben; doch bei den anderen Namen ließ sich der Mordbube überhaupt nichts anmerken.

Während Cerryl das Verhör fortsetzte, schwankte der Gesichtsausdruck des Schiffsausrüsters zwischen Angst, Entsetzen und Neugierde.

Cerryl brach die Befragung ab, als die Tür des Saals geöffnet wurde. Ein gefesselter Kaufmann, bei dem es sich um Kestrisal handeln musste, wehrte sich heftig, als die Lanzenreiter ihn ein Dutzend Schritte vor dem Tisch auf die Fliesen setzten.

Cerryl baute eine kleine Chaos-Flamme auf und ließ sie in Richtung des vierschrötigen Händlers wachsen. »Ich schlage vor, dass Ihr Euch ruhig verhaltet.«

Kestrisal zuckte zusammen, sein Ziegenbärtchen zitterte.

»Dieser gedungene Mörder aus Certis hat, wenngleich unfreiwillig, gestanden, dass Ihr ihn angeheuert habt, um den Schiffsausrüster Tyldar anzugreifen. Trifft dies zu?«

»Natürlich nicht«, gab Kestrisal höhnisch zurück. »So dumm bin ich nicht.«

»Wie Euer Werkzeug ...« Cerryl hatte Mühe, sich an den Namen zu erinnern. »Wie Euer Werkzeug Hystryr lügt Ihr.«

Kestrisal erwiderte äußerlich unbeeindruckt Cerryls Blick.

Cerryl sah auf die Liste. »Hatte Querialt etwas damit zu tun?«

Er bekam keine Antwort und der Kaufmann zeigte keine Reaktion.

»Yurtal?

Sieral?«

Cerryl lächelte. »Notiere den Namen Sieral.« Lyasa nickte, und Cerryl fuhr fort, die Liste durchzugehen.

Obwohl der Händler verbissen schwieg, konnte Cerryl sehen, wie der Mann innerlich zerbrach.

Schließlich beendete Cerryl die Befragung und wandte sich wieder an Lyasa. »Versuche, die anderen vier zu finden, und bringe sie her.«

»Ja, Ser.«

Als die schwarzhaarige Magierin gegangen war, wandte Cerryl sich noch einmal an Kestrisal. »Wir können die Wartezeit nutzen, um noch einiges herauszufinden.«

Der Kommissionär schlug die Augen nieder.

»Haben sich Beauftragte des Vicomte Rystryr aus Certis an Euch gewendet?

... der Präfekt von Gallos?

Hat Certis Euch Unterstützung versprochen, wenn Ihr einen neuen Rat der Händler einrichtet, dem Ihr angehören solltet?

Hat man Euch Goldstücke geboten, wenn Ihr Euch der Gilde widersetzt?«

Cerryl hielt inne und ließ sich von einem Lanzenreiter Wasser bringen, weil seine Kehle ausgetrocknet war. Er hatte gerade wieder begonnen, als der nächste Kaufmann herbeigeschleppt wurde, ebenfalls mit gefesselten Händen. Cerryl winkte den Lanzenreitern, Kestrisal zur Seite zu schaffen, und begann mit Sierals Befragung. Er wiederholte die Fragen trotz der zunehmenden Kopfschmerzen, und nickte befriedigt, als Sieral ohne es zu wollen bestätigte, was Kestrisal bereits verraten hatte.

Keiner der beiden folgenden Händler wollte sprechen, aber der Waffen-Magier fand erneut bestätigt, was er schon in Erfahrung gebracht hatte. Schließlich räusperte er sich. Er wurde vom vielen ungewohnten Reden allmählich heiser.

Cerryl betrachtete die vier gefesselten Händler, dann den gedungenen Mörder und schließlich den Schiffsausrüster. »Hystryr wird vorläufig in Ketten gelegt und nach Certis zurückgeschickt.«

Der Mann zuckte zusammen, zeigte aber keine weitere Reaktion.

Als Nächstes wandte Cerryl sich an den verletzten Schiffsausrüster. »Tyldar, Ihr werdet aus den Schatztruhen dieser vier Händler jeweils zehn Goldstücke bekommen. Ihr sollt die Hälfte der Goldstücke dazu verwenden, um Waren zu kaufen, die Ihr verkaufen könnt. Ist das klar?«

Tyldar schluckte. »Ja, Ser.«

Cerryl überlegte kurz und fuhr fast im Plauderton fort. »Was Euch vier angeht, so bin ich es müde, mich mit Menschen abzugeben, die ihr Gold dazu verwenden, um über Leben und Tod zu entscheiden, ohne sich überhaupt vor Augen zu halten, was mit den Einwohnern dieser Stadt geschieht. Ich bin es müde, mich mit Leuten abzugeben, die ihr ganzes Land zerstören, nur um ein paar Goldstücke mehr in ihre Schatzkisten zu bekommen, und die anschließend auch noch behaupten, sie hätten es nur für das Land getan, das sie doch selbst zerstört haben. Und besonders satt habe ich die Leute, die mich und sich selbst anlügen. Ihr sollt bei Sonnenaufgang durch das Chaos getötet werden.«

Er wandte sich an Lyasa und erklärte murmelnd, wie

er sich die Hinrichtung vorstellte. »Auf dem Hafenplatz.«

Sie erbleichte. »Man wird versuchen, dich zu töten.«

»Es muss öffentlich geschehen.«

Kestrisal wollte hochspringen, wurde aber sofort von einem Lanzenreiter aufgehalten, der ihm die flache Klinge auf die Schläfe schlug.

Ohne auf den bewusstlosen Händler zu achten, wandte Cerryl sich an Tyldar. »Ihr könnt jetzt gehen. Das Gold wird Euch geschickt werden.«

Tyldar zog die Augenbrauen hoch.

»Habe ich Euch schon einmal angelogen, Schiffsausrüster? Habe ich nicht genau das getan, was ich gesagt habe?«

Tyldar schlug die Augen nieder.

»Geht jetzt!«

Nachdem die Lanzenreiter die fünf Gefangenen hinausgeschleppt hatten, stand Cerryl auf und verließ den Empfangssaal. Draußen auf dem Flur tupfte er sich den Schweiß von der Stirn.

Kalesin kam zu ihm. »Was soll das bedeuten, dass Ihr all diese Händler hier hereinschleppen lasst?«

Cerryl sah ihn wortlos an.

Kalesin wartete.

»Ich beseitige alle, die sich verschworen haben, um sich der Gilde zu widersetzen, und die Eliasars und meinen Tod geplant haben. Habt Ihr damit ein Problem?«

»Woher wisst Ihr, dass es die Richtigen sind?«

»Ich weiß es, Kalesin.« Cerryl rang sich ein Lächeln ab, was ihm angesichts der bohrenden Kopfschmerzen, die er sich beim Wahrlesen der Händler und Kaufleute zugezogen hatte, nicht leicht fiel. »Stellt nie wieder in Frage, was ich sicher weiß.«

»Ich verstehe, Ser.« Kalesin nickte. »Mit Eurer Erlaubnis.«

»Mit meiner Erlaubnis.«

»Der Mann hasst dich«, murmelte Lyasa, die sich zu Cerryl gesellt hatte. »Es könnte dich das Leben kosten, wenn du die Männer öffentlich auf dem Hafenplatz hinrichtest.«

»Nicht, wenn wir schnell handeln. Wer mich umbringen lassen will, muss den richtigen Mann finden und bezahlen. Das erfordert eine gewisse Zeit. Diese Kaufleute töten nicht selbst. Nicht die, die noch hier in Spidlaria sind.«

»Hoffentlich hast du Recht.«

Cerryl hoffte es auch.

»Wir werden den größten Teil der Lanzenreiter brauchen«, überlegte Lyasa.

»Das ist in Ordnung, das ist es mir wert. Ich wünschte, wir hätten auch den Letzten noch erwischt, aber Sieral, oder wer es auch war, hat gesagt, Byal sei längst geflohen.«

Lyasa nickte. »Der Nachmittag ist schon fast vorbei, ich muss mich um die Vorbereitungen für das Schauspiel kümmern. Wir müssen uns beeilen.«

»Ich ruhe mich etwas aus, damit es auch wirklich ein beeindruckendes Schauspiel wird.«

Sie verabschiedeten sich mit einem Kopfnicken, und Cerryl kehrte in sein Arbeitszimmer zurück, um sich auszuruhen und etwas zu essen und zu trinken.

LXXVIII

Als die ersten Sonnenstrahlen auf das Wasser im Hafenbecken trafen, blickte Cerryl von der eilig aufgebauten Plattform zu den vier Kaufleuten hinunter, die gefesselt mitten auf dem Hafenplatz standen. Der Platz und die angrenzenden Straßen waren mit jedem Lanzenreiter besetzt, den Hiser und Lyasa nur hatten aufbieten können. Lanzenreiter und die paar Bogenschützen, die zu ihrer Truppe gehörten, bewachten jede Zugangsstraße und jedes Gebäude.

Cerryl räusperte sich und begann laut zu sprechen, damit er möglichst weit zu hören war. »Die Einwohner Spidlars wurden gewarnt, welche Folgen es hat, wenn man die Gilde hintergeht und ihr vorenthält, was ihr zusteht. Ihr habt die Gilde getäuscht und wolltet nicht zahlen, was Ihr hättet zahlen müssen. Zwei Eurer Städte wurden zerstört, Eure Bewaffneten wurden getötet oder sind geflohen. Danach haben sich Eure Vorgänger immer noch geweigert zu bezahlen, was sie schuldig waren. Auch sie sind gestorben und Ihr habt immer noch nichts daraus gelernt. Die Gilde will, dass alle Menschen in Candar besser leben, nicht nur ein paar gierige und selbstsüchtige Händler in Spidlar. Aber Ihr dachtet, Ihr wüsstet es besser als wir. Ihr wolltet lieber Euer eigenes Volk vernichten, nur um ein paar mehr Goldstücke einzusacken. Ihr wolltet nicht auf meine Worte hören. Vielleicht werden die anderen daraus lernen.«

Cerryl hielt einen Augenblick inne und sammelte Chaos-Energie um sich, die er auf die vier Kaufleute richtete.

Mit einem lauten Zischen fuhr eine Flammensäule über den Platz und stieg fast fünfzig Ellen hoch in die Luft.

Cerryl wartete nicht einmal, bis die Flammen erstarben, sondern stieg eilig von der Plattform hinunter und lief durch die zuckenden Schatten, die von den züngelnden Flammen geworfen wurden. Linkisch stieg er auf den kastanienbraunen Wallach und ließ sich von Lyasa und Suzdyals Wächtern zu seinem Quartier geleiten. Die Straßen schienen verlassen, aber er war sich wohl bewusst, dass hinter den Läden und abgedunkelten Fenstern zahlreiche Augenpaare auf ihn gerichtet waren.

Erst als Cerryl wohlbehalten im Hauptquartier angekommen war und wieder in seinem Arbeitszimmer saß, holte Lyasa tief Luft. »Solche Auftritte solltest du in Zukunft vermeiden.«

»Ich kann mich nicht verstecken. Das bringt sie nur auf die Idee, sie könnten uns vertreiben.« Cerryl ließ sich auf den Stuhl sinken und massierte seinen Nacken.

»Wenn dir etwas zustößt, dann *haben* sie uns schon so gut wie vertrieben. Natürlich wird es der Erzmagier anders nennen und der neue Rat der Händler wird zum Schein ein paar Goldstücke bezahlen, aber dann wird alles wieder so sein wie früher.«

»Das dürfen wir nicht zulassen«, sagte Cerryl mit gepresster Stimme.

»Aber wie willst du es verhindern? Du bist nicht der erste Magier, der versucht, etwas zu verändern. Solche Versuche waren noch nie erfolgreich. Sieh dir nur an, was mit Jeslek geschehen ist.«

»Ich muss es versuchen.« *Du hast keine Wahl ... denn wenn du als Versager nach Fairhaven zurückkehrst, bist du ein toter Mann ... früher oder später.*

»Du bist stur.«

»Wahrscheinlich.«

Lyasa gab ein Geräusch von sich, das gleichzeitig nach Erleichterung und milder Verzweiflung klang, und ließ sich auf den unbequemen Stuhl vor dem Schreibtisch sinken. »Cerryl ... ich habe noch nie erlebt, dass jemand das Wahrlesen auf diese Weise eingesetzt hat.«

Er rieb sich die Stirn. »Das ist eine dämonische Arbeit. Mir zerplatzt fast der Kopf.«

»Du lässt dir auch nicht gern Komplimente machen.«

»Entschuldige. Komplimenten gegenüber bin ich schon sehr lange misstrauisch, besonders nachdem ich mit Jeslek gearbeitet habe«, erklärte er. »Ich habe leider nur Wasser da. Magst du etwas trinken?«

»Ja, gern.«

»Du könntest es genauso machen wie ich. Du musst nur die Fragen in einer Weise stellen, dass sie verleugnen müssen, was du für die Wahrheit hältst. Man kann es leicht erkennen, wenn jemand wahrheitswidrig etwas leugnet. Das ist genau genommen kein Beweis, und wenn ich bei der Stadtwache von Fairhaven allein aufgrund des Wahrlesens gehandelt hätte, dann hätte ich Schwierigkeiten bekommen. Aber hier ... ich muss etwas unternehmen.«

»Wird es gelingen?«

Er zuckte mit den Achseln. »Die Leute müssen sich ändern oder sie werden getötet oder töten mich. Aber wenn ich genug von ihnen beseitige – immer von oben her –, dann werden ein paar der ärmeren Kaufleute und die einfachen Leute auf der Straße auf die Idee kommen, dass die Gilde es nicht auf sie abgesehen hat.«

»Damit unterstellst du ihnen eine Weitsicht, die sie nicht haben.«

»Wir müssen dafür sorgen, dass sie es erkennen.« *Irgendwie ... auf irgendeine Weise ...* Er massierte sich unablässig die Stirn und hoffte, die Nadelstiche in den Augen würden endlich nachlassen.

Lyasa schenkte sich einen Becher Wasser ein und trank. So blieben sie noch eine Weile im Halbdunkel sitzen. Keiner der beiden blickte zur schmorenden Glut auf dem Hafenplatz.

LXXIX

Der stämmige blonde Magier stand vor dem wuchtigen Schreibtisch. Cerryl war dankbar für den Abstand, den das Möbelstück erzwang. »Ich verstehe es nicht. Ihr habt eine Hand voll Kaufleute getötet und jetzt sind die Leute wieder auf der Straße.« Kalesin sah ihn verwirrt an.

»Ich habe nicht viele einfache Leute getötet. Auch die gedungenen Mörder habe ich nicht getötet, soweit sie nicht versucht haben, mich umzubringen. Und den Schiffsausrüster habe ich ebenfalls am Leben gelassen.« Cerryl zuckte mit den Achseln. »Nach einer Weile verstehen sogar die Dümmsten, was ich damit bezwecke.« *Nur du verstehst es leider nicht, Kalesin.*

»Aber im Hafen sind keine Schiffe«, erwiderte Kalesin beinahe überheblich.

»Es dauert eine Weile, bis es sich herumgesprochen hat.« Cerryl lächelte nachsichtig. »Gestern ist ein Küstensegler gekommen und wir haben ein paar Goldstücke eingenommen. Das ist mehr, als in der ganzen letzten Zeit hereingekommen ist.« Er stand auf und blickte durchs offene Fenster hinaus. Es war ein kühler Tag im Frühherbst. »Ich muss einen Inspektionsritt machen.«

»Das tut Ihr öfter, aber Ihr lasst die Truppen nicht so scharf exerzieren wie Eliasar.«

»Das kann ich nicht. Ich weiß nicht, wie man es macht. Ich würde nur meine und ihre Zeit verschwenden.« Cerryl winkte Kalesin, das Arbeitszimmer vor ihm zu verlassen. »Deshalb überlasse ich Hiser und Teras das Training. Sie wissen, was sie zu tun haben.«

»Aber Ihr seid doch hier der Waffen-Magier«, meinte Kalesin, als sie draußen im Flur standen.

»Das ist wahr.« Cerryl runzelte die Stirn. »Doch wenn ich meine Aufgabe hier erfolgreich erledige, wird niemand fragen, wie oft ich meine Lanzenreiter habe exerzieren lassen. Habe ich keinen Erfolg, dann wird man mich gewiss nicht loben, wenn ich die Lanzenreiter habe exerzieren lassen.« Er nickte Kalesin zu. »Morgen erwarte ich Euren Bericht über die Sägemühlen. Danach könnt Ihr in Angriff nehmen, was wir in Zusammenhang mit den Erzeugern von Wolle besprochen haben.«

»Ja, Ser.«

Cerryl ging rasch in den Hof hinaus und ließ Kalesin im Flur stehen.

LXXX

Cerryl zügelte das Pferd vor einem lang gestreckten einstöckigen Gebäude und stieg ab. Zwei Lanzenreiter aus dem Zug, der ihn begleitete, folgten seinem Beispiel. Der Waffen-Magier war nicht begeistert davon, dass er ständig von einer Eskorte begleitet wurde, aber Lyasa, Hiser, Teras und Suzdyal hatten Recht mit ihrer Einschätzung, dass sie besser vorsichtig sein sollten. *Das wird sich hoffentlich bald ändern.*

Im unablässig strömenden, kalten Regen trat er unter das Vordach, das die grob aus dicken Brettern gezimmerte Tür schützte. Cerryl klopfte an und wartete, dass die Tür geöffnet würde.

Der stämmige, bärtige Kommissionär wich erschrocken in den großen Raum mit den Vorratskrügen zurück. »Ser Magier … ich habe nichts getan … ich habe nichts Falsches getan …« Seine Stimme war dünner und schriller, als Cerryl sie in Erinnerung hatte.

Neben dem zweiten Vorratskrug stand ein junger Mann, ebenfalls bärtig, der Cerryl mit großen Augen anstarrte.

»Ich weiß«, gab Cerryl leise zurück, ohne sich ins Gebäude zu drängen. »Im Gegensatz zu vielen anderen Kommissionären und Händlern, denen ich in Spidlar begegnet bin. Und in Certis«, fügte er hinzu. »Ihr seid ein ehrlicher Mann.«

»Ich vertreibe Lehm und Färbemittel für die Färber und dabei muss man ehrlich sein«, erklärte Aliaskar.

»Darf ich hereinkommen?«

»Natürlich.« Aliaskar wich noch einmal zwei Schritte zurück.

Die beiden Lanzenreiter folgten Cerryl nach drinnen, blieben aber zurückhaltend an der Tür stehen.

Der Magier tupfte sich die feuchte Stirn ab. Im Gebäude roch es nach Erde und Lehm. Wieder wandte er sich an den Kommissionär. »Ihr habt bemerkt, dass die Lanzenreiter Euch und die anderen Kaufleute, die sich um ihre Geschäfte kümmern, nicht belästigt haben?«

»So sagen es die Leute«, erwiderte Aliaskar vorsichtig.

»Hat man Euch belästigt?«

»Nein, Ser Magier.«

»Solange ich hier bin und solange Ihr die Gebühren zahlt, die Ihr schuldig seid, wird niemand Euch oder sonst jemanden belästigen, der Eurem Beispiel folgt.«

»Schöne Worte sind das ...«

»Aber Ihr habt Eure Zweifel. Die hätte ich sicher auch, wenn ich dort stehen würde, wo Ihr jetzt steht«, gab Cerryl zu. »Ihr könnt Euch entscheiden, mir zu glauben oder nicht. Der Handel ist es, der Candar beisammen hält, und der Handel ist auf Meere, Flüsse und Straßen angewiesen. Ohne gute Straßen nimmt der Handel ab und wird teurer. Es erfordert mehr Zeit, Orte ohne Häfen zu erreichen.«

»Das stimmt wohl.«

»Fairhaven hat die Straßen gebaut, die von vielen Menschen befahren werden, aber etliche wohlhabende Händler in Certis, Spidlar und Gallos haben sich geweigert, für die Benutzung der Weißen Hauptstraßen zu bezahlen.«

»Ich habe gehört, dass manchen die Benutzung der Straßen überhaupt nicht gestattet wurde.«

Cerryl runzelte die Stirn und dachte an die Händlerin, die anscheinend die Gefährtin des Schmieds Dorrin gewesen war. »Auch das kann zutreffen. Ich glaube aber nicht, dass dies heute der Fall ist.« *Nicht wenn ich es verhindern kann.* »Was ich gerade erläutert habe, führte dazu, dass die Händler in Fairhaven mehr bezahlen mussten und oft die Preise der Händler, die keine Gebühren gezahlt hatten, nicht unterbieten konnten.«

Aliaskar nickte zum Zeichen, dass er verstanden hatte, was Cerryl gesagt hatte, doch bedeutete dies nicht unbedingt, dass er dem Inhalt der Worte zustimmte.

»Aber als die Gilde die Händler in Spidlar und Certis und Gallos aufforderte, die Gebühren zu bezahlen, hat man uns ignoriert oder verhöhnt. Wir haben noch einmal darum gebeten und sind wieder ignoriert worden. Wir haben versucht, die Menschen zu warnen, ohne zu viele zu töten.«

»Mit den Bergen, die der alte Magier in Gallos hat wachsen lassen?«

Cerryl nickte. »Dies brachte den Präfekten von Gallos zu der Ansicht, dass es besser sei, die Gebühren zu zahlen. Doch der Rat der Händler in Spidlar war immer noch nicht überzeugt. Sie haben billige Waren von der Schwarzen Insel eingekauft und die Straßen, die wir gebaut haben, benutzt, um die Waren zu verkaufen, ohne jedoch die fälligen Gebühren zu entrichten.« Er zuckte mit den Achseln. »Schließlich mussten wir kämpfen. Wir hätten den Kampf lieber vermieden, und solange die Gebühren entrichtet werden, wird es keine weiteren Kämpfe geben.«

»Eure Worte klingen vernünftig, aber manch einer würde behaupten, dass die Gebühren doch nur den Luxus in der Weißen Stadt vermehren helfen.«

Cerryl lachte unfreundlich. »Ob Ihr es mir glaubt oder nicht, der Erzmagier von Fairhaven lebt in einem einzigen großen Raum oben in einem Turm. In Fairhaven ist das Haus des reichsten Händlers nur ein Viertel so groß wie Reylerks Anwesen. Dennoch gibt es bei uns keine Bettler und die Menschen verhungern nicht auf den Straßen. Ihr – oder wer auch immer – könnt zur Stadt reisen und Euch selbst davon überzeugen.« Er überlegte einen Augenblick, ehe er fortfuhr. »Ich wurde als Waisenkind zu einem Schreiber in die Lehre gegeben und die Magier haben mich aufgenommen. Die Magierin Lyasa kommt aus keinem reichen, angesehenen

Elternhaus, auch der Obermagier Kinowin stammt aus bescheidenen Verhältnissen.«

Aliaskar runzelte die Stirn und betrachtete Cerryl und die Lanzenreiter. »Ich weiß nicht. Ihr habt bisher getan, was Ihr angekündigt habt. Ihr habt nicht gelogen, soweit ich weiß. Aber trotzdem ...«

Cerryl nickte. »Ich erwarte nichts von Euch, außer dass Ihr über meine Worte nachdenkt. Eine Sache gibt es noch, die ich Euch wissen lassen möchte. Ich habe ein paar bedeutende Händler aus dem Osten Candars eingeladen, hierher zu kommen und Niederlassungen einzurichten.« *Bisher erst einen ... aber das muss er nicht wissen.*

»Baut Ihr darauf, dass sie loyaler sind?«

»Nein. Ich baue auf ihre Einsicht, dass überall im Osten Candars die gleichen Gebühren und die gleichen Regeln für den Handel gelten. Wenn diese Gleichheit nicht hergestellt wird, dann wird am Ende ganz Candar darunter leiden.« Cerryl lächelte schief. »Natürlich bedeutet dies auch, dass die Kommissionäre sich nicht mehr die Taschen mit Goldstücken füllen können, die dafür gedacht sind, Straßen zu bauen, die allen Händlern, den kleinen wie den großen, von Nutzen sind.«

»Ich muss darüber nachdenken, Ser Magier«, erwiderte Aliaskar.

»Mehr verlange ich nicht von Euch.« Cerryl nickte ein letztes Mal. »Ich werde Euch nicht weiter behelligen.« Er nickte. »Guten Tag.«

»Guten Tag, Ser Magier.«

Als die Tür geschlossen war, schnappte Cerryl noch ein paar Worte auf.

»... höchst seltsam, Ziersar.«

Wenn die Verwunderung die Leute zum Nachdenken brachte, sollte es Cerryl recht sein.

Nachdem er durch den kalten Nieselregen zu seinem Pferd zurückgekehrt und aufgesessen war, zog Cerryl die Liste hervor, warf einen Blick darauf und steckte sie wieder unter die gefettete weiße Lederjacke.

»Viskarl … er handelt mit Holzkohle.« *Bei der Dunkelheit … wie viele Tage werden wir noch dafür brauchen?* Viel zu viele, aber er musste wenigstens den größeren Teil der Kommissionäre und Kaufleute davon überzeugen, dass er und Fairhaven halbwegs menschlich waren und keine Weiße Dämonen. Oder jedenfalls nicht immer.

LXXXI

Cerryl hatte sich schließlich gefügt und einen weiteren Stuhl im Arbeitszimmer aufstellen lassen, damit Lyasa und Kalesin gleichzeitig vor dem alten Schreibtisch sitzen konnten. Wieder einmal begann der Tag mit einem grauen, wolkenverhangenen Morgen.

»Wir haben noch einmal zwanzig Goldstücke an Zöllen bekommen«, erklärte Lyasa. »Damit haben wir in dieser Jahreszeit fast einhundert Goldstücke eingenommen.«

»Zwanzig Goldstücke. Damit wird Sterol nicht zufrieden sein«, prophezeite Kalesin. »Er wird nicht einmal mit hundert oder zweihundert zufrieden sein. Nicht nachdem er im Sommer nur siebzig bekommen hat.«

»Richtig, er wird nicht zufrieden sein«, stimmte Cerryl freundlich zu. »Aber gestern ist schon wieder ein Küstensegler aus Suthya eingelaufen, und Tyldar sagte mir, dass ein weiterer aus Quend unterwegs sei.«

»Trotzdem …«, murmelte Kalesin.

So düster Kalesins Prophezeiungen auch waren, Cerryl wusste, dass der stämmige Magier Recht hatte. Sterol und Anya würden seine Leistungen unbefriedigend finden. Wahrscheinlich waren sie längst zu dieser Ansicht gekommen und hätten zweifellos schon seine Ablösung geschickt, wenn sie einen Ersatz gefunden hätten. *Aber so weit ist es noch nicht.*

»Ein weiterer Küstensegler hilft uns sicher etwas«, meinte Lyasa.

Wenn doch Layel endlich kommen würde … oder wenn er jemanden schicken würde … Wertel meinethalben … »Ein großes Handelsschiff aus Hamor oder Sarronnyn würde uns noch mehr einbringen«, sagte Cerryl, »aber der Herbst ist ja noch nicht einmal zur Hälfte vorbei.«

Er wurde unterbrochen, als es klopfte.

»Herein.«

Unteroffizier Suzdyal lugte herein und hielt zwei Schriftrollen hoch. »Für Euch, Ser.«

»Danke.« Cerryl stand auf.

Lyasa nahm die Dokumente entgegen und reichte sie an Cerryl weiter. Kalesin beäugte neugierig die Schriftrolle mit den hellroten Bändern.

Cerryl ignorierte den Blick. »Euer Bericht über die Wollhändler liegt mir noch nicht vor.«

»Ich muss erst noch zwei Kommissionäre aufsuchen.«

»Vielleicht solltet Ihr das möglichst bald tun.«

»Einer sitzt aber jetzt in Kleth.«

»Dann besucht den ersten und schließt Euren Bericht ab. Der zweite kann noch lange in Kleth bleiben.«

»Lasst uns gehen, Kalesin.« Lyasa stand auf. »Der Waffen-Magier hat viel zu tun und wir selbst natürlich auch. Für mich selbst kann ich jedenfalls nichts anderes sagen.«

Nachdem die beiden Magier gegangen waren, öffnete Cerryl die erste Schriftrolle. Er war froh, dass Teras oder Hiser sie ihm ohne Umweg zugestellt hatten. Das Siegel des Erzmagiers zerbröckelte, als wäre es mit viel zu viel Chaos geschützt worden.

Seid gegrüßt, Cerryl –

Die siebzig Goldstücke, die Ihr geschickt habt, waren nach Ansicht des Rates ein enttäuschendes Ergebnis Eurer Bemühungen. Als Waffen-Magier von Spidlar sollt Ihr sämtliche

Goldstücke einsammeln, die von diesen Verrätern nicht gezahlt worden sind …

Cerryl hätte beinahe mit den Zähnen geknirscht. Vier Fünftel des Vermögens der Händler waren von Jeslek eingezogen und nach Fairhaven geschickt worden, noch bevor Eliasar eingesetzt worden war. Als Cerryl dann kam, waren alle restlichen Goldstücke längst verborgen oder weggeschafft worden. Er musste sich überwinden, den Brief zu Ende zu lesen.

… bald größere Anstrengungen in Hydlen nötig und Spidlar muss schnellstens zur Räson gebracht werden, damit wenigstens die Hälfte der dort stationierten Lanzenreiter nach Fairhaven zurückkehren und auf die Feldzüge im Frühling vorbereitet werden kann …

Feldzüge? Gegen Hydlen und wen noch?

Wir erwarten von Euch mindestens tausend Goldstücke bis zur Jahreswende … beste Wünsche vom Rat, dass Ihr erfolgreich Eure Pflichten erfüllen werdet …

Das Dokument war noch nicht einmal von Sterol selbst, sondern von Anya unterzeichnet worden: »Auf Anweisung des Erzmagiers, Seiner Hoheit Sterol.«

»Hoheit?« Cerryl schnaufte. Was erwartete Sterol nun? Oder besser, worauf wollte Anya hinaus? Es hatte mehr als zwei Jahre gebraucht, um Spidlar zu zerstören, und jetzt erwartete der Erzmagier einen gewaltigen Strom von Goldstücken nach nicht einmal zwei Jahreszeiten? Nachdem Jeslek bereits die größten Vermögen eingezogen hatte? Abgesehen von dieser einmaligen Plünderung der Stadt hatte Fairhaven sicher noch niemals tausend Goldstücke im Jahr aus Spidlaria bekommen. *Aber genau das war das Problem.*

Er holte mehrmals tief Luft, um sich zu beruhigen,

ehe er den zweiten Brief öffnete. Er hatte grüne Bänder und hoffentlich einen erfreulicheren Inhalt. Schon die Grußzeile munterte ihn beträchtlich auf:

Mein Liebster –

Ich habe diesen Brief mit Hisers Kurier geschickt und vertraue darauf, dass er dich möglichst bald erreicht.

Vater bereitet sich auf die Unternehmung vor, die du vorgeschlagen hast. Ich hoffe, du wirst die Ergebnisse bald sehen, falls es nicht sogar schon begonnen hat. Du hast viel verlangt, aber wir sind beide der Ansicht, dass deine Vorschläge schlussendlich uns allen nützen. Außerdem könnte in seinen letzten Lebensjahren das Klima dort für ihn günstiger sein. Auch Wertel ist dieser Ansicht …

Hatte Layels Gesundheit gelitten? Cerryl schluckte und fragte sich, ob Anya, Muneat und Jiolt etwa inzwischen in Fairhaven Layel und Leyladin das Leben schwer machten. *Aber nicht, wenn …* Im Glas hatte er nichts entdecken können, doch Anya ging natürlich stets verstohlen vor.

Wir wünschen euch beiden alles Gute und freuen uns darauf, euch möglichst bald wieder zu sehen.

Er lächelte, als er die Worte ›In Liebe‹ sah, mit denen Leyladin den Brief abgeschlossen hatte. Doch das Lächeln verging ihm rasch wieder, als er bedachte, welche verborgenen Bedeutungen sich offenbarten, wenn man beide Schriftrollen gleichzeitig betrachtete.

Nachdem er beide Briefe noch einmal gelesen hatte, stand Cerryl auf und sah aus dem Fenster. Es war ein Herbsttag, der beinahe schon kalt zu nennen war. Die Wolken waren dunkler geworden und kündigten noch mehr kalte Regenschauer an, die hier so häufig zu fallen schienen.

LXXXII

Als sich das erste Schiff langsam der Pier näherte, stieg Cerryl von seinem Wallach und ging hinüber, um zuzuschauen. Seine Wächter folgten langsam zu Pferd, ohne abzusteigen. Der Herbstwind, der vom Nordmeer herüberwehte, trug den Geruch von Salz und eine schneidende Kälte mit sich, die einen strengen Winter zu versprechen schien.

Cerryl hatte Mühe, sich seine Freude nicht anmerken zu lassen, als die beiden seetüchtigen Schiffe an den Pieren festgemacht wurden. Beide trugen das grün-goldene Banner von Layels Handelshaus. Die schwer beladenen Frachter waren die ersten seetüchtigen Schiffe, die seit Cerryls Rückkehr nach Spidlaria einliefen.

Ein blonder Mann mit schütterem Haar und blauer Kleidung, der von zwei grün uniformierten Wächtern beschützt wurde, stand in der Nähe des Bugs. Er winkte kurz zu Cerryl hinüber. Der Waffen-Magier und Verwalter Spidlars ging die Pier hinunter zur Laufplanke, die gerade angelegt wurde. Jetzt stiegen auch seine Leibwächter von den Pferden und folgten ihm, die Hände an den Schwertgriffen.

Layel stand oben über der Laufplanke auf Deck. »Wie ich sehe, habt Ihr jetzt Leibwächter – genau wie der Erzmagier. Ihr kommt wirklich in der Welt herum, Cerryl.« Der Kommissionär lachte.

»Wenn die Zahl der Feinde ein Maßstab für hohes Ansehen ist, dann kann ich auf diese Art von Ansehen gut verzichten.«

»Wollt Ihr mir in meiner Kabine Gesellschaft leisten? Oder besser, in der Kabine, die ich dem Kapitän weggenommen habe?«

»Gehören beide Schiffe Euch?«

»So ist es. Zwei weitere kommen noch aus Lydiar.

Wertel kümmert sich um sie und er macht seine Sache gut.«

Cerryl sprang auf die Laufplanke und von dort aus aufs Deck. Die Wächter folgten ihnen, als Magier und Kommissionär sich zum hinteren Deckhaus begaben.

Layel öffnete die schmale Tür und winkte Natrey zu sich. »Ihr könnt gern hineinschauen.«

Der Wächter nickte und überprüfte kurz die Kabine, dann blieben beide Wächter draußen vor den Kabine im Gang stehen, nachdem Layel und Cerryl sich hineinbegeben und der Kommissionär die Tür geschlossen hatte. Cerryl setzte sich auf einen Stuhl am golden glänzenden Eichentisch, der auf den polierten Dielenbrettern verschraubt war.

»Meinem Schiff vertraue ich mehr als jedem anderen Ort«, erklärte Layel.

»Mehr als den meisten anderen Orten«, stimmte Cerryl zu.

»Meine Tochter und der Obermagier haben mich gedrängt, Euer Angebot anzunehmen, obwohl ich zuerst anderer Ansicht war«, erklärte Layel.

»Ich stimme mit ihnen überein«, bekräftigte Cerryl.

»Inzwischen habe ich mich ihrer Meinung angeschlossen, nachdem ich einige Dinge erfahren habe. Fairhaven ist für einen ehrlichen Händler keine gute Stadt, solange Sterol Erzmagier ist und Anya an seiner Seite sitzt.«

»Was ist passiert?«

»Scerzet ... hat Leyladin Euch von ihm erzählt?«

Cerryl schüttelte den Kopf.

»Er ist sehr plötzlich verstorben ... und seine Lagerhäuser und Güter sind an Muneat und Jiolt gefallen, nachdem sie sich mit den Erben geeinigt hatten. Die Leute tuscheln, der Rat hätte eine Andeutung gemacht, dass es zu viele Kaufleute in Fairhaven gebe.« Layel lächelte wehmütig. »Da wurde es Zeit für mich und Euer Angebot schien durchaus verlockend.«

»Davon wusste ich noch nichts.«

»Ich glaube auch nicht, dass viele Leute davon gehört haben, aber es verhält sich dennoch so.« Layel räusperte sich. »Es wird schwer sein, hier anzufangen, auch wenn wir die Schiffe und das Gold haben.«

»Vielleicht ist es nicht ganz so schwierig, wie Ihr glaubt. Als Gegenleistung dafür, dass Ihr helft, den Handel in Spidlar wieder in Schwung zu bringen, übereigne ich Euch das Wohnhaus, die Lagerhäuser und das Land eines ehemals führenden Kommissionärs im Ort.«

»Was ist ihm zugestoßen, dass er seinen Besitz nicht mehr braucht?«

»Er war an einer Verschwörung beteiligt, um Eliasar und dann mich zu töten. Und er hat gelogen. Als ich ihn befragt habe, hat er Gift genommen. Ich habe zehn weitere Männer hingerichtet, die an der Verschwörung beteiligt waren. Seitdem läuft es besser, aber wir brauchen größere Handelshäuser mit Schiffen wie den Euren.«

»Und Ihr wollt mir sein Hab und Gut geben, damit ich tun kann, was ich sowieso tun würde?«

»Ich habe eine Bedingung«, gestand Cerryl.

»Nur eine?«, fragte Layel mit hochgezogener Augenbraue.

»Eigentlich zwei. Ihr sollt Fairhaven treu dienen – nicht dem Erzmagier, wer es auch sei –, und Ihr sollt den Handel hier einrichten, als wärt Ihr nicht in Spidlaria, sondern in Fairhaven. Abgesehen von der Sondersteuer auf Waren aus Recluce werden allerdings die Gebühren niedriger sein, sagen wir ein Zwanzigstel. Magierin Lyasa befehligt einen Trupp Lanzenreiter und treibt die Gebühren ein.«

»Wollt Ihr alle Einnahmen aus den Gebühren nach Fairhaven schicken?«

»Wir legen einen Teil beiseite, um unsere Lanzenreiter hier zu besolden.« Cerryl lächelte schief. »Und wir brauchen das Geld noch für ein paar andere Dinge, etwa um die Piere und den Hafen instand zu halten.«

»Sterol wird es nicht gefallen, wenn Ihr hier niedrigere Gebühren verlangt. Oder wenn Ihr nicht jedes Goldstück zum Weißen Turm schickt.«

»Abgesehen von Euch, Lyasa und mir selbst sind die Kaufleute die Einzigen, die es wissen. Lyasa wird nichts verraten, und ich kann mir nicht vorstellen, dass die Kaufleute sich beklagen, wenn sie niedrigere Gebühren zahlen müssen.«

»Ha, damit habt Ihr natürlich Recht. Kein Händler, der sein Geld wert ist, würde so etwas auch nur mit einer Silbe erwähnen.« Layel blickte zum geschlossenen Bullauge. »Aber es ist eine unwirtliche Gegend, es kann hier schrecklich kalt werden.«

»Lieber in der Kälte sitzen als tot sein, und es würde Euch das Leben kosten, wenn Ihr länger in Fairhaven bleiben würdet. Ihr seid schließlich Leyladins Vater und Muneats und Jiolts Rivale.«

»Und außerdem«, Layel zog die Augenbrauen hoch, »und außerdem bin ich der Vater Eurer Frau. Ihr und ich, wir wissen, dass es so ist, auch wenn es heißt, dass ein Weißer nicht heiraten kann.« Er wischte Cerryls Einwände mit einer ungeduldigen Handbewegung weg. »Ihr habt schon Recht, es wäre mir dort früher oder später schlecht ergangen.« Layel knetete sein Kinn. »Aber ich mache mir Sorgen um Leyladin.«

»Die Gilde schätzt ihre Fähigkeiten, und da Leyladin nicht über Chaos-Energien gebieten kann, wird sie nicht als Bedrohung empfunden.«

»Mein Kopf sagt, dass Ihr Recht habt, aber mein Herz hat Angst.«

»Auch ich mache mir Sorgen.«

»Sie sehnt sich wirklich nach Euch und hofft sehr, Euch bald wieder zu sehen.«

»Ich glaube nicht, dass Anya und der Erzmagier meine baldige Rückkehr wünschen.«

»Was der Erzmagier wünscht, ist vielleicht nicht das Beste für Euch oder das Land«, erwiderte Layel.

»Das stimmt wohl.« Cerryl stand auf. »Wollt Ihr Euch ansehen, was Euch hier erwartet, ehe Ihr entscheidet, was Ihr mit Euren Waren und dem Geld tun wollt?«

»So sind die jungen Leute, immer haben sie es eilig.« Layel stand grinsend auf.

»Ich würde gern eine gewisse Heilerin wieder sehen, aber das wird erst möglich sein, wenn dieses Land wieder auf die Beine gekommen ist.« Cerryl öffnete die Tür der Kabine.

»Wie ich schon sagte«, meinte Layel mit noch breiterem Grinsen.

LXXXIII

Als er draußen auf den polierten Fliesen im Flur Schritte hörte, wandte Cerryl sich um.

Kalesin kam rasch zu Cerryl und den beiden Lanzenreitern, die vor dem Arbeitszimmer Wache hielten. »Ich muss mit Euch reden, Ser.« Das Lächeln, das die Worte begleitete, wirkte falsch und gezwungen.

»Ich wollte gerade Lyasa auf einer Inspektionsrunde begleiten.« Cerryl öffnete die Tür des Arbeitszimmers, ging hinein und trat hinter den Schreibtisch, um etwas Abstand zwischen sich und den Magier zu bringen, blieb aber stehen.

Kalesin warf die Tür mit einem dumpfen Knall zu. »Ich weiß, Ser.« Hart und kalt waren die Augen des stämmigen blonden Magiers, der seit Cerryls Rückkehr nach Spidlaria erheblich fülliger geworden war. »Ich verstehe es nicht. Was habe ich getan, um Euer Missfallen zu erregen? Ihr lasst sie die Einnahmen aus den Gebühren verwalten und die Lanzenreiter überwachen, dabei ist sie nicht einmal eine Waffen-Magierin.«

»Sie macht ihre Sache gut«, erwiderte Cerryl gleichmütig. »Ich habe Euch die Aufgaben gegeben, die Ihr gut zu erledigen versteht.« Er hielt inne. »Viele der Aufgaben, die Ihr hier übernehmt, ähneln den Dingen, die ich für Jeslek oder Kinowin getan habe, oder der Rolle, die Anya für den Erzmagier spielt.«

»Ich habe dem geehrten Eliasar bewiesen, dass ich zu mehr tauge«, erwiderte Kalesin entschieden.

»Das mag wohl sein«, erwiderte Cerryl, »aber was wir zu tun vermögen, entspricht nicht immer dem, was getan werden muss. Ich brauche die Listen und die Wohnorte der Händler, wenn wir Gebühren und Zölle einnehmen wollen. Das ist eine mühsame, aber notwendige Aufgabe, die außerdem von einem Magier übernommen werden muss, der mit dem Spähglas umgehen kann.«

»Ich kann mehr als das«, beharrte Kalesin.

»Ich bin sicher, dass Ihr es könnt. Aber wenn Ihr mehr Aufgaben nachzugehen hättet, dann würdet Ihr nicht mehr das tun, was getan werden muss.« Cerryl gab sich Mühe, freundlich zu lächeln.

Kalesin presste die Lippen aufeinander und schwieg.

»Gibt es sonst noch etwas?«

»Nein, Ser.« Nach kurzem Schweigen fragte der blonde Magier: »Wenn Ihr erlaubt?«

»Ihr könnt jetzt gehen.«

»Danke, Ser.« Kalesin drehte sich um und öffnete die Tür.

Cerryl folgte ihm in den Flur hinaus.

Als Kalesin sich vom Arbeitszimmer entfernte und zum Haupteingang des Gebäudes marschierte, legten sich die Finger des blonden Magiers unwillkürlich um den Griff des Dolchs, den er an der Hüfte trug. Es war ein langer Dolch aus Eisen mit fest umwickeltem Griff und einer dicken Scheide.

Cerryl verkniff sich ein Stirnrunzeln und wandte sich an einen Wächter. »Ich reite mit Magierin Lyasa und einigen Lanzenreitern aus Hauptmann Teras' Kompanie zur großen Kaserne.«

»Ja, Ser.«

Der Waffen-Magier ging rasch in den Hof hinaus, um die Verspätung wettzumachen, die durch Kalesins Unterbrechung entstanden war.

Lyasa stand schon neben ihrem Pferd und hielt die Zügel von Cerryls gesatteltem Wallach fest. »Du musst aber nicht unbedingt mitkommen.«

»Wenn ich mich nicht gelegentlich blicken lasse, während du die Kaserne und die Lanzenreiter inspizierst, könnten sie vergessen, wer ich bin.« Cerryl nahm die Zügel und stieg auf.

Lyasa deutete zum Tor. »Kalesin ist gerade ausgeritten. Er war wütend.«

»Er ist in letzter Zeit fast immer wütend. Er will große Dinge und Heldentaten vollbringen, muss jedoch mühsame, langweilige Aufgaben erledigen. Ich behalte ihn genau im Auge.«

Lyasa lenkte ihre Stute zum offenen Tor. Der kalte Wind zauste ihr pechschwarzes Haar und legte die Ohren frei. »Ich sage es nicht gern … aber du wärst besser dran, wenn er in Fairhaven wäre.«

Cerryl trieb seinen Wallach an, um zu ihr aufzuschließen. »Ich kann ihn nicht zurückschicken. Sie würden wahrscheinlich jemand anders einsetzen und mich vor den Rat zitieren. Sie würden behaupten, ich hätte ihn weggeschickt, weil ich das Geld in die eigenen Taschen stecken wollte, wie ich es von Shyren dachte. Aber wir müssen das Geld erst einmal eintreiben. Also gebe ich ihm Aufgaben, die tatsächlich erledigt werden müssen und wo er nichts anrichten kann, was ich nicht sofort bemerke.«

»Das weiß er und das macht ihn sogar noch wütender.«

»Hast du denn irgendwelche Vorschläge, wie ich mit ihm umgehen soll?«

»Oh, Cerryl … nein, du kannst wirklich nichts weiter tun, als ihn genau im Auge zu behalten.«

Im Augenblick. »Ich weiß.«

Die Hufe der Pferde klapperten auf den harten, kalten Steinen der Straße, die zur großen Kaserne führte.

LXXXIV

Cerryl sah vom Fenster des Arbeitszimmers aus zu, wie Kalesin wieder einmal wütend durch den Hof und zum Tor hinausritt, begleitet von einem halben Zug Lanzenreiter. Der kalte Wind wehte Cerryl hin und wieder eine Schneeflocke ins Gesicht und erinnerte ihn, wie kalt es in Spidlar schon zu Anfang des Winters werden konnte. Sein Blick wanderte zum Hafen, wo eines von Layels Schiffen festgemacht war. Das zweite war nach Sarronnyn unterwegs, wo es Dörrobst und Getreide aufnehmen würde, um rasch zurückzukehren, bevor die Winterstürme das Nordmeer aufwühlten und das Wasser zu überfrieren begann. Dann würden die Frachter eine lange Reise unternehmen, die den ganzen Winter dauern sollte, denn Layel hatte natürlich Recht damit, dass es wenig Sinn hatte, ein Schiff zu unterhalten, das untätig im Hafen lag.

Wie lange … wie lange wird es dauern, bis Spidlaria wieder eine halbwegs gut funktionierende, normale Stadt ist?

Er lachte leise. Das war nicht das Problem. Sein Problem war die Tatsache, dass er Spidlaria zu einem Abbild dessen machen wollte, was Fairhaven sein konnte und sein sollte. *Das wird schwierig, weil der Rat ja unbedingt die Goldstücke zurückbekommen will, die zur Eroberung der Stadt aufgewendet worden sind.*

Als er sicher war, dass Kalesin sich ein gutes Stück entfernt hatte, verließ Cerryl sein Arbeitszimmer und ging zur Treppe, die zu seinem Schlafzimmer führte. Dort oben im zweiten Stock waren auch Kalesins und Lyasas Zimmer.

Bevor er den Türgriff berührte, untersuchte Cerryl die Tür mit Sinnen und Augen, aber es gab keine Fallen oder Konzentrationen von Chaos im Schloss. Schließlich zog er die neuen Lederhandschuhe aus dem Gürtel und streifte sie über die Hände. Sie würden verhindern, dass Reste von Ordnung oder Chaos von ihm ausstrahlten und irgendwo haften blieben. Nach all dem Chaos zu urteilen, das Kalesin beim Abfangen und heimlichen Lesen der Schriftrollen hinterlassen hatte, war dies ein Trick, den der blonde Magier nicht beherrschte.

Cerryl drückte die Türklinke herunter und betrat das Eckzimmer. Ohne etwas zu berühren, betrachtete er den kleinen Schreibtisch und die drei Papierstapel, die jeweils von einem Stück gebranntem Ton in der Form eines Schildes festgehalten wurden. Das Tintenfass musste nachgefüllt werden, was Cerryl nicht im Mindesten wunderte, und der Federkiel hätte schärfer sein können. Der Glaszylinder der Lampe war mit Ruß überzogen.

Endlich hob Cerryl einen Briefbeschwerer. Die ersten beiden Stapel Papier enthielten eilig geschriebene Kopien der Listen und Berichte, die er bei Kalesin angefordert hatte. Der dritte Stapel war kleiner und enthielt Dokumente aus der Zeit vor Cerryls Ankunft in Spidlaria. Auf einigen Blättern waren in Spalten notierte Zahlen zu sehen. Cerryl überflog die Zahlen und die Namen, die rechts daneben standen. Soweit er es sagen konnte, handelte es sich um eine Liste der Kaufleute und der Gebühren, die jeder bezahlt hatte. Die meisten Namen waren ihm fremd, nur einige wie Tyldar erkannte er als weniger bedeutende Händler.

Er blätterte den Rest des Stapels durch, aber kein einziges Blatt verriet ihm die Namen der wichtigeren – und überwiegend toten – Kaufleute. Cerryl schürzte die Lippen. »Das ist interessant.«

Er sah sich im Zimmer um und fand schließlich in einer Kiste, die unten im Wandschrank stand, einen weiteren Stapel Papiere, anscheinend persönliche Briefe an Kalesin, die überwiegend von einer Frau geschrieben worden waren. Cerryl betrachtete sie und schnüffelte daran, aber weder die Handschrift noch der Geruch passten zu Anya. *Du bist zu misstrauisch.* Unterschrieben waren die Briefe mit ›Zylariae‹.

Er runzelte die Stirn. Doch, da war etwas. Aus dem Wandschrank drang tatsächlich ein leichter Geruch von Trilia und Sandelholz. Er versuchte, die Quelle zu entdecken, konnte aber nur herausfinden, dass der Geruch in der Nähe eines leichten Wollmantels, der an der Seite auf einem Haken hing, besonders stark war. Aber nirgends war eine Schriftrolle zu sehen und die Dokumente im Kasten waren vom verräterischen Duft frei.

Cerryl schüttelte den Kopf und sah noch einmal so schnell wie möglich die Briefe durch. Vielleicht konnte er doch noch irgendeinen Hinweis finden. Einige Sätze stachen ihm ins Auge:

… musst dich in Geduld üben, Liebster … kein Magier steigt rasch zu einer hohen Position auf …

… kommt aus ärmlichen Verhältnissen und kann nicht verstehen, wie wichtig es ist, ein Vermögen im Rücken zu haben … Unwissenheit kannst du ihm zwar nicht vorwerfen, aber du musst auf der Hut sein …

… traue nicht der Rothaarigen, denn auch wenn sie Versprechungen macht …

Cerryl nickte. Mit dieser Ansicht war die Briefeschreiberin gewiss nicht allein.

… viele große Stücke auf ihn halten und er besitzt viel Macht, vermeidet es aber, sie zu zeigen …

… ein Magier, der von einer Heilerin geliebt wird, kann nicht nur dumm und einfältig sein. Du musst unbedingt vorsichtig sein …

Das war die letzte Schriftrolle. Er legte den Stapel vorsichtig in die Kiste zurück. Hoffentlich war Kalesins Gedächtnis so unaufgeräumt wie alles andere in seinem Zimmer.

Abgesehen von ein paar Garnituren weißer Kleidung, verschiedenen Körperpflegemitteln, darunter Duftseife und ein Rasiermesser aus Neusilber, gab es nichts weiter zu entdecken.

Nachdem er aus dem Zimmer gehuscht und die Tür geschlossen hatte, ging Cerryl stirnrunzelnd zu seinem eigenen Schlafzimmer. Eliasar hatte nicht mehr als ein paar hundert Goldstücke eingetrieben, wenn überhaupt, und der größte Teil war von den kleineren Händlern und Kaufleuten gekommen.

Das passt ins Bild. Hat Eliasar sich schließlich auch die alteingesessenen Kaufleute vorgenommen? Haben sie deshalb Rystryr oder sonst wen um Hilfe gebeten?

Entweder dies oder Kalesin hatte die Papiere, die Auskunft über die Gebührenzahlungen der bedeutenderen Kaufleute geben konnten, vernichtet, genau so, wie er offenbar unlängst von Anya etwas bekommen und ebenfalls vernichtet oder anderswo verborgen hatte.

Cerryl holte tief Luft.

Wieder einmal wusste er nicht alles, was er hätte wissen müssen. Allerdings fand er seinen Verdacht bestätigt, dass er dem blonden Magier nicht trauen konnte und in Zukunft sogar noch vorsichtiger sein musste. Und wieder einmal sah er sich daran erinnert, dass man nur schwer Beweise fand, wo mächtige Kaufleute im Spiel waren. *Du musst deinen Sinnen vertrauen.*

Auch das war leichter gesagt als getan.

LXXXV

Cerryl ließ Leyladins Bild im Spähglas zusammenfallen, als es klopfte, und richtete den Brennpunkt auf den Besucher, der draußen vor der Tür stand. Es war der stämmige, blonde Magier. »Kommt herein, Kalesin.«

»Ser, hier sind die Schriftrollen, die der Kurier gebracht hat.« Kalesin reichte ihm drei Dokumente.

»Danke.« Cerryl stand auf und nahm sie entgegen.

»Stets zu Diensten, geehrter Cerryl.«

Auch ohne genau hinzuschauen, konnte Cerryl erkennen, dass irgendjemand die Siegel aufgeschnitten und durch Erhitzen wieder zusammengefügt hatte. Er ließ sich jedoch nichts anmerken. »Vielen Dank, Kalesin.«

Kalesin neigte höflich den Kopf, drehte sich um und ging.

Als die Tür geschlossen war, betrachtete Cerryl die Dokumente etwas eingehender. Eines war mit purpurnem, eines mit rotem und das dritte mit grünem Wachs versiegelt. Alle waren geöffnet und wieder geschlossen worden.

»Nehmen wir das Schlimmste zuerst.« Er brach das Siegel des Dokuments, das von Sterol oder Anya kam, und überflog es. Bei den wichtigsten Sätzen blieb er etwas länger hängen:

... wir Euch erinnern, dass der Winter naht und der Rat mindestens ein paar hundert Goldstücke an Gebühreneinnahmen erwartet, den Rest dann um Mittwinter zur Jahreswende ...

Die Botschaft war von Anya unterzeichnet und im Auftrag ›Seiner Hochwürden Erzmagier Sterol‹ versiegelt worden. Abgesehen von einigen weiteren Einzelheiten ging es vor allem darum, dass Cerryl dringend Geld schicken sollte. Er legte die Schriftrolle auf den Tisch und öffnete die zweite. Wie er aufgrund des purpurnen Wachses schon vermutet hatte, kam sie von Kinowin.

Cerryl –

Ich möchte Euch erinnern, dass Ihr mir versprochen habt, einen purpurnen Wandbehang aus Spidlaria mitzubringen. Ich versuche natürlich, die grüne Seide, die Ihr mir anvertraut habt, vor allen Schäden zu bewahren, auch wenn dies vielleicht nicht direkt Eure erklärte Absicht war. Nun ergeht es mir aber wie Myral, denn das Alter fordert seinen Tribut und ich bin vielleicht nicht mehr lange ein geeigneter Hüter für Eure Schätze …

Ich würde wirklich gern bald die Arbeiten sehen, die Ihr, wie Myral versprochen hat, mir zukommen lassen wollt … rechte Handarbeit ist ein kostbares Gut. Zwar mögen manche über die Kosten feilschen, aber gute Handarbeit ist mehr wert als bloße Münzen.

Kinowin

Cerryl schluckte und legte die zweite Schriftrolle zur Seite. Eilig brach er das Siegel der dritten, das anscheinend sogar zweimal aufgebrochen und geflickt worden war.

Teuerster –

Ich weiß, dass große Pflichten auf dir lasten, aber ich möchte dich wissen lassen, dass Mutter dem Ende nahe ist. Da ich weiß, wie sehr du sie geachtet hast, wäre es vielleicht gut, wenn du, soweit überhaupt möglich, bald nach Fairhaven zurückkehrst. Kinowin kann sein Quartier übrigens nicht mehr verlassen, aber du hast sicher geahnt, dass es eines Tages so weit kommen würde. Da Vater dir jetzt hilft, den Handel in Spidlar wieder in Gang zu bringen, habe ich hier niemanden, der mir zur Seite stehen kann. Aliaria und Nierlia sind ja vor allem mit ihren eigenen Kindern und Sorgen beschäftigt …

Ich habe natürlich Verständnis, wenn es nicht möglich ist, aber dies ist vielleicht einigen Verwandten schwer zu vermitteln, insbesondere einer Nichte, die mich wissen ließ, dass du, wenn du ihrem Urteil traust, so schnell als möglich nach Hause kommen solltest – als ob du jemals voreilig auf ihre anrüchigen Vorschläge eingegangen wärst.

Wie immer vermissen wir dich alle.

Leyladin

Cerryl las den Text noch einmal und runzelte die Stirn. Es war Leyladins Handschrift, und die Ordnung, die aus den Worten sprach, war die ihre, aber sie hätte von sich aus niemals solche Worte gewählt und ganz sicher nicht so einen Unsinn geschrieben. Seine regelmäßigen Besuche mit dem Spähglas hatten ihm gezeigt, dass sie nicht in Gefahr schwebte, aber ihre Mutter war schon vor langer Zeit gestorben …

»Du bist ein Dummkopf, Cerryl.« Er nickte grimmig. Die Botschaft war die gleiche wie immer – komm bald nach Fairhaven zurück –, aber die fremden Worte, die Abschweifungen, waren für die Augen der Unbefugten gedacht, die den Brief geöffnet und gelesen hatten. Mit der Nichte war offenbar Anya gemeint, denn sie war Muneats Nichte, roch nicht nur nach zu viel Parfüm, sondern machte anrüchige Angebote.

Cerryl betrachtete die Schriftrolle und suchte mit den Sinnen nach einer Spur von Chaos auf der Innenseite – und fand sie. Lyasa war nicht in der Nähe gewesen und das Chaos war zu frisch, um von irgendjemand anders als Kalesin zu stammen, der das Dokument offenbar geöffnet hatte.

Er stand auf und ging in den Flur hinaus. »Ich gehe etwas an die Luft.«

»Ja, Ser.«

Doch direkt hinter der Ecke baute Cerryl den Blendschirm auf und ging die Treppe zum zweiten Stock hinauf.

Wie er angenommen hatte, saß Kalesin in seiner Schlafkammer am kleinen Schreibtisch.

Cerryl betrat den Raum, baute den Blendschirm ab und schloss hinter sich die Tür. »Nun? Was schickt Ihr da an Anya? Oder an Rystryr?«

Kalesin stand auf und drehte sich langsam herum, den langen Eisendolch hatte er in der Hand. »Wenn nötig, werde ich die Waffe gebrauchen. Ihr könnt mich nicht herumstoßen, Cerryl. Ich bin schon länger als Ihr ein Magier. Sie haben Euch hergeschickt, um Euch loszuwerden. Ihr werdet nicht nach Hause schleichen und mir dieses Durcheinander hinterlassen, das Ihr angerichtet habt. Und Ihr seid nicht gefeit gegen kaltes Eisen, ganz egal, was …«

»Was soll das? Ihr wärt zwar gern an meiner Stelle, aber …«

Als Kalesin sprang, zögerte Cerryl keine Sekunde. Er schleuderte die Lanze aus konzentriertem Licht in die Brust des Magiers.

Kalesin kippte zurück, das Gesicht noch im Tod vor Schreck verzerrt.

Cerryl ließ behutsam die Chaos-Flammen über den Körper wandern, bis keine Spur von dem Mann übrig blieb, abgesehen von der weißen Asche, die sich bald auflösen würde, und dem Dolch, der auf den Boden gefallen war.

Dann richtete er den Schreibtisch wieder her, wie es Kalesins Vorstellungen entsprochen hatte. Er hob den Dolch auf und legte ihn neben den dritten Stapel Papiere. Als alles ordentlich aufgebaut war, überflog er den halb zu Ende geschriebenen Brief, vor dem Kalesin gesessen hatte.

Anya –

Cerryl ist unerträglich geworden … er hat eine Schriftrolle bekommen … diese rotblonde Dirne bittet ihn, nach Fairhaven zurückzukehren … und einen weiteren Brief vom trot-

teligen alten Kinowin, der vor seinem Tod unbedingt noch einen neuen Wandbehang bekommen will …

Cerryl hätte beinahe den Kopf geschüttelt. Kalesin war noch viel dümmer gewesen, als Cerryl vermutet hatte. Deshalb hatte er nie eine wirkliche Gefahr dargestellt, es sei denn in seiner Eigenschaft als Anyas Werkzeug. *Wie viele solcher Werkzeuge mag sie haben?* Er klemmte den halb geschriebenen Brief unter das Löschpapier und stellte Federkiel und Tintenfass an die richtige Stelle.

Dann holte er noch einmal Luft und schob die Kopfschmerzen beiseite, die sich wie immer beim Umgang mit Ordnung und Chaos einstellten, hüllte sich in den Blendschirm und ging die Treppe hinunter, bis er eine dunkle Ecke des Hauptflurs in der Nähe des Arbeitszimmers erreicht hatte.

»Natrey?«

»Ser? Wie seid Ihr hierher gekommen?«

»Ich bin gelaufen.« Cerryl lächelte. »Hast du Kalesin gesehen?«

»Nein, Ser. Er hat vor einer Weile Euer Arbeitszimmer verlassen …«

Cerryl runzelte die Stirn. »Er sollte mir etwas bringen, aber er hat sich noch nicht blicken lassen.«

»Soll ich einen der Jungs schicken, um ihn zu suchen?« Natrey grinste.

Cerryl zwang sich, amüsiert zu lächeln. »Vielleicht solltest du das tun. Ja, mach das nur.« Er ging wieder ins Arbeitszimmer und wartete angespannt. In der Zwischenzeit las er die drei Schriftrollen noch einmal durch, bis er sich den Inhalt eingeprägt hatte.

Kinowin sagte ihm zwischen den Zeilen offenbar, dass er Leyladin bisher hatte abschirmen können, dass ihm dies aber nicht mehr unbegrenzt lange möglich sein würde. Leyladin drängte ihn, so schnell wie möglich zurückzukehren.

Cerryl wartete weiter.

Schließlich klopfte es an der Tür.

»Ja?«

Zoyst lugte herein. »Ser? Wir können den Magier nirgends finden. Sein Pferd ist im Stall, sein Dolch liegt auf dem Tisch, aber er ist nirgends zu sehen.«

»Bist du sicher?« Cerryl ließ durchblicken, dass er ungehalten war. »Er sollte mir doch einen Bericht über die Goldstücke bringen, die von den älteren Händlern eingenommen wurden, bevor sie flohen oder hingerichtet wurden. Er verwahrt schließlich diese Unterlagen.«

»Ser, ich bitte um Verzeihung, aber …«

»Nein, du kannst ja nichts dafür, Zoyst. Ich bin nicht auf dich wütend.« Cerryl schürzte die Lippen. »Hast du die Magierin Lyasa gesehen?«

»Ja, Ser. Sie ist gerade auf den Hof geritten.«

»Gut. Sag ihr doch bitte, dass ich sie sprechen will.«

»Ja, Ser.«

Cerryl lächelte leicht und nickte. Die Tür wurde wieder geschlossen.

Er musste nicht sehr lange warten, bis Lyasa, noch mit der dicken weißen Winterjacke bekleidet, ins Arbeitszimmer trat.

»Du wolltest mich sprechen?«

Cerryl sah sie an, schüttelte den Kopf. »Kalesin ist verschwunden. Keiner der Lanzenreiter hat ihn gesehen. Ich möchte, dass du mich zu seinem Zimmer begleitest.«

»Machst du dir Sorgen?«

»Ja.«

»Solltest du auch. Ich habe dich ja gewarnt.«

Cerryl stand auf und zuckte mit den Achseln. »Ich weiß. Ich habe getan, was ich konnte.« *Das stimmt allerdings.*

Die beiden gingen eilig die Treppe hinauf, Zoyst folgte ihnen. Unterwegs prüften die Magier das Treppenhaus und die Treppenabsätze. Oben sah Cerryl sich im

Zimmer um, als hätte er es noch nie betreten. »Er ist eilig aufgebrochen und hat alles zurückgelassen.« Er trat an den Schreibtisch. »Da liegt etwas.« Cerryl zog den halb zu Ende geschriebenen Brief unter dem Löschpapier hervor und las ihn. Dann reichte er ihn kopfschüttelnd an Lyasa weiter.

»Lies das.« Cerryl ging zum Wandschrank und sah sich neugierig um. »Es scheint alles da zu sein.«

»Das sieht nach seiner Handschrift aus.« Lyasa las mit großen Augen und sah Cerryl an. »Ich habe dir doch gesagt ... was willst du jetzt machen?« Sie hielt inne. »Du hast geahnt, dass er verschwinden würde, oder?«

»Er war nervös, als er mir die Schriftrollen übergab.« Cerryl lachte bedrückt. »Ich vergaß es dir zu sagen. Ich habe eine Botschaft von Anya bekommen, dass ich bald mehr Goldstücke schicken soll, und eine von Kinowin, dass ich möglichst bald nach Fairhaven zurückkehren soll. Beide Dokumente wurden vor kurzem geöffnet und mit Chaos wieder versiegelt. Ich habe die Lanzenreiter ausgeschickt, um Kalesin zu suchen ...«

»Er muss doch gewusst haben, dass du es bemerken würdest.«

»Du musst jedenfalls sehr, sehr vorsichtig sein«, warnte Cerryl.

»*Ich* muss ... also gehst du nach Fairhaven?«

»Wenn ich kann, werde ich nach Fairhaven zurückkehren, bevor es zu spät ist. Vielleicht ist es das sogar schon.«

»Sterol wird versuchen, dich zu töten.«

Cerryl nickte. »Aber wenn ich bleibe, bin ich ganz sicher tot, und außerdem wird er sich Leyladin und Kinowin schnappen.«

»Ich könnte doch gehen.«

Er schüttelte den Kopf. »Wenn es nicht gut läuft, brauche ich vielleicht außerhalb von Fairhaven eine Zuflucht.« Cerryl täuschte Lyasa nur ungern, aber es diente ihrer eigenen Sicherheit, wenn sie nicht erfuhr, wie Kalesin verschwunden war. Der Brief, mit dem Kalesin begonnen hatte, reichte ihr als Warnung, und so konnte sie, falls Cerryl etwas zustieß, wahrheitsgemäß sagen, dass sie nichts über Kalesins Verschwinden wusste.

»Wie willst du fahren?«

»Ich werde Layel bitten, dass ich auf einem seiner Schiffe mitfahren darf. Ich kann mir vorstellen, dass er zustimmt.«

»Wenn es darum geht, seine Tochter zu retten?« Lyasa lachte. »In dieser Hinsicht brauchst du dir sicher keine Sorgen zu machen.«

»Die Sorgen werden erst anfangen, wenn ich in Fairhaven bin.« *Und sie werden nicht klein sein.*

LXXXVI

Cerryl sah nachdenklich an Layel vorbei zur Reling der *Abendsonne,* die im grauen Wasser des Hafens vor Anker lag.

Layel klopfte ihm aufmunternd auf die Schulter. »Ich komme nicht mit, aber Wandrel wird Euch schon sicher ans Ziel befördern.« Der Kaufmann mit dem schütteren Haar grinste. »Hier an Bord habt Ihr ein schönes Quartier und die Mannschaft ist bestens ausgebildet. Die *Abendsonne* ist ein gutes Schiff.«

»Ganz gewiss.«

»Außerdem kann Wertel dann noch mehr von den Dörrfrüchten, Werkzeugen und Sägeblättern schicken, die ich für diesen Burschen in der Sägemühle besorgen sollte. Er glaubt immer noch, er könnte die Sorte Planken schneiden, die man in den Werften Sligos braucht, und das bedeutet, dass es reichlich Goldstücke mit Zöllen einzunehmen gibt.«

Cerryl lächelte leicht. »Es freut mich, dass Ihr hergekommen seid.«

»Abgesehen von der Kälte ... ja, eigentlich bin ich selbst auch froh darüber. Hier muss ich mir keine Sorgen machen, was Muneat treibt oder ob ich genügend Fuhrleute und Wagen bekommen kann ...« Layel lachte. »Ich könnte noch viel erzählen, aber Ihr legt jetzt besser ab.« Der Kommissionär runzelte die Stirn und blickte Cerryl offen an. »Seid Ihr sicher, dass Ihr nicht in Lydiar ein paar Wächter haben wollt?«

»Nein, nur zwei Pferde. Niemand wird sich erinnern, dass ich überhaupt dort war.«

»Magier-Arbeit?«

»Magie«, bestätigte Cerryl.

»Kommt Ihr bald zurück?«

»Wahrscheinlich nicht.« *Wenn ich erfolgreich bin, bleibe ich dort, und wenn nicht, bin ich tot ... oder verletzt und zum Straßenbau eingeteilt.*

»Das hatte ich befürchtet. Nun ja ... Ihr wisst ja, was ich empfinde. Versucht, meine Tochter zur Vernunft zu bringen.«

»Wahrscheinlich wird sie eher versuchen, mich zur Vernunft zu bringen.«

Layel nickte ein letztes Mal und stieg langsam die Laufplanke zur Pier hinunter. »Sie gehört Euch, Meister Wandrel.«

»Die Leinen los!«

Cerryl zog sich zurück und beobachtete die Matrosen, die ihr Schiff aus dem Hafen manövrierten und Kurs auf Lydiar nahmen.

Was erwartet mich in Fairhaven? Cerryl hatte immer wieder das Glas benutzt und Kinowin und Leyladin beobachtet, aber beider Leben schien in gewohnten Bahnen zu verlaufen, soweit Cerryl es sagen konnte. Gegen diejenigen, denen er am meisten misstraute, wagte er das Glas nicht einzusetzen, weil er fürchtete, schon dies würde ihnen zu viel verraten.

Er blickte nach Norden zum kalten Wasser des Nordmeers hinter dem Wellenbrecher.

LXXXVII

Cerryl saß in Leyladins Schlafgemach auf dem Stuhl und nickte immer wieder ein. Er musste dringend schlafen, aber er wagte es nicht, solange sie nicht wohlbehalten wieder im Haus war. Die Pferde waren gestriegelt und eingestellt. Da er zu müde gewesen war, um Soaris' Hilfe abzulehnen, war es letzten Endes schneller gegangen, als er vermutet hätte. Cerryl hatte sich gewaschen und umgezogen, um den Staub von der Reise loszuwerden und die Wartezeit sinnvoll zu nutzen.

Draußen vor dem Schlafzimmerfenster flüsterte der Herbstwind in den Bäumen, die ihre Blätter abgeworfen oder grau verfärbt hatten. Den ganzen Weg von Lydiar bis nach Fairhaven hatten die Bäume ein trauriges Grau gezeigt, das erst im Winter durch den Schnee aufgehellt werden würde.

Wieder einmal riss er den Kopf hoch und sah zur Tür. Aber es war nach wie vor still im Haus, nur in der Küche, wo Meridis etwas zusammenbraute, war ab und zu ein Klappern zu hören. Er nickte wieder ein, bis er endlich eine Tür knallen hörte und auf einen Schlag hellwach war. Er sah sich um.

Die Schlafzimmertür wurde geöffnet und Leyladin, die noch ihren dunkelgrünen Wollmantel über dem Grün der Heiler trug, stürmte herein. »Du bist da! Wie hast du das gemacht? Niemand weiß, dass du hier bist.« Die dunkelgrünen Augen sprachen von Liebe und Verwunderung zugleich.

Cerryl lächelte. Auf einmal war er überhaupt nicht mehr müde. »Ein bisschen Magie. Ich habe es dir gezeigt, erinnerst du dich nicht?« Ihm war nicht danach, noch einmal haargenau zu erklären, dass ein Blendschirm die Chaos-Magier nicht auf ihn aufmerksam machte und dafür sorgte, dass man ihn im Spähglas übersah.

»Das ist lange her … und du versetzt mich immer noch in Erstaunen.«

»Jedenfalls bin ich hier, und ich bin froh, dass niemand es weiß. Sehr froh.« *Und aus mehr als einem Grund.*

Sie nahm ihn in die Arme. »Es tut gut, dich zu drücken.«

»Es tut gut, gedrückt zu werden und dich im Arm zu halten.«

Nach ein paar Augenblicken löste sie sich wieder von ihm. »Wie geht es Vater?«

»Ihm geht es gut. Er hat sich eingerichtet und verdient fleißig seine Goldstücke und murmelt die ganze Zeit, dass er eigentlich zu alt dafür sei und dass es ihm in Spidlaria viel zu kalt sei. Als Nächstes überlegt er sich dann gleich darauf, einen neuen Geschäftszweig zu eröffnen und einen Verwalter einzusetzen. Er glaubt, er könnte Holz in Spidlar verkaufen.«

Leyladin lachte. »Das sieht ihm ähnlich.«

»Ich glaube, er ist in Sicherheit. Er ist Kaufmann und sie haben dort lieber einen Kaufmann aus Fairhaven als Bewaffnete, Lanzenreiter und Magier.«

»Fairhaven … glaubst du denn, hier ist es noch sicher?«

»Für deine Schwestern … gewiss. Für deinen Vater, für dich und für mich?« Cerryl schüttelte langsam den Kopf, zog sie wieder an sich und hielt sie fest.

Nach einer Weile löste sie sich von ihm. »Wie willst du Sterol besiegen? Sogar Kinowin sagt, dass du gegen ihn kämpfen musst.«

»Ich werde mich morgen mit Anya treffen und direkt in seine Gemächer gehen.«

»Es ist gefährlich, ihr zu vertrauen.«

»Ich werde ihr jetzt noch nicht sagen, dass ich da bin. Du schickst einen Boten und bittest sie, sich mit dir am Brunnen zu treffen, aber ich werde an deiner Stelle hingehen.« Cerryl zuckte mit den Achseln. »Ich kann Sterol besiegen, das ist nicht das Problem. Ich will aber nicht, dass dies vorzeitig jemand erfährt. Wenn sich herumspricht, dass meine Kraft groß genug ist, werden sie sich gegen mich wenden, weil ich so jung und unerfahren bin.«

»Unerfahren bist du nun wirklich nicht.«

»Das glauben sie aber und ich will nicht gegen alle älteren Mitglieder der Gilde gleichzeitig kämpfen müssen. Anya braucht irgendjemanden, der für sie die Gilde leitet. Ich bin ihr so recht wie irgendein anderer.«

»Du spielst ein gefährliches Spiel, mein Lieber. Anya zu vertrauen … das ist, als würdest du mit einer Schlange spielen.«

»Was du nicht sagst.« Er rieb sich die Augen. »Was hat Sterol inzwischen getrieben?«

»Kinowin und Anya haben mich vor ihm gewarnt. Kinowin meinte sogar, ich solle mich von dem Weißen Turm ganz fern halten. Ich bin froh, dass du wieder da bist.«

»Hat er … Sterol …«

»Nein … nein, nichts dergleichen.«

Noch nicht. Cerryl schluckte.

»Sterol wird von Anya kontrolliert.« Leyladin lächelte traurig. »Er merkt es nicht einmal. Sie sagt etwas, und er tut das Gegenteil von dem, was sie sagt, und merkt nicht, dass er damit genau das tut, was sie will.«

»Das ist das Problem mit ihr. Soll man sich ihr widersetzen oder sie unterstützen? Woher weißt du überhaupt, was sie beabsichtigt?« Cerryl sah nach draußen, wo es rasch dunkel wurde, und unterdrückte ein Gähnen.

»Hast du schon gegessen?«

»Ja, aber ich habe nicht genug bekommen.«

»Nein, du kannst ja nie genug bekommen.« Ihre Augen flackerten amüsiert. »Du hast ganz sicher großen Hunger.«

Cerryl musste grinsen.

LXXXVIII

Cerryl wartete neben dem Eingang des Ratssaals im Schatten der Säulen. Von dort aus konnte er den Innenhof überblicken, ohne vom Brunnen aus bemerkt zu werden. Als zusätzlichen Schutz hatte er einen leichten Blendschirm aufgezogen.

Schwere dunkle Wolken hingen über der Stadt, und da in den Hallen keine Lampen angezündet worden waren, wirkten die Gebäude düster und bedrohlich.

Eine sehr angemessene Kulisse. Cerryl blickte einen Flur hinunter, aber er konnte bisher noch niemanden sehen, der sich dem Brunnen näherte.

Zwei rot uniformierte Boten, ein Mann und eine Frau, eilten vorbei.

»Redark ... kann sich nie entscheiden, was er will ... Wasser oder Wein ... dann überlegt er es sich doch wieder anders ...«

»Immer noch besser als der Erzmagier ... behauptet, der Wein würde umschlagen, noch bevor er ihn trinken kann ... wirft uns vor, dass wir ihm Essig gebracht hätten.« Die Botin, die offenbar in der Krippe aufgewachsen und erzogen worden war, sah sich ängstlich über die Schulter um, doch ihr Blick glitt über Cerryl hinweg, als wäre er überhaupt nicht da.

»Still ...«

Aus der anderen Richtung kam ein Anwärter, den Cerryl nicht kannte, ein dunkelhaariger junger Mann mit einem dünnen Ziegenbärtchen, das eine gewisse

Ähnlichkeit mit der Manneszierde des armen toten Bealtur hatte. Auch der Anwärter ging vorbei, ohne Cerryl zu bemerken.

Schließlich stieg eine rothaarige Frau die Treppe vor dem Turm herunter, ging leise zur Mitte des Vorraums und trat durch den hinteren Bogengang in den Hof hinaus.

Cerryl ließ Anya etwas Vorsprung, ehe er die Schatten verließ und den Schild herunternahm. »Leyladin kommt nicht. Ich habe sie vorgeschickt, um Euch hierher zu bitten.«

Anya drehte sich um und setzte ihr strahlendstes Lächeln auf. »Warum ... Cerryl ... Ihr seid ja sogar noch vorsichtiger als früher.«

»Es war überhaupt nicht vorsichtig, nach Fairhaven zu kommen, Anya. Aber wo immer möglich, bin ich natürlich lieber vorsichtig.«

»Ihr besitzt anscheinend auch einige Fähigkeiten, von denen niemand etwas weiß. Ich habe keine Menschenseele in der Nähe gespürt.«

»Das lag vermutlich daran, dass Ihr Leyladin und nicht mich erwartet habt.«

»In Euch steckt mehr, als man auf den ersten Blick sehen kann.«

»Danke. Das will ich auch hoffen, weil man auf den ersten Blick sowieso nicht viel sieht. Wenn man körperlich nicht beeindruckend ist und nicht mit riesigen Mengen von Chaos-Energie aufwarten kann ...« Cerryl zuckte mit den Achseln und zog sie in die Richtung der Säulen. Nicht bis in die Schatten, weil dadurch beiläufige Beobachter misstrauisch geworden wären, sondern nur bis zum Rand des Weges, als hätten sie sich zufällig getroffen und wären ins Gespräch gekommen.

»Was wollt Ihr nun von mir?«

»Ich habe eine Botschaft bekommen.« Cerryl hob die Augenbrauen.

»Ah ... ja. Vielleicht war ich voreilig. Oder ich wollte

nur sehen, ob Ihr auch Wort haltet.« Anyas Lächeln verschwand.

»Ich würde vorschlagen, dass Ihr diejenigen, denen Ihr vertrauen könnt, um Euch sammelt. Sie sollen sich bereithalten, während wir Sterol aufsuchen.«

»Er wird Euch nicht empfangen wollen.«

»Deshalb werdet Ihr auch nicht darum bitten. Ihr werdet mich einfach mitnehmen.«

»Und wenn nicht?« Anya schaffte es beinahe, schüchtern zu lächeln.

Cerryl zuckte betont geringschätzig mit den Achseln. »Dann müsst Ihr noch viele Jahre lang Sterol als Erzmagier ertragen … bis er es müde ist, Euch dabei zuzusehen, wie Ihr Euch anderweitig vergnügt … falls es nicht schon so weit gekommen ist.«

»Seid nicht so grob, Cerryl. Das steht Euch nicht gut zu Gesicht.« Anya zog die Augenbrauen hoch. »Und Ihr wärt anders? Ich nehme doch an, darauf läuft es hinaus?«

»Ich habe Leyladin und das lässt Euch die Freiheit … zu tun, was immer Ihr wollt. Abgesehen von der Frage der Macht, natürlich.«

»Dieser Gedanke ist mir nicht unbedingt unangenehm … aber er setzt voraus, dass Ihr Sterol besiegen könnt.«

»Wenn ich es nicht kann, dann seid Ihr und Sterol mich los und Ihr könnt behaupten, ich hätte Euch gezwungen, mich in den Weißen Turm zu bringen. Sterol ist sicher bereit, einer Magierin diese Behauptung zu glauben.«

»Ihr werdet mit zunehmendem Alter geradezu verschlagen, Cerryl.«

»Ich habe Euch beobachtet, Anya, und von Euch gelernt, was es zu lernen gab. Warum habt Ihr mich nun rufen lassen?«

»Weil ihn das Amulett dieses Mal geradezu vergiftet hat.« Anya senkte die Stimme und murmelte nur noch, das strahlende und falsche Lächeln wurde traurig – und ehrlicher.

»Seine Schriftrollen schienen mir unverändert«, gab Cerryl zurück. »Ungeduldig und selbstbezogen wie immer.«

»Glaubt Ihr das wirklich?«, fragte die rothaarige Magierin. »Einst hat er genau wie Ihr davon gesprochen, Fairhaven den alten Glanz zurückzugeben. Jetzt verlangt er Gold und beleidigt die Herrscher anderer Länder und wir müssen Lanzenreiter schicken, um die Magier zu schützen, die dort als Berater dienen – wenn wir sie nicht gleich ganz zurückrufen müssen. Er unternimmt nichts gegen den Schwarzen Dämonen-Schmied, der nach Recluce geflohen ist.«

»Wo ist Gorsuch? Immer noch in Renklaar?«

»Wo sonst? Dort kann er den Hafen überwachen und ist weniger gefährdet als in Hydolar. Fürst Afabar ist sogar noch unberechenbarer als seine Vorgänger, aber er kommt aus Asula, und diese Leute sind für ihre Launenhaftigkeit bekannt.«

»Und Disarj ist in Jellico?« *Wo er sich zweifellos die Taschen füllt, wie Shyren es getan hat.*

»Das wisst Ihr doch schon, Cerryl.«

»Nun … und was hat Sterol sonst noch getan, dass Ihr meint, er sei … vergiftet?«

»Er hat einen Boten zu Asche verbrannt, weil der Bursche ihm sauren Wein gebracht hat. Mit zwei Anwärtern hat er das Gleiche gemacht.« Sie überlegte kurz. »Einen hätte man ihm noch verziehen, aber Broka war entsetzt, als es noch bei einem zweiten geschah. Esaak hat Sterol Vorhaltungen gemacht, und der Erzmagier hat gedroht, Esaak trotz seines Alters nach Naclos zu schicken. Dann hat er ihn als Aufsicht über die Abwasserkanäle eingeteilt und angewiesen, laufend Bericht zu erstatten.«

»Und was ist nun mit diesem Schmied und Recluce?«

»Die Gilde drängt darauf zu handeln, aber Sterol

sträubt sich. Ich habe darum gebeten, aber er weigert sich.«

Also will Anya nicht gegen den Schmied vorgehen. »Demnach hört er auf niemanden mehr?«

»Hat er überhaupt schon einmal auf jemanden gehört? Muss ich noch mehr sagen?«

Cerryl nickte langsam. Soweit er es beurteilen konnte, glaubte Anya jedes Wort, das sie sagte. Teilweise musste er sogar zustimmen. »Nein. Auf wen könnt Ihr Euch verlassen … jetzt gleich?«

»Im Augenblick können wir nur Fydel rufen, den treuen Fydel, und zwei jüngere Magier – Isepell und Rospor. Ihr habt Euch keinen günstigen Augenblick ausgesucht.«

Cerryl nickte. »Wollen wir gehen? Fydel muss doch irgendwo in der Nähe sein.«

»Ja, gehen wir.«

Auf dem Weg zu den hinteren Hallen, wo Fydel wohnte, begegnete ihnen niemand, den Cerryl kannte, aber das lag natürlich daran, dass hier ohnehin kaum noch jemand lebte, der Cerryl nicht fremd war – nur noch Kinowin, Esaak, Broka, Redark und Kiella, die inzwischen zur Voll-Magierin geweiht war. Alle anderen wurden entweder in der Stadtwache eingesetzt und wohnten nicht mehr in den Hallen, oder sie waren auf ganz Candar verteilt oder tot. *Und deshalb brauchst du Anya.*

Fydel riss erstaunt den Mund auf, als Anya und Cerryl sein Zimmer betraten.

»Cerryl ist zurückgekehrt, um in Bezug auf Sterol einiges zu bereinigen«, erklärte Anya, ausnahmsweise ohne das strahlende Lächeln. »Wir müssen uns beeilen.«

»Jetzt gleich«, bekräftigte Cerryl.

»Das gefällt mir nicht.« Fydel schritt im engen Zimmer unruhig hin und her. »Wenn Cerryl Sterol nicht besiegen kann, dann sind wir alle tot.«

»Wenn Sterol Erzmagier bleibt, seid Ihr auch tot«, sagte Cerryl mit brutaler Offenheit. »Er weiß bereits, dass Anya ihre Zeit lieber mit Euch als mit ihm verbringt. Er wartet nur auf eine Gelegenheit, Euch eine unmöglich zu erfüllende Aufgabe zuzuschanzen. Er könnte Euch beispielsweise als Magier-Berater bei Fürst Afabar einsetzen.«

Fydel kratzte sich am Bart. »Ich werde bereit sein, aber dem Zusammentreffen selbst würde ich mich gern fern halten.«

»Du musst nicht dabei sein«, sagte Anya leise. »Ich werde ihn bitten, sich den Wünschen der Gilde zu fügen, und er wird sich weigern. Wir brauchen nur noch einen glaubwürdigen Anlass.«

»Er will nicht gegen Recluce vorgehen«, schlug Fydel vor.

»Das ist ein guter Grund. Wir können behaupten, dass wir tun wollen, was er versäumt hat.« Cerryl lächelte. »Und jetzt … könntet Ihr mir vorher noch einen Gefallen tun?«

»Das gefällt mir immer weniger.«

»Sucht Isepell und Rospor. Sie sollen mit Euch zusammen warten.«

»Warum ich? Sie folgen doch Anya.«

»Genau deshalb«, sagte Cerryl. »Falls jemand sieht, dass Anya sie um sich schart … doch wenn andererseits Ihr es seid, der sie zu sich ruft …« *Aber das ist natürlich nicht der wahre Grund. Du willst Anya unter Kontrolle haben, bis es vorbei ist, aber das muss ja niemand erfahren.*

»Ach so.« Nach kurzem Überlegen fragte der Magier mit dem eckig gestutzten Bart: »Und was wird dann?«

»Bringt Wächter mit eisernen Ketten mit. Sagt ihnen, dass der Erzmagier sie braucht, um ein Problem zu beheben.«

»Sterol wird nicht klein beigeben«, sagte Anya.

»Nein«, erwiderte Cerryl, »aber die Wächter und die Ketten werden dafür sorgen, dass niemand Fragen stellt, wenn drei Magier vor Sterols Gemächern warten.«

Fydel nickte. »Und wir stehen als Unschuldige da, wenn etwas schief geht. Nicht dass ich erwarte, dass Ihr scheitert, aber ...«

»Aber wenn wir scheitern, wärst du lieber nicht in der Nähe.« Anya lächelte ihn strahlend an.

»Wir wollen jetzt zum Erzmagier gehen«, sagte Cerryl. Auch er lächelte jetzt strahlend und falsch. »Fydel kann die anderen holen und uns mit ihnen folgen. Nicht wahr, Fydel?«

»Eure Wünsche – Euer beider Wünsche – sind mir Befehl.«

Anya und Cerryl verließen Fydels kleine Kammer und gingen zur vorderen Halle und zum Weißen Turm zurück.

»Wisst Ihr, Cerryl, Fydel ist sehr erfreut darüber, dass Ihr mit der Heilerin verbunden seid. Das macht die Angelegenheit für ihn ... erheblich einfacher.«

»In der Tat«, stimmte Cerryl zu. »Und so soll es auch bleiben.«

»Fydel wird erfreut darüber sein.«

Als sie die zweite Halle verließen und den Innenhof mit dem Brunnen betraten, tauchte Esaak auf. Er sah Cerryl und entfernte sich eilig, aber nicht in Richtung der vordersten Halle.

»Wir sollten uns beeilen«, sagte Cerryl.

»Das sagtet Ihr schon.« Anyas Stimme klang ein wenig giftig.

Zwei Anwärter wichen hastig aus, als Anya und Cerryl den Vorraum durchquerten und sich der Treppe des Turms näherten. Auch diese beiden kannte Cerryl nicht.

Auf dem obersten Treppenabsatz, vor den Gemächern des Erzmagiers, hielt Gostar Wache. Er riss die Augen auf und sah zwischen Anya und Cerryl hin und her. »Sers? Er ... er wollte nicht ...«

»Ist er allein?«, fragte Anya.

»Ja, Magierin Anya.«

»Dann wird er uns empfangen. Und gleich werden noch einige andere Magier mit weiteren Wächtern kommen, die sich um Sterols Bedürfnisse kümmern werden.« Anya schritt weiter und öffnete die Tür. »Sterol! Ich habe eine Überraschung für Euch. Eine große, erfreuliche Überraschung.«

Cerryl folgte Anya hinein und schloss hinter sich die Tür.

Sterol stand vom Tisch auf, Chaos baute sich auf und wallte um ihn. »Eine Überraschung? Cerryl? Oh … dann habt Ihr unseren widerspenstigen Magier nach Hause geholt, damit der Erzmagier über ihn richten kann?«

»Ich dachte, Ihr wollt ihn vielleicht sehen. Ihr könnt Euch mit ihm befassen, wenn Ihr die Frage beantwortet habt, die Redark und Kinowin mich zu stellen baten.« Anyas Stimme klang lässig, beinahe herablassend.

»Danach? Wer sagt mir, in welcher Reihenfolge ich welche Dinge zu erledigen habe? Und sind die beiden solche Schwächlinge, dass sie es nicht über sich bringen, selbst zu mir zu kommen?« Chaos knisterte um den Erzmagier mit den eisengrauen Haaren. Cerryl fragte sich, warum der Mann nicht schon längst zu Staub zerfallen war.

»Der Rat will wissen, was Ihr zu tun gedenkt.« Anyas Blick fiel auf den leeren Spiegel auf dem Tisch. »Die Mitglieder werden unruhig.«

»Wirklich? Wissen sie denn überhaupt, was sie wollen?« Sterol machte eine Geste und die weißen Schleier wallten und teilten sich. Im Glas erschien ein Bild, so lebhaft, als wäre es gemalt, von einem schwarzen Schiff, das in einer kleinen Bucht an der Pier lag. Fünf Gebäude aus schwarzem Stein standen oberhalb des Hafens am Hang. »Seht nur. Habt Ihr schon einmal etwas so Klares gesehen?«

»Nein.«

Cerryl hielt sich zurück und blieb am Fenster stehen. Er schüttelte leicht den Kopf, ließ aber den Erzmagier keine Sekunde aus den Augen und baute langsam die Schilde auf, ohne seine eigene Chaos-Energie zu mobilisieren. *Noch nicht.*

»Ich auch nicht. Ich weiß nicht, welcher Aspekt des Gleichgewichts dieses Ungeheuer erschaffen hat ...« Er warf einen kurzen Blick zu Cerryl. »Ich weiß nur, dass Ihr ihn habt entkommen lassen.«

Cerryl schenkte sich die Antwort.

»Der Rat ist besorgt«, sagte Anya noch einmal. »Sie wollen, dass Ihr etwas unternehmt.«

»Gut! Was soll ich tun? Eine Flotte gegen Recluce aussenden? Was soll das nützen?« Sterol schnaubte und betrachtete noch einmal das Bild im Spähglas. »Die Schwarzen werden sich nicht darum kümmern. Sollen wir die Insel angreifen? Wisst Ihr, was Schwerter aus Schwarzem Eisen mit unseren Weißen Gardisten machen? Wollt Ihr von einem dieser Apparate in die Luft gesprengt werden wie der große Jeslek?«

»Die Schwarzen sind zerstritten«, erwiderte Anya ruhig. »Sie wollen ebenso wie wir, dass dieser Dorrin verschwindet.«

»Das mag sein, aber wie kommt es, dass ihm so viele Leute helfen, seine neue Stadt zu errichten? Er hat sie doch nicht alle auf seinem Schiff mitgebracht. Und sie sind immer noch Schwarze. Das bedeutet, dass er keinerlei Chaos auf Recluce erzeugt. Die Dämonen mögen wissen, warum ...« Er rieb sich die Stirn.

»Warum könnt Ihr keine Flotte aussenden? Recluce hat nicht einmal ein halbes Dutzend Kriegsschiffe, wenn überhaupt. Sie kämpfen nicht gern. Und die meisten ihrer Schiffe sind irgendwo auf den Meeren unterwegs.«

Sterol rieb sich wieder die Stirn, berührte das Amulett auf der Brust. »Habt Ihr nicht zugehört?«

»Der Rat will, dass Ihr etwas unternehmt, Sterol.« Anyas Stimme war scharf.

Cerryl runzelte leicht die Stirn.

»Und was denken sie, wovon ich das bezahlen soll?« Sterol wandte sich an Cerryl. »Wir bekommen kein Gold aus Spidlar. Disarj schickt Schriftrollen, aber noch weniger Goldstücke als Shyren.«

»Die Mitglieder der Gilde murren. Sie sagen nichts, wenn Ihr in der Nähe seid, aber sie murren.«

»Feiglinge sind sie allesamt.« Die Luft knisterte vor Chaos. »Und sie haben Euch geschickt, eine Frau. Ihr sollt meine Assistentin sein, nicht ihr Lakai.« Der Erzmagier hob das Amulett. »Hier, nehmt Ihr es. Ihr könnt es jederzeit haben, o Dienerin von Redark und Kinowin.«

Die rothaarige Frau betrachtete das Amulett und sah dann Sterol an. »Ich lasse mich nicht hereinlegen wie Jeslek.«

»Haltet den Mund oder nehmt das Amulett«, fauchte Sterol.

Anya hob die Hand, ließ sie wieder sinken. Schließlich seufzte sie. »Irgendjemand muss etwas tun.«

»Warum?«

»Wollt Ihr tatenlos zusehen, wie … dieser Sonderling so viel geordnetes Schwarzes Eisen fabriziert, dass er auf ewig das Ostmeer beherrschen wird?«

»Ich sehe da keine große Gefahr«, gab Sterol lachend zurück. »Er wird nicht ewig leben. Warum sollen wir Goldstücke verschwenden, um einer Bedrohung zu begegnen, die überhaupt keine ist?«

Anya lachte, hart und kalt. »Wisst Ihr … wisst Ihr eigentlich, dass der Verräter Jenred genau diese Worte benutzt hat? Creslin hat nicht ewig gelebt, aber lange genug, dass Ihr – der Erzmagier von Fairhaven – Angst davor habt, direkt gegen Recluce vorzugehen. Wollt Ihr derjenige sein, dem man nachsagt, er habe zugelassen, dass Recluce Candar dominiert?«

»Nein.« Sterol lachte bitter und legte das Amulett neben dem Spähglas auf den Tisch. Das Bild des Südkaps verschwand. »Ihr wollt, dass wir etwas unternehmen. Also nehmt das Amulett oder gebt es jemand anderem.«

»Ich frage Euch, Sterol.«

»Und ich weigere mich. Sollen diese Lakaien doch selbst zu mir kommen.«

»Fydel!« Anya nickte zur Tür hin und drei Wächter kamen mit Ketten herein. Hinter ihnen standen drei Weiße Magier.

»Wie berechenbar Ihr seid, Anya. Wollt Ihr mich lieber in Ketten legen, als selbst etwas zu unternehmen?« Weißes Chaos wirbelte um Sterol.

Cerryl, der am Fenster stand, hob seine Schilde und baute die schmale weiße Lichtlanze auf.

Die Augen der rothaarigen Frau brannten, die Finger spannten sich um den Griff des Dolchs aus Neusilber.

Feuer, weiße Flammen und wirbelnde Nebelschwaden erfüllten den Raum. Der Spiegel auf dem Tisch explodierte und zwei Wächter zerfielen auf dem Steinboden zu weißem Staub. Ein einzelner Lichtblitz fegte durch die Staubschleier und bohrte sich durch die Schilde, die Sterol gerade aufbauen wollte.

Auf einmal wurde es ganz still im Turm.

Als sich der weiße Dunst gelegt hatte, nahm Anya das Amulett und warf einen kurzen Blick zum Haufen weißen Staubes, der zwischen den weißen Gewändern und Stiefeln lag. Sie drehte sich um und reichte Cerryl das Amulett. »Hier, Cerryl. Ihr habt es Euch verdient.«

Cerryl erwiderte traurig ihren Blick. »Nein. Ihr habt es Euch verdient, aber ich werde es für Euch tragen.« Auch er warf jetzt einen kurzen Blick zum weißen Staub auf dem Stein, der sich rasch auflöste.

»Gut. Wir müssen jetzt unseren Angriff auf Recluce planen.«

»Wie Ihr wünscht. Legt mir einen Plan vor und wir

werden ihn umsetzen. Lasst mich jetzt bitte einen Augenblick allein.« Er deutete zur Tür.

Der überlebende Wächter zögerte kurz, ehe er hinausging. Dann verließen auch Fydel, Rospor und Anya das Turmzimmer. Anya schloss hinter sich die Tür und ließ Cerryl mit dem weißen Staub und dem restlichen Chaos allein.

Ist schon einmal ein Weißer Magier ganz gewöhnlich im Schlaf gestorben? Kann man die Weiße Stadt überhaupt regieren? Und wie gedenkst du jetzt Candar zu vereinigen?

Er lachte kurz und bitter. Dann legte er das Amulett an.

LXXXIX

Cerryl sah aus dem Fenster des Weißen Turms zu den Wolken, die vermutlich Regen bringen würden. Er massierte sich die Stirn. Hoffentlich würde der Regen noch eine Weile auf sich warten lassen und hoffentlich würde Anya nicht zu schnell zurückkehren. Er nestelte am Amulett. *Kaum zu glauben, aber du trägst es. Jetzt musst du nur noch sehen, dass du es auch behältst.*

Er drehte sich um und betrachtete das Zimmer. Es musste gesäubert werden, außerdem mussten Sterols Besitztümer beseitigt werden. Unter anderem.

»Erzmagier, die Herrin Leyladin«, verkündete Gostar von draußen.

Cerryl öffnete sofort die Tür und zog sie herein. »Du solltest nicht hier sein. Wie bist du überhaupt hergekommen?«

»Ich bin sofort zu den Hallen geeilt, nachdem du heute Morgen gegangen bist. Ich war unten bei Kinowin. Ich konnte dir nicht helfen, aber ich wollte dich auch nicht allein lassen.« Die grünen Augen, die so oft funkelten, waren verhangen. »Es heißt, du hättest zusammen mit Anya und Fydel Sterol getötet und wärst eine Art Kompromisskandidat für den Posten des Erzmagiers.«

»Nicht gerade ein begeisterter Aufruf, aber es ist besser so.« *Und wahrscheinlich die einzige Möglichkeit, wenn du als Erzmagier Erfolg haben willst ... falls das überhaupt möglich ist.* Cerryl lachte wehmütig. »Ich verstehe, warum du hier bist, und ich liebe dich.« Er überlegte. »Aber ich mache mir Sorgen, und ich will nicht, dass du dich in Gefahr begibst.«

»Ich bin hier sogar sicherer als zu Hause. Immerhin hast du Wächter.« Jetzt funkelten die Augen boshaft. »Und wer würde es jetzt noch wagen, den Erzmagier anzugreifen?« Die grünen Augen wurden wieder nachdenklich. »Außerdem bist du besser vor Anya geschützt, wenn ich in der Nähe bin.«

Da konnte Cerryl nicht widersprechen. »Das stimmt zwar, aber was ist mit dir?«

»Im Augenblick wird mir nichts geschehen. Es wird sie nur in der Überzeugung bestärken, dass du eine Frau an deiner Seite brauchst, du willensschwache Nudel.« Die Heilerin grinste.

»Nudel? Ich werde dir gleich zeigen, wo ...«

»Du musst mit Kinowin sprechen.«

»Du wechselst mir das Thema etwas zu schnell.« Er wartete.

»Schicke einen Boten, dass Kinowin und Redark zu dir kommen«, beharrte sie.

Cerryl sah sich um und entdeckte schließlich die Handglocke auf dem Beistelltisch. Er läutete.

»Ser?« Ein junger Bote schaute mit ängstlich geweiteten Augen herein.

»Unterrichte bitte die Obermagier Kinowin und Redark, dass ich sie gern hier sprechen würde, sobald es ihnen passt.«

»Ja, Ser.« Die Tür wurde rasch wieder geschlossen.

»Du wirkst so erschreckend«, meinte Leyladin ironisch. »Wenn sie wüssten …«

»Sie wissen es. Es ist alles gelaufen, wie es laufen sollte. Ich bin zurückgekehrt und auf einmal ist ein neuer Erzmagier im Amt – oder ein sehr junger Magier, der behauptet, der Erzmagier zu sein. Alle, die ihn einst kannten – abgesehen vom Rat, Anya und einer verdächtigen Schwarzen Heilerin sowie einigen alten Weißen –, sind fort.«

»Du bist recht zynisch.«

»Eher realistisch, würde ich sagen.« Cerryl sah zur Tür.

»Kann sein. Was willst du nach der Besprechung als Erstes tun?«

»Die Gilde dazu bringen, dass sie mich anerkennt. Dann werde ich die Bedingungen für den Handel in Candar verbessern.«

»Du redest wie Vater.«

»Er hat Recht, was den Handel angeht.«

»O ja, damit hat er sicher Recht«, sagte Leyladin lächelnd.

Es klopfte und der Wächter steckte den Kopf herein. »Der Obermagier Kinowin, Ser.«

»Er soll eintreten.«

Kinowin kam herein. Obwohl schrecklich hager geworden, hielt er die Schultern gerade. Die grauen Augen waren wach und aufmerksam und schienen sogar ein wenig vergnügt zu funkeln. »Cerryl … oder sollte ich Euch jetzt mit ›geehrter Erzmagier‹ anreden? Seid gegrüßt – und meine besten Wünsche.« Er verneigte sich leicht vor der Heilerin.

»Nennt mich nur weiterhin Cerryl, alter Freund.« Der neue Erzmagier deutete zum runden Tisch. »Bitte setzt Euch. Wir warten noch auf Obermagier Redark.«

Kinowin nahm Platz und Leyladin ließ sich neben ihm nieder.

»Wollt Ihr Leyladin hier bei Euch behalten?«

»Unbedingt. Ich bin ein willensschwacher Kompromisskandidat, der unbedingt eine Heilerin in seiner Nähe braucht.«

Kinowin lachte. »Wer die betreffende Heilerin kennt, weiß um das Ausmaß dieser Lüge.« Er überlegte einen Augenblick. »Einige Leute werden behaupten, Ihr wärt zu nachsichtig mit Recluce und das würde daran liegen, dass Ihr zu sehr auf eine Schwarze hört.«

»Das ist möglich, aber sie sollen mich an meinen Taten messen.«

Kinowin runzelte die Stirn. »Ihr wollt doch nicht etwa zulassen, dass Anya sich mit der Forderung durchsetzt, wir müssten einen Großangriff auf Recluce planen?«

»Wir wollen sehen, was die Zeit bringt.« Er hasste es, auf diese Weise auszuweichen, aber er setzte ein Lächeln auf und ließ sich mit dem Rücken zum Fenster und mit dem Blick zur Tür nieder.

»Habt Ihr etwas Bestimmtes im Sinn?«

O ja, ich habe eine Menge im Sinn … aber ob es so kommt, wie ich es mir vorstelle, ist eine ganz andere Frage. »Nur ein paar Ideen.«

»Er ist mit seinen Äußerungen vorsichtiger geworden«, sagte Kinowin nickend zu Leyladin.

Ohne anzuklopfen, verkündete Gostar: »Der Obermagier Redark.«

»Er soll hereinkommen.« Cerryl stand auf und deutete zum letzten freien Stuhl. »Bitte leistet uns Gesellschaft, verehrter Obermagier.«

»Ehrwürdiger Cerryl.« Redark neigte höflich den Kopf und der rote Bart wippte. »Das war eine Überraschung, wirklich eine große Überraschung, aber nicht unbedingt eine unwillkommene, auch wenn manch einem Veränderungen stets unwillkommen sind.« Er räusperte sich und setzte sich an den Tisch. Die hellgrünen Augen irrten kurz zu Leyladin ab und hefteten sich rasch wieder auf Cerryl.

»Wir müssen binnen eines Achttages eine Vollversammlung der Gilde anberaumen«, erklärte Kinowin.

»Wir könnten mit vielen gar nicht erst Verbindung aufnehmen«, protestierte Redark.

»Sie dürfen ihre Posten im Augenblick ohnehin nicht verlassen«, erklärte Cerryl, während er sich wieder setzte. »In Spidlar sind nur noch Lyasa und Syandar. Sie müssen unbedingt bleiben. Angesichts der Schwierigkeiten mit dem Handel müssen auch Gorsuch und Sedelos wachsam sein.«

»Außerdem«, fügte Kinowin trocken hinzu, »würde ihre Gegenwart ohnehin nichts ändern. Die Hälfte der Leute, die auswärts beschäftigt sind, würde sich hinter Cerryl stellen, die zweite Hälfte kennt ihn nicht einmal.«

»Magier müssen in Fairhaven sein«, erwiderte Redark. »Es sei denn, sie werden anderswo gebraucht.«

»Und das kommt heutzutage recht häufig vor«, meinte Kinowin.

Leyladin lächelte leicht, hielt sich aber zurück.

»Es könnte in allernächster Zukunft sogar noch wichtiger werden«, fügte Cerryl hinzu.

Redark hob die roten Augenbrauen.

»Fairhaven muss zunächst in Candar respektiert werden, ehe wir die Achtung von Recluce beanspruchen können.« Cerryl machte eine unbestimmte Geste. »Wir werden später noch ausführlich klären, wie dieses Ziel zu erreichen ist.« Er lächelte. »Aber jetzt müssen wir als Erstes besprechen, ob Ihr und Kinowin den Eindruck habt, dass innerhalb der Hallen Veränderungen vonnöten sind.«

»Die jüngeren Magier … die Anwärter … sie protestieren gegen die Ausbildung in den Abwasserkanälen«, meinte Redark.

»Wer beaufsichtigt sie jetzt? Oder ist es vielleicht immer noch …« Cerryl sah Kinowin fragend an.

»Leider … leider arbeite ich immer noch mit Kochar und Kydasl an den Abwasserkanälen.«

Cerryl kannte Kochar aus seiner Zeit als Anwärter, aber von Kydasl hatte er noch nie gehört.

»Kydasl war als Assistent in Renklaar, aber Gorsuch war der Ansicht, er werde der Gilde besser in Fairhaven dienen. Sterol deutete an, er könne eines Tages die Abwasserkanäle und die Ausbildung vollständig übernehmen.«

Redark nickte. »Er ist freilich etwas empfindlich.«

Cerryl wäre beinahe zusammengezuckt. »Ich glaube, die Ausbildung in den Abwasserkanälen haben wir alle gehasst, aber sie ist notwendig.« Er lächelte Redark an. »Wenn Ihr eine genaue Vorstellung habt, wie wir die Ausbildung verbessern können, dann lasst es mich unbedingt wissen.«

»Ich werde darüber nachdenken«, versprach Redark. »Außerdem müssen wir noch klären, ob wir die Gebührenordnung für die Plaketten am Tor verändern wollen, um die Einnahmen zu erhöhen …«

Fairhaven durfte auf keinen Fall Bauern und Kaufleute, die in der Stadt Handel treiben wollten, entmutigen. Cerryl nickte. »Vielleicht könntet Ihr Euch an Esaak wenden und in Erfahrung bringen, welche Einnahmen wir bei höheren oder niedrigeren Gebühren zu erwarten haben und wie sich die Gebühren auf die Zahl der Wagen, die in die Stadt kommen, auswirken könnten.«

»Esaak … er neigt dazu, die Gebühren zu senken«, meinte Redark stirnrunzelnd.

»Ich verstehe.« Cerryl überlegte kurz. »Bittet ihn, Euch sämtliche notwendigen Zahlen und Tabellen vorzulegen, damit wir alles durchgehen können. Zieht die Zahlen aus den vergangenen Jahren hinzu.«

Redark nickte. »Ich kümmere mich darum.«

Kinowin hielt sich die Hand vor den Mund.

»Und wir müssen überlegen, wie wir die Gildenhalle neu gestalten …«

Das ist das Letzte, für das wir Goldstücke ausgeben sollten … »Vielleicht scheint es ein wenig zu anmaßend, wenn sich ein neuer Erzmagier zu früh um solchen Schmuck kümmert.« Cerryl wurde klar, dass die Besprechung viel, viel länger dauern würde, als er angenommen hatte.

Er konnte das Lächeln spüren, das Leyladin hinter einem neutralen, mäßig interessierten Gesichtsausdruck zu verbergen suchte, doch er nickte dem Magier mit dem roten Bart zu, er möge fortfahren.

XC

Cerryl fühlte sich schutzlos, wie er in der ersten Reihe des Ratssaales saß. Er spürte Anyas und Fydels Blicke im Rücken … und die Blicke aller anderen Magier. *Ich hätte nie gedacht, dass man sich inmitten so vieler Magier so einsam fühlen kann …*

Kinowin, immer noch aufrecht und breitschultrig trotz der Hagerkeit des Alters, marschierte die Seitentreppe hinauf und blieb mitten auf dem golddurchsetzten Marmorpodest der Ratskammer stehen. Ein paar Schritte hinter ihm folgte Redark, der immer wieder nervös zu Kinowin blickte.

Die beiden warteten, bis das Flüstern erstarb.

»Der erste Tagesordnungspunkt dieser Sitzung ist die Bestätigung Cerryls als Erzmagier.« Kinowin nickte Redark zu.

Der zweite Obermagier lächelte leicht und sehr unsicher, als wäre er lieber woanders.

»Möchte ein Mitglied der Gilde jemand anders für den Posten des Erzmagiers vorschlagen?«, fragte Kinowin.

Ein paar Magier murmelten. Cerryl fragte sich, wer da so zaghafte Kommentare von sich gab, aber er drehte sich nicht um.

»Schlägt ein Mitglied der Gilde jemand anders für den Posten des Erzmagiers vor?«

Im Schweigen, das darauf folgte, sah Kinowin sich im Ratssaal um, überblickte die goldverzierten Eichentische, die rot gepolsterten Eichensitze und die weißen Granitsäulen an den Seiten, wo einige Magier unter roten Wandbehängen standen. Schließlich verkündete er: »Da kein weiterer Kandidat vorgeschlagen wird, erklären wir als Obermagier und Vertreter des Rates, dass der ehrenwerte Cerryl ins Amt des Erzmagiers eingesetzt wird.« Der alternde Magier winkte Cerryl, das Podium zu betreten.

Cerryl stand betont langsam und ruhig auf und kletterte aufs Podium. Mit einer Verbeugung wandte er sich an die Versammlung der Magier. Flüchtig bemerkte er, dass die Zahl mit jeder Versammlung geringer und die Magier immer jünger wurden. *Deshalb stehst du jetzt hier und deshalb musst du etwas unternehmen.*

Er richtete sich wieder auf und schwieg noch einen Augenblick, ehe er zu sprechen begann. Er überblickte die Magier, als könnte er jedem Einzelnen ins Herz schauen. »Es ist nur recht und billig, dass ein neuer Erzmagier sich bei der ganzen Gilde für das entgegengebrachte Vertrauen bedankt, und dieser Regel folge ich von Herzen gern.«

Er wartete wieder einen Augenblick und ließ noch einmal den Blick durch den Saal wandern. »Wir alle hier müssen uns darauf gefasst machen, dass sich in Candar viele Dinge verändern werden. Wir erstreben diese Veränderungen nicht, aber wir müssen uns ihnen stellen. Die Obermagier und ich werden Eure Ratschläge und Eure Weisheit in Anspruch nehmen, damit wir die richtigen Schritte tun, um die Gilde zu stärken und dafür zu sorgen, dass wir in ganz Candar geachtet werden. Dies war das Ziel, das Jeslek und Sterol verfolgt haben, und es wird auch mein Ziel sein.«

Noch einmal verneigte er sich. »Ich will Euch nicht

täuschen. Die Gilde sieht sich Gefahren gegenüber, die größer sind als in den letzten Jahren. Wir müssen zusammenarbeiten, wenn wir sie überwinden wollen. Ich bin aber sehr zuversichtlich, dass wir den Willen und die Kraft haben, die Schwierigkeiten zu meistern. Wir werden nicht untergehen.« Er wartete, weil er wusste, dass es Fragen geben würde, die er hoffentlich beantworten konnte.

»Geehrter Erzmagier«, rief von weit hinten ein Magier, den Cerryl nicht kannte, »könnt Ihr uns genau sagen, wie wirkungsvoll all die Goldstücke waren, die wir auf die Handelsblockade verwendet haben?«

»Die aktuellen Zahlen könnten wir nur von Sedelos und Gorsuch erfahren, weil sie die größten Häfen im Osten Candars überwachen«, antwortete Cerryl. Den versteckten Sarkasmus des Fragers ignorierte er. »Soweit ich es sagen kann, hat die Blockade erfolgreich die Waren der Schwarzen aus Lydiar und Spidlar und in letzter Zeit auch aus Hydlen herausgehalten. Der Rat und ich werden nach Wegen suchen, die Kosten dieser Einsätze zu verringern.«

»Erzmagier«, fragte Fydel unvermittelt, »beinahe zwanzig Magier wurden von den Beauftragten verschiedener Herrscher ermordet. Was werdet Ihr tun, um diese Untaten zu rächen?«

»Wir haben die ungehorsamen Kaufleute und ihren Rat in Spidlar vollständig ausgelöscht. Wir haben die größeren einheimischen Händler durch Händler aus Fairhaven ersetzt, die der Gilde treu ergeben sind. Wir nehmen dort zum ersten Mal seit Jahren wieder Gebühren ein. Der Reihe nach werden wir uns auch den Untaten anderer Länder widmen.« Cerryl lächelte.

»Geehrter Cerryl«, fragte Huroan, der stellvertretende Kommandant der Stadtwache, »es heißt, Ihr hättet in Spidlar eine Stadtwache eingerichtet. Trifft das zu?«

»Das trifft zu. Die Stadtwache hat sich in Fairhaven bewährt, und es scheint mir, sie kann sich auch in Spidlaria bewähren. Fairhaven hat Candar viel zu bieten, und wir sollten dafür sorgen, dass wir für diese Angebote angemessen entlohnt werden.«

Der Magier der Stadtwache lächelte leicht und setzte sich wieder.

Dann erhob sich der schmale Broka mit eckigen Bewegungen. »Eure Worte vermitteln die Notwendigkeit zu handeln und zugleich auch die Empfehlung ... eine gewisse Vorsicht walten zu lassen. Womit können wir nun rechnen, Erzmagier?«

Cerryl hätte beinahe nach Luft geschnappt, als ihm die Unverschämtheit bewusst wurde. »Wie wäre es mit Vorsicht, wenn sie geraten scheint, und entschiedenem Handeln, wenn wir es für notwendig erachten?« Er lächelte ironisch. »Ich bin sicher, dass Ihr – und die Obermagier – es mich wissen lassen werdet, wenn Ihr – oder sie – der einen oder der anderen Möglichkeit den Vorzug geben wollt.« Bevor noch weitere Fragen gestellt werden konnten, verneigte er sich noch einmal. »Ich danke Euch allen für Euer Interesse und Eure Unterstützung. Falls Ihr Ratschläge oder Empfehlungen habt, dann lasst es bitte die Obermagier wissen, damit wir uns so schnell wie möglich darum kümmern können.« Er stieg von der Plattform herunter und nickte Kinowin zu.

»Der Erzmagier ist gewählt, und da es keine weiteren Angelegenheiten unter Beteiligung der gesamten Gilde zu regeln gibt, ist die Versammlung hiermit geschlossen.«

Cerryl gab nacheinander Redark und Kinowin die Hand. »Ich danke Euch beiden.«

Kinowins Augen funkelten. »Das kommende Jahr wird sicher sehr abwechslungsreich.«

Cerryl fürchtete, dass der Obermagier damit völlig Recht hatte.

XCI

Cerryl saß mit dem Rücken zum Fenster, Leyladin rechts neben ihm und Anya auf der anderen Seite des Tischs. Die Läden waren geschlossen, um den Regen und die feuchtkalte Luft abzuwehren.

Cerryl rieb sich die Stirn, zwang sich aber gleich darauf, die Hand unten zu lassen und sich nicht ständig den dröhnenden Schädel zu massieren.

»Was plant Ihr in Bezug auf Recluce, Cerryl?« Der schwere Duft von Sandelholz und Trilia wehte von der rothaarigen Frau herüber. »Jetzt, da Ihr der Erzmagier seid?«

»Ich werde nach Möglichkeit die entsprechenden Vorbereitungen treffen«, erwiderte Cerryl. »Zunächst einmal müssen wir mehr Goldstücke eintreiben.«

»Dann erhöht die Gebühren.« Anya tat das Problem mit einer unwilligen Handbewegung ab.

»Vielleicht sollte ich mich deutlicher ausdrücken, Anya. Ich will nicht, dass Fairhaven noch mehr leidet. Fairhaven wird jetzt schon damit belastet, dass wir die Straßen und einige Häfen unterhalten müssen. Das kostet Goldstücke. Es mangelt uns nicht etwa an Goldstücken, weil die Gebühren zu niedrig sind, sondern weil Certis, Spidlar und Gallos nicht alles bezahlt haben, was sie bezahlen müssten. Spidlar zahlt jetzt und die Einnahmen steigen mit jeder Jahreszeit. Wenn wir einen Angriff auf Recluce planen – oder eine Seeschlacht, um ihre Schiffe zu zerstören –, dann brauchen wir noch erheblich mehr Goldstücke. Ich kann nicht mehr Goldstücke hereinholen, indem ich Gebühren festlege, die von den Herrschern am Ende doch nicht bezahlt werden. Ich kann nicht noch einen Krieg führen, der noch mehr kostet, um neue Goldstücke einzutreiben, die dann wieder nicht reichen werden.«

»Was wollt Ihr also tun, o vorsichtiger Cerryl?«, schnaubte Anya.

»Ich werde tun, was Jeslek tun wollte und Sterol nicht begriffen hat. Wir müssen die Kontrolle über die wichtigsten Handelshäfen gewinnen und auf diese Weise mehr Goldstücke eintreiben.«

Anya zog die Augenbrauen hoch. »Ach?«

»Sedelos und Wertel haben in der letzten Jahreszeit die Steuereinnahmen in Lydiar fast verdoppelt. Jetzt arbeite ich an einem Plan, um auch von Certis die Gebühren einzutreiben, die sie uns schuldig sind.«

»Und in einem Jahr werden wir dann Goldstücke und keine Macht mehr haben.«

»Wenn wir kein Gold haben, Anya, dann werden wir noch viel früher machtlos sein.«

»Wenigstens habt Ihr eine Vorstellung, worum es geht.« Anya wandte sich an die Heilerin. »Ihr solltet ihn drängen zu handeln, Leyladin.«

»Ich bin sicher, dass er handeln wird«, erwiderte die Heilerin sanft. »Und er wird Eure Worte mit der gebotenen Aufmerksamkeit abwägen. So hat er es schon immer gehalten.«

»Aus Eurem Mund gesprochen, übermitteln diese Worte verborgene Bedeutungen und wenig Trost.« Anya stand stirnrunzelnd auf. »Nun gut, ich will mich fügen und Fydel und den anderen sagen, dass Ihr die notwendigen Geldmittel auftreibt, um die Schwarzen zu bekämpfen. Ich kann ihnen auch sagen, dass Ihr durch Sterols extravagante Einfälle behindert werdet, da er Euch die Schatztruhe der Gilde fast leer hinterließ.«

»Sie war tatsächlich beinahe leer«, bestätigte Cerryl. *Obschon nicht ganz aus diesem Grund.*

»Und es ist gut, dass Ihr nicht die Absicht habt, unseren Händlern weitere Steuern aufzuerlegen.« Anya verneigte sich. »Sie werden es zu schätzen wissen.« Sie drehte sich um. »Mit Eurer Erlaubnis?«

»Das hoffe ich doch.« *Besonders, was Jiolt angeht.*

Als die Tür geschlossen war, schüttelte Leyladin den Kopf. »Sie will, dass du Recluce angreifst.«

»Das kann ich jetzt nicht tun, selbst wenn ich es wollte, und das weiß sie.«

»Sie wird dich weiter bedrängen.«

»Natürlich. Dadurch will sie mich vernichten. Sie wird wie Jeslek die Schwarzen als unseren ärgsten Feind herausstellen, und wenn ich nicht angreife, dann wird sie mir die Schuld an den Sorgen der Händler und der Gilde geben und einen anderen Erzmagier suchen.«

Es sei denn, du kannst ihre Pläne durchkreuzen.

Leyladin langte nach ihrem Becher mit Wasser. »Das gelingt ihr vielleicht sogar, obwohl du ihre Absichten durchschaut hast.«

»Ich weiß. Ich muss tun, was mir möglich ist, aber ohne Goldstücke und Einnahmen aus dem Handel kann ich überhaupt nichts machen.«

»Vater und Lyasa haben mehr geschickt, als du erwartet hast.«

»Beinahe eintausend Goldstücke, aber mehr wird bis zum nächsten Sommer nicht kommen, fürchte ich. Auf dem Nordmeer breitet sich das Eis aus. Tyrhavven wird höchstens noch ein paar Achttage eisfrei bleiben, vielleicht etwas länger, wenn es nicht zu kalt wird.«

Leyladin drückte seine Hand. »Du hast dir nicht vorgestellt, dass es so kommen würde, nicht wahr?«

»Ich wusste, dass es so kommen würde, aber ich habe gehofft, ich könnte es vermeiden.« Er trank einen Schluck Wasser und stand auf. »Ich muss durch die Hallen gehen. Ich kann nicht ständig im Turm sitzen, wenn es so viele gibt, die mich noch nicht kennen oder sich nicht an mich erinnern.«

»Ich gehe nach Hause. Es würde nicht gut aussehen, wenn eine Schwarze dich begleiten würde.« Sie stand auf. »Ich erwarte dich zum Abendessen und du wirst nicht hier schlafen.«

»Jawohl, meine Herrin.« Er lächelte.

Leyladin erwiderte das Lächeln.

XCII

Cerryl drehte sich im Sitzen herum und sah aus dem Turmfenster. Die winterliche Bewölkung versprach kalten Regen oder Pappschnee, aber bisher war noch nichts heruntergekommen und er hatte auch keine Kopfschmerzen.

»Der Magier Heralt«, meldete der Wächter vor der Tür.

»Er soll eintreten.« Cerryl stand auf und kam hinter dem Tisch hervor. Obwohl schon ein paar Achttage im Amt, wunderte er sich immer noch, dass er jetzt der Erzmagier war, dem die Leute ihre Aufwartung machten. *Allerdings gelten die Ehrbezeugungen dem Titel und dem Amt, nicht dir persönlich.*

Heralt schien ganz der Alte – kurzes braunes Haar, olivbraune Augen, eine Spur von Trotz und Schüchternheit. Auf der Stirn zeichneten sich Falten ab, unter den Augen hatte er dunkle Ringe. »Erzmagier.«

»Bitte setz dich. Möchtest du Wein?«

»Gern.«

Cerryl schenkte ihm einen halben Becher Weißwein ein, der sich aus irgendeinem Grund im Turm besser hielt als Roter oder Rosé, und setzte sich wieder. »Ich bin dir dankbar, dass du um diese Jahreszeit die Reise hierher auf dich genommen hast.«

»Ich gehorche, wenn der Erzmagier befiehlt.«

Cerryl hätte beinahe geseufzt. »Bitte hebe dir die Förmlichkeiten für die Öffentlichkeit auf. Du bist immer noch Heralt, ich bin immer noch Cerryl und ich brauche deine Hilfe.«

»Meine Hilfe?«

Cerryl erschrak, als er hörte, wie überrascht Heralt war.

»Was könnte ich schon tun?«, fuhr Heralt fort. »Ich

bin nicht so mächtig, das wisst Ihr. Deshalb haben sie mich auch nach Ruzor geschickt, wo ich Schiffe zählen und Frachten registrieren und Shenan als Assistent zur Hand gehe.«

»Ich brauche die Hilfe jedes Magiers, aber du besitzt Fähigkeiten, die in der nächsten Zeit besonders wichtig sind. Es sind Fähigkeiten, die nur wenige Magier haben.«

»Ich weiß wirklich nicht, welche Fähigkeiten das sein sollen«, gestand der junge Magier.

»Heralt, ist dein Vater noch als Händler tätig?« Cerryl stand auf und schritt unruhig auf dem Steinboden hin und her, immer noch halb verwundert, dass diese Gemächer und das Amt tatsächlich ihm gehörten.

»Nein, Ser. Er ist im letzten Frühling gestorben.«

»Das tut mir Leid, das wusste ich nicht. Und bitte ... hier bin ich einfach nur Cerryl. Ich weiß, dass wir in der Öffentlichkeit förmlicher sein müssen, aber wir sind hier nicht in der Öffentlichkeit.«

»Es ist schwer ... du bist jetzt Erzmagier ...«

»Du hast nicht damit gerechnet, dass einer deiner Freunde so bald zum Erzmagier ernannt wird?«

»Nein.« Jetzt musste Heralt grinsen. »Ich dachte mir schon, dass du es eines Tages werden würdest, aber nicht so bald.«

»Ich bin Erzmagier, weil die Gilde bedroht und geschwächt ist. Ob die Gilde überlebt oder nicht, hängt davon ab, ob wir im ganzen Osten Candars die Gebühren eintreiben können. Ich habe Leyladins Vater nach Spidlaria geschickt. Lyasa und Syandar arbeiten mit ihm daran, den Handel wieder in Gang zu bringen. Da Fürst Estalin in Leyladins Schuld steht und mit Wertel auf unserer Seite ...«

Heralt sah ihn fragend an, als er den Namen hörte.

»Ebenfalls ein Händler aus Fairhaven und Leyladins Bruder«, erklärte Cerryl. »Lydiar zahlt die fälligen Gebühren und die Gilde hat den Hafen von Renklaar eingenommen. Östlich der Westhörner gibt es damit nur noch drei Orte, die wir nicht vollständig kontrollieren – Ruzor, die beiden kleineren Häfen in Hydlen und Tyrhavven. Wenn wir dafür sorgen können, dass in Tyrhavven die Gebühren eingetrieben werden, beherrschen wir im Grunde den ganzen Norden und die Ostküste mit Ausnahme von Worrak. Dann könnten die Blockadeschiffe für andere Dinge eingesetzt werden, beispielsweise um Schmuggler aufzubringen …«

»Und für einen Angriff auf Recluce?«

Cerryl zuckte mit den Achseln.

»Ich würde lieber auf einem der Schiffe fahren.«

»Heralt … du verstehst etwas vom Handel. Als wir beide noch Anwärter waren, hast du es mir erklärt. Die Gilde braucht dich in Tyrhavven. Ich brauche dich dort. Ich brauche jemanden, der etwas von der Sache versteht und die Kaufleute bei der Stange hält.«

»Sie werden nicht auf mich hören.«

»Sie werden auf dich hören, weil du mein Gesandter bist und zehn Züge Lanzenreiter und zwei Gehilfen hast.«

»Wer … wer sind die Gehilfen?«

»Du kannst sie dir aussuchen. Sag mir Bescheid und ich werde sie rufen lassen, damit deutlich wird, dass sie dich auf meinen Befehl hin begleiten.«

»Ist Tyrhavven wirklich so wichtig?«

»Viel wichtiger als du glaubst. Und wenn du *irgendetwas* darüber hörst, dass der Vicomte Truppen nach Sligo verlegt oder Rekruten einzieht, lass es mich sofort wissen. Warte nicht auf Bestätigungen oder weitere Berichte.«

»Wie ich sehe, vertraust du ihm blind.«

»Ich habe festgestellt, dass er den größten Teil der Gebühren in die eigene Tasche steckt, aber das war schon so während des Krieges gegen Spidlar. Jeslek wollte mich nicht handeln lassen, abgesehen davon, dass Shyren und einer der Minister des Vicomte entfernt wurden. Aus Certis kommen immer weniger Gebühren.«

»Aber Tyrhavven?«

»Wir kontrollieren jetzt die Häfen von Spidlar und Lydiar. Über welchen anderen Hafen könnte Rystryr sonst noch Handelswaren aus Recluce und Hamor einführen?«

»Der Rat von Sligo wird nicht begeistert sein.«

»Natürlich nicht, aber wenn nötig, werde ich noch einmal zwanzig Züge Lanzenreiter schicken und Tyrhavven blockieren. Ich habe bereits dafür gesorgt, dass sie dort Botschaften abfangen konnten, denen man genau dies entnehmen musste.« Cerryl zuckte mit den Achseln. »Da ich als der Magier bekannt bin, der die führenden spidlarischen Händler abgeschlachtet hat ...«

»Glaubst du, Rystryr wird Lanzenreiter schicken?«

»Das ist möglich, aber er weiß, dass die Gilde seinen Bruder beseitigt hat und dass drei Fürsten von Hydlen und der Präfekt von Gallos ebenfalls entfernt wurden.«

Heralt riss den Mund auf. »Das ... das habe ich nicht gewusst.«

»Rystryr schickt vielleicht Armbrustschützen, um dich zu töten – bei mir und Eliasar hat er es versucht –, aber er wird wenig tun, was man direkt zu ihm zurückverfolgen kann. Du musst ... du musst also sehr vorsichtig sein.« Cerryl lächelte verschlagen. »Bist du bereit, für mich nach Tyrhavven zu gehen?«

»Wie könnte ich dir das abschlagen? Aber werde ich damit nicht zwangsläufig zum Magier-Berater befördert?«

Cerryl nickte.

»Und was soll ich dort sonst noch machen?«

»Wenn deine Lanzenreiter unruhig werden, weil sie sich nach Abwechslung sehnen, dann lass sie die Straßen überwachen und Räuber und Schmuggler fangen. Die tauchen nämlich überall auf, wo wir versuchen, etwas zu ändern«, meinte Cerryl trocken.

»Und früher haben sie grüne Kleidung getragen?«

»Einige, ja. Fydel und Shyren haben Rystryr gegenüber etwas Derartiges durchblicken lassen.«

»Tyrhavven kommt mir auf einmal viel angenehmer vor als Fairhaven oder Ruzor.«

»Ich hoffe es.« Cerryl stand auf. »Wir können zusammen hinuntergehen.«

Heralt zog die Augenbrauen hoch.

»Ich laufe durch die Hallen, rede mit den Leuten ... solche Dinge.«

»Oh?«

»Ich muss. Niemand kennt mich. Sterol und Jeslek haben sich große Mühe gegeben, mich von Fairhaven fern zu halten.«

Heralt nickte bedächtig. »Und deshalb lässt du Anya so viel Spielraum?«

»Leider ... es geht nicht anders.«

»Sei vorsichtig. Sie hat viele Verbündete und Beziehungen, die sie seit Jahren pflegt. Das weißt du aber sicher schon.«

»Leyladin wird nicht müde, mich daran zu erinnern.«

»Hör auf sie.«

»Das mache ich.«

Bental, einer der neuen Wächter im Turm, drehte den Kopf herum, als Cerryl und Heralt das Turmzimmer verließen.

»Ich bin in den Hallen unterwegs«, sagte Cerryl.

»Ja, Ser.« Bental nickte.

Sie waren kaum heruntergestiegen und hatten den Vorraum erreicht, als Cerryl spürte, wie Redark hinter ihnen die Treppe herunter eilte, um Cerryl einzuholen.

»Erzmagier ... Ser ...«

»Wir sehen uns dann später, Heralt.« Cerryl grinste schief, dann setzte er einen nichtssagenden Gesichtsausdruck auf und drehte sich um.

»Ja, Ser.« Heralt verneigte sich und zog sich zurück.

»Ja, bitte, Obermagier Redark?« Cerryl wartete, was kommen würde.

»Ser … ich habe gerade eine Schriftrolle von Gorsuch aus Renklaar erhalten.« Redark zog die Augenbrauen hoch. »Es ist eine sehr wichtige Schriftrolle, aber leider hattet Ihr Euer Quartier bereits verlassen.«

»Ich muss mich hin und wieder draußen blicken lassen, Obermagier. Was hat der Magier-Ratgeber Gorsuch Euch denn wissen lassen, das von solcher Bedeutung sein könnte?«

»Er bittet darum, dass mindestens eins der Blockadeschiffe vor Spidlar abgezogen wird, damit es die Gewässer vor Renklaar und besonders bei Pyrdya kontrolliert. Dort sind jetzt mehr Schmuggler als früher.«

»Ich kann nicht sagen, dass mich das überrascht.« Cerryl nickte. »Da Spidlaria vereist ist oder es bald sein wird, können wir die *Weiße Schlange* und ein weiteres Schiff entbehren, damit es in der Gegend vor dem Flussdelta des Ohyde und vor Pyrdya patrouilliert. Setzt eine entsprechende Antwort auf und bereitet sie für heute Nachmittag zur Unterschrift vor.« Cerryl überlegte einen Augenblick. »Hat Gorsuch sonst noch irgendwelche Schwierigkeiten?«

»Äh … er lässt durchblicken, dass Renklaar ein anstrengender Posten ist und dass ein weiterer Magier als Hilfe sehr willkommen wäre.«

Cerryl rieb sich nachdenklich das Kinn. »Hmm … ich wüsste im Augenblick nicht, wen wir erübrigen könnten, aber ich vertraue seinem Urteil. Vielleicht könnten wir einen der jungen Magier an den Toren in Betracht ziehen? Könntet Ihr mich bitte über sie ins Bild setzen, über ihre Stärken und Schwächen? Wir werden uns im Laufe des nächsten Achttages mit ihnen besprechen und eine Entscheidung treffen. Antwortet Gorsuch unterdessen, dass wir seine unermüdlichen Bemühungen zu schätzen wissen und alles daransetzen, ihm so bald wie möglich Verstärkung zu schicken.«

»Äh … er würde gern nach Fairhaven zurückkehren …«

»Das könnte uns vor neue Probleme stellen. Wäre er denn lieber in Jellico? Sollen wir dann Disarj nach Renklaar schicken? Oder nach Ruzor? Shenan könnte sich vielleicht überzeugen lassen, nach Hydlen zu gehen.« Cerryl lächelte strahlend. »Was meint Ihr, Redark?«

»Ich müsste erst darüber nachdenken.«

»Ich würde mich freuen, Eure Einschätzung der Lage zu hören. Vielleicht können wir heute Nachmittag darüber reden, wenn Ihr mir über die jungen Magier Bericht erstattet.«

»Äh … ja.«

»Gut.« Cerryl lächelte noch strahlender. »Bis dann also.«

Er verließ die vordere Halle und schaffte es, den Brunnenhof zu durchqueren, ehe er das nächste Mal angesprochen wurde – dieses Mal von Broka, dem schmalen Magier, der Cerryl einst in Anatomie unterrichtet hatte.

»Erzmagier?«

»Broka. Ihr seht aus, als würde Euch ein Gedanke sehr beschäftigen?« *Und zwar in einem sehr hinterhältigen Verstand.*

»Ja, geehrter Cerryl. Ihr erinnert Euch vielleicht, dass ich Euch fragte, ob Ihr der Vorsicht vor den Taten den Vorrang gebt oder umgekehrt. Ihr habt eine kluge, wenngleich etwas ausweichende Antwort gegeben.« Broka nickte leicht.

»Ich ziehe es vor zu handeln, wenn die Taten die Wirkung haben, die wir uns alle wünschen«, erwiderte Cerryl. »Taten, die nur dazu dienen, einen Anschein zu erwecken, kosten Goldstücke, die wir nicht haben.«

»Macht Ihr Euch wie Kinowin Sorgen wegen der Goldstücke?«

»Ich mache mir Sorgen um die Gilde. Goldstücke sind notwendig, um die Zukunft der Gilde zu sichern.« Cerryl lächelte leicht. »Ich wünschte, es wäre anders, aber mit Chaos-Energie allein kann man keine Lanzenreiter besolden oder Getreide kaufen.«

»Solange die Gilde an erster Stelle steht ...« Broka nickte.

»Sie muss an erster Stelle stehen«, bekräftigte Cerryl. »Das Wohl Fairhavens nimmt in meinem Denken den höchsten Rang ein.«

»So ist es auch bei mir.«

Broka nickte noch einmal und huschte mit eckigen Bewegungen auf jene verstohlene Art und Weise davon, die Cerryl immer an eine Eidechse erinnerte.

Als Nächstes ging Cerryl durch den Speisesaal, obwohl die Mittagsglocke noch nicht geläutet hatte. Der junge Erzmagier betrachtete den Saal. Fast als hätte er Cerryls Blicke gespürt, sah Esaak zur Tür. Cerryl ging an den leeren Tischen vorbei und ließ sich dem älteren Magier gegenüber nieder. »Wie geht es mit Redark?«

»Ihr seid vielleicht der mathematisch unfähigste Erzmagier, den die Gilde je hatte.« Esaak sah Cerryl scharf an, dann lächelte er leicht. »Aber *so* unfähig seid Ihr nun auch wieder nicht.«

»Redark versteht nicht, dass wir nicht einfach die Gebühren erhöhen können. Er hört nicht auf mich.« Cerryl zuckte mit den Achseln. »Er glaubt manche Dinge erst, wenn sie ihm so eindringlich vor Augen geführt werden, dass er sie nicht mehr abstreiten kann. Ich wüsste keinen anderen, der dazu so gut geeignet wäre wie Ihr.«

»Vielen Dank für Euer Vertrauen, Erzmagier.« Esaaks faltiges Gesicht verzog sich zu einem breiteren Lächeln. »Ich nehme an, Ihr habt auch nichts dagegen, wenn ich meine Berechnungen mit allen anderen teile, die daran Interesse haben könnten.« Der schwerfällige, weißhaarige alte Magier kratzte sich am Ohr.

»Ganz und gar nicht. Ich würde sie aber gern vorher sehen, damit ich weiß, was Ihr herausgefunden habt.«

»Ihr wisst, was ich berechnet habe. Niedrigere Gebühren in Fairhaven und für die Häfen eine weiter gefasste Gebührenordnung, in der zum Ausgleich niedrigere Gebühren festgelegt sind, werden der Gilde mehr Goldstücke einbringen.« Esaak seufzte, hob seinen

Krug Dünnbier und trank schlürfend einen großen Schluck. »Die Schwierigkeit liegt nicht in den Berechnungen, sondern in der Erklärung, warum dies so ist.«

»Ein Zwanzigstel von tausend Kuchen ist mehr als ein Zehntel von hundert Kuchen«, meinte Cerryl.

»Wollt Ihr nicht lieber die Erklärungen selbst aufschreiben, Erzmagier? So wie Ihr mit Worten umgehen könnt …«

Cerryl lachte amüsiert. »Wenn ich es aufschreiben würde, dann würde es niemand glauben. Ihr seid ein geschätzter und geachteter Magier.«

»Ihr seid ein gefährlicher Schmeichler, Ser.« Esaak lächelte breit. »Ich werde die Berechnungen fertig stellen und einen Text schreiben, um den Obermagier über Kuchen und Goldstücke zu unterrichten.« Er nickte, als Cerryl aufstand.

»Danke.« Mit einem Nicken zum Abschied ging Cerryl zur Essensausgabe, wo einige rot uniformierte Jugendliche vermutlich wieder einmal Lammeintopf bereitstellten. Das Essen hatte sich offenbar nicht geändert, seit Cerryl in die Hallen gekommen und zum ersten Mal Faltars Klagen mit angehört hatte.

Und du wünschst dir, er wäre immer noch hier und könnte klagen. Cerryls Augen brannten, als er sich von der Essensausgabe abwandte und zum Weißen Turm zurückkehrte. *Mehr denn je wünschst du es dir …*

XCIII

Cerryl schaute in den Lesesaal, wo drei Anwärter beschäftigt waren, und zog sich wieder auf den Flur zurück. Den Blendschirm hatte er um sich gelegt, um keine Aufmerksamkeit zu erregen.

Er ging zur vorderen Halle, wo er eine Weile wartete.

Er sah rot gekleidete Boten und einige andere Anwärter, schließlich auch einen Magier, den er flüchtig kannte. Er wartete, bis der rothaarige Kochar fast direkt vor ihm war, ehe er den Blendschirm fallen ließ. »Kochar?«

»Äh … oh … Verzeihung, Ser. Ich habe Euch nicht gesehen.« Kochar verneigte sich und wich erschrocken einen Schritt vor dem Erzmagier zurück.

Cerryl lächelte freundlich und winkte den Rothaarigen näher heran. »Ihr seid jetzt zum Wachdienst am Tor eingeteilt, nicht wahr?«

»Ja, Ser. Am Osttor.« Kochar wich Cerryls Blicken aus. »Außer heute.«

»Dort habe ich auch mal Dienst getan«, überlegte Cerryl. »Kommen immer noch Bauern durch?«

»Äh …«

»Nicht mehr so viele wie früher?«, bohrte Cerryl weiter.

»Nein, Ser.«

»Verkauft Ihr viele Plaketten?«

»Nicht eine, Ser.« Kochar überlegte. »Ich bin aber erst seit einer halben Jahreszeit dort eingeteilt und wir haben Winter.«

»Trotzdem«, überlegte Cerryl weiter, »irgendwo müssen die Leute ihre Waren doch verkaufen. Fragt wirklich niemand mehr nach Plaketten?«

»Nur einer war da, ein älterer Mann, aber als er gehört hat, dass es fünf Kupferstücke kostet, hat er gesagt, er würde es lieber auf dem Markt in Howlett oder sogar Weevett versuchen.«

»Was habt Ihr ihm gesagt?«

»Es gab ja nicht viel, was ich ihm sagen konnte, Ser, nicht wahr?«

»Nein, leider nicht. Aber wir werden versuchen, das zu ändern. Hat eigentlich jemand versucht, Duftöle zwischen Bauholz zu verstecken? Das Öl ist schwer aufzuspüren, wenn es nicht in verbleiten Töpferwaren transportiert wird.«

»Äh … nicht dass ich wüsste.«

»Man kann nie wissen, was in einem Wagen transportiert wird.« Cerryl nickte. »Aber ich will Euch nicht weiter aufhalten.«

»Ja, Ser. Danke, Ser.« Mit einer letzten Verbeugung eilte Kochar davon.

Sobald der junge Magier den Kopf herumgedreht hatte, verbarg Cerryl sich wieder hinter dem Blendschirm.

Kochar sah sich noch einmal um und wäre fast vor Schreck gestolpert, als er den Erzmagier nicht mehr sehen konnte. Cerryl lächelte in sich hinein. *Auf die eine oder andere Weise wird sich herumsprechen, dass du überall sein kannst.*

Cerryl ging über den Brunnenhof, auf dem ein kalter Wind wehte, dann ging er den Flur entlang bis zur Bibliothek, wo eine junge Frau im rot gesäumten Weiß der Anwärter über einer Karte brütete, die Cerryl bekannt vorkam. Er brauchte einen Augenblick, um sich zu erinnern.

»Was versucht Ihr dort zu finden?«

Sie riss die Augen auf, als sie das Amulett sah. »Oh, Ser, geehrter Erzmagier … äh …«

»Schon gut. Man hat Euch gesagt, Ihr dürftet keinesfalls einen Voll-Magier um Hilfe bitten, und jetzt stellt Euch ausgerechnet der Erzmagier Fragen zu Eurer Aufgabe.« Er deutete zur Karte, die sie vor sich auf dem Tisch ausgebreitet hatte. »Die Karte kommt mir bekannt vor … es ist die erste große Karte, die ich für Jeslek gezeichnet habe, noch bevor er Erzmagier wurde. Ich musste herausfinden, wo Tellura, Meltosia, Quessa und noch einige andere Orte in Gallos liegen. Wie lautet Eure Aufgabe? Das dürft Ihr mir immerhin verraten.«

»Ich soll einen Ort namens Asula und einen anderen namens Telsen finden.«

»Wer hat Euch die Aufgabe gestellt?«

»Obermagier Redark, Ser.«

»Nehmt noch zwei dazu«, meinte Cerryl freundlich. »Diev und Axalt. Ihr dürft jeden fragen, warum sie wichtig sind, aber nicht wo sie sind.«

»Ja, Ser.« Die Stimme klang beinahe ein wenig resigniert.

»Was denkt Ihr über die Schwarze Insel?«

»Die Schwarzen sind unsere Feinde.«

»So lernen wir es seit vielen Jahren«, erwiderte Cerryl. »Und so wird es noch Jahre bleiben. Aber die meisten Waffen-Magier sind in Candar gestorben, ohne dass viele Schwarze in der Nähe gewesen wären, und die Schwarzen haben noch nie Lanzenreiter oder Bewaffnete nach Candar geschickt.«

»Ser?«

»Nicht alle Feinde sind auf den ersten Blick zu erkennen.« Cerryl lächelte geheimnisvoll. »Ich wünsche Euch Erfolg mit der Karte. Diev war übrigens irgendwo in Spidlar und Axalt in den Osthörnern.«

»War?«

»Guten Tag, Meylal.« Cerryl zog sich hinter das Bücherregal zurück und nahm sofort wieder den Blendschirm hoch, sodass es schien, als wäre er auf der Stelle verschwunden.

XCIV

Cerryl sah sich im Schlafzimmer um, das von einer Lampe erhellt wurde. Mit den Seidenbehängen an den Wänden war es dem ersten Anblick, den er mit dem Spähglas von Leyladins Zimmer erhascht hatte, sehr ähnlich und doch auf eine Weise verschieden, die er nicht beschreiben, sondern nur fühlen konnte.

»Du siehst müde aus«, sagte Leyladin. Sie stand hinter ihm und massierte seine Schultern. »Deine Muskeln sind verspannt. Leg dich aufs Bett.«

Cerryl gehorchte nur zu gern. Er streifte die Stiefel ab und streckte sich auf der grünen Tagesdecke aus. Der leichte Wind, der durch die einen Spalt weit geöffneten Fensterläden hereinwehte, war kühl, duftete aber schon ein wenig nach dem kommenden Frühling.

Mit geschickten Fingern massierte die Heilerin sanft und nachdrücklich zugleich die verspannten Muskeln zwischen Schulterblättern und Wirbelsäule. »Die Muskeln sind hart wie Eisen.«

»Das liegt daran, dass ich jedes Mal, wenn ich den Turm verlasse, darauf gefasst sein muss, das hinter mir jemand steht, der mir nicht wohlgesonnen ist.« *Und weil ich befürchte, der eine oder andere könnte durch meinen Blendschirm schauen.*

»Du musst aber wirklich nicht so oft in den Hallen der Magier herumspazieren.«

»Meinst du? Aber wie soll ich den Leuten sonst verdeutlichen, dass ich alles weiß und überall auftauchen kann? Ich bin kein mächtiger Magier wie Jeslek und kein Planer und Ränkeschmied, der sich mit Anya messen könnte.«

»Du arbeitest doch sehr wirkungsvoll. Kiella hat mich gestern angesprochen. Sie wollte wissen, wie du es schaffst, durch Wände zu gehen.«

»Manchmal wünsche ich mir, ich könnte es.« Cerryl seufzte und genoss eine Weile schweigend Leyladins Finger, die seine Schultern lockerten.

»Sie sagte auch, irgendjemand hätte ihr zugetragen, dass du alle Kaufleute in Spidlar beseitigt hättest. Aber niemand hätte es gesehen und erst recht wüsste niemand, wie du es zuwege gebracht haben sollst. Bis heute nicht.« Die Hände der Heilerin fuhren seinen Rücken hinunter.

»Das fühlt sich gut an.« Nach kurzem Überlegen meinte er: »Das läuft also darauf hinaus, dass man mich nicht achtet, sondern eher fürchtet?«

Leyladin lachte. »Beides, würde ich sagen. Das ist für

einen Magier, den vor einer Jahreszeit kaum jemand kannte, gar nicht so übel.«

»In einer Jahreszeit von einem Nichts zum Erzmagier.«

»Immer noch besser als andersherum.«

Cerryl lag auf dem weichen Bett auf dem Bauch. Er schloss die Augen und hätte beinahe wieder einmal vor Verwunderung den Kopf geschüttelt.

»Du kannst nicht über die Macht verfügen, die ein Erzmagier gewöhnlich besitzt, und erwarten, dass man dich dafür liebt«, sagte sie leise. »Abgesehen von mir und einigen anderen, die dich kennen.« Sie schwieg einen Augenblick. »Das ist auch sonst nicht anders.«

»So ist es wohl. Traurig, nicht wahr?«

»Ja, aber wir werden es nicht ändern können.«

Nein, wenn du Candar verändern willst, wird es nicht anders gehen. Er schnaufte leise und gab sich den festen und doch sanften Berührungen hin, die seinen angespannten Körper beruhigten.

XCV

Cerryl betrachtete die Schriftrolle, die Heralt ihm geschickt hatte.

… jetzt, da das gesamte Nordmeer mit Eis bedeckt ist, kommen die Wagen aus Certis hier durch. Ich habe eine ganze Kompanie Lanzenreiter und einen der Anwärter am Hafen stationiert, denn sonst würden dort Waren auf- und abgeladen, ohne dass man die Gebühren entrichtet …

… schicke ich eine kleine Kiste mit fast 400 Goldstücken mit, nachdem ich vor drei Achttagen schon einmal 200 gesandt habe …

Die Certaner scheinen sich mürrisch zu fügen, sobald wir

deinen Namen erwähnen ... als wüssten sie mehr von dir als nur den Namen ... als wäre ihnen klar, dass sie so oder so die volle Sondersteuer zahlen müssen ... Aufzeichnungen belegen, dass im letzten Herbst überhaupt keine Gebühren erhoben wurden ... immer noch Sorgen, dass der Vicomte etwas Hinterhältiges planen könnte ...

... keine Schwarzen Händler gesehen ...

Cerryl ließ das Dokument los, das sich von selbst wieder zusammenrollte. Er stand auf und ging zum offenen Fenster, um zum weißen und grünen Fairhaven hinauszuschauen. Er dachte an Heralt und die Probleme mit den Gebühren und dem Handel, die sich anscheinend doch nicht ganz so leicht beheben ließen. Im Glas hatte er keine certischen Truppenbewegungen ausmachen können, und die Summe der Gebühren, die von Disarj aus Jellico geschickt wurde, war seit dem letzten Jahr etwas gewachsen, entsprach aber noch nicht dem, was nach Cerryls Einschätzung wirklich fällig gewesen wäre. Früher oder später würde er sich mit Rystryr und Disarj befassen müssen, aber dieses Problem hatte zu warten.

Er sah zu den Schriftrollen. Die Bedingungen in Spidlaria und Lydiar hatten sich in der letzten Zeit verbessert und Gorsuch war trotz seiner Klagen pflichtschuldigst in Renklaar geblieben. Fürst Afabar schickte höfliche Briefe und vor allem Goldstücke aus Hydolar. Shenan bestätigte, dass der Handel in Ruzor in Schwung kam, doch ohne weitere Magier und Lanzenreiter konnte sie nicht dafür sorgen, dass die Gebühren in vollem Umfang entrichtet und alle Handelsabschlüsse registriert wurden.

»Wie lange wird es noch ...« Cerryl verzog die Lippen zu einem kleinen, traurigen Lächeln.

Es klopfte. »Obermagier Redark.«

»Er soll eintreten.« Cerryl wandte sich vom Fenster und dem warmen Luftzug ab.

»Seid gegrüßt, Erzmagier.« Redark betrat die Gemächer des Erzmagiers und verneigte sich. Die hellgrünen Augen schauten Cerryl neugierig an, als der Obermagier mit dem roten Bart sich am Tisch niederließ. »Wie ich höre, sieht man Euch oft in den Hallen. Aber Ihr seid angeblich wie ein Schatten.«

»Der Erzmagier muss einen langen Schatten werfen … meint Ihr nicht auch?«

»So hatte ich es mir noch gar nicht überlegt.«

»Der Obermagier Kinowin«, verkündete Gostar, der draußen vor der weißen Eichentür des Turmzimmers Wache hielt.

»Auch er soll hereinkommen«, antwortete Cerryl laut genug, dass er draußen gehört wurde.

Kinowin kam herein. Äußerlich zeigte er keine Anzeichen der Steifheit, die er, wie Cerryl wusste, in jedem Knochen spürte. Er setzte sich rechts neben Redark. »Seid gegrüßt, Erzmagier. Redark.«

»Seid gegrüßt«, antwortete Redark. Seine Stimme klang beinahe ein wenig frostig.

Cerryl sah zwischen Kinowin und Redark hin und her. »Ihr habt um diese Besprechung gebeten, Obermagier. Vielleicht solltet Ihr beginnen.« Er trank einen Schluck Wasser aus seinem Becher und schenkte den beiden Obermagiern ein.

»Äh … ja, Ser.« Redark trank einen Schluck, ehe er weitersprach. »Es besteht kein Zweifel, Ser, überhaupt kein Zweifel, dass Ihr … dass Ihr in gewisser Weise der mächtigste Magier seid. Aber nicht alle begreifen, über welche Kräfte Ihr verfügt und Ihr seid jung …«

Cerryl lächelte. »Ich verstehe.«

»Zuerst … nun ja, anfangs … anfangs braucht jeder neue Erzmagier eine gewisse Zeit.« Redark zuckte mit den Achseln. »Es ist schon mehr als eine Jahreszeit her, dass Ihr das Amulett übernommen habt, und jetzt beginnt der Frühling und bald wird es Sommer werden.«

»Und?«, fragte Cerryl höflich.

»Recluce … die Schwarze Insel verhöhnt uns. Ihre Handelsschiffe fahren durchs Ostmeer und befördern Frachten, die aus Candar geliefert werden sollten. Ihr habt gut und oft gesprochen …«

»Die Kaufleute, oder besser, jene Kaufleute, die in Candar Waren aus Recluce beziehen, bezahlen jetzt die volle Sondersteuer«, erwiderte Cerryl freundlich.

»Es sind nur wenige Schiffe«, protestierte Redark mit leicht erhobener Stimme. »Viele haben den Eindruck, dass die Zeit zum Handeln längst gekommen ist. Wäre es nicht so, dass wir in drei Jahren ebenso viele neue Erzmagier …«

»Ich verstehe. Die Zeit zu Handeln wird kommen. Deshalb werdet Ihr und Kinowin der Gilde auf der nächsten Sitzung erklären, warum wir keine Weißen Lanzenreiter oder Magier aus Spidlar zurückrufen.«

Redark runzelte die Stirn. »Wir rufen sie nicht zurück? Sie sind seit fast vier Jahren dort. Wir sollten sie sammeln und Recluce angreifen.«

Cerryl setzte ein strahlendes, gewinnendes Lächeln auf und nickte Kinowin zu. »Ich verfolge damit nur die Pläne, die von meinen geehrten Vorgängern, von Euch selbst und Kinowin bereits ausgearbeitet worden sind. Ihr alle habt vorhergesehen, wie wichtig es ist, dass Fairhaven die Kontrolle über die nördlichen Handelsrouten gewinnt. Auf diese Weise sollte sichergestellt werden, dass die Zölle und die Sondersteuer wie vorgesehen entrichtet werden. Ich beuge mich in dieser Hinsicht gern Eurem Urteil, und es ist uns endlich auch gelungen, in Tyrhavven einzugreifen, sodass der Vicomte nicht mehr über diesen Hafen verfügen und sich unseren Gebührenforderungen entziehen kann. Die Kaufleute aus Sligo werden jetzt erfasst und müssen die Gebühren bezahlen. Aber Rystryr wird sofort aufhören, die Gebühren zu entrichten, wenn wir Heralt und seinen Assistenten die Lanzenreiter wegnehmen, die ihn unterstützen.«

»Äh … ich habe mit der jungen Anya gesprochen«, fuhr Redark mit wohlgesetzten Worten fort. »Sie neigt zu der Ansicht, dass Recluce die größte Gefahr darstellt, die der Gilde überhaupt droht.«

»Sie ist wirklich eine kluge Frau«, erwiderte Cerryl glatt.

»Sie ist höchst besorgt, was die Gefahren angeht, die von Recluce ausgehen.«

»Sind wir das nicht alle?«, erwiderte Cerryl.

»Es gibt eine Reihe von Magiern, die der Ansicht sind, dass diese Angelegenheit schnellstens beigelegt werden muss.« Redark beugte sich vor. »Ich fürchte, Ihr verkennt, wie dringend diese Wünsche sind.«

Kinowin lächelte amüsiert, aber das Lächeln verschwand wieder, bevor Redark sich aufrichtete und auf Cerryls Antwort wartete.

»Ich verstehe dies, und wir arbeiten unsere Pläne aus, um entsprechend zu handeln. Der Versuch, den Handel unter unsere Kontrolle zu bringen, ist ein Teil des Plans. Auf diese Weise bekommen wir die Mittel, um uns mit Recluce zu befassen.«

»Könntet Ihr das freundlicherweise näher erklären, Ser?« Redark legte nachdenklich die Stirn in Falten.

»Ich hatte gehofft, Sterol und Jeslek hätten etwas mehr hinterlassen«, meinte Cerryl, »aber leider gab es so viele Dinge, um die sie sich kümmern mussten. Inzwischen haben wir fast zwanzig Schiffe auf dem Nordmeer und Ostmeer, die dafür sorgen, dass die Zölle eingetrieben werden. Trifft das nicht zu?«

»Äh … knapp unter zwanzig sind es, ja.«

»Und wenn wir diese Schiffe nun abziehen und zu einer Flotte machen, mit der wir Recluce angreifen – was würde dann mit dem Gold passieren, das wir eingetrieben haben?«

»Äh … wollt Ihr damit andeuten, dass es nicht mehr eingetrieben würde? Dass man sich dem Erzmagier widersetzen würde?«

»Mir ist aufgefallen, dass die Gilde in der Vergangenheit überall dort Schwierigkeiten hatte, die Zölle einzutreiben, wo nicht mindestens ein paar Magier und mehrere Abteilungen Lanzenreiter stationiert waren. Das galt sogar, als Jeslek noch Erzmagier war, und er war der stärkste Chaos-Gebieter seit Generationen.« Cerryl lächelte entschuldigend. »Ich kann nicht davon ausgehen, dass sich dies ändern wird, solange wir nicht etwas anderes grundlegend ändern.«

»Welche Veränderung schlagt Ihr vor?«, fragte Kinowin eilig, als wollte er jedem Einwand, den Redark womöglich erheben konnte, zuvorkommen.

»Indem wir Kaufleute beauftragen, die auf unserer Seite stehen, indem wir Abteilungen von Lanzenreitern und junge, gut ausgebildete Magier einsetzen, die dafür sorgen, dass alle Schiffe in allen Häfen im Osten Candars die gleichen Gebühren zahlen, haben wir mit einem Schlag zweierlei erreicht, wie Euch sicherlich längst klar ist.« Cerryl wandte sich lächelnd an den Obermagier mit dem roten Bart. »Wir können die älteren und erfahreneren Magier für den Kampf gegen Recluce freisetzen, und wir können einige Schiffe, die bisher wegen der Zölle gebunden waren, herausziehen und zur Blockade von Recluce selbst einsetzen, damit wir das Problem an seiner Wurzel packen.«

Redark runzelte die Stirn.

»Aber das ist Euch ja alles längst bekannt.« Cerryl lächelte. »Ich habe eine ganze Weile lernen und studieren müssen, bis mir die Klugheit Eurer Planungen aufgegangen ist; ich bitte um Vergebung, dass ich so lange dafür gebraucht habe. Jetzt arbeite ich daran, Euren Plan zur Vollendung zu bringen. Ich hoffe doch, dass wir schon bald genug Kriegsschiffe aus den Überwachungsaufgaben bei der Zolleintreibung befreien und in eine echte Flotte einstellen können.«

»Wie lange könnte dies dauern?«

»Ich glaube nicht, dass irgendjemand auf den Schiffen einer Flotte dienen möchte, die von vornherein für die gestellte Aufgabe zu klein ist. Ich würde annehmen, dass wir im Spätsommer eine angemessene Anzahl von Schiffen aufbieten können.«

»Darf ich dies Anya berichten?«

Cerryl zwang sich zu einem strahlenden Lächeln. »Es wäre besser, wenn Anya direkt mit mir sprechen würde. Ich möchte es vermeiden, dass meine Worte falsch aufgefasst werden, und Ihr habt sicher den gleichen Wunsch, Obermagier.« Er hielt inne. »Oder etwa nicht?«

»Äh ... ja. Ja, das sehe ich ein.« Redark hätte beinahe gestottert. »Was darf ich ihr dann übermitteln?«

»Sagt ihr, dass ich Eure und ihre Sorgen teile und mich darauf freue, mich mit ihr zu treffen und über eben diese Sorgen zu sprechen.« Cerryl stand auf, um anzudeuten, dass die Besprechung beendet war.

»Darf ich Euch noch mit einer persönlichen Angelegenheit behelligen, Ser?«, fragte Kinowin leise. Er warf einen Blick zu Redark.

»Mit Eurer Erlaubnis?«, sagte Redark.

»Mit meiner Erlaubnis. Wenn Ihr noch weitere Ideen habt, wie wir den Aufmarsch gegen Recluce beschleunigen können, dann wäre ich sehr froh, wenn Ihr sie mir im Laufe des nächsten Achttages mitteilen könntet.« Cerryl rieb sich das Kinn, als müsste er nachdenken. »Ach, ja ... Ihr könntet Anya vielleicht auch mitteilen, dass ich an etwas arbeite, aber Wert darauf lege, dass sie es von mir selbst erfährt, damit ich aus erster Hand aus ihrem Einsatz und ihrer Erfahrung Nutzen ziehen kann.«

»Äh ... das werde ich gern tun.«

Cerryl behielt das Lächeln bei, bis die weiße Eichentür geschlossen war.

»Ihr werdet immer gefährlicher, Cerryl.« Kinowin schüttelte den Kopf. »Aber mit Worten allein werdet Ihr Anya und die älteren Magier, die hier in Fairhaven sitzen und ihr Gehalt kassieren, nicht mehr lange bezähmen können.«

»Ich weiß.« Cerryls Stimme klang beinahe mutlos. »Ich weiß.«

»Und Ihr spielt ein gefährliches Spiel, wenn Ihr Euch darauf einlasst, einen Angriff auf Recluce vorzubereiten. Selbst Sterol wusste, dass ein solches Unternehmen zum Scheitern verurteilt war.«

»Der Angriff wird scheitern«, meinte Cerryl. »Ganz egal, wie viele Schiffe wir einsetzen.« Das verschlagene Lächeln, das in der letzten Zeit immer öfter auf Cerryls Gesicht erschien, zeigte sich auch jetzt wieder. »Deshalb muss die Flotte von einigen erfahrenen, älteren Magiern begleitet werden.«

»Auch das ist mit Risiken behaftet.«

»Das ganze Leben ist ein Risiko«, gab Cerryl lachend zurück. »Aber ich bin nur ein junger Erzmagier, der sich nach Kräften bemüht, der Gilde ihren alten Glanz zurückzugeben.«

»An Eurer Demut müsst Ihr noch schwer arbeiten«, meinte Kinowin trocken.

Sie lachten beide.

XCVI

Cerryl sah den Weber an. Der Mann hatte ein hageres, faltiges Gesicht. Zwei Kinder schauten aus einer Ecke hinter dem Webstuhl hervor. Trotz der offenen Fensterläden drang kaum eine kühlende Brise bis in den Raum vor.

»Ich bin gekommen, um eine Schuld zu begleichen«, sagte der Magier.

»Ich kann mich nicht erinnern, Ser.« Der Mann hielt den Kopf gesenkt und mied den Blick auf die weiße Kleidung und Cerryls goldenes Amulett.

»Seid Ihr nicht Patteras Gemahl?«, fragte Cerryl freundlich.

»Sie ist tot, geehrter Ser Magier.«

»Das habe ich gehört.« Cerryl reichte ihm die Lederbörse. »Als wir beide noch Kinder waren«, log Cerryl, »hat sie mir einmal ihr ganzes Geld gegeben und mir damit sehr geholfen. Ich war lange fort und habe mir immer gewünscht, ich hätte es wieder gutmachen können. Dies hier ist für ihre Kinder.«

Der Mann schaute unsicher auf, ohne die Börse zu nehmen.

»Ich habe sie viele Jahre nicht mehr gesehen«, fuhr Cerryl fort, indem er die Börse auf den Rand der Arbeitsfläche stellte, »aber ein Weißer Magier muss seine Schulden begleichen, ob er es nun will oder nicht. Es wäre mir lieber gewesen, wenn ich diese Schuld schon früher hätte begleichen können. Viel früher.« *Und von Angesicht zu Angesicht ...*

»Wer seid Ihr denn, geehrter Herr?«, fragte der Weber mit leiser, verzagter Stimme.

»Mein Name ist Cerryl. Ich war einst beim Schreiber Tellis in der Lehre. Pattera und ihre Schwester haben damals noch in der Nähe des Platzes der Handwerker gelebt.«

»Ihr seid einer der Mächtigen ...«

»Und trotzdem mache ich mir die Mühe, eine alte Schuld zu begleichen?« Cerryl schüttelte den Kopf. »Dies hier ist nur eine Anerkennung, dass die Schuld besteht. Aber was ich Pattera wirklich zu verdanken habe, kann ich nie zurückzahlen.« Er hielt inne und betrachtete den einsamen Wandbehang, ein kleines Stück mit rot-grünem Muster. »Habt Ihr das gemacht?«

»Ja, Ser.«

»Könntet Ihr einen Wandbehang mit weißer und purpurner Farbe und ein paar blauen und braunen Tönen machen? Mit dem gleichen Muster?«

»Ja, Ser, das könnte ich.«

»Was würde es kosten?«

»Ich kann doch von einem ehrenwerten Magier kein Geld ...«

»Ihr könnt es Euch nicht leisten, *kein* Geld zu nehmen.« Cerryl lachte kurz. »Was würdet Ihr für diesen dort bekommen?«

»Zwei Silberstücke, Ser.«

Cerryl spürte, dass die Antwort der Wahrheit entsprach. »Gut.« Er klaubte ein Goldstück aus seiner Börse und gab es dem Mann. »Ich möchte einen Wandbehang wie jenen dort haben. Nehmt die beste Wolle, die Ihr hier in Fairhaven finden könnt. Purpurn, braun, weiß und blau soll er sein, aber die stärkste Farbe soll Purpur sein.«

Der Weber schluckte.

»Ich brauche ihn, um eine andere Schuld zu begleichen.« Der Erzmagier nickte. »Sagen wir in drei Achttagen?«

»Ja, Ser ... Hoheit. Das Stück wird bereit sein. Jawohl, Ser.«

»Danke.« *Du musst noch einen Weg finden, um deine Schulden bei Brental und Dylert zu begleichen ... irgendwie.* Cerryl nickte kurz und ging zu den wartenden Lanzenreitern hinaus. Mit Augen und Sinnen suchte er die Umgebung ab. *Wirst du jemals offen und ohne Bewachung durch die Straßen Fairhavens reiten oder laufen können?*

Er schluckte. Schade, dass er Pattera nicht schon früher gefunden hatte. Müßige Wünsche ... »Was nützen mir solche Wunschträume?«

»Ser?«, fragte der Unteroffizier, der Cerryls Pferd am Zügel hielt.

»Nichts. Ein Magier hat laut nachgedacht, weiter nichts.« *Ein Magier, der immer wieder feststellt, dass seine Träume ganz anders ausgehen, als er es sich gewünscht hätte.*

XCVII

»Redark ließ mich wissen, dass Ihr mich sprechen wollt, geschätzter Cerryl, und hier bin ich.« Anya schob sich eine Strähne des makellos gepflegten roten Haars aus dem Gesicht und setzte sich an den runden Tisch. »Könntet Ihr mir etwas Wein einschenken?«

»Aber gern.« Cerryl füllte ihr Weinglas zur Hälfte auf und schenkte sich selbst Wasser nach.

»Bei Euch schlägt der Wein übrigens nicht so schnell um wie bei Jeslek.« Ein Schwall von Sandelholz begleitete ihre Worte.

»Um mich herum wirbelt weniger Chaos«, meinte Cerryl achselzuckend. »Ich nehme an, daran liegt es.«

»Fast eine Jahreszeit ist vergangen und Ihr habt noch keine Anstalten gemacht, gegen die Schwarzen oder wenigstens gegen den aufsässigen Schmied vorzugehen, der uns derart zugesetzt hat.« Anyas Stimme klang gleichmütig und ein wenig kehlig. Sie sah Cerryl an. »Und Ihr habt mir eine Botschaft über Redark geschickt, statt mich direkt anzusprechen.«

»Das werdet Ihr doch hoffentlich verstehen, Anya. Redark ist einer der Obermagier. Möchtet Ihr Obermagierin werden?«

»Obermagierin ... das klingt verlockend. Ich muss es mir merken, werter Cerryl. Aber Ihr müsst auch Euer Versprechen halten und gegen die Schwarze Insel vorgehen.«

»Was schlagt Ihr vor?« Cerryls Tonfall war freundlich und neugierig. Er blickte zum Turmfenster, das nur einen Spalt offen stand. Die geschnitzte Rose, die es schmückte, bewegte sich nicht im kühlen Wind, der von dort hereinwehte.

»Ihr könnt doch so etwas nicht einfach durchgehen lassen.«

»Wir haben Diev geschleift, Stadt und Hafen existieren nicht mehr. Kleth ist dem Erdboden gleichgemacht und Spidlaria ist uns gefügig. Wir haben ein halbes Dutzend weitere Schiffe eingesetzt, um die Handelsblockade von Recluce zu verstärken.« Der Erzmagier lächelte höflich.

»Sterol hat viel für die Blockade getan.«

»Ich habe Schiffe abgezogen, die vor Spidlaria lagen, und zur Unterstützung ins Ostmeer geschickt.«

»Das habt Ihr getan, werter Cerryl.« Mit aufreizend langsamen Bewegungen trank sie einen Schluck Wein. »Das habt Ihr getan.«

»Ihr meint also, man müsste noch mehr tun?«

»Ihr seid immer so makellos höflich und aufmerksam, Cerryl. Das ist eine Eurer besonderen Tugenden.«

»Ich bin sehr erleichtert, dass Ihr es so seht. Seid Ihr nun der Meinung, man sollte gegen das Südkap eine Strafexpedition ausrichten? Vielleicht eine ganze Flotte, die die neue Stadt zusammenschießt?«

»Es ist angenehm, dass man Euch nicht alle Details in den Mund legen muss. Sterol war in mancher Hinsicht ein wenig schwer von Begriff.«

»Ich weiß«, antwortete Cerryl trocken. »Soll ich bei der nächsten Sitzung einen entsprechenden Vorschlag machen und Euch beauftragen – selbstverständlich unter meiner Führung –, einen geeigneten Plan auszuarbeiten?«

»Natürlich.« Anya beugte sich vor und berührte seine Wange. »Ihr seid so verständnisvoll, Cerryl. So verständnisvoll.«

»Wir geben uns eben Mühe, Anya. Wir geben uns alle Mühe.«

»Ihr braucht einen guten Kommandanten«, fuhr sie lächelnd fort. »Ich würde die Aufgabe übernehmen, aber Ihr wisst ja, wie Seeleute über Frauen an Bord ihrer Schiffe denken. Deshalb werde ich von Fairhaven aus tun müssen, was notwendig ist.«

»Ihr habt jetzt schon viel getan«, sagte Cerryl vorsichtig.

»Das Einzige, was mich stört … Cerryl …«

»Ja?«

»Es wäre schön gewesen, wenn Ihr es mir rechtzeitig gesagt hättet.«

Der Erzmagier setzte ein Lächeln auf, das mindestens so strahlend und falsch war wie das ihre. »Aber das habe ich doch getan, Anya. Weder Redark noch Kinowin sind über die Einzelheiten, die wir gerade erörtert haben, im Bilde. Schließlich war ich der Ansicht, dass Ihr Euch sehr für diese Angelegenheit interessiert, und deshalb wollte ich keinesfalls vorher mit jemand anders eingehend darüber sprechen.«

»Ihr seid äußerst verständnisvoll, Cerryl. Meine Freunde werden sich freuen.« Sie trank noch einen Schluck Wein. »Alle meine Freunde in der Gilde.«

»Das will ich doch hoffen. Zudem hoffe ich, Eure Freunde in der Gilde und unter den Kaufleuten werden Verständnis dafür haben, dass ein solcher Feldzug eine Menge Goldstücke kosten wird.«

Irgendetwas flackerte in Anyas Gesicht auf, als Cerryl die Kaufleute erwähnte, aber sie beherrschte sich sofort wieder. »Goldstücke … Gold kann morgen schon verschwunden sein. Niemand wird sich dann noch erinnern, wie Ihr das Gold aufgetrieben habt, Cerryl. Man wird sich nur an das erinnern, was Ihr mit dem Gold getan habt.« Anya stand auf. »Aber ich will Euch nicht länger belästigen.«

Im Augenblick nicht, aber das wird sich ändern … Cerryl stand auf.

Nachdem die rothaarige Magierin gegangen war, drehte er sich wieder zum Fenster um und blickte zur Weißen Stadt hinaus. War es immer so? Niemand bedachte die Kosten, die den Arbeitern, Handwerkern und Händlern auferlegt wurden, niemand dachte an die Männer und Frauen, die sterben mussten. Stets ging es nur um großartige Taten und die Beteiligten waren entweder Helden oder ebenso große Schurken. »Natürlich ... die Menschen ändern sich nicht.«

Die schwere Tür wurde geöffnet und Leyladin betrat das Turmzimmer.

»Ich kann deine Freundin riechen. Ich wäre schon früher gekommen, aber ich wollte bei mir behalten, was ich gegessen habe.«

»Ich habe nur Wasser getrunken«, sagte Cerryl.

»Sie wird mir immer unangenehmer.« Leyladin presste die Lippen aufeinander.

»Ich weiß.« Cerryl seufzte. »Ich weiß. Ich bemühe mich, so gut wie möglich damit umzugehen.«

»Willst du sie aufs Flaggschiff setzen?«

»Sie hat mir zu verstehen gegeben, dass sie nicht gehen würde und dass ihre *vielen Freunde* sie darin unterstützen würden. Ich setze Fydel auf das Schiff und ein paar ihrer Anhänger auf die anderen. Wenn ich doch auch Disarj mitsegeln lassen könnte, oder ...«

»Es wäre besser, wenn sie selbst mitfahren würde«, unterbrach Leyladin ihn, »aber wie du selbst immer sagst, muss man sich mit dem Möglichen abfinden.«

»Das bedeutet nicht, dass man nicht auf mehr hoffen darf.«

»Myral hatte gehofft, aber er wurde enttäuscht.« Die Anspannung wich ein wenig aus ihren Gesicht. »Aber du hast jetzt schon erheblich mehr erreicht, als er sich je vorgestellt hätte.«

»Ich glaube, eher weniger.«

»Dann wirst du es nachholen ... sobald du Anya gebändigt hast.« Die Heilerin nahm Cerryls Hände und drückte sie sanft mit ihren kühlen Fingern.

Wenn ich nur irgendwie mit Anya und ihren vielen Anhängern zurande komme ...

XCVIII

Im Zwielicht des Spätsommerabends ging Cerryl leise durch die Straße, halb hinter dem Blendschirm verborgen. Die Kopfschmerzen, die ihm der leichte Regen am Nachmittag beschert hatte, waren noch nicht völlig abgeklungen. Er stieg die Treppe hinauf und betrat den *Goldenen Widder.* Sich dicht an der Wand haltend, durchquerte er die Gaststube und stieg die Treppe zum ersten Stock hinauf. Durch eine Tür, die ein Stück offen stand, betrat er ein Nebenzimmer.

Fünf Magier saßen am Tisch, je zwei links und zwei rechts von Anya, der Platz ihr gegenüber war frei.

Anya runzelte die Stirn. »Ich dachte, ich hätte jemanden gehört.« Die vier Männer sahen sich um, aber ihre Augen glitten über Cerryl hinweg, als wäre er nicht da.

»Schließt die Tür.«

Ein Magier mit schmalem Gesicht und braunem Ziegenbart stand eilig auf und gehorchte.

Cerryl lächelte in sich hinein. *Sie findet immer jemanden, der ihr zu Füßen liegt.* Durch den Blendschirm und die Schatten in einer Ecke des Raumes verborgen, hörte er zu.

»Wir müssen rasch handeln. Der Erzmagier ... die jüngeren Magier sagen, er sei einfach überall und er müsse älter und klüger sein, als es scheint. Er sei fähig, sein wahres Aussehen zu verbergen.«

»Zurchak, Zurchak ...« Anya schüttelte missbilligend den Kopf.« Glaubt doch nicht jedes Wort, das man Euch zuträgt. Der Erzmagier hat nur zwei besondere Fähigkeiten, aber diese beiden sind beachtlich. Er kann Schilde aufbauen, die stark genug sind, um ihn vor allen Ordnungs- oder Chaos-Kräften abzuschirmen, es sei denn, er hätte es mit Kräften wie denen des großen Jeslek zu tun. Und er kann spüren, wohin das

Gold und Silber fließt. Abgesehen von diesen Fähigkeiten ist er ein ganz normaler Magier. Er kann nicht durch Wände gehen. Der Wind weht es ihm nicht zu, wenn jemand seinen Namen ausspricht. Bei der Dunkelheit, er schläft mit einer Schwarzen Heilerin, und das könnte er sicher nicht, wenn er mächtige Chaos-Kräfte in sich hätte.«

Cerryl, der im Schatten in der Ecke stand, nickte bei sich.

»Cerryl der Vorsichtige. Er handelt nur, wenn er es sich genau ausgerechnet und überlegt hat.«

»Vorsicht ist mitunter gar keine so schlechte Eigenschaft, Muerchal«, bemerkte Anya. Sie fuhr sich mit der Zungenspitze leicht über die Lippen. »Er ist der Erzmagier und die Gilde verfügt über weit mehr Goldstücke als vor seiner Amtsübernahme.«

»Gold … Gold ist kein Ruhm. Gold bringt der Gilde oder uns weder Macht noch Achtung ein«, schnaubte Muerchal.

»Unsere Gehälter werden mit Goldstücken bezahlt«, widersprach der Magier mit dem Ziegenbärtchen. »Das ist nicht zu verachten.«

»Wenn Cerryl der Vorsichtige kühner wäre, dann würde man der Gilde mehr Achtung entgegenbringen und die Goldstücke würden nur so zu uns strömen«, gab Muerchal zurück.

»Vielleicht … vielleicht könnt Ihr dafür sorgen, dass es so kommt, sobald Ihr Erzmagier seid«, schlug Anya mit strahlendem Lächeln vor.

»Das werde ich tun. Selbst als Obermagier könnte ich mehr ausrichten als der tatterige alte Kinowin oder Redark der Nachplapperer.«

»Muerchal … Ihr redet jetzt so viel, aber wenn wir eine Sitzung abhalten, ist kaum ein Flüstern von Euch zu hören.«

»Ich werdet mehr von mir hören, Aalkiron, ganz gewiss.«

»Wir werden sehen.« Aalkiron, der Magier mit dem Ziegenbart, kicherte.

»Und was ist mit Euch, Aalkiron?«

»Ich überlasse das Reden lieber Euch, Muerchal.«

»Genug … genug«, unterbrach Anya. »Der Erzmagier hat versprochen, dass ein Angriff auf Recluce durchgeführt wird. Falls er nicht auf das Versprechen zurückkommt, müssen wir seine Entschlossenheit in Frage stellen.«

»Er wird eines Tages und mit vielen Worten darauf zurückkommen«, meinte Zurchak. »Ob die Worte uns etwas Neues sagen, ist eine ganz andere Frage.«

Cerryl lächelte schief. *Du hast nicht mehr viel Zeit. Viel weniger, als du dachtest.*

»Andere, ältere Magier werden aufmerksam zuhören«, erwiderte Anya. »Eine Weile mögen sie sich in Geduld üben, aber sie können sehr ungehalten werden, wenn keine wirklichen Zusagen gemacht werden.«

»Sie werden ungehalten?« Muerchal lachte. »Und was dann? Werden sie darum bitten, dass immer mehr und noch mehr Worte gesprochen werden?«

Cerryl entschied, dass Muerchal irgendwo außerhalb von Fairhaven eingesetzt werden musste. Am besten an Bord eines Schiffs – an Bord eines kleinen Schiffs, das kaum seetüchtig war.

Als nach einer Weile die Schankmaid kam und neuen Wein brachte, huschte Cerryl aus dem Nebenzimmer. Leise und unsichtbar ging er die Straße hinauf, vorbei an den Hallen der Magier bis fast zum Markplatz. Dort bog er nach rechts zu Layels Haus ab.

Leyladin erwartete ihn im vorderen Zimmer, wo das Bild ihrer Mutter hing. »Was hast du herausgefunden?« Sie stand auf und umarmte ihn.

Cerryl erwiderte die Umarmung und küsste sie, bevor er antwortete. »Anya und ihre jungen Anhänger wollen mich drängen, mich auf den Angriff auf Recluce festzulegen. Sie sagt, sie hätte auch mit einigen älteren

Magiern gesprochen, ich nehme an, sie meint Broka und Fydel. Vielleicht auch mit Gyskas und einigen anderen. Auch sie wollen, dass ich handle.«

»Solange nur das Blut der anderen vergossen wird.« Die Heilerin führte ihn zu dem mit Seidentüchern ausgehängten Schlafgemach und schloss hinter ihnen die Tür.

»So ist es, seit ich ein Anwärter war, und ohne Zweifel sogar noch länger.« Cerryl setzte sich auf den kleinen Stuhl und zog sich die dicken weißen Stiefel aus.

»Willst du etwas essen?«

»Nein, ich bin nicht hungrig.«

»Nicht hungrig?« Die dunkelgrünen Augen flackerten im Licht der einsamen Lampe im Schlafzimmer. »Ich weiß nicht, ob das gut ist. Was soll ich nur mit einem Magier anfangen, der keinen Hunger hat?«

»Frau …«

»Vergiss das nur nicht, geschätzter Erzmagier. Ich habe viel zu lange gewartet und du bist gerade erst zurückgekommen …« Sie blickte zum zweiten Stiefel, der polternd auf den grünen Läufer fiel. »Niemandem fällt auf, dass der Erzmagier immer noch die schweren Arbeitsstiefel eines Magiers der Stadtwache trägt.«

»Es gibt vieles, was ihnen nicht auffällt«, sagte Cerryl grinsend. »Und das ist wahrscheinlich für uns am besten so.«

»Es ist wirklich besser, wenn sie unsere Abende nicht mitbekommen.« Leyladin näherte sich ihm und nahm ihn in die Arme.

XCIX

Cerryl blickte schweigend über den Sitzungssaal und wartete, bis das Murmeln zwischen den schweren Vorhängen und den mit Gold verzierten Säulen am Rand des Saals verstummte. »Eine Reihe von Euch haben große Geduld gezeigt und darauf verzichtet, von mir zu verlangen, dass ich sofort gegen Recluce vorgehe.« Der Erzmagier lächelte strahlend. »Die Geduld soll jetzt belohnt werden.«

»Hört, hört!« Irgendwo weiter hinten flüsterte jemand laut genug, dass Cerryl es hören konnte. »Ein Hoch auf Cerryl den Vorsichtigen.«

»Ich bedanke mich für Euer Vertrauen, Muerchal, auch wenn Eure Worte nicht mehr als ein Flüstern waren.« Cerryls sonst so sanfte Stimme erfüllte auf einmal den Saal. Er war froh, dass er viel Zeit damit verbracht hatte, durch die Hallen und anderswo herumzuschleichen und zu lauschen, sich dieses und jenes einzuprägen und die Magier im Auge zu behalten. Er blickte in die hintere linke Ecke. »Stimmt Ihr mir nicht zu, Zurchak?«

Cerryl bemerkte, dass Kochar, der am Ende der zweiten Reihe saß, unwillkürlich lächelte und sich sofort wieder beherrschte. »Ich will hiermit bekannt geben, dass die Schritte, die wir unternommen haben, damit von der Nordküste Candars die Gebühren an uns entrichtet werden, tatsächlich erfolgreich waren und dass die Gilde diesen Sommer die größte Zahlung erhalten hat, die je bei uns eingegangen ist.« Cerryl ließ einen Hauch goldenen Lichts über sein Amulett flackern, wie Leyladin es ihm vorgeschlagen hatte. »Wir haben außerdem die Zahl der Schiffe im Nordmeer verringert und dafür die Patrouillen vor Worrak und Ruzor verstärkt. Auch von diesen beiden Häfen gehen jetzt mehr Gebühren bei uns ein.« Er wartete, bis die Worte ihre Wirkung taten.

Fydel, der neben Anya in der fünften Reihe saß, rutschte unruhig hin und her, als wollte er keinesfalls im Mittelpunkt der Aufmerksamkeit stehen.

»Auf meine Anweisung«, fuhr Cerryl fort, »ist die edle Anya damit beschäftigt, einen Plan für den Angriff auf die neue Hafenstadt in Recluce auszuarbeiten. Viele von Euch wissen sicher schon, dass Anya zu denjenigen zählt, die sich wegen der Schwarzen Insel die größten Sorgen machen. Sie hat immer wieder betont, wie wichtig es sei, energisch gegen Recluce vorzugehen, und ich bin der Ansicht, dass sie aufgrund ihrer Einstellung und ihrer Fähigkeiten am besten geeignet ist, einen möglichst schweren Schlag gegen den neuen Hafen am Südkap zu planen. Sie hat in Gallos, in Spidlar und in Hydlen viel Erfahrung mit Feldzügen der Gilde gesammelt.« Cerryl deutete auf die rothaarige Magierin. »Wenn Ihr Vorschläge oder Hinweise habt, die dabei helfen können, dann wendet Euch bitte an sie. Sie hat sich unermüdlich darum bemüht, uns alle auf die Bedrohung aufmerksam zu machen, die von der Schwarzen Insel ausgeht. Sie hat Sterol und dem mächtigen Jeslek gedient, als diese versucht haben, Fairhaven gegenüber Recluce zu stärken. Ihr ist nichts wichtiger, als dass die Gilde gegen Recluce den Sieg davonträgt.« Cerryl deutete eine Verbeugung an, bevor er die nächste Frage stellte. »Gibt es in der Vollversammlung der Gilde sonst noch etwas zu besprechen? Wenn nicht … wollen die Obermagier bitte zu mir kommen?«

Kinowin stieg aufs Podest, Redark folgte ihm.

»Da wir in Bezug auf Recluce zu einer Entscheidung gekommen sind«, fuhr Cerryl freundlich fort, »wollen wir nun die neuen Magier weihen.«

Von Kinowin und Redark flankiert, wartete Cerryl, bis Esaak drei junge Magier, die noch die Uniform der Anwärter trugen, durch den Mittelgang nach vorn geführt hatte.

»Erzmagier, ich stelle Euch die Kandidaten vor, die als Voll-Magier in die Gilde aufgenommen werden wollen.« Esaaks Stimme kratzte heiser. Als er vor dem Podest zur Seite trat, hätte er beinahe gehustet.

Cerryl ging ihnen einen Schritt entgegen und musterte die drei Anwärter, die er kaum einmal gesehen hatte. Sie kamen aus der Krippe und hatten die Ausbildung durchlaufen, während er fast drei Jahre lang für Jeslek in Spidlar und anderswo beschäftigt gewesen war. Nach kurzem Schweigen nickte er und nannte die Namen. »Eidlen, Dumal, Ultyr ... Ihr seid hier, weil Ihr gelernt habt, weil Ihr die grundlegenden Fertigkeiten der Magie studiert habt und weil Ihr bewiesen habt, dass Ihr begreift, wie wichtig die Gilde für die Zukunft ganz Candars ist ...«

Cerryl fragte sich, ob sie es wirklich begriffen, ob, von Kinowin abgesehen, überhaupt ein Mitglied der Gilde in Fairhaven beurteilen konnte, welche Zukunft Fairhaven und die Gilde Candar bieten konnten. »... vertrauen wir ganz besonders darauf, dass alle Magier denen, die dem Weg der Gilde folgen, zu einem besseren Leben verhelfen, dass sie sich für Frieden und Wohlstand verwenden, nicht nur in Fairhaven, sondern in ganz Candar.« Cerryl hielt inne.

»Wollt Ihr freiwillig und ohne Zwang geloben, Eure Fähigkeiten für die Gilde und zum Wohle Fairhavens und ganz Candars einzusetzen?«

»Ja«, antwortete der gedrungene Eidlen.

»Ja.« Dumal zog die erbärmlich schmalen Schultern hoch.

»Ja.« Ultyr war ein zierliches blondes Mädchen mit den gleichen grünen Augen wie Leyladin.

»Und versprecht Ihr weiter, Euch an die Regeln der Gilde zu halten, auch wenn die Regeln mit Euren persönlichen und privaten Vorstellungen im Widerstreit liegen?«

»Ja«, antworteten die drei fast gleichzeitig.

»Gelobt Ihr, Euch mit allen Kräften dafür einzusetzen, dass das Chaos nie gegen Hilflose und immer zum Wohle des Ganzen eingesetzt wird?«

»Ja.«

»Und gelobt Ihr schließlich auch, Euch immer zu der Regel der Gilde zu bekennen, dass der Umgang mit den

Kräften des Chaos und der Ordnung auf jene beschränkt bleiben soll, die ihre Fähigkeiten zum Guten und nicht aus Habgier oder zum eigenen Nutzen einsetzen?«

»Ja.«

»So ernenne ich Euch nun vor den Kräften des Chaos und im Namen der Vollversammlung der Gilde zu Voll-Magiern im Weißen Orden von Fairhaven ...«

Cerryl berührte die Ärmel der drei mit einem Hauch Chaos, und die roten Streifen verschwanden, als wären sie nie dort gewesen.

»Willkommen, Eidlen, Dumal, Ultyr ...« Cerryl schenkte den dreien ein Lächeln und wandte sich dann an die Magier hinter ihnen. »Da wir nun die neuen Magier aufgenommen haben, ist die Sitzung beendet und Ihr könnt sie begrüßen.«

Gemurmel setzte ein, dann folgten Gespräche in normaler Lautstärke. Cerryl beobachtete Anya, die sich gerade zur Seite beugte und mit Fydel tuschelte. Er lächelte unerschütterlich und verließ das Podest, um mit den drei jungen Magiern zu sprechen, die sich staunend umsahen.

Anya konnte warten. *Aber nicht mehr lange ... nicht mehr lange.*

C

Anya hob die Augenbrauen, kaum dass sie am Tisch im Quartier des Erzmagiers Platz genommen hatte. »Nun kommt schon, zeigt uns, was Euer geschätzter Schmied getan hat, Cerryl.«

»Ich würde Euch wirklich gern zeigen, was Jesleks geschätzter Schmied getan hat«, antwortete der Erzmagier. Er hielt inne, um sich mit dem Handrücken den

Schweiß von der Stirn zu wischen, dann konzentrierte er sich, bis die silbernen Schleier sich bildeten und teilten.

Ein kleiner Schoner, ein Segelschiff, war an einer stabilen Steinpier festgemacht. Die Segel des Schiffs waren gerefft, aus dem Hauptdeck ragte eine schwarze Röhre hervor. Neben dem Schoner lag ein kleines Fischerboot mit zwei Masten, auf der anderen Seite ein pechschwarzes Schiff ohne Masten. Hinter dem Deckhaus erhob sich ein offener Zylinder, die Formen des Schiffs waren glatt und gerundet. Arbeiter brachten auf der schrägen Rückwand des Deckhauses schwarze Metallplatten an. Die drei Weißen Magier beobachteten die Szene im Spiegel.

»Bei der Dunkelheit, was ist das?«, fragte Fydel.

»Wollen wir es wirklich herausfinden?«, gab Cerryl ironisch zurück. »Ihr könnt die Ordnung spüren, die er dem Eisen eingegeben hat.«

»Cerryl, mein Lieber, Ihr seid immer so vorsichtig. Aber schaut Euch den Hügel an. Dort hinter den Häusern stehen Zelte. Offensichtlich ist die Siedlung noch im Entstehen begriffen.«

Fydel zog die Augenbrauen hoch. »Die Steinbauten kommen mir recht dauerhaft vor, Anya.«

»Die Piere ebenfalls«, ergänzte Cerryl.

»Ihr … Ihr Männer! Falls Ihr Euch überhaupt so nennen dürft. Wir müssen diese Entwicklung aufhalten, ehe der Schwarze Rat sich voll hinter … hinter diesen aufsässigen Menschen stellt. Im Augenblick hat er nur zwei kleine Schiffe, ein Fischerboot und ein paar Häuser. Wenn wir noch länger warten, wird es viel schwieriger werden.«

Cerryl räusperte sich. »Anya, wir sind hier nicht im Sitzungssaal. Die Gilde hat Euren Plan befürwortet. Die Südflotte sammelt sich bereits in der Nordbucht. Je nach Windverhältnissen wird sie innerhalb der nächsten beiden Achttage bereit sein – genau wie wir es geplant haben.« Er strahlte sie an. »Was sonst sollten wir Eurer Meinung nach tun?«

»Ihr seid zu entgegenkommend, Cerryl.« Anyas Stimme klang ruhig. »Ich weiß Eure Verbindlichkeit durchaus zu schätzen. Ich vertraue darauf, dass die Flotte sich wie geplant in Bewegung setzen und genügend Truppen befördern wird, um diese Schwarze Siedlung dem Erdboden gleichzumachen.«

»Ihr möchtet den Schwarzen gern beweisen, dass wir sie selbst auf ihrer geliebten Insel besiegen können, nicht wahr?«

»Es käme uns jedenfalls sehr gelegen, oder nicht?«, erwiderte die rothaarige Magierin.

»Wenn Ihr es so seht, will ich mich gern Eurer Weisheit beugen. Ich werde dafür sorgen, dass die Flotte sich in Bewegung setzt, wie Ihr es geplant habt.« Cerryl nickte. »Es sollen einige Abteilungen Lanzenkämpfer an Bord sein.«

»Danke.« Anya stand auf und neigte ebenfalls den Kopf. »Mit Eurer Erlaubnis, edelster Erzmagier?«

»Natürlich.« Cerryl nickte ebenfalls und sah ihr nach, während sie seine Gemächer verließ.

Fydel wartete unbewegt, bis die Tür geschlossen war. »Ihr seid zu streng mit ihr, Cerryl. Mit Hilfe ihrer Gönner könnte sie Euch schon morgen den Kopf abschlagen lassen.«

»Mag sein. Aber würdet Ihr meinen Posten haben wollen? In einer Situation wie dieser?« Der Erzmagier betrachtete das Amulett, drehte sich um und blickte hinaus. Es war ein heißer Spätsommertag, die weißorange Sonne brannte am grünblauen Himmel. *Nur schade, dass du sie nicht genauso wie Lyam und die anderen beseitigen kannst … aber in der Gilde wissen zu viele über deine Fähigkeiten Bescheid und würden sich gegen dich wenden … nein, im Augenblick kommt das nicht in Frage.*

Fydel schüttelte den Kopf.

»Nur die jungen Draufgänger wie Muerchal würden

gern Erzmagier werden.« Lachend drehte Cerryl sich wieder zu Fydel herum. »Magier wie Disarj, Gorsuch, Heralt und Lyasa würden ihn binnen Tagen in den Wahnsinn treiben. So alt und vorsichtig Kinowin und Redark auch sind, jeder von ihnen wäre ein erheblich besserer Erzmagier.«

»Sie wollen es aber nicht werden«, antwortete Fydel. »Die Stellung erfordert Kraft, Geschicklichkeit und Gerissenheit. Ihr und Anya seid die Einzigen, die noch über diese Qualitäten verfügen. Abgesehen vielleicht von Gorsuch und Disarj, aber die beiden sind wie Felseidechsen.« Fydel stand auf.

»Auch Ihr habt Eure Fähigkeiten«, meinte Cerryl. »Ich würde Euch gern zum Kommandanten der Flotte ernennen.«

»Mich? Wenn mit den Schiffen etwas nicht in Ordnung ist ...«

»Dann würde Anya erst mir und dann Euch Vorwürfe machen.« Cerryl runzelte die Stirn. »Aber Ihr kennt mich. Ihr wisst, dass ich meine Fehler nicht den anderen zum Vorwurf mache.«

Der Magier mit dem eckig gestutzten Bart schüttelte den Kopf. »Ihr nicht, aber Anya.«

»Wenn Ihr nicht das Kommando übernehmt, dann wird sie sich jemanden wie Muerchal oder Zurchak suchen, und falls dann etwas schief geht, wird sie Euch vorwerfen, dass Ihr Euch nicht mit ganzer Kraft für das Wohl der Gilde eingesetzt habt.« Cerryl grinste schief. »Aber das wird sie natürlich erst tun, nachdem sie mir vor der ganzen Gilde vorgeworfen hat, dass ich nicht darauf bestanden habe, Euch zum Kommandanten zu ernennen.«

Fydel lachte. »Dann treffe ich am besten meine Vorbereitungen für die Reise nach Lydiar.« Er starrte einen Augenblick bedrückt vor sich hin, dann verflog der Ausdruck wieder und er nickte ergeben. »Mit Eurer Erlaubnis?«

Cerryl nickte. Als die Tür geschlossen war, blickte Cerryl zu den Papieren, die auf seinem Schreibtisch lagen, darunter auch ein Abkommen zwischen Brental und Wertel, der auf Cerryls Bitte einige Käufer gefunden hatte, die sich für sauber geschnittenes Bauholz und Bretter interessierten. *Hoffentlich hilft es ihm ein wenig*. Brental war praktisch sein Vater gewesen, als Cerryl in der Sägemühle gearbeitet hatte.

Kannst du wirklich alle deine Schulden begleichen? Wahrscheinlich nicht, aber du musst es versuchen ... genau wie du versuchen musst, der beste Erzmagier zu werden, den es je gab – während du doch selbst nur zu gut weißt, dass es dir nicht gelingen kann.

CI

»Wie ich hörte, hat Cerryl angedeutet, Ihr solltet das Kommando über die Flotte übernehmen.« Anya blickte Fydel und dann Cerryl an. Leyladin übersah sie. »Ich dachte, ich bin für die Umsetzung des Plans verantwortlich.«

»Ich habe mich an Euren Plan gehalten, Anya.« Cerryl schenkte sich und Leyladin Wasser ein.

Leyladin trank einen Schluck vom chaos-gereinigten Wasser und ließ Anya keinen Moment aus den Augen.

»Ihr werdet die Flotte befehligen, Fydel.« Anya lächelte gewinnend. »Ich wollte Euch ohnehin einsetzen, aber ich hatte gehofft, der Erzmagier würde es mir gestatten, Euch selbst zu ernennen.«

Cerryl ließ sich nichts anmerken.

Der Erzmagier mit dem eckig gestutzten braunen Bart runzelte die Stirn und sah zwischen Anya und dem Erzmagier hin und her. »Ich soll also gegen dieses Dämonenschiff kämpfen? Es ist jetzt seetüchtig und fährt schneller als das andere.«

»Es ist nur ein einziges Schiff und Ihr bekommt ein Dutzend gut bewaffnete Kriegsschiffe«, erwiderte Anya. »Außerdem müsst Ihr nicht einmal landen. Strengt Euch einfach etwas an und nehmt die Stadt unter Beschuss.«

»Was ist ... was passiert ... wenn er uns angreift?«

»Dann versenkt Ihr sein Schiff«, antwortete Cerryl. »Ich erinnere mich noch gut, wie Ihr dem Rat erklärt habt, dies sei möglich, wenn Ihr das Kommando übernehmt. Jetzt seid Ihr der verantwortliche Magier.«

»Schön. Aber ich brauche etwas Hilfe.«

»Sucht Euch aus, wen Ihr braucht, mit Ausnahme von Lyasa und Heralt. Auf sie kann ich nicht verzichten, wenn aus dem Norden die Gebühren weiter fließen sollen. Aber lasst mich wissen, wen Ihr aussucht, damit ich Eure Entscheidung bestätigen kann.«

Fydel schürzte die Lippen und neigte den Kopf. »Mit Eurer Erlaubnis?«

Nachdem Fydel gegangen war und die Tür hinter sich geschlossen hatte, massierte Cerryl sich die Stirn und blickte durchs Fenster zum kalten Regen hinaus, der auf Fairhaven niederprasselte. »Der verdammte Regen macht mir immer Kopfschmerzen.«

Die rothaarige Frau saß mit überkreuzten Beinen am Tisch. Der runde Spiegel auf dem weißen Eichentisch war leer. Sie lächelte erst Leyladin, dann Cerryl an.

»Im Grunde ist es Euch egal, ob wir siegen, nicht wahr?«, fragte Cerryl.

»Wie kommt Ihr denn auf diese Idee?«

»Jeder, der Euch unterstützt, hat einen Posten in der Flotte bekommen. Das ist wie ein Abschnitt aus Hartors Buch.«

»Ihr habt eine Menge geschichtlicher Werke gelesen. Das spricht sehr für Euch.« Anya überlegte. »Aber ich habe nicht alle Leute selbst ausgewählt. Einige habt Ihr eingeteilt.«

»Das stimmt zwar, aber war es nicht das, was Ihr wolltet?« Der Erzmagier griff unwillkürlich zum Amulett, das einst von einem Erzmagier namens Hartor und unlängst von einem anderen namens Sterol getragen worden war. »Wenn sie siegen, stehen sie in Eurer Schuld ...«

»In Eurer Schuld, Erzmagier.«

»Wie rücksichtsvoll von Euch, Anya.« Cerryl nickte höflich. »Seid so gut und hört mir zu. Wenigstens das seid Ihr mir schuldig.«

Anya lächelte, aber ihre Augen waren nicht daran beteiligt.

»Wenn wir diesen Schwarzen Erbauer von magischen Schiffen irgendwie vernichten oder demütigen können, werden all Eure Unterstützer in Eurer Schuld stehen. Wenn dieser unbekannte Schwarze sich aber als einer erweist, der beispielsweise Creslin ebenbürtig ist, wird niemand mehr übrig bleiben, der Euch herausfordern könnte. Und genau wie bei Hartor«, fuhr Cerryl trocken fort, »wird mindestens ein Jahrzehnt lang niemand mehr meinen Posten haben wollen. Ihr seid wirklich sehr klug, meine liebe Anya.« Er hielt inne. »Wenn sie aber andererseits scheitern und dennoch zurückkehren, werde ich den gleichen Weg gehen wie Sterol.«

»Warum habt Ihr dann meinen Vorschlag angenommen?«, fragte Anya.

»Warum denn nicht? Das Leben ist ein Glücksspiel. Außerdem nehme ich wie Sterol an, dass ein Angriff auf Recluce nur in den Untergang führen kann.«

»Ihr räumt dies ein und sendet trotzdem die Flotte aus?«

»Ich könnte mich ja irren.« Cerryl lächelte.

»Das könntet Ihr.« Anya erwiderte das Lächeln, stand auf und näherte sich ihm um den Tisch herum mit leicht geöffneten Lippen. Sie bückte sich und hauchte ihm einen Kuss auf die Wange.

Cerryl ließ es sich ohne äußerliche Regung gefallen und blieb im Wirbelwind aus Sandelholz und Chaos unerschütterlich sitzen.

Anya warf einen Blick zu Leyladin. »Ich hoffe, das stört Euch nicht, Heilerin. Er hat mir wirklich sehr geholfen.«

Das Lächeln der Weißen Magierin war ebenso strahlend wie falsch.

»Das freut mich für Euch, Anya.« Leyladins Augen waren kalt, die Stimme unbewegt.

»Ihr seid wirklich ein Feigling, Cerryl.« Die rothaarige Frau zog sich zurück.

»So kann man es ausdrücken – und ich gebe es zu.« Er lachte leise.

»Wenn es einen anderen gäbe … irgendeinen, der Erzmagier werden könnte …«

»Es gibt keinen.« Cerryls Lächeln war so falsch wie ihres. »Jedenfalls keinen, der Euch braucht.«

»Das dürft Ihr nicht vergessen, bis die nächste Sitzung der Gilde anberaumt wird«, sagte Anya zuckersüß. Mit knappem Nicken verabschiedete sie sich von Leyladin. »Und Ihr auch, Heilerin.«

Cerryl wischte sich die Wange erst ab, als sie die Tür von außen geschlossen hatte.

»Ich hasse sie. Musstest du dir das gefallen lassen?«

»Den Kuss? Nein. Ich hätte sie in Asche verwandeln können und dann hätte ich die halbe Gilde am Hals gehabt.«

»Du bist stärker als alle, die jetzt noch hier sind.«

Cerryl nickte. »Aber ich kann nicht Tag für Tag gegen alle gleichzeitig kämpfen. Du weißt, dass ich mich bemühe. Wenn ich mich von Anya im kleinen Kreis demütigen lasse … nun ja … dann wird sie vermutlich kaum mit dem rechnen, was kommt.«

»Sie ist auf mehr aus als eine Konfrontation vor der Gilde«, prophezeite Leyladin. »Und wenn du deine Kräfte offen zeigst, wird es nicht mehr viele geben, die ihr trotzdem noch folgen werden.«

»Wahrscheinlich, aber was plant sie? Ich habe mich bei den Lanzenreitern und den Offizieren umgesehen.

Die Truppen, die ihr treu ergeben sind, habe ich zur Flotte geschickt. Ihre vier jungen Magier … Muerchal, Zurchak, Aalkiron … an den Namen des vierten kann ich mich nicht erinnern …«

»Giustyl«, half Leyladin.

»Sie sind bei Fydel und begleiten die Flotte. Auch Broka ist ihr hörig, aber dagegen kann ich nicht viel tun. Er ist der einzige ältere Magier, der noch hier ist. Da wäre höchstens noch Gyskas, aber bei dem kann ich mir nicht recht vorstellen, was er in ihr sieht …«

»Lust und Sex.« Die Heilerin lächelte. »Sogar Erzmagier sind dafür zu haben.«

»Frau …«

»Was denn, willst du es etwa abstreiten?« Das Lächeln wurde breiter.

»Nein.« Cerryl runzelte die Stirn. »Wir müssen die beiden genau im Auge behalten, aber sie haben keine sehr starken Chaos-Kräfte.«

»Also irgendeine Art von Verrat.« Leyladin runzelte die Stirn. »Ich glaube, ich teile nachts ein paar von Vaters Wächtern zum Schutz des Hauses ein.«

»Das kann sicher nicht schaden. Meinst du, wir sollten besser hier schlafen?«

»Wenn wir im Haus sind, können sie nicht wissen, wo du schläfst. Ich habe es gegen Spähgläser mit Ordnungs-Kräften geschützt. Und falls Broka und Gyskas beteiligt sind – glaubst du wirklich, du wärst hier sicher?«

»Wahrscheinlich nicht.«

»Du könntest sie natürlich auch aus dem Weg räumen …«, meinte Leyladin nachdenklich.

»Damit würde ich mir große Schwierigkeiten einbrocken. Inzwischen weiß jeder, dass ich Leute beseitigen kann, ohne bemerkt zu werden. Wenn Anya verschwindet, deutet alles auf mich. Und mit roher Gewalt allein kann ich nicht im Amt des Erzmagiers bleiben. Leute ohne Unterstützung der Gilde aus dem Weg räumen …

schau dir nur an, was mit Sterol geschehen ist. Niemand hat etwas gesagt, alle waren erleichtert. Ich muss Anya als völlig unvernünftig hinstellen und dafür sorgen, dass ihre Helfer sich freiwillig von ihr abwenden.«

Leyladin zog die Augenbrauen hoch. »Wenn du zu sehr auf die Zukunft schaust, könnte es noch so weit kommen, dass wir überhaupt keine mehr haben.«

»Ich weiß, ich weiß.« *Je länger du Erzmagier bist, desto schlimmer scheinen die Intrigen zu werden. Kein Wunder, dass Sterol so launisch war.* Cerryl holte tief Luft.

CII

Leyladin richtete sich im Bett auf, glitt im Dunkeln unter den Decken hervor und huschte zum Fenster, um durch einen Spalt nach draußen zu spähen. Dicke, schwere Schneeflocken waren auf den kalten Regen des Nachmittags gefolgt und hatten einen dünnen, pappigen Überzug auf den Büschen und der Erde hinterlassen.

»Da draußen ist jemand«, flüsterte sie.

Auch Cerryl befreite sich jetzt aus den seidenen Bettdecken. Benommen schüttelte er den Kopf, der nach dem Unwetter pochte. Er hatte nicht sehr viel geschlafen, aber trotz der Benommenheit konnte er draußen etwas spüren, nicht direkt Chaos und nicht direkt Ordnung.

»Eine Menge Eisen … ich kann es spüren«, fügte sie noch leiser hinzu.

»Eisen … also Waffen.« Cerryl blinzelte und rieb sich die Stirn.

Ein Donnerschlag dröhnte dumpf über der Stadt und fand seinen Widerhall in Cerryls Kopf, als der Magier die inneren Fensterläden und dann das Fenster öffnete.

War da nicht ein gedämpfter Ruf zu hören ... und eine Art Klirren?

Zwischen den dicken Schneeflocken funkelte draußen hin und wieder etwas, wenn sich der Lichtschein der einsamen Lampe vor dem Haus auf eisernen Waffen spiegelte. Gestalten in dunkler Lederkleidung huschten im Schatten der Mauer entlang, dann waren vor dem Haus einige dumpfe Schläge zu hören.

»Cerryl ... da draußen sind mindestens zwei Züge Bewaffnete und ...«

Und jemand, der Chaos-Energie aufbaute. Schlaftrunken und vom Sturm beeinträchtigt, fiel es ihm schwer, sich zu konzentrieren. *Aber du musst dich jetzt konzentrieren ... du musst ...* »Ich weiß ... da sind zwei Magier ... aber ich erkenne sie nicht.«

»Er ist dort am Fenster!«, zischte eine hohe Männerstimme.

Cerryl runzelte die Stirn. Trotz der Kopfschmerzen sammelte er Chaos um sich, so gut es ihm möglich war.

Eine Feuerkugel kam zischend zum Fenster geflogen, wurde abgelenkt und zerplatzte auf den Ziegelsteinen der Außenmauer.

Cerryl schluckte. Er hatte das Chaos nicht einmal gespürt. Leyladins Schilde hatten es abgelenkt, während er versuchte, trotz des Sturms und seiner Benommenheit eine große Menge Chaos aufzubauen.

Leyladin berührte leicht seine Hand und unterstützte ihn mit ihrer Schwarzen Ordnung, verstärkte seine Schilde und schirmte ihn sogar ab, während er arbeitete. »Nun mach schon ... du schaffst es.«

Kann ich das wirklich? Ich muss. Er ignorierte die erneuten dumpfen Schläge – offenbar ein schwerer Hammer an der Haustür – und den brummenden Schädel und sammelte das Chaos, das er brauchte.

Wieder kam eine Kugel aus Chaos-Feuer zum Fenster geflogen, wieder lenkte Leyladin sie ab.

Cerryl spürte, dass sie unter einer großen Belastung

stand, während sie mit Mühe und Not die Chaos-Angriffe abwehrte und auf seine unglaublich langsamen Reaktionen wartete. Seine Augen brannten und er sah die Bewaffneten mit ihrer dunklen Lederkleidung beinahe schon als Doppelbilder.

Der Boden grollte einmal, zweimal, und er wartete mit grimmigem Lächeln, während das Chaos, das er heraufbeschworen hatte, die Umgebung des Hauses durchdrang.

Zischend fuhren orangeweiße Flammen aus dem Boden, Dampfschwaden stiegen auf und hüllten das Haus des Kommissionärs ein. Weißes, schwarz durchsetztes Chaos-Feuer spielte um die Wände und über den Boden. Weitere Dampffontänen brachen aus dem Boden hervor.

Die schrillen Schreie der Männer, die vom Chaos-Feuer geröstet wurden, durchbrachen die nächtliche Stille. Unsichtbares rotes und weißes Chaos-Feuer wallte tödlich über den Boden und schlug gegen die Ziegelsteine des Hauses.

Zwei weitere Feuerkugeln kamen zum Fenster geflogen, aber dieses Mal konnte Cerryl sie selbst ablenken, denn er hatte die beiden Gestalten bemerkt, die scheinbar unbeeindruckt dem nächtlichen Chaos-Sturm trotzten.

Der Erzmagier richtete sich auf, holte langsam und tief Luft und bündelte das Chaos zu einem schmalen Strahl.

Die erste Gestalt flammte auf wie eine weiße Kerze, die von geschmolzenem Eisen überschwemmt wurde. Die zweite drehte sich um, kam aber höchstens drei Schritte weit, ehe auch sie wie eine Kerze aufflackerte und verging.

Cerryl beugte sich vor, stützte sich auf die Fensterbank.

Leyladins Finger fuhren zitternd über Cerryls Unterarm, dann fassten sie fester zu. »Bring es zu Ende.«

Cerryl schloss die Augen, um die schmerzhaften Doppelbilder auszublenden, und konzentrierte sich darauf, das heraufdrängende Chaos zu verbreitern, bis es die Bewaffneten umfing, von denen einige sich bereits zurückzogen, während andere gerade versuchten, über die Steinmauern vor dem Haus zu klettern.

Unwillkürlich verkrampften sich seine Arme und Schenkel. Draußen dampfte jetzt der ganze Boden, dass die Luft sich anfühlte wie in einer heißen, schwülen Sommernacht, hin und wieder aufgewühlt von kurzen, eiskalten Böen.

Leyladin zupfte sanft an Cerryls Arm. »Es ist niemand mehr da draußen, aber an der Vordertür ...«

Die Heilerin dicht an seiner Seite, ging Cerryl mit schweren, aber raschen Schritten zur Vordertür und hielt etwas Chaos-Energie bereit.

Ein in Leder gekleideter Angreifer sprang über die Fliesen der Eingangshalle herbei und hatte Cerryl fast erreicht, ehe eine Lanze aus goldenem Licht seine Brust durchbohrte. Cerryl und Leyladin fuhren zurück, als der Bewaffnete stürzte. Das Kettenhemd klirrte laut auf dem harten Boden.

Sie sahen sich um.

»Es ist niemand mehr da«, flüsterte sie.

Wegen der Doppelbilder und der Kopfschmerzen blinzelnd, suchte Cerryl den Vorraum und den Eingangsbereich mit Augen und Sinnen ab, aber auch er konnte niemanden entdecken. Sie gingen vorsichtig zur offenen Vordertür und der Lampe, die ihren schwachen Lichtschein auf den dampfenden Boden warf.

»Zwei sind zum Platz gelaufen«, sagte Leyladin.

»Wir müssen sie laufen lassen«, erklärte er heiser.

Leyladin bückte sich und betrachtete einen Toten in der grünen Livree ihres Hauses, der in der Eingangshalle lag. »Gleddis ... er hat mich früher immer auf den Schultern getragen.«

Auf der Steintreppe lagen ein Vorschlaghammer und

ein schwerer Meißel, ein paar Holzsplitter waren aus dem Türrahmen geschlagen worden. »Es tut mir Leid.«

»Herrin? Ser?« Soaris kam zu ihnen getappt, er hatte sich eilig eine Hose übers Nachthemd gezogen, war aber immer noch barfuß. »Alles in Ordnung?«

»Ja«, antwortete sie wortkarg. »Sie haben Gleddis getötet.«

Soaris betrachtete den gefallenen Wächter, starrte in die inzwischen wieder stille Nacht und das Schneegestöber hinaus. Im Licht der Lampe über der Tür musste er blinzeln. »Er hat Euch gerettet und es Ser Cerryl ermöglicht, die anderen zu töten.«

Und von meinen eigenen Bewaffneten war keiner hier, um mich zu schützen. »Manchmal ist so etwas ein schwacher Trost.« Cerryls Stimme klang belegt.

»Er wäre nicht gestorben, wenn er nicht den Wunsch gehabt hätte, seine Pflicht zu tun.« Soaris betrachtete den Toten. Draußen kam ein Wind auf, während die Erde wieder trocknete und sich abkühlte. Weiße Ascheflocken gesellten sich zu den dicken Schneeflocken und vermischten sich mit ihnen zu einem klebrigen Brei.

Cerryl bemühte sich, trotz seiner Kopfschmerzen und der Doppelbilder klar zu denken. »Soaris ...«

»Ser?«

»Wie ich sehe, haben unsere Besucher ein paar Waffen und Metallgegenstände zurückgelassen. Wenn es dir nichts ausmacht ...«

»Ich kann sie gern einsammeln, Ser. Vielleicht kann Ser Layel sie sogar mit gutem Gewinn verkaufen.«

»Es sollte jetzt keine Schwierigkeiten mehr geben.« Cerryl rieb sich die Stirn.

»Ich hoffe doch nicht, Ser.«

»Vielen Dank, Soaris«, sagte Leyladin leise.

Cerryl ging langsam durch die Eingangshalle. Er konnte sich kaum noch auf den Beinen halten. Nach ein paar mühsamen Schritten hatte er das Wohnzimmer erreicht und ließ sich auf den nächstbesten Stuhl fallen.

Seine Augen brannten vor Schmerzen, und wenn er sie öffnete, sah er immer noch Doppelbilder.

»Das wird schon wieder«, erklärte Leyladin.

»Nicht … ohne deine Hilfe.«

Als sie seine Schultern und den Nacken durchknetete, ließ das Zittern allmählich nach. Die Doppelbilder blieben jedoch, wenn auch die Schmerzen nicht mehr so schlimm waren wie unmittelbar nach dem Einsatz des konzentrierten Chaos. Aber der Kopf tat weh, mehr denn je, oder vielleicht so schlimm wie schon öfter, aber er legte keinen Wert darauf, seine Erinnerungen gründlicher zu erforschen.

Soaris kam wieder durch die Vorhalle, dieses Mal mit Stiefeln und Jacke bekleidet.

»Anya. Es war Anya.« Leyladins Stimme war leise, aber entschieden. »Ich habe doch gleich gesagt, dass sie etwas im Schilde führt. Sie ist eine der wenigen, die wissen, dass du bei Unwettern nicht viel Chaos-Energie aufbieten kannst.«

Wegen der Kopfschmerzen verzichtete Cerryl darauf zu nicken, aber er presste die Lippen aufeinander und überlegte, was er erst vor wenigen Tagen zu Anya über den Regen gesagt hatte. »Das war dumm von mir …«

»Aber du hast dich gut geschlagen.«

»Man muss wirklich aufpassen, wem man welche Dinge anvertraut.« Dieses Mal schüttelte er leicht den Kopf. »Sie wird vorläufig noch glauben, wir könnten den Anschlag nicht zu ihr zurückverfolgen. Aber das wird sich ändern, sobald ich die Bewaffneten gefunden habe, die auf ihr Kommando hören.«

»Du darfst ihr nicht zu viel durchgehen lassen.«

»Dieses Mal nicht«, versprach Cerryl mit kalter, harter Stimme. *Dieses Mal nicht … aber wir erledigen das auf meine Weise.*

CIII

Als die Tür des Turmzimmers geöffnet wurde, wandte Cerryl sich vom Anblick der weiß überzuckerten Stadt ab und drehte sich zu dem Mann um, der sein Quartier betreten hatte.

Der Obermagier verneigte sich vor Cerryl. »Ihr habt mich rufen lassen, Erzmagier?«

»Kinowin, außer bei hochoffiziellen Anlässen bin ich immer noch Cerryl für Euch. Bitte setzt Euch doch zu uns.« Cerryl lud ihn ein, zusammen mit ihm und Leyladin am Tisch Platz zu nehmen.

»Es gibt Gerüchte ...«

»Zweifellos gibt es in den Hallen Gerüchte. Ich habe Senglat hinzugezogen, weil seine Lanzenreiter zuletzt in Certis waren. Außerdem habe ich einige Händler hierher gebeten. Die Einladungen wurden von großen Abteilungen von Lanzenreitern überbracht, damit die Kaufleute ihnen ... möglichst bereitwillig folgen.«

Der Obermagier setzte sich und sah Cerryl verwirrt an.

»Was für Gerüchte habt Ihr denn gehört?«, fragte Leyladin.

»Oh, dass der Erzmagier das Chaos heraufbeschworen hätte, um Euch zu unterhalten ... dass Broka den neuen Erzmagier nicht mehr ertragen konnte und Fairhaven verlassen hat ... dass Fydel das Amulett tragen würde, wenn er jetzt hier wäre ... und so weiter.«

»Anya«, sagte Leyladin.

»Ich fürchte, sie hat herausgefunden, was ich mache«, bemerkte Cerryl.

»Broka ist nirgends zu finden«, warf Kinowin ein.

»Das wundert mich nicht, denn er hat letzte Nacht zusammen mit einem anderen Magier, den ich nicht erkannt habe, Leyladins Haus angegriffen.« Cerryl zuckte mit den Achseln. »Wir müssen abwarten, wie es sich entwickelt, und deshalb ist es besser, wenn Ihr hier seid.«

»Vielleicht wäre es auch klüger, wenn wir Redark hier hätten.«

»Vielleicht.« Cerryls Antwort war kühl.

»Nein«, widersprach Leyladin.

Kinowin nickte. »Ich beuge mich Eurem Urteil.«

Cerryl deutete auf zwei im Feuer nachgedunkelte Eisenklingen, die auf dem Tisch lagen. Das Leder der Griffe war verbrannt. »Was haltet Ihr davon?«

»Die Klingen von Bewaffneten, aber nicht von hier. Wahrscheinlich aus Certis, vielleicht auch Gallos.«

»Wir – oder besser Soaris – haben letzte Nacht ein paar Dutzend davon eingesammelt. *Und dazu noch einige andere Dinge wie zwei Dolche aus Neusilber.*

Kinowin zog die Augenbrauen hoch. »Ihr müsst irgendetwas völlig richtig machen, Cerryl. Die meisten Erzmagier brauchen mehrere Jahre, um solche Feindseligkeiten hervorzurufen.«

Es klopfte, die Tür wurde einen Spalt geöffnete. »Oberhauptmann Senglat.«

Cerryl winkte den Offizier der Lanzenreiter herein.

Der fast kahle Oberhauptmann trat an den Tisch, verneigte sich und richtete sich wieder auf. »Ser?« Dann begrüßte er den Obermagier und die Heilerin.

»Vermisst Ihr irgendwelche Bewaffnete, Senglat?« Cerryl sprach gleichmütig, fast gelangweilt, ohne sich zu Leyladin oder zu Kinowin umzusehen.

»Nein, Ser.«

Leyladin nickte. Der Oberhauptmann sagte die Wahrheit.

Nachdem er schwere Lederhandschuhe übergestreift hatte, nahm Cerryl eine der Klingen vom Tisch. »Könntet Ihr Euch diese Waffe ansehen?«

Senglat kam näher heran, nahm die Klinge in die Hand und betrachtete sie, wog sie und legte sie auf den Tisch zurück. »Das dürfte eine certische Klinge sein, Ser.

Die Krümmung des Handschutzes und die breite Ablaufrinne für das Blut verraten es mir.« Senglat runzelte die Stirn. »Wie seid Ihr zu ihr gekommen?«

»Mehrere Züge Bewaffnete haben letzte Nacht einen Angriff auf das Haus der Heilerin unternommen. Nur die Klingen und ihre Münzen blieben zurück. Die Münzen wurden alle in Fairhaven geprägt.« *Und zwar erst vor kurzer Zeit.*

»Mehrere Züge?«

»Es ist kaum zu glauben, aber wir haben zweiundvierzig Klingen geborgen.« Cerryl lächelte.

»Zweiundvierzig fremde Bewaffnete in Fairhaven? Das ist wirklich kaum zu glauben.«

»Nein«, widersprach Kinowin leise. »Es waren zweiundvierzig Bewaffnete, die certische Klingen hatten.«

»Das erscheint mir kaum beruhigender als die erste Möglichkeit.« Senglat presste die Lippen aufeinander, leckte nervös darüber.

Cerryl nickte. »Bleibt bitte hier.« Er nickte zum freien Platz hin. »Zieht den Stuhl etwas herum.«

Der Oberhauptmann hätte beinahe die Stirn gerunzelt, aber er gehorchte wortlos und ließ sich vorsichtig neben Leyladin nieder.

»Wir werden als Nächstes mit einigen Kaufleuten sprechen«, erklärte Cerryl.

Der erste Kaufmann, der das Quartier des Erzmagiers betrat, war ein drahtiger Mann, der abgesehen von einem breiten grünen Ledergürtel ganz in Grau gekleidet war. Chorast verneigte sich. »Es ist mir eine Ehre, von Euch gerufen zu werden.«

»Das will ich hoffen«, sagte Cerryl. »Habt Ihr in der letzten Zeit neue Bewaffnete in Dienst genommen?«

Der kleine, drahtige Mann blinzelte und legte den Kopf schief. »Aber nein, geehrter Erzmagier, warum sollte ich das im Winter tun, wenn ich weniger zu vertreiben habe und die Lager leer sind? Nein, ich habe keine neuen Leute eingestellt.«

»Sind einige Eurer Leute in der letzten Zeit verschwunden?«

Wieder blinzelte Chorast verwundert. »Nein, Ser.«

»Habt Ihr von Kaufleuten gehört, die Bewaffnete gesucht haben?«

»Seit mehr als einer Jahreszeit nicht mehr. Ich habe gehört, dass Loboll im letzten Herbst einige Wächter gesucht hat, um Lieferungen nach Suthya zu begleiten.«

Cerryl hätte beinahe zufrieden genickt. Der Händler war verwirrt, aber die Antworten hatten der Wahrheit entsprochen. »Wie läuft der Handel in Fairhaven für Euch?«

»Es heißt, dass Ihr mehr als viele andere Erzmagier die Wahrheit sucht, Euer Hoheit, und wenn dies zutrifft, dann ...« Chorast hielt inne und lächelte.

Cerryl lachte. »Gut gesagt, Chorast. Ihr meint, es ist schwierig und es könnte noch schwieriger werden, aber Ihr wollt es den Erzmagier nicht unbedingt wissen lassen.«

»Es hat schon schlimmere Zeiten gegeben.«

»Aber nicht sehr oft. Warum bleibt Ihr trotzdem hier?«

»Fairhaven ist meine Heimat, Hoheit. Und ... nun ja, Ihr habt Euch um Layel gekümmert, und es heißt, Ihr sorgt dafür, dass die Sondersteuer in den Häfen erhoben wird. Das ist das erste Mal in meinem Leben, dass so etwas wirklich funktioniert.« Der Kaufmann lächelte flüchtig, aber der Ausdruck verflog sofort wieder. Er sah Cerryl arglos an.

»Ich bemühe mich, den Handel zu erleichtern und in ganz Candar gerechte Bedingungen zu schaffen.«

»Ist es denn wahr, dass Ihr auch in Spidlar Gebühren eintreibt, Ser?«

»Nicht sehr viel«, räumte Cerryl ein. »Die Gebühren sind halb so hoch wie hier. Aber ich möchte so weit kommen, dass eines Tages alle Händler und Kaufleute in ganz Candar die gleichen Steuern zahlen.«

»Wenn Ihr das schafft, Ser … ich bin zwar ein Lump, aber trotzdem ehrlich für einen Händler … wenn Ihr das schafft, dann werden die ehrlichen Händler nie wieder einen anderen Erzmagier haben wollen.«

Cerryl nickte. »Ihr habt mir gesagt, was ich erfahren wollte. Wenn Euch noch etwas einfällt, das allen Kaufleuten helfen könnte, dann zögert nicht, zu mir zu kommen und es mir mitzuteilen.« Er lächelte. »Oder schickt mir eine Schriftrolle, wenn Ihr glaubt, Eure Urteilsfähigkeit könnte unter zu großer Nähe zum Erzmagier leiden.«

Chorast verneigte sich lächelnd. »Mit Eurer Erlaubnis, Hoheit?«

»Ihr könnt gehen, ehrbarer Lump.« Cerryl grinste, als der Mann die Tür hinter sich schloss.

»Er hat die Wahrheit gesagt«, erklärte Kinowin.

»Ich weiß.« Cerryl sah Leyladin und dann Senglat an. Der Oberhauptmann schüttelte den Kopf. Leyladin lächelte leicht.

Der nächste Händler war Muneat. Trotz der dunkelblauen Jacke und der Hose und der silbern abgesetzten blauen Stiefel wirkte er viel kleiner, als Cerryl ihn in Erinnerung hatte. *Aber vergiss nicht, dass du damals ein ängstlicher Schreiberlehrling warst.*

»Euer Hoheit … ich komme auf Euren Befehl.« Der Kaufmann zwirbelte nervös seinen silbernen Schnurrbart, als er sich wieder aufgerichtet hatte. »Ich kann mich nicht erinnern, wann das letzte Mal ein Erzmagier einen Kaufmann zu sich gerufen hat …«

»Und dann auch noch so kurzfristig.« Cerryl lächelte schief. »Ich muss mich entschuldigen. Wir leben in schwierigen Zeiten und das gilt für Kaufleute ebenso wie für die Gilde.«

»Ich muss gestehen, dass ich erfreut bin, auch den ehrenwerten Obermagier, den Oberhauptmann der Lanzenreiter und die Heilerin zu sehen.« Muneat gestattete sich ein knappes Lächeln, das den größten Teil seines knochigen breiten Gesichts unverändert ließ.

»Und sie alle sind für ihre Aufrichtigkeit und Gerechtigkeit bekannt, möchte ich betonen«, gab Cerryl zurück. »Es gab unlängst in Fairhaven einige außergewöhnliche Vorfälle, sodass wir ganz besonders auf die klare Urteilskraft meiner Gäste angewiesen sind.« Er hielt inne, heftete den Blick auf Muneat und fragte sich, wie viel der Mann bereits wusste. »Habt Ihr in der letzten Zeit neue Wächter oder Bewaffnete angeheuert?«

»Nein, Hoheit. Im Winter nach einem so schlechten Jahr?« Muneats Augen flackerten, doch er hielt Cerryls Blick stand.

»Wisst Ihr von anderen Händlern, die Kämpfer gedungen haben?«

»Nein, ich *weiß* nichts davon.«

Cerryl bemerkte, dass der Mann das Wort ›weiß‹ ein wenig stärker betont hatte. »Vielleicht habt Ihr Gerüchte gehört oder Anlass zu der Vermutung, dass ein Kaufmann in den letzten Achttagen Leute eingestellt hat?«

»Wenn Ihr lange genug lauscht, Hoheit, werdet Ihr jedes Gerücht hören, das Ihr hören wollt. Münzen und Tatsachen und Waren sind die Dinge, mit denen ein Kaufmann zu arbeiten hat, nicht die Gerüchte und das Getuschel auf den Straßen.« Muneat machte offenbar Ausflüchte und seine Hand zuckte, als wollte er sich die Stirn abtupfen oder das lange silberne Haar hinter die Ohren streichen.

»Oh, dann habt Ihr also Gerüchte über Bewaffnete gehört?«

»Ja, Hoheit, aber so etwas hört man oft, wenn die Zeiten schlecht sind.«

»Stand dies in Verbindung mit Chorast?« Cerryl hielt inne. »Oder mit Layel? Mit Loboll oder Felemsol?« Nach kurzem Schweigen fügte er den letzten Namen hinzu: »Oder mit Jiolt?«

»Ich habe nicht gehört, dass einer dieser Herren in der letzten Zeit Bewaffnete angeheuert hätte.« Muneat lächelte nervös.

»Ihr seid mit Jiolt verschwägert, nicht wahr?«

»So ist es und er ist ein guter Kaufmann und ein guter Ehemann und Vater.« Jetzt lächelte Muneat etwas offener, wandte sich aber eher an Kinowin und Leyladin.

Was hat das alles mit Verrat und Intrigen zu tun? Cerryl hätte beinahe unwillig den Kopf geschüttelt. Wenn man sein Geschäft verstand und seine Familie liebte, entschied dies noch lange nicht über Schuld oder Unschuld. »Ich bin sicher, dass dies alles auf ihn zutrifft.« *Und wahrscheinlich noch einiges mehr.* »Ich danke Euch für Eure Zeit, Eure Geduld und Eure Hilfe.«

Jetzt schien Muneat ernstlich beunruhigt.

»Ihr könnt gehen, Kommissionär Muneat.« Cerryl überlegte kurz. »Und ich hoffe, Ihr findet immer noch Gefallen an den *Wundersamen Erzählungen* vom *Grünen Engel.*«

Muneat verneigte sich tief, das Gesicht beinahe vor Angst erstarrt, verbeugte sich noch einmal und drehte sich um.

Als die Tür geschlossen war, räusperte Kinowin sich, bevor er das Wort ergriff. »Abgesehen davon, dass er in Bezug auf Jiolt gelogen hat, war bis zu Euren letzten Worten alles in Ordnung mit ihm. Was hatten sie zu bedeuten?«

Cerryl lachte. »Ich wollte ihm etwas zu verstehen geben. Er hat das Buch vor vielen Jahren vom Schreiber Tellis gekauft, und ich dachte, ich sollte ihm vielleicht vor Augen führen, dass ich sogar seine Lektüre kenne.«

Leyladin lachte leise.

Senglat schluckte.

Nach einer kurzen Pause meldete Gostar den nächsten Besucher an. »Kommissionär Jiolt.«

Mit dumpfem Knall schloss sich die Tür hinter dem stattlichen Kaufmann, als er eingetreten war.

Jiolts geröteter Kopf saß auf einem kräftigen, doch schlanken Körper, der in dunkelgrünen Stoff gehüllt war. Er hatte einen gepflegten Bart und hellblondes, grau durchwirktes Haar. Er verneigte sich und setzte ein Lächeln auf, das warm, freundlich, gewinnend und völlig unehrlich war. »Euer Hoheit ... Obermagier, Oberhauptmann ... Heilerin.«

Cerryl wusste genau, dass Jiolt eine kleine Pause gemacht hatte, um anzudeuten, dass Leyladin seiner Ansicht nach unter den Männern stand. Der Erzmagier ließ sich nichts anmerken und erwiderte das Lächeln. »Kommissionär Jiolt, ich kann Euch gar nicht sagen, wie sehr wir uns freuen, Euch hier begrüßen zu dürfen.«

»Und ich bin höchst erfreut, so freundlich aufgenommen zu werden.«

»In der letzten Zeit gab es einige eigenartige Vorfälle in Fairhaven, wie Ihr sicher schon gehört habt«, begann Cerryl freundlich. »Habt Ihr in der letzten Zeit neue Wächter oder Bewaffnete in Dienst gestellt?«

»Mitten im Winter nach einem so schweren Jahr?« Jiolt zog die hellen Augenbrauen hoch. »Ich bin Kommissionär und es würde mich ruinieren, wenn ich jetzt schon Schutztruppen für Lieferungen anheuern würde, die ich doch erst im Frühling oder noch später auf den Weg bringen kann.«

»Vielleicht habe ich mich nicht deutlich genug ausgedrückt«, sagte Cerryl. Ihm war die wachsende Anspannung des Kaufmanns nicht entgangen und er sammelte bereits das Chaos um sich, das er brauchen würde. »Wart Ihr daran beteiligt, Bewaffnete in Dienst zu nehmen? Beispielsweise aus Certis?«

»Certische Bewaffnete?« Jiolt lachte.

»Ich werde noch ein einziges Mal fragen«, sagte Cerryl mit kalter Stimme. »Wart Ihr auf die eine oder andere Weise daran beteiligt, Bewaffnete anzuheuern, um die Intrigen Eurer Nichte gegen die Gilde zu unterstützen?«

»Absurd ... das ist ... das ist völlig absurd! Wie kommt Ihr nur darauf, mir solche Fragen zu stellen?« Der Kommissionär richtete sich trotzig auf.

»Ich frage, weil einige Bewaffnete aus Certis in der letzten Nacht Ärger gemacht haben. An diesem Ärger waren certische Kämpfer und Eure Nichte beteiligt und Ihr habt mit beiden zu tun. Habt Ihr sie bezahlt?«

»Ser Erzmagier, ich muss gestehen, dass ich nichts davon weiß. Ich bin ein geachteter Kaufmann …«

Die Lichtlanze fuhr durch Jiolts Brust, bevor der Mann das dünne Wurfmesser aus Eisen heben konnte. Der Dolch fiel klappernd zu Boden.

Trotz seiner Hagerkeit und seines Alters sprang Kinowin mit raschen, fließenden Bewegungen auf und hatte den Kaufmann schon erreicht, noch bevor der tote Körper völlig zur Ruhe gekommen war.

Senglat kniete ebenso schnell neben dem Händler nieder. Der Oberhauptmann rollte den Kommissionär auf den Rücken. »Berührt die Klinge nicht. Sie ist mit etwas eingerieben.«

»Zweifellos mit Gift«, sagte Kinowin trocken. »Und das Messer besteht aus Schwarzem Eisen. Eine hässliche Waffe für einen Angriff auf einen Weißen Magier.«

Senglat schaute zu Cerryl auf. »Ich bitte um Verzeihung, Ser Erzmagier … aber er hatte das Messer doch noch gar nicht richtig gehoben …«

»Er wusste, dass Cerryl ihn töten würde«, sagte Kinowin, während er sich aufrichtete. »Er hat es gewusst, seit Cerryl ihn rufen ließ.«

Senglats Gesicht verdüsterte sich.

»Aber das ist noch nicht alles«, fügte Kinowin hinzu. »Jiolt hat gegen die Gilde und den Erzmagier intrigiert. Wäre er geflohen, dann hätten alle von seiner Schuld erfahren und sein Gold und seine Schiffe und Lagerhäuser wären beschlagnahmt worden, seine Familie hätte man verbannt. Er wäre so oder so gestorben.« Der Obermagier lächelte traurig. »Dem Erzmagier ist noch nie jemand entkommen und das war Jiolt bekannt.«

»Oh …«, sagte Leyladin. »Und deshalb hat er Cerryl gezwungen, ihn zu töten.«

Der Oberhauptmann schnappte nach Luft. »Aber … aber was wird seine Familie …«

»Was sollen sie tun?«, fragte Cerryl. »Es wird keine Beweise geben. Umgekehrt werde ich aber auch nicht gegen seine Familie vorgehen … für das, was er getan hat … denn wie würde man es aufnehmen? Die Gilde würde unter den Kommissionären jegliche Unterstützung verlieren.«

»Jiolt wusste, dass Cerryl es merkt, wenn er lügt«, ergänzte Leyladin. »Er wollte vermeiden, dass der Erzmagier mehr herausfindet.«

Senglat schüttelte den Kopf, richtete sich langsam auf. »Vielleicht sollte ich jetzt gehen …« Er betrachtete noch einmal den Toten.

»Nein«, erwiderte Kinowin. »Noch nicht. Ihr seid ein ehrlicher Mann und das weiß jeder. Wenn Ihr gefragt werdet, sollt Ihr getreulich berichten, was Ihr gesehen habt.« Er überlegte kurz. »Es könnte natürlich nicht schaden, wenn Ihr erwähnt, dass andere Kaufleute das Gespräch mit dem Erzmagier ohne jeden Vorwurf oder sogar freundschaftlich hinter sich gebracht haben.«

Cerryl beugte sich vor und stemmte die Hände auf den Tisch. »Senglat … wenn Ihr wollt, könnt Ihr jemanden zu Jiolts Sohn schicken. Ich glaube, er heißt Uleas. Ich würde zwar ein anderes Vorgehen bevorzugen, aber dies ist im Augenblick wirklich das Beste. Und vielleicht könntet Ihr auch Obermagier Redark und Magier Esaak zu mir rufen lassen. Der Obermagier, die Heilerin und ich werden noch einen Augenblick brauchen, um uns zu erholen.«

Kinowin nickte.

Senglat wandte sich kopfschüttelnd um. »Wie habt Ihr es nur wissen können?«

»Das ist die Aufgabe des Erzmagiers«, erklärte Kinowin an Cerryls statt. »Würdet Ihr besser schlafen, wenn Ihr wüsstet, was Seine Hoheit weiß?«

Der Oberhauptmann brauchte nicht lange für die Antwort. »Ich glaube nicht.«

»Ich auch nicht.« Kinowin ging zur Tür des Turmzimmers. »Gostar! Lasst die Wächter vom Eingang des Turms kommen. Und schickt einen Boten herein.«

Senglat hob den Dolch mit einem Stück Tuch auf und achtete darauf, nur den Griff zu berühren.

Cerryl und Leyladin zogen sich etwas zurück und sahen ihm zu.

Als Senglat mit den Wächtern und Jiolts Leichnam verschwunden war, schlossen sie die schwere Tür und Leyladin nahm Cerryl einen Augenblick fest in die Arme. Dann löste sie sich wieder von ihm.

»Es gefällt Euch nicht, so handeln zu müssen, nicht wahr?«, fragte Kinowin.

»Nein. Aber es war nötig. Ich kann nicht zulassen, dass Anya oder die alten Kommissionäre Fairhaven regieren.« Er hielt noch einen Augenblick Leyladins Hände fest. »Anya wird gleich hier sein.«

»Warum? Sie wird doch nicht kommen ... nachdem gerade eben eine ihrer kleinen Intrigen gescheitert ist.« Leyladin war völlig verwirrt.

»Wie viele andere Intrigen gab es überhaupt?«, wollte Kinowin wissen.

»Genug«, erklärte Cerryl. »Und sie wird kommen. Deshalb wollte ich Esaak und Redark dabei haben. Ihr bleiben jetzt nur noch Drohungen.«

»Im Augenblick. Und dann wird sie mit einem leichtgläubigen jungen oder alten Magier wieder von vorn beginnen.« Leyladins Lachen war kurz und bitter. »Es sei denn, du unternimmst etwas.«

»Ich habe es versprochen«, sagte Cerryl mit belegter Stimme. »Ich habe es versprochen und ich halte meine Versprechen.«

»Ich weiß.« Leyladin berührte leicht seine Wange. »Ich werde nichts mehr sagen.«

Noch bevor sie die Hand wieder sinken ließ, klopfte es an der Tür. »Der Obermagier Redark.«

»Er soll hereinkommen.«

Redark betrat das Turmzimmer, zauste seinen roten Bart und wandte sich an Kinowin. »Ich habe Jiolts Leichnam gesehen …«

»Er hat versucht, den Erzmagier mit einem vergifteten Dolch anzugreifen«, sagte Kinowin. »Wir hielten es für ratsam, Euch zu unterrichten.«

»Jiolt … er ist ein Hitzkopf … aber ein treusorgender Familienvater …« Redark schüttelte den Kopf.

»Das mag sein, doch der Dolch war echt«, erwiderte Cerryl. *Warum glauben die Leute nur immer, ein Mann, der seine Familie liebt, wäre nicht zu Mord und Verrat fähig?*

»Das … das ist kaum zu glauben …«, stammelte der Obermagier mit dem roten Bart.

»Der Dolch war vergiftet«, fügte Kinowin hinzu. »Oberhauptmann Senglat hat es bemerkt.«

»Vergiftet?« Redark erbleichte.

Esaak kam schnaufend durch die Tür, die noch nicht wieder geschlossen worden war. »Ich habe mich beeilt, Erzmagier … Obermagier … Heilerin.«

»Gut.« Cerryl deutete zum Tisch. »Wenn Ihr Platz nehmen wollt …«

»Der Erzmagier …«, murmelte Esaak.

»Der Erzmagier bleibt lieber stehen.« Cerryl ging zum Fenster, schaute hinaus und rang immer noch um seine Fassung.

Es klopfte. »Die Magierin Anya«, verkündete Gostar.

Cerryl nickte und drehte sich um. »Sie soll eintreten.«

Anyas Stiefel kickten auf dem Steinboden, als sie zum Tisch marschierte. Sie ignorierte die vier sitzenden Gäste und starrte Cerryl an, der am Fenster stand. »Warum habt Ihr Jiolt herbestellt? Was ist mit ihm geschehen?«

Cerryl zuckte mit den Achseln. »Er hat mich angelogen. Dann hat er versucht, mich mit einem vergifteten Wurfmesser zu töten. Es war ein Dolch aus Schwarzem Eisen. Er ist tot. Was habt Ihr erwartet?«

»Er ist tot? Ihr habt ihn ermordet!« Anya riss die

Augen auf. »Ihr … habt … ihn … ermordet. Ihr! Ihr elender … nein, nein, *nein!*«

Sie ging auf Cerryl los, Chaos-Flammen flackerten auf den Fingerspitzen.

Cerryl zog ebenso wie die anderen Magier volle Schilde aus Ordnung und Chaos auf.

Anya beherrschte sich und ließ die Flammen erlöschen. »Nicht … nicht Ihr … nicht auf diese Weise. Nicht Ihr, Cerryl. Erzmagier«, korrigierte sie sich eilig und blickte zu Kinowin und Redark, als hätte sie die Obermagier jetzt erst bemerkt. Die rothaarige Frau schluckte schwer. »Ihr habt ihn einfach so getötet? Den mächtigsten Kommissionär in Fairhaven? Obwohl der Handel jetzt schon so schwierig ist?« Sie sprach nun leiser, die Stimme wurde kalt und hart.

»Wenn ein Magier der Stadtwache solche Urteile fällen kann, dann kann es der Erzmagier auch«, erwiderte Cerryl. »Ich werde der Gilde berichten, was ich herausgefunden habe.«

»Ihr werdet berichten … berichten und reden … reden und reden …« Anya biss die Zähne zusammen und starrte den Erzmagier an, dann wandte sie sich an Redark. »Äh … ich bin erst später gekommen.«

»Wie bequem für Euch alle«. Ihr Blick heftete sich wieder auf Cerryl. »Wie könnt Ihr erwarten, Erzmagier zu bleiben, nachdem Ihr so etwas …«

»Vielleicht bleibe ich es auch nicht, Anya, aber ich kann nicht einfach darüber hinwegsehen, dass Rystryr mir eine halbe Kompanie Bewaffnete nach Fairhaven geschickt hat, oder? Und auch nicht darüber, dass ein Kommissionär aus Fairhaven ihn unterstützt hat.«

»Ich lasse Euch von der ganzen Gilde hinauswerfen! Ihr seid nur Erzmagier, weil …«

»Anya«, unterbrach Cerryl sie leise, »habt Ihr schon bemerkt, dass Broka heute nicht hier ist? Und dass alle Bewaffneten, die Rystryr zu Jiolts Unterstützung geschickt hat, verschwunden sind? Dass Eure Helfer allesamt bei Fydel auf den Schiffen sind? Dass sowohl ein Obermagier als auch der Oberhauptmann der Weißen Lanzenreiter anwesend waren, als Jiolt einen vergifteten Dolch gegen den Erzmagier erhoben hat?« Er hielt inne. »Nicht einmal ihre ärgsten Feinde würden Kinowin oder Senglat vorwerfen, dass sie lügen.« Wieder hielt er kurz inne, dann lächelte er. »Oh, ich rechne übrigens damit, dass die Flotte inzwischen das Südkap erreicht hat oder sehr bald erreichen wird.«

»Ich hoffe um Euretwillen, Cerryl, dass sie Erfolg hat.« Anya lächelte falsch und ziemlich verkniffen. »Aber auch das könnte möglicherweise nicht ausreichen, um Euch zu retten.«

»Vielleicht habt Ihr damit Recht, Anya. Aber auch der schwächste Erzmagier muss tun, was für Fairhaven das Beste ist.«

»Das Beste für Fairhaven?« Die rothaarige Frau presste die Lippen aufeinander und stand einen langen Augenblick schweigend vor dem Tisch. Dann blickte sie Cerryl in die Augen. »Mit Eurer Erlaubnis.« Sie drehte sich um und ging zur Tür, ohne sich noch einmal umzusehen.

Die Tür wurde mit einem Knall zugeworfen, dass sie in den Angeln bebte.

»Vielleicht wart Ihr ein wenig voreilig … Erzmagier«, meinte Redark.

Cerryl wandte sich an Esaak. »Ihr habt doch viel Erfahrung, Esaak. Was meint Ihr?«

»Ich glaube, Erzmagier, dass Anya äußerst wütend ist und alles und jeden aufbieten wird, um Euch ablösen zu lassen.«

»Das mag sein …« Cerryl zuckte mit den Achseln. »Aber es bleibt die Tatsache bestehen, dass Anya mit Jiolt in Verbindung stand und dass Jiolt einen vergifteten Dolch aus Eisen gegen einen Obermagier und den Erzmagier erhoben hat.«

»Verbindungen mag es geben, aber das ist kein Beweis«, warf Redark ein.

»Genau«, erwiderte Cerryl. »Habe ich denn irgendetwas anderes getan, als zuzuhören? Habe ich ihr gedroht?«

Esaak lächelte leicht. »Ihr wart äußerst nachsichtig. Selbst Sterol hätte sie zu Asche verbrannt.«

»Ich frage mich, wie Rystryrs Lanzenkämpfer im Sturm den Weg zum Haus der Heilerin gefunden haben. Besonders jetzt frage ich mich dies.« Cerryl zuckte mit den Achseln. »Wir wissen nicht genug und Ihr wart mir eine große Hilfe. Ich werde Euch rufen lassen, wenn unsere Flotte die Schwarzen Streitkräfte angreift. Für den Augenblick ... ich würde jetzt gern etwas Ruhe haben.«

»Das scheint mir ein kluger Entschluss«, meinte Kinowin. Er stand auf und ging zur Tür. »Mit Eurer Erlaubnis?«

Esaak und Redark erhoben sich ebenfalls.

Als der Obermagier und Esaak gegangen waren und die schwere Tür geschlossen war, wandte Leyladin sich an Cerryl. »Warum hast du all die Leute hier warten lassen, als sie kam, um dir Vorwürfe zu machen? Was hast du dadurch gewonnen?«

»Jetzt kann niemand mehr behaupten, Anya hätte nichts getan.« *Und da drei Leute kein Geheimnis hüten können, wird sich die Neuigkeit ausbreiten, allerdings nicht auf die Art und Weise, wie Anya es gern hätte.*

»Du hättest sie einsperren lassen sollen«, sagte Leyladin. »Sie und Jiolt waren Geliebte. Sie müssen Geliebte gewesen sein, sie war wirklich außer sich. Ich habe sie noch nie so aufgelöst gesehen. Sie wird versuchen, dich zu töten, sobald sie eine Gelegenheit findet.«

»In einem direkten Angriff kann sie mich nicht besiegen«, widersprach Cerryl, »und es ist niemand da, den sie dazu verleiten könnte. Außerdem werden es alle erfahren, wenn sie es jetzt versucht, und dadurch verliert sie jegliche Unterstützung.« Er zuckte mit den Achseln. »Ich kann es dir nicht genau erklären, aber ich weiß, dass ich sie im Augenblick nicht beseitigen kann, ohne das Misstrauen der ganzen Gilde auf mich zu ziehen.« *Diese Geschichte muss erst noch die Runde machen … und das wird sie.* »Es gibt keine Beweise dafür, dass Jiolt und Anya sich verschworen haben, und was Kinowin, du oder ich durchs Wahrlesen herausfinden könnten, würde niemand glauben.«

Leyladin seufzte. »Sie wird jemanden finden, den sie gegen dich aufstacheln kann.«

»Nicht vor dem Angriff auf Recluce.« Cerryl zuckte müde mit den Achseln. »Und wenn sie es wirklich schafft, dann ist es gut, wenn ich die Betreffenden auf diese Weise kennen lerne, bevor ich sie nach Candar hinausschicke.«

»Du meinst es wirklich ernst, was? Dass du die Gilde auf ganz Candar verteilen willst?«

»Das ist mir ernst. Wenn der größte Teil der Bruderschaft hier sitzt, gibt es viel zu viele Intrigen und die Arbeit bleibt liegen.«

»Dabei werden viele sterben.«

»Wahrscheinlich«, gab Cerryl zu. »Aber sie werden für das Wohl Candars und Fairhavens sterben, statt durch Intrigen und Ränke in den Hallen.«

»Du musst aber Erzmagier bleiben, und das wird dir nicht gelingen, wenn du weiterhin solchen Anschlägen ausgesetzt bist. Und was ist, wenn die Flotte geschlagen wird?«

»Ich wäre überrascht – angenehm überrascht, aber dennoch sehr überrascht –, wenn die Flotte tatsächlich dem Südkap oder dem Schiff des Schmieds einen ernstlichen Schaden zufügen könnte.« Cerryl drehte sich langsam zum Fenster herum und dehnte die gespannten Muskeln.

»Und du hast sie trotzdem auslaufen lassen?«

»Wie hätte ich sonst beweisen können, dass es sinnlos ist, Recluce anzugreifen?« *Wie sonst … und wie viele werden bei diesem Versuch, es zu beweisen, den Tod finden?*

Cerryl schluckte und holte tief Luft. Er blickte zur schneebedeckten Weißen Stadt hinaus, die in diesem Augenblick wirklich eine Weiße Stadt war. Eine kalte, weiße Stadt mit einem kalten Weißen Erzmagier.

CIV

Cerryl ließ seinen Blick über die Versammlung am Tisch schweifen – Kinowin, Redark und Leyladin. Ultyr, die neu geweihte junge Magierin, hielt sich schüchtern etwas zurück und stand hinter einem Hocker, den Cerryl zusätzlich hatte aufstellen lassen.

»Seid Ihr bereit?«, fragte Cerryl.

»Ja, Ser.« Ultyr trat vor und konzentrierte sich.

Langsam, viel langsamer, als wenn Cerryl selbst das Bild gesucht hätte, teilten sich die Nebelschleier im Glas und enthüllten Schiffe auf einem dunkelblauen Meer. Das Schwarze Schiff ohne Masten und Bugspriet, das eine große Menge dunkler Ordnung zu enthalten schien, näherte sich durch die nicht sehr hohen Wellen einem größeren Schiff – es war die *Weiße Schlange,* wie Cerryl glaubte. Eines der kleineren Kriegsschiffe auf der Leeseite der *Weißen Schlange* schwenkte nach Backbord ab, als hätte der Magier auf Deck die tödliche Gefahr gespürt, die vom Schwarzen Schiff ausging.

»Bei der Dunkelheit, sieht das böse aus«, murmelte Redark.

Das Schwarze Kriegsschiff schob sich neben die *Weiße Schlange,* die sofort mehr Segel setzte, aber das Schwarze Schiff hielt mühelos mit und zog wieder gleichauf. Ein Lichtblitz und etwas anderes zuckte zur *Schlange* hinüber, der Bugspriet zersprang in tausend Stücke. Der Bug der *Weißen Schlange* drehte nach Backbord herum und das Schiff schwankte hin und her, als der vordere Teil der Takelage zusammen mit den Splittern des Bugspriets im Meer versank.

Eine Reihe Feuerkugeln flog von der beinahe lahm gelegten *Schlange* zum Angreifer hinüber, prallte aber wirkungslos von den Schwarzen Eisenplatten des Schiffs ab. Drei weitere Schüsse aus der Waffe des Schwarzen Schmieds schlugen im Heck der *Schlange* ein, die bald darauf zu krängen anfing. Hin und wieder kamen noch Feuerkugeln von der *Schlange* und den Begleitschiffen geflogen, konnten aber nichts ausrichten. Das kleine, mit Schwarzem Eisen verkleidete Schiff kreiste unterdessen um den großen Schoner.

»Mehr als ein Dutzend Schiffe und fast so viele Magier – und sie tun einfach nichts«, murmelte Redark.

»Es scheint so, als könnten sie nichts ausrichten«, meinte Kinowin. »Sie kommen nicht nahe genug heran, um wirklich eingreifen zu können; wenn sie herankämen, würden sie nur unsere Bewaffneten und erst recht unsere Schiffe in Gefahr bringen.«

Plötzlich wurden vom Schwarzen Schiff aus Enterhaken geworfen, dann flogen dunkle Pfeile hinüber und erstickten jeden Widerstand auf dem Deck der *Schlange.* Schwarz gekleidete Bewaffnete stiegen aufs größere Schiff. Cerryl und die anderen sahen schweigend zu. Eine dunkle Gestalt, kleiner als die Bewaffneten, tauchte auf. Der Mann hielt einen Stab in der Hand und ging einem Weißen Magier entgegen, der unablässig Feuerkugeln abschoss, die allesamt das Ziel verfehlten.

»Das ist Fydel«, murmelte Leyladin.

»Er kann nicht einmal einen einzigen Schwarzen aufhalten«, klagte Redark.

»Das ist der Schwarze Magier, der das Schiff gebaut hat«, erklärte Cerryl. »Nicht einmal Jeslek konnte ihn aufhalten.«

Von zwei Schiffen in der Nähe flogen Feuerkugeln herüber. Eine zielte zu kurz, die zweite zerplatzte auf dem Schwarzen Eisen des feindlichen Schiffs, die dritte schlug durch die verbliebenen Segel der *Schlange.*

»Sie kommen nicht nahe genug heran«, murmelte Redark wieder.

Nicht wenn so viel Schwarzes Eisen dort ist, überlegte Cerryl bei sich.

Was genau geschah, konnten sie im Glas nicht mehr sehen, abgesehen davon, dass der Schwarze Magier mit einem Stab zuschlug und den Weißen Magier in Asche verwandelte. Dann verließen die Schwarzen die sinkende *Weiße Schlange* und das Schwarze Schiff nahm sich das nächste Weiße Schiff vor.

Eine weitere Salve aus den Waffen, die der Schwarze Schmied erfunden hatte, verwandelte einen zweiten Schoner in ein Flammenmeer, das auf dem Wasser im Golf von Candar loderte.

Als die Flammen aufstiegen, drehte mehr als die Hälfte der Weißen Flotte vom Schwarzen Schiff ab.

Cerryl sah weiter zu, wie das Schiff aus Schwarzem Eisen sich dem dritten Weißen Schiff näherte. Parlamentärsflaggen wurden gehisst. Irgendetwas wurde dem Weißen Schiff übergeben, dann drehte das Schwarze Schiff ab und kehrte in den Hafen am Südkap von Recluce zurück.

»Ser?« Ultyr stand bleich und schwankend am Tisch, sie zitterte wie ein graues Winterblatt im Sturm.

»Ihr könnt das Bild jetzt loslassen«, sagte Cerryl etwas schuldbewusst. »Setzt Euch.« Er schenkte ein Glas Wein ein und reichte es der jungen Magierin. »Hier, das könnt Ihr jetzt gebrauchen.«

Das Spähglas war wieder leer.

»Danke, Ser.« Ultyr nahm das Weinglas, ließ sich auf den Hocker sinken und trank langsam.

»Wir könnten noch einmal gegen sie kämpfen«, überlegte Redark. »Aber vielleicht sollten wir das besser bleiben lassen.« Er schüttelte den Kopf.

Cerryl wandte sich an Kinowin.

»Die Feuerkugeln waren nutzlos gegen das Schiff«, meinte der ältere Obermagier. »Die Schwarzen hätten mit nur einem einzigen Schiff der Reihe nach unsere ganze Flotte zerstören können.«

»Und sie haben es nicht getan«, ergänzte Leyladin.

»Ich glaube, der Schmied wollte es nicht«, sagte Cerryl nachdenklich.

»Er wollte unsere Schiffe nicht zerstören? So milde kann er doch eigentlich nicht gestimmt sein, nachdem wir ihn angegriffen haben«, wandte Redark ein.

»Wenn man es sich richtig überlegt«, fuhr Cerryl fort, »dann waren es vielleicht nicht einmal Milde oder Nachsicht. Wie viele Weiße Magier sind in den letzten Jahren gestorben? Fast dreißig waren es wohl, vielleicht sogar noch mehr. In der gleichen Zeit haben wir nicht mehr als zehn Anwärter gefunden, die zu Voll-Magiern ernannt werden konnten. Dieses Schiff, das er da gebaut hat, und alles, was er sonst noch macht, konzentriert die Ordnung. Es muss einen Ausgleich geben. Wir wissen das. Was würde geschehen, wenn er noch einmal zehn Weiße Magier tötet?«

Kinowin nickte langsam. »Dann würde ein wirklich großer Weißer Magier auftauchen, oder mehrere weniger starke.«

Redark legte die Stirn in tiefe Furchen, schwieg aber dazu.

»Nein, es war keine Nachsicht. Die Schwarzen sind nicht nachsichtig.« *Und du bist es auch nicht.* Cerryl schwieg einen Augenblick und stand schließlich auf. »Wir können im Augenblick wohl nicht mehr viel tun, oder?«

»Im Augenblick nicht«, stimmte Kinowin zu. »Aber die Gilde wird einen Bericht erwarten.«

»Und eine Begründung, Erzmagier«, erklärte Redark. *Eine Begründung? Wie wäre es mit Anyas Intrigen?* »Ihr könnt ja Anya fragen, was sie getan hätte, um dem Angriff zu einem Erfolg zu verhelfen«, antwortete Cerryl unwirsch.

Redark runzelte immer noch die Stirn, als er und Kinowin aufstanden.

Kinowin nickte. »Der Angriff war ja tatsächlich ihre Idee – und vermutlich auch Jesleks, auch wenn wir das niemals genau wissen werden.«

»Es war etwas, das viele gewollt haben«, lenkte Cerryl ein. Er stand auf und geleitete seine Gäste zur Tür. »Aber es war nicht unbedingt etwas, das Fairhaven genützt hat. Ich muss jetzt über viele Dinge nachdenken.« Er lächelte.

Als die schwere Tür sich hinter den Obermagiern und Ultyr geschlossen hatte, wandte Cerryl sich an Leyladin. »Jetzt muss ich mich mit Rystryr befassen. Er hat Lanzenreiter und Fußtruppen zusammengezogen. Die verlorene Seeschlacht gegen die Schwarzen wird er wohl als Ermunterung und Zeichen unserer Schwäche auffassen.«

»Du hast nicht bekannt gegeben, was er getan hat«, meinte Leyladin.

»Nein. Nur Kinowin ist eingeweiht. Was die anderen angeht, so musste ich warten, bis die Angelegenheit mit Recluce erledigt war.«

»Ist sie jetzt erledigt?«

Cerryl zuckte mit den Achseln. »Für alle außer Anya und einige wenige. Als Nächstes muss ich mich um sie und ihren Anhang kümmern. Dann muss ich Redark und die Gilde auf die Gefahren aufmerksam machen, die von Certis drohen. Wir werden uns auf Esaaks Berechnungen stützen …«

»Glaubst du wirklich, Rystryr könnte versuchen, Sligo einzunehmen?«

»Wenn er glaubt, er könne damit durchkommen, wird er es versuchen.« Cerryl rieb sich die Stirn. »Und das bedeutet, dass es noch mehr Sitzungen und Versuche geben muss, die anderen von der drohenden Gefahr zu überzeugen.«

Leyladin stand auf und streckte sich. »Es tut mir Leid.

Ich weiß nicht, wie viele Sitzungen ich noch aushalten kann. Ich beiße mir die Lippen blutig.«

»Fällt es dir so schwer, dich zu beherrschen?«

»Nur wenn die Leute so dumm sind.«

»Bei solchen Sitzungen tritt immer die Dummheit der Leute zutage ... aber das spielt keine Rolle.« Cerryl schüttelte den Kopf.

»Was wolltest du über Certis sagen?«, drängte Leyladin.

»Rystryr wird versuchen, Sligo einzunehmen, wenn er kann. Im Glas war zu sehen, dass Disarj Rystryr überzeugt hat, dass dies der richtige Augenblick zum Handeln ist, weil die Gilde jetzt geschwächt ist. Oder vielleicht hat Disarj sich auch von Rystryr überzeugen lassen. Jedenfalls zieht Rystryr seine Truppen bei Rytel zusammen. Ich habe bereits eine Schriftrolle geschickt und Disarj gebeten, sich zu einer Beratung mit Heralt nach Tyrhavven zu begeben.«

»Wird er der Aufforderung nachkommen, wenn Rystryr wirklich daran denkt, Sligo demnächst zu überfallen?« Leyladin schaute blinzelnd aus dem Turmfenster ins helle Licht des klaren Wintertages hinaus.

»Nach Fairhaven würde Disarj im Augenblick keinesfalls kommen. Er würde sich einen endlosen Strom von Entschuldigungen ausdenken. Aber wenn Disarj nun glaubt, er könne Heralt einfach überwältigen ... dann werden vielleicht nicht einmal Bewaffnete gebraucht. Es sei denn ...«

»Es sei denn, um dem Rat in Sligo zu helfen, für Ruhe und Ordnung zu sorgen?« Leyladins Stimme verriet die Ironie hinter den Worten.

»Natürlich. Auf diese Weise könnte Certis einen Hafen zurückgewinnen, damit den Gebührenzahlungen an die Gilde entgehen und seine Position stärken.«

»Wie kann man ihn aufhalten?«, fragte Leyladin, indem sie die Augenbrauen hochzog.

»Ich werde ihn aufhalten.« Cerryl lachte heiser. »Und

dann werden wir seine Streitkräfte vernichten, wenn es nötig ist.«

»Du redest schon wie Jeslek.«

»Nein. Ich sage es dir und nur dir. Jeslek hat es der ganzen Welt erzählt. Ich werde allen sagen, dass ich nach Tyrhavven reise, um den Handel zu überprüfen und mich über Probleme wegen der Gebühren mit Heralt zu unterhalten. Alle werden glauben, ich sei mit ihm unzufrieden. Ich werde behaupten, ich hätte eine gewisse Hoffnung, dass mir bald etwas Angemessenes einfällt. Wie meine Kritiker nicht müde werden zu betonen, werde ich viele, viele Worte machen.«

»Und alle überzeugen, dass du nicht die Absicht hast, wirklich etwas zu unternehmen«, ergänzte die Heilerin.

»Ich habe Kochar und Kiella nach Tyrhavven geschickt, damit sie Heralt unterstützen. Ich habe sie angewiesen, äußerst höflich mit Disarj umzugehen, falls er früher eintrifft als erwartet.«

»Die Gilde ... oder ein paar ältere Magier ... man wird sagen, dass du dieses Ding aus Schwarzer Ordnung benutzt hast ... dass du es als Vorwand benutzt, um nicht gegen Recluce kämpfen zu müssen«, sagte Leyladin.

»Manche werden das so sehen«, räumte Cerryl ein. »Die meisten, die noch hier sind, werden es aber höchstens hinter vorgehaltener Hand zugeben. Ich werde zuhören und unter vier Augen mit ihnen sprechen, nachdem ich mit Anya fertig bin.«

»Was wirst du den Magiern sagen?«

»Was immer sie zufrieden stellt. Ich werde ihnen allerdings *nicht* sagen, dass jedes blühende Land auf eine Mischung aus Duldsamkeit und Gewalt angewiesen ist. Fairhaven und Recluce unterscheiden sich nicht sehr voneinander.«

»Wir unterscheiden uns nicht sehr von Recluce? Bei der Dunkelheit, solche Worte aus dem Munde des Erzmagiers der Weißen Stadt!« Sie lächelte amüsiert. »Du machst Witze.«

Cerryl erwiderte das Lächeln. »Jeder Mensch will doch, dass alle anderen an die gleichen Dinge glauben wie er selbst, aber jeder hat einen anderen Glauben. Manchmal ist ein gewisses Maß von Gewalt notwendig, damit das Land nicht auseinander fällt. Recluce benutzt die Gewalt der Ordnung, wir benutzen die Gewalt des Chaos. Doch beides ist Gewalt.« Er zuckte mit den Achseln. »Sie werfen die Leute hinaus, die sich nicht anpassen wollen, aber manchmal werden die Verbannten stark genug, um sich die Rückkehr zu erzwingen, wie es der Schwarze Ingenieur getan hat. Im Gegensatz zu den Schwarzen erlauben wir es den Leuten, zu denken, was sie wollen. Wir zwingen nur die zur Flucht, die den Frieden brechen, oder wir töten sie sogar. Die Schwarzen werfen diejenigen hinaus, die falsche Gedanken haben, und überlassen anderen das Töten. Aber das ist beinahe so, als würden sie die Abweichler selbst umbringen. Ich denke nur, dass wir in dieser Hinsicht etwas ehrlicher und manchmal auch etwas nachsichtiger sind.«

»Aber was ist mit denen, die weder unsere Regeln noch die der Schwarzen annehmen wollen?«, fragte Leyladin stirnrunzelnd.

»Jeder Mann und jede Frau will Regeln, die den eigenen Vorstellungen entsprechen. Kann es tausend Regeln in einer Stadt mit tausend Einwohnern geben? Fünfzig Regeln in einem Dorf? Es ist besser, einige wenige Grundregeln zu haben als viele Regeln, die alles bis in die letzten Einzelheiten vorschreiben.«

»Nur wenige einfache Regeln?« Sie zog die Augenbrauen hoch.

»Die Regeln der Stadtwache sind ein guter Anfang. Wir müssen auch anderswo Stadtwachen einrichten. Mehr Stadtwächter und weniger Lanzenreiter, vor allem in Fairhaven.«

»Du willst die Zahl der Lanzenreiter in Fairhaven verringern?« Aber ihre Augen blitzten, als wüsste sie die Antwort schon.

»Natürlich.« Cerryl nickte. »Wenn wir mehr als fünfzig Züge brauchen, um die Stadt zu verteidigen, dann haben wir den Krieg schon verloren. Wenn wir nicht einmal Candar östlich der Westhörner zusammenhalten können, dann können wir Fairhaven auch nicht halten. Das Leben muss für die Leute außerhalb von Fairhaven besser werden. Wir müssen uns für sie verantwortlich fühlen ...«

»Warum sollte die Gilde sich darauf einlassen? Mit dieser Frage musst du rechnen.«

»Weil die jeweiligen Herrscher nicht das tun, was das Beste für das Volk ist. Wir werden es tun.«

»Die Gilde sicher nicht, du schon«, erwiderte Leyladin. »Und mit Anya wirst du dich auch noch befassen müssen, nachdem du ihr ihre Gönner genommen hast.«

»Nicht alle ... aber genug.« *Hoffentlich ...* Cerryl drehte sich zum Fenster um. Draußen heulte der spätwinterliche Wind.

»Wir wollen es hoffen.« Leyladin nahm seine Hand.

Sie blickten in den klaren, kalten Nachmittag hinaus.

CV

»Da wäre die Flotte«, sagte Cerryl. Er nickte zum Glas hin, das mitten auf dem Tisch lag. Ein Dutzend Schiffe mit dem Banner, auf dem ein roter Blitz zu sehen war, lief in die Große Nordbucht ein. Cerryl hob einen Finger und das Bild verschwand aus dem Spähglas. »Und was nun?«

»Ihr schickt eine andere Flotte los. Und zwar eine, die sich an die Befehle hält. Vorausgesetzt natürlich, Ihr wollt Erzmagier bleiben«, erwiderte Anya lässig. Sie lümmelte sich in einem bequemen Sessel gegenüber von Leyladin und Cerryl. Anya sah Cerryl nicht an, sondern blickte an ihm vorbei zu den hohen grauen Wolken, die durchs Turmfenster hinter dem Tisch zu sehen waren. Neben dem Tisch stand ein tiefes Becken mit kaltem Wasser.

»Sterol hatte Recht«, fuhr Cerryl gelassen fort. Er blickte zum Kästchen, das auf dem kleinen Beistelltisch stand. Ein golden angemaltes Amulett lag darin.

»Erzählt mir nur nicht, dass dieser Niemand auf Recluce uns nicht mehr demütigen wird.« Anyas Stimme klang jetzt schärfer. »Nachdem er Fydel auf diese Weise … und erst Jeslek? Wollt Ihr ihm das wirklich durchgehen lassen? Wollt Ihr damit vor die Gilde treten?«

»Es gibt ein Gleichgewicht, und das können wir akzeptieren oder wir können dagegen kämpfen. Jeder, der dagegen gekämpft hat, hat verloren. Der Trick besteht darin, es für einen selbst arbeiten zu lassen.«

»Das klingt aber sehr danach, als wolltet Ihr Euch herausreden, Cerryl. Das können wir nicht zulassen.« Anya richtete sich auf, blieb aber sitzen.

»Warum hört Ihr nicht einfach einen Augenblick zu? Es wird nicht wehtun.« *Aber du glaubst nicht wirklich, dass sie zuhört, nicht wahr? Sie ist überzeugt, dass du niemals gegen sie vorgehen wirst.* Cerryl stand auf und ging zum Fenster. Er warf einen kurzen Blick zu den kalten grauen Wolken, dann drehte er sich wieder zur rothaarigen Magierin herum.

»Ich höre zu.« Die Worte waren kalt, nur hinter den Augen tanzten weiße Flammen.

»Dieser Schmied-Magier baut Maschinen. Die Maschinen müssen vom Chaos angeregten Dampf oder Wasser benutzen. Das bedeutet, dass sie sehr viel Ordnung enthalten. Wenn er viele dieser Maschinen baut, erhöht sich die Menge des Chaos in der Welt. Dadurch wird unsere Macht viel schneller zunehmen als seine, weil seine Ordnung in den Maschinen gebunden ist.«

»Also wollt Ihr ihn ermutigen, die Maschinen zu bauen? Damit er unsere Schiffe angreift und zerstört? Das würde ganz sicher das Chaos verstärken. Aber ob es gut für uns ist, ist freilich eine ganz andere Frage.« Anya stand auf wie eine weiße Flammensäule.

»Das wird er nicht tun.« Cerryl deutete zum leeren Spähglas. »Er hätte mit seinem kleinen Schwarzen Schiff die ganze Flotte zerstören können, aber er hat es nicht getan. Er ist gewiss kein wankelmütiger Schwarzer Narr. Wankelmütige Narren gehen nicht auf diese Weise zum Angriff über. Er hat nacheinander Jeslek und Fydel erledigt – Fydel mit einem Stab, nicht einmal mit diesem eisernen Chaos-Bringer, den er sich da gebaut hat.«

Cerryl drehte sich langsam um, als wäre er der Unterhaltung überdrüssig, und trat an den kleinen Beistelltisch. Mit dem Rücken zur rothaarigen Magierin nahm er sein Amulett mit einer raschen Bewegung ab und legte es auf den Tisch. Dann öffnete er die Holzkiste und nahm das angemalte Amulett heraus. Er zuckte leicht zusammen, als das Metall ihm die Hände verbrannte. Es war nicht sehr schlimm, ein scharfes Stechen nur. Er musste dazu übergehen, weniger Chaos einzusetzen … irgendwie. »Außerdem habt Ihr sein Schiff gesehen. Selbst wenn wir es entern könnten, was sollten wir tun? Unsere Gardisten könnten sich dort wegen all des Schwarzen Eisens kaum bewegen.«

Anya stand auf und trat direkt hinter Cerryl. »Zu schade, dass Ihr den gleichen Weg gehen müsst wie Sterol, mein lieber Cerryl. Sobald die Magier mit der Flotte zurückkehren, werdet Ihr sehen, was Ihr davon habt.«

Leyladin richtete sich etwas auf, sagte aber nichts.

»Ich glaube nicht.« Cerryl hob das Amulett und drehte sich um. »Hier, nehmt Ihr es. Ihr sollt es tragen. Ihr wolltet es schon immer haben.« Mit einer schnellen Bewegung legte er ihr die golden angemalte Eisenkette um den Hals.

Anya hob die Hände, dann kreischte sie, während ein brennender Kreis die goldene Farbe wegfraß und das weiße Tuch darunter verbrannte. Sie wollte nach dem heißen Eisen greifen, doch Cerryl hielt ihre Handgelenke fest und nickte in Richtung zur Tür.

»Ich bin nicht ganz so dumm, wie es scheint, liebe Anya. Und auch wenn ich nicht so mächtig bin wie Ihr oder Sterol, gelegentlich vermag ich zu denken.« Er hob die Stimme. »Gostar! Hertyl!«

Drei Wächter, die Handschuhe trugen, eilten mit schweren, kalten Eisenketten herein.

»Ihr braucht mich doch!«, kreischte die rothaarige Frau, als sie in Eisen gelegt wurde.

»Wirklich, wir brauchen Euch. Denn Ihr werdet allen späteren Ränkeschmieden ein wundervolles Beispiel abgeben. Ihr werdet hinreißend aussehen, wenn Euer Bild für die Nachwelt eingefangen ist und zur Schau gestellt wird. Wirklich hinreißend.« Cerryl lächelte und gab den Wächtern mit einem Nicken einen Befehl. »Lebt wohl, Anya.«

Die rothaarige Frau richtete sich auf und schob für den Augenblick die Schmerzen, die das Eisen ihr bereitete, beiseite. »Ihr versteht es nicht, Cerryl. Ich kann *sehen.* Ich kann sehen, wie Myral es konnte. Ganz egal, was Ihr tut, es spielt keine Rolle. Ich weiß es. Ich habe Euch in diesem Zimmer mit dem Amulett gesehen. Was glaubt Ihr denn, warum Eure Tante und Euer Onkel gestorben sind? Warum Euch die Räuber in den Abwasserkanälen angegriffen haben? Trotz allem, was ich getan habe, haben Euch meine Eingriffe hierher gebracht.« Wütend und voller Schmerzen verzog sie das Gesicht. »Seht Ihr es denn nicht? Was Ihr tut, ist vergebens. Fairhaven wird untergehen. Es wird unter einer Sonne schmelzen, die Ihr Euch nicht einmal vorstellen könnt. Alles, was Ihr tut und aufbaut, wird zu Asche verbrannt werden. Es ist alles sinnlos, Ihr bemüht Euch vergebens.«

»Guten Tag, Anya«, sagte Cerryl noch einmal, während die mit Leder geschützten Wächter der rothaarigen Frau die Eisenketten anlegten.

Sobald die Tür wieder geschlossen war, steckte er die Hände in das Becken mit kaltem Wasser und holte tief Luft, als der brennende Schmerz nachließ.

Leyladin trat zu ihm. »Mit all dem Eisen am Körper wird sie sterben, bevor der Rat zusammentritt.«

»Ich weiß«, sagte Cerryl trocken. »Das ist der Beweis, dass sie nicht das Gleichgewicht aufrechterhalten kann, das ein Magier braucht. Außerdem wird es uns eine Entscheidung ersparen … und natürlich bleibt das Blut an meinen Händen kleben.«

»Manchmal … du kannst manchmal sehr grausam sein.«

»Manchmal muss ein Erzmagier grausam sein. Sonst hören die Leute nicht zu. Anya hat am Ende auch nicht zugehört.« Er schauderte. *Hörst du selbst gut genug zu? Oder wirst du werden wie alle anderen?*

»Hatte sie denn Recht?«

Cerryl lachte humorlos. »Natürlich hatte sie Recht … in gewisser Weise. Alles hat ein Ende. Fairhaven wird untergehen, Recluce ebenfalls. Cyador und Westwind sind untergegangen. Aber sie hatte nicht Recht mit der Einschätzung, was dies zu bedeuten hat. Das Ende mag immer das Gleiche sein, aber gerade deshalb spielt es eine Rolle, was wir tun. Ob wir gut sind oder schlecht, wir müssen alle sterben. Doch wenn wir der Welt etwas Licht und Wohlstand bringen, ist das doch besser, als wenn weniger Licht da ist.« Er trocknete sich die Hände an der Hose ab. An den Fingerkuppen hatte er Brandblasen.

»Manch einer würde sagen, dass es vor allem darauf ankommt, persönliche Macht zu erwerben.« Leyladin zog die Augenbrauen hoch.

»Manche würden das sagen. Ich nicht. Persönliche Macht ist schwer zu gewinnen und noch schwerer zu verteidigen. Wo sind Jeslek, Sterol und Anya jetzt?« Er zuckte mit den Achseln. »Myral ist friedlich eingeschlafen, Kinowin ist noch da. Und wir auch.« *Bis jetzt noch …*

»Bis jetzt noch«, sagte sie laut. »Und ich bin bei dir.«

»Ich bin froh darüber.«

Die Heilerin berührte seine Hände und eine beruhigende Dunkelheit breitete sich in seiner Haut aus und linderte die Schmerzen. »Was meintest du mit ihrem Bild, das für die Nachwelt eingefangen werden soll?«

»Ich lasse eine Statue von ihr auf dem Sims aufstellen. Das habe ich ihr versprochen und ich pflege meine Versprechen zu halten.«

»Für Myral hast du keine aufgestellt.«

»Nein. Er war mehr als ein Bild … viel mehr.«

CVI

Der Erzmagier stieg am Tor ab, zwei Lanzenreiter überprüften den Innenhof, bevor er über die regennassen Steine schritt und den Raum betrat, der ihm einst so groß vorgekommen war.

Ein kleiner Junge mit großen Augen stand am Tisch neben der Mutter.

»Seid Ihr es, Cerryl?« Benthanns Stimme war heiser, das einst blonde Haar war jetzt beinahe ergraut; einzelne blonde Strähnen lugten wie Sonnenstrahlen durch graue Herbstwolken.

Er nickte.

»Warum hat Ihr so lange damit gewartet, bei uns vorbeizukommen?«

»Wenn ich Euch, Tellis oder Beryal gegenüber meine Zuneigung gezeigt hätte, dann hätten meine Feinde

Euch benutzt. Der einzige Weg, meine Dankbarkeit zu zeigen, bestand darin, Euch nicht aufzusuchen.« Er lächelte ein wenig schmerzlich. »Ich habe getan, was ich konnte.«

»Die Goldstücke in den Lederbeuteln?«

»Ja.«

»Ich dachte mir schon, dass sie von Euch gekommen sind.«

»Euer Sohn?« Er nickte zu dem hellblonden Jungen hin. »Er ist hübsch.«

»Genau wie ich selbst es einmal war.«

»Ja. Ich habe Euch immer bewundernd angeschaut.«

»Ich weiß.« Sie senkte den Blick. »Aber Ihr seid nicht nur meinetwegen hier.«

»Ich muss mich bei Tellis bedanken. Ihm habe ich zu verdanken, was ich geworden bin. Denn er hat einen Helfer aus der Mühle aufgenommen und zum Schreiber gemacht.«

»Das bringt ihn sicher in Verlegenheit.« Sie sprach jetzt leiser. »Er ist im Arbeitszimmer.«

»Wo sonst sollte er sein?« Cerryl sah den Jungen an. »Wenn Ihr Hilfe braucht ...«

»Nur wenn ich wirklich Hilfe brauche.«

»Dann lasst es mich wissen.« Er nickte und ging hinaus.

Tellis war über den Schreibtisch gebeugt, als Cerryl das Arbeitszimmer betrat. Der Schreiber fuhr erschrocken auf. »Ser? Ich habe Euch nicht kommen sehen. Verzeihung, Ser, Verzeihung. Habt Ihr die letzten Kopien der *Geschichten* gesehen?« Abrupt unterbrach sich der Schreiber, als er das goldene Amulett sah. »Oh, Hoheit ... was kann ich bescheidener Schreiber ...«

»Tellis.« Cerryl legte ein Manuskript auf den Tisch. »Es ist lange her, aber ich möchte, dass Ihr mir drei Kopien macht, wenn Ihr könnt ...«

»Aber natürlich, Ser. Aber natürlich.«

Cerryl wäre beinahe zusammengezuckt, als der Mann

ihm so höflich und unterwürfig begegnete. »Wie ich schon zu Benthann gesagt habe, verdanke ich Euch, was ich heute bin. Bisher konnte ich, abgesehen von den heimlichen kleinen Beuteln mit Goldstücken, nicht viel tun, um mich zu bedanken. Es tut mir Leid ... aber ich bemühe mich, meine Schulden zu begleichen.«

Tellis betrachtete schweigend das Manuskript. »Eure Buchstaben sind wohl geformt ... geehrter Herr.«

»Früher waren sie bei weitem nicht so schön«, gab Cerryl grinsend zurück. »Ich wäre Euch dankbar, wenn Ihr einen Einband aus grünem Leder dafür finden könntet. Und wenn Ihr die Kopien bis zum Beginn des Sommers fertig stellen könnt, will ich Euch zehn Goldstücke für jede der drei Kopien zahlen.«

»Es ist gut zu wissen, verehrter Ser, dass mancher seine Schulden bezahlt, und mehr kann ein guter Schreiber nicht erwarten. Ihr sollt die drei Kopien bekommen, alle grün gebunden.«

Cerryl nickte. Für den Augenblick war alles gesagt, was es zu sagen gab. »Danke. Ich danke Euch für alles.« *Für mein Leben, für Leyladin, für die Gelegenheit, das zu werden, was ich heute bin ... dafür, dass Ihr es mir nicht zu schwer macht, meine Schulden zu begleichen ... die alten, alten Schulden.*

»Vielen Dank«, sagte er noch einmal. Dann nickte er und kehrte zum Weißen Turm zurück.

CVII

Cerryl stand am Tisch, als Kinowin und Redark die Gemächer des Erzmagiers betraten, die inzwischen nur noch als Treffpunkt und Besprechungszimmer dienten, weil Cerryl und Leyladin die Abende im Haus der Heilerin verbrachten.

»Ich danke Euch beiden. Ich habe Euch hergebeten, damit wir uns beraten können, wie wir mit den …« Cerryl musste einen Augenblick nach den richtigen Worten suchen. »Wie wir mit den letzten Anhängern verfahren, die Anya noch hat.«

Redark warf einen kurzen fragenden Blick zu Leyladin, die am Fenster stand.

»Die Heilerin hat große Erfahrung darin, die verschiedenen Schattierungen der Wahrheit zu erkennen«, erklärte Cerryl höflich.

»Äh … ja.« Redark räusperte sich.

»Bevor sie eintreffen, solltet Ihr dies hier lesen.« Cerryl reichte dem älteren Obermagier eine Schriftrolle, die vor Ordnung beinahe knisterte.

»Was ist das?«, fragte Kinowin, während er sich rechts neben Cerryl niederließ.

»Ein Angebot vom Schwarzen Magier.«

»Ein Angebot? Er macht uns Angebote?«, fragte der jüngere Obermagier mit dem roten Bart.

»Es ist etwas mehr als ein einfaches Angebot, aber ich würde es vorziehen, wenn Ihr es selbst lesen würdet. Danach können wir darüber reden«, schlug Cerryl vor.

Kinowin nahm den Text mit unbewegtem Gesicht auf und reichte das Pergament an Redark weiter.

Der jüngere Obermagier las es und gab es schließlich an Cerryl zurück. »Können wir ihm vertrauen?«

»Haben wir angesichts der Tatsache, dass er jedes Schiff auf dem Meer zerstören kann, eine Wahl?«

»Wie ich es verstehe«, sagte Kinowin, »schlägt er vor, dass wir die Sondersteuer auf Waren aus Recluce auf drei Zehntel senken. Dafür wird er den neuen Hafen am Südkap für alle Schiffe aus Candar öffnen, die keine Weißen Magier an Bord haben.«

»Ich habe mir die Freiheit genommen, Esaak einige Berechnungen anstellen zu lassen«, erklärte Cerryl. »Unsere Kommissionäre werden mit diesem verminderten Satz besser zurechtkommen, doch er ist immer noch hoch genug, um die Wollproduzenten in Candar zu schützen.«

»Warum tun die Schwarzen so etwas?«, fragte Redark. »Wenn ihr Schiff doch so mächtig ist?«

»Wie wir alle müssen auch sie etwas essen, und sie können unsere Schiffe nicht zwingen, bei ihnen ihre Fracht zu löschen.«

»Sie brauchen unser Getreide und die Ölsamen und in Recluce könnten unsere Händler einen höheren Preis verlangen. Aber Recluce muss auch die Möglichkeit haben, umgekehrt etwas in Candar zu verkaufen, damit die Schiffe nicht leer zurückfahren«, erläuterte Kinowin.

»Wir können der Gilde erklären, dass wir Handelsrechte in Recluce erworben haben und dass sich der Handel in ganz Candar verbessern wird.« Cerryl lächelte. *Und noch besser wird es werden, wenn wir mit der Zeit die Gebührenzahlungen in den Griff bekommen.*

»Wir haben verloren ... und Ihr wollt es darstellen, als hätten wir einen Sieg errungen?« Redark runzelte heftig die Stirn.

»Wir haben nicht verloren. Der Schwarze kann nicht genug Schiffe bauen, um uns davon abzuhalten, die Handelsschiffe aus Recluce aufzubringen. Wenn der Zustand bleibt, wie er jetzt ist, werden beide Seiten verlieren. Deshalb geben sie etwas auf und wir geben etwas auf, und beide Seiten gewinnen.«

»Aber ... aber der größte Teil des Handels mit Recluce läuft über Landende.« Redark sah Kinowin fragend an.

»Das wird sich ändern«, sagte Cerryl voraus. »Habt Ihr denn einen besseren Vorschlag? Wir haben dieses Mal nur zwei Schiffe verloren. Wie viele werden wir verlieren, wenn wir den Vorschlag ablehnen? Und was wird es uns kosten, die Blockade der Schwarzen Insel aufrechtzuerhalten?«

Redark zuckte mit den Achseln. »Ich beuge mich dem Urteil des Erzmagiers.«

Cerryl hätte beinahe geseufzt, doch er setzte ein freundliches Lächeln auf. »Die Gilde muss sich die Schlachten aussuchen, die sie gewinnen kann. Wenn wir in allen wichtigen Hafenstädten die Magier-Berater mit Lanzenreitern unterstützen, werden die Einnahmen durch die Zölle steigen. Das ist eine Schlacht, die wir gewinnen können, und wir werden sie gewinnen.«

»Der Vicomte und der Präfekt werden Einspruch erheben.«

»Wahrscheinlich«, räumte Cerryl ein. »Wir beherrschen jetzt Lydiar, den größten Teil von Hydlen, Sligo und Spidlar. Wenn wir die Lieferungen aus Recluce nicht mehr abwehren müssen, können wir die Schiffe einsetzen, um Ruzor und Worrak abzuriegeln. Weder Gallos noch Certis können jetzt noch genügend Waffenträger aufbieten, um uns zu trotzen.«

Redark wischte sich die Stirn trocken. »Ihr ... Ihr habt es von Anfang an so geplant.«

Cerryl nickte. »Viele haben mir geholfen ... aber ja, ich habe es geplant. Indem wir die Straßen und Häfen kontrollieren, kann die Gilde Candar vereinen; oder doch wenigstens das Gebiet östlich der Westhörner. Mit den Spähgläsern, den Weißen Straßen und den Magiern in allen Hafenstädten und an allen Handelsplätzen können wir jeden Herrscher stürzen, der sich weigert, die Gebühren zu zahlen und dem Handel seinen gerechten Lauf zu lassen.«

»Der Vicomte ...«

»Ich weiß«, gestand der Erzmagier. »Wir müssen uns dringend mit ihm befassen, aber diese Vereinbarung setzt ja gerade die Schiffe und Bewaffneten frei, die wir brauchen, um es nachdrücklich tun zu können.«

Redark sah zwischen Cerryl und Kinowin hin und her, dann blickte er wieder aufs Pergament, das vor ihm lag. »Ihr habt ... Ihr seid auch früher schon zum Vorteil der Gilde mit anderen Herrschern verfahren. Ich muss mich Eurem kundigen Urteil beugen.«

»Es ist leichter, sich mit Certis herumzuschlagen, als mit Recluce«, bestätigte Kinowin.

»Danke, meine Herren Obermagier«, sagte Cerryl nickend. »Und jetzt … jetzt wollen wir mit Anyas Anhängern reden.«

Redark räusperte sich und warf einen Blick zu Kinowin, zog es aber vor zu schweigen.

»Wie viele junge Anhänger hat sie überhaupt noch?«

»Aalkiron war auf dem zweiten Schiff, das von den Waffen des Schwarzen Magiers in Brand gesetzt wurde. Damit bleiben drei – Muerchal, Zurchak und Giustyl.«

»Wollt Ihr sie gleichzeitig sprechen?« Redark rückte den Stuhl herum.

»Warum nicht? Ich möchte eigentlich nicht viel Zeit mit ihnen verschwenden.« *Und vielleicht musst du sie nicht einmal einäschern.*

»Verzeihung, Erzmagier«, warf Kinowin ein, »darf ich meine Schilde hochnehmen?«

»Ich bin sicher, dass die jungen Magier sich einsichtig zeigen«, meinte Redark. »Wie sollten sie sich angesichts ihrer Lage denn auch verhalten?«

»Wie ist ihre Lage eigentlich?«, fragte Kinowin lächelnd.

»Dass … äh … dass sie Anya unterstützt haben«, meinte Redark.

»Bisher haben sie nichts getan, was sich gegen die Gilde gerichtet hätte«, gab Cerryl zu bedenken. »Ich habe sie lediglich wegen ihrer engen Beziehungen zu Anya gebeten, vor der Gilde zu erscheinen.«

Er hob die Stimme. »Schickt die Magier herein!«

Die drei jungen Magier betraten das Zimmer und bauten sich nebeneinander vor dem Tisch auf, der stiernackige Muerchal links vor Cerryl, Zurchak in der Mitte und der spindeldürre Giustyl ein Stück abgerückt auf der rechten Seite, als wollte er sich von den anderen beiden absetzen.

»Ihr drei seid hier, weil es gewisse Zweifel an Eurer

Treue gegenüber Fairhaven und der Gilde gibt.« Cerryls Stimme klang freundlich, er sprach beinahe im Plauderton.

»Nachdem wir uns dem Schwarzen Eisenschiff im Golf gestellt haben?« Muerchal zog trotzig die breiten Schultern hoch, hielt die grünen Augen aber auf Redark und nicht auf Cerryl gerichtet.

»Ich habe bemerkt, dass einige Schiffe abgedreht haben, bevor das Schwarze Schiff sie überhaupt bedrohen konnte«, widersprach Cerryl.

»Meines nicht«, antwortete Giustyl leise. »Wir haben die Botschaft des Schwarzen mitgebracht.«

»Was stand überhaupt darin?«, fragte Muerchal angriffslustig.

Cerryl legte den Kopf schief. »Es war eine Botschaft an den Rat – eine Bitte, ein Abkommen zu schließen, das der Gilde und der Schwarzen Insel zugleich nützt.«

»Nützen mag es vielleicht Euch, Hoheit.« Muerchal gab sich keinerlei Mühe, seine Verachtung zu verbergen.

Wieder einmal hätte Cerryl beinahe geseufzt. Muerchal war nicht nur störrisch, sondern auch dumm. »Ihr scheint vergessen zu haben, dass Ihr vor dem Rat steht, Muerchal.« Immer noch sprach er freundlich.

»Der Rat? Zwei Trottel und ein Intrigant?«

Cerryl konnte spüren, wie Muerchal seine Chaos-Energien aufbaute. Er hob seine Schilde und dehnte sie etwas aus, um auch Leyladin zu schützen.

Eine Feuerkugel flackerte um die drei Ratsmitglieder und in Leyladins Richtung, löste sich aber auf, ohne Schaden anzurichten.

Redark schauderte, auf Kinowins Stirn hatten sich Schweißperlen gesammelt.

Cerryl sah Muerchal gelassen zu, während der stämmige Magier noch einmal seine Chaos-Kräfte sammelte. Ohne überhaupt die Hand zu heben, konzentrierte sich der Erzmagier und schoss einen goldenen Lichtfaden durch Muerchals Schilde. Noch bevor der Körper des jungen Magiers auf den Boden aufschlug, war nichts als weiße Asche von ihm übrig.

Im darauf folgenden Schweigen richtete Cerryl den Blick auf den düster schmollenden Zurchak und den erschrocken schweigenden Giustyl. »Wenn ich Anya oder Sterol wäre, dann würdet Ihr jetzt tot neben Muerchal liegen. Aber ich bin keiner der beiden und ich bin ihnen nicht ähnlich.«

»Dann werdet Ihr mich nur in kaltes Eisen legen, um Euer Gewissen zu beruhigen?«, fragte Zurchak ironisch. »Hoheit?«

»Bei der Dunkelheit, nein.« Cerryl lachte. »Habt Ihr nicht gesehen, was geschehen ist? Hättet Ihr es mit mir aufnehmen können?«

»Nein … nein, Ser.«

»Beim Licht, nein …«, murmelte Giustyl mit leiser, fast unhörbarer Stimme.

»Ich will Euch, Zurchak, zusammen mit einem Zug Lanzenreiter nach Sommerhafen schicken. Ihr werdet dort die Händler überwachen und mir jeden Achttag einen Bericht schicken. Ihr werdet mir berichten, welche Schiffe in den Hafen einlaufen, welche ihn verlassen, welche Frachten sie laden und löschen. Ihr werdet alles berichten, was Eurer Ansicht nach Fairhaven und der Gilde nützen oder schaden könnte. Wenn Ihr Euch bewährt, könnt Ihr in einigen Jahren an einen Ort versetzt werden, der etwas näher an Fairhaven liegt – vielleicht nach Ruzor oder Worrak, vielleicht sogar nach Tyrhavven.«

Zurchaks Gesicht blieb unbewegt, aber der düstere Ausdruck war aus seinen Augen gewichen.

»Ich gebe Euch eine zweite Chance«, sagte Cerryl leise. »Aber keine dritte.«

»Muerchal könnte jetzt noch leben«, fügte Leyladin hinzu, die hinter dem Rat saß, »hätte er nicht das Chaos gegen den Erzmagier gerichtet.«

Cerryl sah Giustyl an. »Ihr werdet nach Biehl gehen und das Gleiche tun wie Zurchak.«

Giustyl nickte.

»Ich erwarte keine Dankbarkeit. Ich erwarte Gehorsam.« Cerryl setzte ein schiefes Lächeln auf, das sich falsch anfühlte. »Wenn Ihr versucht, die Gilde zu hintergehen, werdet Ihr sterben, und der Tod wird so schnell kommen, dass Ihr es nicht einmal spürt.«

Kinowin räusperte sich vernehmlich. »Ich unterbreche den Erzmagier nur ungern, aber Ihr solltet eines wissen, bevor Ihr aufbrecht. Obwohl von Mauern und Wächtern geschützt, sind in den letzten fünf Jahren drei Herrscher und zwanzig gut geschützte Händler gestorben, die Intrigen gegen die Gilde gesponnen haben. Der Erzmagier spricht keine leeren Drohungen aus.« Der ältere Obermagier lächelte. »Außerdem solltet Ihr wissen, dass ich mir nie die Mühe gemacht habe, jemanden zu täuschen. Auch jetzt nicht.«

Giustyl schluckte schwer, Zurchak presste die Lippen aufeinander.

»Seid Ihr bereit, der Gilde treu und ergeben zu dienen?«, fragte Cerryl. »Seid Ihr bereit, auf allen Wegen den Einfluss der Gilde zu stärken?«

»Ja, Ser.«

»Ja, Euer Hoheit.«

»Ihr könnt jetzt gehen.« Der Erzmagier wartete, bis die beiden jüngeren Magier gegangen waren und die Tür sich hinter ihnen geschlossen hatten.

»Werden sie Euch gehorchen?« Redark schien nicht überzeugt.

»Wer weiß?« Cerryl lachte leise. »Sie sind auf jeden Fall weit genug entfernt, dass praktisch alles, was sie tun, der Gilde nützt. Wenn es nichts nützt, werden wir sie durch Leute ersetzen, die gehorchen.«

Redark runzelte die Stirn.

»Der Ruf der Gilde wird sie schützen. Wenn sie aber die Gilde hintergehen und damit auffallen …« Cerryl zuckte mit den Achseln. »Auf die eine oder andere Weise werden sie sterben. Nur wenige Menschen trauen einem Weißen Magier, der auf sich allein gestellt ist.«

»Beispielsweise ein anderer Herrscher?«

»Wenn sie Candar verlassen, soll es mir recht sein. Wenn sie bleiben, werden sie sterben.«

»Ihr seid sogar noch grausamer als Sterol, Hoheit«, bemerkte Redark.

»Grausam? Ich glaube nicht. Ich fordere die Angehörigen der Gilde auf, treu und ergeben zu dienen. In gutem Glauben begangene Fehler verzeihe ich. Verrat bestrafe ich. Ist das grausam? Oder würdet Ihr und andere es für grausam halten, wenn ich dafür sorge, dass kein Magier die Möglichkeit bekommt, ein zweites Mal einen Verrat an der Gilde zu begehen? Dass ich mich nicht auf Intrigen und Ränke einlasse?« *Abgesehen davon, dass du es bereits getan hast … du wünschst dir nur, es wäre nicht nötig.*

»Ich glaube … Cerryl«, sagte Kinowin leise. »Der edle Redark hat sich so an eine indirekte Vorgehensweise gewöhnt … dass er Eure Methoden vielleicht allzu erfrischend und direkt findet. Vielleicht sollte ich mich ein wenig mit ihm unterhalten.« Der ältere Obermagier stand auf. »Mit Eurer Erlaubnis?«

Auch Cerryl erhob sich. »Wir sehen uns dann später.«

Der Erzmagier und die Heilerin warteten, bis sie wieder allein waren.

»Kinowin wird ihm einige Dinge erklären«, meinte Leyladin mit blitzenden Augen. »Beispielsweise, dass du Intrigen und Bestechung und ein paar andere liebe alte Gewohnheiten nicht länger hinnehmen wirst.«

»Es gibt sowieso nicht mehr viele alte Magier, die sich in diesen Disziplinen auskennen.« *Dem Licht sei Dank!*

»Es wird mit der Zeit immer weniger von der Sorte geben und immer mehr ehrliche Magier.«

»Die Gilde wird dafür sorgen«, sagte Cerryl.

»Nein, die Gilde nicht«, widersprach Leyladin. »Du wirst dafür sorgen. Oder wir.«

Cerryl wusste, dass ihre Worte ein Versprechen waren, eine verspätete Bestätigung von Myrals Visionen und Kinowins Hoffnungen. Und zugleich enthielten sie einen Anspruch, der ihn sein Leben lang binden würde. Er sah die Heilerin an, die tiefen grünen Augen, in denen er wieder einmal zu versinken drohte.

Solange wir beide leben. Bei diesem Gedanken lächelte Leyladin ihn an.

Cerryl spürte den Gedanken, und auch er musste lächeln, während er auf die winterliche Stadt draußen vor dem Turm blickte. Bald würde der Frühling beginnen.

Solange wir beide leben.

Die Chronik von Recluce

1. *Magische Insel* Band 06/9050	*Mitte des 15. Jh.s*	Lerris, ein angehender Schreinergeselle, langweilt sich auf Recluce und ist gezwungen, der Hochburg der Ordnung den Rücken zu kehren. In Candar begegnet er dem Grauen Magier Justen und sein Leben nimmt einen dramatischen Lauf.
2. *Türme der Dämmerung* Band 06/9051	*Beginn des 6. Jh.s*	Creslin, der Sohn der Marschallin von Westwind, flieht vor einer arrangierten Ehe mit Megaera, doch er gerät dabei in die Fänge der Weißen Magier. Als es ihm gelingt zu entkommen, fällt er wiederum Megaera in die Hände. Um ihrer beider Leben zu retten, heiraten sie und fliehen nach Recluce. Creslin, der sich zu einem gefürchteten Sturm-Magier entwickelt hat, ist bald gezwungen, seine Kräfte im Kampf ums Überleben einzusetzen.
3. *Magische Maschinen* Band 06/9052	*Beginn des 8. Jh.s*	Dorrin wird wegen seiner Leidenschaft für Maschinen von Recluce vertrieben. In Candar lernt er das Schmiedehandwerk und verwirklicht Erfindungen, die seiner Zeit weit vorauseilen. Doch die Weißen sind dem Ordnungs-Schmied bald auf den Fersen und er wird in ihre Kriege verwickelt. Ihm gelingt die Flucht zurück nach Recluce, aber auch der Schwarzen Insel droht der Untergang.

4. *Krieg der Ordnung* Band 06/9053	*Spielt 200 Jahre vor Band 1*	Die Weißen Magier haben ihre Herrschaftsgebiete auf Candar weiter ausgedehnt. Ohne Verbündete sind ihnen die restlichen Länder schutzlos ausgeliefert. Recluce schickt Justen, einen genialen Ingenieur, zu Hilfe. Doch seine Waffen vermögen vor der Übermacht der Weißen nichts auszurichten. Justen flieht in die Steinhügel und wird von einer Druidin gerettet – eine Begegnung, die letztendlich machtvolle Auswirkungen auf das Gefüge von Chaos und Ordnung hat.
5. *Kampf dem Chaos* Band 06/9054	*Spielt 5 Jahre nach Band 1*	Das überseeische Reich Hamor schickt sich an, Candar und auch Recluce zu unterjochen. Als die feindlichen Truppen sich nähern, entschließt sich Lerris, inzwischen ein mächtiger Magier wider Willen, das Chaos tief aus der Erde zu holen und mit Hilfe der Ordnung zu bündeln, um seine Heimat zu retten.
6. *Sturz der Engel* Band 06/9055	*Im Jahre 1*	In einer Weltraumschlacht gegen die Dämonen stürzt das Raumschiff der Engel in ein anderes Universum. Die eisigen Gipfel der Westhörner werden zur neuen Heimstatt. Unter dem Kommando Rybas entsteht bald eine eigene Kultur, die geprägt ist vom Kampf gegen die unwirtlichen Lebensbedingungen und die Einwohner im Tal, die mit einem großen Truppenaufgebot ihr Land zurückerobern wollen.

7. *Der Chaos-Pakt* Band 06/9056	*Im Jahre 3*	Nylan und Ayrlyn kehren Ryba und Westwind den Rücken. Sie begeben sich nach Lornth, doch dieses wird von Cyador, dem ersten Reich der Weißen, angegriffen. Nylan offenbart sich das Geheimnis des Großen Waldes und mit Hilfe seiner Kräfte werden er und sein Sohn gerettet.
8. *Weiße Ordnung* Band 06/9057	*Spielt 10 Jahre vor Band 3*	Der Waisenknabe Cerryl, Sohn eines abtrünnigen Weißen, wird sich mehr und mehr seiner besonderen Fähigkeiten gewahr. Nachdem er Onkel und Tante verloren hat, gelangt er schließlich über die Arbeit in einer Sägemühle als Schreiberlehrling nach Fairhaven, wo die Weiße Gilde bald auf ihn aufmerksam wird – und nach seinem Leben trachtet.
9. *Die Farben des Chaos* Band 06/9097 und 10. *Der Magier von Fairhaven* Band 06/9098	*Spielen zur gleichen Zeit wie Band 3*	Cerryl ist zum vollwertigen Weißen Magier geweiht worden. Er entwickelt seine außergewöhnlichen magischen Fähigkeiten im Geheimen weiter, denn er traut insbesondere dem Obermagier Jeslek nicht über den Weg. Als Jeslek Erzmagier wird und Cerryls Mentor Myral stirbt, zieht sich das Netz aus Intrigen immer enger um den jungen Magier zusammen. Doch dann droht der Krieg mit Recluce.

Weitere Romane in Vorbereitung